무라카미 하루키 村上春樹

1949년 일본 교토 시에서 태어나 효고 현 아시야 시에서 자랐다. 1968년 와세다 대학교 제1문학부에 입학했다. 재즈 카페를 운영하던 중 1979년 『바람의 노래를 들어라』로 제81회 군조 신인 문학상을 수상하며 29세에 데뷔했다. 1982년 『양을 쫓는 모험』으로 제4회 노마 문예 신인상을, 1985년 『세계의 끝과 하드보일드 원더랜드』로 제21회 다니자키 준이치로 상을 수상했다.

미국 문학에서 영향을 받은 간결하고 세련된 문체와 현대인이 느끼는 고독과 허무의 감성은 당시 젊은이들로부터 큰 공감을 불러일으켜 작가의 이름을 문단과 대중에게 널리 알렸다. 1987년 발표한 『노르웨이의 숲』은 일본에서 폭발적인 반응을 얻은 후, 일본을 넘어 세계적으로 '무라카미 하루키 붐'을 일으켰다.

1995년 『태엽 감는 새』로 요미우리 문학상을 수상했다. 2002년 『해변의 카프카』를 발표하여 2005년 영어 번역본이 《뉴욕 타임스》의 '올해의 책'에 선정되면서 국제적인 명성을 한층 높였다. 2008년 프란츠 카프카 상을 수상하고, 2009년 세계적 권위를 자랑하는 예루살렘 상을, 2011년에는 카탈로니아 국제상을 수상하여 문학적인 성과를 다시 한 번 인정받았다.

『양을 쫓는 모험』, 『세계의 끝과 하드보일드 원더랜드』, 『태엽 감는 새』, 『댄스 댄스 댄스』, 『언더그라운드』, 『스푸트니크의 연인』, 『신의 아이들은 모두 춤춘다』, 『어둠의 저편』, 『도쿄 기담집』, 『1Q84』, 『여자 없는 남자들』, 『색채가 없는 다자키 쓰루쿠와 그가 순례를 떠난 해』, 『기사단장 죽이기』 등 수많은 장편소설, 단편소설, 에세이, 번역서를 발표했다. 현재 그의 작품은 45개 이상의 언어로 번역되어 전 세계 독자들로부터 사랑받고 있다.

노르웨이의 숲

NORWEGIAN WOOD
by Haruki Murakami

노르웨이의 숲

무라카미 하루키

양억관 옮김

민음사

수많은 축제를 위하여

차례

1장

서른일곱 살, 그때 나는 보잉 747기 좌석에 앉아 있었다. 거대한 기체가 두꺼운 비구름을 뚫고 함부르크 공항에 내리려는 참이었다. 11월의 차가운 비가 대지를 어둡게 적시고, 비옷을 입은 정비사들, 밋밋한 공항 건물 위에 걸린 깃발, BMW 광고판, 그 모든 것이 플랑드르파의 음울한 그림 배경처럼 보였다. 이런, 또 독일이군.

비행기가 멈춰 서자 금연 사인이 꺼지고 천장 스피커에서 나지막이 음악이 흐르기 시작했다. 어느 오케스트라가 감미롭게 연주하는 비틀스의 「노르웨이의 숲(Norwegian Wood)」이었다. 그리고 그 멜로디는 늘 그랬듯 나를 혼란에 빠뜨렸다. 아니, 그 어느 때보다 격렬하게 마구 뒤흔들어 놓았다.

머리가 터져 버릴 것만 같아 몸을 웅크리고 두 손으로 얼굴을 감싼 채 잠시 그대로 있었다. 이윽고 독일인 스튜어디스가 다가와 몸이 안 좋으냐고 영어로 물었다. 괜찮다고, 좀 어지러울 뿐이라고 나는 말했다.

"정말 괜찮으세요?"

"아, 괜찮아요. 고마워요."

스튜어디스가 방긋 웃으며 자리를 뜨고, 음악이 빌리 조엘의 곡으로 바뀌었다. 나는 고개를 들고 북해 상공을 덮은 검은 구름을 바라보며 지금까지 살아오는 과정에서 잃어버렸던 많은 것에 대해 생각했다. 잃어버린 시간, 죽거나 떠나간 사람들, 다시는 돌아오지 않을 추억.

비행기가 완전히 멈춰 선 후 사람들이 안전벨트를 풀고 짐칸에서 가방이니 윗도리 따위를 꺼내기 시작할 때까지 나는 줄곧 그 초원에 있었다. 풀 냄새를 맡고 피부에 와 닿는 바람을 느끼고 새소리를 들었다. 1969년 가을, 나는 곧 스무 살이 될 참이었다.

아까 그 스튜어디스가 내 곁으로 다가와 옆자리에 앉더니 이제 괜찮으냐고 물었다.

"괜찮아요. 고마워요. 조금 슬퍼져서 그랬을 뿐이에요.(It's

all right now, thank you. I only felt lonely, you know.)" 그렇게 말하고 나는 미소 지었다.

"네, 저도 가끔 그럴 때가 있거든요. 잘 알아요.(Well, I feel same way, same thing, once in a while. I know what you mean.)" 그녀는 고개를 살짝 끄덕이며 자리에서 일어나더니 아주 멋진 미소를 내게 던져 주었다. "즐거운 여행 되세요. 안녕!(I hope you'll have a nice trip. Auf Wiedersehen!)"

"안녕!(Auf Wiedersehen!)"

열여덟 해라는 세월이 지난 지금도 나는 그 초원의 풍경을 또렷이 떠올릴 수 있다. 며칠 계속된 부드러운 빗줄기로 여름 내내 덮어썼던 먼지를 깔끔이 씻어 내린 산 능선은 깊고 선명한 파랑을 띠고, 억새 꽃을 흔들며 불어 가는 10월의 바람 속에서 길고 가느다란 구름이 파란 하늘에 차갑게 달라붙어 있었다. 가만히 쳐다보노라면 눈이 아릴 만큼 높은 하늘이었다. 바람은 초원을 가로질러 그녀의 머리카락을 살짝 흔들고 숲으로 달려갔다. 우듬지의 잎이 사락사락 소리 내며 흔들리고 멀리서 개 짖는 소리가 들렸다. 마치 다른 세계의 입구에서 들려오는 것처럼 작고 쉰 듯한 소리였다. 그것 말고는 아무 소리도 없었다. 어떤 다른 소리도 우리 귀에 닿지 않았다. 아무도 우리 곁을 지나가지 않았다. 새빨간 새 두 마리가 초원에서 무엇에 놀라기라도 한 듯 황망히 날아올라 숲 쪽으로 날아갔을 뿐이었다. 걸으면서 나오코는 나에게 우물 이야기를 들려주었다.

기억이란 참 이상하다. 실제로 그 속에 있을 때 나는 풍경에 아무 관심도 없었다. 딱히 인상적인 풍경이라 생각하지도 않았고, 열여덟 해나 지난 뒤에 풍경의 세세한 부분까지 기억할 것이라고는 상상도 못 했다. 솔직히 말해 그때 내게는 풍경 따위 아무래도 좋았던 것이다. 나는 나 자신에 대해 생각하고, 그때 내 곁에서 걷던 아름다운 여자에 대해 생각하고, 나와 그녀에 대해 생각하고, 그리고 다시 나 자신에 대해 생각했다. 뭘 보고 뭘 느끼고 뭘 생각해도, 결국 모든 것이 부메랑처럼 나 자신에게로 돌아오고 마는 나이였다. 게다가 나는 사랑에 빠졌고, 그 사랑은 나를 몹시 혼란스러운 장소로 이끌어 갔다. 주변 풍경에 관심을 기울일 마음의 여유 같은 건 아예 없었다.

그렇지만 지금 내 머릿속에 우선 떠오르는 것은 그 초원의 풍경이다. 풀 냄새, 살짝 차가운 기운을 띤 바람, 산 능선, 개 짖는 소리, 그런 것들이 맨 먼저 떠오른다. 아주 또렷이. 너무도 선명해서 손을 뻗으면 하나하나를 손가락으로 더듬을 수 있을 것 같을 정도다. 그러나 그 풍경 속에 사람 모습은 없다. 아무도 없다. 나오코도 없고 나도 없다. 우리는 대체 어디로 사라져 버린 걸까, 나는 생각해 본다. 어떻게 이런 일이 있을 수 있느냐고. 그렇게나 소중해 보인 것들이, 그녀와 그때의 나, 나의 세계는 어디로 가 버린 것일까. 그래, 나는 지금 나오코의 얼굴조차 곧바로 떠올릴 수 없다. 남은 것은 오로지 아무도 없는 풍경뿐이다.

물론 오래오래 생각하면 얼굴을 떠올릴 수 있다. 작고 차가운 손, 사르르 미끄러져 내리는 아름답고 긴 머리카락, 부드럽고 둥그런 귓불과 그 바로 아래 자그만 검은 점, 겨울이면 즐겨 입는 우아한 캐멀색 코트, 언제나 상대의 눈을 지그시 바라보며 묻는 버릇, 때로 떨리듯 울리는 목소리(꼭 세찬 바람이 몰아치는 언덕 위에서 말을 하는 듯한 느낌이었다.), 이미지들을 하나하나 모으다 보면 자연스럽게 그녀의 얼굴이 불쑥 떠오른다. 먼저 옆모습이 떠오른다. 아마도 나오코와 늘 나란히 걸었기 때문일 것이다. 그래서 내가 맨 처음 떠올리는 것은 옆에서 본 얼굴이다. 그런 다음 그녀는 내 쪽으로 몸을 돌려서 방긋 웃고는 살짝 고개를 기울인 채 말을 하며 내 눈을 지그시 들여다본다. 마치 맑은 시냇물 바닥을 재빠르게 가로지르는 작은 물고기의 그림자를 좇듯이.

그렇지만 나오코의 얼굴이 내 머릿속에서 떠오르기까지는 약간 시간이 걸린다. 세월이 흐를수록 그 시간은 점점 길어진다. 슬픈 일이긴 하지만 사실이다. 처음에는 오 초면 충분했지만 그것이 십 초가 되고 삼십 초가 되고 일 분이 되었다. 마치 저녁나절의 그림자처럼 점점 길어진다. 그러다 이윽고 저녁 어스름 속으로 빨려 들어가고 말 것이다. 그렇다. 내 기억은 나오코가 선 그 자리에서 확실히 멀어져 가고 있다. 마치 내가 예전에 선 그 자리에서 확실히 멀어져 가듯이. 그리고 그 풍경만이, 10월의 초원만이 마치 영화에 나오는 상징적 장면처럼 거듭해서 뇌리에 떠오른다. 그리고 그 풍경이 끊임없이 내 머릿속 어느 부분을 집요하게 걷어찬다. 어이, 일어나, 나 아직 여기 있다니까, 일어나, 일어나서 알아내라고, 내가 왜 아직도 여기 있는지 그 이유를. 아픔은 없다. 하나도 아프지 않다. 발길질을 당할 때마다 울적한 울림이 일어날 따름이다. 그 울림마저 언젠가는 사라질 것이다. 다른 모든 것이 끝내 사라져 버렸듯이. 그러나 함부르크 공항의 루프트한자 비행기 속에서 그들은 평소보다 더 세차고 길게 내 머리를 걷어찼다. 일어나, 알아내, 하면서. 그래서 나는 지금 이 글을 쓴다. 나는 무슨 일이건 문장으로 만들어 보지 않으면 사물을 잘 이해하지 못하는 타입이니까.

그녀가 그때 무슨 말을 했더라?
그래, 그녀는 내게 들판의 우물에 대해 이야기했다. 그런 우물이 실제로 존재하는지 않는지 나는 모른다. 어쩌면 그것은 그녀 안에만 존재하는 이미지나 기호였을지도 모른다. 저 어두운 나날들 가운데에서 그녀가 머릿속에 자아낸 다른 수많은 사물들처럼. 그러나 나오코가 우물 이야기를 한 이후로 나는 그 우물 없이는 초원의 풍경을 떠올릴 수 없게 되었다. 실제로 본 적도 없는 우물의 모습이 내 머릿속에서 떨어져 나갈 수 없는 한 부분으로 풍경 속에 굳게 자리 잡은 것이다. 나는 그 우물이 어떻게 생겼는지 아주 자세히 묘사할 수도 있다. 우물은 초원이 끝나고 숲이 시작되는 경계선 바로 언저리에 있다. 대지에 뻥 뚫린 직경 1미터 정도의 어두운 구멍을 풀이 교묘하게 가렸다. 둘레에는 울타리도 없고 조금 높이 둘러친 돌담도 없다. 그냥 구멍만 입을 벌렸을 따름이다. 구멍 입구에 걸쳐진 돌은 오랜 비바람에 희뿌옇게 색이 바랜 채 여기저기 금이 가서 금방이라도 부서질 것 같다. 자그만 녹색 도마뱀이 돌 틈으로 기어 들어가는 것이 보인다. 몸을 앞으로 구부리고 구멍 안을 들여다보지만 아무것도 보이지 않는다. 내가 알 수 있는 것은 그 구멍이 무서울 정도로 깊다는 것뿐이다. 상상도 할 수 없을 만큼 깊다. 그리고 구멍 안에는 암흑이(세상의 모든 암흑을 졸여 놓은 듯한 짙은 암흑이) 가득 찼다.

"그건 정말로 정말로 깊어." 나오코는 신중하게 단어를 고르며 말했다. 때때로 그녀는 그런 식으로 말한다. 정확한 단어를 찾으면서 아주 천천히 말한다. "정말 깊어. 그런데 그게 어디 있는지는 아무도 몰라. 여기 어딘가에 있다는 것만은 분명하지만." 그녀는 그렇게 말하고 트위드 재킷 호주머니에 두 손을 찔러 넣은 채 내 얼굴을 바라보며 정말이라고 강조하듯 방긋 웃었다.

"그렇다면 정말 위험하잖아. 어딘가에 깊은 우물이 있어, 그런데 그게 어디 있는지는 아무도 모른다는 거지? 그러다 거기 빠져 버리면 큰일이잖아." 내가 말했다.

"어쩔 수 없지 뭐. 휘이이잉, 풍덩, 그걸로 끝."

"실제로 그런 일이 일어나지는 않아?"

"때때로 일어나. 이 년이나 삼 년에 한 번 정도. 사람이 갑자기 없어지는 거야. 아무리 찾아도 없어. 그러면 이 부근 사람들은 이렇게 말해. 들판의 우물에 빠졌다고."

"별로 기분 좋은 죽음은 아닌 것 같네." 나는 말했다.

"비참한 죽음이야." 그녀는 재킷에 달라붙은 풀씨를 손으로 털어 냈다.

"목뼈라도 부러져 그 자리에서 죽어 버리면 다행이지만 어쩌다 발이 삐는 데 그치면 오도 가도 못 하는 신세가 되고 말아. 목이 터져라 불러도 아무도 듣지 못하고, 누군가가 발견할 가능성도 없고, 근처에 지네나 거미 같은 것들이 우글대

16

고, 먼저 죽은 사람들의 백골이 바닥에 널렸고, 깜깜하고 축축하기만 해. 그리고 위쪽에는 빛의 동그라미가 마치 겨울 하늘의 달처럼 작게 작게 떠 있어. 그런 데서 홀로 천천히 죽어 가는 거야."

"생각만 해도 털이 곤두서는 것 같아. 누군가 찾아내서 울타리라도 쳐야지."

"하지만 아무도 그 우물을 찾을 수가 없어. 그러니까 제대로 된 길을 벗어나면 안 되는 거야."

"절대로 안 벗어날래."

나오코는 호주머니에서 왼손을 빼내 내 손을 잡았다. "하지만 괜찮아, 넌. 너는 아무런 걱정도 할 필요 없어. 어둠 속에서 아무리 헤매고 다녀도 절대 우물에 빠지지 않아. 그리고 이렇게 너랑 같이 있는 한 나도 우물에 빠지지 않아."

"절대로?"

"절대로."

"그걸 어떻게 알아?"

"난 알아. 그냥 알아." 나오코는 내 손을 꼭 잡은 채 말했다. 그러고는 잠시 입을 다물고 걷기만 했다. "난 그런 건 굉장히 잘 알아. 무슨 논리 같은 게 아니라, 그냥 알게 돼. 지금처럼 너랑 이렇게 손을 꼭 잡으면 하나도 안 무서워. 어떤 어둡고 나쁜 것도 나를 끌어들이려 하지 않아."

"그러면 간단한 얘기네. 계속 이렇게 손을 잡고 있으면 되잖아."

"그거, 진심으로 하는 말이야?"

"당연히 진심이지."

나오코는 멈춰 섰다. 나도 멈춰 섰다. 그녀는 두 손을 내 어깨에 올리고 가만히 내 눈을 들여다보았다. 그녀의 눈동자 깊은 데에서 검고 무거운 액체가 이상한 도형을 그리며 소용돌이쳤다. 그렇게 아름다운 눈동자 한 쌍이 한참이나 내 안을 들여다보았다. 그다음 그녀는 까치발을 하고서 내 볼에 살짝 볼을 댔다. 순간, 심장이 멈춰 버릴 것만 같은 따스하고 매혹적인 몸짓이었다.

"고마워." 나오코가 말했다.

"별말씀을."

"네가 그런 말을 해 줘서 정말 기뻐. 정말." 그녀는 슬픈 미소를 머금고 말했다. "하지만 그렇게는 안 돼."

"왜?"

"그래서는 안 되는 거니까. 그건 너무 심한 일이니까. 그건……." 무슨 말인가를 하려다 말고 나오코는 입을 꾹 다물더니 그대로 걸어갔다. 온갖 생각들이 그녀의 머릿속을 휘감고 돈다는 것을 알고, 나 또한 더는 말을 걸지 않고 그 곁을 묵묵히 걸었다.

"그건 올바르지 못한 일이야, 너에게나 나에게." 한참이나 지난 후에 그녀는 덧붙였다.

"어떻게 올바르지 못한 건데?" 나는 조용한 목소리로 물었다.

"그러니까 누군가가 누군가를 영원히 지켜 준다는 건 불가능한 일이잖아. 그렇지? 만약, 만약에 말이야, 내가 너하고 결혼했다고 해 봐. 넌 회사에 갈 거잖아. 그럼 그동안은 누가 나를 지켜 줘? 네가 출장이라도 가 버리면 도대체 누가 나를 지켜 주겠어? 내가 죽을 때까지 너에게 달라붙어 따라다녀야 해? 그건 너무 불공평하잖아. 그런 걸 인간관계라고 할 수 있을까? 그러다 언젠가는 나한테 넌더리가 나고 말 거야. 내 인생은 대체 뭐지, 이 여자를 돌보기 위해 태어난 거냐면서. 난 그런 거 싫어. 그런 걸로는 내가 끌어안은 문제를 해결할 수 없어."

"이런 상태가 평생 계속되는 건 아니야." 나는 그녀의 등에 손을 올리고 말했다. "언젠가는 끝나게 되어 있어. 그게 끝나면 같이 다시 한 번 생각해 보면 돼. 앞으로 어쩌면 좋을지. 그때가 되면 혹시 네가 나를 도와줄지도 몰라. 우린 수지 타산을 해 가며 살아가는 게 아냐. 만일 네가 지금 나를 필요로 한다면 그냥 편하게 사용하면 되는 거야. 그렇잖아? 왜 그렇게 모든 걸 어렵게 생각해? 있지, 어깨에서 힘을 좀 빼 봐. 너무 어렵게 생각하고 긴장하니까 모든 걸 그렇게 보는 거야. 어깨에서 짐을 내리고 모든 걸 가볍게 생각해 봐."

"어떻게 그런 말을 할 수 있어?" 나오코는 무서우리만치 메마른 목소리로 말했다.

그 목소리에 내가 무슨 잘못된 말을 한 것 같다는 생각이 들었다.

"왜지?" 나오코는 발아래 땅바닥을 가만히 내려다보며 말했다. "어깨에서 힘을 빼면 몸이 가벼워진다는 것 정도는 나도 알아. 그런 말 들어 본들 아무 소용없어. 무슨 소린지 알겠어? 만일 내가 지금 어깨에서 힘을 빼면, 나는 산산조각이 나고 말아. 난 옛날부터 이런 식으로 살아왔고, 지금도 이런 식으로밖에 살아갈 수 없는 거야. 한번 힘을 빼고 나면 절대 원래대로 돌아가지 못해. 그걸 왜 몰라? 그것도 모르면서 어떻게 나를 보살펴 주겠다고 말할 수 있는 거야?"

나는 입을 다물었다.

"나는 네가 상상하는 것 이상으로 아주 심각한 혼란에 빠졌어. 어둡고, 차갑고, 너무 혼란스러워……. 저기, 그때 왜 나랑 잤던 거야? 나를 왜 가만 내버려 두지 않은 거야?"

우리는 적막에 감싸인 소나무 숲길을 걸었다. 길 위에는 여름의 끝자락에 죽어 바싹 말라 버린 매미의 시체가 흩어져서, 그것들이 신발 아래에서 바삭바삭 소리를 냈다. 나오코와 나는 마치 뭔가를 찾아 헤매듯 땅바닥을 내려다보며 천천히 소나무 숲 속에 난 길을 걸었다.

"미안해." 나오코는 말하면서 내 팔을 부드럽게 잡았다. 그리고 몇 번 고개를 저었다. "너를 아프게 하려던 건 아니었어. 내 말 마음에 두지 마. 정말 미안. 난 그냥 나 자신한테 화가 났을 뿐이야."

"지금 난 아마도 널 진실로 이해하지는 못하겠지. 난 머리 좋은 인간이 아니라서 뭔가를 이해하려면 시간이 좀 걸려. 그렇지만 시간이 지나면 너를 이해할 수 있을 거야. 아마 이 세상에서 널 제일 잘 이해하는 사람이 될 수 있을 거야."

우리는 그 자리에 멈춰 서서 고요 속에 귀를 기울였다. 나는 발아래 매미 시체며 솔방울을 발끝으로 굴리기도 하고, 소나무 가지 사이로 하늘을 올려다보기도 했다. 나오코는 재킷 호주머니에 손을 찔러 넣은 채 멍한 눈길로 그저 생각에 잠겼다.

"저기, 와타나베, 나 좋아해?"

"물론이지."

"그럼 내 부탁 두 가지만 들어줄래?"

"세 가지 들어줄게."

나오코는 웃으며 고개를 저었다. "두 가지면 돼. 두 가지로 충분해. 하나는, 이렇게 나를 만나러 와 준 것에 대해 내가 정말 고맙게 생각한다는 사실을 알아줬으면 하는 거. 굉장히 기쁘고, 정말로 구원받은 기분이야. 혹시 그렇게 보이지 않는다 하더라도, 정말 그래."

"또 보러 올게. 다른 하나는?"

"나를 기억해 줬으면 좋겠어. 내가 존재하고 이렇게 네 곁에 있었다는 걸 언제까지나 기억해 줄래?"

"물론 언제까지나 기억할 거야."

그녀는 말없이 그대로 걸어가기 시작했다. 가을 햇살이 우듬지 사이를 뚫고 그녀의 어깨 위에서 반짝반짝 춤을 추었다. 다시 개 짖는 소리가 들렸는데, 그 소리는 아까보다 우리 쪽으로 더 가까워진 것 같았다. 나오코는 낮게 솟아오른 언덕 같은 곳에 올라 소나무 숲을 벗어나서는 완만한 언덕길을 잰걸음으로 내려갔다. 나는 두세 걸음 뒤에서 그녀를 따랐다.

"나랑 같이 가. 거기 어딘가 우물이 있을지도 모르니까." 나는 그녀의 등에 대고 말했다. 나오코는 멈춰 서서 방긋 웃더니 내 팔을 가볍게 잡았다. 그리고 우리는 남은 길을 나란히 걸었다.

"정말로 언제까지나 나를 잊지 않을 거야?" 그녀는 속삭이는 듯한 목소리로 물었다.

"언제까지나 기억할 거야." 나는 말했다. "내가 어떻게 너를 잊을 수 있겠니."

*

그런데도 기억은 어김없이 멀어져 가고, 벌써 나는 많은 것을 잊어버렸다. 이렇게 기억을 더듬으며 문장을 쓰다 보면 때때로 격한 불안에 빠지고 만다. 불현듯, 혹시 내가 가장 중요한 기억의 한 부분을 잊어버린 것은 아닌가 하는 생각이 들기도 한다. 내 몸속 어딘가에 기억의 변경이라 할 만한 어두운 장소가 있어 소중한 기억이 모두 거기에 쌓여 부드러운 진흙으로 바뀌어 버린 게 아닐까 하는.

그러나 누가 뭐라고 해도 그것이 지금 내가 손에 쥘 수 있는 모든 것이다. 이미 희미해져 버린, 그리고 지금도 희미해져 가는 불완전한 기억들을 꼬옥 가슴에 품은 채 뼈라도 씹는 기분으로 나는 이 글을 쓴다. 나오코와 나눈 약속을 지키기 위해서는 이 방법밖에 없다.

아주 오래전, 내가 아직 젊고 그 기억이 더욱 선명했을 때, 나는 몇 번이나 나오코에 대해 글을 쓰려 했다. 그렇지만 그때는 한 줄도 쓸 수 없었다. 처음 한 줄이라도 나와만 준다면 그다음에는 물 흐르듯 쓰게 되리라는 것을 잘 알았지만, 그 한 줄이 아무리 애써도 나오지 않았다. 모든 것이 너무도 선명해서 어디에서부터 어떻게 손을 대면 좋을지 알 수 없었다. 지나치게 자세한 지도가 자세함이 지나치다는 그 이유 때문에 때로 아무 역할도 못하는 것과도 같다. 그러나 지금은 안다. 결국 글이라는 불완전한 그릇에 담을 수 있는 것은 불완전한 기억이나 불완전한 생각뿐이다. 그리고 나오코에 대한 기억이 내 속에서 희미해질수록 나는 더 깊이 그녀를 이해할 수 있게 되었다. 그녀가 왜 나에게 "나를 잊지 마."라고 말했는지, 지금은 그 이유를 안다. 물론 나오코는 알았다. 내 속에서 그녀에 대한 기억이 언젠가는 희미해져 가리라는 것을. 그랬기에 그녀는 나에게 호소해야만 했다. "언제까지고 나를 잊지 마. 내가 여기 있었다는 것을 기억해 줘." 하고.

그런 생각을 하면 나는 견딜 수 없이 슬프다. 왜냐하면, 나오코는 나를 사랑하지조차 않았던 것이다.

2장

옛날 옛적, 그렇다고는 해도 고작 스무 해 정도밖에 지나지 않았지만, 나는 어느 기숙사에서 지냈다. 열여덟, 막 대학에 입학한 학생이었다. 도쿄에 대해 아는 것 하나 없는 데다 혼자 생활하는 것도 처음이라 걱정이 많았던 부모가 그 기숙사를 알아봐 주었다. 거기서라면 식사도 해결되고 여러 가지 시설도 갖춰 놓아 세상모르는 열여덟 살 소년이라도 살아갈 수 있으리라 생각했던 것이다. 물론 비용 문제도 있었다. 기숙사 생활은 혼자서 자취하는 것보다 싸게 먹혔다. 무엇보다 이불하고 스탠드만 있으면 다른 건 아무것도 돈을 들여 마련할 필요가 없었다. 나는 가능하다면 방을 하나 빌려 혼자 자유롭게 살고 싶었지만 사립 대학 입학금에다 등록금, 그리고 매달 생활비를 생각하면 내 마음대로 할 수 없는 노릇이었다. 결국에는 나도 사는 데야 아무렴 어떠냐고 생각하게 되었다.

그 기숙사는 도쿄에서도 전망이 꽤 좋은 높은 곳에 있었다. 드넓은 부지에 높은 콘크리트 담으로 사방을 두른 시설이었다. 정문에 들어서면 커다란 느티나무가 정면에 우뚝 섰다. 적어도 수령 백오십 년은 된다고 했다. 뿌리께에 서서 위를 올려다보면 초록 이파리가 하늘을 가려 버렸다.

콘크리트 포장도로가 거목을 우회하듯 빙 돌았다가 곧장 뻗어 정원을 가로질렀다. 정원 양쪽에는 3층짜리 철근 콘크리트 건물 두 채가 나란히 섰다. 창이 많은 커다란 건물로, 아파트를 개조한 감옥 또는 감옥을 개조한 아파트 같은 인상을 주었다. 그러나 결코 불결하거나 어두운 느낌은 아니었다. 활짝 열린 창으로 라디오 소리가 들려온다. 창문 커튼은 하나같이 햇빛에 가장 바래지 않는 크림색이다.

포장도로를 따라 곧장 나아가면 2층짜리 본관 건물이 나온다. 1층에는 식당과 커다란 목욕탕, 2층에는 강당과 회의실 몇 개의 그리고 어디 써먹는지 모를 귀빈실까지 있다. 본관 건물 곁에는 세 번째 기숙사 동이 있다. 이것도 3층이다. 정원은 넓고 파란 잔디 한가운데는 스프링클러가 햇빛을 반사하며 빙글빙글 돌아간다. 본관 건물 뒤편에는 야구와 축구 겸용 운동장과 6면짜리 테니스 코트가 있다. 있을 건 다 있다.

이 기숙사의 유일한 문제점은 그 뿌리에서부터 뭔지 모를 수상쩍은 냄새를 풍긴다는 데 있었다. 기숙사는 지극히 우익적인 어떤 인물을 중심으로 한 정체불명의 재단 법인이 운영했는데, 그 운영 방침이 (물론 내가 보는 관점에서) 꽤 기묘하게 뒤틀린 것이었다. 기숙사 소개 팸플릿과 기숙사 규율을 읽어 보면 대충은 알 수 있다. '교육의 근간을 밝혀 국가에 유익한 인재를 육성한다.' 이것이 이 기숙사 창설의 정신이며, 그 정신에 동의하는 많은 경제계 인사가 사재를 털어서……라는 것이 표면적인 얼굴이지만 그 이면은 아니나 다를까 애매모호했다. 정확한 목적이나 이유는 아무도 모른다. 그냥 세금 대책이라는 사람도 있고 이름을 알리기 위해서라는 사람도 있고 기숙사 설립이라는 명목으로 일등지를 사기 같은 수법으로 손에 넣었다고 하는 사람도 있다. 아니, 그보다 더 깊은 노림수가 있다는 사람도 있다. 그 가설에 따르면, 이 기숙사 출신자들로 정재계에 지하 파벌을 만들려는 은밀한 의도가 있다는 것이다. 분명히 이 기숙사에는 기숙사생 가운데 톱 엘리트를 끌어모은 특권적인 클럽 같은 것이 있어서, 자세한 내용은 나도 잘 모르지만, 한 달에 몇 번 설립자를 중심으로 연구회 비슷한 걸 열고 있으며, 그 클럽에 들어가기만 하면 취직은 따 놓은 당상이라는 것이다. 어느 말이 옳고 어느 말이 틀린 것인지 나로서는 알 길이 없지만, 그 모든 게 '아무튼 뭔지 모를 냄새가 나는 곳'이라고 규정한다는 점에서는 일치했다.

어쨌거나 1968년 봄부터 1970년 봄까지 두 해 동안 나는 수상쩍은 냄새가 물씬 풍기는 이 기숙사에서 지냈다. 왜 그런 수상쩍은 곳에서 이 년이나 살았느냐고 물어도 답할 말이 없다. 일상생활 면에서 보자면 우익이건 좌익이건 위선적이건 짐짓 악당인 척하건 별다른 차이가 없다.

기숙사의 하루는 장엄한 국기 게양으로 시작된다. 물론 국가도 흘러나온다. 스포츠 뉴스에서 행진곡을 빼놓을 수 없듯 국기 게양에서 국가가 빠져서는 안 된다. 국기 게양대는 정원 한가운데 있어서 기숙사 동의 어느 창에서도 볼 수 있었다.

국기 게양은 동쪽 동(내가 있던 동)의 사감이 맡았다. 큰 키에 눈매가 날카로운 육십 대 남자였다. 뻣뻣해 보이는 머리카락에 드문드문 흰서리가 내렸고 햇볕에 그을린 목덜미에는 긴 상흔이 있었다. 육군 나카노 학교[1] 출신이라는 소

[1) 일본에서 비밀공작 및 첩보 요원을 육성하기 위해 만든 스파이 양성 학교.

문도 있었으나 사실인지 아닌지는 알 수 없었다. 그 곁에는 국기 게양을 돕는 조수라 할 학생이 섰다. 이 학생에 대해서는 아는 사람이 거의 없었다. 바싹 친 머리에 늘 학생복 차림이었다. 이름도 모르고 어느 동 몇 호에 사는지도 몰랐다. 식당에서도 목욕탕에서도 얼굴을 마주친 적이 없었다. 학생인지 아닌지조차 알 수 없었다. 그래도 학생복을 입었으니 학생이긴 할 거다. 그렇게 생각할 수밖에 없었다. 그는 나카노 학교 씨와 달리 키가 작고 통통한 몸매에 피부가 하얬다. 이 음침한 2인 1조가 매일 아침 6시에 기숙사 정원에 히노마루기[2]를 올렸다.

나는 기숙사에 막 들어왔을 때 이 진기한 광경을 보려고 일부러 6시에 일어나 그 애국적 의식을 지켜보곤 했다. 아침 6시, 라디오에서 정각을 알리는 시보가 울리기 무섭게 두 사람은 정원에 모습을 드러낸다. 학생복은 물론 학생복에 검은 구두, 나카노 학교는 점퍼에 흰 운동화 차림이다. 학생복은 얇은 오동나무 상자를 들었다. 나카노 학교는 소니 카세트를 들었다. 나카노 학교가 카세트를 게양대 아래에 내려놓는다. 학생복이 상자를 연다. 상자 안에는 반듯이 접은 국기가 있다. 학생복이 경건한 몸짓으로 국기를 나카노 학교에게 건넨

---

2) 日の丸. 흰 바탕에 붉은 원이 그려진 일본 국기.

다. 나카노 학교가 로프에 국기를 건다. 학생복이 카세트 스위치를 누른다.

국가.

그리고 깃발이 스르륵 깃대 위로 올라간다.

"사자레이시노오."[3]

그 언저리에서 국기는 깃대 중간 정도, "마아데."[4]에서 정상에 도달한다. 두 사람은 등을 쭉 펴고 차려 자세로 깃발을 높이 올려다본다. 맑은 하늘에 바람까지 적당히 불어주면 이거 꽤 볼만한 풍경이다.

저녁나절의 국기 하강도 대체로 비슷한 식으로 이루어진다. 다만 순서가 아침과는 정반대이다. 깃발이 주르르 내려와 오동나무 상자 안에 고이 모셔진다. 밤에는 국기를 걸지 않는다.

왜 밤에는 국기를 내리는 것일까, 나는 이유를 알 수 없었다. 밤에도 국가는 존속하며, 일하는 사람도 많다. 선로 노동자나 택시 기사, 바의 호스티스, 야근 소방관, 빌딩 경비원, 그렇게 밤에 일하는 사람들이 국가의 보호를 받을 수 없다는 것은 아무리 생각해도 불공평하다는 느낌이 든다.

---

3) さざれ石の. 일본어로 '작은 돌이'를 뜻한다.
4) まで 일본어로 '~까지'를 뜻한다. 여기까지 일본 국가인 「기미가요(君ガ代)」의 가사.

지 않았느냐는 둥 코털을 자르는 게 좋을 것 같다는 둥 그런 말도 해 주었다. 물론 곤혹스러울 때도 있었는데, 벌레가 한 마리라도 들어오면 온 방에 살충제를 뿌려 나를 옆방의 카오 스로 도망치게 했다.

특공대는 어느 국립 대학에서 지리학을 전공했다.

"난 말이야, 지, 지, 지도 공부를 해." 처음 만났을 때 그 가 말했다.

"지도를 좋아해?" 내가 물었다.

"응, 대학 졸업하면 국토 지리원에 들어가서 지, 지, 지도 를 만들 거야."

과연 이 세상에는 참으로 많은 종류의 희망과 인생의 목 적이 있다고 나는 새삼 감탄했다. 그것이 내가 도쿄에 와서 처음으로 감탄한 일 가운데 하나였다. 하긴 지도 제작에 관 심과 열정을 품은 사람이 조금이라도 없으면(너무 많을 필요 까지는 없겠지만.) 곤란할 것도 같다. 그러나 '지도'라는 말을 할 때마다 말을 더듬어 버리는 인간이 국토 지리원에 들어 가고 싶어 한다는 사실은 참으로 기묘했다. 그는 때에 따라 더듬기도 하고 더듬지 않기도 했지만, '지도'라는 말만 나오 면 100퍼센트 말을 더듬었다.

"너, 너는 전공이 뭐야?" 그가 내게 물었다.

"연극." 나는 대답했다.

그렇지만 사실 그런 일 따위 별것도 아닐지 모른다. 아마 아 무도 그런 데 신경 쓰지 않을 것이다. 그런 생각을 하는 사 람은 나 정도일 것이다. 그런 나 또한 우연히 그런 생각을 한 번 해 봤을 뿐, 애당초 깊이 파고들어 따질 의도는 없다.

기숙사 방 배치는 1, 2학년은 두 사람이 한방, 3, 4학년 은 독방이 원칙이다. 2인실은 약간 기다란 세 평 정도 넓이 로 문 반대편 벽에 알루미늄 새시 창이 달렸고, 창 앞에 공 부를 할 수 있게 책상과 의자가 나란히 놓였다. 입구 왼쪽에 철제 2층 침대가 있었다. 가구는 하나같이 극단적일 만큼 간결하면서도 견고하게 생겼다. 책상과 침대 말고는 사물함 이 둘, 작은 커피 테이블이 하나, 그리고 선반이 있었다. 아 무리 좋게 보아도 시적인 공간은 아니었다. 대체로 어느 방 이든 선반에는 트랜지스터라디오, 헤어드라이어, 전기 포트 와 전열기, 인스턴트커피와 티백, 각설탕, 라면을 끓일 냄비 와 간단한 식기 따위가 있었다. 회칠 벽에는 《헤이본 펀치》 의 핀업 사진이나 어디서 뜯어 온 포르노 영화 포스터 따위 가 붙었다. 돼지의 교미 장면을 찍은 사진을 농담처럼 붙여 놓은 방도 있었는데, 그런 건 예외 중의 예외고 거의가 여자 누드 사진이나 젊은 여가수며 여배우 사진이었다. 책상 위 책꽂이에는 교과서나 사전, 소설책 따위가 꽂혔다.

남자만의 공간이라 방 안은 대체로 무지 더러웠다. 쓰레기통 바닥에는 곰팡이가 슨 귤껍질이 달라붙어 있고, 재떨이 대용 빈깡통에는 꽁초가 10센티미터나 쌓여 있고, 거기에 불이라도 붙으면 커피나 맥주 따위로 끄다 보니 절어도 심하게 절어 지독한 냄새가 요동쳤다. 식기는 대체로 거무튀튀하고 뭔지 모를 찌꺼기가 여기저기 달라붙었으며, 방바닥에는 라면 봉지니 맥주병이니 병뚜껑 같은 것들이 제멋대로 굴러다녔다. 빗자루로 쓸어서 쓰레받기에 담아 쓰레기통에 버린다는 생각 자체를 아무도 하지 않았다. 바람이 불면 바닥에서 먼지가 폴폴 일어났다. 어느 방이건 악취를 풍기지 않는 곳이 없었다. 방에 따라 냄새는 조금씩 다르지만 그 냄새를 구성하는 요소는 완전히 일치했다. 땀과 몸 냄새와 쓰레기. 세탁물을 무조건 침대 아래로 쑤셔 넣는 데다 정기적으로 널어서 말리는 인간이 없다 보니 땀을 잔뜩 빨아들인 이불에서 어쩔 도리가 없는 냄새가 풍겼다. 그런 카오스 속에서도 치명적인 전염병이 용케도 퍼지지 않았다니 지금 생각해도 신기하기 짝이 없었다.

그에 비하면 내 방은 시체 안치실만큼 청결했다. 바닥에 먼지 하나 없고 얼룩 한 점 없는 유리창에 이불은 일주일에 한 번 반드시 말리고, 연필은 정확히 연필통에, 커튼도 한 달에 한 번은 빨았다. 나의 동거인이 병적일 정도로 청결하기 때문이었다. 내가 다른 학생들에게 "그 자식 커튼까지

빨아."라고 말해도 아무도 믿으려 하지 않았다. 커튼도 끔찍 빨아 줘야 한다는 것을 아무도 몰랐다. 다들 커튼이 반영구적으로 창에 달라붙은 것이라고 믿었다. "그 자식, 태야." 그들은 그렇게 말했다. 그다음 하나같이 그 친구를 나치 또는 특공대라고 불렀다.

내 방 벽에는 핀업 사진조차 한 장 붙지 않았다. 그 대에 암스테르담 운하 사진이 붙어 있었다. 내가 누드 사진을 붙였더니 "저, 와타나베, 나, 나는 이런 거 별로 좋아하지 는데." 하더니 그 사진을 떼어 버리고 운하 사진으로 갈아 치웠다. 나도 누드 사진에 목을 매는 타입이 아니어서 그냥 내버려 두었다. 내 방에 놀러 온 애들은 하나같이 물었다. "뭐야, 이거?" "특공대 자식 이걸 보면서 딸딸이 치거든." 나는 그렇게 말한다. 농담으로 한 말인데 다들 그냥 믿어 버렸다. 너무 간단히 믿는 통에 어느새 나까지 진짜 그럴지도 모른 다고 생각하게 되었다.

다들 특공대와 같이 지내는 나를 동정했지만, 난 그리 지 않았다. 내가 깨끗이만 하면 그 친구는 내가 뭘 하든 간 하지 않아서 오히려 편할 지경이었다. 청소도 전부 그가 해 주었고 이불도 그가 말렸고 쓰레기도 그가 치웠다. 내가 바쁘다는 이유로 사흘 정도 목욕을 안 하면 쿵쿵 냄새를 맡고는 당장 목욕을 하라며 충고해 주었고, 이발소 갈 때기

"연극이라면, 연기를 해?"

"아니, 그런 게 아니고 말이야. 희곡을 읽기도 하면서 연구하는 거야. 라신이라든지 이오네스코, 또는 셰익스피어 같은 거."

셰익스피어 말고는 처음 듣는 이름이라고 그는 말했다. 나도 거의 처음 듣는 이름이다. 강의 소개에 그런 이름이 들어 있어서 그냥 읊었을 뿐이다.

"어쨌거나 그런 걸 좋아한다는 거네?" 그가 말했다.

"별로 좋아하는 건 아냐."

그 대답은 그를 혼란스럽게 했다. 혼란에 빠지면 말을 더 심하게 더듬는다. 나는 무척 심한 말을 한 것 같은 기분이었다.

"뭐든 좋았던 거야, 내 경우는." 나는 설명했다. "민속학이나 동양사라도 좋았어. 그렇지만 어쩌다 보니 연극이 되고 말았어, 마음이 끌렸는지. 그뿐이야." 물론 그런 설명이 그를 납득시킬 수는 없었다.

"잘 이해가 안 가네." 그는 정말로 이해할 수 없다는 표정을 지으며 말했다.

"내, 내 경우는 지, 지, 지도가 좋으니까, 지, 지, 지, 지도 공부를 하는 거야. 그래서 일부러 도, 도쿄에 있는 대학까지 와서 집에서도, 돈을 부쳐 받는 거야. 그런데 넌 그런 게 아니라니까……."

그의 말이 옳았다. 나는 설명을 포기했다. 그리고 우리는
성냥개비로 제비를 뽑아 2층 침대 아래위를 정했다. 그가
위, 내가 아래였다.

그는 늘 흰 셔츠에 검은 바지, 감색 스웨터를 입고 다녔다.
깍두기 머리에 키가 크고 광대뼈가 튀어나왔다. 학교에 갈
때는 늘 학생복 차림이었다. 구두도 가방도 까만색이었다. 겉
보기에는 완전히 우익 학생 차림이었고, 그래서 주위 사람들
도 특공대라 불렀지만 사실 그는 정치에 관해서는 100퍼센
트 무관심했다. 옷을 가려 입는 것이 귀찮아서 늘 그러고 다
니는 것뿐이었다. 그의 관심은 해안선의 변화라든지 새로운
철도 터널의 완성이라든지 오로지 그런 것들뿐이었다. 그런
일에 대한 이야기가 나오면 그는 때로 말이 막히기도 하고
더듬기도 하지만 한 시간이고 두 시간이고 내가 도망치거나
자 버리기 전까지 끝도 없이 이야기를 늘어놓았다.

그는 매일 아침 6시에 국가를 기상 신호 대신으로 삼아
자리에서 일어났다. 저 음침한 국기 게양식도 나름대로 역
할을 하기는 했다. 옷을 입고 세면장으로 가서 세수를 한다.
세수하는 데도 아주 오랜 시간을 들인다. 이를 하나하나 뽑
아서 닦는 건 아닌가 싶을 정도이다. 방으로 돌아오면 탁탁
소리를 내며 수건을 털어서 스팀 위에 올려 말리고 칫솔과

치약을 선반에 올려놓는다. 그런 다음 라디오를 켜고 음악에 맞춰 체조를 시작한다.

나는 대체로 밤늦게까지 책을 읽고 아침 8시까지 푹 자는 터라 그가 일어나 부스럭거리건 라디오를 켜고 체조를 하건, 그냥 곤히 잠에 빠져 있을 때도 있었다. 그러나 그럴 때도 라디오 체조가 도약 부분에 이르면 반드시 눈을 뜨게 되었다. 도저히 눈을 안 뜨고는 배길 수 없었다. 그는 뛰어오를 때마다 아주 높이 뛰어올랐는데, 그 진동으로 침대가 아래위로 흔들렸기 때문이다. 사흘간, 나는 참았다. 공동생활에는 어느 정도 인내가 필요하다는 말을 들었던 것이다. 그러나 나흘째 아침, 더는 참을 수 없다는 결론에 이르렀다.

"미안하지만 라디오 체조는 옥상 같은 데서 해 줄래." 나는 단호한 어투로 말했다. "그거 때문에 잠을 잘 수 없어."

"하지만 6시 반이나 됐는데." 그는 믿을 수 없다는 표정으로 말했다.

"나도 알아, 그건. 6시 반이잖아? 나한테 6시 반은 아직 잘 시간이야. 왜 그런지 물으면 설명하긴 어렵지만, 아무튼 난 그래."

"안 돼. 옥상에서 하면 3층 사람들이 불평할 거야. 여기는 아래층이 창고니까 아무도 불평하지 않아."

"그럼 정원에 나가서 해. 잔디밭에서."

"그것도 안 돼. 나, 나는 트랜지스터라디오가 없어서, 그래서 전원이 없으면 라디오를 켤 수 없고, 음악이 없으면 체조를 못 해."

그러고 보니 그의 라디오는 아주 오래된 전원식이었고, 내 것은 트랜지스터이긴 하지만 FM밖에 안 나오는 음악 전용이었다. 어이쿠, 나는 고개를 저었다.

"그럼 절충하자. 라디오 체조를 해도 좋아. 그 대신 뜀박질만은 참아 줘. 그거, 정말 시끄러우니까. 그거면 되지?"

"뛰, 뜀박질?" 그는 깜짝 놀란 표정으로 말했다. "뛰, 뜀박질이라니, 뭔데, 그거?"

"뜀박질은 뜀박질이지. 껑충껑충 뛰어오르는 거."

"그런 거 없는데."

나는 머리가 아프기 시작했다. 아무렴 어떠냐는 생각이 들긴 했지만, 일단 말이 나왔으니 확실히 결론을 내리는 편이 좋을 것 같아서 나는 실제로 NHK 라디오 체조의 첫째 소절을 흥얼거리면서 바닥 위를 쿵쿵 뛰어올랐다.

"봐, 이거 말이야, 분명히 있잖아?"

"그, 그러네. 있긴 있네. 모, 몰랐어."

"그러니까 말이야." 나는 침대에 걸터앉으며 말했다. "그 부분만 생략해 줘. 다른 부분은 내가 참을게. 도약 부분만 안 해 주면 난 푹 잘 수 있거든."

"그건 안 돼." 그는 아주 산뜻하게 일축해 버렸다. "한 부분만 빼뜨릴 수는 없는 거야. 십 년이나 매일매일 한 거라서 일단 시작하면 무, 무의식적으로 전부 하게 돼. 하나를 빼면, 저, 저, 전부 망쳐 버려."

나는 더는 아무 말도 하지 않았다. 거기서 무슨 말을 더 하겠는가? 가장 빠른 방법은 그가 없는 틈을 타서 그 저주 스러운 라디오를 창밖으로 던져 버리는 것이지만, 그런 짓을 했다가는 지옥문이라도 열어젖힌 듯 엄청난 소동이 벌어질 것이 불을 보듯 뻔했다. 특공대는 자기 물건을 극단적으로 소중히 여기는 사내였기 때문이다. 내가 할 말을 잃고 멍하니 침대에 걸터앉자, 그가 방긋방긋 웃으면서 나를 위로해 주었다.

"와, 와타나베, 우리 같이 일어나서 체조하면 좋겠는데." 그 말을 남기고 그는 아침을 먹으러 가 버렸다.

*

내가 특공대와 그의 라디오 체조에 대해 이야기하자 나오코는 쿡쿡 웃었다. 웃기려고 한 이야기는 아니었지만 결국 나도 웃고 말았다. 아주 짧게 머물다 사라지고 말았지만, 정말 오랜만에 나는 그녀의 웃음을 보았다.

　나오코와 나는 요쓰야 역에서 전철을 내려 선로 곁 둑방을 따라 이치가야 쪽으로 걸어갔다. 5월 중순 일요일 오후였다. 아침나절부터 언뜻언뜻 내리다가 그치기를 반복하던 비도 점심 전에 완전히 개고 낮게 깔렸던 우중충한 구름도 남쪽에서 불어오는 바람에 날려 간 듯 모습을 감추었다. 선명한 녹색 벚나무 이파리가 바람에 흔들리며 햇빛 속에서 반짝였다. 햇살은 벌써 초여름이었다. 스쳐 지나가는 사람들도 스웨터며 윗도리를 벗어 어깨에 걸치거나 팔에 걸었다. 일요일 오후의 따스한 햇살 아래 모두들 행복해 보였다. 둑방 건너편으로 보이는 테니스 코트에서 젊은 남자가 셔츠를 벗어 던지고 반바지 차림으로 힘껏 라켓을 휘둘렀다. 벤치에 나란히 앉은 수녀 두 사람만이 검은 겨울옷 차림이라 그녀들 주위에만 여름 햇살이 내리지 않은 듯이 보였지만, 그래도 두 사람은 평온한 표정으로 햇살을 받으며 즐겁게 이야기를 나누었다.

　십오 분 정도 걷자 등에 땀이 차기 시작해서 나는 두꺼운 면 셔츠를 벗고 티셔츠 바람이 되었다. 그녀는 옅은 회색 트레이닝셔츠 소매를 팔꿈치 위로 걷어 올렸다. 자주 비벼 빤 듯 보기 좋을 정도로 색이 바랬다. 오래전에 이것과 같은 셔츠를 그녀가 입었던 것을 본 듯한 느낌이 들었지만 확실한 기억은 아니다. 다만 그런 느낌이 들었을 뿐이다. 나오코에 대해 당시 나는 그렇게 많은 기억이 있는 것은 아니었다.

"공동생활은 좀 어때? 다른 사람이랑 같이 지내는 거 재미있어?" 나오코가 물었다.

"잘 모르겠어. 아직 한 달 정도밖에 지나지 않아서. 하지만 그리 나쁘진 않아. 적어도 참기 힘들 정도는 아니니까."

그녀는 급수대 앞에 멈춰 서서 한 모금 정도 물을 마시고는 바지 주머니에서 하얀 손수건을 꺼내 입을 닦았다. 그다음 몸을 숙여 조심스럽게 구두끈을 고쳐 맸다.

"그런데, 나도 그런 생활을 할 수 있을 거 같아?"

"공동생활?"

"응."

"글쎄? 생각하기 나름일 것 같은데. 귀찮은 일도 꽤 있으니까. 규칙도 엄하고 아무것도 아닌 놈들이 어깨에 힘 주고 다니기도 하고, 동거인은 아침 6시 30분부터 라디오 체조를 하고. 하지만 그 정도 일은 어디 간들 마찬가지라고 생각하면 그리 신경 쓰이지도 않아. 여기서 살 수밖에 없다고 생각하면 그런 대로 살아져. 다 그렇지 뭐."

"하긴 그렇겠다." 그녀는 고개를 끄덕이더니 잠시 무슨 생각을 하는 것 같았다. 그러고는 무슨 희귀한 것을 보기라도 하는 듯 내 눈을 가만히 들여다보았다. 자세히 보니 그녀의 눈은 가슴이 철렁할 만큼 깊고 맑았다. 그때까지 그녀의 눈이 그렇게 깊고 맑은 줄 몰랐다. 생각해 보면 나오코의 눈을 가만히 들여다볼 기회가 한 번도 없었다. 둘이서 걷는 것도 처음이고 이렇게 오래 이야기를 나누는 것도 처음이었다.

"어디 기숙사 같은 데 들어갈 생각이니?" 나는 물었다.

"아니, 그런 건 아니고. 그냥, 나, 조금 생각해 봤어. 공동생활이란 어떤 걸까 하고. 그리고 그건⋯⋯." 나오코는 입술을 깨물면서 적절한 말이나 표현을 찾는 것 같았지만 결국 찾지 못한 것 같았다. 그녀는 한숨을 내쉬고 눈을 아래로 내리깔았다. "잘 모르겠어. 괜찮아."

그게 대화의 끝이었다. 나오코는 다시 동쪽으로 걷기 시작했고, 나는 조금 뒤에서 걸었다.

나오코와는 거의 일 년 만이었다. 일 년 사이에 나오코는 사람이 달라 보일 만큼 여위었다. 도드라져 보였던 통통한 볼살이 눈에 띄게 빠졌고 목선도 많이 가늘어졌지만, 그렇다고 피골이 상접했다든지 어디 아파 보이는 느낌은 전혀 아니었다. 살이 빠진 모습도 자연스럽고 편안해 보였다. 마치 어디 좁고 가느다란 공간에 몸을 쏙 끼워 넣었다가 그만 홀쭉해져 버린 듯한 느낌이었다. 그리고 나오코는 그때까지 내가 생각했던 것보다 더 예뻤다. 나는 거기에 대해 나오코에게 무슨 말을 하려다가 도무지 어떻게 표현하면 좋을지 그렇지만 사실 그런 일 따위 별것도 아닐지 모른다. 아마 아무도 그런 데 신경 쓰지 않을 것이다. 그런 생각을 하는 사람은 나 정도일 것이다. 그런 나 또한 우연히 그런 생각을 한 번 해 봤을 뿐, 애당초 깊이 파고들어 따질 의도도 없다.

기숙사 방 배치는 1, 2학년은 두 사람이 한방, 3, 4학년은 독방이 원칙이다. 2인실은 약간 기다란 세 평 정도 넓이로 문 반대편 벽에 알루미늄 새시 창이 달렸고, 창 앞에 공부를 할 수 있게 책상과 의자가 나란히 놓였다. 입구 왼쪽에 철제 2층 침대가 있었다. 가구는 하나같이 극단적일 만큼 간결하면서도 견고하게 생겼다. 책상과 침대 말고는 사물함이 둘, 작은 커피 테이블이 하나, 그리고 선반이 있었다. 아무리 좋게 보아도 시적인 공간은 아니었다. 대체로 어느 방이든 선반에는 트랜지스터라디오, 헤어드라이어, 전기 포트와 전열기, 인스턴트커피와 티백, 각설탕, 라면을 끓일 냄비와 간단한 식기 따위가 있었다. 회칠 벽에는 《헤이본 펀치》의 핀업 사진이나 어디서 뜯어 온 포르노 영화 포스터 따위가 붙었다. 돼지의 교미 장면을 찍은 사진을 농담처럼 붙여 놓은 방도 있었는데, 그런 건 예외 중의 예외고 거의가 여자 누드 사진이나 젊은 여가수며 여배우 사진이었다. 책상 위 책꽂이에는 교과서나 사전, 소설책 따위가 꽂혔다.

남자만의 공간이라 방 안은 대체로 무지 더러웠다. 쓰레기통 바닥에는 곰팡이가 슨 귤껍질이 달라붙어 있고, 재떨이 대용 빈깡통에는 꽁초가 10센티미터나 쌓여 있고, 거기에 불이라도 붙으면 커피나 맥주 따위로 끄다 보니 절어도 심하게 절어 지독한 냄새가 요동쳤다. 식기는 대체로 거무튀튀하고 뭔지 모를 찌꺼기가 여기저기 달라붙었으며, 방바닥에는 라면 봉지니 맥주병이니 병뚜껑 같은 것들이 제멋대로 굴러다녔다. 빗자루로 쓸어서 쓰레받기에 담아 쓰레기통에 버린다는 생각 자체를 아무도 하지 않았다. 바람이 불면 바닥에서 먼지가 폴폴 일어났다. 어느 방이건 악취를 풍기지 않는 곳이 없었다. 방에 따라 냄새는 조금씩 다르지만 그 냄새를 구성하는 요소는 완전히 일치했다. 땀과 몸 냄새와 쓰레기. 세탁물을 무조건 침대 아래로 쑤셔 넣는 데다 정기적으로 널어서 말리는 인간이 없다 보니 땀을 잔뜩 빨아들인 이불에서 어쩔 도리가 없는 냄새가 풍겼다. 그런 카오스 속에서도 치명적인 전염병이 용케도 퍼지지 않았다니 지금 생각해도 신기하기 짝이 없었다.

그에 비하면 내 방은 시체 안치실만큼 청결했다. 바닥에 먼지 하나 없고 얼룩 한 점 없는 유리창에 이불은 일주일에 한 번 반드시 말리고, 연필은 정확히 연필통에, 커튼도 한 달에 한 번은 빨았다. 나의 동거인이 병적일 정도로 청결하기 때문이었다. 내가 다른 학생들에게 "그 자식 커튼까지 빨아."라고 말해도 아무도 믿으려 하지 않았다. 커튼도 가끔씩 빨아 줘야 한다는 것을 아무도 몰랐다. 다들 커튼이란 반영구적으로 창에 달라붙은 것이라고 믿었다. "그 자식, 변태야." 그들은 그렇게 말했다. 그다음 하나같이 그 친구를 나치 또는 특공대라고 불렀다.

내 방 벽에는 핀업 사진조차 한 장 붙지 않았다. 그 대신에 암스테르담 운하 사진이 붙어 있었다. 내가 누드 사진을 붙였더니 "저, 와타나베, 나, 나는 이런 거 별로 좋아하지 않는데." 하더니 그 사진을 떼어 버리고 운하 사진으로 갈아치웠다. 나도 누드 사진에 목을 매는 타입이 아니어서 그냥 내버려 두었다. 내 방에 놀러 온 애들은 하나같이 물었다. "뭐야, 이거?" "특공대 자식 이걸 보면서 딸딸이 치거든." 나는 그렇게 말한다. 농담으로 한 말인데 다들 그냥 믿어 버렸다. 너무 간단히 믿는 통에 어느새 나까지 진짜 그럴지 모른다고 생각하게 되었다.

다들 특공대와 같이 지내는 나를 동정했지만, 난 그리 싫지 않았다. 내가 깨끗이만 하면 그 친구는 내가 뭘 하든 간섭하지 않아서 오히려 편할 지경이었다. 청소도 전부 그가 해 주었고 이불도 그가 말렸고 쓰레기도 그가 치웠다. 내가 좀 바쁘다는 이유로 사흘 정도 목욕을 안 하면 킁킁 냄새를 맡고는 당장 목욕을 하라며 충고해 주었고, 이발소 갈 때가 되지 않았느냐는 둥 코털을 자르는 게 좋을 것 같다는 둥 그런 말도 해 주었다. 물론 곤혹스러울 때도 있었는데, 벌레가 한 마리라도 들어오면 온 방에 살충제를 뿌려 나를 옆방의 카오스로 도망치게 했다.

특공대는 어느 국립 대학에서 지리학을 전공했다.

"난 말이야, 지, 지, 지도 공부를 해." 처음 만났을 때 그가 말했다.

"지도를 좋아해?" 내가 물었다.

"응, 대학 졸업하면 국토 지리원에 들어가서 지, 지, 지도를 만들 거야."

과연 이 세상에는 참으로 많은 종류의 희망과 인생의 목적이 있다고 나는 새삼 감탄했다. 그것이 내가 도쿄에 와서 처음으로 감탄한 일 가운데 하나였다. 하긴 지도 제작에 관심과 열정을 품은 사람이 조금이라도 없으면(너무 많을 필요까지는 없겠지만.) 곤란할 것도 같다. 그러나 '지도'라는 말을 할 때마다 말을 더듬어 버리는 인간이 국토 지리원에 들어가고 싶어 한다는 사실은 참으로 기묘했다. 그는 때에 따라 더듬기도 하고 더듬지 않기도 했지만, '지도'라는 말만 나오면 100퍼센트 말을 더듬었다.

"너, 너는 전공이 뭐야?" 그가 내게 물었다.

"연극." 나는 대답했다.

"연극이라면, 연기를 해?"

"아니, 그런 게 아니고 말이야. 희곡을 읽기도 하면서 연구하는 거야. 라신이라든지 이오네스코, 또는 셰익스피어 같은 거."

셰익스피어 말고는 처음 듣는 이름이라고 그는 말했다. 나도 거의 처음 듣는 이름이다. 강의 소개에 그런 이름이 들어 있어서 그냥 읊었을 뿐이다.

"어쨌거나 그런 걸 좋아한다는 거네?" 그가 말했다.

"별로 좋아하는 건 아냐."

그 대답은 그를 혼란스럽게 했다. 혼란에 빠지면 말을 더 심하게 더듬는다. 나는 무척 심한 말을 한 것 같은 기분이었다.

"뭐든 좋았던 거야, 내 경우는." 나는 설명했다. "민속학이나 동양사라도 좋았어. 그렇지만 어쩌다 보니 연극이 되고 말았어, 마음이 끌렸는지. 그뿐이야." 물론 그런 설명이 그를 납득시킬 수는 없었다.

"잘 이해가 안 가네." 그는 정말로 이해할 수 없다는 표정을 지으며 말했다.

"내, 내 경우는 지, 지, 지도가 좋으니까, 지, 지, 지, 지도 공부를 하는 거야. 그래서 일부러 도, 도쿄에 있는 대학까지 와서 집에서도, 돈을 부쳐 받는 거야. 그런데 넌 그런 게 아니라니까⋯⋯."

그의 말이 옳았다. 나는 설명을 포기했다. 그리고 우리는 성냥개비로 제비를 뽑아 2층 침대 아래위를 정했다. 그가 위, 내가 아래였다.

그는 늘 흰 셔츠에 검은 바지, 감색 스웨터를 입고 다녔다. 깍두기 머리에 키가 크고 광대뼈가 튀어나왔다. 학교에 갈 때는 늘 학생복 차림이었다. 구두도 가방도 까만색이었다. 겉보기에는 완전히 우익 학생 차림이었고, 그래서 주위 사람들도 특공대라 불렀지만 사실 그는 정치에 관해서는 100퍼센트 무관심했다. 옷을 가려 입는 것이 귀찮아서 늘 그러고 다니는 것뿐이었다. 그의 관심은 해안선의 변화라든지 새로운 철도 터널의 완성이라든지 오로지 그런 것들뿐이었다. 그런 일에 대한 이야기가 나오면 그는 때로 말이 막히기도 하고 더듬기도 하지만 한 시간이고 두 시간이고 내가 도망치거나 자 버리기 전까지 끝도 없이 이야기를 늘어놓았다.

그는 매일 아침 6시에 국가를 기상 신호 대신으로 삼아 자리에서 일어났다. 저 음침한 국기 게양식도 나름대로 역할을 하기는 했다. 옷을 입고 세면장으로 가서 세수를 한다. 세수하는 데도 아주 오랜 시간을 들인다. 이를 하나하나 뽑아서 닦는 건 아닌가 싶을 정도이다. 방으로 돌아오면 탁탁 소리를 내며 수건을 털어서 스팀 위에 올려 말리고 칫솔과

치약을 선반에 올려놓는다. 그런 다음 라디오를 켜고 음악에 맞춰 체조를 시작한다.

나는 대체로 밤늦게까지 책을 읽고 아침 8시까지 푹 자는 터라 그가 일어나 부스럭거리건 라디오를 켜고 체조를 하건, 그냥 곤히 잠에 빠져 있을 때도 있었다. 그러나 그럴 때도 라디오 체조가 도약 부분에 이르면 반드시 눈을 뜨게 되었다. 도저히 눈을 안 뜨고는 배길 수 없었다. 그는 뛰어오를 때마다 아주 높이 뛰어올랐는데, 그 진동으로 침대가 아래위로 흔들렸기 때문이다. 사흘간, 나는 참았다. 공동생활에는 어느 정도 인내가 필요하다는 말을 들었던 것이다. 그러나 나흘째 아침, 더는 참을 수 없다는 결론에 이르렀다.

"미안하지만 라디오 체조는 옥상 같은 데서 해 줄래." 나는 단호한 어투로 말했다. "그거 때문에 잠을 잘 수 없어."

"하지만 6시 반이나 됐는데." 그는 믿을 수 없다는 표정으로 말했다.

"나도 알아, 그건. 6시 반이잖아? 나한테 6시 반은 아직 잘 시간이야. 왜 그런지 물으면 설명하긴 어렵지만, 아무튼 난 그래."

"안 돼. 옥상에서 하면 3층 사람들이 불평할 거야. 여기는 아래층이 창고니까 아무도 불평하지 않아."

"그럼 정원에 나가서 해. 잔디밭에서."

"그것도 안 돼. 나, 나는 트랜지스터라디오가 없어서, 그 래서 전원이 없으면 라디오를 켤 수 없고, 음악이 없으면 체 조를 못 해."

그러고 보니 그의 라디오는 아주 오래된 전원식이었고, 내 것은 트랜지스터이긴 하지만 FM밖에 안 나오는 음악 전 용이었다. 어이쿠, 나는 고개를 저었다.

"그럼 절충하자. 라디오 체조를 해도 좋아. 그 대신 뜀박 질만은 참아 줘. 그거, 정말 시끄러우니까. 그거면 되지?"

"뭐, 뜀박질?" 그는 깜짝 놀란 표정으로 말했다. "뭐, 뜀박 질이라니, 뭔데, 그거?"

"뜀박질은 뜀박질이지. 껑충껑충 뛰어오르는 거."

"그런 거 없는데."

나는 머리가 아프기 시작했다. 아무렴 어떠냐는 생각이 들긴 했지만, 일단 말이 나왔으니 확실히 결론을 내리는 편 이 좋을 것 같아서 나는 실제로 NHK 라디오 체조의 첫째 소절을 흥얼거리면서 바닥 위를 쿵쿵 뛰어올랐다.

"봐, 이거 말이야, 분명히 있잖아?"

"그, 그러네. 있긴 있네. 모, 몰랐어."

"그러니까 말이야." 나는 침대에 걸터앉으며 말했다. "그 부분만 생략해 줘. 다른 부분은 내가 참을게. 도약 부분만 안 해 주면 난 푹 잘 수 있거든."

"그건 안 돼." 그는 아주 산뜻하게 일축해 버렸다. "한 부분만 빼뜨릴 수는 없는 거야. 십 년이나 매일매일 한 거라서 일단 시작하면 무, 무의식적으로 전부 하게 돼. 하나를 빼면, 저, 저, 전부 망쳐 버려."

나는 더는 아무 말도 하지 않았다. 거기서 무슨 말을 더 하겠는가? 가장 빠른 방법은 그가 없는 틈을 타서 그 저주스러운 라디오를 창밖으로 던져 버리는 것이지만, 그런 짓을 했다가는 지옥문이라도 열어젖힌 듯 엄청난 소동이 벌어질 것이 불을 보듯 뻔했다. 특공대는 자기 물건을 극단적으로 소중히 여기는 사내였기 때문이다. 내가 할 말을 잃고 멍하니 침대에 걸터앉자, 그가 방긋방긋 웃으면서 나를 위로해 주었다.

"와, 와타나베, 우리 같이 일어나서 체조하면 좋겠는데." 그 말을 남기고 그는 아침을 먹으러 가 버렸다.

*

내가 특공대와 그의 라디오 체조에 대해 이야기하자 나오코는 쿡쿡 웃었다. 웃기려고 한 이야기는 아니었지만 결국 나도 웃고 말았다. 아주 짧게 머물다 사라지고 말았지만, 정말 오랜만에 나는 그녀의 웃음을 보았다.

　나오코와 나는 요쓰야 역에서 전철을 내려 선로 곁 둑방을 따라 이치가야 쪽으로 걸어갔다. 5월 중순 일요일 오후였다. 아침나절부터 언뜻언뜻 내리다가 그치기를 반복하던 비도 점심 전에 완전히 개고 낮게 깔렸던 우중충한 구름도 남쪽에서 불어오는 바람에 날려 간 듯 모습을 감추었다. 선명한 녹색 벚나무 이파리가 바람에 흔들리며 햇빛 속에서 반짝였다. 햇살은 벌써 초여름이었다. 스쳐 지나가는 사람들도 스웨터며 윗도리를 벗어 어깨에 걸치거나 팔에 걸었다. 일요일 오후의 따스한 햇살 아래 모두들 행복해 보였다. 둑방 건너편으로 보이는 테니스 코트에서 젊은 남자가 셔츠를 벗어 던지고 반바지 차림으로 힘껏 라켓을 휘둘렀다. 벤치에 나란히 앉은 수녀 두 사람만이 검은 겨울옷 차림이라 그녀들 주위에만 여름 햇살이 내리지 않은 듯이 보였지만, 그래도 두 사람은 평온한 표정으로 햇살을 받으며 즐겁게 이야기를 나누었다.

　십오 분 정도 걷자 등에 땀이 차기 시작해서 나는 두꺼운 면 셔츠를 벗고 티셔츠 바람이 되었다. 그녀는 옅은 회색 트레이닝셔츠 소매를 팔꿈치 위로 걷어 올렸다. 자주 비벼 빤 듯 보기 좋을 정도로 색이 바랬다. 오래전에 이것과 같은 셔츠를 그녀가 입었던 것을 본 듯한 느낌이 들었지만 확실한 기억은 아니다. 다만 그런 느낌이 들었을 뿐이다. 나오코에 대해 당시 나는 그렇게 많은 기억이 있는 것은 아니었다.

"공동생활은 좀 어때? 다른 사람이랑 같이 지내는 거 재미있어?" 나오코가 물었다.

"잘 모르겠어. 아직 한 달 정도밖에 지나지 않아서. 하지만 그리 나쁘진 않아. 적어도 참기 힘들 정도는 아니니까."

그녀는 급수대 앞에 멈춰 서서 한 모금 정도 물을 마시고는 바지 주머니에서 하얀 손수건을 꺼내 입을 닦았다. 그다음 몸을 숙여 조심스럽게 구두끈을 고쳐 맸다.

"그런데, 나도 그런 생활을 할 수 있을 거 같아?"

"공동생활?"

"응."

"글쎄? 생각하기 나름일 것 같은데. 귀찮은 일도 꽤 있으니까. 규칙도 엄하고 아무것도 아닌 놈들이 어깨에 힘 주고 다니기도 하고, 동거인은 아침 6시 30분부터 라디오 체조를 하고. 하지만 그 정도 일은 어디 간들 마찬가지라고 생각하면 그리 신경 쓰이지도 않아. 여기서 살 수밖에 없다고 생각하면 그런 대로 살아져. 다 그렇지 뭐."

"하긴 그렇겠다." 그녀는 고개를 끄덕이더니 잠시 무슨 생각을 하는 것 같았다. 그러고는 무슨 희귀한 것을 보기라도 하는 듯 내 눈을 가만히 들여다보았다. 자세히 보니 그녀의 눈은 가슴이 철렁할 만큼 깊고 맑았다. 그때까지 그녀의 눈이 그렇게 깊고 맑은 줄 몰랐다. 생각해 보면 나오코의 눈을 가만히 들여다볼 기회가 한 번도 없었다. 둘이서 걷는 것도 처음이고 이렇게 오래 이야기를 나누는 것도 처음이었다.

"어디 기숙사 같은 데 들어갈 생각이니?" 나는 물었다.

"아니, 그런 건 아니고. 그냥, 나, 조금 생각해 봤어. 공동생활이란 어떤 걸까 하고. 그리고 그건……." 나오코는 입술을 깨물면서 적절한 말이나 표현을 찾는 것 같았지만 결국 찾지 못한 것 같았다. 그녀는 한숨을 내쉬고 눈을 아래로 내리깔았다. "잘 모르겠어. 괜찮아."

그게 대화의 끝이었다. 나오코는 다시 동쪽으로 걷기 시작했고, 나는 조금 뒤에서 걸었다.

나오코와는 거의 일 년 만이었다. 일 년 사이에 나오코는 사람이 달라 보일 만큼 여위었다. 도드라져 보였던 통통한 볼살이 눈에 띄게 빠졌고 목선도 많이 가늘어졌지만, 그렇다고 피골이 상접했다든지 어디 아파 보이는 느낌은 전혀 아니었다. 살이 빠진 모습도 자연스럽고 편안해 보였다. 마치 어디 좁고 가느다란 공간에 몸을 쏙 끼워 넣었다가 그만 홀쭉해져 버린 듯한 느낌이었다. 그리고 나오코는 그때까지 내가 생각했던 것보다 더 예뻤다. 나는 거기에 대해 나오코에게 무슨 말을 하려다가 도무지 어떻게 표현하면 좋을지 몰라 결국 그만두고 말았다.

　우리는 무슨 목적이 있어 여기 온 것은 아니었다. 나오코와 나는 주오 선 전철에서 우연히 만났다. 그녀는 혼자서 영화라도 볼까 해서 나왔고, 나는 간다에 있는 책방에 가는 참이었다. 우리 둘 다 별로 내세울 만한 볼일은 없었다. 나오코가 내리라고 해서 따라 내렸다. 그것이 우연히 요쓰야 역이었을 뿐이다. 막상 둘만의 시간이라고 해서 이렇다 할 이야깃거리가 있는 것도 아니었다. 나오코가 왜 전철에서 내리자고 했는지 난 전혀 알 수 없었다. 애당초 우리 사이에는 할 얘기가 없었던 것이다.

　역을 나서자 그녀는 어디 간다는 말도 없이 앞으로 나아갔다. 어쩔 수 없이 나도 그 뒤를 따랐다. 나오코와 나 사이에는 줄곧 1미터쯤 거리가 생겼다. 물론 그 거리를 줄이려면 줄이지 못할 것도 없지만, 왠지 모르게 주눅이 들어 그러지 못했다. 나는 나오코의 1미터 뒤에서 그녀의 등과 검고 긴 머리카락을 바라보며 걸었다. 그녀는 커다란 갈색 머리핀을 해서, 고개를 살짝 돌릴 때마다 조그맣고 하얀 귀가 보였다. 때로 나오코는 뒤를 돌아보며 나에게 말을 걸었다. 잘 대답할 수 있을 때도 있었지만 어떻게 대답하면 좋을지 모를 때도 있었다. 무슨 말인지 알아듣지 못할 때도 있었다. 그러나 내가 알아듣건 못 듣건 아무래도 좋은 것 같았다. 나오코는 하고 싶은 말을 다하고 나면 다시 앞으로 고개를 돌리고 마냥 걷기만 했다. 뭐, 괜찮아. 산책하기 딱 맞는 날씨잖아, 난 그렇게 생각하며 체념해 버렸다.

그러나 산책이라 하기에는 나오코의 발걸음이 너무 빠르고 진지했다. 그녀는 이다바시에서 오른쪽으로 꺾어 오보리바타를 나서서 진보초 교차로를 건너 오차노미즈 언덕을 올라 그대로 혼고 쪽으로 빠져나갔다. 그리고 전철 노선을 따라 고마고메까지 걸었다. 꽤 되는 거리라 해야겠다. 고마고메에 도착했을 때에는 벌써 해가 저물었다. 따스한 봄날 저녁나절이었다.

"여기 어디지?" 나오코는 문득 정신이 든 듯 나에게 물었다.

"고마고메. 몰랐어? 우리 한 바퀴 빙 돌았어."

"왜 이런 데로 왔어?"

"네가 온 거지. 난 그냥 뒤를 따라왔고."

우리는 역 가까운 메밀국수 집에 들어가 가볍게 저녁을 먹었다. 목이 말라서 나는 혼자 맥주를 시켰다. 주문하고서 다 먹을 때까지 우리는 한마디도 나누지 않았다. 나는 피곤해서 축 늘어졌고, 그녀는 테이블 위에 두 손을 올려놓은 채 혼자 생각에 잠겼다. 텔레비전 뉴스가 오늘 일요일 유원지는 행락객으로 가득했다는 소식을 전했다. 그리고 우리는 요쓰야 역에서 고마고메까지 걸었습니다, 하고 나는 속으로 중얼거렸다.

"너 되게 건강하구나." 나는 메밀국수를 다 먹은 다음 말했다.

"놀랐어?"

"응."

"이래 보여도 중학교 때에는 장거리 선수라서 10킬로미터고 15킬로미터고 가뿐히 뛰었어. 게다가 아빠가 등산을 좋아해서 어릴 적부터 일요일마다 등산을 했어. 우리 집 뒤편이 바로 산이잖아? 그래서 자연히 다리가 튼튼해진 거야."

"겉보기에는 안 그런데." 내가 말했다.

"그러니? 하긴 다들 내가 좀 가녀린 애라고 생각하는 것 같아. 그래도 사람은 겉보기랑 다 같은 게 아니거든." 그녀는 말하고 나서 보충 설명이라도 하듯이 살짝 웃었다.

"미안하지만 난 꽤 힘들어."

"미안해. 하루 종일 데리고 다녀서."

"아냐, 너하고 만나서 이야기도 하고, 좋았어. 우리 여태 한 번도 둘이서 이야기한 적 없었잖아." 나는 그렇게 말하고 오늘 우리가 무슨 대화를 나누었는지 떠올려 보려 했지만 아무것도 떠오르지 않았다.

그녀는 테이블 위의 재떨이를 할 일 없이 만지작거렸다.

"있잖아, 혹시 네가 싫지만 않다면, 우리 또 만날 수 있을까? 물론 내가 할 수 있는 말이 아니라는 거 잘 알아."

"할 수 있는 말?" 나는 깜짝 놀라 되물었다. "그거, 무슨 뜻이야?"

그녀의 얼굴이 빨개졌다. 아마도 내가 너무 놀란 탓인 것 같았다.

"설명을 잘 못 하겠어." 나오코는 변명하듯이 말했다. 그녀는 트레이닝셔츠의 양 소매를 팔꿈치께까지 걷어 올렸다가 다시 원래대로 돌려놓았다. 전등 불빛이 솜털을 금빛으로 예쁘게 물들였다. "할 수 있는 말이라고 하려던 건 아냐. 사실은 전혀 다른 식으로 말하려 했는데."

나오코는 테이블에 팔꿈치를 대고 한동안 벽에 걸린 달력을 바라보았다. 마치 거기에 적당한 표현이 적혀 있기를 바라는 듯했다. 당연히 그런 게 있을 리 없었다. 그녀는 한숨을 내쉬고 머리핀을 매만졌다.

"괜찮아." 나는 말했다. "어쩐지 네가 무슨 말을 하고 싶은 건지 알 것 같아. 나도 무슨 말을 어떻게 해야 할지 잘 모르겠지만 말이야."

"말을 잘 못 하겠어. 요즘 들어 계속 그래. 무슨 말을 하려고 하면 이상한 말밖에 떠오르지 않는 거야. 맞지도 않는 말이거나 완전히 반대거나. 그걸 고쳐 말하려 하면 이번에는 혼란에 빠져서 도대체 내가 무슨 말을 하려 했는지도 모르게 돼. 마치 몸이 둘로 갈라져서 서로 술래잡기라도 하는 것 같은 느낌이야. 둘 사이에 커다란 기둥이 하나 있는데 그 주위를 빙글빙글 돌면서 술래잡기를 해. 적절한 말은 다른 내가 아는데, 여기 있는 나는 아무리 따라잡으려 해도 잡을 수 없는 거야."

나오코는 고개를 들고 내 눈을 들여다보았다.

"이런 마음, 알겠어?"

"많건 적건 누구에게나 그런 느낌이 있어. 다들 표현하고 싶은 걸 정확하게 말 못 해서 안절부절못하고 그러잖아."

내 말에 나오코는 조금 실망한 듯한 표정을 지었다.

"그거하고는 좀 달라." 나오코는 그 말만 하고 더는 아무 설명도 덧붙이지 않았다.

"만나는 거, 난 아무 문제없어. 어차피 일요일에는 할 일도 없고, 걸으면 건강에 좋으니까."

우리는 야마노테 선을 탔다. 나오코는 신주쿠에서 주오 선으로 갈아탔다. 그녀는 고쿠분지에 조그만 방을 빌려 살았다.

"저기, 나, 말하는 거 옛날이랑 좀 달라졌어?" 헤어질 때 그녀가 물었다.

"조금 달라진 느낌도 들어. 그렇지만 어디가 어떻게 달라진 건지는 잘 모르겠어. 솔직히 말해 그때는 자주 얼굴을 봤지만 별로 얘기해 본 기억이 없으니까."

"하긴 그래." 그녀도 인정했다. "이번 토요일에 전화해
도 돼?"

"물론 괜찮아. 기다릴게."

*

처음 나오코를 만난 것은 고등학교 2학년 봄이었다. 그녀
도 같은 2학년으로 미션 계통의 품위 있는 여고를 다녔다. 너
무 열심히 공부하면 '꼴사납다.'라고 뒤에서 손가락질을 받을
정도로 우아한 학교였다. 내게는 기즈키라는 친한 친구가 있
었는데(사이좋은 정도를 넘어 나에게는 말 그대로 유일한 친구였
다.) 나오코는 그의 여자 친구였다. 기즈키와 그녀는 거의 태
어날 때부터 알고 지내는 사이였고, 집도 200미터 안 되는 거
리였다.

많은 소꿉친구가 그러하듯 둘의 관계는 아주 개방적이었
고, 둘만의 시간을 보내려는 욕구도 그리 강한 것 같지 않았
다. 둘은 자주 상대의 집으로 놀러가서 가족과 같이 저녁을
먹기도 하고 마작을 즐기기도 했다. 몇 번은 더블 데이트라
는 것도 했다. 나오코가 반 친구를 데리고 와 넷이서 동물원

이나 수영장에 가기도 하고 영화도 보았다. 그렇지만 솔직히 말해 나오코가 데리고 오는 애들은 예쁘기는 했지만 내게는 좀 과분할 만큼 우아했다. 나는 좀 덜렁대고 거칠더라도 이야기하기 편한 공립 학교 여학생이 더 좋았다. 나오코가 데리고 오는 아이들이 그 예쁘장한 머리로 도대체 무슨 생각을 하는지, 나는 도무지 상상이 가지 않았다. 아마 그녀들도 나를 이해하지 못했을 것이다.

그런 탓에 기즈키는 나를 데리고 더블 데이트 하는 걸 포기하고 셋이서 어딘가로 놀러 가거나 이야기하거나 했다. 기즈키와 나오코와 나, 셋이서. 생각해 보면 참 이상한 일이지만, 결과적으로 그게 가장 편했고 모든 게 매끄러웠다. 네 번째 사람이 들어오면 어딘지 모르게 분위기가 어색해져 버렸다. 셋이서 있으면, 그건 마치 내가 게스트, 기즈키가 유능한 사회자, 나오코가 어시스턴트로 꾸려 가는 텔레비전 토크 쇼 같았다. 기즈키는 늘 그 자리 중심에 있었는데, 그는 그런 역할에 아주 능숙했다. 기즈키에게는 분명 냉소적인 기질이 있어 남의 눈에는 오만하게 보이기도 했지만, 본질적으로는 뿌리부터 친절하고 공정했다. 셋이 있을 때, 그는 나오코와 나에게 공평하게 말을 건네고 농담도 던져 누구도 소외감을 느끼지 않게 배려했다. 어느 한쪽이 오래 입을 다물고 있으면 그쪽에 말을 걸어 자연스럽게 입을 열게 했다.

그럴 때마다 기즈키도 참 애를 많이 쓴다는 생각도 했지만, 사실은 그리 힘들지 않았을지도 모른다. 그에게는 자리의 분위기를 순간순간 정확히 파악하고 적절히 대응할 수 있는 능력이 있었다. 또한 거기에 더해 별것도 아닌 상대의 이야기 가운데에서 재미있는 부분을 찾아내는 참으로 보기 드문 재능이 있었다. 그래서 그와 이야기하다 보면, 나 자신이 아주 재미있는 인간이고 아주 재미있는 인생을 사는 듯하다고 느끼게 되었다.

애당초 그는 결코 사교적인 성격이 아니었다. 학교에서는 나 말고 누구하고도 친구로 지내지 않았다. 예리한 두뇌와 대화하는 재능까지 갖추고서 왜 그런 능력을 더 넓은 세계를 향해 펼치지 않고 우리 셋만의 작은 세계에 집중하는 것으로 만족하는지 나는 이해할 수 없었다. 그리고 왜 나를 선택해서 친구로 삼았는지 그 이유도 알 수 없었다. 나는 혼자서 책을 읽거나 음악 듣기를 좋아하는, 굳이 말하자면 눈에 띄지 않는 인간으로 기즈키가 일부러 눈길을 주고 말을 걸 만큼 남보다 뛰어난 뭔가가 있는 것도 아니었다. 그렇지만 우리는 금방 마음이 맞아 사이가 좋아졌다. 그의 아버지는 솜씨 좋고, 또 비싸기로 유명한 치과 의사였다.

"이번 일요일, 더블 데이트 안 할래? 여자 친구가 여고 다니는데 예쁜 애 하나 데리고 오겠대." 서로 안 지 얼마 되지 않았을 때 기즈키가 말했다. 좋아, 하고 나는 대답했다. 그렇게 나는 나오코와 처음 만났다.

나와 기즈키와 나오코는 그런 식으로 몇 번이나 같이 시간을 보냈는데, 잠깐 기즈키가 자리를 비워 둘만 남으면 나오코와 나는 매끄럽게 대화를 이어 가지 못했다. 둘 다 대체 무슨 말을 해야 할지 몰랐던 것이다. 실제로 나오코와 나 사이에는 공통 화제가 하나도 없었다. 그래서 우리는 거의 아무 말도 하지 않고 물을 마시거나 테이블 위에 놓인 것들을 괜히 만지작거렸다. 그러면서 기즈키가 돌아오기를 기다렸다. 기즈키가 돌아오면 다시 이야기가 시작되었다. 나오코도 그리 말이 많은 편이 아니었고, 나도 스스로 이야기를 하기보다는 상대 이야기를 듣는 것을 좋아하는 타입이라서 그녀와 둘만 남으면 뭔지 모르게 자리가 불편했다. 성격이 서로 잘 맞지 않아서라기보다는 그냥 할 말이 없었던 것이다.

기즈키의 장례식이 끝나고 이 주 정도 뒤에 나오코와 나는 딱 한 번 얼굴을 마주했다. 별것 아닌 일로 커피숍에서 만났고, 용건이 끝난 다음에는 서로 할 말이 없었다. 나는 이런저런 화제를 만들어 이야기를 끌어가려 해 보았지만 늘 도중에 끊어지고 말았다. 거기에다 그녀의 말투에는 어딘지 모르게 모난 데가 있었다. 뭔지는 모르겠지만 나오코가 나에 대해 화가 난 것 같은 느낌이 들었는데, 나는 그 이유를 알 수 없었다. 그다음 나오코와 나는 헤어졌고 일 년 뒤 주오 선 전철에서 우연히 마주칠 때까지 한 번도 보지 못했다.

혹시 나오코는 기즈키와 마지막으로 만난 것이 자신이 아니라 나였다는 사실에 화가 난 건지도 모른다. 이런 말을 하는 게 좀 어떨지 모르겠지만, 그녀의 마음을 어쩌면 알 것 같다. 나도 할 수만 있으면 역할을 바꾸어 주고 싶다. 그러나 결국 그 일은 일어나 버렸으니 아무리 애쓴들 어쩔 수 없는 노릇이었다.

기분 좋은 5월 어느 날 점심시간이 끝나고 오후 일정이 시작될 즈음, 기즈키는 나에게 오후 수업을 땡땡이치고 당구라도 치지 않겠느냐고 했다. 나도 딱히 오후 수업이 즐겁지도 않고 해서 학교를 나와 우리는 어슬렁어슬렁 언덕길을 내려가 항구 쪽에 있는 당구장으로 들어가 네 게임 정도를 했다. 첫 게임을 내가 이기자 갑자기 기즈키는 진지한 자세를 보이더니 세 게임을 연속으로 이겨 버렸다. 약속한 대로 내가 게임비를 냈다. 게임하는 동안 그는 농담 한마디 하지 않았다. 평소에는 찾아볼 수 없는 태도였다. 게임을 끝내고 우리는 잠깐 쉬기로 하고 담배를 피웠다.

"오늘따라 너 좀 심각해 보여." 내가 말했다.

"오늘은 지기 싫었거든." 기즈키는 만족한 듯 미소를 머금으며 말했다.

그는 그날 밤, 차고에서 죽었다. N360의 배기 파이프에 고무호스를 연결하고 창틈을 테이프로 바른 다음 시동을 건 것이다. 죽을 때까지 어느 정도 시간이 걸렸을까, 난 모른다. 친척 문병을 갔다가 돌아온 부모님이 차고에 차를 넣으려고 문을 열었을 때, 그는 벌써 죽어 있었다. 라디오가 켜진 채였고, 와이퍼에는 주유소 영수증이 껴 있었다.

유서도 없고 그럴듯한 동기도 없었다. 그와 마지막으로 만나 이야기를 나누었다는 이유로 나는 경찰서로 불려 가 조사를 받았다. 도무지 그런 낌새는 없었어요, 평소하고 하나도 다르지 않았습니다, 나는 경찰관에게 말했다. 경찰관은 나에 대해서나 기즈키에 대해서나 좋은 인상을 받은 것 같지는 않았다. 수업을 빼먹고 당구나 치러 다니는 인간이라면 자살한들 조금도 이상하지 않다고 생각하는 듯했다. 신문에 작은 기사로 실리고, 사건은 정리되었다. 빨간 N360은 처분되었다. 그의 교실 책상 위에는 한동안 하얀 꽃이 놓여 있었다.

기즈키가 죽은 후 졸업할 때까지 열 달 남짓, 나는 주변 세계 속에서 내 위치를 찾을 수 없었다. 한 여자애와 사이가 좋아져서 같이 자기도 했지만 결국 반년도 가지 못했다. 그녀에게서 내 마음을 끌어당기는 어떤 흡인력도 느낄 수 없었다. 나는 열심히 하지 않아도 들어갈 수 있는 도쿄의 사립 대학을 선택해서 시험을 쳤고, 딱히 별다른 감흥도 없이 입학했다. 그녀는 내게 도쿄에 가지 말라고 부탁했지만 나는 무작정 고베 거리를 떠나고 싶었다. 아무도 아는 사람이 없는 데서 새로운 생활을 시작하고 싶었다.

"자기, 나랑 자 버렸으니까, 이제 나한테는 아무 관심도 없는 거지?" 그녀는 울었다.

"그렇지 않아." 나는 그냥 그 거리를 떠나고 싶었을 따름이다. 그녀는 그런 나를 이해하지 못했다. 그리고 우리는 헤어졌다. 도쿄로 향하는 신칸센 안에서 나는 그녀의 좋은 점이나 빼어난 부분을 떠올리고, 내가 참 심한 짓을 했다는 생각을 하며 후회했지만 돌이킬 수 없는 일이었다. 나는 그녀를 잊기로 했다.

도쿄에 도착해서 기숙사로 들어가 새로운 생활을 시작했을 때, 내가 할 일은 한 가지뿐이었다. 모든 걸 너무 심각하게 생각하지 않는 것, 모든 것과 나 사이에 적절한 거리를 두는 것, 그것뿐이었다. 나는 녹색 펠트가 깔린 당구대와 빨간 N360, 책상 위의 하얀 꽃 같은 것들을 아주 깨끗이 잊어버리기로 했다. 화장터의 높은 굴뚝에서 피어오르는 연기나 경찰서 조사실에서 보았던 뭉텅하게 생긴 문진 같은 것들까지 모두. 처음에는 잘되어 가는 것 같았다. 그러나 아무리 잊으려 해도 내 속에 희뿌연 공기와도 같은 덩어리가 남았다. 그리고 시간이 흐름에 따라 덩어리는 점점 더 또렷하고 단순한 형태를 띠기 시작했다. 나는 그 덩어리를 말로 바꾸어 낼 수 있었다. 바로 이런 말이었다.

죽음은 삶의 대극이 아니라 그 일부로 존재한다.

말로 해 버리면 평범하지만 그때 나는 그것을 말로서가 아니라 하나의 공기 덩어리로 몸속에서 느꼈다. 문진 안에도, 당구대 위에 놓인 빨갛고 하얀 공 네 개 안에도 죽음은 존재했다. 우리는 그것을 마치 아주 작은 먼지 입자처럼 폐 속으로 빨아들이며 살아가는 것이다.

그때까지 나는 죽음이란 것을 완전히 삶에서 분리된 독립적인 존재로 이해했다. 다시 말해 '죽음은 언젠가 우리를 잡아챌 것이다. 그러나 반대로 말하자면, 죽음이 우리를 움켜쥐는 그날까지 우리는 죽음에게 붙잡히지 않는다.'라고. 그것은 나에게 너무도 당연한 논리적 귀결이었다. 삶은 이쪽에 있고, 죽음은 저편에 있다. 나는 이쪽에 있고, 저쪽에 있는 게 아니다.

그러나 기즈키가 죽은 날 밤을 경계로 이미 나는 죽음을 (그리고 삶을) 그런 식으로 단순하게 이해할 수 없게 되었다.

죽음은 삶의 대극적인 존재 같은 것이 아니었다. 죽음은 나라는 존재 속에 이미 갖추어졌고, 그런 사실은 아무리 애를 써도 잊어버릴 수 있는 것이 아니다. 저 열일곱 살 5월의 어느 날 밤에 기즈키를 잡아챈 죽음은, 바로 그때 나를 잡아채기도 한 것이다.

나는 그 공기 덩어리를 내 속에 느끼면서 열여덟 살 봄을 보냈다. 그렇지만 동시에 심각해지지 않으려고 애쓰며 살았다. 심각해진다고 반드시 진실에 가까워지는 것은 아니라는 사실을 어렴풋이나마 느꼈기 때문이다. 그러나 어떤 식으로 생각하든 죽음이란 심각한 하나의 사실이었다. 그런 숨 막히는 배반 속에서 나는 끝도 없이 제자리를 맴돌았다. 지금 돌이켜 보면 참으로 기묘한 나날이었다. 삶의 한가운데에서 모든 것이 죽음을 중심으로 회전했다.

3장

　그다음 주 토요일에 나오코에게서 전화가 왔고, 일요일에
우리는 데이트를 했다. 데이트라 불러도 좋을 것이다. 그 말
말고는 적당한 표현이 떠오르지 않는다.

　우리는 지난번처럼 거리를 걷다가 어느 가게에 들어가 커
피를 마시고 다시 걷고 저녁에 밥을 먹고 손을 흔들며 인사
하며 헤어졌다. 그녀는 전처럼 변함없이 한두 마디씩 던질
뿐이었지만 본인은 별로 어색하지 않은 듯했고, 나 역시 억
지로 얘기를 만들지는 않았다. 문득 생각이 나면 서로 사는
이야기며 학교 이야기를 했지만 이것도 저것도 모두 단편적
이었을 뿐 일관된 흐름이 없었다. 우리는 결코 과거 이야기

는 하지 않았다. 오로지 거리를 걸었을 따름이다. 고맙게도 도쿄는 넓어 아무리 걸어도 다 걸을 수 없었다.

우리는 거의 매주 만나 그렇게 걸었다. 그녀가 앞서고 내가 조금 떨어져서 뒤를 따랐다. 나오코는 여러 종류 머리핀으로 늘 오른쪽 귀를 내보이게 꽂고 다녔다. 그즈음 난 늘 그녀의 뒷모습만을 보았기에 그 모습만은 지금도 또렷이 기억한다. 나오코는 부끄러울 때면 늘 머리핀을 만지작거렸다. 그리고 자주 손수건으로 입을 훔쳤다. 손수건으로 입을 훔치는 것은 뭔가 말하고 싶을 때 내보이는 버릇이었다. 그 모습을 지켜보는 사이에 나는 점점 나오코에 대해 호감을 느끼게 되었다.

그녀는 무사시노 외곽에 있는 여대에 다녔다. 영어 교육으로 유명한 아담한 대학이었다. 그녀의 방 근처에는 깨끗한 개천이 흘러 우리는 자주 그 부근을 걸었다. 나오코는 자기 방에 나를 들여 밥도 지어 주었지만, 둘만 있어도 그녀는 딱히 그 사실을 의식하는 것 같지 않았다. 잡동사니 하나 찾아볼 수 없는 방이라 창가 구석에 걸린 스타킹이라도 없었더라면 도무지 여자의 방이라고는 보이지 않을 정도였다. 그녀는 정말 간소하고 간결하게 살았고 친구도 거의 없는 듯했다. 그런 생활은 고등학교 시절의 그녀를 아는 나에게는 상상하기 힘든 것이었다. 내가 아는 그녀는 늘 화사한 옷을 입고 많은 친구들에게 둘러싸여 있었다. 방을 보자니 그녀 또한 나처럼 대학이란 데 들어가 고향을 떠나 아는 사람 하나 없는 환경에서 새로운 생활을 하고 싶어 했음을 알 수 있었다.

"내가 이 대학으로 정한 건 우리 고등학교에서 여기 오는 애가 하나도 없어서야." 나오코는 웃으며 말했다. "그래서 여기로 온 거야. 친구들은 다들 대체로 세련된 대학에 갔거든. 알지, 그런 거?"

하지만 나와 나오코 사이에 아무런 진전이 없었던 건 아니었다. 조금씩 나오코는 나에게 익숙해지고 나도 나오코에게 익숙해졌다. 여름 방학이 끝나고 새로운 학기가 시작되자 나오코는 아주 자연스럽게, 당연하다는 듯이 내 곁에서 걷게 되었다. 아마도 나오코가 나를 친구로 받아들였다는 뜻일 거라고 나는 생각했고, 그녀처럼 아름다운 여자와 어깨를 마주하고 걷는 건 그리 나쁜 기분이 아니었다. 우리는 둘이서 도쿄 거리를 한없이 걸었다. 비탈길을 오르고 강을 건너고 철로를 가로질러 무작정 걸었다. 어디를 가고 싶어서도 아니었다. 그냥 걸을 수만 있으면 됐다. 마치 영혼을 치유하기 위한 종교 의식처럼 우리는 곁눈질 한 번 하지 않고 걸었다. 비가 내리면 우산을 받쳐 들고 걸었다.

가을이 오고 기숙사 정원은 느티나무 잎으로 덮였다. 스웨터를 입으니 새로운 계절 냄새가 났다. 나는 신발 한 켤레를 닳아 없애고 스웨이드 구두를 새로 샀다.

그즈음 우리가 어떤 이야기를 나누었는지 아무리 애써도 떠오르지 않는다. 아마 그리 대단한 건 없었을 것이다. 여전히 우리는 결코 과거 이야기를 하지 않았다. 기즈키라는 이름도 우리 대화에 거의 등장하지 않았다. 그즈음에는 커피숍에서 아무 말 없이 얼굴만 바라보는 일에도 많이 익숙해졌다.

나오코가 특공대 이야기를 듣고 싶어 해서 나는 자주 그 이야기를 했다. 특공대는 같은 과 여자애(당연히 지리학과)와 한 번 데이트를 하러 나갔다가 저녁나절이 되어 풀 죽은 모습으로 돌아왔다. 6월 어느 날의 일이었다. 그는 나에게 "저, 저, 와타나베, 여, 여자애랑 무슨 이야기를 해, 늘?" 하고 물었다. 어떻게 대답했는지 기억나지 않지만 아무튼 그 친구가 물어볼 상대를 잘못 고른 것만은 분명했다. 7월에 누군가 그 친구가 없는 틈을 타서 암스테르담 운하 사진을 떼어 내고 그 대신에 샌프란시스코 금문교 사진을 붙여 놓았다. 금문교를 보면서도 과연 자위를 할 수 있는지 알고 싶다는 이유 하나 때문이었다. 되게 좋아하더라, 하고 내가 적당히 지어내 말했더니, 이번에는 누군가가 빙산 사진으로 바꾸어 버렸다. 사진이 바뀔 때마다 특공대는 몹시 혼란스러워했다.

"도대체 누가, 이, 이, 이런 짓을 하는 거야?" 그는 투덜댔다.

"글쎄, 그렇지만 좋잖아. 사진도 근사하고 말이야. 누가 했건 고맙지 뭐." 그런 말로 나는 그를 달랬다.

"하긴 그렇기도 한데, 기분은 나빠."

특공대 이야기를 해 주면 나오코는 반드시 웃었다. 잘 웃지 않는 그녀를 웃겨 보려고 자주 특공대 이야기를 하긴 했지만, 솔직히 말해 그를 웃음거리로 만드는 게 그리 유쾌하지만은 않았다. 그는 그다지 유복하지 않은 가정에서 자란 좀 지나치게 성실한 성격의 셋째 아들이었을 뿐이다. 그리고 지도를 제작하는 것만이 그의 소박한 삶 가운데 소박한 꿈인 것이다. 누가 그런 그를 웃음거리로 삼을 수 있을까?

그러나 '특공대 개그'는 기숙사 안에서도 이제는 빼놓을 수 없는 화제 가운데 하나로 자리 잡아, 이제 와서 내가 바로 잡으려 한들 불가능한 일이었다. 또한 나오코의 웃음 띤 얼굴을 바라보는 것이 나에게는 더없이 즐거운 일이었다. 그래서 나는 모든 사람에게 특공대 이야기를 제공했던 것이다.

나오코는 나에게 딱 한 번 좋아하는 사람이 없느냐고 물었다. 나는 헤어진 여자애 이야기를 했다. 좋은 애였고 그녀와 자는 것도 좋았고 지금도 때로 그리운 생각이 들긴 하지만, 무슨 영문인지 마음이 움직이지 않았다고 나는 말했다. 아마도 내 마음속에 딱딱한 껍질 같은 것이 있어서 그것을 뚫고 그 속까지 파고들 존재는 거의 없다고. 그래서 누군가를 사랑할 수 없는 게 아닐까, 하고.

"지금까지 누군가를 사랑한 적 없니?" 나오코가 물었다.

"없어." 나는 대답했다.

그녀는 더 묻지 않았다.

가을이 끝나고 차가운 바람이 거리를 휩쓸고 갈 무렵이 되자 그녀는 때로 내 팔에 몸을 기대기 시작했다. 두꺼운 더플코트 천 너머 나는 나오코의 숨결을 어렴풋이 느낄 수 있었다. 그녀는 내 팔에 팔을 걸기도 하고 내 코트 주머니에 손을 찔러 넣기도 하고 정말 추울 때에는 내 팔에 매달리듯 하며 몸을 떨기도 했다. 하지만 그뿐이었다. 그녀의 몸짓에 그 이상의 의미는 없었다. 나는 늘 코트 주머니에 두 손을 찔러 넣은 채 걸었다. 나도 나오코도 고무 밑창이 달린 신발을 신은 탓에 발소리는 거의 들리지 않았다. 도로에 떨어진 메마른 플라타너스 이파리를 밟을 때만 바스락바스락 마른 소리가 났다. 그 소리를 들을 때마다 나오코가 가련하다는 생각이 들었다. 그녀가 갈구하는 것은 내 팔이 아니라 다른 누군가의 팔이다. 그녀가 원하는 것은 나의 온기가 아니라 다른 누군가의 온기이다. 내가 나라는 이유로 뭔지 모를 미안한 기분이 들었다.

겨울이 깊어지면서 그녀의 눈은 이전보다 더 투명해진

듯했다. 갈 곳 없는 투명함이었다. 때로 나오코는 별다른 이유도 없이 마치 뭔가를 애타게 찾는 사람처럼 내 눈을 가만히 들여다보았고, 그럴 때마다 나는 쓸쓸함인지 애절함인지 모를 묘한 기분에 사로잡혔다.

아마도 그녀는 나에게 뭔가를 전하고 싶은 것이다. 그렇지만 적절하게 표현할 말을 찾지 못하는 것 같았다. 아니, 말로 하기 전에 그녀 자신도 그게 무엇인지 몰랐다. 그러므로 말이 나오지 않는 것이다. 그래서 그녀는 자주 머리핀을 만지작거리고 손수건으로 입을 훔치거나 내 눈을 아무 의미도 없이 가만히 들여다보는 것이다. 할 수만 있다면 나오코를 안아 주고 싶었지만, 늘 망설이다가 그만두었다. 혹시나 그 탓에 나오코가 상처를 입지는 않을까 싶어서였다. 우리는 변함없이 도쿄 거리를 걸었고, 나오코는 허공 속에서 말을 찾아 헤맸다.

기숙사 애들은 나오코에게서 전화가 걸려 오거나 일요일 아침에 내가 외출할 때마다 나를 놀려 댔다. 하긴 당연히, 나에게 애인이 생겼다고 다들 생각한 것이다. 설명할 방법도 없고 할 필요도 없는 것이라 뭐라 하든 난 그냥 내버려두었다. 저녁때 기숙사로 돌아오면 반드시 누군가가 다가와 어떤 체위로 했는지, 그녀의 그곳이 어떤 느낌이었는지, 팬티는 무슨 색이었는지, 그런 유치한 질문을 했고, 나는 그럴 때마다 아무렇게나 대답해 두었다.

*

그러는 동안 나는 열여덟에서 열아홉이 되었다. 해가 뜨고 해가 저물고 국기가 올라갔다가 내려갔다. 그리고 일요일이 되면 죽은 친구의 여자 친구와 데이트를 했다. 도대체 지금 내가 무엇을 하는지, 무엇을 하려 하는지 도무지 알 수 없었다. 대학 수업에서 클로델을 읽고 라신을 읽고 예이젠시테인을 읽었지만 그런 책들은 나에게 어떤 것도 말해 주지 않았다. 나는 대학에서 친구를 하나도 만들지 않았고 기숙사 동료들과도 그냥 아는 사이 정도로 지냈다. 기숙사 동료들은 내가 늘 혼자서 책을 읽으며 시간을 보내니까 작가를 지망하는 것으로 생각하는 듯했는데, 작가가 될 생각은 별로 없었다. 뭐가 되고 싶다는 생각은 하지도 않았다.

나는 그런 기분을 나오코에게 몇 번이나 이야기하려 했다. 그녀라면 내 생각을 어느 정도 정확히 알아주지 않을까 싶었기 때문이다. 그러나 표현할 만한 말을 찾을 수 없었다. 참 이상하다는 생각이 들었다. 이건 마치 그녀의 말 찾기 병이 옮아 버린 것 같다고.

토요일 밤이면 전화가 있는 현관 로비 의자에 앉아 나오코에게 전화가 오기를 기다렸다. 토요일 밤에는 다들 거의 바깥으로 놀러 나가니까 로비는 평소보다 한산하고 고요했다. 나는 늘 그런 침묵의 공간 속에 이리저리 흩어져 떠다니는 빛의 입자를 바라보며 내 마음을 찾으려고 애써 보았다. 도대체 나는 무엇을 원하는 걸까? 도대체 사람들은 나에게 무엇을 원하는 걸까? 그러나 대답다운 대답을 찾을 수 없었다. 나는 때때로 공중에 떠다니는 빛의 알갱이를 향해 손을 뻗어 보기도 했지만 손가락 끝에는 아무것도 닿지 않았다.

*

　나는 즐겨 책을 읽었지만 많이 읽는 타입은 아니고 마음에 드는 책을 잡으면 몇 번씩 반복해서 읽는 편이었다. 그즈음 내가 좋아했던 작가는 트루먼 커포티, 존 업다이크, 스콧 피츠제럴드, 레이먼드 챈들러 등이었는데, 학교에서나 기숙사에서나 그런 종류 소설을 좋아해서 읽는 인간은 하나도 없었다. 다른 애들은 주로 다카하시 가즈미, 오에 겐자부로, 미시마 유키오, 또는 현대 프랑스 작가의 소설을 즐겨 읽었다. 당연히 이야기가 통하지 않았고, 나는 혼자서 묵묵히 책

만 읽었다. 하나를 잡으면 몇 번이나 거듭 읽었고, 때로 눈을 감고 책의 향기를 가슴 깊이 들이마셨다. 책 향기를 맡고 페이지에 손을 대는 것만으로 나는 행복할 수 있었다.

열여덟 살 때 나에게 가장 다가온 책은 존 업다이크의 『켄타우로스』였지만 몇 번 거듭 읽는 사이에 조금씩 처음의 광채를 잃고 피츠제럴드의 『위대한 개츠비』에 최고 자리를 넘겨주었다. 그리고 『위대한 개츠비』는 그 후 계속 내 최고의 소설로 남았다. 불현듯 생각나면 나는 책꽂이에서 『위대한 개츠비』를 꺼내 아무렇게나 페이지를 펼쳐 그 부분을 집중해서 읽곤 했는데, 단 한 번도 나를 실망시키지 않았다. 한 페이지도 재미없는 페이지는 없었다. 어떻게 이리도 멋질 수가 있을까 감탄했다. 사람들에게 그게 얼마나 멋진 소설인지 알려 주고 싶었다. 그러나 내 주변에 『위대한 개츠비』를 읽어 본 인간은 하나도 없었고, 읽어 보겠다는 생각을 할 만한 인간조차 없었다. 1968년에 스콧 피츠제럴드를 읽는다는 것은 반동으로 지목될 정도는 아니라 하더라도 결코 장려할 만한 행위는 아니었다.

그즈음 내 주변에서 『위대한 개츠비』를 읽어 본 인간은 단 하나뿐이었고, 내가 그와 친해진 것도 그 때문이었다. 나가사와라는, 도쿄 대 법학부에 다니는 학생으로 나보다 두 학년 위였다. 우리는 같은 기숙사에 살아서 서로 얼굴 정도

만 아는 사이였는데 어느 날 내가 식당에서 볕이 잘 드는 자리에 앉아 햇볕을 쬐며 『위대한 개츠비』를 읽는데 옆에 다가와 뭘 읽느냐고 물었다. 『위대한 개츠비』라고 대답했다. 그는 재미있느냐고 물었다. 지금 세 번째 읽는데 읽을수록 재미있는 부분이 늘어난다고 대답했다.

"『위대한 개츠비』를 세 번이나 읽을 정도면 나하고 친구가 될 수 있을 것 같은데." 그는 혼잣말처럼 중얼거렸다. 그리고 우리는 친구가 되었다. 10월 어느 날의 일이었다.

나가사와라는 사내는 자세히 알수록 참으로 묘했다. 나는 인생을 살아오면서 묘한 인간을 많이 보고, 사귀기도 하고, 스쳐 지나기도 했지만 그만큼 기묘한 인간은 처음이었다. 그는 내가 도저히 따라잡을 수 없을 만큼 대단한 독서가였는데, 사후 삼십 년이 지나지 않은 작가는 기본적으로 읽지 않았다. 그런 책만 난 신용할 수 있어, 하고 그는 말했다.

"현대 문학을 신용하지 않는다는 말은 아냐. 나는 시간의 세례를 받지 않은 것을 읽는 데 귀중한 시간을 소모하고 싶지 않아. 인생은 짧으니까."

"나가사와 선배는 어떤 작가를 좋아하는데요?" 나는 물어보았다.

"발자크, 단테, 조지프 콘래드, 디킨스." 그는 곧바로 대답했다.

"별로 현대적인 작가는 아니네요."

"그러니까 읽는 거지. 남들과 똑같은 것을 읽으면 남들과 같은 생각밖에 할 수 없잖아. 그딴 건 촌놈이나 속물의 세계야. 제대로 된 인간이라면 그런 부끄러운 짓은 안 해. 와타나베, 알겠어? 이 기숙사에서 조금이나마 제대로 된 인간은 나하고 너뿐이라고. 나머지는 모두 쓰레기나 같다고 보면 돼."

"어떻게 그런 걸 알 수 있어요?" 나는 어이가 없어 물어보았다.

"난 알아. 마빡에 간판을 단 것처럼 난 알아, 보기만 해도. 게다가 우리 둘은 『위대한 개츠비』를 읽었고."

나는 머릿속으로 계산해 보았다. "그렇지만 스콧 피츠제럴드가 죽은 지는 아직 이십팔 년밖에 되지 않았는데요."

"그럼 또 어때, 이 년 정도. 스콧 피츠제럴드처럼 멋진 작가라면 언더 파라도 괜찮아."

애당초 그가 숨은 고전 소설 독서가라는 사실은 기숙사 내에서 거의 알려지지 않았고, 만일 알려졌다 해도 거의 주목받지 못했을 것이다. 그는 우선 뭐니뭐니 해도 머리가 좋은 인간으로 알려졌다. 별 어려움 없이 도쿄 대에 들어갔고, 우수한 성적으로 공무원 시험에 합격한 뒤에는 외무성에 들어가 외교관의 길을 걸으려는 참이었다. 아버지는 나고야에서 큰 병원을 경영했고, 형은 도쿄 대 의학부를 나와 그 뒤를 이을 것이라고 했다. 도무지 흠 잡을 데 없는 집안이었다. 용돈도 넘쳐날 정도로 받았고, 게다가 생기기도 잘생겼다. 그래서 누구나 그에게는 한 수 접어야 했고, 기숙사 사감조차 나가사와에 대해서만은 세게 나가지 못했다. 그가 누군가에게 뭔가를 요구하면 누구든 불평 한마디 없이 그대로 따랐다. 그럴 수밖에 없었다.

나가사와라는 인간 속에는 아주 자연스럽게 사람을 끌어당겨 따르게 하는 뭔가가 선천적으로 갖추어져 있는 듯했다. 사람들 위에 서서 재빨리 상황을 판단하고 능숙하고 적확한 지시를 내려 얌전하게 따르게 하는 능력이 있었다. 머리 위에 그런 능력을 나타내는 아우라가 천사의 고리처럼 동그랗게 떠올라서 누구든 보기만 해도 '이 사내는 특별한 존재다.'라고 생각하고 기가 죽어 버리는 것이다. 그래서 나처럼 별다른 특징도 없는 사람이 나가사와의 개인적인 친구로 선택받은 것에 대해 다들 많이 놀라워했고, 그 덕분에 나는 잘 알지도 못하는 사람에게서 경의에 찬 시선을 받기도 했다. 그러나 다들 잘 모르는 게 있었는데, 나가사와가 나를 선택한 이유는 간단했다. 나가사와가 나를 좋아한 것은 내가 그에 대해 조금도 감탄하거나 감동하지 않았기 때문이었다. 나는 그의 아주 기묘한 인간성의 한 부분, 어딘지 모르게 비뚤어진 부분에 대해 흥미를 느끼긴 했지만, 공부를 잘한다든지 아우라를 뿜어낸다든지 남자답다든지 하는 데 대해서는 눈곱만큼도 관심이 없었다. 그에게는 나의 그런 태도가 몹시 신기하게 보였을지도 모른다.

나가사와는 몇 가지 서로 상반되는 특성을 아주 극단적인 형태로 소유한 사내였다. 그는 때로 나조차 감동해 버릴 만큼 상냥하게 굴다가도 동시에 무서울 정도로 음침한 저의를 드러내기도 했다. 깜짝 놀랄 만큼 고귀한 정신과 구제할 길 없는 속물근성이 동시에 있는 사람이었다. 사람들을 거느리고 낙천적인 태도로 거침없이 앞으로 나아가면서도 그 마음은 음울한 늪의 바닥에서 외롭게 몸부림쳤다. 나는 그의 모순된 내면을 처음부터 선명하게 느꼈고, 다른 사람들 눈에는 왜 그런 내면이 보이지 않는지 이해할 수 없었다. 이 사내도 나름의 지옥을 살아가는 것이다.

그러나 기본적으로 나는 그에게 호감을 품었던 것 같다. 그의 가장 큰 미덕은 정직이었다. 그는 결코 거짓말을 하지 않았고, 자신의 오류나 결점을 인정하는 데도 거침이 없었다. 자신에게 불리한 부분이라도 감추려 하지 않았다. 나에 대해서는 늘 친절했고, 이런저런 도움도 주었다. 그가 그렇게 해 주지 않았더라면 나의 기숙사 생활은 아주 복잡하고 불쾌했을 것이다. 그래도 나는 그에게 한 번도 마음을 열지 않았고, 그런 면에서 나와 그의 관계는 나와 기즈키의 관계

하고는 완전히 다른 것이었다. 나는 나가사와가 술에 취해 어떤 여자에게 진저리 날 만큼 악질적으로 대하는 것을 본 이후로 이 사내에게만은 무슨 일이 있어도 마음을 열지 않으리라 결심했다.

기숙사에서는 나가사와를 둘러싼 몇 가지 전설이 사람들 입에 오르내렸다. 그중 하나는 그가 민달팽이를 세 마리 먹어 치웠다는 것이고, 또 하나는 그의 물건이 워낙 대단해서 지금까지 여자 백 명은 해치웠다는 것이었다.

민달팽이 이야기는 사실이었다. 내가 물었더니 그는 아, 그거 사실이야, 하고 말했다. "아주 큰 놈으로 세 마리 먹었지."

"왜 그런 걸 먹었어요?"

"뭐, 일이 좀 있었어. 내가 이 기숙사에 들어온 해, 신입생하고 상급생 사이에서 알력이 좀 있었어. 9월이었지, 아마. 내가 신입생 대표로 상급생과 담판을 지으러 갔어. 상대는 우익 분자에 목도 같은 걸 들고 말이야, 도저히 담판을 지을 분위기가 아닌 거야. 내가 그랬지. 좋습니다, 내가 할 수 있는 일이면 뭐든 하겠습니다, 그걸로 끝내 주세요. 그랬더니, 너 민달팽이 먹어, 하는 거야. 좋다고, 먹어 주겠다고 했어. 그래서 먹었고. 자식들이 커다란 놈으로 세 마리나 가져오더군."

"먹어 보니 어땠어요?"

"어떻긴, 민달팽이를 먹는 기분은 민달팽이를 먹어 본 인간만이 알 수 있는 그런 거지 뭐. 민달팽이가 이렇게 미끈, 목 안으로 들어가 주르륵 위장으로 떨어져 내리는 느낌, 정말 죽여주지. 차가우면서 입안에 남아 맴도는 그 뒷맛. 생각만 해도 소름이 쫙 끼쳐. 그냥 토해 버리고 싶은 걸 죽을힘을 다해 참았지. 거기서 토해 봐, 다시 삼키라고 할 놈들이야. 결국 세 마리 다 먹어 치웠지."

"다 먹고는 어떻게 했는데요?"

"물론 방으로 돌아와서는 소금물을 왕창 들이켰어. 그거 말고 뭘 했겠어."

"그럴 만도 하네요."

"그 후로 아무도 나를 건드리지 않았지. 상급생을 포함해서 아무도. 민달팽이를 세 마리나 먹어 치울 인간, 나 말고는 아무도 없어."

"없을 겁니다." 나는 인정했다.

물건 크기를 확인하는 건 간단했다. 같이 목욕을 하면 된다. 분명 그것은 꽤 대단했다. 백 명을 상대했다는 건 과장이었다. 일흔다섯 명 정도 아닐까, 하고 그는 잠시 생각하다가 말했다. 정확히는 모르겠지만 일흔은 넘겼다고. 내가 한 명이라고 하자, 그런 건 쉬운 얘기야, 너, 하고 그는 말했다.

"다음에 나랑 한번 하러 가자. 걱정하지 마, 바로 할 수 있으니까."

나는 그때 그의 말을 결코 믿지 않았지만 실제로 해 보니 정말로 간단했다. 너무 간단해서 맥이 빠져 버릴 정도였다. 그와 함께 시부야나 신주쿠의 바인지 술집인지 하는 데로 가서(가게는 거의 정해져 있었다.) 적당한 여자 두 명 팀이 오면 말을 걸고(세상에는 둘이서 다니는 여자가 가득했다.) 술을 마시고 호텔로 가서 섹스를 했다. 아무튼 그는 말을 잘했다. 딱히 대단한 이야기를 하는 것도 아닌데 그가 말을 하면 여자애들은 대체로 넋이 나가서 이야기에 푹 빠져들고 그러다 술을 너무 마셔 취해 버리고 그와 자게 된다. 게다가 그는 잘생겼고 친절하고 센스가 있어서 여자애들은 같이 있기만 해도 기분이 좋아지는 것이다. 그리고 나에게는 참으로 신기한 일이었지만, 그와 함께 있으면 나마저도 갑자기 매력적인 남자로 보이는 것 같았다. 내가 나가사와의 재촉을 받아 뭔가 말을 하면 여자애들은 마치 그를 대하는 것과 똑같이 내 이야기에 크게 감탄하기도 하고 웃기도 했다. 모든 것이 나가사와의 마력 덕분이었다. 정말 대단한 재능이라고, 나는 그때마다 감탄할 수밖에 없었다. 거기에 비한다면 기즈키의 재능은 거의 어린애 장난 같은 것이었다. 도무지 스케일이 달랐다. 그렇게 나가사와의 그런 능력에 휩쓸려 같이 놀면서도 나는 기즈키가 굉장히 그리웠다. 기즈키가 얼마나 성실한 친구였는지 새삼 느낄 수밖에 없었다. 그는 자신의 작은 재능을 오로지 나오코와 나를 위해 사용했다. 그에 비해 나가사와는 그 압도적인 재능을 마치 게임이라도 하듯 사방에 뿌리고 다녔다. 대체로 그는 자기 눈앞에 앉은 여자애들과 진짜로 자고 싶었던 것도 아니었다. 그에게는 그저 단순한 게임에 지나지 않았다.

나로 말하자면 사실 낯선 여자와 자는 것을 그리 좋아하지는 않았다. 성욕을 처리하는 방식으로는 괜찮았고, 여자애를 끌어안는다든지 몸을 만지고 부비는 것 자체는 즐거웠다. 그러나 아침에 헤어지는 일이 가장 어색하고 싫었다. 눈을 뜨면 곁에 낯선 여자가 쿨쿨 잠들었는데 방 안에는 술냄새가 가득하고 침대도 조명도 커튼도 죄다 러브호텔 특유의 질척한 분위기에 내 머리는 숙취로 멍하기만 하다. 이윽고 여자가 눈을 뜨고 곰지락거리며 속옷을 찾는다. 그리고 스타킹을 신으면서 "근데, 어젯밤에 그거 확실히 꼈지? 나, 좀 위험한 날이었거든."이라고 한다. 그러고는 거울을 향해 머리가 아프다는 둥 화장이 잘 받지 않는다는 둥 뭐라 투덜거리며 립스틱을 바르고 속눈썹을 붙인다. 그런 게 난 싫었다. 그래서 아침까지 같이 있지 않는 것이 좋았지만 12시 기숙사 통금을 신경 쓰면서 여자를 꼬실 수도 없는 노릇이고 해서(물리적으로 불가능한 일이다.) 무슨 수를 쓰든 외박증을 끊어야 했다. 그러면 어쩔 수 없이 아침까지 버티다 자기 혐오와 환멸에 사로잡힌 채 기숙사로 돌아오는 것이다. 햇빛은 너무 눈부시고 입안은 까칠까칠하고 내 머리가 내 머리가 아닌 듯했다.

나는 그런 식으로 서너 번 여자와 자고 나서 나가사와에게 물어보았다. 이런 짓을 일흔 번 넘게 하다니 지겹지도 않느냐고.

"이 허망한 짓거리에 환멸을 느낀다면 네가 제대로 된 인간이라는 증거고, 진짜 환영할 일이야. 처음 보는 여자하고 그 짓을 해서 얻을 수 있는 건 아무것도 없어. 자기 혐오와 피로뿐이니까. 그건 나도 마찬가지야."

"그런데 왜 그렇게 열심이에요?"

"그거, 설명하기가 좀 어렵네. 왜 있잖아, 도스토옙스키가 도박에 대해 쓴 글 알지? 그거랑 마찬가지야. 주위에 가능성이 가득한데 그냥 못 본 척하고 지나치기는 정말 어려운 일이니까. 그거, 알겠어?"

"알 것 같기도 하네요."

"해가 지고 여자들이 거리로 나와 이곳저곳 어슬렁거리며 술을 마셔. 여자들은 뭔가를 갈구하고 난 그 목마름을 해소해 줄 수 있어. 그건, 정말로 간단한 일이야. 수도꼭지를 틀고 물을 마시는 것만큼이나 간단해. 그런 여자, 눈 깜짝할 사이에 자빠뜨릴 수 있고, 여자들도 그러기를 바라. 그게 바로 가능성이란 거지. 그런 가능성이 눈앞에 굴러다니는데 그냥 지나칠 수 있어? 스스로 능력이 있고, 그런 능력을 발휘할 수 있는 찬스가 눈앞에 있는데 넌 그냥 지나칠 거야?"

"그런 걸 느낀 적이 없어서 난 잘 모르겠어요. 뭔지 상상도 안 가는데요." 난 웃으면서 말했다.

"어떤 의미에서 행복한 거야, 그건."

나가사와가 부잣집 아들이면서 이런 기숙사에 들어온 것도 바람둥이 기질 때문이었다. 도쿄에서 혼자 살면 제멋대로 여자랑 놀아날 것이라 생각했던 그의 아버지가 강제로 시 년 동안 기숙사 생활을 하게 한 것이다. 그러나 나가사와한테 그런 건 아무래도 상관없는 일로, 그는 기숙사 규칙 따위는 그다지 마음에 두지도 않았고 마음 가는 대로 생활했다. 기분이 나면 외박증을 끊어 헌팅에 나서거나 여자 친구네 방으로 갔다. 외박 허가를 받는 건 꽤 귀찮은 일이었지만, 그의 경우는 거의 프리패스였고, 그가 곁에서 한마디 거들면 나도 그냥 통과였다.

나가사와한테는 대학 입학 때부터 사귀는 정식 여자 친구가 있었다. 하쓰미라는 동갑내기 여자로 나도 몇 번 만난 적이 있는데 정말 느낌이 좋았다. 눈을 확 끌 만큼 대단한 미인은 아니고 오히려 평범하기 짝이 없는 얼굴의 소유자라 처음에는 나가사와 같은 사람이 왜 이런 여자를, 하고 생각하지만 조금만 이야기를 나누어 보면 누구든 그녀에게 호감을 느끼지 않을 수 없었다. 그녀는 그런 타입이었다. 따스하고 이지적이고 풍부한 유머 감각에 배려심 깊고 늘 세련되고 우아한 차림새였다. 나는 그녀가 정말 좋아서 내게 이런 애인이 있으면 절대로 다른 여자하고는 자지 않을 거라고 생각했다. 그녀도 내가 마음에 들었는지 동아리 후배를 소개해 줄 테니 넷이서 데이트하자고 열심히 권했지만 나는 과거의 실패를 떠올리며 적당히 얼버무리고 말았다. 하쓰미 씨가 다니는 대학은 부잣집 여자애가 많기로 유명한 곳인데, 그런 여자애와 내가 이야기가 맞을 리 없었다.

그녀는 나가사와가 아주 열심히 여자를 낚아 즐기며 다닌다는 사실을 알면서도 그걸 빌미로 그에게 불평한 적은 단 한 번도 없었다. 그녀는 나가사와를 진심으로 사랑했고, 자신의 사랑을 내세워 그에게 사랑을 강요하지 않았다.

"나한테는 과분한 여자야." 나가사와는 말했다. 지당하신 말씀이다.

*

　겨울에 들어 나는 신주쿠에 있는 작은 레코드 가게에서 아르바이트를 시작했다. 급료는 그저 그랬지만 일이 쉬운 데다 일주일에 세 번 야근만 하면 되어서 편했다. 레코드도 싸게 살 수 있었다. 크리스마스 때 나는 나오코에게 그녀가 가장 좋아하는 「디어 하트(Dear Heart)」가 든 헨리 맨시니의 레코드를 선물했다. 손수 포장해서 빨간 리본을 달았다. 나오코는 직접 짠 털실 장갑을 주었다. 엄지손가락 부분이 조금 짧았지만 따스하기는 했다.

　"미안, 손재수가 너무 없어서." 나오코는 부끄러운 듯 빨개진 얼굴로 말했다.

　"괜찮다니까. 봐, 이렇게 들어가잖아." 나는 장갑을 껴 보였다.

　"이제 코트 주머니에 손을 집어넣지 않아도 되겠지?" 나오코는 말했다.

　나오코는 그 겨울, 고베로 돌아가지 않았다. 나도 연말까지는 아르바이트도 있어 결국 도쿄에 남았다. 고베로 돌아간들 그다지 재미있는 일도 없고 만나고 싶은 사람도 없었다. 설 연휴 동안은 기숙사 식당이 문을 닫아서 나는 그녀의 방에 가서 밥을 얻어먹었다. 우리는 떡을 굽고 간단히 떡

국을 끓여 먹었다.

1969년 1월부터 2월에 걸쳐 많은 일들이 일어났다.

1월 말에 특공대가 갑자기 40도 가까이 열을 내며 드러누웠다. 그 탓에 나는 나오코와 데이트 약속을 날려 버리고 말았다. 나는 애써 콘서트 초대권을 두 장 마련해서 나오코를 초대했다. 나오코가 아주 좋아하는 브람스의 교향곡 4번 연주라서 그녀는 그날을 잔뜩 기대했다. 그런데 특공대가 침대에서 괴로워서 뒹굴며 금방이라도 죽을 것 같은 상태가 되어 그냥 내버려 두고 나갈 수 없었다. 나 대신에 간병해 줄 마음 좋은 사람을 찾을 수도 없었다. 나는 얼음을 사서 비닐봉지 몇 장 안에 가득 채워 찜질을 해 주고 수건으로 땀을 닦아 주고 한 시간마다 온도를 재고 셔츠도 갈아입혀 주었다. 열은 하루 종일 내려가지 않았다. 그러나 이틀째 아침이 되자 그는 벌떡 자리에서 일어나더니 마치 아무 일 없었다는 듯이 체조를 시작했다. 체온을 재 보니 36.2도였다. 도저히 인간으로는 보이지 않았다.

"정말 이상해. 여태 한 번도 열 같은 거 난 적이 없는데." 특공대는 마치 내 잘못이라도 되는 듯한 투로 말했다.

"그렇지만 열이 났잖아." 나는 욱해서 쏘아 주었다. 그리고 그 때문에 휴지 조각이 되어 버린 티켓 두 장을 보여 주었다.

"초대권이라서 다행이네." 특공대는 말했다. 나는 놈의 라디오를 창밖으로 던져 버리고 싶었지만 갑자기 두통이 일어 이불 속으로 파고들어 잠을 잤다.

2월에는 몇 번 눈이 내렸다.

2월 말에 나는 아무것도 아닌 일로 같은 동에 사는 상급생을 때렸다. 상대는 콘크리트 벽에 머리를 찧었다. 다행히 큰 상처는 없었고 나가사와가 중재해서 원만하게 해결되었지만, 나는 사감실로 불려가 주의를 받았고, 그 탓에 기숙사 생활이 많이 불편해졌다.

그렇게 학년이 끝나고 봄이 왔다. 나는 몇 과목을 실패하고 말았다. 성적은 평범했나. 태반이 C 아니면 D였고, B가 몇 개 있는 정도였다. 나오코는 망친 과목 하나 없이 2학년을 맞이했다. 계절이 한 바퀴 돈 셈이다.

4월 중순에 나오코는 스무 살이 되었다. 나는 11월생이니까 그녀가 나보다 일곱 달 정도 빠르다. 나오코가 스무 살이라니, 참 이상한 기분이 들었다. 나나 나오코는 언제까지고 열여덟이나 열아홉 언저리를 왔다 갔다 하는 게 맞지 않느냐는 느낌이었다. 열여덟 다음은 열아홉이고, 열아홉 다음은 열여덟, 그렇다면 이해가 간다. 하지만 그녀는 스무 살이 되었다. 그리고 가을이면 나도 스무 살이다. 죽은 자만이 영원히 열일곱이었다.

나오코의 생일에는 비가 내렸다. 나는 학교가 끝난 다음 가까운 곳에서 케이크를 사 들고 전철을 타고 그녀의 방으로 갔다. 스무 살이 되었으니까 축하라도 해 주고 싶다고 내가 말을 꺼냈다. 만일 입장이 바뀌었다면 나도 똑같은걸 바랐을 것이라 생각했기 때문이다. 혼자서 스무 살 생일을 보내면 아마도 서글픈 기분이 들 것이다. 전철은 복잡한 데다 덜컹댔다. 덕분에 나오코의 방에 도착했을 때 케이크는 마치 로마 콜로세움 유적처럼 뭉개졌다. 그래도 준비해 간 촛불 스무 개를 세워 성냥으로 불을 붙이고 커튼을 닫고 전등을 끄자 그럭저럭 생일 분위기가 났다. 나오코가 와인을 땄다. 우리는 와인을 마시고 케이크 한 조각을 먹고 간단히 식사를 했다.

"스무 살이 되다니, 어쩐지 말도 안 된다는 생각이 들어. 난 아직 스무 살이 될 준비가 하나도 안 됐는데. 기분이 이상해. 왠지 누군가가 뒤에서 억지로 떠민 것 같아."

"난 아직 일곱 달이나 남았으니까 천천히 준비할 거야." 나는 웃었다.

"좋겠다. 아직 열아홉이라서." 나오코는 부럽다는 듯이 말했다.

밥을 먹으면서 나는 특공대가 스웨터를 새로 샀다는 소

식을 전했다. 그는 여태 단벌 스웨터로 버텼는데(감색 고등학교 교복 스웨터였다.) 이제야 두 벌이 되었다. 사슴 문양이 든 빨강과 검정이 섞인 귀여운 스웨터였는데, 옷 자체는 멋져 보였지만 그가 그걸 입은 걸 보고 웃음을 터뜨리지 않는 사람이 없었다. 그러나 그는 왜 다른 사람이 웃는지 이해하지 못했다.

"와타나베, 뭐, 뭐가 이상해?" 그는 식당에서 내 옆에 앉아 물었다. "내 얼굴에 뭐가 묻기라도 했어?"

"아무것도 묻지 않았고 이상하지도 않아. 그 스웨터, 아주 괜찮아." 나는 표정을 억누르며 말했다.

"고마워."

특공대는 아주 기분이 좋은 듯 방긋 웃었다.

나오코는 이야기를 듣고 즐거워했다. "그 사람, 한 번 만나고 싶어. 딱 한 번만이라도."

"안 돼. 넌 보자마자 웃어 버리고 말 거야."

"정말 웃을 것 같아?"

"내기 걸어도 돼. 매일 같이 있는 나도 때때로 너무 웃겨서 못 참을 정도인데."

식사가 끝난 다음 우리는 설거지를 하고 바닥에 앉아 음악을 들으며 남은 와인을 비웠다. 내가 한 잔을 마실 동안 그녀는 두 잔을 마셨다.

나오코는 그날 드물게도 말을 많이 했다. 어린 시절 일이나 학교 일, 가족에 대해 그녀는 이야기했다. 이야기는 길었고, 세밀화처럼 모든 것을 낱낱이 그려 냈다. 대단한 기억력이라고 나는 그 이야기를 들으면서 감탄하지 않을 수 없었다. 그러는 가운데 나는 그녀의 말투 속에 내포된 뭔가가 점점 마음에 걸리기 시작했다. 뭔가 이상했다. 뭔가 부자연스럽게 뒤틀렸다. 이야기 하나하나는 나름대로 줄거리를 갖추었지만 이야기를 연결하는 방식이 아무래도 좀 묘했다. A 이야기가 어느새 그것을 포함한 B 이야기로 넘어가고 이윽고 B에 내포된 C 이야기로 옮겨 가는 식으로 끝도 없이 이어졌다. 끝이 보이지 않았다. 처음에는 적당히 고개를 끄덕여 주었지만 어느덧 그것도 그만두고 말았다. 나는 레코드를 틀고 음악이 끝나면 바늘을 다른 레코드로 옮겼다. 있는 레코드를 전부 튼 다음에 처음으로 되돌아갔다. 레코드는 모두 여섯 장뿐이었고, 그 순환의 처음은 「서전트 페퍼스 론리 하츠 클럽 밴드(Sgt. Pepper's Lonely Hearts Club Band)」이고 마지막은 빌 에번스의 「왈츠 포 데비(Waltz for Debby)」였다. 창밖에는 비가 내렸다. 시간은 천천히 흐르고 나오코는 혼자서 말을 이어 갔다.

나오코의 이야기에서 느껴지는 부자연스러움은 그녀가 몇몇 포인트를 애써 피하며 이야기를 이어 가려는 데서 비롯한 것이었다. 물론 기즈키도 그 포인트 가운데 하나였지만, 그녀가 애써 외면하려는 것이 그것만은 아님을 난 깨달았다. 그녀는 결코 드러내고 싶지 않은 뭔가를 끌어안은 채 아무래도 좋은 일들을 세부에 걸쳐 언제까지고 말을 이어 갔다. 그렇지만 나오코가 이야기에 몰두하는 건 처음이었기에 나는 그녀가 원하는 만큼 말하게 내버려 두었다.

그러나 11시쯤이 되자 나도 조금 불안해졌다. 나오코는 벌써 네 시간 이상이나 한 번도 쉬지 않고 말을 했다. 막차 시간도 있고 기숙사 통금도 있었다. 나는 기회를 봐서 그녀의 말을 파고들었다.

"이제 슬슬 일어나야겠어. 전철 시간도 있고 해서." 나는 시계를 보며 말했다.

그러나 내 말이 나오코의 귀에는 닿지 않은 것 같았다. 또는 내 말을 듣고서도 그 의미를 파악하지 못한 듯했다. 그녀는 순간 입을 꾹 다물더니 다시 이야기를 이어 가기 시작했다. 나는 체념하고 자리에 앉아 두 병째 와인의 나머지를 마셨다. 이렇게 된 이상 그녀가 하고 싶은 대로 말하게 내버려 두는 게 좋을 것 같았다. 막차도 통금도, 모든 것을 흘러가는 대로 내버려 두자고 마음먹었다.

그러나 나오코의 이야기는 오래 계속되지 못했다. 불현듯 나오코가 말을 멈추었다. 이야기가 끝난 것이다. 말꼬리가 잘려 나간 듯이 허공에 떠돌았다. 정확히 말하자면 그녀의 이야기는 끝난 게 아니었다. 어딘가에서 툭 끊어져 사라져 버린 것이다. 그녀는 어떻게든 말을 하려 했지만, 이제 거기에는 아무것도 없었다. 뭔가가 빠져 버린 것이다. 어쩌면 그걸 빠져 버리게 한 것이 혹시 나인지도 모른다. 내가 한 말이 겨우 그녀의 귀에 닿아, 얼마간 시간을 두고 받아들여져서, 그 탓에 그녀를 계속 말하게 했던 에너지 같은 것이 뚝 떨어져 버린 것인지도 모른다. 나오코는 입술을 살짝 벌린 채 내 눈을 멍하니 바라보았다. 그녀는 작동 중에 갑자기 전원이 나가 버린 기계 같았다. 그녀의 눈은 마치 뿌연 막을 덮어쓴 것처럼 흐렸다.

"방해할 생각은 없었어. 그냥 시간도 너무 늦었고 또……."

그녀의 눈에서 눈물이 볼을 타고 흘러 툭 하고 커다란 소리를 내면서 레코드 재킷에 떨어졌다. 눈물 한 방울이 떨어지자 그다음은 걷잡을 수 없었다. 그녀는 두 손을 바닥에 짚고 몸을 앞으로 웅크린 채 토해 내듯 울었다. 나는 누군가가 그리도 격하게 우는 것을 처음 보았다. 나는 살며시 손을 뻗어 그녀의 어깨에 가져다 대었다. 어깨는 바르르 가늘게 떨렸다. 나는 거의 무의식적으로 그녀의 몸을 끌어당겨 안았다. 그녀는 내 팔에 감싸여 몸을 바들바들 떨며 소리 죽여 울었다. 눈물과 뜨거운 입김으로 내 셔츠는 흠뻑 젖었다.

나오코의 손가락 열 개가 예전에 거기 있었던 소중한 뭔가를 찾아 헤매듯 내 등을 더듬었다. 나는 왼손으로 나오코의 몸을 떠받치고 오른손으로는 곧게 뻗은 부드러운 머리카락을 쓰다듬었다. 나는 오래도록 그 자세로 나오코의 울음이 멈추기를 기다렸다. 그러나 그녀는 울음을 멈추지 않았다.

*

그날 밤, 나는 나오코를 안았다. 올바른 행동이었는지 아닌지 난 모른다. 이십 년 가까이 지난 지금도 모르겠다. 아마도 영원히 모를 것 같다. 그렇지만 그때는 그것 말고 어쩔 도리가 없었다. 그녀는 흥분한 상태였고, 혼란에 빠졌고, 나를 통해 그것을 가라앉히고 싶어 했다. 나는 불을 끄고 천천히 부드럽게 그녀의 옷을 벗기고 내 옷도 벗었다. 그러고 나서 서로를 안았다. 비 내리는 따스한 밤, 우리는 벌거벗었지만 추위를 느끼지 않았다. 나와 나오코는 말없이 서로의 몸을 더듬었다. 나는 그녀에게 입을 맞추고, 손으로 부드럽게 유방을 감쌌다. 나오코는 딱딱해진 나의 페니스를 잡았다. 그녀의 질이 따스한 열기를 띠고 젖은 채 나를 원했다.

그래도 내가 안으로 들어가자 그녀는 심하게 아파했다.

처음이냐고 물었더니 나오코는 고개를 끄덕였다. 나는 뭐가 뭔지 알 수 없는 지경에 빠지고 말았다. 나는 줄곧 기즈키와 나오코가 잤다고 생각했기 때문이다. 나는 페니스를 깊이 밀어 넣은 채 가만히 오래도록 그녀를 안은 채로 있었다. 그녀가 안정을 되찾은 것을 확인하고는 천천히 움직이다가 오랫동안 시간을 들여 사정했다. 마지막에 이르러 나오코는 내 몸을 꼭 끌어안고 소리를 질렀다. 내가 지금까지 들어 보았던 오르가슴 소리 가운데에서 가장 애달팠다.

　모든 것이 끝난 다음 나는 왜 기즈키와 자지 않았느냐고 물어보았다. 하지만 그런 건 묻지 말았어야 했다. 나오코는 내 몸에서 손을 떼고 다시 소리 없이 울기 시작했다. 나는 벽장에서 이불을 꺼내 그녀를 눕혔다. 그리고 창밖에서 내리는 4월의 비를 바라보며 담배를 피웠다.

　아침에 일어나 보니 비는 그쳐 있었다. 나오코는 내게 등을 보이고 잠들어 있었다. 어쩌면 그녀는 한숨도 자지 못하고 줄곧 깨어 있었는지도 모른다. 잠들었건 깨었건 그녀의 입술은 모든 말을 잃었고, 몸은 얼어붙은 듯 딱딱했다. 나는 몇 번이나 말을 걸어 보았지만 결국 아무런 대답도 듣지 못했고, 그녀는 꼼짝도 하지 않았다. 나는 오랫동안 그녀의 벌거벗은 어깨를 바라보다가 체념하고 자리에서 일어나기로 했다.

바닥에는 레코드 재킷과 잔과 와인 병과 재떨이 같은 것들이 어젯밤 그대로 남았다. 테이블 위에는 무너진 생일 케이크 절반이 남았다. 마치 그곳에서 시간이 갑자기 멈추어 움직이지 않는 것 같았다. 나는 바닥에 흩어진 것들을 끌어모으고 정리한 다음 수돗물을 두 컵 마셨다. 책상 위에는 사전과 프랑스어 동사표가 있었다. 책상 앞 벽에는 달력이 붙었다. 사진도 그림도 없는 숫자뿐인 달력이었다. 달력은 새하얬다. 메모도 없고 표시도 없었다.

나는 바닥에 떨어진 옷을 주워 입었다. 셔츠 가슴이 아직도 차갑게 젖었다. 얼굴을 대자 나오코 냄새가 났다. 나는 책상 위의 메모지에, 네가 마음을 가라앉히고 나면 천천히 이야기를 나누고 싶어, 가까운 시기에 전화 줘, 생일 축하해, 하고 썼다. 그리고 다시 한 번 나오코의 어깨를 바라보고 방을 나서 문을 살짝 닫았다.

*

일주일이 지나도 전화는 없었다. 나오코가 사는 연립주택은 전화 연결을 해 주지 않는 곳이라 나는 일요일 아침에 고쿠분지까지 찾아갔다. 그녀는 없었고 문에 붙었던 명패가 벗겨졌다. 창에 달린 덧문도 닫힌 채였다. 관리인에게 물어 보니 사흘 전에 이사를 갔다고 했다. 어디로 갔는지는 모른 다고 했다.

나는 기숙사로 돌아와 고베 주소로 그녀에게 긴 편지를 썼다. 나오코가 어디로 이사를 갔든, 그녀 앞으로 가게 될 것이다.

나는 내 느낌을 있는 그대로 말했다. 나는 많은 것을 아 직 잘 모르겠고, 알기 위해 진지하게 노력은 하지만 거기에 는 많은 시간이 걸릴 거야. 많은 시간이 흐른 다음 내가 어 떤 자리에 서 있을지, 지금의 나로서는 도무지 알 수 없어. 그러므로 나는 너에게 아무 약속도 할 수 없고, 뭔가를 요 구하거나 그럴듯한 말을 늘어놓을 수도 없어. 무엇보다 우 리는 서로를 너무도 몰라. 그렇지만 만일 네가 나에게 시간 만 줄 수 있다면, 나는 있는 힘을 다할 거고 결국 우리는 서 로를 잘 알게 될 거야. 아무튼 다시 한 번 널 만나 천천히 이 야기하고 싶어. 기즈키를 잃어버린 후 나는 내 마음을 솔직 히 표현할 상대를 잃어버렸지, 그것은 너도 마찬가지 아닐 까. 아마도 우리가 생각하는 것 이상으로 우리는 서로를 필 요로 하는 것 같아. 그 때문에 우리는 아주 먼 길을 돌아왔 고, 어떤 의미에서는 비뚤어지고 말았어. 아마도 내가 그러지 말았어야 했다는 생각도 들어. 그렇지만 그럴 수밖에 없었어. 그때 너에게 느낀 친밀하고 따스한 기분은 여태까지 내가 한 번도 느껴 보지 못한 감정이었어. 답장을 주면 좋겠어. 무슨 말이라도 좋으니 듣고 싶어. 그런 내용의 편지였다.

답장은 없었다.

몸속에서 뭔가가 빠져나가고 빈자리는 메워지지 않은 채 그냥 순수하게 텅 빈 상태로 방치되었다. 몸이 부자연스럽게 가벼웠으며 모든 소리가 공허하게 울렸다. 나는 주중이면 예전보다 더 열심히 학교에 가서 강의를 들었다. 강의는 지겨웠고 과 친구들과 이야기를 하는 것도 아니었지만, 딱히 할 일이 없었다. 나는 혼자서 강의실 맨 앞에 앉아 강의를 듣고 아무와도 대화를 나누지 않은 채 혼자서 밥을 먹고 담배를 끊었다.

5월 말, 대학은 동맹 휴교에 들어갔다. 그들은 '대학 해체'를 외쳤다. 좋지, 해체하려면 제발 좀 해 줘, 난 그렇게 생각했다. 해체해서 조각조각 낸 다음 발로 밟아 가루로 만들어 줘. 난 아무 상관없어. 그러면 나도 속 시원해질 테고, 그다음은 내가 어떻게든 알아서 할게. 도움이 필요하다면 얼마든지 도울 수도 있어. 시원스럽게 한번 해 보라고.

대학이 봉쇄되고 강의도 없어져서 나는 운송 업체에서 아르바이트를 했다. 트럭 조수석에 앉아 돌아다니다가 짐을 신고 내리는 일이었다. 일은 생각보다 힘들어서 처음에는 여기저기 몸이 쑤시고 아파서 아침에 일어나기도 힘들 지경이었지만 그만큼 보수가 괜찮은 편인 데다 바쁘게 움직이는 동안에는 내 속의 빈자리를 의식하지 않을 수 있었다. 일주일에 닷새는 낮 시간에 트럭을 타고, 사흘은 레코드 가게에서 야간 근무를 했다. 일이 없는 날 밤은 기숙사 방에서 위스키를 마시며 책을 읽었다. 특공대는 술을 한 방울도 못 마셨고 알코올 냄새에 몹시 민감하여 내가 침대에 누워 안주도 없이 위스키를 들이켜면 냄새 때문에 공부를 못 하겠으니 밖으로 나가서 마시라고 투덜댔다.

"네가 나가." 나는 말했다.

"아니, 기, 기숙사에서는 술을 마시면 안 되는 게 규, 규칙이잖아." 그는 항의했다.

"네가 나가." 나는 되풀이했다.

그는 더 이상 말을 하지 않았다. 나는 기분이 상해 옥상으로 올라가 혼자서 술을 마셨다.

6월 들어 나는 나오코에게 다시 한 번 긴 편지를 써서 고베의 주소로 부쳤다. 내용은 이전과 거의 같았다. 마지막에, 답장을 기다리는 게 지독하게 괴롭다, 내가 너에게 상처를 주고 만 건 아닌지 거기에 대한 대답만이라도 듣고 싶다고 덧붙였다. 그 편지를 우편함에 넣어 버리자, 내 마음속의 공동이 조금 더 커진 듯한 느낌이 들었다.

6월에 두 번, 나는 나가사와 같이 번화가로 나가 여자와 잤다. 두 번 다 너무 간단했다. 한 여자애는 내가 호텔 침대로 이끈 다음 옷을 벗기려 하자 발버둥을 치며 저항했지만, 내가 혼자 침대에 들어가 책을 읽었더니 조금 뒤 스스로 몸을 부비며 다가왔다. 또 다른 여자애는 섹스한 다음 내 모든 것을 알고 싶어 했다. 지금까지 몇 명 정도와 잤는지, 어디 출신인지, 어느 학교에 다니는지, 어떤 음악을 좋아하는지, 다자이 오사무 소설을 읽어 보았는지, 외국 여행을 한다면 어디로 가고 싶은지, 자기 젖꼭지가 다른 사람에 비해 좀 큰 편이라고 생각하지 않는지, 하는 식으로 세상의 질문이란 질문은 다 했다. 나는 적당히 대답하고 자 버렸다. 눈을 뜨자 그녀는 아침을 같이 먹고 싶다고 했다. 나는 그녀와 커피숍에 가서 모닝 서비스로 나오는 맛없는 토스트와 맛없는 달걀을 먹고 맛없는 커피를 마셨다. 그러는 동안에도 그녀는 내게 질문을 퍼부었다. 아버지 직업은 뭔지, 고등학교 시절 성적이 좋았는지, 몇 월생인지, 개구리를 먹어 본 적 있는지 등등. 나는 머리가 아파서 식사가 끝나자마자 이제부터 아르바이트를 하러 가야 한다고 말했다.

"있지, 우리 다시 만날 수 없을까?" 그녀는 쓸쓸한 표정으로 말했다.

"어쩌다 보면 우연히 만날 수도 있겠지 뭐." 나는 그 말을 남기고 자리를 떴다. 혼자가 된 다음, 제기랄, 도대체 지금 뭘 하는 거야, 하는 생각에 진저리를 쳤다. 이런 짓을 해서는 안 된다는 생각이 들었다. 그러나 그러지 않을 수도 없었다. 내 몸은 심한 굶주림과 목마름에 여자의 몸을 찾아 헤맸다. 나는 여자들과 자면서도 늘 나오코 생각을 했다. 어둠 속에 하얗게 떠오르는 나오코의 벗은 몸과 내뿜는 숨결, 빗소리를 생각했다. 그런 것들을 생각할수록 내 몸은 더욱 굶주림과 목마름에 떨었다. 나는 혼자서 옥상으로 올라가 위스키를 마시며 생각했다. 나는 대체 어디로 가려는 거냐고.

7월 초에 나오코에게서 편지가 왔다. 짧은 편지였다.

답장이 늦어져서 미안. 그렇지만 이해해 줬으면 해. 문장을 쓸 수 있게 되기까지 아주 많은 시간이 필요했어. 이 편지도 벌써 열 번이나 다시 쓴 거야. 글을 쓴다는 것 자체가 나한테는 정말 고통스러운 일이거든.

결론부터 말할게. 일단 대학을 한 해 휴학하기로 했어. 일단이라고는 했지만 다시 대학에 돌아가지는 못할 거라 생각해. 휴학이란 건 어디까지나 절차상의 편의 때문이야. 갑작스럽게 왜 그러느냐고 생각할지도 모르겠지만, 이건 이전부터 오래오래 생각하던 일이야. 그것에 대해서 너에게 몇 번이나 말하려고 했지만 결국 입을 떼지 못하고 말았어. 입 밖에 내기가 정말 두려웠으니까.

이런저런 일들, 마음에 두지 말았으면 좋겠어. 설령 무슨 일이 일어났든 아니든 결국 이렇게 되었을 거라 생각해. 혹시 이런 말이 너에게 상처가 될지도 모르겠지만. 만약에 그렇다면 사과할게. 내가 하고 싶은 말은, 네가 내 일 때문에 자책하지 말았으면 좋겠다는 거야. 정말로 나 스스로 모든 것을 짊어져야 하는 일이야. 요 일 년 정도 그것을 미루고 미루다가 결국 너에게 큰 짐을 지우고 만 것 같다는 생각이 들어. 아마도 이게 한계일 테지.

고쿠분지에 있는 집을 떠난 다음 나는 고베 본가로 돌아와서 잠시 병원에 다녔어. 의사 선생님이 교토 산속에 내게 잘 맞는 요양소가 있다고 소개해 주어서 잠시 거기 가는 게 어떨까 싶었어. 정확한 의미에서 병원은 아니고 아주 자유롭게 요양할 수 있는 시설이라고 해. 자세한 내용은 다음에 쓸게. 아직은 글을 쓰기가 좀 힘들거든. 지금 나한테 필요한 것은 외부와 차단된 조용한 장소에서 마음을 가라앉히는 일인 것 같아.

네가 지난 일 년 동안 내 곁에 있어 주었다는 것에 대해 나름대로 감사하는 마음이야. 이것만은 믿어 줬으면 해. 넌 내게 상처를 주지 않았어. 나에게 상처를 준 사람은 바로 나

자신이거든. 난 그렇게 생각해.

난 아직 널 만날 준비가 되지 않았어. 준비가 되었다는 생각이 들면 너에게 바로 편지를 쓸게. 그때에는 우리도 서로를 좀 더 잘 알게 되지 않을까. 네가 말했듯이 우리는 서로를 좀 더 알아야 할 거야.

안녕.

이 편지를 몇백 번이나 읽었는지 모른다. 그리고 읽을 때마다 참을 수 없는 슬픔이 밀려왔다. 그것은 나오코가 가만히 내 눈을 들여다보았을 때 느꼈던 슬픔이었다. 나는 그 애달픈 마음을 어떤 다른 것으로 바꾸어 버릴 수도, 마음속 어떤 장소에 간직할 수도 없었다. 그것은 내 몸을 스쳐 가는 바람처럼 아무런 윤곽도 없고 무게도 없었다. 나는 그것을 몸에 두를 수조차 없었다. 풍경이 내 눈앞을 천천히 지나쳤다. 그들이 하는 말은 내 귀에 닿지 않았다.

토요일 밤이 되면 나는 변함없이 로비에 놓인 의자에 앉아 시간을 보냈다. 어디 전화가 올 데도 없었지만, 달리 할 일도 없었다. 나는 늘 텔레비전 야구 중계를 켜 놓고 보는 척했다. 그리고 나와 텔레비전 사이에 깔린 막막한 공간을 둘로 나누고 그 나뉜 공간을 다시 둘로 갈랐다. 몇 번을 반복하여 마지막에는 손바닥만 한 작은 공간을 만들어 냈다.

10시에는 텔레비전을 끄고 방으로 돌아왔고, 잠들었다.

*

그달 말에 특공대가 반딧불이 한 마리를 주었다.

그건 인스턴트커피 병에 들어 있었다. 병 안에 풀잎과 물을 조금 넣고 뚜껑에는 작은 숨구멍을 뚫어 놓았다. 주변이 아직은 밝아서 그것은 아무 특징도 없는 물가의 검은 벌레에 지나지 않았지만, 특공대는 분명히 반딧불이라고 주장했다. 반딧불이에 대해 잘 안다고 그가 말했고, 나에게는 딱히 그걸 부정할 이유도 근거도 없었다. 좋아, 저건 반딧불이다. 반딧불이는 어쩐지 졸린 것 같은 표정이었다. 그리고 미끌미끌한 유리 벽을 타고 오르려다 계속 아래로 미끄러졌다.

"정원에서 잡았어."

"여기 정원?" 나는 깜짝 놀라 물었다.

"그러니까 이, 이 근처 호텔에서 여름이면 고객들 눈을 끌려고 반딧불이를 방사하잖아? 그 가운데 한 놈이 이쪽으로 날아든 거야." 그는 검정 보스턴백에 옷가지며 노트 따위를 우겨 넣으며 말했다.

여름 방학에 들어간 지도 벌써 몇 주가 지나 기숙사에 남은 사람은 우리 정도뿐이었다. 나는 고베로 돌아가고 싶은 마음도 없고 해서 아르바이트를 계속했고, 그는 실습이 있었다. 그 실습이 끝나자 그는 집으로 돌아갈 준비를 했다. 특공대의 집은 야마나시였다.

"이거, 여자애한테 주면 좋을 거야. 아주 좋아할 거야."

"고마워."

해가 저물자 기숙사는 적막에 잠겨 마치 폐허 같은 느낌이었다. 국기 게양대에서 국기가 내려가고 식당 창에 불이 밝았다. 학생 수가 줄어든 탓에 식당의 불도 평소의 반 정도만 켰다. 오른쪽 반은 불이 꺼지고 왼쪽 반만 불을 밝혔다. 그래도 어렴풋이 음식 냄새가 풍겼다. 크림 스튜 냄새였다.

나는 반딧불이가 든 인스턴트커피 병을 들고 옥상으로 올라갔다. 옥상에는 사람 그림자가 없었다. 누군가가 걷어 가지 않은 하얀 셔츠가 빨랫줄에 걸려 무슨 허물처럼 저녁나절 바람에 나부꼈다. 나는 옥상 구석에 있는 철제 사다리를 타고 급수탑 위로 올라갔다. 원통형 급수 탱크는 낮 동안 흠뻑 빨아들인 열기로 아직 따스했다. 좁은 공간에 앉아 난간에 몸을 기대자 살짝 테두리가 닳아 버린 듯한 하얀 달이 눈앞에 떠올랐다. 오른편에는 신주쿠 거리의 불빛이, 왼편에는 이케부쿠로 거리의 불빛이 보였다. 차들의 환한 헤드라이트 불빛이 강물처럼 거리에서 거리로 흘러갔다. 수많은 소리가 마구 뒤섞인 부드러운 웅웅거림이 마치 구름처럼 부옇게 거리 위로 떠올랐다.

병 바닥에서 반딧불이가 희미하게 빛났다. 그러나 그 빛은 너무도 약하고 그 색깔은 너무도 엷었다. 반딧불이를 본 것도 아주 오래전이지만 기억 속에서 반딧불이는 아주 밝고 선명한 빛을 여름의 어둠 속에 뿜어냈다. 그래서 나는 반딧불이란 늘 선명하게 타오르는 듯한 빛을 내는 것이라 여겼다.

반딧불이가 지쳐 죽어 가는 건지도 모른다. 나는 병 주둥이를 잡고 몇 번 가볍게 흔들어 보았다. 반딧불이는 유리 벽에 몸을 부딪치며 아주 짧게 날았다. 그러나 여전히 희미하게 빛날 따름이었다.

언제 마지막으로 반딧불이를 봤는지 생각해 보았다. 대체 어디였을까, 그곳은? 나는 그 풍경을 떠올릴 수 있었다. 그러나 장소와 시간은 알 수 없었다. 밤의 어두운 물소리가 들렸다. 벽돌로 쌓아 올린 구식 수문도 있었다. 핸들을 빙글빙글 돌려 열고 닫는 수문이었다. 큰 강은 아니었다. 강변의 물풀이 물 위를 거의 덮어 버린 작은 개천이었다. 주변은 캄캄하고 손전등을 끄면 자기 발조차 보이지 않을 정도였다. 그리고 수문 물웅덩이 위로 헤아릴 수 없이 많은 반딧불이가 날았다. 그 빛이 마치 빨갛게 타오르는 불똥처럼 물의 표면을 비추었다.

나는 눈을 감고 그 기억의 어둠 속에 잠시 몸을 담갔다. 바람 소리가 평소보다 선명하게 들려왔다. 그리 강한 바람도 아닌데 신기할 만큼 선명한 궤적을 그리며 내 몸 주변을 휘익 스쳐 갔다. 눈을 뜨니 여름밤의 어둠이 조금 더 깊어졌다.

나는 병뚜껑을 열고 반딧불이를 꺼내 3센티미터 정도 도드라진 급수탑 테두리 위에 올려 놓았다. 반딧불이는 자신이 놓인 상황을 잘 이해하지 못하는 듯했다. 반딧불이는 볼트 주변을 비틀거리며 한 바퀴 돌고는 딱지처럼 부풀어 달라붙은 페인트 막에 다리를 걸쳐 보기도 했다. 잠시 오른쪽으로 나아가더니 거기가 막다른 장소라는 사실을 확인한 다음 다시 왼쪽으로 돌아갔다. 그다음 시간을 들여 볼트 대가리 위로 기어 올라가 그곳에 가만히 머물렀다. 반딧불이는 마치 숨이 멈춰 버린 것처럼 그 자세로 꼼짝도 하지 않았다.

나는 난간에 기댄 채 반딧불이의 모습을 바라보았다. 나도 반딧불이도 오래오래 꼼짝도 하지 않고 거기에 있었다. 바람만이 우리 주위를 불어 갔다. 어둠 속에서 느티나무가 수많은 이파리들을 비벼 댔다.

나는 끝도 없이 기다렸다.

그러고도 한참이나 지난 후에야 이윽고 반딧불이는 날아올랐다. 반딧불이는 불현듯 무슨 생각이라도 떠올랐다는 듯이 날개를 펼치더니 거침없이 난간 너머 흐릿한 어둠 속으로 떠올랐다. 마치 잃어버린 시간을 되찾으려는 듯 급수탑 곁에서 재빨리 원을 그렸다. 그리고 그 빛의 선이 바람에 잠겨들 동안 잠시 그곳에 머물렀다가 이윽고 동쪽으로 날아갔다.

반딧불이가 사라져 버린 다음에도 그 빛의 궤적은 내 속에 오래오래 머물렀다. 눈을 감으면, 그 작고 희미한 불빛은 짙은 어둠 속을 갈 곳 잃은 영혼처럼 언제까지고 떠돌았다.

나는 어둠 속으로 몇 번이나 손을 뻗어 보았다. 손가락에는 아무것도 닿지 않았다. 그 작은 빛은 언제나 내 손가락 조금 앞에 있었다.

4장

여름 방학 동안 대학 당국은 경찰에 출동을 요청했고, 기동대는 바리케이드를 부수고 농성 중인 학생들을 모두 체포했다. 그즈음 어느 대학에서도 같은 일이 일어났으니 딱히 특별한 일이라 할 수도 없었다. 대학 해체 따위는 없었다. 대학에는 거대한 자본이 투하되었는데, 그런 조직이 학생들이 들고 일어서는 정도로 '예, 알았습니다.'라며 얌전하게 해체를 받아들일 리 없다. 물론 대학을 바리케이드로 봉쇄한 그들 또한 진심으로 대학이 해체되리라 생각하지 않았다. 그들은 대학이라는 조직의 주도권 변경을 갈구했을 따름이고, 나에게는 그 주도권이 어디에 있든 아무래도 좋은 일이었다. 그러므로 동맹 휴교가 분쇄되든 말든 특별한 감회도 일어나지 않았다.

나는 9월에 들어 대학이 거의 폐허로 변했기를 기대하고 가 보았지만, 대학은 아무 상처도 입지 않은 상태였다. 도서관의 책도 약탈당하지 않았고, 교수실도 파괴되지 않았고, 학생과 건물도 불타지 않았다. 놈들은 대체 뭘 한 거야, 나는 망연자실하고 말았다.

동맹 휴교가 해제되고 기동대가 점령한 가운데 강의가 시작되자 맨 먼저 출석한 인간들도 동맹 휴교를 주도한 녀석들이었다. 그들은 아무 일도 없었다는 듯 교실에 나와 필기를 하고 이름을 부르면 대답을 했다. 정말 이상한 이야기였다. 왜냐하면 동맹 휴교 결의는 아직도 유효했고, 어느 누구도 동맹 휴교가 끝났다고 선언하지 않았기 때문이다. 대학이 기동대를 불러들여 바리케이드를 깨부수었을 뿐 원칙적으로 동맹 휴교는 아직 계속 중이다. 그들은 동맹 휴교를 결의할 때에는 강력하게 자기 주장을 펼치며 반대하는(또는 의문을 제기하는) 학생들을 매도하고 때로는 반동분자로 낙인찍었다. 나는 녀석들에게 다가가서 왜 동맹 휴교를 계속하지 않고 강의를 듣느냐고 물어보았다. 다들 대답할 말을 찾지 못했다. 대답할 말이 있을 리 없었다. 그들은 출석 일수 부족으로 학점을 못 따는 것 자체를 두려워했다. 그런 작자들이 대학 해체를 부르짖었다고 생각하니 진짜 어이가 없었다. 그런 천박한 작자들일수록 바람만 조금 바뀌어도 큰 소리를 내거나 기가 죽어 버리거나 하는 것이다.

어이, 기즈키, 여긴 정말 말도 안 되는 세계야, 하고 속으로 되뇌어 보았다. 이런 놈들이 학점을 따서 사회에 나가 이 세상을 천박하게 만들어 버리는 것이다.

나는 얼마간 강의를 나가서도 출석을 부르면 대답하지 않기로 했다. 그런 짓을 한들 아무런 의미도 없다는 것 정도는 알았지만, 그러지라도 않으면 마음을 가눌 길 없었다. 그러나 그 때문에 우리 과에서 내 입장은 더욱더 고립되었다. 출석을 부를 때 내가 대답을 하지 않으면, 강의실 공기가 아주 어색해졌다. 아무도 내게 말을 걸지 않았고 나 또한 아무한테도 말을 걸지 않았다.

9월 두 번째 주에 나는 대학 교육이란 아무 의미가 없다는 결론에 이르렀다. 그리고 나는 대학 4년을 지겨움을 견뎌 내는 훈련 기간으로 삼기로 작정했다. 여기서 대학을 그만두고 사회에 나간다고 해서 무슨 하고 싶은 일이 있는 것도 아니었다. 나는 매일 학교에 가서 강의를 듣고 필기를 하고 쉬는 시간에는 도서관에 가서 책을 읽기도 하고 조사를 하기도 했다.

*

　9월 두 번째 주가 되어서도 특공대는 돌아오지 않았다. 희한한 일을 넘어 경천동지할 사건이었다. 그가 다니는 학교 강의가 벌써 시작되었는데, 특공대가 수업을 빼먹는다는 것은 상상도 할 수 없는 일이었다. 그의 책상과 라디오 위에는 뽀얗게 먼지가 쌓였다. 선반 위에는 플라스틱 컵과 칫솔, 녹차통, 살충제 스프레이 같은 것들이 잘 정돈된 채였다.

　특공대가 없는 동안 나는 방 청소를 했다. 지난 일 년 반 동안 방 청소는 내 습관의 일부가 되었다. 특공대가 없으니 내가 청결을 유지할 수밖에 없었다. 나는 매일 바닥을 쓸고 사흘에 한번 창을 닦고, 일주일에 한 번 이불을 널었다. 특공대가 돌아와, '와, 와타나베, 어쩐 일이야? 정말 깨끗하잖아.'라고 칭찬해 주기를 바랐다.

　그러나 그는 돌아오지 않았다. 어느 날 학교에서 돌아와 보니 그의 짐이 다 사라지고 없었다. 방문 명패가 벗겨져 나가고, 방은 나만의 독방이 되었다. 나는 사감실로 가서 어떻게 된 일이냐고 물었다.

　"퇴실했지. 잠시 자네 혼자 쓰도록 해." 사감이 말했다.

　나는 대체 어떤 사정인지 물었지만 사감은 아무것도 가르쳐 주지 않았다. 모든 정보를 독점하면서 혼자 모든 것을 관리하는 데서 가없는 기쁨을 느끼는 속물이었다.

얼마간 벽에 걸린 빙산 사진을 바라보다 나는 그것도 벗겨 내고, 짐 모리슨과 마일스 데이비스의 사진을 붙여 두었다. 그러자 방은 조금 나답게 변했다. 나는 아르바이트로 번 돈으로 작은 스테레오 플레이어를 샀다. 그리고 밤이 되면 혼자서 술을 마시며 음악을 들었다. 가끔은 특공대 생각이 나기도 했지만, 그래도 혼자 지낸다는 건 꽤 좋았다.

*

월요일 10시부터 시작된 '연극사 2'의 에우리피데스 강의는 11시 30분에 끝났다. 강의가 끝난 다음 나는 학교에서 걸어서 십 분 정도 떨어진 곳에 있는 작은 레스토랑으로 가서 오믈렛과 샐러드를 먹었다. 레스토랑은 번잡한 곳에서 조금 벗어났고 가격도 학생에게는 조금 비싼 편이었지만, 조용해서 마음이 편했고 오믈렛 맛도 꽤 괜찮았다. 거의 말이 없는 부부와 아르바이트 여학생 셋이서 일하는 레스토랑이었다. 내가 창가 자리 일인석에 앉아 식사를 하는데 학생 넷이 들어왔다. 남자가 둘 여자가 둘, 하나같이 간편하고 산뜻한 차림새였다. 그들은 입구 가까운 자리에 앉아 메뉴를 바라보며 잠시 의논을 하더니 이윽고 한 학생이 주문을 정리하여 아르바이트 여학생에게 말했다.

그 가운데 여자애 하나가 나에게 힐끗힐끗 눈길을 주는 걸 느꼈다. 머리를 아주 짧게 잘랐고 짙은 선글라스에 하얀 면 미니 원피스를 입었다. 본 적이 없는 얼굴이라 그냥 무시하고 계속 식사하는데, 그녀가 자리에서 일어서더니 내 쪽으로 다가왔다. 그리고 테이블 끝에 한 손을 짚더니 내 이름을 불렀다.

"와타나베, 맞지?"

나는 고개를 들고 다시 그녀의 얼굴을 찬찬히 살펴보았다. 그러나 아무리 생각해도 처음 보는 얼굴이었다. 눈에 확 띄는 여자애라서 어디서 만났더라면 금세 기억이 날 것이었다. 게다가 이 대학에 내 이름을 아는 인간이 그렇게 많을 리도 없었다.

"잠깐 앉아도 될까? 혹시 누가 와, 여기?"

나는 뭐가 뭔지도 모른 채 고개를 끄덕였다. "아무도 안 와. 앉아."

그녀는 달그락 소리를 내며 의자를 끌어당겨 건너편에 앉더니 선글라스 안쪽에서 나를 가만히 바라보다가 내 접시로 시선을 옮겼다.

"맛있겠다, 이거."

"맛있어. 버섯 오믈렛에다 완두콩 샐러드."

"흐응, 다음에는 이걸 시켜야지. 오늘은 다른 걸 시켜 버렸으니까."

"뭘 시켰는데?"

"마카로니 그라탱."

"마카로니 그라탱도 그런대로 괜찮아. 그런데, 우리 어디서 만났던가? 아무리 생각해도 안 떠오르는데."

"에우리피데스." 그녀는 간결하게 말했다. "엘렉트라. '아니에요, 신이라도 불길한 존재의 말에는 귀 기울이지 않으실 것입니다.' 방금 수업 끝났잖아?"

나는 멀뚱멀뚱 그녀의 얼굴을 바라보았다. 그녀가 선글라스를 벗었다. 그제야 나는 기억을 떠올렸다. '연극사 2' 강의실에서 본 적이 있는 1학년 여학생이었다. 너무 극적으로 헤어스타일을 바꾸는 바람에 누군지 못 알아본 것이다.

"너, 여름 방학 전에는 여기까지 머리가 길었지?" 나는 어깨에서 10센티미터 아래쪽을 손가락으로 가리켰다.

"응. 여름에 파마를 했어. 그런데 너무너무 보기 싫은 거야, 이게. 그때는 진짜 죽어 버릴까 고민도 했어. 정말 너무 심했거든. 미역을 머리에 두르고 물에 빠져 죽은 시체 같은 거야. 그렇지만 죽을 각오라면 뭔들 못 할까. 오기가 나서 싹 밀어 버렸지 뭐. 시원하긴 해, 이거." 그러면서 그녀는

4~5센티미터 정도의 머리카락을 손바닥으로 살랑살랑 쓰다듬어 보였다. 그리고 나를 향해 방긋 웃었다.

"하나도 이상하지 않아, 그거." 나는 오믈렛을 입안으로 떠 넣으며 말했다. "잠깐 옆으로 고개 좀 돌려 볼래."

그녀는 옆으로 고개를 돌리고 오 초 정도 가만히 있었다.

"응, 굉장히 잘 어울려. 아마 두상이 좋아서일 거야. 귀도 아주 예쁘게 보이고."

"그렇지. 나도 그렇게 생각해. 싹 밀어 버리고 나서, 흠, 이 것도 그런대로 괜찮다고 생각했어. 그렇지만 남자애들은 아무도 그런 말 안 해 줘. 초등학생 같다는 둥, 강제 수용소라는 둥, 그런 말밖에 안 해. 근데, 왜 남자애들은 긴 머리를 좋아하는 거야? 그딴 거 완전 파시스트 아냐? 한심해. 왜 남자애들은 머리 긴 여자애가 우아하고 마음도 상냥하고 여자답다고 생각하는 거야? 난 말이야, 머리는 길지만 천박한 여자애를 이백오십 명은 알아. 정말이라니까."

"난 지금이 훨씬 좋아 보이는데." 거짓말이 아니었다. 머리카락이 길 때 그녀는 내가 기억하는 한 그냥 평범하고 귀여운 여자애에 지나지 않았다. 그러나 지금 내 앞에 앉은 그녀는 마치 봄을 맞이해 막 세상으로 튀어나온 작은 동물처럼 신선한 생명력을 힘차게 뿜어내는 존재였다. 그 눈동자는 독립된 생명체처럼 기쁨으로 약동하면서 웃기도 하고 화를 내기도 하고 체념하기도 하고 낙담하기도 했다. 나는 생명력 가득한 이런 표정을 얼마 만에 본 건지 잠시 감동에 젖어 그녀의 얼굴을 바라보았다.

"정말 그렇게 생각해?"

나는 샐러드를 먹으면서 고개를 끄덕였다.

그녀는 다시 짙은 선글라스를 쓰고, 내 얼굴을 바라보았다.

"저기, 너 거짓말하는 사람 아니지?"

"가능하면 정직하게 살고 싶어 하는 사람이야."

"그렇다 이거지."

"그런데 왜 그렇게 짙은 선글라스를 쓰고 다녀?" 나는 물어보았다.

"갑자기 머리가 짧아지니까, 왠지 모든 게 드러난 것 같아서. 마치 벌거벗은 채 사람들 속에 던져진 듯한 느낌이 들어 도무지 마음이 안정되지가 않아. 그래서 선글라스를 쓰기로 한 거야."

"아, 그랬구나." 나는 남은 오믈렛을 모두 먹어 치웠다. 그녀는 내가 먹는 모습을 흥미롭다는 눈길로 가만히 지켜보았다.

"저쪽 자리로 안 가도 돼?" 나는 그녀와 같이 온 세 사람을 가리키며 말했다.

"안 가도 괜찮아. 음식이 나오면 가지 뭐. 아무래도 상관 없어. 내가 여기 있으면 먹는 데 방해돼?"

"방해는 무슨, 이제 다 먹었는데 뭘." 그녀가 자기 테이블로 돌아갈 낌새가 안 보여 나는 커피를 시켰다. 아주머니가 접시를 물리고 설탕과 크림을 내려놓았다.

"있지, 오늘 강의에서 출석 부를 때 왜 대답을 안 했어? 와타나베, 네 이름 맞지? 와타나베 도루."

"맞아."

"그런데 왜 대답하지 않았어?"

"오늘은 왠지 대답하고 싶지 않았거든."

그녀는 다시 선글라스를 벗어 테이블 위에 올려놓고 우리 속의 신기한 동물이라도 엿보는 눈길로 나를 가만히 바라보았다.

"오늘은 왠지 대답하고 싶지 않았거든." 하고 그녀는 중얼거렸다. "너 어쩐지 험프리 보가트처럼 말한다. 쿨하고 터프한 게."

"설마. 난 아주 평범한 인간이야. 아무데나 굴러다니는."

아주머니가 커피를 들고 와서 내 앞에 내려놓았다. 나는 설탕과 크림을 넣지 않고 그냥 마셨다.

"봐, 설탕도 크림도 안 넣잖아."

"그냥 단 걸 싫어할 뿐이야." 나는 참을성 있게 설명했다.

"너, 뭔가 좀 오해하는 것 같아."

"왜 그렇게 탔어?"

"두 주 정도 걸으면서 여행을 했거든. 여기저기. 배낭이랑 침낭을 챙겨서. 그래서 좀 탄 거야."

"어디 갔는데?"

"가나자와에서 노토 반도를 빙 둘러서, 니가타까지."

"혼자서?"

"응. 가끔 길을 가다 사람을 만나기도 했지만."

"로맨스도 생기고 그럴까? 여행하다 여자애를 알게 된다든지."

"로맨스?" 나는 깜짝 놀라며 말했다.

"이봐, 역시 너는 뭔가를 착각하는 것 같아. 침낭 쑤셔 넣고 터부룩한 수염으로 헤매고 다니는 인간이 도대체 어떻게 로맨스 같은 걸 만들 수 있어?"

"매번 그렇게 혼자서 여행해?"

"그런 셈이지."

"고독한 게 좋아?" 그녀는 턱을 괸 채 물었다. "혼자서 여행하고 혼자서 밥 먹고 강의도 혼자서 뚝 떨어져 앉아 듣는 게 좋아?"

"고독한 걸 좋아하는 인간 같은 건 없어. 억지로 친구를 만들지 않는 것뿐이야. 그러다가는 결국 실망할 뿐이니까."

111

그녀는 선글라스 다리를 입에 물고 중얼거리는 듯한 목소리로 말했다. "고독한 걸 좋아하는 인간 같은 건 없어. 실망하는 게 싫을 뿐이야." 그녀는 되뇌었다. "만일 네가 자서전 같은 걸 쓴다면 이 대사 써먹도록 해."

"고마워."

"녹색 좋아해?" 그녀가 물었다.

"그건 또 왜?"

"녹색 폴로셔츠를 입었으니까. 그래서 녹색 좋아하는지 물어본 거야."

"딱히 좋아하는 건 아냐. 무슨 색이든 아무 상관없어."

"딱히 좋아하는 건 아냐. 무슨 색이든 아무 상관없어." 그녀는 또 내 말을 따라 했다. "난 네 말투, 진짜 좋아. 벽에다 흙을 깨끗하게 바르는 것 같은 느낌이야. 지금까지 이런 말 들어 본 적 있어, 다른 사람한테서?"

없다고 나는 대답했다.

"나, 이름이 미도리[5]야. 그렇지만 녹색하고는 하나도 안 어울려. 이상하지? 너무하다는 생각 안 들어? 완전히 저주받은 인생이잖아, 이런 거. 근데, 언니 이름은 모모코[6]야. 웃

---

5) ミドリ. 일본어로 '녹색'을 뜻한다.
6) 桃子. '모모'는 일본어로 '복숭아'를 뜻하며 일본에서는 '복숭아색'을 '분홍색' 대신 사용한다.

기지 않아?"

"언니는 핑크색이 잘 어울려?"

"진짜 잘 어울린다니까. 핑크색을 입으려고 태어난 사람 같다니까. 흐응, 정말 불공평해."

그녀의 테이블로 음식이 나오자 마드라스 체크무늬 상의를 입은 남자가 "어이, 미도리, 밥 먹어." 하고 불렀다. 그녀는 그쪽으로 고개를 돌리며 알았어, 하고 손을 들었다.

"그나저나, 와타나베, 강의 필기해? 연극사 2."

"하지."

"미안하지만 좀 빌려 줄래? 두 번이나 빼먹었거든. 그 강의에는 아는 사람도 없고."

"물론 괜찮아." 나는 가방에서 노트를 꺼내 쓸데없는 낙서는 없는지 확인한 다음 미도리에게 건네주었다.

"고마워. 저기, 와타나베, 모레에 학교 나와?"

"오지."

"그럼 12시에 여기로 올래? 노트 돌려주고 점심 살게. 혹시 혼자 먹지 않으면 소화 불량에 걸린다든지 하는 건 아니겠지?"

"설마. 하지만 밥 살 것까진 없는데. 노트 빌리는 정도로."

"괜찮아. 나, 쏘는 거 좋아해. 괜찮아? 메모 안 해도 안 잊을 수 있어?"

"안 잊어. 모레 12시에 너랑 여기서 만나."

저쪽에서 어이, 미도리, 빨리 안 오면 식어, 하는 목소리가 들렸다.

"근데 말이야, 옛날부터 그런 투로 말했어?" 미도리는 그 목소리를 무시하고 물었다.

"아마 그럴 거야. 별로 의식하지는 않았지만." 말투가 특이하다니 정말로 처음 듣는 말이었다.

그녀는 잠시 무슨 생각을 하더니 이윽고 방긋 웃으며 자리에서 일어나 자기 테이블로 돌아갔다. 내가 그 테이블 곁을 지나칠 때 미도리는 손을 들었다. 다른 세 사람은 힐끗 내 얼굴에 눈길을 던졌을 뿐이었다.

수요일 12시가 되었지만 미도리는 레스토랑에 나타나지 않았다. 나는 그녀가 올 때까지 맥주를 마시며 기다릴 작정이었지만 가게가 붐비기 시작해서 어쩔 수 없이 주문을 하고 혼자 밥을 먹었다. 12시 35분에 식사가 끝났지만 그때까지도 미도리는 모습을 보이지 않았다. 계산을 하고 레스토랑을 나와 가게 건너편에 있는 작은 신사의 계단에 앉아 술도 깰 겸해서 1시까지 그녀를 기다렸지만 여전히 나타나지 않았다. 나는 체념하고 학교로 돌아와 도서관에서 책을 읽었다. 그리고 2시부터 독일어 수업을 들었다.

강의가 끝난 뒤 나는 학생과로 가서 강의 등록부를 조사해 '연극사 2'에서 그녀의 이름을 찾아냈다. 미도리라는 이름은 고바야시 미도리 한 사람뿐이었다. 그다음 카드식으로 된 학생 명부를 뒤져 1969년 입학생 가운데에서 '고바야시 미도리'를 찾아내 주소와 전화번호를 메모했다. 도시마구, 자택 주소였다. 나는 공중전화 부스에 들어가 그 번호를 돌렸다.

"여보세요, 고바야시 서점입니다." 남자 목소리였다. 고바야시 서점?

"죄송하지만 미도리 씨 계신가요?"

"아, 미도리는 지금 없는데요." 상대가 말했다.

"학교에 간 건가요?"

"어디 보자, 병원에 간 걸로 아는데. 댁은?"

나는 이름을 말하지 않고, 실례했습니다, 하고는 전화를 끊었다. 병원? 어디 다쳤거나 병에 걸려 병원에 간 것일까? 그러나 남자의 목소리에서 비일상적인 긴박감은 전혀 느낄 수 없었다. "어디 보자, 병원에 간 걸로 아는데." 마치 병원이 생활의 일부라도 된다는 듯한 말투였다. 생선 가게에 생선을 사러 갔다든지, 하는 정도의 가벼운 투였다. 나는 거기에 대해 잠시 생각해 보다가 귀찮아서 생각하지 않기로 하고 기숙사로 돌아와 침대에 누워 나가사와한테 빌린 조지프 콘래드의 『로드 짐』을 마저 다 읽어 버렸다. 그리고 책을 돌려 주러 그의 방으로 갔다.

나가사와가 마침 식사를 하러 가는 길이라 나도 같이 식당으로 가서 저녁을 먹었다.

외무성 시험은 어땠어요? 물어보았다. 8월에 외무성 상급 시험 2차가 있었다.

"그냥 그랬어." 나가사와는 아무것도 아니라는 듯이 말했다. "그런 건 보통 하듯이 하면 통과해. 집단 토론이니 면접이니 하는 거니까. 여자애들 꼬드기는 거하고 별반 다르지 않아."

"그럼 간단했다는 거네요. 발표는 언젠데요?"

"10월 초. 붙으면 한턱 낼게."

"그런데 외무성 상급 시험 2차라는 거, 어떤 거예요? 나가사와 선배 같은 사람들만 옵니까?"

"설마. 대개는 돌대가리들이야. 돌대가리 아니면 변태. 관료가 되려는 인간 가운데 95퍼센트는 쓰레기거든. 이거, 거짓말 아니야. 그 자식들 글자도 제대로 못 읽어."

"그럼 선배는 왜 외무성에 들어가려 해요?"

"여러 가지 이유가 있지. 외국 나가는 걸 좋아하는 것을 비롯해서 여러 가지. 하지만 가장 큰 이유는 내 능력을 시험해 보고 싶다는 욕망이야. 기왕 시험해 볼 바에야 가장 큰 곳에서 한번 해 보겠다는 거지. 다시 말해, 국가라는 거. 엄청나게 큰 관료 기구 안에서 내가 과연 어디까지 올라갈 수 있는지, 얼마만 한 힘을 쥘 수 있는지 시험해 보고 싶은 거야. 알겠어?"

"무슨 게임하는 느낌이네요."

"바로 그거야. 게임 같은 거라니까. 나한테는 권력욕이라든지 금전욕 같은 건 거의 없어. 이건 정말이야. 난 천박하고 멋대로 사는 인간일지는 모르지만, 그런 거 하나는 깜짝 놀랄 만큼 담백해. 이른바 무사무욕의 인간이라고나 할까. 그냥 호기심이 있을 따름이야. 넓고 거친 세상에서 내 힘을 시험해 보고 싶은 거야."

"설마 무슨 이상 같은 게 있는 건 아니죠?"

"물론 없지. 인생에는 그런 거 필요 없어. 필요한 것은 이상이 아니라 행동 규범이야."

"그렇지 않은 인생도 꽤 많지 않습니까?"

"나 같은 인생, 별로 좋아하지 않는다는 말인가?"

"그런 소리 마세요. 좋고 나쁘고는 없어요. 그렇잖아요, 내가 뭐, 도쿄 대에 들어갈 수 있는 것도 아니고, 원할 때마다 여자랑 잘 수 있는 것도 아니고, 말을 잘하는 것도 아니고. 남들이 나를 보고 껌뻑 죽는 것도 아니고, 여자 친구도 없고. 이류 사립 대학 문학부를 나와서 찬란한 미래를 바랄 수 있는 것도 아니고. 그런데 무슨 말을 할 수 있겠어요."

"그러면 내 인생이 부러워?"

"부럽긴요. 난 너무 나 자신한테 익숙해서 말이죠. 그리고 솔직히 말해 도쿄 대라든지 외무성이라든지 관심도 없어요. 그냥 한 가지 부러운 게 있다면 선배가 하쓰미 씨 같은 멋진 여자 친구를 두었다는 겁니다."

그는 잠시 입을 다물고 식사를 계속 했다.

"어이, 와타나베." 나가사와는 식사를 끝내고 나에게 말했다. "자네와 난 말이야, 여기를 떠나 십 년이나 이십 년 지난 다음 어딘가에서 다시 만날 것 같은 생각이 들어. 그리고 어떤 형태로든 관계가 있을 것 같은 느낌이 들어."

"꼭 디킨스 소설 같은 얘기네요." 나는 웃었다.

"하긴 그렇네. 내 예감은 잘 맞아떨어져." 그도 웃었다.

식사를 끝내고 우리는 가까운 바에 술을 마시러 갔다. 그리고 9시가 넘도록 거기서 마셨다.

"저기, 나가사와 선배, 그런데 선배 인생에서 행동 규범이란 건 도대체 어떤 겁니까?"

"너, 들으면 웃을걸."

"안 웃어요."

"신사로 사는 것."

나는 웃지는 않았지만 자칫 의자에서 굴러떨어질 뻔했

다. "신사라면, 그 신사 말입니까?"

"그럼, 그 신사."

"신사로 산다는 건, 어떤 걸까요? 혹시 정의 내릴 수 있으면 가르쳐 주시죠."

"자신이 하고 싶은 걸 하는 게 아니라, 해야 할 일을 하는 게 신사지."

"선배는 내가 여태까지 만난 사람 가운데에서 가장 이상한 사람입니다."

"너는 내가 여태까지 만난 인간 가운데서 가장 제대로 된 인간이야." 그리고 그가 술값을 냈다.

*

다음 주 월요일 '연극사 2' 강의에도 고바야시 미도리는 나오지 않았다. 나는 교실 안을 둘러보고 그녀가 없다는 것을 확인한 다음 평소처럼 맨 앞줄에 앉아 강사가 올 때까지 나오코에게 편지를 쓰기로 했다. 여름 방학 때 한 여행에 대해 썼다. 걸은 길, 스쳐 지나간 거리들, 만난 사람들에 대해 썼다. 그리고 밤이 되면 늘 너를 생각했다고. 너와 만나지 못한 후부터 내가 얼마나 너를 갈구하는지 알았다고 썼다. 대학은 지겹기 짝이 없지만 자기 훈련이라는 생각으로 열심히 강의를 듣고 공부한다고. 너를 만나지 못하게 되면서 그 어떤 것도 재미가 없다고. 한 번이라도 좋으니 만나서 천천히 이야기를 나누고 싶다고. 혹시 가능하다면 지금 있는 요양소를 찾아가서 몇 시간이라도 면회하고 싶은데, 그래도 될까? 만일 할 수 있다면 이전처럼 둘이서 나란히 걷고 싶다고. 부담스러울지라도, 아무리 짧은 편지라도 좋으니 답장을 기다리겠노라고.

그렇게 적고 나는 편지지 네 장을 고이 접어 준비한 봉투에 넣고, 나오코의 집 주소를 적었다.

이윽고 울적한 표정의 몸집이 자그만 강사가 들어와 출석을 부르고 손수건으로 이마에 난 땀을 닦았다. 그는 다리가 불편해 늘 금속 지팡이를 짚었다. '연극사 2'는 흥미진진하다고 할 정도는 아니지만 일단 들어 볼 가치가 있는 제대로 된 강의였다. 많이 덥죠, 하며 그는 에우리피데스의 희곡에서 '데우스 엑스 마키나(deus ex machina)'의 역할에 대해 말하기 시작했다. 에우리피데스의 신이 아이스킬로스나 소포클레스의 신과 어떻게 다른지를 설명했다. 십오 분 정도 지날 즈음 강의실 문이 열리더니 미도리가 들어왔다. 그녀는 짙은 파랑 스포츠셔츠에 크림색 면바지를 입고 이전처럼 선글라스를 꼈다. 그녀는 강사를 향해 '늦어서 미안해요.'라는 미소를 보내고 내 곁에 앉았다. 그리고 숄더백에서 노트를 꺼내 나에게 건네주었다. 노트 안에는 "수요일, 미안해. 화났어?"라고 쓴 메모가 있었다.

강의가 반 정도 진행되고 강사가 칠판에 그리스극의 무대장치 그림을 그리는 순간 다시 문이 열리며 헬멧을 쓴 학생 둘이 들어섰다. 마치 개그 콤비 같았다. 하나는 호리호리한 몸에 하얀 얼굴에 큰 키였고, 다른 하나는 키가 작고 둥그스름한 얼굴에 까무잡잡한 피부, 거기에 안 어울리는 수염까지 길렀다. 키가 큰 쪽이 선동 전단 뭉치를 가슴에 안았다. 작은 쪽은 강사에게 다가가 이제부터 토론회를 열 것이니 양해해 달라고 말했다. 지금 이 세상에는 그리스 비극보다 더 심각한 문제가 가득하다고 그는 말했다. 그것은 요구가 아니라 단순히 통고였다. 자기 생각에는 지금 이 세상에 그리스 비극보다 더 심각한 문제가 있을 것 같지는 않지만 무슨 말을 해도 아무 소용이 없을 테니 마음대로 하라고 강사는 말했다. 그리고는 교단 끝을 꼭 잡고 발을 아래로 내린 다음 지팡이를 집어 들고 다리를 끌며 교실을 나갔다.

키 큰 학생이 전단을 나누어 주는 동안 어려 보이는 둥근 얼굴이 단상에 서서 연설을 했다. 전단에는 세상 모든 것을 단순화하는 독특하고 간결한 글씨체로 "기만적 총장 선거를 분쇄하고" "새로운 전학련 동맹 휴교에 온 힘을 집결하여 "일제(日帝) = 산학협동 노선에 철퇴를 가하자."라는 문구가 적혔다. 연설도 멋지고 해서 딱히 반론을 펼 생각은 없지만, 문장에 설득력이 없었다. 신뢰성도 없고 사람 마음을 끄는 힘도 없었다. 둥근 얼굴의 연설도 마찬가지였다. 늘 듣던 오래된 유행가였다. 같은 멜로디에 가사의 조사만 살짝 바꾼 것이었다. 이들의 진정한 적은 국가 권력이 아니라 상상력의 결핍이라는 생각이 들었다.

"우리, 나가."

미도리가 말했다.

나는 고개를 끄덕이고 자리에서 일어나 둘이서 교실을 나왔다. 나오는데 둥근 얼굴이 나를 향해 뭐라고 했지만 무슨 말인지 알아들을 수 없었다. 미도리는 "또 봐." 하고 그들을 향해 살랑살랑 손을 흔들었다.

"근데, 우리 반혁명 분자일까?" 교실을 벗어난 다음 미도리가 말했다. "혁명이 완성되면 우린 전봇대에 매달릴까?"

"매달리기 전에 웬만하면 점심을 먹고 싶은데." 내가 말했다.

"아, 그렇지. 좀 멀긴 한데 널 데리고 가고 싶은 곳이 있어. 시간이 걸려도 괜찮을까?"

"괜찮아. 2시 강의까지 어차피 할 일도 없는걸."

미도리는 나를 데리고 버스를 타더니 요쓰야까지 갔다. 그녀가 나를 데리고 간 곳은 요쓰야 뒷골목에서도 구석진 곳에 위치한 도시락 가게였다. 우리가 테이블에 앉자 주문도 하지 않았는데 빨갛고 네모진 칠기에 담긴 도시락 정식이 국그릇과 함께 나왔다. 일부러 버스를 타고 와서 먹을 만한 가게였다.

"맛있네."

"응, 게다가 아주 싸. 그래서 고등학교 때부터 가끔 점심 먹으러 왔어. 우리 학교, 여기서 가까워. 무지 엄격했지만, 살짝 빠져나와 먹곤 했어. 밖에서 뭘 사 먹다 들키기만 해도 정학 먹이는 학교니까."

선글라스를 벗으니 미도리의 눈은 지난번보다 훨씬 풀어져 보였다. 그녀는 왼쪽 손목에 건 가느다란 은팔찌를 매만지기도 하고 새끼손가락 끝으로 눈가를 가볍게 긁기도 했다.

"졸려?"

"조금. 잠이 부족해서. 이런저런 일로 좀 바빴거든. 그렇지만 괜찮아. 신경 쓰지 마. 지난번에는 미안했어. 아침에 갑자기 중요한 일이 생겨서. 도저히 빠져나올 수가 없는 거야. 레스토랑으로 전화를 할까 했지만 가게 이름도 모르고 너희 집 전화번호도 모르고. 많이 기다렸어?"

"아냐, 마음에 두지 않아도 돼. 난 가진 거라곤 시간밖에 없는 인간이니까."

"그렇게 남아돌아?"

"내 시간을 조금 떼어 내서 그 속에서 널 재워 주고 싶을 정도니까."

미도리는 턱을 괴고 방긋 웃더니 내 얼굴을 바라보았다. "너 정말 상냥하다."

"상냥한 게 아니라 그냥 한가할 뿐이야. 그건 그렇고, 그날 너희 집으로 전화했더니 네가 병원에 갔다던데, 무슨 일이라도 있어?"

"집에?" 그녀는 미간을 살짝 찌푸리며 말했다. "어떻게 집 전화번호를 알았어?"

"학생과에 가서 알아봤지, 물론. 누구라도 알아낼 수 있는 거야."

아, 하고 그녀는 두세 번 고개를 끄덕이더니 다시 팔찌를 매만졌다. "그렇네. 그건 생각도 못 했네. 네 전화번호도 그렇게 찾으면 됐을걸. 하지만 병원 말인데, 그건 다음에 말할게. 지금은 별로 말하고 싶지 않거든. 미안해."

"괜찮아. 괜한 일을 물은 것 같기도 하고."

"아냐. 그렇지 않아. 지금 좀 피곤해서 그럴 뿐이야. 비 맞은 원숭이만큼 피곤해."

"집에 가서 자는 게 좋지 않을까?"

"아직 자고 싶지 않아. 좀 걷자."

그녀는 요쓰야 역에서 조금 떨어진 자기가 다니던 고등학교 앞으로 나를 데리고 갔다.

요쓰야 역 앞을 지나칠 때 나는 불현듯 나오코와 끝도 없이 걸었던 기억을 떠올렸다. 그러고 보니 모든 것은 이 장소에서 시작되었다. 그 5월의 일요일에 주오 선 전철 안에서 우연히 나오코를 만나지 않았더라면 내 인생도 지금과는 많이 다를 것이라는 생각이 들었다. 그러나 금세, 아니, 만약에 그때 만나지 않았더라도 결국은 마찬가지였을지도 모른다고 생각을 고쳤다. 아마도 우리는 그때 만나야 했기에 만났을 것이고 그때 만나지 않았더라도 또 다른 곳에서 만났을 것이다. 딱히 무슨 근거가 있는 건 아니지만 나는 그런 생각을 했다.

고바야시 미도리와 나는 둘이서 공원 벤치에 앉아 그녀가 다녔던 고등학교 건물을 바라보았다. 담쟁이덩굴이 교사를 휘감았고 처마에는 비둘기 몇 마리가 날개를 접고 앉았다. 분위기 있는 오래된 건물이었다. 정원에는 커다란 느티나무가 무성한 잎을 펼쳤고, 그 곁에서 하얀 연기가 모락모락 피어올랐다. 여름의 잔광이 연기에 한층 뽀얀 빛을 더했다.

"와타나베, 저 연기, 뭔지 알겠어?" 갑자기 미도리가 물었다.

몰라, 하고 나는 대답했다.

"저거, 생리대 태우는 거야."

"뭐!" 소리를 지르는 것 말고는 달리 할 말이 없었다.

"생리대, 탐폰, 그런 것들." 미도리는 방긋 웃었다. "다들 화장실 쓰레기통에 버리잖아, 여학교니까. 그걸 경비 아저씨가 모아서 소각로에서 태우는 거야. 그게 바로 저 연기."

"말을 듣고 보니까 정말 심상치 않은 기운이 느껴지네."

"응, 나도 교실 창에서 저 연기를 볼 때마다 그런 생각을 했더랬어. 정말 대단하다고. 우리 학교는 중학교 고등학교 합해서 천 명 가까이 되거든. 하긴 아직 시작도 안 한 애도 있을 테니까 구백 명 정도로 보고, 그 가운데 다섯 중 하나가 생리 중이라고 한다면 백팔십 명 정도. 하루에 백팔십 명분의 생리대가 쓰레기통에 들어가는 셈이야."

"그 정도는 될 것도 같네. 정확히는 잘 모르겠지만."

"대단한 양일 거야. 백팔십 명분이니까. 그런 걸 끌어 모아 태우는 거, 정말 어떤 느낌일까?"

"글쎄, 상상이 잘 안 가." 내가 말했다. 내가 그런 걸 어떻게 안단 말인가. 잠시 우리는 그 흰 연기를 바라보았다.

"사실 난 저 학교에 가고 싶지 않았어." 미도리는 고개를 살짝 저었다. "그냥 평범한 공립 학교에 가고 싶었어. 보통 애들이 다니는 평범한 학교. 즐겁고 여유롭게 청춘을 보내고 싶었는데. 부모의 허영심이 나를 저기에 몰아넣은 거야. 왜 있잖아, 초등학교 때 성적이 괜찮으면 생기는 일. 선생님이 이 애는 이 정도 성적이니 여기쯤은 들어갈 수 있다고. 그래서 들어간 거야. 육 년이나 다녔지만 정이 안 들었어. 하루라도 빨리 여길 벗어나고 싶다, 하루라도 빨리 여길 벗어나고 싶다, 그런 생각만 하면서 학교를 다닌 거야. 저기, 난 무지각, 무결석으로 개근상까지 받았어. 그렇게나 학교가 싫었는데도. 왜 그랬는지 알아?"

"모르겠는데."

"학교가 죽을 만큼 싫었으니까. 그래서 하루도 쉬지 않았어. 지는 게 싫어서. 한번 꺾이면 끝장이라고 생각했거든. 열이 39도까지 올랐을 때에도 거의 기어서 학교에 갔어. 선생님이, 애, 고바야시, 어디 아픈 거 아니니, 하고 물어도, 아뇨, 괜찮아요, 거짓말을 하면서까지 버텼어. 무지각, 무결석으로 개근상장하고 프랑스어 사전도 받았어. 그래서 대학에서는 독일어를 선택한 거야. 그렇잖아, 그 학교의 혜택 같은 거 받고 싶지 않은 거야. 웃기지 말라고 해."

"학교의 어디가 그렇게 싫었어?"

"넌 학교가 좋았어?"

"딱히 좋은 것도 아니고 싫은 것도 아니었지 뭐. 난 아주 평범한 공립 학교에 다녔지만 별로 신경 쓰지 않았거든."

"저 학교." 미도리는 새끼손가락으로 눈 주위를 긁으면서 말했다.

"엘리트 여자애들이 모여드는 학교거든. 가정 환경도 좋고 성적도 좋은 여자애가 천 명씩이나 우글대는 거야. 부잣집 딸들뿐이야. 안 그러면 못 버텨. 학비도 비싸고 기부금도 내야 하고, 수학여행도 교토의 고급 여관을 빌리고, 옻칠한 그릇이 나오는 고급 정식을 먹고, 일 년에 한 번 오쿠라 호텔 식당에서 테이블 매너 강습을 받고, 아무튼 모든 게 평범하지가 않아. 저기, 알겠어? 우리 학년 백육십 명 가운데 도시마 구에 사는 애는 나밖에 없었어. 언젠가 학생 명부를 모두 조사해 본 적이 있거든. 대체 다들 어디에 사는지 궁금해서. 기절하는 줄 알았지. 지요다 구 3번가, 미나토 구 모토아자부, 오타 구 덴엔초후, 세타가야 구 세이조…… 하나같이 다 그런 거야. 혼자 지바 현 가시와에 사는 여자애가 있어서 그 애랑 잠깐 사이좋게 지냈어. 좋은 애였지. 자기네 집에 놀러 오라고, 너무 멀어서 좀 미안하긴 하지만, 그러기에 그럼 한번 가 볼까 하고 갔더니 이건 뭐, 눈이 뒤집힐 판이였지. 집을 한 바퀴 도는 데 십오 분이나 걸려. 엄청난 정원이 있고, 소형차 크기만 한 엄청난 개 두 마리가 쇠고기 덩어리를 우적우적 씹어 먹는 거야. 그런데도 그 애, 지바 현에 산다는 것 때문에 조금 기가 죽은 느낌이었어, 반에서. 지각할 것 같으면 메르세데스 벤츠를 타고 학교 가까이까지 오는 애였어. 차에는 운전사가 딸렸고, 운전사도 마치 「그린 호

128

넷」에 나오는 사람처럼 모자를 쓰고 하얀 장갑을 꼈어. 그런
데도 그 애, 사는 데가 거기라서 창피해하는 거야. 믿을 수
없는 일이지. 넌 믿을 수 있어?"

나는 고개를 저었다.

"도시마 구 기타오쓰카, 그런 주소는 아무리 찾아도 나밖
에 없는 거야. 게다가 아버지 직업란은 이래. '서점 경영.'이라
고. 덕분에 반 친구들이 나를 아주 신기한 눈으로 봤어. 좋
아하는 책을 마음껏 읽을 수 있어 좋겠다고. 웃기지 말라고
해. 다들 무슨 기노쿠니야 같은 대형 서점 같은 걸 생각하
는 거야. 그 애들, 서점이라면 그런 것밖에 생각 못 해. 실상
이란 정말 못 봐 줄 노릇이지. 고바야시 서점. 불쌍한 고바
야시 서점. 덜그덕 문을 열면 눈앞에 주욱 진열된 잡지가 보
여. 가장 잘 팔리는 게 여성 잡지, 새로운 섹스 테크닉, 도판
해설 48장면 부록이 달린 것들. 근처 아줌마들이 그런 걸
사서 부엌 테이블에 앉아 열심히 읽고 남편이 돌아오면 한
번 해 보는 거지. 그거, 엄청 자극적이야. 대체 그 아줌마들
무슨 생각을 하며 사는 건지 모르겠어. 그리고 만화. 이것도
잘 팔려. 매거진, 선데이, 점프. 그리고 물론 주간지. 아무튼
거의가 잡지야. 문고도 조금 있지만 별거 아냐. 미스터리나
역사물, 성인물, 그런 것밖에 안 팔려. 그리고 실용서. 바둑
정석, 분재, 결혼식 스피치, 반드시 알아야 할 성생활, 담배

끊는 방법 따위. 거기다 우리 서점에서는 문구류까지 팔아. 계산대 옆에 볼펜이라든지 연필, 노트 따위가 있어. 그것뿐이야. 『전쟁과 평화』도 없고 『성적 인간』도 없고 『호밀밭의 파수꾼』도 없어. 그게 고바야시 서점이야. 그런데 뭐가 부럽다는 거야? 넌 부럽니?"

"풍경이 눈앞에 떠오르네."

"응, 그런 가게야. 이웃 사람들은 모두 우리 집에서 책을 사. 배달도 해 줘. 옛날부터 오는 단골손님도 많아서 네 가족이 먹고사는 데는 지장이 없어. 빚도 없으니까. 딸 둘을 대학에 보낼 정도는 돼. 근데 그뿐이야. 그 이상 무슨 특별한 걸 할 만한 여유는 없어. 그런 학교에 나를 보내서는 안 되었던 거야. 사람만 비참해질 뿐이야. 무슨 기부를 할 때마다 아버지가 불평하는 말을 들어야 하고, 반 친구들과 어디 놀러 가서 식사할 때도 비싼 가게에 들어가면 돈이 부족한 건 아닌지 가슴을 졸이곤 했어. 그런 인생, 암담하기만 해. 너희 집은 부자야?"

"우리 집? 그냥 평범한 월급쟁이야. 부자도 아니고 가난하지도 않아. 자식을 도쿄의 사립 대학에 보내는 게 부담이긴 하지만 자식이라고는 나 하나뿐이니까 문제없어. 집에서 주는 돈은 많지 않고 그래서 아르바이트를 해. 평범하기 짝이 없는 집이야. 좁은 마당에 도요타 코롤라가 있어."

"어떤 아르바이트 해?"

"일주일에 세 번 신주쿠의 레코드 가게에서 밤 근무를 해. 일은 편해. 가만히 앉아서 가게만 지키면 되거든."

"흐응, 나, 와타나베는 돈 때문에 고생한 적이 없는 사람이라고 생각했어. 그냥 보기에."

"고생한 적은 없어, 별로. 돈이 많지 않다는 것뿐이고, 세상 사람 대부분이 그런 거야."

"내가 다닌 학교에서는 대부분이 부자였어." 그녀는 무릎 위에서 두 손바닥을 위로 보이며 말했다. "그게 문제였어."

"앞으로는 그게 아닌 세계를 지겹도록 보게 될 거야."

"있지, 부자의 가장 큰 이점이 뭐라고 생각해?"

"몰라."

"돈이 없다는 말을 할 수 있다는 거야. 이를테면 내가 우리 반 친구들에게 뭘 좀 하자고 하면 '난 지금 돈 없어서 안 돼.'라고 해. 반대 입장일 때, 난 도저히 그런 말은 못 할 거야. 내가 돈이 없다고 하면, 그건 정말로 돈이 없는 거야. 너무 처량해. 예쁜 여자애가 '나 오늘 얼굴이 너무 안 좋아서 외출 못 해.'라고 말하는 거하고 똑같아. 못생긴 애가 그런 말을 한다고 생각해 봐, 다들 웃을 거야. 그게 바로 내가 사는 세계였어. 작년까지 육 년간."

"곧 잊게 될 거야."

"정말 빨리 잊고 싶어. 난 대학에 들어와서 얼마나 마음이 편해졌는지 몰라. 정말 보통 사람들이 가득해서."

그녀는 살짝 입술을 비틀며 미소 짓더니 짧은 머리카락을 손바닥으로 쓰다듬었다.

"너도 무슨 아르바이트 해?"

"응, 지도 해설을 써. 저기, 지도를 사면 조그만 책자 같은 게 하나 딸렸잖아? 지역 설명이라든지, 인구라든지, 명소라든지 여러 가지가 적힌 거. 어디를 가면 멋진 하이킹 코스가 있고, 이런저런 전설이 있고, 어떤 꽃이 피고, 어떤 새가 있다는 둥. 그런 원고를 작성하는 일이야. 정말 간단한 일이야. 눈 깜짝할 사이에 해치워 버려. 히비야 도서관에 가서 하루만 책을 찾아보면 한 권 정도는 가볍게 만들 수 있거든. 별것도 아닌 요령만 좀 부리면 일감은 얼마든지 들어와."

"요령이라면, 어떤 거?"

"그건 말이야, 다른 사람이 안 쓰는 걸 살짝 집어넣는 거야. 그러면 지도 회사 담당자가 '저 애, 문장이 좋은데.'라고 생각하는 거지. 엄청 감탄도 하고 그래. 그래서 일감을 많이 줘. 뭐, 대단한 아이디어를 내는 것도 아냐. 아주 사소한 거 하나면 돼. 이를테면 댐을 조성하는 바람에 마을이 하나 잠겨 버렸지만 철새들은 아직도 그 마을을 기억해서 계절이 오면 새들이 댐 위를 빙글빙글 도는 풍경을 볼 수 있다고. 그런 에피소드를 하나 정도 슬쩍 끼워 넣으면 무척 좋아하는 거지. 그렇지, 그거 서정적인 그림이 그려지잖아? 보통 아르바이트 하는 애들, 별로 아이디어를 내지 않거든. 그러니까 꽤 돈을 받아, 원고 써서."

"그런 에피소드를 찾아내다니, 참 대단한 것 같은데."

"그런지도 모르지." 미도리는 내 말에 고개를 살짝 기울였다. "그건 찾으려면 찾을 수 있는 거고, 만일 아무것도 없으면 해가 되지 않을 만큼 조금 지어내면 되는 거야."

"아, 그렇구나." 나는 감탄했다.

"피스!(Peace!)"

그녀가 내가 사는 기숙사 이야기를 듣고 싶어 해서 국기 이야기나 특공대의 라디오 체조 이야기를 해 주었다. 미도리도 특공대 이야기를 듣고 박장대소했다. 특공대는 모든 사람을 즐겁게 해 주는 존재 같았다. 미도리는 재미있을 것 같으니 언젠가 꼭 한번 기숙사 구경을 시켜 달라고 했다. 직접 보면 재미 없을 거라고 나는 말했다.

"남학생 몇백 명이 지저분한 방에서 술도 마시고 마스터베이션도 하는 곳일 뿐이야."

"와타나베도 해, 그런 거?"

"안 하는 인간은 없어." 나는 친절하게 설명해 주었다. "여자애들이 생리를 하는 것처럼 남자는 마스터베이션을 하는 거야. 다들 해. 누구든 해."

"애인 있는 사람도 할까? 섹스 상대가 있는 사람도?"

"그런 문제가 아냐. 내 옆방에 사는 게이오 대 학생은 마스터베이션을 하고 나서 데이트하러 가. 그러는 편이 마음이 안정된다고 해."

"난 그런 세계를 잘 몰라서 그래. 줄곧 여학교에 있었으니까."

"그런 건 여성 잡지 부록에도 없을 테고."

"못 말려." 그러면서 미도리는 웃었다. "그런데 와타나베, 이번 일요일에 시간 있어? 약속 있어?"

"모든 일요일이 비었어. 6시부터 아르바이트 가야 하지만."

"괜찮으면 우리 집에 한번 놀러 올래? 고바야시 서점에. 가게 문은 닫지만, 난 저녁때까지 집을 지켜야 해. 중요한 전화가 올 수도 있어서. 같이 밥 먹자. 내가 만들어 줄게."

"고마워."

미도리는 노트 페이지를 찢어 집까지 오는 길 약도를 상세히 그려 주었다. 그리고 빨간 볼펜을 꺼내 집이 있는 위치에 커다랗게 X 표를 했다.

"알기 싫어도 알 수 있을 거야. 고바야시 서점이라고 커다란 간판이 걸려 있으니까. 12시 정도에 올 수 있어? 점심 준

비해 둘 테니."

나는 고맙다고 한 다음 지도를 호주머니에 넣었다. 그리고 이제 학교로 돌아가 독일어 수업을 들어야 한다고 말했다. 미도리는 가야 할 데가 있다면서 요쓰야에서 전철을 탔다.

일요일 아침, 나는 9시에 일어나 면도를 하고 세탁을 해서 빨래를 옥상에 널었다. 하늘은 기분 좋게 개었다. 올해 처음으로 가을 냄새를 맡았다. 고추잠자리 무리가 정원 위를 빙글빙글 돌고, 이웃 아이들이 잠자리채를 들고 마구 뛰어다녔다. 바람 한 점 없어서 국기는 아래로 축 늘어졌다. 나는 다림질한 셔츠를 입고 기숙사를 나와 전철역까지 걸어갔다. 일요일 학생 거리는 텅 비어 마치 죽은 듯 고요하고 사람 그림자 하나 찾아볼 수 없고, 대부분의 가게는 문을 닫았다. 거리의 온갖 소리가 평소와는 달리 아주 또렷하게 울렸다. 나무 굽이 달린 신발을 신은 여자애가 달가닥달가닥 소리를 내며 아스팔트 도로를 가로지르고, 전철 차고 옆에서는 네다섯 명의 아이들이 늘어세운 빈 깡통에 돌을 던졌다. 유일하게 문을 연 꽃집에서 수선화 몇 송이를 샀다. 가을에 수선화를 사는 것도 이상한 일이지만, 난 옛날부터 수선화를 좋아했다.

일요일 아침의 전철 승객은 할머니 셋뿐이었다. 내가 타자 할머니들은 내 얼굴과 내가 손에 든 수선화를 번갈아 바라보았다. 한 할머니가 내 얼굴을 바라보며 활짝 웃었다. 나도 마주 웃어 주었다. 맨 뒷자리에 앉아 창밖으로 스쳐 가는 오래된 집들을 바라보았다. 전철은 그 주택들을 스치듯 달렸다. 어떤 집 건조대에는 토마토를 심은 화분이 열 개 나란히 줄을 섰고, 그 옆에서 커다란 검은 고양이가 햇볕을 쬐었다. 어린아이 하나가 마당에서 비눗방울을 날리는 것이 보였다. 어디에선가 이시다 아유미의 노랫소리가 들려왔다. 카레라이스 냄새가 떠돌았다. 전철은 친밀한 서민의 거리를 누비듯 달렸다. 도중에 역에서 승객 몇이 탔고, 할머니 셋은 지칠 줄 모르고 머리를 맞댄 채 열심히 대화를 나누었다.

오쓰카 역 가까이에서 나는 전철을 내려 그리 화려하지 않은 큰길을 그녀가 그려 준 대로 걸었다. 길가에 늘어선 상점은 이것도 저것도 번성하는 것 같지는 않았다. 어디랄 것도 없이 모두 오래되었고 안은 어두컴컴했다. 간판 글자가 거의 지워진 곳도 있었다. 오래된 건물 스타일로 보건대 이 부근이 전쟁 때 폭격을 받지 않았음을 알 수 있었다. 그래서 이런 집들이 그대로 남은 것이다. 물론 새로 지은 건물도 있고, 증축도 하고 부분적으로 개보수도 한 듯했지만 그런 건물일수록 오히려 옛 모습을 간직한 건물보다 더 추해 보였다.

많은 자동차들, 탁한 공기, 소음, 비싼 집세 때문에 사람들은 앞을 다투어 교외로 옮겨 가 버리고 남은 것이라고는 싸구려 연립주택이나 사택, 아니면 이사하기 힘든 상점 또는 고집스럽게 옛날부터 살던 장소에 눌러앉은 사람뿐인 듯한 분위기를 풍기는 거리였다. 자동차 배기가스 탓에 마치 안개가 낀 듯 모든 것이 희뿌옇고 우중충했다.

그런 거리를 십 분 정도 걸어서 주유소 길 모퉁이를 오른쪽으로 굽어 들자 작은 상점가가 나오고 그 한가운데 언저리에 고바야시 서점이라는 간판이 보였다. 분명 큰 서점은 아니었지만 미도리 이야기를 듣고 상상한 것처럼 그렇게 작지는 않았다. 아주 평범한 거리의 아주 평범한 책방이었다. 내가 어린 시절 발매일을 기다려서 소년 잡지를 사러 마구 달려가던 동네 책방 같은 곳이었다. 고바야시 서점 앞에 서는 순간 나는 어쩐지 그리운 옛날의 기억 속에 들어온 듯한 느낌에 사로잡혔다. 어느 거리에도 이런 서점이 있는 것이다.

가게는 셔터를 내렸는데, 셔터에는 "《주간 문춘》, 매주 목요일 발매"라고 적혀 있었다. 12시까지는 아직 십오 분이 남았지만 수선화를 들고 상점가를 걸어 다니며 시간을 죽이기도 뭣하고 해서 나는 셔터 곁에 붙은 초인종을 누르고 두세 걸음 물러나 기다렸다. 십오 초 정도 기다렸지만 대답이 없었다. 다시 한 번 벨을 누를까 말까 망설이는데 위에서 드르륵 창문 열리는 소리가 들렸다. 고개를 들어 올려다보니 미도리가 창으로 머리를 내밀고 손을 흔들었다.

"셔터 들어 올리고 들어와." 그녀가 외쳤다.

"좀 일찍 왔는데, 괜찮아?" 나도 고함을 쳤다.

"괜찮아. 2층으로 올라와. 난 지금 손을 놓을 수 없거든." 그러고 나서 드르륵 소리를 내며 창문을 닫았다.

나는 엄청 큰 소리를 내는 셔터를 1미터 정도 들어 올리고 몸을 숙여 안으로 들어서서 다시 셔터를 내렸다. 가게 안은 깜깜했다. 나는 끈으로 묶어 바닥에 내려놓은 반품용 잡지 뭉치에 걸려 넘어질 뻔하기도 하면서 가게 안쪽으로 나아가 손으로 더듬으며 신발을 벗고 안으로 들어갔다. 집 안은 어두컴컴했다. 봉당에서 안으로 들어가니 간단한 응접실 같은 것이 나오고 소파 세트가 보였다. 창에서 그리 넓지 않은 방으로 옛날 폴란드 영화처럼 희미한 빛이 비쳐 들었다. 왼편에는 창고로 보이는 공간이 있고, 화장실 문도 보였다. 오른편에 있는 가파른 계단을 조심스럽게 올라가자 2층이었다. 2층은 1층에 비해 훨씬 밝아서 마음이 조금 놓였다.

"아, 여기." 어디에선가 미도리 목소리가 들렸다. 계단을 올라가서 오른편에 식당 같은 방이 있고, 그 안쪽에 부엌이 보였다. 집 자체는 오래됐지만 부엌은 최근에 새로 고친 듯 개수대도 수도꼭지도 찬장도 번쩍번쩍 빛이 났다. 미도리가 음식을 만들고 있었다. 냄비에서 뭔가가 끓어오르는 소리가 들리고 생선 굽는 냄새도 났다.

"냉장고에 맥주 있으니까 거기 앉아서 마시고 있을래?"

미도리는 힐끗 내 쪽을 보고 말했다. 나는 냉장고에서 캔 맥주를 꺼내 테이블에 앉아 마셨다. 맥주는 반년은 족히 그 안에 들었다 싶을 만큼 심하게 차가웠다. 테이블 위에는 하얗고 작은 재떨이와 신문과 간장 종지가 놓였다. 메모지와 볼펜도 있고, 메모지에는 전화번호와 산 물건의 가격을 나타내는 숫자가 있었다.

"앞으로 십 분 정도 걸릴 것 같은데, 거기서 기다릴래? 기다릴 수 있어?"

"물론 기다리지." 나는 말했다.

"기다리면서 배를 좀 비워 놔. 양이 꽤 되니까."

나는 차가운 맥주를 홀짝이며 일사불란하게 음식을 만드는 미도리의 뒷모습을 바라보았다. 그녀는 능숙하고 재빠르게 몸을 움직이며 한 번에 네 가지쯤 되는 요리를 만들었다. 이쪽에서 조림 간을 보는가 싶더니 도마 위에서 뭔가를 탁탁 다지고, 냉장고에서 뭔가를 꺼내 접시에 담고 다 쓴 냄비를 슥삭 씻어 버렸다. 뒤에서 지켜보자니 그 모습이 마치 인도의 타악기 주자를 연상시켰다. 저쪽 종을 치는가 싶다가 어느새 이쪽의 돌판을 두드리고, 다시 물소의 뼈를 치는 식이다. 하나하나 동작이 민첩하고 간결하면서 전체적으로 균형이 딱 잡혔다. 나는 감탄하면서 그 모습을 지켜보았다.

"내가 도울 건 없을까?" 그렇게 물어보았다.

"괜찮아. 혼자 하는 데 익숙하니까." 그러면서 미도리는 나를 바라보며 방긋 웃었다. 미도리는 달라붙는 청바지에 남색 티셔츠를 입었다. 티셔츠 등에는 애플 레코드의 사과 그림이 크게 찍혀 있었다. 뒤에서 바라보니 허리가 깜짝 놀랄 만큼 가늘었다. 마치 허리를 튼튼하게 하는 성장의 한 단계가 어떤 사정으로 빠져 버린 듯이 보일 만큼 가녀린 허리였다. 그래서 보통 여자애가 통 좁은 청바지를 입은 모습보다 훨씬 중성적인 느낌이 들었다. 개수대 위의 창으로 파고드는 밝은 햇빛이 그녀의 몸 테두리에 뽀얀 선을 덧그려 넣었다.

"그렇게 대단한 거 안 만들어도 되는데." 내가 말했다.

"전혀 대단하지 않아." 미도리가 나를 돌아보며 말했다. "어제는 너무 바빠서 쇼핑을 못 했거든. 그래서 냉장고에 든 걸로 그냥 만들어 본 거야. 부담 갖지 마. 정말이야. 게다가 손님 접대를 잘하는 게 우리 집 전통이거든. 우리 가족은 왠지는 모르겠지만, 사람 대접하는 걸 너무 좋아해, 근본적으로. 이 습관은 거의 병이라고 할까. 딱히 친절한 가족도 아니고 딱히 그 덕에 인망이 높은 것도 아닌데 아무튼 손님이 오면 무슨 일이 있건 제대로 대접하지 않으면 견디지 못

하는 가족이라니까. 하나같이 다 그런 성격이야. 다행인지 불행인지. 그래서 말인데, 우리 아빠는 술도 거의 안 마시는데 집에 술은 엄청 많아. 왜 그럴까? 손님에게 주려고. 그러니까 맥주 마음껏 마셔, 마음 푹 놓고."

"고마워."

순간 나는 아래층에 수선화를 두고 온 것을 깨달았다. 신발을 벗을 때 곁에 무심코 내려놓고는 잊어버린 것이다. 나는 어두컴컴한 아래층으로 내려가 열 송이의 하얀 수선화를 들고 돌아왔다. 미도리는 찬장에서 가늘고 긴 유리잔을 꺼내 거기에 수선화를 꽂았다.

"나 수선화 정말 좋아해. 옛날 고등학교 축제 때 「일곱 송이 수선화(Seven Daffodils)」를 부른 적이 있어. 알아, 「일곱 송이 수선화」?"

"알지, 물론."

"옛날에 포크송 동아리에 있었거든. 기타도 치고."

그녀는 「일곱 송이 수선화」를 부르면서 음식을 접시에 담았다.

미도리의 음식 솜씨는 내가 상상한 것보다 훨씬 대단했다. 전갱이 식초 절임, 두툼한 계란말이, 양념 삼치 구이, 가지 나물, 순채 장국, 버섯밥, 거기에다 단무지를 잘게 썰어

141

깨를 뿌린 것이 듬뿍 곁들여졌다. 간을 엷게 하여 슴슴한, 완벽한 관서식이었다.

"정말 맛있어." 나는 진심으로 감탄하며 말했다.

"와타나베, 솔직히 내 음식 별로 기대하지 않았지? 척 보고 그렇게 생각했지?

"좀 그랬지." 나는 솔직하게 말했다.

"넌 관서 출신이니까 이런 맛 좋아하지 않아?"

"나 때문에 일부러 간을 엷게 한 거야?"

"설마. 아무리 그래도 그렇지, 그런 귀찮은 짓은 안 해. 우리 집은 늘 이런 맛이야."

"아버지 어머니가 관서 분이셔?"

"아빠는 여기서 죽 살았고 엄마는 후쿠시마 출신. 우리 친척 가운데에도 관서 출신은 한 사람도 없어. 우리는 북관동 지방 토박이야."

"그건 좀 이상하네. 그런데 어떻게 제대로 된 정통 관서 음식을 만들 수 있어? 누구한테 배운 거야?"

"이야기를 하자면 좀 길어질 것 같은데." 그녀는 계란말이를 먹으면서 말했다. "우리 엄마는 집안일에 속하는 모든 일을 싫어하는 사람이라 제대로 된 음식 같은 건 거의 만들어 본 적이 없어. 게다가 우리 집은 장사를 하잖아? 그래서 바쁜 날에는 사다 먹자는 둥 정육점에서 만든 크로켓으로 때

우자는 둥 그런 일이 꽤 많았지. 난 어릴 적부터 그런 게 정말 싫었어. 너무너무너무 싫었던 거야. 카레를 사흘치나 끓여 두고 매일 먹으라는 그런 거. 그래서 어느 날, 중학교 3학년 때였을 거야, 내 손으로 제대로 된 음식을 만들어 먹자고 결심했어. 신주쿠 기노쿠니야 서점에 가서 그럴듯해 보이는 요리 책을 사 가지고 와서 거기 있는 걸 처음부터 끝까지 완전히 마스터해 버렸지. 도마 고르는 법, 칼 가는 법, 생선 손질하는 법, 가쓰오부시 깎는 법, 이런 거 저런 거 모두. 그 책을 쓴 사람이 관서 출신이라 내 요리도 자연히 관서식이 되어 버린 거야."

"그럼 이거 모두 책 보고 배운 거네?" 나는 깜짝 놀라서 물었다.

"그다음에는 용돈을 모아서 전통 일본 정식을 먹으러 다니기도 했고. 그렇게 맛을 배운 거야. 내가 이래 봬도 센스는 좋아. 논리적인 사고는 꽝이지만."

"어디서 배운 것도 아닌데 이 정도로 만들 수 있다니 대단해. 확실히."

"얼마나 고생했는데." 미도리는 한숨을 내쉬고 말했다. "아무튼 요리에 대해 아무 이해도 관심도 없는 가족이니까. 제대로 된 식칼하고 냄비 좀 사야겠다고 했지만 돈을 주지 않는 거야. 있는 걸로도 충분하다는 거지. 참, 어이가 없어서. 그런 무딘 칼로 어떻게 생선을 손질할 수 있겠어? 내가 그런 말을 하면 생선 같은 거 손질 안 해도 된다는 거야. 그러니 어쩌겠어. 열심히 용돈 모아서 전문가용 식칼도 사고 냄비나 소쿠리 같은 걸 샀지 뭐. 말이 돼? 열대여섯 살 여자애가 악착같이 돈을 모아 소쿠리니 숫돌이니 튀김용 냄비 같은 걸 산다니. 다른 친구들은 용돈을 엄청 받아서 예쁜 옷도 사고 구두도 사고 그러는데. 너무 불쌍하지 않아?"

나는 순채 장국을 후루룩 마시며 고개를 끄덕였다.

"고등학교 1학년 때는 계란말이용 팬이 너무너무 갖고 싶은 거야. 계란말이 만들 때 쓰는, 구리로 된 가늘고 긴 거. 그래서 브래지어 살 돈으로 그걸 사 버렸어. 덕분에 엄청 고생했지. 석 달 동안 브래지어 하나로만 살았으니까. 못 믿겠지? 밤에 빨아서 열심히 말려서 아침에 그걸 차고 나가는 거야. 다 마르지 않으면 비극이거든, 이게. 이 세상 슬픈 일 가운데에서 덜 마른 브래지어를 하는 거보다 슬픈 일은 없어. 눈물이 나려고 하더라. 게다가 그게 계란말이용 팬 때문이라 생각하면."

"그건 좀 그렇다." 나는 웃으며 말했다.

"엄마가 돌아가신 후에, 이건 엄마한테는 좀 미안하지만, 마음이 조금 놓였다고 할까. 그다음부터는 생활비로 마음껏 사고 싶은 걸 샀어. 지금 요리 기구는 거의 완벽하다고 할 수 있어. 아빠는 생활비가 어디에 얼마 들어가는지 아무 관심도 없으니까."

"어머니는 언제 돌아가셨는데?"

"이 년 전에." 그녀는 간단히 대답했다. "암. 뇌종양. 일 년 반 입원해서 고생만 하다가 마지막에는 머리가 이상해지고 약물에 푹 절어 버렸는데 그래도 안 죽어서 거의 안락사 비슷하게 돌아가셨어. 뭐라고 할까, 최악의 죽음이야. 본인도 괴롭고 주변 사람도 힘들고. 덕분에 우리 집도 가난해져 버렸고. 한 방에 2만 엔이나 하는 주사를 맞아 대야 하고 간병인도 두어야 하고 이래저래 말이야. 간병한답시고 결국 난 재수를 했고, 밟히고 차이고 정말 힘들었어. 거기다……." 그녀는 뭔가를 말하려다 생각을 바꾼 듯 수저를 내려놓고 한숨을 내쉬었다. "어둡고 칙칙한 이야기만 해 버렸네. 어쩌다 이야기가 이렇게 흘러가 버렸지?"

"브래지어 언저리에서."

"그 계란말이. 그러니까 마음에 새기며 먹어." 미도리는 진지한 표정으로 그렇게 말했다.

내 앞에 놓인 음식을 다 먹자 배가 불러 왔다. 미도리는 그리 많이 먹지 않았다. 음식을 하다 보면 만들기만 해도 배가 불러 버려, 하고 미도리는 말했다. 식사가 끝나자 그녀는 그릇을 정리하고 식탁을 닦고 어디선가 말보로 담뱃갑을 들고 와 한 개비를 빼물고 성냥으로 불을 붙였다. 그리고 수선화를 꽂은 유리잔을 손에 들고 잠시 바라보았다.

"이대로 두는 게 좋을 것 같아. 꽃병에 옮기지 않는 게 좋겠어. 이렇게 두면 마치 지금 저쪽 물가에서 수선화를 꺾어다가 일단 유리잔에 꽂아 둔 느낌이 들거든."

"오쓰카 역 앞 연못가에서 꺾어 온 거야."

미도리가 킥킥 웃었다. "너 정말 이상한 애야. 농담이라고는 한마디도 못 할 것 같은 얼굴로 농담을 하고 그래."

미도리는 턱을 괸 채 반쯤 피운 담배를 재떨이에 짓눌러 껐다. 연기가 눈에 들어간 듯 손가락으로 눈을 비볐다.

"여자는 좀 우아하게 담배를 끄는 거야." 나는 말했다. "지금 그건 꼭 산에서 나무하는 선머슴애 같잖아. 억지로 끄려 하지 말고 주변부터 천천히 꺼지게 하는 거야. 그러면 그렇게 꽁초가 구겨지지 않아. 그건 너무했어. 그리고 무슨 일이 있어도 코로 연기를 뿜어내서는 안 돼. 남자랑 둘이서 식사하는데 석 달 동안 브래지어 하나로 버텼다는 이야기도 별로 하지 않지, 보통 여자라면."

"난 여자 나무꾼이거든." 미도리는 코 옆을 손가락으로 긁으며 말했다. "아무리 해도 세련되지가 않아. 때로 농담하듯 세련된 행동도 해 보지만 도무지 몸에 붙지가 않아. 또 할 말 있어?"

146

"말보로는 여자애가 피우는 담배가 아냐."

"상관없어, 그런 거. 어차피 뭘 피우든 맛없기는 마찬가지니까." 그리고 손안에서 말보로의 빨간 갑을 빙글빙글 돌렸다. "지난달부터 피우기 시작했어. 사실은 그렇게 피우고 싶지도 않았지만 그냥 한번 피워 볼까 했어, 불현듯."

"왜 그런 생각을 했어?"

미도리는 식탁 위에 놓인 두 손을 꼭 맞대고 잠시 생각했다. "무작정. 와타나베는 담배 안 피워?"

"6월에 끊었어."

"왜 끊었어?"

"귀찮아서. 밤중에 담배가 떨어졌을 때 괴로운 거, 뭐 그런 것들 때문에. 그래서 그만뒀어. 어떤 것이든 그렇게 사로잡히는 걸 좋아하지 않아."

"무슨 일이든 진지하게 생각하는 성격인 것 같네."

"그럴지도 몰라. 아마 그 탓에 사람들이 날 별로 좋아하지 않는 것 같아. 옛날부터."

"그건 네가 다른 사람들이 널 좋아하지 않아도 된다고 생각하는 것처럼 보이기 때문이야. 그러니까 그게 다른 사람들 눈에 거슬리는 게 아닐까." 그녀는 볼을 괴고서 우물거리는 듯한 목소리로 말했다. "그렇지만 난 너랑 이야기하는 게 좋아. 말투도 아주 특이하고 말이지. '어떤 것이든 그렇게 사로잡히는 걸 좋아하지 않아.'"

나는 그녀가 설거지하는 걸 도왔다. 미도리 곁에 서서 그녀가 씻은 그릇을 행주로 닦아서 개수대 위에 쌓았다.

"그런데 가족들은 다 어디 갔어, 오늘?"

"엄마는 무덤 속, 이 년 전에 죽었어."

"그거, 아까 들었거든."

"언니는 약혼자랑 데이트야. 어디 드라이브라도 갔을 거야. 언니 남자 친구는 자동차 회사에 다녀. 그래서 자동차를 굉장히 좋아해. 난 자동차, 별로 좋아하지 않지만."

그다음 미도리는 입을 다문 채 접시를 씻었고, 나도 말없이 그걸 닦았다.

"그리고 아빠." 조금 뜸을 들인 다음 미도리는 말했다.

"응."

"아빠는 작년 6월에 우루과이에 가서 안 돌아와."

"우루과이?" 난 깜짝 놀라 물었다. "어쩌다 우루과이 같은 데에?"

"우루과이로 이민을 가려고 했어, 그 사람. 말도 안 되는 이야기지만. 군 시절에 아는 사람이 우루과이에서 농장을 경영한다면서 거기 가야겠다는 거야, 갑자기. 그러더니 그냥 혼자서 비행기 타고 가 버렸어. 우리가 얼마나 열심히 말렸는지 몰라. 그런 데 가서 뭘 하느냐고, 말도 안 통하고, 무엇보다 아빠는 도쿄 바깥으로 나간 적도 없지 않느냐고. 그렇지만 안 통했어. 아마 그 사람, 엄마를 잃고 너무 큰 충격을 받은 모양이야. 그래서 머리 나사가 하나 빠져 버린 거야. 그만큼 엄마를 사랑한 거야. 정말로."

나는 고개를 끄덕일 수도 없고 해서 입만 딱 벌리고 미도리를 바라보았다.

"엄마가 죽었을 때, 아빠가 언니랑 나한테 뭐라고 한 줄 알아? 이렇게 말하는 거야. '난 지금도 억장이 무너져. 네 엄마를 잃는 것보다 너희 둘을 잃는 게 훨씬 나았을 거야.' 우린 너무 어이가 없어 아무 소리도 못 했어. 그렇잖아? 아무리 그래도 그렇지 세상에 그런 말이 어디 있어? 물론 세상에서 가장 사랑하는 반려자를 잃은 괴로움, 슬픔, 아픔은 알아. 애처로운 일이지. 하지만 자기 딸한테 너희들이 대신 죽는 게 나았다니, 그건 아니잖아? 정말 너무하다고 생각 안 해?"

"그렇네."

"우리도 상처를 입어." 미도리는 고개를 저었다. "아무튼 우리 가족, 모두 좀 이상해. 어디 한군데가 조금씩 뒤틀린 거야."

"그런 것 같네." 나도 인정했다.

"그렇지만 사람이 사람을 사랑하는 건 정말 멋지다는 생각 안 들어? 딸들에게 너희가 대신 죽는 게 나았다고 말할 정도로 부인을 사랑하는 거?"

"듣고 보니 그런 것 같기도 해."

"그러고는 우루과이에 가 버렸어. 우리를 이렇게 내버려 두고."

나는 말없이 접시를 닦았다. 다 씻은 다음 미도리는 내가 닦은 그릇을 찬장 안에 정리해 넣었다.

"아버지한테서는 연락이 있어?"

"한 번 그림엽서가 왔더라. 올 3월에. 자세한 내용은 아무것도 없었어. 여긴 덥다는 둥 생각한 만큼 과일이 맛있지는 않다는 둥 그런 말뿐이야. 정말 말도 안 돼. 별것도 아닌 당나귀 사진이 든 엽서였어. 머리가 좀 이상해, 그 사람. 친구인지 아는 사람인지, 만난 건지 안 만난 건지 그런 말도 없고. 끝에는, 조금 안정이 되면 나랑 언니를 불러들이겠다고 해 놓고는 여태 아무 소식이 없어. 우리가 편지를 보내도 아무 대답도 없고."

"그러다 혹시 아버지가 우루과이로 오라고 하면, 넌 어떡할 거야?"

"난 가 볼 거야. 재미있을 것 같으니까. 언니는 절대로 안 갈 거래. 언니는 불결한 거라든지 불결한 장소를 무지 싫어하니까.”

“우루과이가 그렇게 불결한 곳이야?”

“몰라. 그렇지만 언니는 그렇게 믿는 모양이야. 길에는 당나귀 똥이 굴러다니고, 거기에 파리 떼가 꼬이고, 수세식 화장실은 물도 잘 안 내려가고, 도마뱀, 전갈 같은 게 우글거린다고. 어디에서 그런 영화를 본 게 아닐까? 언니는 벌레도 죽을 만큼 싫어하니까. 언니는 번쩍번쩍한 자동차를 타고 쇼난 해변 같은 데로 드라이브하는 걸 좋아하는 타입이거든.”

“흐응.”

“우루과이, 좋잖아. 난 가 보고 싶어.”

“그럼 이 서점은 지금 누가 봐?”

“어쩔 수 없이 언니가 봐. 이웃에 사는 친척 아저씨가 매일 배달도 해 주고, 나도 시간 나면 보고, 서점이란 게 그리 중노동이 아니니까 그럭저럭 해 나가. 정 감당이 안 되면 팔아 버릴 생각이야.”

“아빠를 좋아해?”

미도리는 고개를 저었다. “딱히 좋아하지는 않아.”

“그럼 왜 우루과이까지 가려고 해?”

“믿음이 가니까.”

“믿음이 가?”

"그래. 별로 좋아하지는 않지만 믿음은 가, 아빠에게. 아내를 잃은 충격으로 집도 자식도 일도 모두 내팽개치고 우루과이로 가 버린 사람을, 난 믿어. 뭔지 알겠어?"

나는 한숨을 내쉬었다. "알 것 같기도 하고, 모를 것 같기도 하고."

미도리는 이상하다는 듯이 웃더니 내 어깨를 가볍게 툭 쳤다. "괜찮아, 어차피 아무래도 좋은 거니까."

그 일요일 오후에는 많은 일들이 일어났다. 참으로 묘한 날이었다. 미도리 집 바로 이웃에서 불이 나 우리는 3층 빨래 건조대 있는 곳에 올라가 구경을 하고, 그럭저럭 입맞춤도 했다. 이렇게 말하면 좀 바보 같아 보이겠지만, 실제로 그날 일들은 그렇게 진행되었다.

우리가 학교 이야기를 하면서 식후 커피를 즐기는데 소방차 사이렌 소리가 들렸다. 소리가 점점 커지더니 그 숫자도 늘어나는 듯했다. 아래쪽에서 많은 사람들이 달려가고 몇몇은 큰 소리로 외쳤다. 미도리는 길가 쪽 방으로 가서 창을 열고 아래를 내려다보더니, 잠깐 기다리라 하고는 어딘가로 가 버렸다. 탕탕탕, 계단을 오르는 발소리가 들렸다.

나는 커피를 마시면서 우루과이가 대체 어디쯤에 붙은 나라였던가 생각했다. 저기가 브라질이고 저쪽이 베네수엘라, 저 언저리가 콜롬비아, 그렇지만 아무리 애를 써도 우루과이가 어느 쪽인지 생각나지 않았다. 그러는 와중에 미도리가 아래로 내려와서 빨리 따라오라고 했다. 나는 그녀 뒤를 따라 복도 끝에 있는 좁고 가파른 계단을 타고 올라가 넓은 건조대 쪽으로 나갔다. 건조대는 다른 집 지붕보다 조금 더 높아서 이웃이 다 내려다보였다. 세 채 아니면 네 채 건너편에서 뭉게뭉게 검은 연기가 피어올라 미풍을 타고 큰길 쪽으로 흘러갔다. 헝겊 같은 것이 눌어붙는 냄새가 났다.

"저건 사카모토 씨 집 쪽이야." 미도리는 난간에 몸을 기댄 채 말했다. "사카모토 씨는 예전에 건축 자재상을 했어. 지금은 문을 닫았지만."

나도 난간으로 몸을 내밀고 그쪽을 바라보았다. 마침 3층 건물이 앞을 가려 어떻게 된 건지 알 수 없었지만 소방차 서너 대가 진화 작업을 벌이는 듯했다. 길이 좁아서 그중 두 대만 안으로 들어가고 나머지는 큰길 쪽에서 대기 중이었다. 그리고 길가에는 늘 그렇듯 구경꾼들이 가득했다.

"불이 번지면 여길 벗어나는 게 좋을 것 같아." 나는 미도리에게 말했다. "지금은 풍향이 반대라서 괜찮지만 언제 바뀔지 모르고 바로 저기가 주유소잖아. 내가 도와줄 테니까 짐 챙겨."

"별로 중요한 것도 없어."

"그렇지만 뭐라도 있겠지. 통장이나 인감이나 증서 같은 거. 일단 돈이 없으면 안 되잖아."

"괜찮아. 난 도망 안 갈 거니까."

"여기가 불에 타도?"

"응, 죽어도 괜찮아."

나는 미도리의 눈을 바라보았다. 미도리도 내 눈을 들여다보았다. 그녀의 말이 어디까지 진심인지 농담인지 도무지 알 수 없었다. 나는 잠시 그녀를 바라보다가 아무렴 어때라는 생각이 들었다.

"좋아, 알았어. 같이 있을게, 너랑."

"같이 죽어도 좋아?" 미도리는 눈을 반짝이며 말했다.

"설마. 다급해지면 난 도망칠 거야. 죽고 싶으면 너 혼자 죽으면 돼."

"거참, 냉정하네."

"점심 한 끼 얻어먹은 정도로 같이 죽어 줄 수는 없잖아. 저녁이라면 또 모를까."

"흐응, 뭐, 좋아, 여기에서 어떻게 돌아가는지 잠시 지켜보면서 노래라도 부르지 뭐. 심각해지면 또 그때 가서 생각하면 되니까."

"노래?"

미도리는 아래로 내려가서 방석 두 개와 캔 맥주 네 개와 기타를 들고 왔다. 우리는 피어오르는 검은 연기를 바라보며 맥주를 마셨다. 미도리는 기타를 치며 노래를 불렀다. 이런 짓을 하다가 이웃에게 욕을 먹지 않겠느냐고 미도리에게 물어보았다. 이웃에서 난 불을 구경하면서 술을 마시고 노래를 부른다는 건 별로 예의 바른 행동은 아니라는 생각이 들었다.

"괜찮아, 그딴 거. 우리는 이웃을 신경 안 쓰고 살기로 했으니까."

그녀는 옛날에 유행한 포크송을 불렀다. 노래도 기타도 빈말이라도 잘한다고 할 정도는 아니었지만 본인은 아주 즐거운 듯했다. 그녀는 「레몬 트리(Lemon Tree)」, 「퍼프(Puff)」, 「500마일(500miles)」, 「꽃들은 어디로 갔을까?(Where Have All the Flowers Gone?)」, 「노 저어라 마이클(Michael, Row the Boat Ashore)」 같은 노래를 하나하나 불러 갔다. 처음에 미도리는 나에게 저음 파트를 가르쳐 주고 둘이서 합창하려 했지만 내 노래가 너무하다 싶을 만큼 엉터리라는 걸 알고는 체념한 듯, 혼자서 끝도 없이 노래했다. 나는 맥주를 마시고 그녀의 노래를 들으면서 화재가 어떻게 되어 가나 주의 깊게 지켜보았다. 연기는 갑자기 기세를 올리는가 싶다가도 낮게 가라앉기를 반복했다. 사람들은 큰 소리로 외치기도 하고 이런저런 지시를 내리기도 했다. 투투투투, 커다란 소리를 내며 신문사 헬리콥터가 와서 사진을 찍고 돌아갔다. 우리 모습이 안 찍히면 좋겠는데, 하고 나는 생각했다. 경찰관이 확성기를 입에 대고 구경꾼들을 향해 뒤로 물러나라고 외쳤다. 어린아이가 울먹이는 목소리로 어머니를 불렀다. 어딘가에서 유리 깨지는 소리가 들렸다. 이윽고 바람이 이리저리 방향을 바꾸어 가며 불어 대기 시작하고 하얀 재 같은 것이 우리 주변으로 날아오기도 했다. 그래도 미도리는 찔끔찔끔 맥주를 마시면서 기분 좋게 노래를 불러 댔다. 아는 노래를 다 부르고 나자 이번에는 스스로 작사 작곡한 이상한 노래를 부르기 시작했다.

자기를 위해 스튜를 만들고 싶은데
나한테는 냄비가 없어요
자기를 위해 머플러를 짜고 싶은데
나한테는 털실이 없어요
자기를 위해 시를 쓰고 싶은데
나한테는 펜이 없어요

"「아무것도 없어」라는 노래야." 미도리는 말했다.
가사는 엉망에 곡도 엉터리였다.
나는 통 말도 안 되는 그런 노래를 들으면서 만약 주유소에 불이 옮겨 붙으면 이 집도 날아가 버릴 거라는 생각을 했다. 미도리는 노래에도 싫증이 났는지 기타를 내려놓고 햇빛 쬐는 고양이처럼 내 어깨에 머리를 기댔다.

"내가 만든 노래, 어땠어?"

"독특하고 독창적이고, 네 성격이 잘 드러난 노래야." 나는 조심스럽게 말했다.

"고마워. '아무것도 없어.'라는 게 주제야."

"알 것도 같아." 나는 고개를 끄덕였다.

"저기, 우리 엄마 죽을 때 이야긴데."

미도리는 나를 바라보며 말했다.

"응."

"나, 하나도 안 슬펐거든."

"응."

"그리고 아빠가 가 버려도 전혀 안 슬펐어."

"그래?"

"응, 이런 거, 좀 너무하다는 생각 안 들어? 너무 냉정하다고 생각 안 해?"

"여러 가지 사정이 있지 않았을까? 그렇게 되기까지."

"하긴 그래, 여러 가지로. 나름대로 좀 복잡했어, 우리 집. 그렇지만 난 줄곧 이런 생각을 했어. 아무리 무슨 일이 있었다 해도 친아빠, 친엄마가 세상을 떠나거나 헤어지면 슬플 거라고. 하지만 아니었어. 아무 느낌이 없는 거야. 슬프지도 않고 쓸쓸하지도 않고 거의 보고 싶지도 않아. 때로 꿈에 나타날 뿐이야. 엄마가 꿈속에 나타나 어둠 저쪽에서 나를 뚫어져라 바라보며 비난하는 거야. '너, 내가 죽어서 기분 좋지?'라고. 뭐 기쁘지도 않아, 엄마가 죽었다고 해서. 그냥 생각한 것만큼 슬프지 않다는 것뿐이야. 솔직히 말해 눈물 한 방울 흘리지 않았어. 어릴 적에는 기르던 고양이가 죽었다고 그렇게나 울었는데도."

왜 이렇게 연기가 많이 날까, 나는 걱정스러웠다. 불길도 안 보이고 딱히 불이 번지는 것 같지도 않은데. 그냥 무럭무럭 연기만 피어오를 뿐이다. 도대체 이렇게 오랜 시간 무엇이 타는 건지, 참 이상하다는 생각이 들었다.

"하지만 그건 내 탓만은 아냐. 물론 내가 좀 정이 없는 사람이긴 해. 그건 인정해. 그러나 만일 그 사람들이, 엄마 아빠가 조금만 더 나를 사랑해 줬더라면 나도 좀 다르게 느낄 수 있었을 거야. 더, 더, 더 슬픈 마음이었을 거야."

"그렇게 사랑해 주지 않았다고 생각해?"

그녀는 고개를 돌려 내 얼굴을 바라보았다. 그리고 고개를 까딱했다. "충분하지 않아와 아주 부족해의 중간쯤. 늘 목이 말랐어. 한 번이라도 좋으니 듬뿍 사랑받고 싶었어. 이제 됐어, 배가 터질 것 같아, 정말 잘 먹었어, 할 정도로. 한 번이라도 좋아, 단 한 번만. 그렇지만 그 사람들은 단 한 번도 나한테 그런 사랑을 주지 않았어. 어리광을 부리면 밀쳐 버리고, 돈이 많이 든다고 불평만 하고, 늘 그런 식이었거든. 그래서 난 생각했어. 나를 일 년 내내 100퍼센트 사랑해 줄 사람을 찾아내서 손에 넣고야 말겠다고. 초등학교 5학년인지 6학년인지 그때 그런 결심을 한 거야."

"와, 대단하네." 난 진심으로 감탄했다.

"그래서 성과는 있었어?"

"참 어려운 일이야." 말을 하고 미도리는 연기를 바라보며 잠시 생각에 잠겼다. "아마도 너무 오래 기다리다 보니, 엄청나게 완벽한 걸 바라게 된 것 같아. 그래서 어려워."

"완벽한 사랑을?"

"그게 아냐. 아무리 나라도 그 정도를 바라진 않아. 내가 바라는 건 그냥 투정을 마음껏 부리는 거야. 완벽한 투정. 이를테면 지금 내가 너한테 딸기 쇼트케이크를 먹고 싶다고 해, 그러면 넌 모든 걸 내팽개치고 사러 달려가는 거야. 그리고 헉헉 숨을 헐떡이며 돌아와 '자, 미도리, 딸기 쇼트케이크.' 하고 내밀어. 그러면 내가 '흥, 이제 이딴 건 먹고 싶지도 않아.'라며 그것을 창밖으로 집어 던져 버려. 내가 바라는 건 바로 그런 거야."

"그건 사랑하고는 아무 관계도 없는 것 같은데." 난 좀 어이가 없었다.

"있다니까. 네가 잘 모를 뿐이야. 여자한테는 그런 게 무지무지 소중할 때가 있거든."

"딸기 쇼트케이크를 창밖으로 집어 던지는 게?"

"그렇다니까. 난 남자애가 이렇게 말해 줬으면 좋겠어. '알았어, 미도리. 내가 잘못했어. 네가 딸기 쇼트케이크를 먹기 싫어졌다는 거 미리 알았어야 했는데. 난 정말 당나귀 똥만큼 멍청하고 센스가 없어. 사과하는 의미에서 다른 걸 하나 사다 줄게. 뭐가 좋아? 초콜릿 무스, 아니면 치즈 케이크?'"

"그다음은 어떻게 되는데?"

"난, 그만큼 더 상대를 사랑해 주는 거지."

"정말 이해하기 힘든 얘기인 것 같은데."

"하지만 내게는 그게 사랑이야. 아무도 이해해 주지 않겠지만."

그러고 나서 미도리는 내 어깨 위에서 가볍게 고개를 저었다.

"어떤 사람들한테 사랑이란 그렇게 아주 사소하고 쓸데없는 데서 시작되는 거야. 그런 게 없으면 시작되지가 않아."

"너처럼 생각하는 여자애는 처음 봤어."

"그런 말 하는 사람이 꽤 많아." 그녀는 손톱 근처의 살갗을 어루만지며 말했다. "그렇지만 난 진짜로 그런 생각밖에 못 해. 그냥 솔직하게 말했을 뿐이야. 딱히 남들하고 다른 사고방식을 가졌다고는 생각하지는 않지만 거기에 포함되고 싶지도 않아. 그렇지만 내가 솔직하게 말하면 다들 농담 아니면 연기라고 여겨. 그래서 때로는 모든 게 귀찮아져 버리기도 해."

"그래서 불에 타 죽어 버릴 생각을 하는 거야?"

"아니, 이건 그런 거하고 달라. 그냥 호기심이야."

"불에 타 죽는 게?"

"그게 아니라 네가 어떻게 반응하는지 지켜보고 싶었어. 죽는 것 자체는 조금도 두렵지 않아. 이건 정말이야. 이렇게 연기에 휩싸여 정신을 잃고 그냥 죽어 버리는 것뿐이야, 눈 깜짝할 사이에. 하나도 안 무서워. 내가 여태 봐 온 엄마나 다른 친척들의 죽음에 비해서. 있잖아, 우리 친척들 모두 병에 걸려 고통 받다 죽었어. 아무래도 그런 혈통인 모양이야. 죽을 때까지 무지 시간이 걸려. 마지막에는 산 건지 죽은 건지도 모를 정도로. 남은 의식이라고는 괴로움과 통증뿐이지."

미도리는 말보로를 빼내 불을 붙였다.

"내가 가장 두려운 것은 그렇게 죽어 가는 거야. 천천히 죽음의 그림자가 생명의 영역으로 파고들고 문득 정신을 차려 보니 아무것도 안 보이는 어둠이 깔렸고, 주변 사람들도 산 사람이 아니라 죽은 사람으로 바라보는 상황. 그런 거 정말 싫어. 절대로 견딜 수 없어, 난."

결국 그로부터 삼십 분 뒤 불길은 잡혔다. 주변으로 크게
번지지도 않고 다친 사람도 없는 것 같았다. 소방차도 한 대
만 남고 철수해 버리고 사람들도 이런저런 잡담을 나누며
상점가를 떠났다. 교통을 통제하는 순찰차 한 대가 남아서
길가에서 비상등을 빙글빙글 돌렸다. 어디에서 날아왔는지
까마귀 두 마리가 전신주에 앉아 아래를 내려다보았다.

불길이 잡히자 미도리는 어쩐지 축 늘어져 보였다. 몸에
서 힘을 빼고 멍하니 먼 하늘을 올려다보았다. 그러고는 거
의 입을 열지 않았다.

"피곤하니?"

"아니, 오랜만에 몸에서 힘을 다 빼 봤을 뿐이야. 멍하니."

내가 미도리의 눈을 바라보자 미도리도 내 눈을 보았다.
나는 그녀의 어깨를 끌어안고 입을 맞추었다. 미도리는 아
주 살짝 어깨를 움찔하더니 금방 몸에서 힘을 빼고 눈을 감
았다. 오 초, 육 초, 우리는 입을 맞추었다. 초가을 태양이 그
녀의 볼 위에 속눈썹 그림자를 드리웠는데 그 그림자가 가
늘게 떨리는 것이 보였다.

참으로 부드럽고 따스하면서 갈 곳 없이 망연한 입맞춤이
었다. 오후 햇살 아래 건조대에 앉아 맥주를 마시고 남의 집

불구경을 하지 않았더라면 난 그날 미도리와 입을 맞추지 않았을지도 모르고, 그런 기분은 그녀도 마찬가지였을 것이다. 건조대에서 반짝반짝 빛나는 지붕들과 연기나 고추잠자리 같은 것들을 바라보면서 따스하고 친밀한 기분에 젖었고, 어떤 형태로든 그런 기분을 남겨 두고 싶은 무의식이 작용했을 것이다. 우리의 입맞춤은 그런 것이었다. 물론 모든 입맞춤이 그러하듯 어떤 위험이 전혀 내포되지 않은 것은 아니었다.

먼저 입을 연 것은 미도리였다. 그녀는 내 손을 살짝 잡았다. 그러고는 입을 떼기 힘들다는 표정으로 자신에게 지금 사귀는 사람이 있다고 말했다. 어쩐지 그럴 것 같은 생각이 들었다고 나는 말했다.

"넌 좋아하는 여자애 없어?"

"있어."

"그런데도 일요일은 온통 시간이 남아돈다는 거네?"

"좀 복잡해."

나는 초가을 오후 한순간의 마력이 벌써 어딘가로 사라져 버렸음을 알았다.

5시가 되어 아르바이트를 가야 하니까, 하고 나는 미도리의 집을 나섰다. 같이 바깥에서 가볍게 식사라도 안 하겠느냐고 말해 보았지만 전화가 올지도 모른다고 그녀는 거절했다.

"하루 종일 집에서 전화를 기다려야 한다는 거 정말 싫어. 이렇게 혼자 있다 보면 몸이 조금씩 썩어 가는 기분이야. 점점 썩어 가다 녹아 마침내 끈적한 녹색 액체로 변했다가 땅으로 스며드는 거야. 그러고는 옷만 덩그러니 남아. 그런 느낌이 들어. 하루 종일 집에 있다 보면."

"만일 또 전화를 기다려야 할 일이 있으면 같이 있어 줄게. 점심 해 주면."

"좋아. 점심하고 불구경하고 준비해 둘게." 미도리는 말했다.

*

다음 날 '연극사 2' 강의에 미도리는 모습을 보이지 않았다. 수업이 끝나고 나서 혼자 학생 식당에 가 식어 버리고 맛도 없는 점심을 먹고는 햇볕이 잘 드는 곳에 자리를 잡고 풍경을 바라보았다. 바로 옆에서 여학생 둘이 선 채 꽤 오래 이야기를 나누었다. 하나는 테니스 라켓을 마치 아기처럼 소중한 듯 가슴에 꼭 끌어안고 다른 하나는 책 몇 권과 레너드 번스타인의 레코드를 들었다. 둘 다 예쁜 얼굴에 정말 즐겁게 이야기를 했다. 학생 회관 쪽에서 누군가가 베이스 음계 연습하는 소리가 들려왔다. 대여섯 명씩 모인 학생들이 여기저기 흩어져서 뭔가에 대해 이런저런 의견을 말하기도 하고 웃음을 터뜨리기도 했다. 주차장에는 스케이트보드를 타는 학생들도 있었다. 가죽 가방을 안아 든 교수가 스케이트보드를 피하면서 그곳을 가로질렀다. 정원에서는 헬멧을 쓴 여학생이 땅바닥에 몸을 숙이고는 미제국주의의 아시아 침략이 어쩌구저쩌구, 팻말에 그런 글을 적어 넣었다. 늘 보는, 대학의 일상적인 풍경이었다. 그러나 오랜만에 그런 풍경을 바라보다가 불현듯 나는 한 가지 사실을 깨달았다. 사람들은 제각기 행복한 듯이 보였다. 그들이 정말로 행복한지 아니면 그냥 그렇게 보일 뿐인지는 알 수 없다. 그렇지만 어쨌든 9월 말 기분 좋은 한나절에 사람들은 모두 행복해 보였고 그래서 나는 평소보다 더 외로움에 젖었다. 나 혼자만이 그 풍경 속에서 멀리 떨어진 것 같았다.

그렇지만 생각해 보면 요 몇 년 동안 도대체 내가 어떤 풍경에 익숙할 수 있었단 말인가. 내 기억 속에서 친밀하게 다가오는 마지막 풍경은 기즈키와 둘이서 당구를 친 항구 가까운 당구장의 정경이었다. 그날 밤 기즈키는 죽어 버렸고, 그 이후로 나와 세계 사이에는 뭔가 삐걱대고 차가운 공기가 스며들고 말았다. 나에게 기즈키라는 사내의 존재는 과연 무엇이었던가, 생각해 보았다. 그러나 대답은 나오지 않았다. 내가 아는 거라고는 기즈키의 죽음으로 인해 내 젊음의 기능 일부가 완전하고도 영원히 망가져 버린 것 같다는 것뿐이었다. 나는 그것을 뚜렷이 느끼고 이해할 수 있었다. 그러나 그것이 무엇을 의미하고 어떤 결과를 가져다줄 것인지, 그것은 나의 이해 범위를 넘어선 일이었다.

나는 오래도록 거기에 앉아 캠퍼스의 풍경과 그곳을 오가는 사람들을 바라보며 시간을 죽였다. 혹시 미도리를 만날 수 있을지도 모른다고 생각했지만 결국 그날 그녀는 모습을 보이지 않았다. 점심시간이 끝나자 나는 도서관으로 가서 독일어 예습을 했다.

*

그 주 토요일 오후에 나가사와가 내 방으로 찾아와 오늘 밤 놀러 가지 않겠느냐며, 외박 허가를 받아 놓겠다고 했다. 나는 좋다고 답했다. 요 일주일 동안 머리가 너무 복잡하고 혼란스러워 누구라도 좋으니 하고 싶었다.

나는 저녁나절에 샤워를 하고 면도를 하고 폴로셔츠 위에 면 상의를 걸쳤다. 그리고 나가사와하고 식당에서 저녁을 먹고 버스를 타고 신주쿠 거리로 나섰다. 신주쿠 3번가의 인파 속에서 버스를 내려 주변을 어슬렁거리다가 늘 가는 가까운 바에 들어가 적당한 여자애들이 오기를 기다렸다. 여자들끼리 많이 오는 것이 그 가게의 좋은 점인데 그날따라 여자애들이 도무지 우리 주변으로 다가오지 않았다. 우리는 취하지 않을 정도로 위스키 소다를 홀짝거리면서 두 시간 가까이 거기 있었다. 붙임성 좋을 것 같은 여자애 둘이 카운터 자리에 앉아 김릿과 마르가리타를 시켰다. 나가사와가 재빨리 말을 걸러 갔지만 둘은 남자 친구를 기다리는 중이었다. 그래도 우리는 잠시 넷이서 즐겁게 이야기를 나누었으나, 기다리던 상대가 오자 둘은 그쪽으로 가 버렸다.

가게를 옮기자며 나가사와는 나를 다른 바로 데리고 갔다. 조금 구석진 곳에 위치한 작은 바인데 대부분이 이미 커플을 이루어 즐겁게 떠들어 댔다. 구석 자리에 여자 셋이 앉은 것을 보고 우리는 그쪽으로 가서 다섯 명이서 이야기를 나누었다. 분위기는 나쁘지 않았다. 모두가 꽤 기분이 좋았다. 그러나 가게를 옮겨서 좀 더 마시지 않겠느냐고 하자 여자애들은 이제 슬슬 돌아가야 할 시간이라고 했다. 셋 다 어느 여자 대학의 기숙사에 있었다. 정말 운도 없는 하루였다. 그다음 다시 다른 가게로 가 보았지만 역시 꽝이었다. 어찌된 영문인지 여자애들이 다가올 낌새도 보이지 않았다.

11시 반이 되어 오늘은 안 되겠다고 나가사와는 말했다.

"미안해, 빙글빙글 돌리기만 해서."

"괜찮아요, 난. 선배한테도 이런 날이 있다는 걸 안 것만 해도 기분 좋네요."

"일 년에 한 번 정도는 있어, 이런 날이."

솔직히 말해 난 그때쯤 섹스 따위 아무래도 상관없어졌다. 토요일 신주쿠의 밤, 그 번화한 가운데를 세 시간 반이나 어슬렁거리면서 성욕과 술기운이 마구 뒤섞인 정체 모를 에너지를 바라보는 사이에 나 자신의 성욕 따위 참으로 하잘것없다는 생각이 들었다.

"이제 어떡할까, 와타나베?"

"올나이트 영화라도 보러 가죠 뭐. 요즘 얼마간 영화도 못 봤으니까."

"그럼 난 하쓰미한테 갈게. 괜찮겠어?"

"안 괜찮을 리 없잖아요." 나는 웃으며 말했다.

"원한다면 재워 줄 여자애 하나 정도는 소개해 줄 수 있는데, 어때?"

"아뇨, 영화나 볼게요, 오늘은."

"미안해. 언제 한번 벌충해 줄게." 그리고 그는 인파 속으로 사라졌다. 나는 햄버거 가게에 들어가 치즈버거를 먹고 뜨거운 커피를 마시면서 술기운을 뺀 다음 근처 재상영 극장에서 「졸업」을 보았다. 그 정도로 재미있는 영화는 아니라 생각했지만, 달리 할 일도 없어서 그냥 한 번 더 보기로 했다. 그리고 영화관을 나와 새벽 4시의 서늘한 신주쿠 거리를 생각에 잠긴 채 무작정 걸었다.

걷기에도 지치자 나는 24시간 커피숍으로 들어가 커피를 마시고 책을 읽으면서 첫차를 기다리기로 했다. 잠시 후 나처럼 전철을 기다리는 사람들이 들어와 자리가 차기 시작했다. 웨이터가 내 자리로 와서, 미안하지만 합석을 부탁한다고 말했다. 나는 좋다고 했다. 어차피 나는 책만 읽을 테니 앞자리에 누가 앉든 상관없는 일이었다.

두 여자가 앞자리에 앉았다. 아마도 나와 거의 같은 나이일 것이다. 둘 다 미인이라 할 정도는 아니었지만, 그런대로 느낌이 괜찮은 여자애들이었다. 화장도 옷차림도 단정해서 새벽 5시에 가부키초 부근을 어슬렁거릴 타입으로는 보이지 않았다. 아마 어떤 사정으로 막차를 놓쳤거나 그 비슷한 일이 있었을 거라고 생각했다. 두 여자는 동석한 사람이 나라는 데 안도하는 듯한 표정이었다. 나는 차림새가 반듯한데다 저녁에 면도도 했고, 게다가 토마스 만의 『마의 산』을 열심히 읽는 중이었다.

한 여자애는 몸집이 꽤 컸는데, 회색 요트 파카에 흰색 진을 입고 커다란 비닐 레저 가방을 들고 양쪽 귀에 조개 모양의 큼직한 귀걸이를 매달았다. 다른 하나는 작은 몸집에 안경을 쓰고 격자무늬 셔츠 위에 파란색 카디건을 입고 손가락에 터키석 반지를 꼈다. 작은 여자애는 때로 안경을 벗고 손가락 끝으로 눈 가장자리를 누르는 것이 버릇인 것 같았다.

두 여자 모두 카페오레와 케이크를 주문하고는 낮은 목소리로 뭔가 이야기를 나누면서 천천히 케이크를 먹고 커피를 마셨다. 큰 여자애는 몇 번이나 고개를 갸웃하고 작은 여자애는 몇 번이나 고개를 가로저었다. 마빈 게이와 비지스의 노래가 크게 들려와 대화 내용은 알아들을 수 없었지만, 아무래도 작은 여자애가 고민이 있든지 화가 났든지 해서 큰 여자애가 그걸 달래는 듯 보였다. 나는 책을 읽다가 두 여자를 관찰하다가 했다.

작은 여자애가 숄더백을 끌어안듯 하며 화장실에 가 버리자 큰 여자애가 날 향해, 저, 미안한데요, 하고 말을 걸었다. 나는 책을 내려놓고 그녀를 바라보았다.

"이 부근에 아직 술 마실 만한 곳 혹시 모르세요?" 그녀가 물었다.

"새벽 5시 넘어서요?" 나는 깜짝 놀라 되물었다.

"네."

"새벽 5시 20분이면 사람들 대부분은 술이 깨서 집으로 돌아가는 시간이죠."

"그건 잘 알지만요." 그녀는 무척 창피하다는 표정으로
말했다.

"친구가 꼭 한잔 더 하자고 해서요. 좀 사정이 있거든요."

"집에 가서 둘이 마시는 수밖에 없지 않을까요."

"그렇지만 난 7시 반경에 열차를 타고 나가노로 가야 하
거든요."

"그럼 자동판매기에서 술을 사서 저쪽 어디라도 앉아서
마시는 수밖에 없을 것 같은데요."

미안하지만 같이 좀 마셔 주지 않겠느냐고 그녀가 말했
다. 여자 둘이서 그럴 수는 없지 않느냐면서. 그즈음 나는
신주쿠 거리에서 정말 여러 가지 기묘한 경험을 해 봤지만,
새벽 5시 20분에 모르는 여자한테 술을 같이 마셔 줄 수 없
느냐는 제안을 받기는 처음이었다. 거절하기도 귀찮고 시간
도 있고 해서 나는 가까운 자동판매기에서 청주 몇 병하고
안주를 적당히 사서 두 여자와 함께 서쪽 출구 공터로 가서
자리를 잡고 술판을 벌였다.

이야기를 들어 보니 두 사람은 같은 여행사에 다니는 동
료였다. 둘 다 올해 전문대를 나와 취직을 했고 친한 사이였
다. 작은 여자애는 애인이 있어 일 년 정도 잘 사귀었지만
최근에 그가 다른 여자와 잔다는 사실을 알고 많이 낙담하

고 말았다. 그게 사연이라면 사연이었다. 큰 여자애는 오늘 오빠 결혼식이 있어서 어제 저녁에는 나가노에 도착했어야 하는데 친구와 신주쿠에서 밤을 지새우는 바람에 아침 첫 특급을 타고 나가노로 가야 할 처지였다.

"그런데 어떻게 그 사람이 다른 여자하고 잔다는 걸 안 거야?" 나는 작은 여자애에게 물어보았다.

작은 여자애는 청주를 홀짝홀짝 마시면서 발아래 잡초를 발바닥으로 문질러 댔다. "그 사람 방문을 열었더니 눈앞에서 하고 있었으니까. 알고 말고 할 것도 없는 거잖아."

"언제 이야기야, 그거?"

"그저께 밤."

"흠. 문이 안 잠겨 있었고?"

"응."

"왜 안 잠갔을까?"

"몰라, 그딴 거. 내가 어떻게 알아."

"그렇지만 정말 충격적인 일이잖아요. 심하죠? 이 친구 기분을 한번 생각해 봐요."

사람 좋아 보이는 큰 여자애가 말했다.

"뭐라 말하기 힘든 일이지만, 일단 한번 만나서 이야기해 보는 게 어떨까. 용서하느냐 마느냐가 문제이겠지만, 그다음 은." 내가 말했다.

"아무도 내 기분 모를 거야." 작은 여자애는 계속 풀을 잡아 뜯으면서 내뱉듯이 말했다.

까마귀 떼가 서쪽에서 날아와 오다큐 백화점 위를 날아갔다. 벌써 날은 완전히 밝았다. 셋이서 이런저런 이야기를 나누는 사이에 큰 여자애가 열차 탈 시간이 되어 우리는 남은 술을 서쪽 출구 지하에 있는 노숙자에게 주고 표를 사서 그녀를 전송했다. 그녀가 탄 열차가 시야에서 사라지자 나와 작은 여자애는 마치 약속이라도 한 듯이 모텔로 들어갔다. 나도 그녀도 그렇게 자고 싶다는 생각은 없었지만, 자지 않고서는 뭔지 모르게 정리가 안 될 것 같았다.

모텔에 들어가서 나는 먼저 옷을 벗고 욕조에 들어가서 될 대로 되라는 기분으로 맥주를 마셨다. 여자애도 따라 들어와 둘이서 욕조에 나란히 몸을 누인 채 말없이 맥주를 마셨다. 아무리 마셔도 취기가 돌지도 않고 잠도 오지 않았다. 그녀는 피부가 매끈매끈하고 새하앴고 다리도 아주 예쁘게 뻗었다. 내가 다리가 예쁘다고 칭찬하자 쌀쌀맞은 목소리로 고맙다고 했다.

그러나 침대에 올라가자 그녀는 완전히 다른 사람으로 바뀌어 버렸다. 내 손의 움직임에 맞춰 그녀는 민감하게 반응하면서 몸을 뒤틀고 소리를 냈다. 내가 안으로 들어가자 그녀는 내 등에 손톱을 세우고 오르가슴에 가까워지자 열여섯 번이나 다른 남자의 이름을 불렀다. 나는 사정을 늦추려고 열심히 그 횟수를 헤아렸다. 그리고 우리는 그대로 잠들어 버렸다.

12시 반에 눈을 떴을 때, 그녀의 모습은 보이지 않았다. 편지도 메모도 없었다. 참으로 이상야릇한 시간에 술을 마신 탓인지 머리 한쪽이 묘하게 무거운 듯한 느낌이 들었다. 나는 샤워로 잠을 쫓고 면도를 하고 벌거벗은 채 소파에 앉아 냉장고에서 주스를 하나 꺼내 마셨다. 그리고 어젯밤 일을 하나하나 되짚어 보았다. 모든 장면이 유리판을 두세 장 끼워 둔 것처럼 묘하게 낯설고 비현실적으로 느껴졌지만, 분명히 나한테 일어난 일들이었다. 테이블 위에는 맥주잔이 놓였고 세면대에는 칫솔이 있었다.

나는 신주쿠에서 간단히 점심을 먹은 다음 전화 부스에 들어가 고바야시 미도리에게 전화를 걸어 보았다. 혹시 그녀가 오늘 또 전화를 기다리고 있을지도 모른다고 생각해서였다. 그러나 열다섯 번이나 신호가 갔지만 아무도 전화를 받지 않았다. 이십 분 후에 다시 전화를 걸어 보았지만 결과는 마찬가지였다. 나는 버스를 타고 기숙사로 돌아왔다. 입구 우편함에 나에게 온 속달 봉투가 있었다. 나오코에게서 온 편지였다.

5장

　"편지 고마워." 나오코의 편지는 그렇게 시작되었다. 편지는 나오코의 집에서 '여기'로 전송되었다. 편지를 받는 건 절대로 귀찮은 일이 아니며 솔직히 말해 얼마나 기뻤는지 모른다, 사실은 이제 자기가 내게 편지를 써야 하지 않을까 생각하던 참이었다, 그렇게 쓰여 있었다.

　거기까지 읽고 나는 창문을 열고 윗도리를 벗고 침대에 걸터앉았다. 근처의 비둘기 집에서 구구, 울음소리가 들렸다. 바람이 커튼을 흔들었다. 나는 나오코가 보낸 편지지 일곱 장을 손에 든 채 망연히 생각에 몸을 내맡겼다. 처음 몇줄을 읽은 것만으로 내 주위의 현실 세계가 스윽 그 색이

바랜 듯한 느낌에 사로잡혔다. 나는 눈을 감고 오랜 시간을
들여 마음을 가다듬었다. 그리고 깊이 숨을 들이쉬고 계속
읽어 내려갔다.

"여기 온 지도 벌써 넉 달이나 지났네."
나오코는 그렇게 이어 갔다.

그 넉 달 동안 너에 대해 많이 생각해 봤어. 그리고 생각
할수록 내가 너에게 공정하지 못했던 것은 아닌가 하고 생각
하게 되었어. 나는 너에게 제대로 된 인간으로서 공정하게 행
동해야 했다고 생각해.

그렇지만 이런 생각도 그리 올바른 것이 아닐지 몰라. 왜
냐하면 나 정도 나이의 여자애라면 결코 '공정'이라는 말을
사용하지 않을 테니까. 보통 젊은 여자애에게 어떤 일들이
공정한지 아닌지는 근본적으로 아무래도 좋은 일일 테니까
말이야. 보통 여자애라면 어떤 일이 공정한지 아닌지보다는
그게 아름다운지, 어떻게 하면 행복할 수 있는지, 그런 걸 중
심으로 생각할 테지. '공정'이란 말은 아무리 생각해도 남자
가 사용할 말이야. 그렇지만 지금 나에게는 이 '공정'이라는
말이 아주 꼭 들어맞는다는 생각이 들어. 아마도 무엇이 아
름다운지 어떻게 하면 행복할 수 있는지 같은 것이 나에게는

너무 귀찮고 복잡한 명제라서 억지로 다른 기준으로 바꾸어 버린 걸 거야. 이를테면 공정한가 아닌가, 정직한가 아닌가, 보편적인가 아닌가라는 식으로.

아무튼 난 내가 너에게 공정하지 않았다고 생각해. 그런 태도로 널 이리저리 끌고 다니며 상처를 주었던 것 같아. 그렇지만 그러는 가운데 나 스스로도 방황했고 스스로에게 상처를 주기도 했어. 정당화하려는 게 아니라 사실이 그랬으니까. 만일 내가 너의 내면에 어떤 상처를 남겼다면, 그것은 너만의 상처가 아니라 나의 상처이기도 해. 그러니까 그 때문에 날 미워하진 마. 나는 불완전한 인간이야. 네 생각보다 훨씬 더 불완전한 인간이야. 그래서 더욱 네게 미움을 받고 싶지 않아. 네게 미움을 받는다면 난 정말 산산이 부서져 버릴 거야. 나는 너처럼 자신의 껍질 속에 자연스럽게 들어가 살아갈 수 없는 사람이야. 네가 진짜로는 어떨지 몰라도 내게는 어쩐지 그렇게 보여. 그래서 때로는 네가 굉장히 부럽기도 했고. 너를 필요 이상으로 휘둘리게 한 것도 그 탓일지 몰라.

이런 식으로 말하면 너무 분석적이라고 할지도 모르겠어. 그런 생각 안 들어? 이곳의 치료가 지나치게 분석적으로 흘러가는 건 아냐. 그렇지만 내 입장에서 몇 달 치료를 받노라면 아무리 싫어도 많건 적건 분석적인 태도가 생길 수밖에 없어. 일이 이렇게 된 건 그것 때문이다, 그건 이런 걸 뜻하고, 그러므로 이렇게 된 것이다, 하는 식으로 말이지. 이런 분석적인 태도가 세계를 단순화하는 건지 세분화하는 건지 잘 모르겠어.

아무튼 난 과거에 비해 많이 회복한 듯한 느낌이 들고, 주위 사람들도 그렇게 인정해 줘. 이렇게 안정된 마음으로 편지를 써 보는 것도 정말 얼마만인지 모르겠어. 7월에 네게 보낸 편지는 피가 말라 버리는 듯한 고통 속에서 썼지만(솔직히, 무슨 말을 했는지 아무 기억도 떠오르지 않아. 아주 말도 안 되는 편지가 아니었을까?) 지금은 정말 편안한 마음으로 써. 맑은 공기, 외부와 차단된 조용한 세계, 규칙적인 생활, 매일의 운동, 역시 그런 것들이 나에게 필요했던 것 같아. 누군가에게 편지를 쓸 수 있다는 건 정말 좋아. 누군가에게 자기 생각을 전하고 싶어서 책상에 앉아 펜을 들고 이런 문장을 쓴다니 얼마나 멋진 일인지 몰라. 물론 문장으로는 자신이 하고 싶은 말에서 일부분밖에 표현할 수 없지만, 그래도 상관없어. 누군가에게 뭔가를 쓰고 싶다는 마음이 생긴 것만으로 지금 나에게는 행복인걸. 그래서 지금 나는 너에게 편지를 써. 저녁 7시 반, 밥을 먹고 목욕을 끝낸 참이야. 주위는 적막하기 이를 데 없고, 창밖에는 어둠이 깔렸어. 빛 한 줄기 보이지 않아. 평소에는 별이 아주 예쁘게 반짝이는데 오늘은 흐려서 안 보이네. 여기 있는 사람들은 하나같이 별자리를 잘 알아서 저건 처녀자리, 사수자리, 하고 가르쳐 줘. 아마도 해가 저물면 아무 할 일이 없으니까 어쩔 수 없이 별자리를 잘 알게 되는 거겠지. 똑같은 이유로 이곳 사람들은 새와 꽃과 벌레에 대해 잘 알아. 그런 사람들과 이야기를 나누다 보면 내가 얼마나 무지한지를 깊이 깨닫게 되고, 그런 느낌을 받는 것이 얼마나 기분 좋은지 몰라.

여기서 생활하는 사람은 모두 일흔 명 정도야. 그 외에 스태프(의사, 간호사, 사무원, 등등)가 스무 명 정도 되고. 아주 넓은 곳이라서 결코 수가 많다고 할 순 없을 거야. 오히려 너무 한산하다고 하는 편이 옳겠지. 아주 널찍하고 풍성한 자연 속에서 다들 평온하게 지내. 너무 평온해서 때로 여기가 정말로 제대로 된 현실 세계가 아닐까 하는 생각이 들 정도지. 하지만 물론 그렇지는 않아. 우리는 어떤 전제를 두고 이곳에서 살아가니까 이렇게 될 수도 있는 거야.

나는 테니스와 농구를 해. 농구 팀은 환자(기분 나쁜 말이지만 어쩔 수 없지.)와 스태프로 구성돼 있어. 그렇지만 시합에 열중하다 보면 누가 환자고 누가 스태프인지 구별할 수 없게 돼 버려. 이건 정말 뭐라고 말하기 힘들 만큼 이상한 느낌이야. 이상한 말이지만, 시합하면서 주변을 살피노라면 누구랄 것도 없이 똑같이 뒤틀린 듯이 보이는 거야.

어느 날, 담당 의사한테 그런 말을 했더니 내가 느끼는 것이 어떤 의미에서는 옳다고 했어. 그는 우리가 여기에서 생활하는 것은 뒤틀림을 교정하려는 게 아니라 그 뒤틀림에 익숙해지기 위한 거라고 했어. 우리의 문제점 가운데 하나는 그 뒤틀림을 인정하고 받아들이지 못한다는 데 있다고. 사람마다 걷는 버릇이 다 다르듯이 느끼는 방식이나 생각하는 방식, 보는 방식이 다른데 그것을 고치려 한들 쉽게 고쳐지는 것도 아니고 억지로 고치려다가는 다른 부분마저 이상해져 버린다고 말이야. 물론 이건 아주 단순화한 설명이고, 그런 건 우리가 품은 문제의 한 부분에 지나지 않지만, 난 어쩐지 그가 하려는 말이 무엇인지 알 것도 같았어. 우리는 분명 자신의 뒤틀린 부분에 잘 적응하지 못하는 건지도 몰라. 그래서 그 뒤틀림이 불러일으키는 현실적인 아픔이나 고뇌를 자기 내면에서 정리하지 못하고, 그런 것들로부터 멀어지기 위해 여기 들어온 거야. 여기 있는 한 우리는 남을 아프게 하지 않아도 되고, 남에게 아픔을 당하지 않아도 돼. 왜냐하면 우리 모두 스스로에게 '뒤틀림'이 있다는 사실을 아니까. 이런 점에서 외부 세계와 이곳은 완전히 달라. 외부 세계에서는 많은 사람들이 스스로가 뒤틀렸음을 의식하지 않고 지내. 그러나 우리의 이 작은 세계에서는 뒤틀림이야말로 존재의 조건이야. 인디언이 머리에 자기 부족을 상징하는 깃털을 꽂듯이 우리는 뒤틀림을 끌어안고 있어. 그리고 서로에게 상처를 주지 않으려고 조용히 사는 거야.

운동하는 것 말고 우리는 채소를 키워. 토마토, 가지, 오이, 수박, 딸기, 파, 양배추, 무 등등. 대부분 손수 키워. 온실도 있어. 여기 사람들은 채소 농사에 대해 아주 잘 알고, 열심이야. 책을 보고, 전문가를 초청하기도 하고, 아침부터 밤까지 어떤 비료가 좋다는 둥 토양이 어떻다는 둥 그런 이야기만 나눠. 나도 채소 키우는 데 재미 붙였어. 여러 가지 과일이나 채소가 매일 조금씩 커 가는 것을 본다는 건 진짜 멋져. 넌 수박 심어 본 적 있니? 수박, 이건 정말 조그만 동물처럼 부풀어 올라.

우리는 매일 이렇게 직접 키운 과일이나 채소를 먹으며 살아. 물론 고기나 생선도 먹지만 여기 있다 보면 그런 걸 먹고 싶다는 느낌이 점점 엷어지는 것을 깨닫게 돼. 채소가 굉장히 청량하면서 맛있기 때문이야. 바깥으로 나가 산나물이나 버섯을 따기도 해. 그런 데 관해서도 전문가가 있어서(생각해 보면 전문가들뿐인 것 같네, 여긴.) 이건 먹을 수 있고, 저건 독이 있고, 하면서 가르쳐 줘. 덕분에 난 여기 온 이후로 3킬로그램이나 살이 쪘어. 운동도 하고 규칙적으로 밥도 잘 먹고 하니까.

그 밖의 시간에는 책을 읽고 레코드를 듣고, 뜨개질도 해. 텔레비전이나 라디오는 없지만, 그 대신에 꽤 괜찮은 도서관이 있고 레코드 보관실도 있어. 레코드 보관실에는 말러 교향곡 전집에서 비틀스까지 있어서 난 늘 거기서 레코드를 빌려다가 방에서 듣곤 해.

이 시설의 유일한 문제점이라면 일단 여기 들어오면 바깥으로 나가는 것이 내키지 않거나 두려워진다는 거야. 이곳에 있는 한 평화롭고 마음이 안정돼. 자신의 뒤틀림에 대해서도 자연스러운 태도를 가질 수 있고. 스스로가 회복되었다는 느낌을 받아. 그렇지만 과연 바깥 세계가 우리와 같은 느낌으로 우리를 받아들여 줄지 확신을 가질 수 없어.

담당 의사는 내가 슬슬 외부 사람과 접촉을 시작할 만한 시기에 이르렀다고 해. '외부 사람'이란 다시 말해 정상적인 세계의 정상적인 사람이 되겠는데, 그런 말을 들으면 난 네 얼굴밖에 떠오르지 않아. 솔직히 말해 난 부모와는 그다지 만나고 싶지 않아. 나 때문에 어쩔 줄 몰라 하는 사람들을 만나 이야기를 나눈들 내 마음만 비참해질 뿐이니까. 게다가 나에게는 네게 설명해야만 하는 몇 가지 일들이 있어. 제대로 설명할 수 있을지 없을지는 모르겠지만, 이건 정말 중요해서 피해 갈 수 없는 일이야.

그러나 이런 말을 한다고 해서 나에 대해 부담을 느끼지는 마. 난 누군가에게 짐만은 되고 싶지 않아. 난 나에 대한 네 호의를 느끼고, 그것을 기쁘게 생각하고, 그런 기분을 솔직히 네게 전할 따름이야. 아마도 지금 나는 그런 호의가 절실히 필요해. 만일 내가 여기 적은 것들 가운데 뭔가가 너를 부담스럽게 한다면 사과할게. 용서해 줘. 이전에도 썼다시피, 나는 네가 생각하는 것보다 더 불완전한 인간이거든.

때로 이런 식으로 생각해 보곤 해. 만일 나와 네가 아주 정상적이고 평범한 상황에서 만나 서로에게 호감을 느꼈다면 도대체 어떻게 되었을까 하고. 내가 정상적이고 너도 정상적이고(애당초 정상적이지만.) 그리고 기즈키가 없었다면 어떻게 되었을까. 그렇지만 이 만약이 너무도 크네. 적어도 나는 공정하고 솔직해지려고 노력해. 지금 나는 그렇게 할 수밖에 없어. 그럼으로써 내 마음을 조금이라도 더 전하고 싶어.

이 시설은 평범한 병원과는 달리 원칙적으로 면회는 자유로워. 하루 전에 연락만 하면 언제든 만날 수 있어. 식사도 같이할 수 있고, 숙박 시설도 있어. 사정이 허락할 때 한번 와 줘. 만날 날을 손꼽아 기다릴게. 지도를 동봉해. 편지가 길어져서 미안해.

나는 마지막까지 읽은 다음 처음으로 돌아가 다시 읽었다. 그리고 아래층으로 내려가 자판기에서 콜라를 사서 마시며 다시 한 번 읽었다. 그리고 그 편지지 일곱 장을 봉투에 갈무리하고 책상 위에 내려놓았다. 핑크색 봉투에는 여자애치고는 조금 심하다 싶을 만큼 또박또박하고 작은 글씨로 내 이름과 주소가 적혔다. 나는 책상 앞에 앉아 잠시 그 봉투를 바라보았다. 봉투 뒤편 주소에는 '아미 사'라 쓰였다. 묘한 이름이었다. 나는 그 이름에 대해 오륙 분 정도 생각해 본 다음, 아마도 프랑스어 'ami(친구)'에서 따온 것이리라 상상했다.

편지를 책상 서랍에 넣은 다음, 나는 옷을 갈아입고 바깥으로 나갔다. 편지 곁에 있다가는 열 번이고 스무 번이고 읽을 것 같은 느낌이 들어서였다. 나는 이전에 나오코와 둘이서 늘 그랬듯이 일요일의 도쿄 거리를 목적도 없이 혼자서 걸어 다녔다. 그녀의 편지 한 줄 한 줄을 떠올리고 거기에 대해 나름대로 생각하면서 나는 거리에서 거리로 떠돌았다. 그리고 날이 저문 다음 기숙사로 돌아와 나오코가 있는 '아미 사'로 장거리 전화를 걸어 보았다. 접수처 여자 직원이 내 전화를 받았다. 나는 나오코 이름을 대고 가능하다면 내일 점심때 좀 지나서 면회를 하고 싶은데 가능하냐고 물어보았다. 그녀는 내 이름을 물어보더니 삼십 분 후에 다시 전화를 달라고 했다.

내가 식사 후에 전화하자 같은 여자가 나와서 면회가 가능하니 어서 오라고 했다. 나는 고맙다고 하고 전화를 끊은 다음 배낭에 갈아입을 옷과 세면도구를 넣었다. 그리고 잠이 올 때까지 브랜디를 마시면서 『마의 산』을 마저 읽었다. 그러다가 겨우 잠이 든 것이 새벽 1시를 넘어서였다.

6장

월요일 아침 7시에 눈을 뜨자 나는 급히 세수를 하고 면도를 하고 아침을 건너뛰고 사감 방으로 가서 이틀 정도 등산을 할 생각이라고 했다. 나는 시간이 나면 자주 혼자 여행을 떠나곤 했기 때문에 사감은 알았다고만 말했다. 나는 붐비는 통근 전차를 타고 도쿄 역으로 가서 교토까지 신칸센 자유석 표를 끊고 가장 빠른 '히카리 호'에 번개처럼 뛰어올라 타고 뜨거운 커피와 샌드위치로 아침을 때웠다. 그리고 한 시간 정도 꾸벅꾸벅 졸았다.

교토 역에 도착한 것이 11시 조금 전. 나는 나오코가 가르쳐 준 대로 시내버스를 타고 산조까지 나가서 그곳 가까이 있는 버스 터미널에 가서 16번 버스가 언제 어디서 출발하느냐고 물어보았다. 11시 35분에 저쪽 맨 끝 정류장에서 출발하며 목적지까지는 거의 한 시간 정도 걸릴 거라고 했다. 나는 창구로 가서 표를 산 다음 근처 서점에 가서 지도를 사서 대합실 벤치에 앉아 '아미 사'의 정확한 위치를 살펴보았다. 지도를 보니 '아미 사'는 무서울 정도로 깊은 산속에 있었다. 버스는 몇 굽이나 산을 넘어 북쪽으로 올라가 더는 갈 수 없을 듯 싶은 곳까지 갔다가 거기에서 시내 쪽으로 돌아온다. 내가 내릴 곳은 종점 바로 전이었다. 정류장에서 등산로가 보일 테고 거기서 이십 분 정도 걸으면 '아미 사'에 이를 것이라고 나오코는 썼다. 이 정도로 깊은 산속이라면 정말 고요할 것이라는 생각이 들었다.

손님을 스무 명 정도 태우고 나서 버스는 바로 출발하여 가모가와를 따라 교토 시내를 북쪽으로 가로질렀다. 북쪽으로 나아갈수록 거리는 한산해지고 밭과 공터가 눈에 띄었다. 검은색 기와지붕과 비닐하우스가 초가을의 햇살을 받아 눈부시게 빛났다. 이윽고 버스는 산속으로 들어섰다. 구불구불한 길인 탓에 운전사는 쉴 틈도 없이 왼쪽으로 오른쪽으로 핸들을 돌리고 나는 속이 울렁거리기 시작했다. 아침에 마신 커피 냄새가 아직 위 속에 남았다. 그러는 사이에 커브도 점점 줄어들어 겨우 한숨을 돌릴 즈음 버스는 갑자기 서늘한 삼나무 숲 속으로 들어섰다. 마치 원시림처럼 높이 솟아오른 삼나무들이 햇빛마저 가려 어두운 그림자가 만물을 덮어 버렸다. 열린 창을 통해 갑자기 차가운 바람이 불어오더니 그 습기로 피부가 아플 정도였다. 계곡을 따라 삼나무 숲 속을 오랜 시간 달리면서, 온 세상이 삼나무로 덮여 버린 건 아닌가 하는 기분에 사로잡힐 즈음 겨우 숲이 끝나고, 버스는 산으로 둘러싸인 분지 같은 곳으로 나갔다. 분지에는 푸르른 밭이 넓게 펼쳐졌고, 도로 옆으로는 맑은 시냇물이 흘렀다. 저 멀리서 하얀 연기가 한 줄기 가늘게 피어오르고 여기저기 빨랫줄에는 세탁한 옷이 걸렸고 개 몇 마리가 짖었다. 집 앞에는 장작이 처마까지 쌓였는데 그 위에서 고양이가 낮잠을 즐겼다. 길을 따라 잠시 그런 인가들이 이어졌지만 사람 모습은 보이지 않았다.

그 비슷한 풍경이 몇 번이나 반복되었다. 버스는 삼나무 숲으로 들어갔다가는 빠져나와 마을로 들어서고 다시 마을을 빠져나와서는 삼나무 숲으로 들어갔다. 버스가 마을에 설 때마다 승객이 몇 명씩 내렸다. 하지만 올라타는 사람은 하나도 없었다. 시내를 출발해서 사십 분 정도 지나 앞쪽이 탁 트인 고갯길이 나오자 운전사는 거기에서 버스를 멈추더니 오륙 분 정도 서서 반대편에서 오는 버스를 기다려야 하니까 내리고 싶으면 내려도 된다고 했다. 승객은 나를 포함해서 네 명뿐이었는데 모두 버스에서 내려서 기지개를 켜고 담배를 피우기도 하면서 눈 아래 펼쳐진 교토 거리를 내려다보았다. 운전사는 소변을 보았다. 끈으로 묶은 커다란 종이 상자를 차 안에 실은 쉰 전후로 보이는 까맣게 탄 남자가 산을 오를 생각이냐고 내게 물었다. 귀찮아서 나는 그냥 그렇다고 대답했다.

이윽고 반대쪽에서 버스가 올라와서 우리 버스 곁에 멈추더니 운전사가 내렸다. 두 운전사는 잠시 대화를 나누고 제각기 버스에 올라탔다. 승객도 자리로 돌아왔다. 그리고 두 버스는 각자의 방향으로 나아가기 시작했다. 왜 우리 버스가 고갯길 위에서 다른 버스가 오기를 기다렸는지 그 이유가 곧 드러났다. 산을 조금 내려간 언저리에서 도로 폭이 갑자기 좁아져 대형 버스 두 대가 스쳐 지나기가 불가능했기 때문이다. 버스는 라이트 밴이나 승용차 몇 대와 마주쳤고 그때마다 어느 한쪽이 후진하여 커브 길의 폭이 넓은 곳에서 한편으로 비켜서야 했다.

계곡을 따라 늘어선 마을도 조금 전에 비해 점점 더 규모가 작아지고 평평한 경작지도 좁아졌다. 산이 험해지고 산자락이 도로 옆까지 바싹 다가왔다. 어느 마을이든 개가 많아서 버스가 나타나자 경쟁이라도 하는 것처럼 짖어 댔다.

내가 내린 정류장은 주변에 아무것도 없는 곳이었다. 인

189

가도 없고 밭도 없었다. 정류장 표시만 홀로 섰을 뿐이고 시내가 흐르고 등산로의 입구가 보일 따름이었다. 나는 배낭을 어깨에 둘러메고 계곡을 따라서 등산로를 오르기 시작했다. 길의 왼편으로는 강이 흐르고 오른편으로는 잡목 숲이 펼쳐졌다. 그렇게 완만한 오르막길을 십오 분 정도 나아갔더니 오른편에 겨우 차 한 대가 지날 수 있을 만한 갈림길이 나타났고, 그 입구에 "아미 사. 관계자 외 출입금지"라는 팻말이 있었다.

잡목 숲 안쪽 길에는 타이어 자국이 선명하게 나 있었다. 주변 숲 속에서 때로 푸득푸득, 새의 날갯짓 소리가 들렸다. 부분적으로 확대된 듯 묘하게 선명한 소리였다. 바앙, 총성 같은 소리가 멀리서 한 번 들렸지만, 필터를 몇 장 거친 것처럼 작고 둔탁했다.

잡목 숲을 빠져나가자 하얀 돌담이 보였다. 돌담이라고는 하나 내 키 정도밖에 안 되는 높이로 그 위에 목책이 있는 것도 아니고 그물을 친 것도 아니라서 넘으려고 마음만 먹으면 얼마든지 넘을 수 있는 것이었다. 검은 문은 철제로 만들어 견고해 보였지만 그냥 열렸고, 경비실에는 경비의 모습도 보이지 않았다. 문 옆에는 "아미 사. 관계자 외에는 출입 금지"라는 아까와 똑같은 팻말이 있었다. 경비실에는 조금 전까지 사람이 있었던 흔적이 보였다. 재떨이에는 꽁초가 세 개, 찻잔에는 마시다 만 차가 남았고, 선반에는 트랜지스터라디오가 있었으며 벽에는 시계가 째깍째깍 메마른 소리를 내며 시간을 새겼다. 나는 거기서 경비가 돌아오기를 기다려 보았지만 돌아올 것 같지가 않아서 가까이 보이는 벨 같은 것을 두세 번 눌러 보았다. 문 안쪽 바로 곁은 주차장이고, 거기에는 미니버스와 사륜구동 랜드 크루저와 짙은 청색 볼보가 있었다. 서른 대 정도는 댈 수 있을 만한 공간이었지만 차는 세 대뿐이었다.

이삼 분 있다가 감색 제복 차림을 한 경비가 노란 자전거를 타고 숲길에서 나타났다. 키가 크고 이마가 벗겨진 예순 살 정도의 남자였다. 그는 노란 자전거를 경비실 벽에 기대 놓고는 나를 향해 "아, 늦어서 미안합니다." 하고 별로 미안한 것 같지도 않은 투로 말했다. 자전거 타이어 받침에는 하얀 페인트로 쓴 32라는 숫자가 보였다. 내가 이름을 말하자 그는 어딘가로 전화를 하더니 내 이름을 두 번 말했다. 상대가 뭐라고 말하자 그는 예, 예, 알았습니다, 하고 답하고서 전화를 끊었다.

"본관으로 가서 말이죠, 이시다 선생님을 찾으세요." 경비는 말했다. "저 숲길을 나아가면 갈림길이 나오는데, 거기서 왼쪽으로 두 번째, 알았어요? 왼쪽에서 두 번째 길로 가세요. 그러면 오래된 건물이 나오는데, 거기서 오른쪽으로 꺾어서 다시 숲을 지나면 거기 철근 콘크리트 건물이 있어요. 그게 본관입니다. 팻말이 보이니까 알 겁니다."

경비가 가르쳐 준 대로 갈림길에서 왼쪽으로 두 번째 길로 나아가자 막다른 곳에 한눈에 보기에도 별장임을 알 수 있는 오래된 건물이 나왔다. 정원에는 멋들어진 돌과 석등 따위가 배치되었고 나무들은 잘 손질되었다. 아마도 누군가의 별장지였을 것이다. 거기서 오른쪽으로 꺾어 숲을 빠져나가자 눈앞에 3층짜리 철근 콘크리트 건물이 나타났다. 3층이기는 하지만 땅이 낮게 팬 곳에 세워진 탓에 위압적으로 보이지는 않았다. 건물 디자인이 단순해서 그런지 더더욱 청결한 느낌이 들었다.

현관은 2층에 있었다. 계단을 올라 커다란 유리문을 열고 안으로 들어서자 안내 창구에 빨간 원피스를 입은 젊은 여자가 앉아 있었다. 나는 이름을 말하고 이시다 선생님을 찾아왔노라고 했다. 그녀는 방긋 웃고는 로비에 놓여 있는 갈색 소파를 가리키며 저기 앉아서 기다려 달라고 작은 소리로 말했다. 그러고 나서 전화 다이얼을 돌렸다. 나는 어깨에서 배낭을 내려 놓고 푹신한 소파에 앉아 주위를 둘러보았다. 청결하고 기분 좋은 로비였다. 관엽 식물 화분이 몇 개 놓였고 벽에는 고상한 분위기를 풍기는 추상화가 걸렸으며 바닥은 반짝일 만큼 잘 닦였다. 나는 기다리는 동안 바닥에 비친 내 신발을 내려다보았다.

도중에 한 번 창구에 있는 여자가 "금방 오실 거예요."라고 말해 주었다. 나는 고개를 끄덕였다. 어쩌면 이렇게 조용할까 싶었다. 아무 소리도 들리지 않았다. 마치 시에스타 시간 같은 느낌이었다. 사람도 동물도 곤충도 풀과 나무도, 모든 것이 깊은 잠에 빠져 버린 듯 고요한 오후였다.

그러나 잠시 후 고무 밑창의 부드러운 발소리가 나더니 결이 아주 드세 보이는 짧은 머리카락의 중년 여자가 나타나서 내 옆자리에 앉아 다리를 꼬았다. 그러고는 내게 손을 내밀어 악수를 청했다. 악수를 하면서 내 손을 요리조리 뒤집어 가며 살펴보았다.

"학생, 요 몇 년 동안 악기 같은 걸 만져 본 적 없지?" 그녀가 물었다.

"예." 나는 놀라면서 대답했다.

"손을 보면 알 수 있어." 그녀는 웃으며 말했다.

참으로 이상한 느낌을 주는 여자였다. 얼굴에 주름이 많아서 도드라져 보였지만, 그것 때문에 나이가 들어 보이는 것이 아니라, 오히려 나이를 초월한 싱싱한 젊음이 그 주름 때문에 강조되는 것 같았다. 주름은 마치 태어날 때부터 거기 있던 것처럼 그녀의 얼굴에 잘 어울렸다. 그녀가 웃으면 주름도 같이 웃고, 그녀가 심각한 표정을 지으면 그 주름도 같이 심각해졌다. 웃지도 않고 심각하지도 않을 때 주름은 어딘지 모르게 비꼼 섞인 표정으로 또는 따스한 표정으로 얼굴 가득 퍼져 나갔다. 나이는 삼십 대 후반으로 느낌이 좋은 것을 넘어 어딘지 모르게 사람을 끌어당기는 매혹적인 힘이 있는 여자였다. 나는 한눈에 그녀에게 호감을 느꼈다.

머리카락은 짧게 아무렇게나 자른 탓에 여기저기 삐쳤고 앞머리도 들죽날죽 이마에 걸렸지만 그 헤어스타일은 그녀와 아주 잘 어울렸다. 하얀색 티셔츠 위에 파란색 작업복 셔츠를 입고 풍덩한 크림색 면바지에 테니스화를 신었다. 홀쩍 여윈 몸매에 가슴이 거의 없고 뭔가를 비꼬듯 입술은 계속 한쪽으로 비틀렸으며 눈가 주름이 가늘게 움직였다. 꼭 세상 쓴맛을 어느 정도는 아는 친절하고 솜씨 좋은 여자 목수 같아 보였다.

그녀는 살짝 턱을 끌어당기고 입술을 비튼 채 잠시 나를 위에서 아래까지 살펴보았다. 당장이라도 호주머니에서 줄자를 꺼내 내 몸의 각 부위를 하나하나 재기라도 할 것 같은 느낌이 들 정도였다.

"다룰 줄 아는 악기 있어?"

"아뇨, 없어요."

"좀 애석하네, 뭘 하나 하면 재미있을 텐데."

하긴 그래요, 하고 나는 대답했다. 왜 악기 이야기가 계속 튀어나오는지 도무지 알 수 없었다.

그녀는 가슴에 달린 호주머니에서 세븐 스타를 꺼내서 입에 물고 라이터로 불을 붙이더니 맛있다는 듯 연기를 뿜어냈다.

"흐음, 그러니까 와타나베라고 했지? 나오코를 만나기 전에 내가 설명을 좀 해 두는 게 좋을 것 같다는 생각이 들었거든. 그러니까 먼저 우리 둘이서 이야기를 좀 해야 할 거 같아. 여기는 다른 곳하고 조금 다르기 때문에 예비 지식이 없으면 좀 곤란한 일이 생길 수도 있어. 있지, 자기는 여기에 대해 아직 잘 모르지?"

"예, 거의 아무것도."

"그럼 처음부터 설명하자면……." 말하다가 그녀는 갑자기 무슨 생각이 떠올랐다는 듯, 손가락을 탁, 튕겼다. "근데, 점심은 먹었어? 배 안 고파?"

"고프네요."

"그럼 날 따라와. 식당에서 밥이나 먹으면서 이야기하지 뭐. 식사 시간은 끝났지만 지금 가면 뭐라도 먹을 수는 있을 거야."

그녀는 먼저 자리에서 일어나 슥슥 복도를 걸어 계단을 내려가서 1층 식당으로 들어갔다. 식당은 이백 명 정도를 수용할 수 있는 규모였지만, 지금은 반만 사용하는 듯 나머지 반은 칸막이로 막혔다. 꼭 시즌이 끝난 리조트 호텔 같았다. 점심 메뉴는 국수가 든 감자 스튜와 채소 샐러드와 오렌지 주스와 빵이었다. 나오코가 편지에 적은 대로 채소는 화들짝 놀랄 만큼 맛있었다. 나는 접시에 담긴 음식을 하나도 남김없이 먹어 치웠다.

"진짜 맛있게 먹는다." 그녀는 감탄한 듯이 말했다.

"정말 맛있네요. 아침부터 별로 먹은 게 없기도 하고요."

"원한다면 내 거도 좀 먹어, 자 여기. 나는 벌써 배가 불러. 먹을래?"

"남길 거면 먹을게요."

"나는 위가 작아서 조금밖에 안 들어가. 그래서 모자라는 부분은 담배로 보충하는 거야." 그녀는 말하고 나서 세븐 스타를 꺼내 담배에 불을 붙였다. "아, 그렇지. 날 레이코 씨라고 불러 줘. 다들 그렇게 부르니까."

거의 손조차 대지 않은 그녀의 감자 스튜를 먹으면서 빵을 씹는 나의 모습을 레이코 씨는 희한하다는 표정으로 바라보았다.

"레이코 씨가 나오코의 담당 의사이신가요?"

"내가 의사?" 그녀는 깜짝 놀란 얼굴에 잔뜩 미간을 찌푸리며 말했다. "왜 나를 의사라고 생각했어?"

"이시다 선생님을 찾으라고 해서요."

"아, 그랬구나. 난 여기서 음악 선생이야. 그래서 나를 선생님이라 부르는 사람도 있어. 사실은 나도 환자야. 그렇지만 칠 년이나 여기 있으면서 음악을 가르치기도 하고 사무도 보고 하니까 환자인지 스태프인지 구별이 안 가게 됐지, 이젠. 나오코가 나에 대해 아무 말도 안 했어?"

나는 고개를 저었다.

"흠, 뭐, 아무튼 나오코랑 나는 같은 방에서 지내. 다시 말해 룸메이트. 그 애랑 같이 지내는 건 굉장히 재미있어. 온갖 이야기를 다 해. 자기 이야기도 자주 하고."

"나에 대해 어떤 이야기를 해요?" 나는 물어보았다.

"아, 그렇지. 그 전에 이곳이 어떤 곳인지에 대해서 설명해야겠어." 레이코 씨는 내 질문은 깡그리 무시해 버리고 말했다. "우선, 자기가 꼭 알아 두어야 할 건 여기가 일반적인 '병원'이 아니라는 거야. 간단히 말해서 이곳은 치료하는 곳이 아니라 요양하는 곳이라는 거지. 물론 의사가 몇명 있어서 매일 한 시간 정도 면담하고 그러지만, 체온을 재는 것처럼 지금 상태를 간단히 살펴보는 것뿐이야. 다른 병원에서 하듯이 적극적인 치료는 하지 않아. 여기는 철창도 없고, 문도 늘 열어 둬. 사람들은 자발적으로 여기 들어와서 자발적으로 여길 나가. 여기 들어올 수 있는 사람은 그런

197

요양에 적합한 사람들이야. 아무나 들어올 수 있는 게 아니야. 전문적 치료가 필요한 사람은 그 증세에 맞는 전문 병원으로 가는 거야. 여기까지는 알겠어?"

"알 것도 같습니다. 그런데 요양이란 게 구체적으로 어떤 겁니까?"

레이코 씨는 담배 연기를 뿜어내고 남은 오렌지 주스를 마셨다. "이곳 생활 자체가 요양이지. 규칙적인 생활, 운동, 외부 세계에서 격리, 고요, 깨끗한 공기. 우리는 밭에서 나는 작물로 거의 자급자족하고, 텔레비전도 없고, 라디오도 없어. 요즘 유행하는 코뮌 같은 거라고 보면 돼. 하긴 여기 들어오려면 돈이 많이 드니까 그 점만은 코뮌과 다르지만."

"많이 비싼가요?"

"말도 안 되게 비싼 건 아니지만, 싸지도 않아. 봐, 시설이 대단하잖아? 부지도 넓고 환자 수는 적은데 스태프는 많고, 나 같은 경우는 오래 있다 보니 거지반은 스태프가 되어서 입원비는 사실상 면제받으니까, 그런 점은 좋지만. 저기, 커피 마실래?"

나는 마시겠노라고 했다. 그녀는 담배를 끄고 자리에서 일어나 카운터의 커피 워머에서 커피를 컵 두 개에 따라 들고 왔다. 그녀는 설탕을 넣고 스푼으로 젓더니 얼굴을 찌푸리며 마셨다.

"이 요양소는 영리 단체가 아냐. 그래서 아직은 그리 비싸지 않게 받아도 해 나갈 수 있는 거야. 토지도 어떤 사람이 전부 기부한 거고. 법인을 만들어서. 옛날에는 이 일대가 모두 그 사람 별장 부지였어. 한 이십 년 전까지만 해도. 오래된 저택 봤지?"

나는 봤다고 대답했다.

"옛날에는 건물도 그거 하나뿐이라서 환자를 모아 거기서 그룹으로 치료를 했어. 왜 이런 시설을 만들어 시작했느냐 하면 말이야, 그 사람 아들이 정신병 증상이 좀 있었는데 한 전문의가 그 사람한테 그룹 요양을 권한 거야. 인적이 드문 곳에서 여러 사람이 서로 도우면서 육체노동을 하며 지내게 한 후 의사가 보고 있다가 조언을 해 주고 환자의 상태를 체크하는 것만으로 어떤 유의 병은 치유될 수 있다는 것이 그 의사의 이론이었거든. 그래서 여기에 요양소가 들어선 거야. 그 시설이 점점 확대되어 법인이 되었고, 농장도 넓어지고 본관도 오 년 전에 세웠어."

"치료 효과가 있었던 거로군요."

"그렇지. 물론 만병에 다 효과가 있는 건 아니고 좋아지지 않은 사람도 꽤 되지만. 그래도 다른 곳에서는 치료가 불가능하다는 사람들이 여기서는 많이들 회복되어 집으로 돌아갔어. 여기의 제일 좋은 점은 다들 서로 돕는다는 거야.

모두들 자기가 불완전하다는 사실을 아니까 서로 도우려는 거야. 다른 곳은 그렇지가 않아, 애석하게도. 다른 곳에서는 의사는 어디까지나 의사이고, 환자는 어디까지나 환자일 뿐이지. 환자는 의사에게 도움을 청하고 의사는 환자를 돕는 거야. 그렇지만 여기에서 우리는 스스로 서로가 서로를 도와. 우리는 서로의 거울인 셈이지. 의사는 우리의 동료고. 우리를 지켜보다가 뭔가가 필요하다는 판단이 서면 자연스럽게 다가와서 도와주는데, 우리도 어떤 경우에는 그들을 돕기도 해. 왜냐하면 어떤 경우에는 우리가 그들보다 더 뛰어나니까. 예를 들면 난 어떤 의사에게 피아노를 가르쳐 주고, 어떤 환자는 간호사에게 프랑스어를 가르쳐 주고, 그런 식이야. 이 병이 있는 사람 가운데는 전문적인 지식과 재능을 갖춘 사람이 꽤 많아. 여기에서는 우리 모두가 평등해. 환자도 스태프도 그리고 자기도. 자기도 여기에 있는 한 우리 동료니까, 난 자기를 도울 수 있고 자기도 나를 도울 수 있어." 레이코 씨는 온 얼굴의 주름을 부드럽게 잡으며 웃었다. "자긴 나오코를 돕고 나오코는 자길 돕는 거지."

"난 어떻게 하면 되나요, 구체적으로."

"첫째, 상대를 도와주고 싶다고 생각할 것. 그리고 자기 자신도 다른 사람에게서 도움을 받아야 한다고 생각할 것. 둘째, 정직할 것. 거짓말을 하거나 사실을 왜곡하거나 마음에 불편하다고 해서 적당히 얼버무리지 말 것. 그런 것만 명심하면 돼."

"노력할게요. 그런데 레이코 씨는 왜 칠 년이나 여기 계셨던 거예요? 이렇게 오래 이야기를 했는데 난 레이코 씨한테서 어떤 이상한 점도 찾을 수 없었어요."

"낮이니까." 그녀는 어두운 표정으로 말했다. "밤이 오면 달라져. 밤이 오면 난 침을 질질 흘리면서 방 안에서 마구 뒹굴고 그래."

"정말요?"

"거짓말. 그럴 리가 없잖아." 그녀는 어이가 없다는 듯 고개를 내저으며 말했다. "회복했어, 지금은. 그렇지만 여기 남아서 다른 사람을 돕는 게 좋아. 음악을 가르치기도 하고 채소를 기르기도 하면서. 나는 여기를 좋아해. 여기 사람 모두 친구 같기도 하고. 그에 비해서 바깥 세상에는 뭐가 있지? 나는 지금 서른여덟이고, 곧 마흔이야. 나오코하고는 달라. 내가 여기에서 나간다 한들 기다리는 사람도 없고, 반갑게 맞아 줄 가족도 없고, 할 일도 없고, 친구도 거의 없어. 게다가 여기에서 벌써 칠 년이나 있었어. 세상이 어떻게 돌아가는지 아무것도 아는 게 없지. 물론 때로는 도서관에서 신문을 읽기도 해. 그렇지만, 나는 여기에서 칠 년 동안 한 발짝도 바깥으로 나가지 않았어. 이제 세상으로 나간들 뭘 어떻게 해야 할지 알 리가 없다고."

"하지만 새로운 세상이 눈앞에 펼쳐질지도 모르잖아요. 한번 시도해 볼 가치는 있지 않을까요?"

"하긴, 그럴지도 모르지." 그렇게 말하고 나서 그녀는 잠시 손안에서 라이터를 돌렸다. "그렇지만 와타나베, 나에게도 나름대로 사정이 있어. 듣고 싶다면 다음에 천천히 이야기해 줄게."

나는 고개를 끄덕였다.

"그런데 나오코는 많이 좋아졌어요?"

"그러게 말이야, 우린 그렇다고 생각해. 처음에는 너무 혼란스러워서 우리도 큰일이라고 많이 걱정했는데, 지금은 안정을 찾았고, 말하는 것도 이제는 훨씬 좋아졌고, 하고 싶은 말도 제대로 표현할 수 있게 되었고…… 바람직한 방향으로 나아간다는 것만은 분명해. 하지만 그 애는 조금 더 빨리 치료를 받았어야만 했어. 그 애, 기즈키라는 남자 친구가 죽었을 때 벌써 증상이 나타나기 시작했거든. 그리고 그것을 가족들도 분명 알았을 테고, 그 애 자신도 잘 알았을 거야. 가정 배경도 있었으니까……."

"가정 배경?" 나는 놀라며 물었다.

"아니, 그것도 몰랐어?" 레이코 씨가 오히려 놀라면서 되물었다.

나는 말없이 고개를 저었다.

"그러면, 그 일에 대한 것은 나오코한테 직접 듣도록 해. 그러는 편이 좋을 거야. 그 애도 자기한테는 모든 것을 솔직하게 말할 마음의 준비가 되어 있으니까." 레이코 씨는 티스푼으로 다시 커피를 휘젓고는 한 모금을 마셨다. "그리고 이건 규칙이니까 맨 먼저 말해 두는 게 좋을 것 같은데, 나오코와 둘만 시간을 보내는 건 금지야. 이건 룰이야. 외부 사람은 면회 상대와 두 사람만 시간을 보낼 수는 없어. 그래서 여기에서는 늘 보호자가, 현실적으로는 나일 테지만, 따라다니게 되어 있어. 조금 안타까운 일이긴 하지만 참을 수밖에 없어. 괜찮을까?"

"알았습니다." 나는 웃으며 말했다.

"마음 놓고 하고 싶은 말은 뭐든 해도 돼. 내가 곁에 있다는 건 신경 쓰지 말고. 나는 자기하고 나오코 사이에 대해 거의 다 아니까."

"다 안다고요?"

"거의 전부. 우린 그룹 면담을 하거든. 그래서 서로를 대체로 잘 알아. 거기에다 나오코와 나는 뭐든 다 이야기하니까. 여기에서는 비밀 같은 게 거의 없다고 보면 돼."

나는 커피를 마시면서 레이코 씨의 얼굴을 바라보았다. "솔직히 말해 나는 좀처럼 알 수가 없어요. 도쿄에 있을 때 내가 나오코한테 한 행동이 정말로 옳은 거였는지 아닌지. 거기에 대해서 오랫동안 많은 생각을 했지만 아직도 잘 모르겠어요."

"그건 나도 알 수 없는 일이야. 나오코도 모를 거야. 그건 두 사람이 앞으로 대화를 나누면서 결정할 일이 아닐까 싶어. 그렇잖아? 설령 무슨 일이 있었다 하더라도 좋은 방향으로 이끌어 갈 수 있지. 서로를 잘 이해한다면. 그 일이 옳은지 아닌지는 그다음에 생각하면 되지 않을까?"

나는 고개를 끄덕였다.

"우리 셋이서 서로를 도울 수 있을 거라 생각해. 자기하고 나오코하고 나하고. 서로가 솔직한 태도로 서로를 돕고 싶다고 생각한다면. 셋이서 그렇게 하는 게 때로는 굉장한 효과를 내지. 그런데 자기는 언제까지 여기 있을 수 있어?"

"모레 저녁까지 도쿄로 돌아가야 돼요. 아르바이트도 해야 하고 목요일에는 독일어 시험이 있거든요."

"좋아. 그럼 우리 방에 머물도록 해. 그러면 돈도 안 들고 시간 걱정도 없이 천천히 이야기를 나눌 수 있을 거야."

"우리라면 누굴 말하는 건가요?"

"나와 나오코의 방이지, 물론. 방이 둘이고 소파가 하나 있으니까 거기서 잘 수 있어. 걱정 안 해도 돼."

"그렇지만 그래도 괜찮은가요? 남자 방문객이 여자 방에 자는 거요."

"설마 자기가 한밤중에 우리 침실로 숨어 들어와서 차례로 강간하지는 않겠지?"

"물론 안 해요, 그런 짓."

"그렇다면 아무 문제 없어. 우리 방에 머물면서 천천히 이야기하도록 해. 그러는 편이 좋아. 그러면 서로의 기분도 잘 알 수 있고, 내 기타 솜씨도 자랑할 수 있고. 나, 꽤 잘 치거든."

"정말로 귀찮지 않겠어요?"

레이코 씨는 세 개비째 세븐 스타를 입에 물고 입술 끝을 비틀더니 거기에 불을 붙였다. "그 문제에 대해서는 우리 둘이서 충분히 대화를 나누었어. 그리고 우리 둘이서 자기를 초대하는 거야, 개인적으로. 그렇다면 예의 바르게 받아들이는 게 좋지 않겠어?"

"물론 기꺼이." 나는 말했다.

레이코 씨는 눈꼬리에 주름을 깊게 잡고 잠시 내 얼굴을 바라보았다. "자기, 뭐랄까 말투가 참 묘하네. 『호밀밭의 파수꾼』에 나오는 남자애 흉내라도 내는 것 같아."

"설마요." 나는 웃으며 말했다.

레이코 씨는 담배를 문 채로 웃었다. "하지만 자기는 참 순수한 사람이야. 나는 척 보면 알아. 여기에서 칠 년 동안 온갖 사람들이 들어왔다 나가는 걸 봐 왔기 때문에 알아. 마음을 잘 여는 사람과 열지 못하는 사람의 차이 같은 거. 자기는 잘 여는 사람이야. 정확히 말하자면, 열려고 하면 열수 있는 사람이야."

"마음을 열면 어떻게 되죠?"

레이코 씨는 담배를 문 채 즐거운 듯 테이블 위에서 손을 모았다. "회복하는 거지." 그녀는 말했다. 담뱃재가 테이블 위에 떨어졌지만 그녀는 신경도 쓰지 않았다.

우리는 본관 건물을 나와서 작은 언덕을 넘어 수영장과 테니스 코트와 농구 코트 곁을 지났다. 테니스 코트에서는 남자 둘이서 테니스 연습을 했다. 비쩍 마른 중년 남자와 뚱뚱한 젊은 남자였는데 실력은 그리 나쁜 편이 아니었지만, 내 눈에는 테니스와는 전혀 종류가 다른 게임을 하는 것처럼 보였다. 시합하는 것이 아니라 공의 탄성에 관심이 있어서 그것을 연구하는 것처럼 보였던 것이다. 그들은 묘하게 무엇인가를 생각하는 듯한 자세로 열심히 공을 주고받았다. 그리고 둘 다 흠뻑 땀에 젖었다. 바로 앞에 있던 젊은 남자가 레이코 씨의 모습을 보더니 테니스를 중단하고 다가와 싱글싱글 웃으며 두세 마디 말을 주고받았다. 테니스 코트 옆에서는 남자 하나가 표정이 없는 얼굴로 커다란 잔디 깎는 기계를 밀며 잔디를 깎았다.

앞으로 나아가자 숲이 나오고 숲 속에는 자그마한 서양식 주택이 열다섯에서 스무 채 정도 적당한 거리를 두고 늘어섰다. 집 앞에는 대부분 경비가 타던 것과 같은 노란색 자전거가 있었다. 이곳에 스태프 가족이 산다고 레이코 씨가 가르쳐 주었다.

"시내에 나가지 않아도 필요한 건 모두 여기에 갖추어져 있어." 레이코 씨는 걸으면서 설명해 주었다. "식료품은 아까 말했듯이 거의 자급자족이야. 양계장이 있어서 달걀도 있고. 책도 있고 레코드도 있고 운동 기구도 있고 작은 슈퍼마켓도 있고 매주 미용사도 찾아와. 주말이면 영화도 상영해. 특별한 물건은 도시로 나가는 스태프에게 부탁해서 구할 수 있고, 옷 종류는 카탈로그를 보고 주문하는 시스템도 있고 해서 불편하지 않아."

"시내로 나갈 순 없나요?"

"그건 안 돼. 꼭 치과에 가야 한다든지 하는 특수한 경우를 제외하면 원칙적으로는 허가가 안 나. 여기를 떠나는 건 완전히 개인의 자유지만, 일단 한 번 나가면 돌아올 수 없어. 다리를 불태우는 것하고 같아. 이삼일 바깥 생활을 하다가 여기로 돌아오는 건 안 된다는 거지. 그렇잖아? 그랬다가는 들락날락 엉망이 되어 버릴 거야."

숲을 지나 우리는 완만한 비탈길로 들어섰다. 비탈에는 기묘한 분위기를 풍기는 2층 목조 주택이 불규칙하게 늘어섰다. 어디가 어떻게 기묘한지 설명하기는 힘들지만 딱 보는 순간 건물들이 어딘지 모르게 묘하다는 느낌을 받았다. 비현실적인 것을 친숙하게 표현하려 애쓴 그림을 볼 때 흔히 느끼는 감정과 비슷했다. 월트 디즈니가 뭉크의 그림을 바탕으로 만화 영화를 만들면 이런 분위기를 풍기지 않을까, 문득 그런 생각이 들었다. 똑같이 생긴 건물이 모두 똑같은 색깔로 칠해졌다. 형태는 거의 정사각형에 가깝고 좌우 대칭에 입구는 넓고 많은 창이 달렸다. 건물들 사이로 마치 운전 교습소의 코스처럼 구불구불한 길이 지나갔다. 모든 건물 앞에는 풀꽃을 심고 잘 손질해 두었다. 사람 그림자는 보이지 않고 하나같이 창에는 커튼이 드리워졌다.

"이곳은 C 지구라고 해서 여자들이 사는 곳이야. 그러니까 우리가. 이런 건물이 열 동 있고, 한 동이 네 구역으로 나뉘어져서 한 구역에 두 사람이 살아. 그래서 전부 여든 명이 사는 거야. 지금은 서른두 명밖에 없지만."

"정말 조용하네요."

"지금 시간에는 아무도 없어. 난 특별 케이스니까 이 시간에도 이렇게 돌아다니지만 보통 사람들은 각자의 커리큘럼에 따라 행동해야 해. 운동을 하는 사람도 있고 정원 손질을 하는 사람도 있고 그룹 치료를 받는 사람도 있고 바깥에 나가서 산나물 뜯는 사람도 있어. 그런 것들을 스스로 정해서 커리큘럼을 짜는 거야. 나오코는 지금 뭘 하더라? 벽지 바르거나 페인트칠 같은 걸 할 텐데. 몰라, 잊어버렸어. 그런 일들을 대체로 5시까지 해."

그녀는 'C-7'이라는 번호가 적힌 동 안으로 들어가 정면 끝에 있는 계단을 올라 오른편 문을 열었다. 문은 잠겨 있지 않았다. 레이코 씨는 나를 안으로 이끌어서 내부를 보여주었다. 거실과 침실과 부엌과 욕실, 네 부분으로 된 단순하고 상쾌한 느낌을 주는 집으로 쓸데없는 장식도 없고 생뚱맞은 가구도 없고, 그러면서도 썰렁한 느낌은 들지 않았다. 특별한 뭔가가 있는 건 아니었지만 안으로 들어서니 레이코 씨 앞에서처럼 몸에 힘을 빼고 편안하게 있을 수 있었다. 거실에는 소파 하나와 테이블, 흔들의자가 있었다. 부엌에는 식탁이 있었다. 테이블마다 커다란 재떨이가 있었다. 침실에는 침대가 둘, 책상이 둘, 그리고 옷장이 있었다. 침대 베갯머리에는 조그만 테이블과 독서등이 있고 문고본이 뒤집어진 채 놓였다. 부엌에는 작은 전자레인지와 냉장고가 세트로 설치되어 간단한 요리를 만들 수 있게 되어 있었다.

"욕조는 없고 샤워기뿐이지만 이 정도면 괜찮지? 목욕탕이랑 세탁기는 공동으로 사용해."

"아주 훌륭한데요. 내가 사는 기숙사는 천장이랑 창만 달렸거든요."

"여기 겨울을 잘 몰라서 그런 말을 하는 거야." 레이코 씨는 내 등을 툭 치고는 나를 소파에 앉히더니 자신도 곁에 앉았다. "길고 추운 겨울이야, 여기 겨울은. 어디를 봐도 눈, 눈, 눈뿐이야. 푹 젖어서 뼛속까지 얼어붙어 버리거든. 겨울이 되면 우리 일상은 눈 치우는 것뿐이지. 그런 계절에는 방 온도를 높여 놓고 음악을 듣고 이야기를 나누고 뜨개질 같은 것을 하며 지내. 그래서 이 정도 공간이 아니면 숨이 막혀 살 수가 없어. 겨울에 여기 한번 와 보면 알게 될 거야."

레이코 씨는 긴 겨울을 떠올리는 듯 깊이 한숨을 내쉬더니 두 손을 무릎 위에 모았다.

"이걸 눕혀서 침대 만들어 줄게." 그녀는 우리가 앉은 소파를 탁탁 두들겼다. "우리는 침실에서 잘 테니까 여기서 자. 그럼 되겠지?"

"난 아무래도 좋아요."

"그럼 그렇게 하자. 우리는 아마 5시 정도에 돌아올 거야. 그때까지 나도 나오코도 해야 할 일이 있으니까 혼자 여기서 기다려 주면 좋겠는데, 괜찮겠어?"

"괜찮아요. 독일어 공부나 하고 있을게요."

레이코 씨가 나간 다음 나는 소파에 누워 눈을 감았다.

그리고 고요 속에 잠시 몸을 맡기는 사이에 불현듯 기즈키와 둘이서 오토바이를 타고 멀리 갔을 때의 일이 생각났다. 그리고 보니 그것도 가을이었던 것 같다. 몇 년 전 가을이었더라? 사 년 전이다. 나는 기즈키의 가죽 점퍼 냄새와 요란스럽고 빨간 야마하 125시시 오토바이를 떠올렸다. 우리는 꽤 먼 해안까지 갔다가 저녁나절에 지칠 대로 지쳐 돌아왔다. 딱히 특별한 일이 있어서는 아니지만 나는 그 오토바이 여행을 또렷이 기억했다. 귓전에서는 가을바람이 날카롭게 웅웅거리는데 기즈키의 가죽 점퍼를 두 손으로 꼭 움켜잡은 채 하늘을 올려다보니 마치 내 몸이 우주 공간으로 날아가 버릴 것만 같은 느낌에 사로잡혔다.

오랜 시간 나는 소파에 자세도 바꾸지 않은 채 드러누워 그때 일을 하나하나 떠올려 보았다. 왜 여기서 그런 기억이 떠오르는지 영문을 알 수 없었지만 이 방에 누워 있자니 여태 생각해 보지도 않았던 옛날 일들이나 풍경이 떠올랐다. 어떤 것은 즐겁고 어떤 것은 조금 슬펐다.

얼마나 오래 그렇게 누워 있었을까. 나는 예상치 못했던 기억의 홍수(그것은 실로 샘물처럼 바위틈으로 퐁퐁 솟아올랐다.)에 푹 젖어서 나오코가 문을 열고 방 안으로 들어오는 것조차 몰랐을 정도였다. 갑자기 내 눈앞에 나오코가 나타났다. 나는 고개를 들고 잠시 나오코의 눈을 지긋이 바라보았다. 그녀는 소파 손잡이에 걸터앉아 나를 내려다보았다. 처음에 나는 그것이 내 기억이 자아낸 이미지가 아닐까 생각했다. 그렇지만 그것은 진짜 나오코였다.

"잤어?" 그녀는 아주 작은 목소리로 물었다.

"아니, 잠깐 생각을 했어." 그렇게 말하고 나는 몸을 일으켰다. "잘 지내?"

"응, 잘 지내." 나오코는 미소 지으며 말했다. 그녀의 미소는 엷은 색깔로 드러난 먼 풍경 같았다. "별로 시간이 없어. 사실은 지금 여기 와서는 안 되는데 살짝 틈을 봐서 왔어. 그래서 금방 가 봐야 해. 근데, 내 머리, 너무 엉망이지?"

"아냐. 아주 귀여워." 그녀는 마치 초등학교 여학생을 떠올리게 하는 단정한 머리 모양에 한쪽을 옛날처럼 핀으로 갈무리했다. 그 머리는 정말로 나오코와 잘 어울려 편안해 보였다. 그녀는 중세 목판화에 자주 등장하는 아름다운 소녀 같아 보였다.

"너무 귀찮아서 레이코 씨한테 잘라 달라고 했거든. 정말로 그렇게 보여? 귀여워?"

"정말 예뻐."

"그렇지만 우리 엄마는 못 봐 주겠다고 하던데." 그러더니 머리핀을 벗겨 내고 머리카락을 내린 다음 손가락으로 몇 번 빗질을 하고 다시 꽂았다. 나비 모양의 머리핀이었다.

212

"난 우리 셋이서 만나기 전에 꼭 너랑 둘이서 만나고 싶었어. 딱히 무슨 할 말이 있어서는 아니지만 네 얼굴을 보고 너한테 좀 익숙해지고 싶었어. 그러지 않으면 사람이랑 친숙해지지가 않아. 난 뭐든지 시간이 걸리니까."

"좀 익숙해졌어?"

"조금." 그녀는 그렇게 말하고 머리핀을 만지작거렸다. "그런데 정말 시간이 없거든. 가야 해."

나는 고개를 끄덕였다.

"와타나베, 여기까지 와 줘서 고마워. 정말로 기뻐. 그렇지만 혹시 여기 있는 게 부담스럽거나 그러면 걱정하지 말고 솔직히 말해 줘. 여긴 좀 특수한 장소라서 시스템도 특별하고 개중에는 도무지 다가갈 수 없는 사람도 있어. 그러니까 그런 느낌이 들면 솔직히 말해 줘. 그런다고 실망하거나 그러지 않을 테니까. 여기서 우리는 모두 솔직해. 솔직하게 모든 것을 말하거든."

"응, 솔직하게 말할게."

나오코는 내 곁에 앉아 나에게 몸을 기댔다. 어깨를 끌어안자 그녀는 머리를 내 어깨에 올리고 코끝을 목에 댔다. 그러고는 마치 내 체온을 확인하려는 듯 그 자세로 가만히 있었다. 그렇게 나오코를 살짝 안고 있자니 가슴이 조금 뜨거워졌다. 이윽고 나오코는 아무 말 없이 일어나서 들어왔을 때처럼 조용히 문을 열고 나갔다.

나오코가 가 버리고 나는 소파 위에서 잠을 잤다. 잠을 잘 생각은 없었지만 나는 나오코의 존재감 속에 오랜만에 깊은 잠에 빠져들었다. 부엌에는 나오코가 사용하는 그릇이 있고 욕실에는 나오코가 사용하는 칫솔이 있고 침실에는 나오코가 잠드는 침대가 있다. 나는 그 방 안에서 세포 구석구석 피로의 한 방울 한 방울까지 짜내듯 깊이 잠들었다. 그리고 어두컴컴한 공간을 방황하는 나비 꿈을 꾸었다.

눈을 떴을 때, 손목시계 바늘은 4시 35분을 가리켰다. 빛의 색감이 조금 바뀌고 바람이 멈추고 구름 모양이 바뀌었다. 땀을 흘렸기 때문에 나는 배낭에서 수건을 꺼내 얼굴의 땀을 닦고, 셔츠를 갈아입었다. 그런 다음 부엌으로 가서 물을 마시고, 개수대 앞의 창으로 바깥을 바라보았다. 그곳 창을 통해 건너편 건물의 창이 보였다. 그 창 안쪽에서 실에 매달린 종이 공작물 몇 개가 보였다. 새, 구름, 소, 고양이 윤곽을 세심하고 정성스럽게 오려 잘 짜 맞춘 것이었다. 주변에는 여전히 인기척이 없고 소리 하나 들리지 않았다. 어쩐지 손질 잘된 폐허 속에 혼자 살아가는 것 같은 기분이었다.

사람들이 이른바 'C 지구'로 돌아오기 시작한 것은 5시가 조금 지나서였다. 부엌 창으로 엿보았더니 여자 셋이 바로 아래를 지나갔다. 그들 모두 모자를 써서 얼굴 표정이나 나이는 알아볼 수 없었지만 목소리로 봐서는 그렇게 젊지는 않은 것 같았다. 그녀들이 모퉁이를 돌아 사라져 버린 다음 다시 같은 방향에서 여자 넷이 나타나 같은 모퉁이를 돌아 사라졌다. 공기 속에 저녁나절의 기운이 떠돌았다. 거실 창으로 숲과 산의 능선이 보였다. 능선 위에는 마치 띠를 두른 듯 뿌연 빛이 떠올랐다.

나오코와 레이코 씨는 나란히 5시 반에 돌아왔다. 나와 나오코는 처음 만나는 것처럼 제대로 인사를 나누었다. 나오코는 정말 수줍어하는 것 같았다. 레이코 씨는 내가 읽는 책을 보더니 무슨 책이냐고 물었다. 토마스 만의 『마의 산』이라고 대답했다.

"어떻게 이런 데 오면서 일부러 그런 책을 가져와." 레이코 씨는 어이가 없다는 듯이 말했다. 듣고 보니 맞는 말이었다.

레이코 씨가 커피를 끓여 와 셋이서 마셨다. 나는 나오코에게 특공대가 갑자기 사라져 버렸다는 사실을 알렸다. 그리고 마지막으로 만났을 때 그가 나한테 반딧불이를 주었다는 이야기를 들려주었다. 섭섭해, 그 사람이 갑자기 사라져 버리다니, 그 사람 이야기를 더 듣고 싶었는데, 나오코는 정말 애석해했다. 레이코 씨가 특공대에 대해 알고 싶어 해서 나는 다시 그에 대한 이야기를 해 주었다. 물론 그녀도

배를 잡고 웃었다. 특공대 이야기를 하는 한 이 세상은 평화
롭고 웃음으로 가득했다.

6시가 되자 우리는 본관 식당으로 가서 저녁을 먹었다.
나오코와 나는 생선 튀김과 채소 샐러드와 조림과 밥과 된
장국을 먹고 레이코 씨는 마카로니 샐러드와 커피밖에 들지
않았다. 그런 다음에는 역시 담배였다.

"나이가 들면 그리 많이 먹지 않아도 되게 몸이 바뀌는
거야." 그녀는 설명하듯이 말했다.

식당에서는 스무 명 정도가 테이블에 앉아 저녁을 먹었
다. 우리가 식사를 하는 사이에도 몇 사람이 들어오고 몇
사람이 나갔다. 식당 풍경은 사람들 나이가 제각각이라는
것만 빼면 기숙사 식당과 거의 다를 바 없었다. 기숙사 식당
과 다른 점이라면 모든 사람이 일정한 음량으로 말을 한다
는 것이었다. 큰 소리를 내지도 않고 목소리를 죽이지도 않
았다. 소리 내어 웃거나 놀라거나 손을 들어 누군가를 부르
는 사람은 하나도 없었다. 모든 사람이 같은 정도의 음량으
로 조용히 이야기를 나누었다. 그들은 몇 그룹으로 나뉘어
식사를 했다. 한 그룹이 세 사람에서 많으면 다섯 사람이었
다. 한 사람이 무슨 말을 하면 다른 사람들은 귀를 기울이
며 응응, 고개를 끄덕이고 그 사람 말이 끝나면 다른 사람
이 거기에 대해 잠시 무슨 말을 했다. 무엇에 대해 이야기하

는지는 알 수 없었지만, 그들의 대화는 나에게 점심때 보았던 저 기묘한 테니스 시합을 떠올리게 했다. 나오코도 그들과 같이 있을 때는 이런 투로 말을 하는지 의심스러웠다. 그리고 이상한 말이 되겠지만 나는 한순간 질투가 섞인 쓸쓸한 기분에 사로잡혔다.

내 뒤편에 있는 테이블에서는 하얀 가운을 걸친, 그냥 보기에도 의사다운 분위기를 풍기는 머리 벗겨진 남자가 안경을 쓴 신경질적으로 보이는 젊은 남자와 다람쥐 같은 얼굴을 한 중년 여자를 향해 무중력 상태에서는 위액 분비가 어떻게 되느냐에 대해 자세하게 설명했다. 청년과 여성은 아하, 그렇습니까, 하고 추임새를 넣으며 들었다. 그러나 그 말투를 듣노라니 머리 벗겨진 흰 가운 남자가 정말로 의사인지 아닌지 점점 알 수가 없었다.

식당 안의 누구도 딱히 나에게 주의를 기울이지 않았다. 아무도 나를 힐끔힐끔 살펴보지 않았고 내가 거기에 끼어들었다는 사실조차 느끼지 못하는 것 같았다. 나의 참가는 그들에게 아주 자연스러운 일인 것 같았다.

딱 한 번 하얀 가운 남자가 갑자기 뒤를 돌아보고는 "언제까지 여기 계실 예정입니까?" 하고 물었다.

"2박 하고 수요일 돌아갈 생각입니다." 하고 내가 대답했다.

"이 계절이 참 좋지요, 여긴. 그래도 겨울에 한번 오세요.

모든 게 새하얗게 변해 버리는 곳이니까요."

"나오코는 눈이 내리기 전에 여길 떠나 버릴지도 몰라요." 하고 레이코 씨가 남자에게 말했다.

"아, 그래도 겨울이 아주 좋아요." 그는 진지한 표정으로 거듭 말했다. 그 남자가 진짜 의사인지 아닌지 점점 더 모를 지경에 빠지고 말았다.

"이분들 대체로 무슨 얘기를 하는 거예요?" 나는 레이코 씨에게 물어보았다. 그녀는 내 질문의 취지를 잘 이해하지 못한 것 같았다.

"어떤 이야기랄 것도 없이 그냥 보통 이야기지 뭐. 그날 있던 일, 읽은 책, 내일 날씨, 그리고 여러 가지. 자기, 설마 누군가가 벌떡 자리에서 일어나 '오늘은 북극곰이 별님을 먹어 버렸으니까 내일은 비다!'라고 외치는 그런 장면을 생각한 건 아니지?"

"아니, 물론 그런 말이 아니라 다들 너무 조용하게 이야기를 하니까. 도대체 어떤 이야기를 나눌까 궁금했을 뿐이에요."

"워낙 조용하다 보니 다들 자연스럽게 조용히 말을 하게 돼." 나오코는 생선 뼈를 발라 접시 구석에 모아 두고 손수건으로 입가를 닦았다. "그리고 목소리를 크게 낼 필요가 없어. 상대를 설득할 필요도 없고 누군가의 눈길을 끌 필요도 없거든."

"그건 그렇겠네." 하지만 그런 가운데서 조용히 식사를 하는 사이에 이상하게도 사람들의 수런거림이 그리워졌다. 사람들의 웃음소리나 무의미한 외침이나 격한 표현이. 지금까지 그런 시끌벅적한 분위기에 몹시 짜증을 내기도 했는데, 이런 기묘한 적막함 속에서 생선을 먹고 있자니 아무래도 마음이 안정되지 않았다. 식당 분위기는 특수한 기계 공구의 견본 시장과 비슷했다. 한정된 분야에 강한 관심을 가진 사람들이 한정된 장소에 모여 저희들만 아는 정보를 교환하는.

식사를 끝내고 방으로 돌아오자 나오코와 레이코 씨는 'C 지구' 안에 있는 공동 욕탕에 간다고 했다. 그리고 만일 샤워만 해도 괜찮으면 샤워실을 사용해도 된다고 했다. 그러겠노라고 나는 대답했다. 두 사람이 나간 다음 나는 옷을 벗고 샤워를 하고 머리를 감았다. 그리고 드라이어로 머리를 말리면서 책장에 진열된 빌 에번스의 레코드를 꺼내 틀었다가 그것이 나오코의 생일 때 그녀의 방에서 내가 몇 번이나 틀었던 그 레코드라는 사실을 깨달았다. 나오코가 울었고 내가 그녀를 안았던 그날 밤이었다. 고작 반년 전 일인데 마치 아주 먼 옛날처럼 느껴졌다. 아마도 거기에 대해 몇 번이나 몇 번이나 생각했기 때문일 것이다. 너무 자주 많이 생각한 탓에 시간 감각이 늘어지고 뒤틀려 버린 것이다.

달빛이 너무 밝아서 나는 불을 끄고 소파에 누워 빌 에 번스의 피아노 연주를 들었다. 창으로 비쳐 드는 달빛은 온 갖 사물의 그림자를 길게 늘어뜨리고 마치 묽게 탄 먹을 바른 것처럼 아련하게 벽을 물들였다. 나는 배낭에서 브랜디를 넣은 얇은 금속제 수통을 꺼내 한 모금 머금고 천천히 목 너머로 넘겼다. 따스한 감촉이 목에서 위로 천천히 내려갔다. 따스한 기운은 위에서 몸 구석구석으로 퍼져 나갔다. 나는 또 한 모금 브랜디를 머금은 다음 뚜껑을 닫고, 배낭에 넣었다. 달빛이 음악에 맞춰 흔들리는 듯이 보였다.

이십 분쯤 지나 나오코와 레이코 씨가 돌아왔다.

"불도 꺼졌고 캄캄해서 밖에서 보고 깜짝 놀랐어. 짐 싸서 도쿄로 돌아갔나 했지." 레이코 씨가 말했다.

"설마요. 이렇게 밝은 달을 보는 게 너무 오랜만이라 불을 꺼 봤어요."

"그나저나 멋지잖아, 이런 분위기. 레이코 씨, 지난번 정전 때 썼던 초, 아직 있어?" 나오코가 말했다.

"부엌 서랍에 있을 거야, 아마."

나오코는 부엌으로 가서 서랍을 열고 하얗고 커다란 초를 들고 왔다. 나는 거기에 불을 붙이고 촛농을 떨어뜨려 재떨이 위에 세웠다. 레이코 씨가 그 불에 담배를 붙였다. 여전히 주변은 적막한데, 그 속에서 촛불을 두고 둘러앉으니 마치 우리 세 사람만이 세계의 끝에 버려진 듯했다. 적막하게 비쳐 드는 달빛 그림자와 촛불에 흔들리는 그림자가 하얀 벽 위에서 마구 엇갈렸다. 나오코와 나는 나란히 소파에 앉고 레이코 씨는 건너편 흔들의자에 앉았다.

"어때, 와인이라도 한잔할래?" 레이코 씨가 내게 말했다.

"여기서는 술 마셔도 괜찮아요?" 나는 조금 놀라서 물었다.

"사실은 안 되지만 말이야." 레이코 씨는 귓불을 손가락으로 긁으며 겸연쩍은 듯이 말했다.

"그렇지만 그냥 넘어가는 게 보통이야. 와인이나 맥주 정도는 많이 마시지만 않으면. 내가 잘 아는 스태프한테 부탁해서 살짝 사다 달라고 하거든."

"가끔은 둘이서 주거니 받거니 하니깐." 나오코가 익살스럽게 말했다.

"그거 괜찮네요." 내가 말했다.

레이코 씨는 냉장고에서 화이트 와인 병을 꺼내 코르크 마개를 따고 잔을 세 개 가져왔다. 마치 뒷마당에서 담근 것처럼 상큼하고 맛있는 와인이었다. 레코드가 끝나자 레이코 씨는 침대 아래에서 기타 케이스를 꺼내 사랑스러운 손길로 현을 조율하고는 바흐의 푸가를 연주하기 시작했다. 여기저기 손가락이 꼬이긴 했지만 마음이 담긴 제대로 된 바흐였다. 따스하고 친밀하면서도 연주하는 기쁨 같은 것이 넘쳐흘렀다.

"기타는 여기 와서 시작한 거야. 방에 피아노가 없잖아? 그러니까. 독학인 데다 손가락이 기타 체질이 아니라 잘되지가 않아. 그렇지만 기타 치는 거 정말 좋아. 작고 단순하고 상냥하고…… 마치 아담하고 따스한 방 같아."

그녀는 바흐의 소품 하나를 더 쳤다. 조곡 가운데 하나였다. 촛불을 바라보고 와인을 마시면서 레이코 씨가 연주하는 바흐에 귀를 기울이자니 어느새 마음이 편안해졌다. 바흐가 끝나자 나오코는 레이코 씨에게 비틀스를 쳐 달라고 했다.

"리퀘스트 타임." 레이코 씨는 한쪽 눈을 가늘게 뜨고 나에게 말했다. "나오코가 오고부터 날이면 날마다 비틀스를 쳐야 해. 꼭 불쌍한 음악 노예처럼."

그녀는 그렇게 말하면서 「미셸(Michelle)」을 아주 멋들어지게 쳤다.

"참 좋은 곡이야. 나, 이거 정말 좋아해." 레이코 씨는 와인을 한 모금 마시고 담배를 피웠다.

"마치 아주 넓은 초원에 부드럽게 비가 내리는 것 같은 곡."

그다음 그녀는 「노웨어 맨(Nowhere Man)」을 치고, 「줄리

아(Julia)」를 쳤다. 때로 기타를 치면서 눈을 감고 고개를 흔들었다. 그러고는 와인 한 모금, 그리고 담배를 피웠다.

"「노르웨이의 숲」 부탁해." 나오코가 말했다.

레이코 씨가 부엌에서 고양이 저금통을 들고 오자 나오코가 지갑에서 100엔 동전을 꺼내 거기에 넣었다.

"뭔데요, 그거?"

"내가 「노르웨이의 숲」을 신청할 때마다 여기에 100엔을 넣기로 되어 있어. 이 곡을 제일 좋아하니까 특별히 이렇게 해. 마음을 담아 신청하는 거지."

"그게 내 담뱃값이 되기도 하고."

레이코 씨는 손가락을 푼 다음 「노르웨이의 숲」을 연주했다. 그녀의 연주에는 마음이 담겼고 그러면서도 지나치게 감정에 빠져들지 않았다. 나도 호주머니에서 100엔을 꺼내 저금통에 넣었다.

"고마워." 레이코 씨는 그렇게 말하며 방긋 웃었다.

"이 노래를 들으면 때로 나는 정말 슬퍼져. 왜 그런지는 모르겠지만 내가 마치 깊은 숲 속을 헤매는 듯한 느낌이 들어. 춥고 외롭고, 그리고 캄캄한데 아무도 나를 도와주러 오지 않아. 그래서 내가 원하지 않으면 레이코 씨는 절대로 이 곡을 연주하지 않아." 나오코가 말했다.

"무슨 「카사블랑카」 같은 이야기잖아." 레이코 씨가 웃었다.

그런 다음 레이코 씨는 보사노바를 몇 곡 연주했다. 그러는 동안 나는 나오코를 바라보았다. 그녀는 스스로 편지에 썼듯이 이전보다 건강해 보였고 햇볕에 그을린 피부에다 몸매는 운동과 야외 작업 덕분에 많이 탄탄해진 것 같았다. 호수처럼 깊고 맑은 눈동자와 부끄러운 듯 흔들리는 작은 입술만은 예전과 다를 바 없었지만 전체적으로 보아 그녀의 아름다움은 성숙한 여성의 것으로 바뀌었다. 예전 그 아름다움의 그늘에 보이지 않게 숨어 있던 어떤 날카로움(때로 가슴을 서늘하게 하는 예리한 면도날 같은)은 저 멀리 물러나고 그 대신에 상냥하게 어루만지는 듯한 독특한 고요가 감돌았다. 그 아름다움이 내 가슴을 뒤흔들었다. 그리고 고작 반년 사이에 한 여성이 이만큼이나 크게 바뀌어 버릴 수 있다는 사실에 경악하지 않을 수 없었다. 새로이 나오코의 몸을 감싸고 도는 그 아름다움은 예전과 같은 정도로 또는 그 이상으로 나를 끌어당겼지만, 그래도 그녀가 잃어버린 것을 생각하니 조금 안타깝기도 했다. 사춘기 소녀 특유의 거침 없이 홀로 앞으로 나아갈 것 같은 아름다움은 다시 그녀에게 돌아오지 않을 것이다.

나오코는 내가 어떻게 지내는지 알고 싶다고 했다. 나는 대학의 동맹 휴교에 대해 이야기하고, 나가사와에 대해 말했다. 나오코에게 나가사와 이야기를 한 것은 처음이었다.

그의 기묘한 인간성과 특이한 사고 시스템과 한쪽으로 치우친 도덕관에 대해 정확히 설명한다는 것은 참으로 어려운 일이었지만, 나오코는 결국 내가 하고자 하는 말을 대체로 이해해 주었다. 나는 그와 둘이서 여자애를 낚으러 다녔다는 사실은 숨겼다. 오로지 그 기숙사에서 친하게 지내는 유일한 남자가 얼마나 특이한 인물인가를 설명해 주었을 따름이었다. 그러는 동안 레이코 씨는 기타를 끌어안고 다시 아까 치던 푸가를 연습했다. 그녀는 여전히 사이사이에 와인을 마시기도 하고 담배를 피우기도 했다.

"특이한 사람인 모양이야." 나오코는 말했다.

"이상한 사람이지."

"그렇지만 그 사람 좋아하는 거지?"

"잘 모르겠어. 그렇지만 아마도 좋아하는 거하곤 다를 거야. 그 사람은 좋아하거나 싫어하거나 할 그런 범주에 속하는 존재가 아냐. 본인도 그런 걸 바라지 않고. 그런 의미에서 그 사람은 정말 정직하고 가면을 쓰지 않는 금욕주의자야."

"그렇게 많은 여자랑 자는 사람보고 금욕주의자라니, 정말 이상한 이야기야." 나오코는 웃었다. "몇 사람하고 잤다고?"

"아마도 벌써 여든 명 정도까지는 갔을 거야. 그렇지만 그 사람 같은 경우는 여자 수가 늘어나면 늘어날수록 그 하나하나의 행위가 가진 의미가 점점 흐려져 갈 테고 그것이 바로 그 남자가 추구하는 거라는 생각이 들어."

"그게 금욕주의야?"

"그에게는."

나오코는 잠시 내가 한 말에 대해 생각하는 것 같았다. "그 사람, 나보다 훨씬 더 머리가 이상한 것 같아." 그녀가 말했다.

"나도 그렇게 생각해. 하지만 그는 자기 안에 있는 뒤틀림을 전부 계통 지어서 이론화해 버려. 아주 머리가 좋은 사람이니까. 그 사람을 여기 데려오면 아마 이틀 안에 나가 버릴거야. 이것도 알고 저것도 알고, 전부 알겠다며. 그런 사람이야. 그런 사람이 세상에서 존경받는 거야."

"아마, 난 머리가 나쁠 거야. 여기에 대해서도 아직 잘 모르겠어. 나 자신을 아직 잘 모르는 것처럼."

"머리가 나쁜 게 아니라 그게 보통이야. 나도 나 자신에 대해 모르는 게 너무 많거든. 그게 바로 평범한 사람이야."

나오코는 두 다리를 소파 위에 올리고 무릎을 세워 앉고는 거기에 턱을 올렸다. "난 와타나베에 대해 더 많이 알고 싶어."

"보통 사람이지. 평범한 가정에서 태어나 평범하게 자랐고 평범한 얼굴에 보통 성적에 보통 정도로 생각하며 살아."

"이런, 자기를 평범하다고 말하는 인간은 절대로 신용해서는 안 된다고 말한 게 바로 네가 가장 좋아하는 스콧 피

226

츠제럴드가 아니었나? 그 책, 너한테 빌려서 읽었거든." 나오코는 장난스럽게 웃으며 말했다.

"그렇긴 해." 나는 솔직히 인정했다. "그렇지만 의식적으로 나를 그렇게 규정하는 것이 아니라 정말 진심으로 그렇게 생각해. 내가 평범한 사람이라고. 넌 내 속에서 뭔가 평범하지 않은 걸 찾을 수 있어?"

"당연하지." 나오코는 어이가 없다는 듯이 말했다. "넌 그런 것도 몰라? 그렇지 않았으면 왜 내가 너랑 잤을까? 술에 취해 아무라도 좋으니까 자 버리자고, 그래서 너랑 그렇게 된 거라고 생각한 거야?"

"아니, 물론 그런 생각은 하지 않아."

나오코는 자신의 발끝을 바라보면서 입을 꾹 다물었다. 나도 무슨 말을 해야 좋을지 몰라 와인을 마셨다.

"와타나베, 지금까지 몇 명이랑 잤어?" 나오코는 불현듯 생각났다는 듯이 낮은 목소리로 물었다.

"여덟, 아니면 아홉." 나는 솔직하게 대답했다.

레이코 씨가 연습을 멈추고 탁, 기타를 무릎 위에 떨어뜨렸다. "아직 스무 살도 안 됐잖아? 도대체 어떤 생활을 하는 거야, 그거?"

나오코는 아무 말 없이 그 맑은 눈으로 가만히 나를 바라보았다. 나는 레이코 씨에게 첫 여자애와 자고 그 애와 헤어진 이야기를 해 주었다. 나는 도무지 그녀를 사랑할 수 없었다고 말했다. 그런 다음 나가사와에게 이끌려 모르는 여자애들과 계속 자게 된 일도 이야기했다.

"변명하는 건 아니지만 정말 괴로웠어." 나는 나오코에게 말했다. "너와 매일 만나 이야기를 나누지만 네 마음속에 기즈키만 존재한다는 게. 그런 생각을 하면 정말 가슴이 아팠어. 그래서 모르는 여자애와 잔 거야."

나오코는 몇 번 고개를 저은 다음 얼굴을 들고 다시 내 얼굴을 바라보았다. "있잖아, 그때 왜 기즈키하고는 안 했느냐고 내게 물었지? 아직도 알고 싶어?"

"아마 알아 두는 편이 좋지 않을까 싶어."

"나도 그렇게 생각해. 죽은 사람은 언제까지고 죽은 채이지만 우리는 앞으로 더 살아가야 하니까."

나는 고개를 끄덕였다. 레이코 씨는 어려운 악절을 몇 번이나 치고 또 쳤다.

"나, 기즈키랑 하고 싶었어." 나오코는 그렇게 말하고 머리핀을 벗겨 내 머리를 풀었다. 그리고 그 나비 모양 머리핀을 손안에 넣어 만지작거렸다.

"물론 그도 나랑 하고 싶어 했고. 그래서 우리는 몇 번이나 몇 번이나 시도했어. 그렇지만 실패했어. 안 되는 거야. 왜 안 되는지 난 도무지 알 수 없었고 지금도 몰라. 나, 기즈키를 사랑했고, 그렇게 처녀성 같은 거에 집착하지도 않았어. 그가 하고 싶다면 난 뭐든 기쁜 마음으로 내주려고 했어. 그렇지만 안 되었어."

나오코는 다시 머리를 틀어 올려 머리핀을 꽂았다.

"도무지 젖지 않는 거야." 나오코는 작은 소리로 말했다.

"열리지 않았어, 전혀. 그래서 너무 아팠어. 메말라서 아팠던 거야. 온갖 방법으로 시도해 봤어, 우리. 그런데 무슨 짓을 해도 안 되었어. 뭔가 발라 봐도 아팠어. 그래서 난 주욱 손가락이나 입으로 해 줬어……. 알지?"

나는 말없이 고개를 끄덕였다.

나오코는 창밖의 달을 바라보았다. 달은 이전보다 더 밝고 커보였다.

"나도 할 수만 있으면 이런 이야기 하기 싫었어, 와타나베. 가능하다면 이런 건 내 가슴속에만 꼭 숨겨 두고 싶었어. 그런데 어쩔 수 없어. 말을 안 할 수가 없어. 나 스스로도 결론을 내리지 못하니까. 너하고 했을 때, 나 분명히 젖었잖아? 그랬지?"

"응."

"난 그 스무 살 생일 저녁에 너를 만났을 때부터 젖었더랬어. 그리고 네 품에 안기고 싶었어. 안아 주고 벗겨 주고 애무해 주고 넣어 주기를 바랐어. 그런 느낌은 처음이야. 왜?

왜 그런 일이 일어났지? 나, 기즈키를 정말로 사랑했는데."

"그리고 나를 사랑하지 않았는데 왜 그랬을까, 그런 뜻이야?"

"미안해. 너한테 상처 줄 생각은 아니지만, 다만 이것만은 알아줘. 기즈키와 나는 정말로 특별한 관계였다는 거. 우린 세 살 적부터 같이 놀았어. 우린 늘 같이 지내면서 온갖 이야기를 나누고 서로를 잘 이해하면서 자랐어. 처음 키스한 게 초등학교 6학년 때, 정말 좋았어. 내가 초경을 한 그날, 그 앨 찾아가 엉엉 울었어. 어쨌든 우린 그런 관계였어. 그래서 그 애가 세상을 떠난 다음에는 도대체 어떤 식으로 사람을 대하면 좋을지 알 수 없었던 거야. 사람을 사랑한다는 게 도대체 무엇인지도."

그녀는 테이블 위의 와인잔을 잡으려 했지만 손이 닿지 않아 잔이 바닥에 떨어져 굴렀다. 나는 몸을 숙여 잔을 집어 테이블 위에 올려놓았다. 와인을 조금 더 마시겠느냐고 나오코에게 물어보았다. 그녀는 잠시 입을 다물고 있다가 갑자기 몸을 떨며 흐느껴 울기 시작했다. 나오코는 몸을 깊이 숙이더니 두 손에 얼굴을 묻은 채 이전처럼 숨을 헐떡이며 격하게 울었다. 레이코 씨가 기타를 내려놓고 다가와 나오코의 등에 손을 대고 상냥하게 쓰다듬었다. 그리고 어깨에 손을 대자 나오코는 마치 아기처럼 머리를 레이코 씨 가슴에 기대었다.

"와타나베, 미안하지만 이십 분 정도 좀 걷다가 와 줄래.
그 정도면 안정될 거야."

나는 고개를 끄덕이고 자리에서 일어나 셔츠 위에 스웨
터를 입었다. "죄송해요." 나는 레이코 씨에게 말했다.

"괜찮아. 자기 탓이 아니니까. 마음에 두지 마. 돌아올 때
쯤이면 아무 일도 없을 거야." 그녀는 그렇게 말하고 나를
향해 한 눈을 찡긋해 보였다.

나는 묘하게 비현실적인 달빛이 비치는 길을 따라 숲 속으
로 들어가 하염없이 걸었다. 그런 달빛 아래서 온갖 소리가
신비롭게 울렸다. 내 발소리는 마치 해저를 걸어가는 사람의
발소리처럼 어딘지 모를 방향에서 들려오는 둔탁한 울림으
로 들려왔다. 때로 뒤쪽에서 바삭, 하고 메마른 소리가 들렸
다. 밤 동물들이 숨을 죽이고 가만히 내가 사라지기를 기다
리는 것 같은, 무겁고 긴장된 숨 막힘이 숲 속을 떠돌았다.

나는 숲을 빠져나가 조금 높은 언덕 비탈에 앉아 나오코
가 사는 건물 쪽을 바라보았다. 나오코의 방은 간단히 찾을
수 있었다. 불 꺼진 창 저 안쪽에서 작은 빛이 희미하게 흔
들리는 곳을 찾으면 된다. 나는 손가락 하나 까딱하지 않고
그 작은 불빛을 언제까지고 바라보았다. 그 빛은 나에게 타
다 남은 혼의 마지막 흔들림을 연상하게 했다. 나는 그 빛을

두 손으로 감싸서 지켜 주고 싶었다. 나는 제이 개츠비가 만 건너편 작은 빛을 매일 밤 지켜보던 것처럼 희미하게 흔들리는 불빛을 오래오래 바라보았다.

내가 방으로 돌아온 것은 삼십 분 후였고, 건물 입구에 들어서자 레이코 씨가 기타를 치는 소리가 들렸다. 나는 조용히 계단을 올라 문을 두드렸다. 방으로 들어서자 나오코의 모습은 보이지 않고 레이코 씨가 카펫 위에 앉아서 혼자 기타를 치고 있을 뿐이었다. 그녀는 내게 손가락으로 침실 문 쪽을 가리켰다. 나오코가 안에 있다는 말인 것 같았다. 그런 다음 레이코 씨는 기타를 바닥에 내려놓고 소파에 앉아 내게 옆에 앉으라고 말했다. 그리고 남은 와인을 두 잔에 나누어 부었다.

"그 애는 괜찮아." 레이코 씨는 내 무릎을 가볍게 치며 말했다. "잠깐 혼자 누워 있으면 안정될 테니 걱정 마. 좀 감정이 차올랐을 뿐이니까. 그동안 나랑 잠시 걷지 않을래?"

"그러죠."

나는 레이코 씨와 가로등이 비치는 길을 천천히 걸어서 테니스 코트와 농구장까지 가서 거기 벤치에 앉았다. 그녀는 벤치 아래에서 오렌지색 농구공을 빼내 한동안 손으로 빙글빙글 돌렸다. 그리고 나에게 테니스를 치느냐고 물었다. 서툴지만 치려면 칠 수 있다고 대답했다.

"농구는?"

"그건 못 해요."

"그럼 대체 잘하는 게 뭐야?" 레이코 씨는 눈가에 주름을 잡으며 웃었다. "여자애랑 자는 거 말고."

"그다지 잘하는 편 아닌데요." 나는 조금 상처를 받았다.

"화내지 마. 농담으로 한 거니까. 근데, 진짜 어때? 뭘 잘 해?"

"딱히 잘하는 건 없어요. 좋아하는 건 있지만."

"뭘 좋아하지?"

"걸어서 여행하는 거. 수영하는 거. 책 읽는 거."

"혼자 하는 걸 좋아해?"

"그런 셈이네요, 그럴지도 몰라요. 남과 같이 하는 놀이에는 옛날부터 관심이 없었어요. 그런 건 뭘 해도 빠져들지를 못해요. 아무래도 상관없다는 식으로 무심해져 버려요."

"그럼 겨울에 여기로 와. 우린 겨울이면 크로스컨트리 스키를 하니까. 자기라면 좋아할 거야. 눈 속을 하루 종일 열심히 돌아다니다 보면 온몸이 땀에 젖어." 그리고 가로등 불빛 아래에서 마치 오래된 악기를 점검이라도 하는 듯이 자신의 오른손을 바라보았다.

"나오코는 자주 저렇게 돼요?"

"응, 가끔." 레이코 씨는 이번엔 왼손을 바라보며 말했다.

"자주 그래. 감정이 차올라서 울어. 괜찮아, 그건 그것대로. 감정을 바깥으로 표출하는 거니까. 무서운 건 그걸 바깥으로 드러내지 못할 때야. 감정이 안에서 쌓여 점점 딱딱하게 굳어 버리는 거지. 여러 가지 감정이 뭉쳐서 몸 안에서 죽어 가는 거. 그러면 큰일이야."

"아까 내가 말을 잘못 한 건 아닌가요?"

"아무것도. 괜찮아, 아무 잘못 없으니까 걱정하지 마. 뭐든 솔직하게 말하도록 해. 그게 제일 좋은 거야. 만일 그 때문에 서로 얼마간 상처를 준다 해도, 아니면 아까처럼 누군가의 감정을 격앙시킨다 해도 긴 안목으로 봐서 그게 제일 좋아. 자기도 진심으로 나오코의 회복을 바란다면 그래야돼. 처음에도 말했듯이 그 애를 도우려 하지 말고, 그 애를 회복시켜서 자신도 회복하고 싶다고 바라는 거야. 그게 여기 방식이니까. 그러니까 자기 역시 뭐든 솔직히 말해야 해, 여기에서는. 밖에서는 사람들이 아무것도 솔직하게 말하지 않잖아?"

"그건 그래요."

"나는 칠 년이나 여기 있으면서 많은 사람들이 들어오고 나가는 것을 지켜봤어. 아마도 그런 걸 너무 많이 봐 버렸기 때문이겠지. 그래서 사람을 보기만 해도 나을 것 같다든지 안 될 것 같다든지, 그럭저럭 직감적으로 알아 버리는 거야. 그렇지만 나오코는 잘 모르겠어. 저 애가 과연 어떻게 될지, 도무지 가늠할 수 없어. 다음 달에 완전히 나을지도 모르고, 아니면 몇 년이고 이런 상태가 계속될지도 모르고, 그래서 거기에 대해서는 자기한테 어떤 말도 해 줄 수 없어. 그냥 솔직히 대하라는 둥 서로 의지하라는 둥, 그런 아주 일반적인 말밖에 할 수 없어."

"왜 나오코만 잘 모른다는 거죠?"

"아마도 내가 그 애를 좋아하니까. 그래서 객관적으로 바라볼 수 없는 게 아닐까, 감정이 너무 개입돼서. 난 그 애를 좋아해, 정말로. 그리고 그것 말고도 그 애의 경우는 여러 가지 문제가 아주 복잡하게 얽힌 실타래 같아서 그걸 하나하나 풀어 가는 게 핵심이 아닐까 싶어. 모두를 풀어내기까지 오랜 시간이 걸릴지도 모르고 또는 어떤 계기로 갑자기 모든 문제가 풀려 버릴지도 몰라. 뭐, 그런 거야. 그래서 나도 판단을 내리지 못하는 거지."

그녀는 다시 한 번 농구공을 들고 빙글빙글 돌리고는 바닥에 튀겼다.

"가장 중요한 건 서두르지 않는 거야. 이건 내가 하는 또 하나의 충고야. 서두르지 말 것. 도저히 감당할 수 없을 만큼 꼬이고 또 꼬여도 절망적인 기분에 빠지거나 다급한 마음에 억지로 끌어내려 해서는 안 돼. 충분히 시간을 들인다는 생각을 갖고 하나하나 천천히 풀어 나가야만 해. 할 수 있겠어?"

"해 보겠습니다."

"시간이 많이 걸릴지도 모르고, 시간을 들여도 완전히 낫지 않을지도 몰라. 자기, 그거 생각해 봤어?"

나는 고개를 끄덕였다.

"기다림은 고통스러워." 레이코 씨는 공을 튀기면서 말했다.

"특히 자기 나이 때는. 오로지 그 애가 낫기만을 기다리는 거야. 그리고 거기에는 어떤 보증도 기한도 없어. 자기, 그럴 수 있겠어? 그만큼 나오코를 사랑해?"

"잘 모르겠어요." 나는 솔직히 대답했다. "나도 사람을 사랑한다는 게 어떤 건지 정말 잘 모르겠어요. 나오코와는 다른 의미에서요. 그렇지만 가능한 한 해 보고 싶어요. 그러지 않으면 나 자신이 어디로 어떻게 가야 옳은지 도무지 알 수가 없어지니까요. 아까 레이코 씨가 말한 것처럼 나오코와 나는 서로가 서로를 구원해 주어야만 하고, 그것만이 서로를 구원하는 길이라고 생각해요."

"그러면서 닥치는 대로 여자애들이랑 잘 거야?"

"그 일도 어쩌면 좋을지 도무지 모르겠어요. 도대체 어쩌면 좋죠? 계속 마스터베이션을 하면서 오로지 기다려야 할까요? 나 자신도 좀처럼 수습이 안 돼요, 그런 건."

236

레이코 씨는 공을 지면에 내려놓고 내 무릎을 가볍게 툭 쳤다. "응, 뭐 여자애랑 자는 게 나쁘단 소리가 아니야. 자기가 좋다면 그러면 되지. 그건 자기 인생이니까, 스스로 정하면 돼. 다만 내가 하고 싶은 말은 부자연스럽게 스스로를 깎아먹어서는 안 된다는 거야, 알겠니? 그러는 건 너무 아까워. 열아홉 스물은 인격이 성숙하는 데 아주 중요한 시기이고 그런 시기에 잘못해서 뒤틀려 버리면 나이가 든 뒤 고생해. 진짜야, 이건. 그러니까 잘 생각해야 해. 나오코를 소중히 여긴다면 자기 스스로도 소중히 여겨야 해."

생각해 보겠노라고 나는 대답했다.

"내게도 스무 살 시절이 있었어. 아주 오래전 이야기지만. 믿을 수 있어?"

"그럼요."

"진짜로 믿어?"

"진짜로 믿어요." 나는 웃으면서 대답했다.

"나오코 정도는 아니었지만 나도 꽤 사랑을 받았거든, 그때는. 지금처럼 주름도 없었고."

그 주름이 아주 매력적이라고 나는 말했다. 그녀는 고맙다고 했다.

"하지만 앞으로 여자 앞에서 주름이 멋있다는 말은 해선 안 돼. 난 그런 말 들으면 기쁘지만."

237

"조심할게요."

그녀는 바지 주머니에서 지갑을 꺼내 정기권 주머니에 든 사진을 꺼내 보여 주었다. 열 살 전후 귀여운 여자애의 컬러 사진이었다. 여자애는 화려한 스키복에다 발에는 스키를 신고 눈 위에서 방긋 웃고 있었다.

"꽤 미인이지? 내 딸이야. 올해 처음으로 이 사진을 보내 줬었어. 지금, 초등학교 4학년."

"웃는 모습이 닮았네요." 그렇게 말하고 사진을 그녀에게 돌려주었다. 그녀는 지갑을 호주머니에 넣고 작은 콧소리를 내고는 담배를 물고서 불을 붙였다.

"난 젊을 때 프로 피아니스트가 되려고 했어. 재능도 어느 정도 있었고 주위에서도 다 인정해 줬거든. 꽤 귀여움을 받으며 자랐어. 콩쿠르에서 우승하기도 했고, 음대에서는 줄곧 톱이었고, 졸업 후에는 독일에 유학 가기로 거의 결정 난 상태였어. 말하자면 한 점 구름 없는 청춘이었던 거야. 뭘 해도 잘 풀리고 잘 안 될 때는 주위에서 잘되도록 손을 써 주었어. 그렇지만 이상한 일이 일어난 그날을 경계로 모든 것이 뒤틀리고 말았어. 음대 4학년 때의 일이었어. 비교적 큰 콩쿠르가 있었고 난 그 콩쿠르에 나가려고 오래오래 준비해 왔는데, 갑자기 왼쪽 새끼손가락이 움직이지 않는 거야. 왜 움직이지 않는지는 모르겠는데, 까딱도 하지 않는 거야. 마사지도 하고 뜨거운 물에 담그기도 하고 이삼일 연습을 쉬기도 했지만, 허사였어. 온갖 검사를 다 했는데도 의사는 원인을 잘 모르겠다고 해. 손가락에는 아무 이상이 없고 신경도 제대로 되어 있으니 움직이지 않을 리가 없다는 거지. 그래서 정신적인 문제가 아닌가 하는 말이 나온 거야. 정신과에 갔는데, 거기서도 명확한 원인은 알 수 없다고 했지. 콩쿠르에 대한 스트레스 때문에 일어난 증상이 아닐까 하는 추측 정도뿐이었어. 그러니 당분간 피아노를 떠나 생활하는 것이 좋겠다는 거야."

레이코 씨는 담배 연기를 깊이 빨아들였다가 길게 내뿜었다. 그리고 고개를 몇 번인가 돌렸다.

"나는 이즈에 있는 할머니네 집으로 가서 잠시 쉬기로 했지. 그 콩쿠르를 포기하고 거기서 잠시 아무 생각 없이 쉬자고. 두 주 정도 피아노를 만지지 않고 멋대로 놀아 보자고 말이야. 그렇지만 불가능했어. 뭘 하든 머릿속에서 피아노가 떠나지를 않았어. 그것 말고는 아무것도 떠오르지 않는 거야. 평생 새끼손가락이 움직이지 않는 건 아닐까? 만약에 그런다면 앞으로 나는 어떻게 살아가야 하지? 그런 생각만 다람쥐 쳇바퀴 돌듯 하는 거야. 하지만 어쩔 수 없는 일이기도 해. 그때까지 내 인생은 피아노뿐이었으니까. 네 살 때부터 피아노를 치기 시작해서 그것 하나만 생각하며 살아온 인생이었으니까. 피아노 말고는 거의 아무것도 생각하지 않았어. 손가락을 다쳐서는 안 된다고 해서 집안일도 해 본 적이 없고, 피아노를 잘 친다는 이유 하나만으로 주변 사람들이 모두 잘 대해 줬고, 그렇게 살아온 여자애한테서 피아노를 빼앗아 봐, 대체 뭐가 남을까? 그래서 펑! 머리에서 나사하나가 어딘가로 날아가 버린 거야. 머리에 쥐가 내려 캄캄해져 버렸지 뭐."

그녀는 담배를 땅에 버리고 발로 밟아 끈 다음 또 몇 번이나 고개를 꺾었다.

"그래서 콘서트 피아니스트가 되겠다는 꿈도 끝. 두 달입원하고 퇴원했지. 병원에 들어가서 손가락이 조금 움직이게 된 다음 음대에 복학해서 어떻게 졸업은 했어. 하지만 모든 게 사라지고 말았어. 에너지의 구슬 같은 뭔가가 몸 안에서 빠져나가 버린 거야. 의사도 프로 피아니스트가 되기에는 신경이 너무 약하니까 그만두는 게 좋다고 하고. 그래서 대학을 나온 다음에는 집에서 학생을 가르쳤어. 그렇지만 그거, 정말로 괴로웠어. 마치 내 인생 자체가 그냥 끝나 버린 것 같았으니까. 내 인생에서 가장 좋은 시간이 고작 이십 년 정도로 끝나 버린 거야. 정말 너무하지 않아? 모든 가능성을 손에 쥐고 있었는데 문득 들여다보니 아무것도 없는 거야. 아무도 박수 쳐 주지 않고 아무도 떠받들어 주지 않고 아무도 칭찬해 주지 않고, 집에서 하루하루를 이웃 아이들에게 바이엘이니 소나티네 같은 걸 가르칠 따름이야. 내 신세가 너무 처량해서 툭하면 울고 그랬어. 너무 억울해서. 누가 봐도 나보다 재능이 떨어지는 애가 어느 콩쿠르에서 2등을 했다는 둥, 어느 홀에서 개인 연주회를 했다는 둥, 그런 이야기를 들을 때마다 너무 억울하고 처량해서 눈물이 뚝뚝 떨어졌지.

부모도 마치 내가 무슨 폭탄이라도 되는 양 조심스럽게만 대했어. 물론 나도 알았지, 그 사람들도 낙담했다는 걸. 얼마 전만 해도 딸을 자랑으로 여겼는데 지금은 정신 병원 입원 이력이 남은 문제아라니. 결혼이나 제대로 할 수 있을지 걱정인 거지. 그런 기운은 같이 살다 보면 사무칠 정도로 잘 알게 되거든. 너무 괴로워서 견딜 수 없었어. 바깥에 나가면 이웃 사람들이 내 이야기를 하는 것 같아 무서워서 나갈 수도 없었어. 그래서 또다시 펑! 나사가 날아가 버리고 실타래가 꼬이고 머릿속이 새카맣게 변해 버린 거야. 그게 스물네 살 때였고, 일곱 달이나 요양소에 가야 했어. 여기가 아니라 높은 벽이 둘러쳐지고 문이 닫힌 곳. 지저분하고 피아노도 없고…… 그때는 어떻게 해야 할지 하나도 알 수 없었어. 그렇지만 이딴 곳에서 빨리 벗어나야 한다는 오로지 그 한 생각만으로 죽을힘을 다해 버티며 회복했어. 일곱 달, 정말 길었어. 그런 식으로 주름이 하나씩 늘어난 거야."

레이코 씨는 입술을 옆으로 끌어당기듯 하며 웃었다.

"병원을 나와서 얼마 후 남편을 만나서 결혼을 했지. 나보다 한 살 아래로 항공기 만드는 회사에 다니는 엔지니어고 내 피아노 학생이었어. 좋은 사람이야. 말수는 적지만 성실하고 마음이 따스한 사람이었어. 그가 반년 정도 나한테 레슨을 받다가 갑자기 결혼해 달라고 하는 거야. 어느 날 레슨이 끝나고 차를 마시다가 갑자기. 믿을 수 있어? 그때까지 우린 데이트를 한 적도 없고 손을 잡아 본 적도 없었거든. 얼마나 놀랐는지 몰라. 그래서 그에게 결혼할 수 없다고 했어. 당신은 참 좋은 사람이고 호감은 가지만 여러 가지 사정이 있어 결혼은 할 수 없다고. 그가 사정이란 게 뭔지 알고 싶어 해서 전부 솔직하게 설명해 줬어. 두 번이나 머리가 이상해져서 입원한 사실이 있다고. 아주 세세한 부분까지 다 이야기했어. 원인은 무엇이었고 어떤 과정을 거쳐 지금에 이르게 되었는지, 그리고 앞으로도 같은 일이 일어날지 모른다고. 조금 생각해 보겠다고 하기에 천천히 생각해 보라고 했지. 하나도 급하지 않으니까, 하고. 다음 주 그가 찾아와서 다시 결혼해 달라는 거야. 그래서 말했어. 석 달을 기다려 달라고. 석 달 동안 사귀어 보자고. 그다음에도 결혼하고 싶은 마음이 있다면 그 시점에서 둘이 다시 한 번 이야기해 보자고.

　석 달 동안 우리는 일주일에 한 번 데이트를 했어. 여기저기 돌아다니면서 많은 이야기를 나누었어. 그사이 난 그를 정말 좋아하게 됐어. 그 사람과 같이 있으면 내 인생을 되찾은 듯한 느낌이 들었어. 둘이 있으면 마음이 푹 놓이고 온갖 나쁜 것들을 잊을 수 있었으니까. 피아니스트가 되려는 꿈이 꺾이고 정신 병원에 들어간 이력이 있다고 해서 인생이 끝나는 것은 아니라는, 인생에는 내가 모르는 정말 멋진 일들이 얼마든지 있다는 생각이 들었어. 그런 마음을 품게 해준 것만으로 나는 그에게 진심으로 감사했어. 석 달이 지나고 그 사람은 다시 결혼해 달라고 했지. '만일 나랑 자고 싶다면 같이 잘게.'라고 난 말했어. '아직 누구하고도 자 본 적이 없지만, 자기를 좋아하니까 나를 안고 싶으면 안아도 돼. 그러나 나하고 결혼하는 건 그것하고는 다른 문제야. 나하고 결혼하게 되면 내 문제도 끌어안게 돼. 그건 자기가 생각하는 것보다 훨씬 더 심각한 일이야. 그래도 괜찮아?' 하고.

　그는 괜찮다고 대답했어. 그냥 자고 싶은 게 아니라고, 나랑 결혼하고 싶다고, 내 안의 모든 것을 공유하고 싶다고. 그는 정말로 그렇게 생각한 거야. 그는 진심만을 입 밖에 내는 사람이고, 입 밖에 낸 말은 반드시 지키고 실행하는 사람이야. 그래서 좋다고, 결혼하자고 말했어. 그렇잖아, 그것 말고 달리 무슨 말을 할 수 있겠어? 그로부터 넉 달 후에 결혼했어. 그는 그 결혼 때문에 부모와 싸우고 절연하고 말았어. 그 사람 집은 시코쿠의 유서 깊은 가문이었는데, 그 부모님이 나에 대해 철저하게 조사해서 입원 이력이 두 번이나 있다는 걸 안 거야. 그래서 결혼에 반대했고 아들과 싸운 거지. 반대하는 것도 무리가 아니라고 생각해. 우리는 결혼식도 올리지 않았어. 구청에 가서 혼인 신고를 하고 하코네에 1박 2일로 신혼여행을 갔을 뿐이야. 그렇지만 정말로 행복했어, 모든 게. 결혼하기 전까지 결국 처녀였거든, 스물다섯 살까지. 거짓말 같지?"

레이코 씨는 한숨을 내쉬고 다시 농구공을 들었다.

"그 사람과 같이 있는 한 괜찮을 것 같았어. 그 사람과 같이 있는 한 내가 이상해질 일은 없을 것 같았지. 우리 같은 병이 있는 사람에게 가장 중요한 것은 신뢰감이야. 이 사람에게 맡겨 두면 안심이라고, 조금이라도 내가 이상해지면, 태엽이 풀어지기 시작하면, 이 사람이 금방 알아차리고 참을성 있게 정성을 다해 나를 고쳐 줄 거라고, 태엽을 다시 감고 얽힌 실타래를 풀어 줄 거라고 말이야, 그런 신뢰감이 있으면 병은 재발하지 않아. 신뢰감이 존재하는 한 펑! 터지는 일은 절대로 없어. 정말 기뻤어. 인생이란 얼마나 멋진 것인가 하는 생각이 들었지. 마치 차갑고 거친 바다에서 구조되어 담요를 둘러쓰고 따스한 침대에 누운 듯한 기분이었어. 결혼하고 이 년 후에 아이가 태어나자 아이 돌보는 데 정신이 없었어. 덕분에 내 병 따위 깡그리 잊어버렸어. 아침에 일어나서 청소를 하고 아이를 돌보고 그 사람이 돌아오면 저녁을 지어 먹이고……. 하루하루가 반복이었어. 그러나 행복했어. 내 인생에서 아마도 가장 행복했던 시간이었을 거야. 그런 생활이 몇 년 계속되었을까? 서른한 살까지는 계속되었어. 그리고 다시 펑! 터져 버렸어."

레이코 씨는 담배에 불을 붙였다. 바람이 어느새 잦아들었다. 연기가 똑바로 올라가 어둠 속으로 사라졌다. 문득 고개를 들어 보니 하늘에는 온통 별이었다.

"무슨 일이 있었던 거예요?"

"그래, 아주 기묘한 일이었어. 무슨 함정 같은 것이 입을 쩍 벌리고 나를 기다렸던 거야. 난 그 일을 생각하면 지금도 소름이 돋아." 그녀는 담배를 들지 않은 손으로 관자놀이를 문질렀다. "괜히 내 이야기만 억지로 듣게 만들어서 미안해. 이 먼 곳까지 나오코를 만나러 왔는데."

"정말로 듣고 싶어요. 괜찮다면 이야기해 주지 않을래요?"

"아이가 유치원에 들어가고부터 난 조금씩 피아노를 칠 수 있게 되었어." 레이코 씨가 이야기를 시작했다. "누구를 위해서가 아니라 나 자신을 위해서 피아노를 치기 시작했지. 바흐나 모차르트, 스카를라티 같은 사람들의 소품부터 시작했어. 물론 긴 공백기가 있었던 탓에 감이 잘 돌아오지 않았어. 손가락도 옛날에 비해 마음먹은 대로 움직여 주지 않았고. 그렇지만 정말 좋았어. 다시 피아노를 칠 수 있다는 게. 피아노를 치노라면 내가 얼마나 음악을 좋아하는지를 몸이 떨릴 만큼 절실히 느낄 수 있었어. 나 자신이 얼마나 그것을 목말라했는지도. 정말 멋진 일이잖아. 스스로를 위해 연주할 수 있다는 건.

아까 말했듯이 나는 네 살 때부터 피아노를 치기 시작했는데, 생각해 보니 나 자신을 위해 피아노를 친 적은 단 한 번도 없었던 거야. 시험에 합격하기 위해서, 과제곡이니까, 사람들을 감동시키기 위해서, 이런저런 이유로 피아노를 쳤던 거야. 물론 그런 것도 중요한 일이긴 해. 악기 하나를 마스터하기 위해서는. 하지만 그 나이를 지나면 누구든 스스로를 위해 연주할 수 있어야 하는 거야. 음악이란 바로 그런 거니까. 나는 엘리트 코스에서 벗어나 서른한둘이나 되어서야 겨우 그런 진실을 깨달았지. 아이를 유치원에 보내고 집안일을 재빨리 해치우고 한 시간이나 두 시간 내가 좋아하는 곡을 치는 거야. 거기까지는 아무런 문제가 없었어."

나는 고개를 끄덕였다.

"그런데 어느 날 길에서 만나면 가볍게 인사를 나눌 정도의 친분이 있는 이웃집 부인이 찾아와서, 딸이 피아노를 배우고 싶어 하는데 가르쳐 줄 수 없겠느냐는 거야. 이웃이라고는 하지만 집이 꽤 떨어졌으니까 난 그 집 딸에 대해 아무것도 몰랐지만 그 부인 말에 따르면 그 애가 우리 집 앞을 지나면서 자주 피아노 소리를 듣고 아주 감동했다는 거지. 내 얼굴도 알고 꼭 만나고 싶어 한다고 했어. 중학교 2학년인데 지금까지 여러 선생님한테 피아노를 배웠지만, 여러 가지 이유로 오래 지속하지 못하고 지금은 중단한 상태라고.

나는 거절했어. 몇 년이나 공백기가 있었고, 게다가 초보라면 또 모를까 몇 년이나 레슨을 받은 사람을 도중에 가르치는 건 무리라고 말이야. 그 무엇보다 딸애 돌보는 데 정신이 없다고. 게다가 이건 물론 그 부인에게는 말하지 않았지만, 너무 자주 선생을 바꾸는 아이는 누구라도 힘들어. 그런데 그 부인이 한 번이라도 좋으니 딸을 그냥 만나기만 해 줄 수 없느냐는 거야. 꽤 고집도 센 사람이고 해서 거절하면 좀 귀찮은 일이 일어날 것 같기도 하고, 또 그냥 만나 주기만 해 달라는데 거절하기도 뭣하고 해서, 만나기만 하자고 했지. 사흘 후에 그 애는 혼자 찾아왔어. 천사처럼 예쁜 애였어. 그냥 티끌 하나 없이 한없이 맑고 예쁜 거야. 그렇게 예쁜 여자애는 그 이전에도 이후에도 본 적이 없어. 긴 머리카락은 방금 간 먹처럼 새카만 데다 길고, 손발은 가늘게 뻗었고, 눈은 빛나고 입술은 방금 빚은 듯 작고 부드러웠어. 처음 보았을 때는 한동안 말도 걸 수 없었어. 그만큼 예뻤어. 그 애가 우리 집 거실 소파에 앉자 공간이 달라지기라도 한 듯 주위가 화사해지는 거야. 가만히 보기만 해도 너무 눈부셔서 눈을 가늘게 떠야 할 정도였어. 그런 애였어. 지금도 눈에 선하게 떠올라."

레이코 씨는 정말로 여자애 얼굴을 떠올리는 듯 잠시 눈을 가늘게 떴다.

"커피를 마시면서 우리는 한 시간쯤 이야기를 나누었어. 여러 가지에 대해. 그냥 보기에도 머리가 좋은 애였어. 말하는 요령도 좋고 자기 의견도 날카롭게 내세울 줄 알고, 상대를 끌어당기는 천부적인 재능이 있는 애였어. 무서울 정도로. 그 무서움이 어디서 오는 것인지, 그때 나는 전혀 몰랐어. 다만 어쩐지 무서우리만치 머리 회전이 빠르다는 정도로만 생각했어. 그렇지만 그 애를 앞에 두고 이야기하다 보면 점점 정상적인 판단력을 잃어버려. 다시 말해 상대가 너무 젊고 아름다워서 거기에 압도된 나머지 자신이 너무 보잘것없고 열등한 인간 같고, 그 애에 대해 부정적인 생각을 문득 떠올렸다가도 이런 건 정말 더럽고 치졸한 생각이 아닐까 하는 느낌을 품고 말아."

레이코 씨는 몇 번이나 고개를 저었다.

"내가 그 애 정도로 예쁘고 머리가 좋았더라면, 정말 제대로 된 인간이 되었을 거야. 그 정도로 머리가 좋고 아름다운데 뭘 더 바라겠어? 그렇게 사람들에게 사랑받는데 왜 자기보다 열등하고 약한 존재를 짓밟아야 해? 생각해 봐, 그래야 될 이유가 없잖아?"

"무슨 엄청난 일이라도 당한 건가요?"

"차례차례 말하자면 우선 그 애, 병적인 거짓말쟁이였어. 그건 정말 완전한 병이었어. 하나에서 열까지 모든 걸 지어서 말했어. 이야기하는 동안은 자기도 그걸 사실이라고 믿어 버렸지. 그 이야기의 앞뒤를 맞추기 위해 주변 사물들을 하나하나 바꾸어 가고. 보통은 그거 좀 이상한데, 이건 아닌데, 생각할 텐데 그 애 머리가 놀라울 정도로 잘 돌아가니까 미리미리 손을 써서 그런 생각을 못하게 차단해 버리는 거야. 물론 상대는 하나도 눈치채지 못해. 그게 거짓말이라는 사실을. 그렇게 아름다운 아이가 시답지 않은 거짓말을 하리라고는 아무도 생각하지 못하니까. 나도 그랬어. 그 애가 만들어 낸 이야기를 반년 동안 엄청 많이도 들었지만 난 단 한 번도 의심해 본 적이 없어. 하나에서 열까지 모두 지어낸 이야기인데도. 바보지, 완전히."

"무슨 거짓말을 했는데요?"

"모든 것에 대해." 레이코는 뒤틀린 웃음을 흘리며 말을

이었다. "방금 말했잖아? 사람이란 어떤 거짓말을 하나 하면 거기에 맞추느라 더 많은 거짓말을 해야만 해. 그런 걸 허언증이라고 하지. 그래도 허언증 환자도 대부분은 별 피해를 주지는 않고 주변 사람들도 가볍게 눈치를 차릴 수 있거든. 그 애 경우는 전혀 달랐어. 그 애는 자신을 지키기 위해서 아무렇지도 않게 남에게 상처를 줄 수 있는 거짓말을 하고 이용할 수 있는 것은 뭐든 이용해 버렸지. 상대에 따라 거짓말을 하기도 하고 하지 않기도 했어. 어머니나 친한 사람에게 거짓말을 하다가는 금방 들켜 버리니까 그런 상대에게는 별로 거짓말을 하지 않고, 해야 할 때에는 아주 치밀하게 고려해서 거짓말을 해. 결코 들키지 않을 거짓말을. 만일 들킬 염려가 있으면 그 예쁜 눈에서 눈물을 방울방울 떨어뜨리며 변명을 하거나 사죄하는 거야, 매달리는 듯한 목소리로. 그러면 아무도 더는 화를 내지 못해.

그 애가 왜 나를 선택했는지, 아직도 난 모르겠어. 희생자로 나를 선택했는지, 아니면 어떤 도움을 청하려고 나를 선택했는지. 그건 지금도 몰라, 도무지. 하긴 지금 와서야 어느 쪽인들 아무 상관없지만. 이제 모든 게 끝나 버렸고, 결국 이렇게 되어 버렸으니까."

짧은 침묵이 흘렀다.

"그 애 어머니가 한 말을 그 애도 베끼듯이 말했어. 우리 집 앞을 지나면서 내가 치는 피아노 소리를 듣고 감동했다고. 바깥에서도 내 얼굴을 몇 번 보고 그때마다 동경했다고. '동경했다.'라고 했어. 나, 얼굴이 빨개졌어. 인형처럼 예쁜 여자애가 나를 동경한다니. 그게 완전히 거짓말은 아니었다고 생각해. 물론 나는 서른을 넘었고 그 애만큼 미인도 아니고 머리도 좋지 않고 특별한 재능이 있는 것도 아니었어. 그렇지만 내 속에는 아마 그 애를 끌어당기는 뭔가가 있었던 거야. 그 애에게는 없는 뭔가가 있었던 거 아닐까? 그래서 그 애는 나에게 관심이 생겼던 거야. 지금 와서 생각해 보니 그런 것 같아. 음, 이거 내 자랑하는 거 아냐."

"알아요, 어쩐지 알 것 같아요."

"그 애가 악보를 가져오더니 한번 쳐 봐도 되겠느냐는 거야. 괜찮다고, 쳐 보라고 했지. 그러자 그 애는 바흐의 「인벤션(Inventionen)」을 쳤어. 그런데, 그게 꽤 재미있는 연주였어. 재미있다고 할까 참 이상하다고 할까, 분명히 평범하지는 않았어. 물론 높은 수준은 아니었어. 전문 학원에서 배운 것도 아니고 레슨도 받다가 안 받다가를 반복하다 보니 자기 식대로 연주한 거니까. 제대로 훈련을 받은 음은 아니었어. 만일 음악 학교 입학 시험에서 그렇게 연주하면 그냥 떨어지고 말 거야. 그렇지만 귀를 기울이게 만들었어, 그게. 다시 말해 전체의 90퍼센트는 말도 안 되지만, 나머지 10퍼센트의 중요한 포인트를 나름대로 해석해서 귀를 기울이게 만들어. 그것도 바흐의 「인벤션」을! 난 그것 때문에 그 애한테 관심이 생긴 거야. 얘 도대체 뭐야, 하고.

물론 이 세상에는 바흐를 더 잘 치는 젊은 애들이 얼마든지 있어. 그 애보다 스무 배는 더 잘 치는 애도 있을 거야. 그러나 그런 연주는 대체로 알맹이가 없어. 쭉정이야, 속이 텅 비었어. 그렇지만 그 애는 서툴지만 사람을, 적어도 나를 끌어당기는 매력을 조금은 가졌어. 그래서 생각했어. 이 애라면 가르쳐 볼 가치가 있을지도 모른다고. 물론 그때부터 훈련시켜 프로로 만들기는 어려워. 그렇지만 그때의 나처럼(지금도 그렇지만) 행복한 아마추어 피아노 연주가가 될 수 있을지도 모른다고. 결국 그 모든 것이 허망한 바람이었을 뿐이야. 그 애는 자신을 위해 조용히 뭔가를 하는 인간이 아니었어. 그 애는 남을 감탄시키기 위해 치밀하게 계산해서 가능한 모든 수단을 동원하는 아이였어. 어떻게 하면 남이 감탄할까, 칭찬할까, 그런 걸 정확히 아는 아이였어. 어떤 식으로 연주해야 내 마음을 사로잡을 수 있는지도. 모든 것이 치밀하게 계산된 행동이었어. 그 중요한 포인트만 몇 번이고 몇 번이고 연습했을 거야. 눈에 선히 떠올라.

그러나 그 모든 것에 대해 다 알아 버린 지금에 와서도 역시 그건 정말 멋진 연주라 생각해. 지금 다시 한 번 그걸 듣는다 해도 난 역시 가슴이 두근거렸을 거야. 그 애의 교활함과 거짓과 결점을 전부 안다 해도. 있잖아, 세상에는 그런 일도 있는 거야."

레이코 씨는 마른기침을 뱉어 낸 다음 잠시 입을 다물었다.

"그 애를 제자로 받았어요?" 침묵을 깨고 내가 물었다.

"그랬지. 일주일에 한 번. 토요일 오전. 그 애가 다니는 학교는 토요일에 쉬니까. 한 번도 빠지지 않고 지각도 하지 않는 이상적인 학생이었어. 연습도 잘 해 오고. 레슨이 끝나면 우린 케이크를 먹으며 이야기를 나누었어." 레이코 씨는 갑자기 손목시계를 보았다. "저기, 우리 이제 슬슬 방으로 돌아가는 게 좋지 않을까. 나오코가 조금 걱정돼. 자기, 설마 나오코를 잊어버린 건 아니지?"

"안 잊죠." 나는 웃으며 말했다. "그만 이야기에 푹 빠져 버렸네요."

"혹시 계속 듣고 싶다면 나머지는 내일 해 줄게. 긴 이야기라서 한 번에는 다 못 해."

"꼭 셰에라자드 같네요."

"응, 도쿄에 못 가게 될 줄 알아." 레이코 씨는 웃었다.

우리는 올 때처럼 숲길을 걸어 방으로 돌아왔다. 촛불은 꺼지고 거실 전등도 꺼졌다. 침대 곁의 램프 불빛이 열린 침실 문을 통해 희미하게 거실로 흘러나왔다. 어둠 속에서 나오코는 소파에 동그마니 앉아 있었다. 그녀는 가운 같은 것을 걸쳤다. 그 것을 목 위까지 끌어올리고 소파 위에 다리를 올린 채 무릎을 세우고 앉았다. 레이코 씨가 나오코에게 다가가서 머리 위에 손을 올렸다.

"이제 괜찮아?"

"응, 괜찮아. 미안해." 나오코는 낮은 목소리로 말했다. 그다음 내 쪽을 바라보며 부끄러운 듯한 표정으로 미안해, 하고 말했다. "깜짝 놀랐지?"

"조금." 나는 싱긋 웃었다.

"이쪽으로 와." 나오코가 말했다.

내가 곁에 앉자 나오코는 소파 위에서 무릎을 세운 채 마치 비밀스러운 이야기라도 하듯 내 귓가에 얼굴을 대고 귀 옆에 가볍게 입을 맞췄다. "미안해." 나오코는 다시 내 귀에다 작은 목소리로 말했다. 그리고 몸을 뗐다.

"가끔 나 자신도 뭐가 뭔지 모르는 상태에 빠져 버려."

"나도 자주 그러는데 뭐."

나오코는 미소 지으며 내 얼굴을 바라보았다. 나는 가능하다면 너에 대해 더 많이 알고 싶다고 말했다. 이곳 생활에 대해. 매일 뭘 하며 지내는지, 어떤 사람이 있는지.

나오코는 자신의 하루 생활에 대해 툭툭 던지듯이, 그렇지만 아주 정확한 언어를 구사하며 이야기했다. 아침에는 6

시에 일어나 여기에서 식사를 하고 새장 청소를 한 다음 대체로 농장에서 일을 한다, 채소를 재배한다, 점심 전 한 시간 정도 담당 의사와 개별 면담을 하든지 또는 그룹 면담을 한다, 오후는 자유 커리큘럼이라 자신이 좋아하는 강좌나 야외 작업이나 스포츠를 선택할 수 있다, 그녀는 프랑스어나 뜨개질이나 피아노나 고대사 같은 강좌를 몇 개 듣는다고 했다.

"피아노는 레이코 씨에게 배워. 레이코 씨는 피아노 말고도 기타도 가르쳐. 우리 모두 학생이기도 하고 선생이기도 해. 프랑스어를 잘하는 사람이 프랑스어를 가르치고 사회과 선생을 하던 사람은 역사를 가르치고, 뜨개질을 잘하는 사람은 뜨개질을 가르치고, 그런 걸 다 합하면 작은 학교 같은 게 되는 거지. 애석하게도 난 가르칠 게 아무것도 없지만."

"나도 없어."

"어쨌든 난 대학생 때보다 더 많은 걸 열심히 배워, 여기에서. 공부도 많이 하고, 그런 게 즐거워, 아주 많이."

"저녁 먹고 나서는 평소에 뭘 해?"

"레이코 씨랑 수다도 떨고, 책을 읽고 레코드를 듣고, 다른 사람 방에 놀러 가서 게임도 하고 그래."

"난 기타 연습도 하고 자서전도 쓰지." 레이코 씨가 말했다.

"자서전?"

"농담이야." 레이코 씨는 웃으며 말했다. "우리는 10시 정도에 자. 건강한 생활이지? 푹 자는 거야."

나는 시계를 보았다. 9시 조금 전이었다.

"그럼 이제 슬슬 잘 때가 된 거네요?"

"그렇지만 오늘은 괜찮아, 조금 늦게 자도. 오랜만에 이야기 많이 하고 싶거든. 뭐든 이야기 좀 해 봐." 나오코가 말했다.

"아까 혼자 있을 때 갑자기 옛날 일이 많이 떠올랐어. 옛날에 기즈키와 둘이서 병원으로 널 문병 간 거 기억해? 바닷가에 있던 병원으로. 고등학교 2학년 여름이었지 아마." 내가 말했다.

"흉부 수술 했을 때 얘기구나." 나오코는 방긋 웃으며 말했다. "또렷하게 기억해. 너하고 기즈키가 오토바이 타고 와 줬잖아. 녹아서 줄줄 흘러내리는 초콜릿 들고. 그거 먹느라고 얼마나 고생했는지 몰라. 근데 너무 오래전 이야기 같은 느낌이 들어."

"그래. 그때 너 아주 긴 시를 썼어."

"그 나이 때 여자애는 모두 시를 써." 나오코는 쿡쿡 웃었다. "왜 그런 걸 갑자기 떠올렸어?"

"몰라. 그냥 떠올랐어. 바람에 실려 오는 갯내며 협죽도 같은 게 불현듯. 그런데 기즈키, 그때 자주 병원에 널 보러 갔어?"

"문병 같은 거 거의 오지도 않았어. 그 때문에 우린 나중에 싸웠지. 처음에 한 번 오고 그다음에는 너랑 둘이서 오고, 그걸로 끝. 너무한 거 맞지? 처음 왔을 때도 뭐가 어색한지 우물쭈물하기만 하다가 십 분 정도 지나서 그냥 돌아가 버렸어. 오렌지를 들고 와서 뭔지도 모를 말을 중얼중얼하더니 오렌지 까서 먹여 주고 그다음 또 의미도 없는 말을 중얼중얼, 그러고는 휙 가 버렸어. 자기는 정말로 병원에 약하다니 뭐니 하고는." 그렇게 말하고 나오코는 웃었다. "그런 걸 보면 그 애, 정말 어릴 때랑 똑같았던 거야. 그렇잖아? 병원 좋아하는 사람이 세상에 어디 있다고. 그러니까 사람들은 위로해 주려고 문병 같은 걸 가잖아. 힘내라고. 그 애, 그런 걸 잘 몰랐던 거야."

"나랑 둘이서 병원에 갔을 때는 그 정도는 아니었어. 그냥 보통이던데."

"그건 네 앞이었으니까 그렇지. 그 애, 네 앞에서는 늘 그랬으니까. 약한 모습 보이지 않으려고 애썼던 거야. 네가 좋았던 거야, 기즈키는. 좋은 점만 보이려고 애를 썼지. 하지만 나랑 둘이 있을 때는 달랐어. 긴장을 풀어 버렸달까. 사실은 마음이 많이 흔들리는 편이었어. 이를테면 혼자서 뭐라고 열심히 떠들어 대다가도 갑자기 입을 꾹 다물어 버리기도 했어. 그런 일이 잦았어. 어릴 적부터 계속 그랬어. 늘 자신을 바꾸어 보려고, 나아지려고 했지만." 나오코는 소파 위에서 다리를 꼬며 고쳐 앉았다. "언제나 자신을 바꿔 보려고 나아져 보려고 하다가 잘 안 되면 안절부절못하거나 슬퍼하거나 했어. 그렇게 훌륭하고 아름다운 자질이 있었으면서도 마지막까지 스스로 자신감을 갖지 못한 채, 저것도 해야 하고 이것도 바꾸어야 하고, 그런 생각만 했던 거야. 불쌍한 기즈키."

"만일 그 친구가 나한테 자신의 좋은 점만 보이려고 애썼다면, 그 노력은 성공했다고 봐야 해. 난 그 친구의 좋은 점밖에 못 봤으니까."

나오코는 미소를 지었다. "그 말 들었더라면 정말 기뻐했을 거야. 넌 기즈키의 유일한 친구였으니까."

"기즈키 역시 나의 유일한 친구였어. 이전에도 이후에도 친구라 할 사람은 내게 없었어."

"그래서 난 너랑 기즈키랑 셋이 있는 걸 정말 좋아했어. 그러면 나도 기즈키의 좋은 점만 볼 수 있으니까. 마음이 진짜 편했어. 안심이 됐지. 그래서 셋이 있는 걸 좋아했던 거야. 넌 어떻게 생각했는지 모르겠지만."

"난 네가 어떻게 생각하는지가 걱정됐어." 나는 말하고 나서 가볍게 고개를 저었다.

"하지만 문제는 그런 상태가 언제까지고 지속될 수 없다는 거였어. 그런 조그만 동그라미 같은 것이 영원히 유지될 수는 없으니까. 기즈키도 잘 알았고 나도 알았고 너도 알았을 거야. 그렇잖아?"

나는 고개를 끄덕였다.

"솔직히 말해 나는 그 애의 나약한 면도 정말 좋아했어. 좋은 점과 같은 정도로 좋아했어. 그에게서는 교활함이나 심술 같은 건 찾아볼 수 없었으니까. 그냥 약할 따름이었지. 그런데 내가 그런 말을 해도 그는 믿지 않았어. 그리고 늘 이렇게 말하는 거야. 나오코, 그건 나랑 네가 세 살 적부터 계속 같이 있다 보니 나에 대해 너무 잘 알아서 그래, 그러니까 뭐가 결점인지 장점인지 구별 없이 온갖 것을 뒤섞어서 이해하는 거라고. 그는 늘 그런 말을 했어. 물론 무슨 말을 해도 난 그가 좋았고, 그 사람 말고는 아무에게도 관심이 없었어."

나오코는 내 쪽을 바라보며 슬픈 미소를 지었다.

"우리는 보통 남녀 관계와는 많이 달랐어. 몸의 어떤 부분이 그냥 달라붙은 것 같은 관계였지. 어느 때 멀리 떨어져 있어도 특수한 인력으로 다시 원래 자리로 돌아오고 마는 관계. 그래서 나와 기즈키가 연인 같은 관계가 된 건 정말로 자연스러웠어. 고려하고 선택할 여지가 없는 일이었어. 우리는 열두 살 때 첫 키스를 하고 열세 살 때 애무를 즐겼어. 내가 그의 방에 가든지 그가 내 방으로 놀러 오든지, 그러면 내가 손으로 처리해 주었고……. 난 우리가 조숙하다고는 생각하지 않았어. 그런 건 너무 당연한 일이라 생각했어. 그가 내 가슴이나 성기를 만지고 싶어 해서 만진다고 해도 아무 문제도 아니었어. 만일 누군가가 그런 일 때문에 우리를 비난했다면, 나는 깜짝 놀라거나 화를 냈을 거라고 생각해. 왜냐하면 우리는 아무런 잘못된 행동을 하지 않았으니까. 당연히 해야 할 행동을 한 것뿐이거든. 우리는 서로의 몸을 구석구석 보여 주었고, 마치 서로 몸을 공유한 듯한 느낌이었던 거야. 그렇지만 우린 얼마간은 더 앞으로 나아가지 않으려고 했어. 임신이 될까 무섭기도 했고 어떻게 하면 임신을 피할 수 있는지 그 당시에는 잘 모르기도 해서……. 어쨌든 우리는 그런 식으로 성장해 온 거야, 둘이서 손을 잡고 하나가 되어. 보통 성장기 아이들이 경험하는 성의 중압감이나 자아의 팽창이 가져다주는 고통 같은 것도 거의 모르는 채. 우리는 아까도 말했듯이 성에 대해서는 일관되게 열려 있었고 자아에 대해서도 서로가 서로를 흡수할 수 있었기 때문에 특별히 강하게 의식할 필요도 없었어. 내 말 뜻을 알겠어?"

"알 것 같아."

"우리 둘은 떨어질 수 없는 관계였어. 만일 기즈키가 살았더라면 우린 아마도 같이 지내면서 서로를 사랑하고, 그리고 조금씩 불행해졌을 거라고 생각해."

"왜?"

나오코는 손가락으로 몇 번 머리카락을 쓸었다. 머리핀을 하지 않은 상태로 고개를 숙이자 머리카락이 흘러내려 얼굴을 가렸다.

"아마도 우린 세상에 빚을 갚아야만 했을 테니까." 나오코는 고개를 들고 말했다. "성장의 고통 같은 것을. 우리는 지불해야 할 때 대가를 치르지 못했기 때문에 그 청구서가 이제 돌아온 거야. 그래서 기즈키는 그런 선택을 했고 지금 나는 이렇게 되었어. 우리는 무인도에서 자란 벌거벗은 어린아이 같은 존재였어. 배가 고프면 바나나를 먹고 외로우면 둘이서 끌어안은 채 잠들었지. 그런 상태가 언제까지나 지속될 수는 없잖아. 우리는 점점 커 갈 거고 사회 속으로 나가야만 했어. 넌 우리한테 정말 중요한 존재였어. 너는 우리와 바깥 세계를 연결해 주는 연결 고리 같은 의미를 띤 존재였어. 우리는 너를 매개로 하여 바깥 세계에 동화하려고 나름대로 노력했던 거야. 결국은 잘되지 않았지만."

나는 고개를 끄덕였다.

"하지만 우리가 너를 이용했다고 생각하지는 마. 기즈키는 정말로 너를 좋아했고 어쩌다 보니 네가 우리에겐 처음으로 겪는 타자와의 관계였던 거야. 그건 아직도 계속돼. 기즈키가 저세상으로 가 버린 뒤에도 넌 나와 바깥 세계를 이어 주는 유일한 연결 고리야, 지금도. 기즈키가 너를 좋아했듯이 나도 네가 좋아. 그럴 생각은 전혀 없었지만 결과적으로 우린 네 마음에 상처를 남기고 만 건지도 몰라. 그럴지도 모른다고는 상상도 못 했지만."

나오코는 다시 아래를 내려다보며 입을 다물었다.

"어때, 코코아라도 마실래?" 레이코 씨가 말했다.

"응, 마시고 싶어." 나오코가 대답했다.

"난 가지고 온 브랜디를 마시고 싶은데, 괜찮을까요?"

"그럼, 그럼. 나도 한 모금 줄래?" 레이코 씨가 말했다.

나는 웃으며 대답했다. "물론이죠."

레이코 씨가 잔을 두 개 가져오고 그녀와 나는 건배했다. 그런 다음 레이코 씨는 부엌으로 가서 코코아를 타기 시작했다.

"우리 좀 밝은 이야기 하지 않을래?" 나오코가 말했다.

그러나 나에게는 밝은 이야깃거리가 없었다. 특공대가 있었으면 좋았을 텐데, 참 아쉽다는 생각이 들었다. 그 친구만 있었으면 수많은 에피소드가 생겨났을 테고, 그 이야기를 하면 모두가 즐거울 수 있을 텐데, 하고. 어쩔 수 없이 나는 기숙사 안에서 다들 얼마나 지저분한 생활을 하는지에 대해 이런저런 이야기를 이어 나갔다. 너무도 지저분해서 이야기하는 사이에 속이 메슥거렸지만 두 사람한테는 굉장히 신기한 세계인 듯 배를 잡고 웃으며 들었다. 그런 다음 레이코 씨가 정신병 환자 흉내를 냈다. 그것도 정말 우스꽝스럽고 신기했다. 11시가 되어 나오코의 눈꺼풀이 감기는 것 같아 보이자 레이코 씨가 소파를 눕히고 시트와 담요와 베개를 가져다주었다.

"밤중에 강간하러 오는 건 좋지만 상대를 잘 가리도록 해. 왼쪽 침대에 자는 주름 없는 몸이 나오코." 레이코 씨가 말했다.

"거짓말. 내가 오른쪽이야." 나오코가 정정했다.

"저기, 내일은 오후 커리큘럼을 몇 개 빼 두었으니까 우리 같이 소풍 가자. 가까운 데 아주 좋은 곳이 있어." 레이코 씨가 말했다.

"좋은데요."

두 여자가 차례대로 세면대에서 이를 닦고 침실로 간 다음 나는 브랜디를 조금 마시고 소파에 누워 오늘 하루 일을 아침부터 순서대로 더듬어 보았다. 참으로 기나긴 하루였던 것 같았다. 변함없이 달빛은 방 안을 하얗게 비추었다. 나오코와 레이코 씨가 잠든 침실은 고요에 잠겼고 소리다운 소리는 아무것도 들리지 않았다. 때로 침대에서 작은 삐걱거림이 들려올 따름이었다. 눈을 감자 어둠 속에서 언뜻언뜻 작은 도형이 춤을 추었고 귓가에 레이코 씨가 치는 기타 소리의 잔향을 느꼈지만 오래가지는 않았다. 졸음이 밀려와 따스한 진흙 속으로 나를 이끌어 갔다. 나는 버드나무 꿈을 꾸었다. 산길 양쪽으로 길게 버드나무가 섰다. 믿을 수 없을 만큼 많은 버드나무였다. 꽤 세찬 바람이 불었지만 버드나무 가지는 꼼짝도 하지 않았다. 왜 흔들리지 않지, 생각하다 보니 버드나무 가지 하나하나에 작은 새가 매달린 것이 보였다. 그 무게 때문에 버드나무 가지가 흔들리지 않는 것이다. 나는 막대를 집어 들고 다가가 가지를 쳐 보았다. 새를 쫓아내 버드나무 가지를 흔들리게 하려 했다. 그렇지만 새들은 날아가지 않았다. 날아가는 대신 새들은 새 형태의 금속으로 바뀌어 툭, 툭, 소리를 내며 바닥에 떨어졌다.

눈을 떴을 때 나는 꿈의 다음 장면을 보는 듯한 기분이었다. 방 안은 달빛을 받아 희뿌옇게 밝았다. 나는 반사적으로 바닥에 떨어진 새 형태의 금속을 찾았지만 물론 그런 건 아무 데도 없었다. 나오코가 내가 누운 소파 발치에 동그마니 앉아 가만히 창밖을 바라볼 따름이었다. 그녀는 무릎을 세운 채 배고픈 고아처럼 그 위에 턱을 괴었다. 나는 시간을 보려고 머리맡의 손목시계를 찾았지만 분명히 내려놓은 그 자리에 없었다. 달빛의 느낌으로 보건대 아마도 2시나 3시 정도일 것이라 짐작했다. 심한 목마름에 사로잡혔지만 나는 그대로 나오코를 지켜보기로 했다. 나오코는 아까와 같은 푸른색 가운 비슷한 것을 입었고 머리 한쪽에 나비 모양 핀을 꽂았다. 그녀의 예쁜 이마가 달빛에 또렷이 비쳐 보였다. 이상하다는 생각이 들었다. 그녀는 자기 전에 머리핀을 빼지 않았던가.

나오코는 같은 자세로 꼼짝도 하지 않았다. 그녀는 마치 달빛에 이끌려 온 작은 밤의 동물 같았다. 달빛이 비쳐 든 각도 때문에 그녀의 입술 그림자가 과장되어 보였다. 너무도 상처 받기 쉬워 보이는 그 그림자는 그녀의 심장 고동 또는 마음의 움직임에 맞춰 움찔움찔 가늘게 흔들렸다. 마치 밤의 어둠을 향해 소리 없는 말을 속삭이듯이.

목마름을 참으려 침을 삼키는데, 밤의 정적 속에서 소리가 놀랄 만큼 크게 울렸다. 그러자 나오코는 그것이 무슨 신호라도 된 것처럼 희미하게 옷자락 스치는 소리를 내면서 서슴없이 자리에서 일어나 내 머리맡 바닥에 무릎을 꿇고 내 눈을 가만히 들여다보았다. 나도 그녀의 눈을 바라보았지만 그 눈은 아무 말도 하지 않았다. 눈동자는 부자연스러울 만큼 맑고 투명해서 저편 세계가 엿보일 것 같은 느낌이었지만 아무리 들여다보아도 그 안에서 무엇을 찾을 수는 없었다. 내 얼굴과 그녀의 얼굴은 고작 30센티미터 정도밖에 떨어지지 않았지만 그녀가 마치 몇 광년이나 멀리 떨어진 것 같은 느낌이 들었다.

내가 손을 뻗어 만지려 하자 나오코는 살짝 뒤로 물러났다. 입술이 조금 떨렸다. 나오코는 두 손을 들어 올리고 천천히 가운 단추를 풀었다. 단추는 전부 일곱 개였다. 나는 그녀의 가늘고 아름다운 손가락이 순서대로 그것을 벗겨 내는 것을 마치 계속 꿈을 꾸는 듯한 기분으로 바라보았다. 그 작은 일곱 개의 하얀 단추가 전부 풀리자 나오코는 벌레가 허물을 벗듯이 허리 쪽으로 가운을 흘려 버리고 알몸이 되었다. 가운 아래에는 아무것도 걸치지 않았다. 그녀가 몸에 걸친 것이라고는 나비 모양의 머리핀뿐이었다. 나오코는 가운을 벗어 버린 다음 바닥에 무릎을 꿇은 채 나를 바라보았다. 부드러운 달빛에 비친 나오코의 몸은 이제 막 태어난 새로운 육체인 것처럼 눈이 시릴 만큼 매끄럽고 아슬아슬했다. 그녀가 살짝 몸을 움직이자(아주 미약한 움직임이었으나) 달빛이 닿는 부분이 미묘하게 이동하며 몸을 물들인 그림자 형태가 바뀌었다. 둥글게 솟구친 가슴과 조그만 젖꼭지, 오목한 배꼽, 골반과 음모가 만들어 내는 고운 입자의 그림자가 마치 조용한 호수의 표면으로 퍼져 나가는 파문처럼 그 형태를 바꾸어 갔다.

이 얼마나 완벽한 육체인가. 나오코가 어느새 이리도 완벽한 육체를 갖게 된 걸까? 그 봄날 밤에 내가 안았던 그녀의 육체는 도대체 어디로 가 버렸을까?

그날 밤, 울기만 하던 나오코의 옷을 천천히 부드럽게 벗겼을 때, 나는 그녀의 몸이 어딘지 모르게 불완전하다는 인상을 받았다. 가슴은 딱딱하고 젖꼭지는 자리를 잘못 잡아 엉뚱하게 솟아난 듯하고 허리 언저리는 묘하게 긴장해 있었다. 물론 나오코는 아름다운 젊은 여자였고 그 육체는 매력적이었다. 그건 나를 성적으로 흥분시키고 거대한 힘으로 나를 휘몰아쳤다. 그러나 나는 그녀의 벌거벗은 몸을 안고 애무하고 거기에 입술을 대면서 육체라는 것의 불완전함과 어색함에 대해 불현듯 기묘한 감개를 느꼈던 것이다. 나는 나오코를 안으면서 그녀에게 이렇게 설명하고 싶었다. 난 지금 너와 섹스를 한다. 내가 네 안에 들어갔다. 그렇지만 이건 정말 아무 일도 아니다. 아무래도 좋은 것이다. 이건 몸을 나누는 것에 지나지 않는다. 우리는 서로의 불완전한 몸을 결합함으로써만 이야기할 수 있는 것을 이야기하는 것일 따름이다. 이럼으로써 우리는 서로의 불완전성을 나누어 갖는 것이라고. 그렇지만 물론 그런 것을 입 밖에 내어 설명할 수는 없었다. 나는 말없이 나오코의 몸을 꼭 끌어안았을 따름이었다. 그녀의 몸을 안는 동안 나는 그 안에 뭔지 모르게 낯설게 남은 까칠까칠한 이물질의 감촉을 느꼈다. 그 감촉이 나를 사랑의 감정으로 휘몰아 두려울 만큼 단단하게 발기시켰다.

지금 내 앞에 있는 나오코의 몸은 그때와 완전히 달랐다. 나오코의 몸은 몇 가지 변모를 거친 끝에 지금 이렇게 달빛 속에서 완벽한 육체로 새로 태어났다고 나는 생각했다. 우선 뽀얗게 부풀어 오른 듯한 소녀의 살이 기즈키의 죽음을 전후로 완전히 떨어져 나가고, 성숙이라는 살을 붙인 것이다. 나오코의 육체가 너무도 아름답게 완성되어 나는 성적인 흥분조차 느끼지 못했다. 다만 망연히 그 아름다운 허리의 굴곡이나 둥글게 윤기 흐르는 젖가슴이나 호흡에 맞춰 조용히 흔들리는 매끈한 배나 그 아래 부드럽고 검은 음모의 그늘을 마냥 바라볼 따름이었다.

그녀가 벌거벗은 몸을 눈앞에 드러낸 것은 아마도 오륙 분 정도가 아니었을까. 이윽고 그녀는 가운을 다시 걸치고 위에서부터 순서대로 단추를 채워 나갔다. 단추를 다 채우자 나오코는 스윽 일어나 조용히 침실 문을 열고 그 안으로 사라졌다.

나는 꽤 오랫동안 소파에 가만히 있다가 이윽고 소파에서 벗어나 바닥에 떨어진 시계를 주워 달빛에 비춰 보았다. 3시 40분이었다. 나는 부엌에 가서 물을 몇 잔 마신 다음 다시 소파에 누웠지만 결국 날이 새고 햇빛이 방 구석구석까지 파고들어 푸르스름한 달빛을 녹여 버릴 때까지 잠들지 못했다. 내가 잠들까 말까 하는 순간에 레이코 씨가 와서는 내 뺨을

찰싹찰싹 치며 "아침이야, 아침이라고." 하고 외쳤다.

레이코 씨가 내 침대를 정리할 동안 나오코는 부엌에서 아침 준비를 했다. 나오코는 나를 향해 방긋 웃으며 "안녕." 하고 말했다. 나도 "안녕." 하고 대답했다. 콧노래를 부르면서 물을 끓이고 빵을 써는 나오코의 모습을 곁에서 잠시 지켜보았지만 어젯밤 내 앞에 옷을 벗었던 그 분위기는 조금도 느낄 수 없었다.

"눈이 빨개. 왜 그래?" 나오코는 커피를 끓이며 물었다.

"밤중에 눈을 떴어. 그러고는 잠을 잘 못 자서."

"우리 코 골지 않았어?" 레이코 씨가 물었다.

"아니에요."

"다행이네." 나오코가 말했다.

"이 사람, 예의를 차리느라 하는 말이야." 레이코 씨가 하품을 하며 말했다.

처음에 나는 나오코가 레이코 씨 앞이라 아무 일 없었던 듯 행동하는 것이거나 부끄러워서 그러나 했지만 레이코 씨가 잠시 방에서 모습을 감추었을 때도 그녀의 몸짓에는 아무런 변화가 없었고, 그 눈은 평소처럼 맑기만 했다.

"잘 잤니?" 그렇게 물어보았다.

"응, 푹 잤어." 나오코는 아무 일 없었다는 듯이 대답했다.

그녀는 아무 장식도 없는 아주 소박한 핀으로 머리를 고정했다.

어디 갈 곳을 잃어버린 그 기분은 아침을 먹는 동안에도 계속되었다. 나는 빵에 버터를 바르고 삶은 달걀 껍질을 벗기면서 무슨 징표 같은 것을 찾으려고 건너편에 앉은 나오코의 얼굴을 가끔 힐끗힐끗 바라보았다.

"와타나베, 왜 아침부터 내 얼굴만 그렇게 쳐다봐?" 나오코가 이상하다는 표정으로 물었다.

"이 사람, 누군가를 사랑하나 봐." 레이코 씨가 말했다.

"너, 누굴 사랑해?" 나오코가 물었다.

그럴지도 모르겠다면서 나는 웃었다. 그리고 두 여자가 그걸 주제로 삼아 나를 가지고 농담하는 모습을 바라보며 더는 어젯밤 일을 생각하지 않기로 하고 빵을 먹고 커피를 마셨다.

아침을 먹고 나자 두 사람이 새장에 모이를 주러 간다고 해서 나도 따라가기로 했다. 두 사람은 작업용 청바지와 셔츠로 갈아입고 하얀 장화를 신었다. 새장은 테니스 코트 뒤편 조그만 공원 안에 있었는데 닭, 비둘기, 공작, 앵무새에 이르기까지 여러 새들이 들어 있었다. 주변에는 화단이 있고 관목이 있고 벤치가 있었다. 역시 환자로 보이는 두 남자가 통로에 떨어진 잎을 빗자루로 쓸어 모았다. 두 남자 모두 마흔에서 쉰 사이로 보였다. 레이코 씨와 나오코는 두 사람 쪽으로 가서 아침 인사를 했고, 레이코 씨는 무슨 농담 같은 걸 해서 두 남자를 웃게 했다. 화단에는 코스모스가 피었고 관목은 세심하게 잘 다듬어졌다. 레이코 씨의 모습을 보자 새들이 끼, 끼 소리를 높이며 우리 안을 날아다녔다.

두 여자는 새장 곁의 작은 창고 같은 데로 들어가 모이가 든 주머니와 고무호스를 꺼냈다. 나오코가 호스를 수도꼭지에 연결하고 물을 틀었다. 그리고 새가 바깥으로 나오지 않게 조심스럽게 우리 안으로 들어가 오물을 씻어 내고 레이코 씨가 솔로 싹싹 바닥을 문질렀다. 물방울이 햇빛을 받아 눈부시게 빛나고 공작들이 물줄기를 피해 퍼득퍼득 소리를 내며 우리 안을 달려 도망쳤다. 칠면조는 고개를 치켜들고 깐깐한 노인처럼 곁눈질로 나를 노려보고 앵무새는 횃대에 올라 불쾌한 듯 큰 소리를 내며 날개를 퍼덕거렸다. 레이코 씨가 앵무새를 향해 고양이 울음소리를 내자 앵무새는 한쪽 구석으로 도망쳐 어깨를 움츠리더니 잠시 후 "고마워, 미친놈, 바보 새끼."라고 외쳤다.

"누군가가 저런 말을 가르친 거야." 나오코가 한숨을 내쉬었다.

"난 아냐. 난 저런 말 안 가르친다고." 레이코 씨가 말했다. 그리고 다시 고양이 울음소리를 냈다. 앵무새가 부리를 꼭 다물었다.

"이 친구, 고양이한테 한번 호되게 당한 다음부터는 고양이 소리만 나면 저렇게 오금을 저려." 레이코 씨가 웃으면서 말했다.

청소가 끝나자 두 사람은 청소 도구를 내려 두고 각자 모이 상자에 모이를 넣었다. 칠면조는 철벅철벅 바닥에 고인 물을 튀기며 다가와 모이통에 머리를 박고, 나오코가 엉덩이를 쳐도 나 몰라라 하며 정신없이 먹어 댔다.

"매일 아침 이런 일을 해?"

나오코에게 물어보았다.

"그럼. 여자 신참은 대체로 이걸 해. 간단하니까. 토끼 보고 싶어?"

나는 보고 싶다고 말했다. 새장 뒤편에 토끼장이 있고 거기에서 열 마리 정도가 짚에 누워 자고 있었다. 그녀는 빗자루로 똥을 쓸어 모으고 먹이통에 먹이를 넣어 주고 새끼 토끼를 안아 볼을 비볐다.

"귀엽지?" 나오코는 즐겁게 말했다. 그리고 내게 토끼를 넘겨 안아 보게 했다. 그 따스하고 조그만 덩어리는 내 팔속에서 가만히 몸을 웅크리고 귀를 쫑긋쫑긋했다.

"괜찮아. 이 사람 안 무서워." 나오코는 손가락으로 토끼 머리를 쓰다듬고 내 얼굴을 보며 방긋 웃었다. 나도 모르게 웃음으로 화답할 수밖에 없게 만드는 그늘 한 점 없이 눈부신 웃음이었다. 그렇다면 어젯밤의 나오코는 과연 무엇이었던가. 그건 분명 진짜 나오코였다. 꿈이 아니었다. 그녀는 분명 내 앞에서 옷을 벗었다.

레이코 씨는 「프라우드 메리(Proud Mary)」를 휘파람으로 노래하며 쓰레기를 모아 비닐봉지에 넣고 주둥이를 묶었다. 나는 청소 도구와 모이 봉지를 창고로 나르는 일을 도왔다.

"난 아침이 제일 좋아. 모든 게 처음부터 새롭게 시작되는 것 같으니까. 그래서 점심시간이 오면 슬퍼져. 저녁이 가장 싫어. 하루하루 그런 느낌으로 살아가."

"그런 생각 하면서 너희들도 나처럼 나이를 먹는 거야. 아침이 오고 밤이 오고, 그런 느낌으로 살아가다 보면 말이야." 레이코 씨는 즐거운 듯 재잘거렸다. "금방이라고, 그거."

"그렇지만 레이코 씨는 즐기면서 나이를 먹는 것 같아." 나오코가 말했다.

"나이 먹는 걸 즐거워하는 건 아니지만 이제 와서 다시 한번 젊어지고 싶다는 생각은 안 들어." 레이코 씨는 말했다.

"왜요?" 내가 물었다.

"귀찮으니까. 당연하지." 레이코 씨는 대답했다. 그리고 「프라우드 메리」를 휘파람으로 불며 빗자루를 창고 안으로 던져 넣고 문을 닫았다.

방으로 돌아와서 두 사람은 고무장화를 벗고 운동화로 갈아 신은 다음, 농장에 다녀오겠다고 했다. 곁에서 지켜봐야 재미도 없을 테고 다른 사람들과 공동 작업을 하니까 나는 그냥 남아서 책이나 읽는 편이 좋을 것 같다고 레이코 씨가 말했다.

"세면실 양동이 안에 우리가 입었던 속옷이 가득 들었으니까 그거 세탁 좀 해 줄래?" 레이코 씨가 말했다.

"농담이죠?" 나는 깜짝 놀라 되물었다.

"당연하지." 레이코 씨는 웃었다. "농담이지, 그런 거. 자기, 참 귀엽다. 그렇지, 나오코?"

"그런 것 같네." 나오코는 웃으면서 동의했다.

"독일어 공부하고 있을게요." 나는 한숨을 내쉬며 말했다.

"착하기도 해라. 점심때 돌아올 테니까 열심히 해." 레이코 씨가 말했다. 그리고 두 사람은 쿡쿡 웃으며 방을 나섰다. 몇 사람이 창 아래를 지나가는 발소리와 말소리가 들렸다.

나는 세면실에 들어가 다시 세수를 하고 손톱깎이를 가져다 손톱을 깎았다. 여자가 둘이나 사는 공간치고는 정말 썰렁한 세면실 풍경이었다. 영양 크림이니 립크림, 선크림 같은 것들이 여기저기 놓이긴 했지만 화장품으로 보이는 물건은 거의 없었다. 손톱을 깎고 나서 부엌으로 가 커피를 타서 테이블에 앉아 독일어 교과서를 펼쳤다. 햇빛이 비쳐 드는 부엌에 티셔츠 하나 걸치고 앉아 독일어 문법표를 외워 가다 보니 어쩐지 이상한 기분이 들었다. 독일어의 불규칙 동사와 부엌 테이블은 생각할 수 있는 최대한 멀리 떨어진 존재라는 느낌이 들었다.

11시 반에 두 사람은 농장에서 돌아와 차례로 샤워를 하고서 가벼운 옷으로 갈아입었다. 그다음 우리는 식당으로 가서 점심을 먹고 그 후에 정문까지 걸었다. 이번에는 경비실에 사람이 있었고 식당에서 가져온 듯한 점심을 책상 앞에서 맛있게 먹고 있었다. 선반 위 트랜지스터라디오에서는 가요가 흘러나왔다. 우리가 걸어가자 그는 어이, 하고 손을 들고 인사를 했고, 우리도 "안녕하세요." 하고 가볍게 고개를 숙였다.

잠시 셋이서 산책하고 오겠노라고, 세 시간 정도면 돌아올 거라고 레이코 씨가 말했다.

"아, 네, 네. 날씨 참 좋네요. 계곡 옆길은 지난번 비에 무너져서 조금 위험하지만 다른 곳은 괜찮아요, 아무 문제도 없어요." 경비가 친절하게 가르쳐 주었다. 레이코 씨는 외출자 명부로 보이는 용지에 나오코와 자신의 이름과 외출 시간을 적었다.

"조심해서 다녀오세요." 경비가 말했다.

"친절한 분이시네요." 나는 말했다.

"저 사람, 여기가 조금 그래." 레이코 씨는 손가락 끝을 머리에 갖다 댔다.

아무튼 경비 말대로 정말 좋은 날씨였다. 하늘은 더할 나위 없이 새파랗고 가늘게 흩뿌려진 구름은 마치 시험 삼아 페인트를 슬쩍 칠한 것처럼 하늘 천장에 희뿌옇게 달라붙었다. 우리는 잠시 '아미 사'의 낮은 돌담을 따라 걷다가 담에서 벗어나 좁고 가파른 비탈길을 일렬로 서서 올랐다. 선두가 레이코 씨, 중간이 나오코, 마지막이 나였다. 레이코 씨는 이 부근 산이라면 구석구석 모르는 곳이 없다는 듯 자신에 찬 발걸음으로 좁은 비탈길을 올라갔다. 우리는 거의 한마디도 나누지 않고 오로지 걷는 데 집중했다. 나오코는 청바지에 흰 셔츠 차림으로 상의는 벗어 손에 들었다. 나는 곧게 뻗은 그녀의 머리카락이 어깨에서 좌우로 흔들리는 모양을 바라보며 걸었다. 나오코는 때로 뒤를 돌아보고 나와 눈이 마주치면 미소를 지었다. 오르막길은 정신이 아득해질 만큼 길게 이어졌지만 레이코 씨의 발걸음은 조금도 흔들리지 않았고, 나오코도 때로 땀을 닦으며 뒤처지지 않고 잘 따라갔다. 나는 산을 올라 본 지도 꽤 되어 숨을 헐떡였다.

"늘 이렇게 등산을 해?" 나오코에게 물어보았다.

"일주일에 한 번 정도. 힘들지, 꽤?"

"좀 그러네."

"3분의 2는 올랐으니까 곧 끝날 거야. 자기, 남자잖아? 마음 단단히 먹으라고." 레이코 씨가 말했다.

"운동 부족이에요."

"여자애랑 놀기만 하니까 그렇지." 나오코가 혼잣말처럼 말했다.

나는 무슨 말을 하려 했지만 숨이 차 제대로 할 수 없었다. 때로 머리에 깃털 장식 같은 것을 단 빨간 새가 눈앞을 가로질렀다. 푸른 하늘을 배경으로 날아가는 그 모습이 무척 선명했다. 주변 초원에는 하얗고 파랗고 노란 꽃들이 흐드러지게 피었고 여기저기서 벌의 날갯짓 소리가 들렸다. 나는 그런 주위 풍경을 바라보며 아무 생각없이 오로지 한 걸음 한 걸음 앞으로 나아갔다.

그러고도 십 분 정도 언덕길을 올라 고원 비슷한 평탄한 곳으로 나섰다. 우리는 거기에서 잠시 쉬며 땀을 닦고 숨을 고르고 수통의 물을 마셨다. 레이코 씨는 무슨 이파리를 하나 따 오더니만 그걸로 풀피리를 불었다.

길은 완만하게 아래로 뻗었고 양쪽에는 억새 꽃이 빼곡하게 피었다. 십오 분 정도 걸어서 우리는 마을 앞을 지났지만 사람 모습은 보이지 않았고, 열두세 채 되는 집들은 모두 폐허였다. 집 주변에는 허리 높이 정도로 풀이 자랐고 벽에 뚫린 구멍에는 비둘기 똥이 새하얗게 말라붙었다. 어느 집은 기둥만 남고 거의 무너져 내렸지만, 어떤 집은 덧문만 열면 지금이라도 사람이 살 수 있을 만해 보였다. 우리는 죽어 가는 침묵의 집들 사이로 난 길을 빠져나갔다.

"칠팔 년 전만 하더라도 몇 사람이나마 살았는데. 주변에 밭도 있었고 말이야. 이젠 다 떠나 버렸어. 생활이 너무 힘드니까. 겨울에는 눈이 쌓여 꼼짝도 할 수 없는 데다 땅도 그리 비옥하지 않고. 도시로 나가 일해야 돈을 벌 수 있거든." 레이코 씨가 자세히 설명해 주었다.

"정말 아깝네요. 아직 충분히 쓸 만한 집인데."

"한때 히피가 산 적도 있는데 겨울이 되니까 두 손 들고 도망쳐 버렸어."

마을을 빠져나가 잠시 앞으로 나아가자 담으로 둘러친 목장 같은 곳이 나타났고, 멀리 말 몇 마리가 풀 뜯는 모습이 보였다. 담을 따라 걸어가니 커다란 개가 꼬리를 흔들며 달려와 앞발을 올려 레이코 씨를 덮치듯 하면서 얼굴 냄새를 맡고, 나오코에게도 달려들어 매달렸다. 내가 휘파람을 불자 긴 혀를 날름 내밀며 내 손을 핥았다.

"목장 개야." 나오코는 개의 머리를 쓰다듬으며 말했다. "벌써 스무 살 가까이 되지 않았을까. 이가 약해져 딱딱한 건 씹지도 못해. 늘 가게 앞에서 잠만 자다가 사람 발소리가 들리면 달려와서 어리광을 부리지."

레이코 씨가 배낭에서 치즈 조각을 꺼내자 개는 코를 벌름거리더니 그쪽으로 달려가 꼬리를 흔들면서 치즈를 받아물었다.

"이 애를 만날 날도 그리 많이 남지 않았어." 레이코 씨는 개의 머리를 톡톡 두드리면서 말했다. "10월 중순이 되면 말과 소를 트럭에 싣고 아래쪽 축사로 데려가니까. 여름철에만 여기에 방목해서 풀을 마음껏 먹이고 관광객 상대로 조그만 커피숍 같은 것을 열어. 관광객이라 해 봐야 하루에 스무 명 정도 소풍 오는 정도지만. 자기, 뭐 좀 마실래?"

"좋죠." 나는 말했다.

개가 앞장서서 우리를 커피숍으로 안내했다. 정면에 테라스가 있는 하얗게 칠한 작은 건물에 커피 컵 형태의 색 바랜 간판이 처마 아래 걸렸다. 개가 먼저 테라스에 올라 벌러덩 몸을 누이더니 눈을 가늘게 떴다. 우리가 야외 테이블에 앉자 트레이 셔츠와 흰색 진 차림에 머리를 하나로 질끈 묶은 여자애가 나와 레이코 씨와 나오코를 반갑게 맞이했다.

"이 사람, 나오코 친구야." 레이코 씨가 나를 소개했다.

"안녕하세요." 여자애가 인사를 했다.

"안녕하세요." 나도 답했다.

세 여자가 이런저런 잡담을 나누는 동안 나는 테이블 아래 누운 개 목덜미를 쓰다듬었다. 나이가 든 탓인지 목덜미

근육이 딱딱하게 뭉쳐 있었다. 그 딱딱한 부분을 살살 긁어 주자 개는 기분 좋게 눈을 감고 학학 숨을 내뿜었다.

"이름이 뭐야?" 나는 가게 여자애한테 물어보았다.

"페페."

"페페!" 내가 불렀지만 개는 아무런 반응도 보이지 않았다.

"귀가 멀어서 큰 소리로 안 부르면 못 들어." 여자애가 교토 사투리로 말했다.

"페페!" 내가 큰 소리로 부르자 개는 눈을 뜨고 몸을 일으키더니 멍, 하고 짖었다.

"이제 됐으니 천천히 쉬고 오래오래 살아야 해."

여자애가 말하자 페페는 다시 내 발 아래에 벌러덩 누워 버렸다.

나오코와 레이코 씨는 찬 우유를, 나는 맥주를 시켰다. 레이코 씨는 여자애에게 FM 방송을 틀어 달라고 했다. 여자애가 앰프를 켜고 FM 방송에 채널을 맞추었다. 블러드 스웨트 앤드 티어스가 「스피닝 휠(Spinning Wheel)」을 불렀다.

"사실은 FM 방송이 듣고 싶어 여기 와." 레이코 씨는 만족스러운 표정으로 말했다. "우리한테는 라디오도 없으니까 가끔 여기라도 오지 않으면 요즘 세상에 어떤 음악이 유행하는지도 몰라."

"여기서 사는 거야?" 나는 여자애에게 물어보았다.

"설마." 여자애는 웃었다. "밤에 이런 데 있다가는 외로워서 죽어 버릴 거야. 저녁때가 되면 목장 사람이 저 차에 태워 시내까지 데려다 줘. 그리고 아침이면 다시 여기로 와."

여자애는 말하면서 조금 떨어진 곳에 있는 목장 사무실 앞의 사륜구동차를 손가락으로 가리켰다.

"이제 슬슬 이곳도 한산해지지?" 레이코 씨가 물었다.

"그래요. 이제 슬슬 문을 닫아야죠." 여자애가 대답했다. 레이코 씨가 담배를 꺼내 여자애와 둘이서 피웠다.

"자기가 가 버리면 정말 쓸쓸할 거야." 레이코 씨가 말했다.

"내년 5월이면 다시 오니까요." 하고 여자애는 웃으면서 말했다.

크림의 「화이트 룸(White Room)」이 흘러나오고, 광고가 흘러나오고, 그다음 사이먼 앤드 가펑클의 「스카버러 페어(Scaborough Fair)」가 흘러나왔다. 음악이 끝나자 레이코 씨는 이 노래 참 좋아한다고 말했다.

"이 영화 봤어요." 내가 말했다.

"누가 나와?"

"더스틴 호프만."

"누군지 모르겠네." 레이코 씨는 슬픈 표정으로 고개를 저었다. "세상은 하루가 다르게 바뀌어 가, 내가 모르는 사이에."

레이코 씨는 여자애에게 기타를 빌려 줄 수 없겠느냐고 했다. 여자애는 그러마고 말한 후 라디오 스위치를 끄고 안쪽에서 낡은 기타를 들고 왔다. 개가 고개를 치켜들고 킁킁 기타 냄새를 맡았다. "먹는 거 아냐, 이거." 레이코 씨가 개를 향해 말했다. 풀 냄새를 실은 바람이 테라스를 지나 불어 갔다. 산 능선이 또렷이 우리 눈앞에 떠올랐다.

"이거 꼭 「사운드 오브 뮤직(The Sound of Music)」의 한 장면 같네요." 나는 기타 줄을 고르는 레이코 씨에게 말했다.

"뭔데, 그건?" 그녀가 물었다.

그녀는 「스카버러 페어」의 시작 코드를 짚었다. 악보 없이 연주하기는 처음인 듯 시작 부분에서 정확하게 코드를 짚느라 더듬거리기도 했지만, 몇 번 시행착오를 하는 사이에 그녀는 어떤 흐름을 파악하고 전곡을 연주할 수 있게 되었다. 그리고 세 번째에는 여기저기 장식음을 넣어 능숙하게 연주했다. "감이 좋거든." 레이코 씨는 나를 향해 윙크를 보내고 손가락으로 자기 머리를 가리켰다. "세 번만 들으면 악보가 없어도 대충 칠 수 있어."

그녀는 멜로디를 낮게 허밍하면서 「스카버러 페어」를 마지막까지 정확히 연주했다. 우리가 박수를 치자 레이코 씨는 정중하게 고개를 숙여 보였다.

"옛날에 모차르트의 콘체르토를 연주했을 때는 박수 소

282

리가 아주 컸지." 레이코 씨가 말했다.

가게 여자애가 혹시 비틀스의 「히어 컴스 더 선(Here Comes the Sun)」을 연주해 준다면 우유를 가게에서 대접한 걸로 하겠다고 했다. 레이코 씨는 엄지를 세워 오케이 사인을 보냈다. 그러고는 가사를 읊으며 「히어 컴스 더 선」을 쳤다. 성량도 적고 담배를 많이 피운 탓인지 조금 갈라져 나왔지만 존재감이 드러나는 멋진 목소리였다. 맥주를 마시면서 산을 바라보고 그녀의 노래를 듣노라니 정말 여기로 태양이 다시 한 번 얼굴을 내밀 것 같았다. 참으로 따스하고 상냥한 기분이었다.

「히어 컴스 더 선」을 다 부른 다음 레이코 씨는 기타를 여자애한테 돌려주고 다시 FM 방송을 틀어 달라고 했다. 그리고 나오코와 나에게 이 부근을 한 시간 정도 걷다가 오라고 했다.

"여기서 라디오를 들으며 이 친구랑 얘기나 나눌 테니까 3시까지만 돌아오면 돼."

"그렇게 오래 둘이만 있어도 괜찮겠어요?" 내가 물었다.

"사실 안 되지만, 그럼 또 어때. 나도 수행원 아줌마 신세에서 벗어나 좀 쉬고 싶어, 혼자서. 이렇게 멀리까지 찾아왔는데 쌓인 이야기도 하고 싶잖아?" 레이코 씨는 새로 담배에 불을 붙이며 말했다.

"가, 우리." 나오코가 자리에서 일어섰다.

나도 일어서서 나오코 뒤를 따랐다. 개가 눈을 뜨고 잠시 우리 뒤를 따라왔지만 곧 체념했는지 제자리로 돌아갔다. 우리는 목장 목책을 따라 평탄한 길을 천천히 걸었다. 때로 나오코는 내 손을 잡기도 하고 팔짱을 끼기도 했다.

"이렇게 걸으니까 옛날로 돌아간 것 같지 않니?" 나오코가 말했다.

"옛날이 아냐. 올봄이야." 나는 웃으며 말했다. "올봄까지 우리 이렇게 걸었어. 그게 옛날이라면 십 년 전은 고대사가 되고 말 거야."

"실제로 고대사 같은 거야. 그런데, 어제, 미안해. 신경이 좀 날카로워져서. 네가 이렇게 멀리까지 와 주었는데, 정말 미안해."

"괜찮아. 아마도 여러 가지 감정을 좀 더 바깥으로 표출하는 게 좋지 않을까 싶어, 너도 나도. 누군가에게 그런 감정을 터뜨리고 싶으면 나에게 하면 돼. 그러면 서로를 더 잘 이해할 수 있을 거야."

"나를 이해해서 어쩌려고?"

"넌 정말 모르는구나." 내가 말했다. "뭘 어쩌겠다는 그런 문제가 아니야, 이건. 세상에는 시간표를 조사하는 게 좋아서 하루 종일 열차 시간표만 들여다보는 사람도 있어. 또는 성냥개비를 연결해서 길이 1미터나 되는 배를 만들려는 사람도 있고. 그러니까 이 세상에 너를 이해하려는 사람이 하나 정도 있어도 괜찮잖아?"

"취미 같은 건가?" 나오코는 이상하다는 듯이 말했다.

"취미라고 해도 틀린 말은 아닐 거야. 보통 정상적인 정신을 가진 사람이라면 그런 걸 호의 또는 애정이라 하겠지만, 네가 취미라고 말하고 싶으면 그렇게 불러도 돼."

"저기, 와타나베. 넌 기즈키를 좋아했지?"

"물론이지."

"레이코 씨는 어때?"

"그 사람 정말 좋아. 좋은 사람이야."

"근데, 넌 어떻게 그런 사람만 좋아하는 거야? 우린 다 이상하게 비틀리고 꼬여서 버둥거리기만 하다가 점점 깊은 물에 가라앉는 사람들이야. 나도 기즈키도 레이코 씨도. 모두가 그래. 왜 좀 제대로 된 사람을 좋아할 수 없는 거야?"

"그건 내 눈에는 그리 보이지 않기 때문이지. 너도 기즈키도 레이코 씨도 이상해 보인다는 생각이 들지 않아. 내 눈에 좀 이상해 보이는 인간들은 모두 당당히 바깥 세계를 돌아다니고 있지."

"그렇지만 우린 어딘가가 잘못됐어. 난 알아."

우리는 잠시 아무 말 없이 걸었다. 길은 목장의 목책을 벗어나 작은 호수처럼 주변의 숲에 둘러싸여 둥그런 형태를 띤 초원으로 이어졌다.

"가끔 가다 밤중에 눈이 떠지면 견딜 수 없을 만큼 두려 워." 나오코는 내 팔에 몸을 기대면서 말했다. "다시 원래 자 리로 돌아가지 못하고 뒤틀리고 꼬인 채 이대로 여기에서 나이를 먹으며 메말라 버리는 건 아닐까. 그런 생각을 하면 마음이 한가운데부터 얼어붙어 버려. 참기 힘들어. 괴롭고 차가워서."

나는 나오코의 어깨에 손을 둘러 품에 안았다.

"마치 기즈키가 어둠 속에서 손을 뻗으며 나를 부르는 것 같은 느낌이 들어. 어이, 나오코, 우린 떨어져 살 수 없어. 그 런 말을 들으면, 난 정말 어떻게 해야 하는지 모르겠어."

"그럴 때는 어떻게 해?"

"와타나베, 이상하게 생각하지는 마."

"안 그럴게."

"레이코 씨 품에 안겨. 레이코 씨를 깨워서 그 침대에 들 어가서 꼭 안아 달라고 해. 그리고 울어. 그녀가 나를 쓰다듬 어 줘. 가슴 저 안쪽이 따스해질 때까지. 이런 거, 이상해?"

"안 이상해. 레이코 씨 대신에 내가 안아 주고 싶은데."

"지금 안아 줘, 여기서."

우리는 초원의 마른풀 위에 앉아 꼭 끌어안았다. 바닥에 앉으니 우리 몸은 풀 속에 쏙 들어가 하늘과 구름 말고는 아무것도 보이지 않았다. 나는 나오코의 몸을 천천히 풀 위에 눕히고 끌어안았다. 나오코의 몸은 부드럽고 따스하고, 그 손은 내 몸을 갈구했다. 우리는 진심에서 우러나온 키스를 했다.

"있잖아, 와타나베." 나오코가 귀에다 대고 속삭이듯 말했다.

"응?"

"나랑 자고 싶어?"

"물론."

"좀 기다릴 수 있어?"

"물론 기다릴게."

"그때까지, 나 자신을 좀 더 제대로 정돈하고 싶어. 제대로, 네 취향에 어울리는 인간이 되고 싶어. 그때까지 기다려 줄 거야?"

"물론 기다리지."

"지금 딱딱해진 거야?"

"발바닥?"

"바보." 나오코는 쿡쿡 웃었다.

"발기를 두고 하는 말이라면, 했지, 물론."

"그 물론이란 말, 그만할 수 없어?"

"그럴게, 그만할게."

"그거 힘들어?"

"뭐가?"

"딱딱해지는 거."

"힘들어?" 나는 되물었다.

"다시 말해 그러면…… 고통스럽냐는 거야."

"생각하기에 따라서는."

"해 줄까?"

"손으로?"

"응. 솔직히 말해 아까부터 그게 닿아서 아파."

나는 몸을 조금 옆으로 틀었다. "이제 됐어?"

"고마워."

"저, 나오코?"

"응?"

"해 줘."

"좋아." 나오코는 방긋 웃었다. 그리고 내 바지 지퍼를 내리고 딱딱해진 페니스를 손으로 잡았다.

"따뜻해." 나오코가 말했다.

나오코가 손을 움직이려 하는 걸 멈추게 하고 그녀의 블라우스 단추를 풀고 등으로 손을 돌려 브래지어 후크를 풀었다. 그리고 부드러운 핑크빛 가슴에 살짝 입술을 댔다. 나오코는 눈을 감고 천천히 손가락을 움직이기 시작했다.

"꽤 잘하는데."

"착한 아이는 이럴 때 입을 다무는 거야."

사정이 끝나자 나는 부드럽게 그녀를 안고 다시 입을 맞추었다. 그런 다음 나오코는 브래지어와 블라우스를 입고 나는 바지의 지퍼를 올렸다.

"이제 좀 편히 걸을 수 있겠어?"

"덕분에."

"그럼 좀 더 걸어 볼까요?"

"알겠습니다."

우리는 초원을 빠져나와 숲을 뚫고 다시 초원을 가로질렀다. 걸으면서 나오코는 죽은 언니 이야기를 했다. 이건 지금까지 아무한테도 말하지 않았지만 네게는 말해 두는 편이 좋을 것 같아서 하는 얘기라고 그녀는 말했다.

"우린 여섯 살 터울이고 성격도 완전히 달랐지만 아주 사이가 좋았어. 싸움 한 번 한 적이 없어. 정말이야. 하긴 싸울 수 없을 만큼 차이가 나긴 했지만."

언니는 뭘 해도 일등에 올라서는 타입이었다고 나오코는 말했다. 공부도 일등, 운동도 일등, 인기도 있고 리더십도 있고, 친절한 데다 성격도 쿨해서 남자애들한테 인기도 많고 선생들도 좋아하고 표창장을 백 번도 더 받은 여자애였다고. 어느 공립 학교에나 하나 정도는 이런 여자애가 있다. 자기 언니라서 하는 말은 아니지만, 그런 걸로 자만에 빠져 교만하게 굴거나 잘난 척을 하는 사람도 아니었고 남들 눈에 확 드러나는 걸 좋아하지도 않았다. 그냥 뭘 해도 자연스럽게 일등을 해 버리는 것뿐이었다고.

"그래서 난 어릴 적부터 귀염받는 여자애가 되리라고 마음 먹었어." 나오코는 억새 꽃을 빙글빙글 돌리면서 말했다. "생각해 봐, 주변 사람들에게 언니가 얼마나 머리 좋은지, 운동을 잘하는지, 사람이 따르는지 그런 말만 들으며 자랐으니까. 아무리 발버둥을 친들 언니를 이길 수는 없을 거라 생각한 거야. 얼굴 하나만 본다면 내가 좀 낫기도 했으니까 부모도 나를 귀엽게 키우려 했던 것 같아. 그래서 초등학교부터 그런 학교에 들어간 거야. 벨벳 원피스, 프릴 달린 블라우스, 에나멜 구두, 피아노와 발레 레슨 같은 거. 그 덕분에 언니가 나를 무척 귀여워해 주었어. 정말 귀여운 여동생이라고. 앙증맞은 것들을 선물해 주기도 하고 여기저기 데리고 다니기도 하고 공부도 돌봐 주고. 남자 친구랑 데이트할 때 나를 데려가기도 하고. 정말 좋은 언니였어.

그런 언니가 왜 자살했는지, 아무도 그 이유를 몰랐어. 기즈키 경우하고 똑같아. 완전히 똑같아. 나이도 열일곱, 그 직전까지 자살 징후는 하나도 안 보였고 유언도 없고. 같지?"

"그런 것 같네."

"사람들이 모두 그 애는 머리가 너무 좋고 책을 너무 많이 읽어서 그랬다고 말해. 하긴 책을 많이 읽긴 했어. 책이 아주 많아서 언니가 죽은 다음 내가 그 책을 읽었는데, 슬펐어. 낙서도 있고 끼워 말린 꽃도 있고 남자 친구가 보낸 편지도 있고. 그런 걸 보면서 난 몇 번이나 울었어."

나오코는 잠시 입을 다물고 참억새 꽃을 빙글빙글 돌렸다.

"어지간한 일은 스스로 처리해 버리는 사람이었어. 누군가에게 의논하거나 도움을 청하는 일은 없었어. 자존심이 세서는 아니었어. 그냥 그러는 게 당연하다고 생각해서 그랬을 거야, 아마. 부모도 거기에 익숙해져서 이 애라면 내버려 두어도 괜찮다고 생각한 거야. 난 자주 언니에게 의논했고 언니는 다정하게 여러 가지를 가르쳐 주었지만, 자기는 누구에게도 의논 같은 걸 안 했지. 혼자서 정리해 버렸어. 화를 내지도 않고 불쾌한 표정을 짓지도 않았어. 사실이야, 이거. 과장하는 게 아니라. 여잔, 예를 들어 생리할 때면 짜증을 부리기도 하잖아, 많건 적건. 그런 것도 없었어. 언니는 불쾌해지는 대신에 침울해졌어. 두세 달에 한 번 정도 그럴 때가 있었는데 이틀 정도 제 방에 틀어박혀 그냥 누워만 있었어. 학교도 쉬고 아무것도 안 먹고. 방을 어둡게 하고서는 아무것도 안 하고 멍하니 있는 거야. 그래도 기분이 나빠진 기색은 아니었어. 내가 학교에 갔다가 돌아오면 방으로 불러들여 옆에 앉히고 그날 어떻게 지냈나 듣는 거야. 별다른 이야기도 아니었어. 친구들하고 뭘 하고 놀았다든지, 선생님이 이런 말을 했다든지, 시험 성적이 어땠다든지, 그런 이야기였어. 그런 말을 열심히 들어 주고 자기 생각을 말하고 충고를 해 주기도 했어. 그렇지만 내가 없어지면, 이를테면 친구들하고 놀러 가 버리거나 발레 레슨을 받으러 가면, 그냥 혼자서 멍하니 있는 거야. 그리고 이틀 정도 지나면 갑자기 자리에서 벌떡 일어나 학교에 가. 그런 생활이 아마 사 년 정도 이어지지 않았을까 싶어. 처음에는 부모도 걱정이 돼서 의사에게 의논을 하기도 했지만 이틀만 있으면 확 바뀌어 버리니까 그냥 내버려 두면 좋아질 거라고 생각했던 거야. 머리도 좋고 야무진 딸이었으니까.

언니가 죽은 뒤, 난 문틈으로 새어 나오는 부모의 대화를 들었어. 아주 오래전에 세상을 떠난 아버지의 동생 이야기를. 그 사람도 아주 머리가 좋았는데, 열일곱에서 스물하나까지 사 년간 집 안에 틀어박혀 지내다가 결국 어느 날 갑자기 바깥으로 뛰쳐나가 전철에 뛰어들었다는 거야. 그리고 아버지가 이런 말을 했어. '역시 내 쪽 핏줄인가.'라고."

나오코는 말을 하면서 무의식적으로 손가락으로 억새 꽃을 풀어헤쳐 바람에 날렸다. 전부 풀어헤치고 나자 그녀는 줄기를 손가락에 휘감았다.

"내가 발견했어, 언니가 죽은 걸. 초등학교 6학년 가을이야. 11월. 비 내리는 아주 우중충한 날이었어. 언니는 고등학교 3학년이었지. 내가 피아노 레슨을 받고 돌아와서 6시 반, 엄마가 곧 저녁을 먹을 테니까 언니를 불러오라고 했어. 난 2층으로 올라가 언니 방 문을 두드리며 저녁 먹으라고 했어. 그렇지만 대답이 없어 다시 한 번 문을 두드린 다음 가만히 문을 열어 봤어. 잠이 들었나 하고. 그렇지만 언니는 자는 게 아니었어. 창가에 서서 목을 약간 비스듬히 기울인 채 바깥을 가만히 바라보는 거야. 마치 생각에 빠진 사람처럼. 방은 어둡고 모든 것이 희미해서 잘 보이지 않았어. 난 '뭐 해? 밥 먹어.'라고 말했어. 말한 다음 언니의 키가 평소보다 조금 크다는 걸 알아차렸어. 그래서, 이거 어떻게 된 거야, 하고 좀 이상하다는 생각을 했어. 하이힐을 신은 건가, 아니면 발아래 뭘 받쳤나, 다가가 말을 걸려고 하다가 퍼뜩 깨달은 거야. 목 위에 끈이 걸린 걸. 천장 대들보에서 곧장 아래로 끈이 내려왔는데, 정말 깜짝 놀랄 만큼 아래로 쭉 뻗어 있었어. 마치 자를 대고 공간에다 좌악 선을 그은 듯이. 언니는 하얀 블라우스를 입고, 그래, 꼭 지금 내가 입은 것처럼 아주 심플한 그런 블라우스에 회색 스커트 차림이었는데 발끝이 발레리나처럼 앞으

293

로 꼿꼿이 섰고 바닥과 발가락 끝 사이에 20센티미터 정도 아무것도 없는 공간이 있었어. 난 그 모습을 상세하게 모두 봐 버렸어. 얼굴도. 얼굴도 봐 버렸어. 안 볼 수가 없었어. 나는 아래층에 있는 엄마한테 알려야 한다고, 소리를 질러야 한다고 생각했어. 그렇지만 몸이 말을 듣지 않는 거야. 내 의식과는 달리 몸이 제멋대로 움직여 버리는 거야. 의식은 빨리 아래층으로 내려가야 한다고 생각하는데, 몸이 제멋대로 움직여서 언니의 몸을 끈에서 풀어내려 했어. 어린애 힘으로 그게 될 리 없고, 난 그 자리에서 오륙 분 멍하니 있었던 것 같아. 얼이 빠져서. 뭐가 뭔지 알 수도 없어서. 몸속에선 뭔가가 죽어 버린 거 같았어. 엄마가 뭘 하느냐면서 보러 올라오기까지 멍하니 거기 있었어, 언니랑 같이. 그 어둡고 차가운 곳에……."

나오코는 고개를 저었다.

"그로부터 사흘 동안, 난 한마디도 하지 않았어. 침대에 누워 죽은 듯이 눈만 멀뚱하게 뜨고. 어떻게 된 건지 알 수가 없었거든." 나오코는 내 팔에 몸을 기댔다. "편지에 썼지? 난 네가 생각하는 것보다 훨씬 더 불완전한 인간이라고. 네가 생각하는 것보다 난 더 심각하게 아프고, 뿌리도 아주 깊어. 그러니까 만일 앞으로 나아갈 수 있다면 너 혼자라도 가 줘. 날 기다리지 말고. 다른 여자애랑 자고 싶으면 자고. 내 생각 하면서 망설이거나 하지 말고 당당하게 하고 싶은 대로 해. 아니면 난 너까지 끌고 갈지도 몰라. 설령 무슨 일이 있다 해도 그런 짓만은 하기 싫어. 네 인생을 가로막고 싶지 않아. 누구의 인생도 방해하고 싶지 않아. 아까도 말했듯이 가끔 만나러 와 주고, 나를 언제까지나 기억해 줘. 내가 바라는 건 그것뿐이야."

"내가 바라는 것은 그뿐만이 아냐."

"하지만 나랑 같이 있으면 네 인생을 허비하게 돼."

"난 아무것도 허비하는 게 아냐."

"영원히 회복 못 할지도 몰라. 그래도 넌 나를 기다릴 거야? 십 년이나 이십 년이나 기다릴 수 있어?"

"넌 너무 무서워하고 있어. 어둠이니 괴로운 꿈이니 죽은 사람들의 힘 따위를. 네가 반드시 해야 할 일은 그걸 잊는 것이고, 그것만 잊어버릴 수 있다면 넌 반드시 회복할 수 있어."

"잊을 수만 있다면." 나오코는 고개를 저으며 말했다.

"여기서 나가게 되면 나와 같이 살지 않을래? 그러면 너를 어둠이나 꿈 같은 것으로부터 지켜 줄 수 있고, 레이코 씨가 없어도 네가 무서워 떨 때 내가 안아 줄 수 있잖아."

나오코는 내 몸에 몸을 바싹 기대었다. "그럴 수 있다면 얼마나 좋을까."

우리가 커피숍에 돌아온 것은 3시 조금 못 미쳐서였다. 레이코 씨는 책을 읽으면서 FM 방송으로 브람스의 피아노 협주곡 2번을 듣고 있었다. 사람 그림자 하나 없는 초원의 끝에서 브람스가 울려 퍼지는 것도 꽤 멋진 일이었다. 3악장의 첼로 멜로디를 그녀는 휘파람으로 따라 했다.

"바크하우스와 뵘." 그녀가 말했다. "옛날에 이 레코드를 닳아 버릴 만큼 들었지. 정말 닳아 버리기도 했고. 처음부터 끝까지 하나도 놓치지 않고 들었어. 티끌 하나 남기지 않고 다 핥듯이."

나오코와 나는 뜨거운 커피를 시켰다.

"얘긴 좀 했어?" 레이코 씨가 나오코에게 물었다.

"응, 아주 많이."

"나중에 가르쳐 줘. 저 친구가 어땠는지."

"그런 건 아무것도 안 했어." 나오코는 얼굴을 붉혔다.

"정말 아무것도 안 했어?" 레이코 씨가 나한테 물었다.

"안 했어요."

"이런, 재미없어." 레이코 씨는 정말 재미없다는 듯이 말했다.

"그렇긴 하네요." 나는 커피를 홀짝이며 말했다.

*

    저녁 식사 풍경은 어제와 거의 같았다. 분위기도 대화하는 목소리도 사람들의 얼굴 표정도 어제 그대로였고, 메뉴만 달랐다. 어제 무중력 상태에서 위액의 분비에 대해 말했던 하얀 가운의 남자가 우리 세 사람 테이블로 와서 뇌의 용량과 그 능력의 상관관계에 대해 한참이나 이야기했다. 우리는 콩 햄버그스테이크란 걸 먹으면서 비스마르크와 나폴레옹의 뇌 용량에 대한 이야기를 들었다. 그는 접시를 옆으로 밀치고 메모지에 볼펜으로 뇌 그림을 그렸다. 몇 번이나 "아냐, 이런 게 아니야, 이거." 하고 다시 그렸다. 그림을 다 그리고서는 메모지를 소중하게 하얀 가운 호주머니에 넣고 볼펜을 가슴 주머니에 꽂았다. 주머니에는 볼펜 세 자루와 연필과 자가 있었다. 그리고 다 먹은 다음 "여긴 겨울이 아주 볼만하죠, 다음에 꼭 한번 오세요."라며 어제와 같은 말을 하고는 가 버렸다.

    "저 사람 의사예요, 아니면 환자예요?" 나는 레이코 씨한테 물어보았다.

    "어느 쪽인 것 같아?"

    "어느 쪽인지 도저히 모르겠네요. 아무튼 그다지 정상적으로는 보이지 않아요."

"의사야. 미야타 선생님." 나오코가 말했다.

"그래도 저 사람, 여기서 가장 머리가 이상해. 이건 내기 해도 좋아." 레이코 씨가 말했다.

"경비 오무라 씨도 꽤 이상하잖아." 나오코가 말했다.

"응, 그 사람 미쳤어." 레이코 씨는 브로콜리를 포크로 찍으며 고개를 끄덕였다.

"매일 아침 이상한 소리를 꽥꽥 질러 대면서 말도 안 되는 체조를 해. 나오코가 들어오기 전에 기노시타라는 경리 여직원이 있었는데 이 사람은 노이로제로 자살 미수, 도쿠시마라는 간호사는 작년에 알코올 중독이 너무 심해져서 잘렸어."

"환자와 스태프를 전부 바꿔도 될 정도네요." 나는 감탄하며 말했다.

"그 말대로야." 레이코 씨는 포크를 달랑달랑 흔들면서 말했다. "자기도 이제 점점 세상이 어떻게 되어 있는지 알게 된 것 같네."

"그런 것 같네요."

"우리에게도 아주 정상적인 부분이 있어. 그건 우리는 스스로 비정상이란 걸 안다는 거지."

방으로 돌아와서 나와 나오코는 둘이 카드놀이를 하고, 레이코 씨는 다시 기타를 끌어안고 바흐를 연습했다.

"내일 몇 시에 가?" 레이코 씨가 잠시 연습을 멈추고 담배에 불을 붙이며 나에게 물었다.

"아침 먹고 출발해요. 9시 넘어서 버스가 오니까. 그러면 저녁나절에 아르바이트를 할 수 있거든요."

"섭섭하네. 좀 더 오래 있으면 좋을 텐데."

"그랬다가는 나도 여기에 자리 잡아 버릴걸요." 나는 웃으며 말했다.

"하긴 그래. 아, 그렇지. 오카 씨한테 가서 포도 받아 와야지. 깜빡했네."

"같이 갈까요?" 나오코가 물었다.

"그보다는 와타나베를 잠깐 빌려도 돼?"

"그럼요."

"자, 둘이서 밤 산책 하고 올게." 레이코 씨는 내 손을 잡으며 말했다. "어제는 하다 말았으니까 오늘 밤은 끝까지 다 하자, 응."

"그러세요, 좋을 대로 마음껏." 나오코는 쿡쿡 웃으면서 말했다.

바람이 차서 레이코 씨는 셔츠 위에 옅은 푸른색 카디건을 입고 두 손을 바지 호주머니에 찔러 넣었다. 그녀는 걸으면서 하늘을 올려다보고 개처럼 킁킁, 냄새를 맡았다. 그리고 "비 냄새가 나." 하고 말했다. 나도 따라서 킁킁 냄새를 맡아 보았지만 아무 냄새도 나지 않았다. 하늘에는 구름이 짙게 끼었고 달은 그 뒤편에 숨어 버렸다.

"여기 오래 있다 보면 공기 냄새만 맡아도 대충 날씨를 알 수 있어."

스태프 주택이 있는 숲으로 들어가자 레이코 씨는 잠시 기다리라 하고는 혼자서 어느 집 앞에 서서 벨을 눌렀다. 부인으로 보이는 여자가 나와 레이코 씨와 선 채 이야기를 나누고 웃더니 안으로 들어가 커다란 비닐봉지를 들고 나왔다. 레이코 씨는 그녀에게 고맙다고, 잘 자라는 인사를 하고 내 쪽으로 돌아왔다.

"봐, 포도 받아 왔지." 레이코 씨는 비닐봉지 안을 보여 주었다. 봉지 안에는 포도가 빼곡했다.

"포도 좋아해?"

"좋아해요."

그녀는 맨 위의 한 송이를 들고 내 손에 건네주었다. "이거 씻은 거니까 먹어도 돼."

나는 걸으면서 포도를 먹고 껍질과 씨앗을 땅바닥에 뱉었다. 신선하고 상큼한 포도였다. 레이코 씨도 한 송이를 들고 먹었다.

"저 집 남자애한테 피아노를 조금 가르쳐. 그 답례로 이것저것 많이 줘, 저 집에서. 지난번 와인도 그런 거야. 필요한 게 있으면 시내에서 사다 주기도 하고."

"어제 이야기의 후속편을 듣고 싶어요."

"좋아. 그렇지만 이틀씩이나 늦게 돌아가면 나오코가 우리 관계를 의심하지 않을까?"

"혹시 그런다 해도 다음 이야기를 듣고 싶은데요."

"좋아, 그럼 지붕이 있는 곳으로 가자. 오늘은 좀 쌀쌀하니까."

그녀는 테니스 코트 앞에서 왼쪽으로 꺾어 작은 창고가 몇 동 늘어선 곳으로 갔다. 그리고 그 가운데 맨 앞 창고 문을 열고 안으로 들어가 전등을 켰다. "들어와. 아무것도 없는 곳이지만."

창고 안에는 크로스컨트리용 스키와 슈토크와 스키화가 가지런히 놓였고, 바닥에는 제설 도구니 제설제 따위가 쌓였다.

"옛날에는 자주 여기 와서 기타 연습을 했어. 혼자 있고 싶을 때. 아늑하고 좋지?"

레이코 씨는 제설제 포대 위에 앉더니 내게도 옆에 앉으라고 했다. 나는 시키는 대로 자리를 잡고 앉았다.

"연기가 좀 매울지도 모르겠지만, 담배 피워도 될까?"

"괜찮아요, 아무렇지도 않아요."

"끊을 수가 없어, 이것만은." 레이코 씨는 얼굴을 찌푸리며 말했다. 그리고 맛있게 담배를 피웠다. 이렇게나 맛있게 담배를 피우는 사람도 없을 것이다. 나는 한 알 한 알 알뜰하게 포도를 씹고 껍질과 씨앗을 쓰레기통으로 보이는 깡통 속에 버렸다.

"어제는 어디까지 얘기했더라?"

"폭풍이 치는 날 바다제비 집을 찾으러 절벽을 올라가는 데까지요."

"자긴 아주 진지한 표정으로 농담을 하니까 정말 웃긴다니까." 레이코 씨는 어이가 없다는 표정으로 말했다. "매주 토요일 아침에 그 여자애한테 피아노를 가르쳤다는 데까지 했을 거야, 아마."

"맞습니다."

"세상에 다른 사람을 잘 가르치는 사람과 잘 못 가르치는 사람이 있다면, 난 아무래도 전자에 속할 거야. 젊은 시절에는 그리 생각하지 않았지만. 하긴 그런 생각 하기 싫었겠지. 어느 정도 나이가 들어 스스로를 가늠할 수 있게 된 다음에야 그런 생각을 하게 되었어. 내가 남을 잘 가르친다고. 나, 진짜로 잘 가르쳐."

"나도 그렇게 생각해요."

"난 스스로보다는 남에 대해서 더 잘 참고 자신보다 남을 대할 때 그 좋은 점을 잘 이끌어 내. 나는 그런 타입이야. 말하자면, 성냥갑 옆에 붙은 거칠거칠한 놈, 그런 존재야. 그래도 좋아, 딱히 상관없어. 그런 게 그리 싫지 않거든. 난 이류 성냥개비 보다는 일류 성냥갑이 더 좋아. 그런 생각을 확고히 하게 된 건, 그래, 그 애를 가르친 후부터일 거야. 그전까지 젊은 시절에 아르바이트로 몇 명을 가르치긴 했지만 그때는 딱히 그런 생각 하지 않았어. 그 애를 가르치면서 비로소 생각이 들었어. 어, 나한테 남을 가르치는 재능이 있었어? 그 정도로 레슨은 잘 흘러갔지.

어제도 말했듯이 테크닉 측면에서 그 애의 피아노는 별것 아니었고, 게다가 전문 음악가가 되려는 것도 아니니까 아주 느긋하게 가르친 거야. 그 애가 다니는 학교는 어느 정도 성적이면 대학까지 그냥 계단을 걷듯이 올라가는 여학교라서 바락바락 공부할 필요도 없으니까 그 애 어머니도 느긋하게 가르쳐 달라 했고. 그래서 나도 그 애한테 이렇게 해라 저렇게 해라는 식으로 강요하지 않았지. 처음 만났을 때부터 억지로 시키는 걸 싫어하는 애라고 느꼈거든. 겉으로는 얌전하게 예, 예, 하고 순종적으로 굴지만 절대로 자기가 하기 싫은 건 안 하는 애였어. 그래서 우선 그 애가 좋아하는 것을 치게 했지. 100퍼센트 자기 마음대로. 다음으로 내가 그 곡을 여러 가지 방식으로 쳐 보는 거야. 그리고 둘이서 어떤 연주가 좋은지 취향에 맞는지를 토론해. 그다음 그 애에게 다시 한 번 치게 해. 그러면 이전보다 연주가 몇 단계나 더 좋아지는 거야. 뭐가 좋은지 꿰뚫어 보고 그걸 그냥 빨아들이는 애였어."

레이코 씨는 한숨을 돌리고 담뱃불 끝을 바라보았다. 나는 말없이 계속 포도를 먹었다.

"나도 나름대로 꽤 음악적인 감각이 있는 사람이라 생각하지만, 그 애는 나 이상이었어. 아깝다는 생각이 들었어. 어릴 적부터 좋은 선생을 만나 제대로 훈련만 받았더라면 꽤 높은 수준까지 올랐을 텐데, 하고. 그렇지만 그건 아니야. 결국 그 애는 제대로 된 훈련을 견뎌 낼 수 없는 애였어. 세상에는 그런 사람도 있으니까. 대단한 재능을 타고났지만 그것을 체계화하려는 노력이 안 되어서 그 재능을 산산이 흩뿌린 채 끝내 버리는 사람들. 나도 그런 사람을 몇이나 봤어. 처음에는 정말 대단하다고 생각해. 이를테면 아주 어려운 곡을 악보만 한 번 척 보고는 그냥 쳐 버리는 사람이 있어. 그것도 꽤 괜찮은 수준으로. 보는 사람이 압도당하고 말아. 난 도저히 상대도 안 된다고. 그렇지만 그것뿐이야. 그들은 거기서 앞으로 나아가지 않아. 왜 안 나아갈까? 노력하지 않거든. 노력하는 훈련을 받지 않았기 때문에. 자만에 빠져 스스로를 망쳐 버리는 거야. 약간 재능이 있어 어릴 적부터 별로 노력하지 않아도 꽤 하니까 주위 사람들이 칭찬하게 되고, 노력 같은 거 별것도 아니라 생각해 버리는 거지. 다른 아이가 삼 주는 걸리는 곡을 그 반 정도 시간에 완성해 버려. 그러면 선생이 이 애는 재능이 있다고 다음으로 넘어가. 그 곡도 다른 사람보다 두 배나 빨리 해치워 버려. 또 다음 곡으로 넘어가. 그래서 지적받고 꾸중 듣는 것도 모르고 인격 형성에 필요한 어떤 요소를 빠뜨린 채 앞으로 가 버리는 거야. 이건 비극이야. 하긴 나한테도 어느 정도 그런 요소가 있었지만, 다행히 난 선생님이 아주 엄격한 사람이라서 이 정도로 그친 거지.

그러나 그 애를 가르치는 건 정말 즐거웠어. 성능 좋은 스포츠카를 타고 고속도로를 달리는 것 같았어. 손가락만 조금 움직여도 번개처럼 빠르게 반응하는 거야. 좀 심하게 빠른 경우도 있었지만. 그런 애를 가르치는 요령은 무엇보다 칭찬을 너무 하지 않는 거야. 어릴 적부터 칭찬받는 데 익숙해서 아무리 칭찬을 들어도 늘 듣던 말이라고 여길 뿐이거든. 가끔 가다 적절한 칭찬을 해 주면 돼. 그리고 절대로 강요하지 말 것. 스스로 선택하게 할 것. 앞으로 나아가지만 말고 멈춰 서서 생각하게 할 것. 그뿐이야. 그러면 잘 풀릴 수 있어."

레이코 씨는 담배를 땅바닥에 버리고 발로 밟아 껐다. 그리고 감정을 가라앉히려는 듯 후우, 깊이 숨을 쉬었다.

"레슨이 끝나면 차를 마시며 이야기를 나눴어. 때로 내가 재즈 피아노 흉내를 내며 가르쳐 주기도 하고. 이런 게 버드 파월, 또 이건 텔로니어스 멍크라는 식으로. 그러나 대체로 그 애가 말을 했어. 이야기는 또 얼마나 잘하는지, 나도 모르게 푹 빠져들고 말았지. 어제도 말했듯이 대부분은 지어 낸 이야기였지만, 그게 재미있었어. 관찰력이 얼마나 날카로운지, 표현은 또 얼마나 분명한지, 독설과 유머로 사람의 감정까지 자극하는 거야. 아무튼 남의 감정을 건드려서 움직이게 만드는 솜씨가 정말 대단했어. 게다가 스스로 그런 능력이 있다는 것을 아니까 정말 교묘하고 효과적으로 그것을 구사했지. 사람을 화나게도 하고 슬프게도 하고 동정하게도 하고 난감하게도 하고 기쁘게도 하고, 마음먹은 대로 상대의 감정을 자극할 수 있는 거야. 그것도 자신의 능력을 시험하고 싶다는 이유 하나만으로 무의미하게 남의 감정을 마음대로 가지고 놀아. 물론 그런 것도 나중에야 아, 그랬구나, 하고 고개를 끄덕이게 되었지만 그때는 아무것도 몰랐어."

레이코 씨는 고개를 젓고는 포도알을 몇 개 입에 넣었다.

"병이었어. 어디가 아팠던 거야. 그것도 썩은 사과가 주변까지 모두 못쓰게 만들어 버리는 병. 그 애의 병은 아무도 치유해 줄 수 없는 거였어. 죽을 때까지 그런 식으로 썩어 가는 거야. 어찌 생각하면 불쌍한 애였어. 나도 만일 피해자만 아니었다면 그런 동정심을 품었을 거야. 이 애도 희생자일 뿐이라고."

그녀는 다시 포도를 먹었다. 어떻게 이야기를 끌어가면 좋을지 생각하는 것 같았다.

"그렇게 반년을 즐겁게 지냈어. 때로, 뭐지 이거? 하고 고개를 갸우뚱하기도 하고, 어딘지 모르게 좀 이상하다는 느낌에 사로잡힐 때도 있었어. 대화를 나누는 사이에 그 애가 누군가에 대해 아무리 생각해도 이해하기 힘든 무의미하고 격렬한 증오심을 품었다는 것을 알고 등줄기가 서늘해지는 느낌을 받기도 했고, 너무 눈치가 빨라서 얘는 대체 무슨 생각을 하며 살까 하는 느낌이 들 때도 있었어. 그렇지만 인간이라면 누구든 결점이란 게 있잖아? 더욱이 난 고작 피아노 선생에 지나지 않으니까, 그런 거야 아무래도 좋잖아, 인간성이니 성격이니 하는 거? 제대로 배우고 연습만 잘 해 오면 만사 오케이니까. 게다가 그 애를 꽤 좋아했어, 사실은.

다만 난 그 애한테 개인적인 일은 말하지 않기로 했어. 본능적으로 안 그러는 게 좋겠다는 생각이 들었으니까. 그래서 그 애가 나에 대해 여러 가지 질문을 해도(정말 알고 싶어 했지만) 진짜 사소한 일들만 말했어. 어떤 환경에서 자랐고 어느 학교를 다녔는지 정도만. 선생님에 대해 더 많이 알고 싶어요, 그 애는 늘 알고 싶어 했어. 나에 대해 알아서 뭐 하겠니, 별 볼 일 없는 인생이야, 평범한 남편과 아이가 있고 집 안일에 쫓기며 산다고 했지. 그러면 그 애, 내 얼굴을 뚫어져라 바라보며 '저, 선생님 좋아해요.'라며 매달리듯이 말하는 거야. 그 눈길을 받으면 나도 가슴이 뭉클했지. 나쁜 기분은 아니거든. 물론 필요 이상의 것은 가르쳐 주지 않았지만.

아마도 5월쯤이었을 거야. 레슨하다 말고 갑자기 그 애가 몸이 안 좋아졌다는 거야. 얼굴을 보니 조금 파랗게 질린 것 같기도 하고 땀을 흘렸어. 그래서 물었지. 어떡할까? 집에 갈래? 그랬더니 잠시 눕고 싶다는 거야. 금방 나을 것 같다고. 그럼 그러라고, 내 침대에 누우라며 그 애를 거의 끌어안다시피 해서 내 침실로 데리고 갔어. 우리 집 소파가 너무 작아서 침대에 눕힐 수밖에 없었거든. 죄송해요, 걱정 끼쳐서, 하고 말하기에, 괜찮아, 마음 푹 놔, 하고 위로해 주었어. 물이라도 한잔 마실래? 괜찮아요, 잠시 옆에 있어 주세요. 응, 그럴게. 얼마든지 옆에 있어 줄게, 그렇게 말했지.

잠시 후 '죄송한데요, 등을 좀 쓸어 주실 수 있어요?' 그 애가 고통스러운 표정으로 말하는 거야. 얼굴을 내려다보니 땀을 많이 흘리기도 하고 해서 열심히 등을 쓸어 주었어. 그러자 '죄송해요. 브래지어 좀 벗겨 주실래요. 숨이 막혀서요.'라고 하는 거야. 어쩌겠어, 풀어 줬지. 몸에 꼭 맞는 셔츠를 입어서 그 단추를 풀고 뒤의 후크를 풀었어. 열세 살치고

308

는 가슴이 큰 애였어. 내 두 배는 되어 보였어. 주니어용이
아니라 어른용, 그것도 꽤 큰 사이즈 브래지어였어. 뭐, 그런
건 중요한 일은 아니지만. 나는 오래오래 등을 쓸어 줬어, 바
보처럼. 죄송하다고, 그 애는 정말로 미안한 목소리로 말했
고, 그때마다 난 괜찮아, 괜찮아, 했지."

레이코 씨의 발아래 점점 담뱃재가 쌓여 갔다. 나도 그즈
음에는 포도를 먹던 손길을 멈추고 가만히 그녀의 이야기에
만 귀를 기울였다.

"그러다 걔가 훌쩍훌쩍 울기 시작하는 거야.

'왜 그래?' '아무것도 아니에요.' '아무것도 아닌 게 아니
잖아. 솔직히 말해 봐.' '가끔 이래요. 나도 어쩔 수 없어요.
외롭고 슬프고, 아무도 의지할 사람 없고, 아무도 날 위해
주지 않고. 그래서 너무 괴로워서 이렇게 되어 버린 거예요.
밤에는 잠도 잘 못 자고, 식욕도 거의 없고. 선생님 만나는
게 유일한 즐거움이에요.' '얘, 왜 그렇게 됐는지 얘기해 봐,
들어 줄게.'

집안에 문제가 많다고 하더라고. 부모를 사랑할 수 없고,
부모도 자신을 사랑해 주지 않는다고. 아버지는 다른 여자
가 있어 집에도 별로 들어오지 않고, 어머니는 그 때문에 반
은 미쳐서 딸에게 화풀이하고, 매일 두들겨 맞는다는 거야.
집에 돌아가기가 무섭다고. 그러면서 흑흑, 흐느껴 우는 거

야. 그 귀여운 눈에 눈물을 가득 담고. 그걸 봤다면 신이라도 그냥 넘어가 버릴 거야. 나는 이렇게 말했어. 그렇게 집에 돌아가는 게 무서우면 레슨 때가 아니라도 좋으니 자주 놀러 오라고. 그러자 그 애는 나에게 매달리며 '정말 죄송해요. 선생님이 안 계셨더라면 나, 어떻게 됐을지 몰라요, 날 버리지 마세요. 선생님이 날 버리면 갈 곳이 없어요.'라고 했어.

어쩔 수 없이, 그 애 머리를 끌어안고 쓰다듬어 줬어, 괜찮다고 마음 놓으라고 하면서. 그때쯤 아이는 내 등에 이렇게 팔을 두르고 어루만졌어. 그러는 사이에 나는 점점 기분이 이상해졌어. 뭔지 모르게 몸이 달아오르는 것 같은 느낌. 그렇잖아, 그림에서 빠져나온 듯이 예쁜 여자애와 끌어안고 침대에 누웠는데 그 애가 내 등을 쓰다듬는 거야, 또 그 손길이 얼마나 관능적인지. 우리 남편 따위 발바닥에도 못 미칠 정도였어. 한 번 스칠 때마다 내 몸에서 빗장이 하나씩 풀리는 게 느껴졌어. 그 정도로 대단했지. 언뜻 정신을 차려 보니 그 애, 내 블라우스를 벗기고 브래지어도 벗겨 내고 가슴을 만지고 있었어. 그때야 비로소 알아차렸어, 이 애 나면서부터 레즈비언이라는 걸. 난 이전에도 한 번 당한 적이 있거든. 고등학교 때 상급생 여자애한테. 그래서 난, 안 돼, 그만둬, 하고 말했어.

'제발요. 조금만요. 정말 외로워요. 거짓말 아니에요. 정말 외로워요. 선생님밖에 없어요. 버리지 마세요.' 그러더니 그 애, 내 손을 잡더니 자기 가슴에 대는 거야. 정말 예쁜 가슴 이었어. 그걸 만지는 순간 가슴이 찌릿했어. 여자인 나조차. 나는 어쩌면 좋을지 몰라서 안 돼, 이건 안 돼, 하고 정말 바보 같은 소리만 했어. 어찌된 영문인지 몸이 말을 듣지 않았어. 고등학교 때에는 그럭저럭 밀어낼 수 있었는데, 그때는 도무지 몸이 말을 듣지 않더라고. 몸이 꼼짝을 하지 않았어. 그 애, 왼손으로 내 손을 잡아 자기 가슴에 대고 입술로 내 젖꼭지를 부드럽게 물기도 하고 빨기도 하고, 오른손으로 등이며 옆구리며 엉덩이를 애무했어. 커튼이 닫힌 침실에서 열세 살짜리 여자애에게 거의 다 벗겨져서. 그때는 뭐가 뭔지도 모르는 사이에 옷이 하나하나 벗겨진 상태였어. 애무를 받으며 내가 신음하고 몸을 뒤틀다니, 지금 생각하면 믿기지가 않아. 정말 바보 같아. 그렇지만 그때는 무슨 마법에라도 걸린 것 같았어. 그 애는 내 젖꼭지를 빨면서 '외로워요. 선생님밖에 없어요. 날 버리지 마세요. 정말 외로워요.'라고 중얼거리고, 난 안 돼, 안 돼만 반복하는 거야."

레이코 씨는 이야기를 멈추고 담배 연기를 뿜어냈다.

"이런 얘기 남자한테는 처음이야." 레이코 씨는 내 얼굴을 바라보았다. "자기한테는 말해 두는 게 좋을 것 같아서 말했지만, 나, 지금 정말 창피해."

"죄송해요." 그 말 말고 달리 무슨 말을 어떻게 해야 할지 알 수 없었다.

"그런 상태가 얼마간 이어지다가 그 애 오른손이 점점 아래쪽으로 내려가기 시작했어. 그리고 속옷 위로 그곳에 닿았어. 그땐 벌써 완전히 젖어 질퍽거릴 정도였어. 정말 창피한 이야기지만. 그렇게 젖기는 예전에도 없었고 앞으로도 없을 거야. 그때까지 난 스스로 성적으로 담백한 타입이라고 생각했거든. 그런 상황에 빠져서는 나 자신도 멍해지고 말았어. 그리고 속옷 안으로 그 애의 가늘고 부드러운 손가락이 들어와서, 그래서…… 이런 거 대충은 알지? 그런 말, 내 입으로는 도저히 못하겠어. 그거, 남자의 거칠거칠한 손으로 하는 것과는 완전히 달라. 엄청나. 정말로. 마치 깃털로 간질이는 것 같았으니까. 머릿속의 퓨즈가 끊어져 버릴 것 같았어. 하지만 몽롱한 머릿속으로 이래서는 안 된다고 생각했어. 한번 이런 짓을 벌였다가는 언제까지나 계속하게 될 테고, 그런 비밀을 끌어안았다가는 내 머리도 마구 엉켜 버릴 게 분명한 거야. 아이를 생각했어. 내 아이가 이런 장면을 보기라도 하면 어쩌겠느냐고. 아이는 토요일 3시 정도까지 내 친정에서 돌봐 주지만, 만약 무슨 일이 있어 갑자기 돌아오기라도 하면 어쩌겠느냐고. 그런 생각을 한 거야. 그래서 나는 온몸의 힘을 짜내 일어서서 '그만, 부탁이야!'라

312

고 외쳤어.

그 애는 그만두지 않았어. 그 애, 그때 내 속옷을 벗기고 그곳을 입과 혀로 애무했어. 나, 부끄러워서 남편에게도 거의 허락하지 않았는데 열세 살 여자애가 내 거기를 살살 핥는 거야. 돌아 버릴 것 같았어, 울어 버리고 싶었어. 그게 그냥 천국에 오른 것만큼 대단한 거야.

'그만하라고.' 다시 한 번 소리치고 그 애의 볼을 쳤어. 힘껏. 그제야 멈추었지. 그리고 몸을 일으킨 다음 가만히 나를 쳐다보는 거야. 그때 우리 두 사람은 거의 알몸으로, 침대 위에 앉아서 서로를 가만히 바라봤어. 그 애는 열세 살이고 나는 서른한 살⋯⋯. 그 애의 몸을 보면서 난 그냥 압도되어 버렸어. 지금도 또렷이 떠올라. 그게 열세 살 여자애의 몸이라니 도저히 믿을 수 없었고, 지금도 믿기지 않아. 그 애 앞에 서면 내 몸 따위 그냥 울고 싶을 만큼 보잘것없는 거야, 정말로."

뭐라 할 말이 없어 난 그냥 입을 다물었다.

"왜 그러느냐고, 그 애가 말했어. '선생님도 이런 거 좋아하잖아요? 난 처음부터 알았다니까요. 좋아하죠? 알아요, 그런 거. 남자랑 하는 것보다 훨씬 좋죠? 봐요, 이렇게 젖어 버렸잖아요. 나, 이보다 훨씬 더 잘할 수 있거든요. 정말이라니까요. 몸이 녹아내릴 정도로 잘해 줄게요. 좋잖아요, 네?' 근데, 진짜로 걔 말 그대로였어. 정말로. 남편과 하는 것보다 그 애랑 하는 게 더 좋았고, 더 해 줬으면 싶었어. 그렇지만 그럴 수는 없는 노릇이었지. '우리 일주일에 한 번만 해요. 한 번이면 돼요. 아무도 모를 거예요. 선생님하고 나만의 비밀로 하지 않을래요?'

그렇지만 나는 벌떡 일어서서 목욕 가운을 걸치고, 이제 집에 가, 다시는 우리 집에 오지 마, 하고 말했어. 그 애는 나를 가만히 쳐다보았어. 그런데 말이야, 그 눈이 평소와는 달리 너무 밋밋한 거야. 마치 골판지에 페인트로 그림을 그린 듯 밋밋했어. 깊이가 안 느껴졌어. 잠시 가만히 나를 쳐다보더니 말없이 옷을 주섬주섬 끌어모아 보란 듯이 천천히 하나씩 걸치고, 그다음 피아노가 있는 거실로 돌아가 가방에서 헤어브러시를 꺼내 머리를 빗고 손수건으로 입술에 묻은 피를 닦고 신발을 신고는 나가 버렸어. 나가면서 이렇게 말했지. '당신, 레즈비언이야, 진짜. 아무리 속이려 해도 죽을 때까지 그럴 수밖에 없어.'라고."

"정말 그렇습니까?"

레이코 씨는 입술을 비틀며 잠시 생각했다. "예스도 되고 노도 돼. 남편과 하는 것보다 그 애랑 할 때 더 강렬하게 느꼈거든. 그건 사실이야. 한때는 내가 레즈비언이 아닐까, 심각하게 고민하기도 했어. 지금까지 그걸 몰랐을 뿐이라고.

314

요즘은 그렇게 생각 안 해. 물론 내 속에 그런 경향이 없다고는 안 해. 아마도 있을 거야. 그렇지만 정확한 의미에서 나는 레즈비언이 아냐. 왜냐하면 내 쪽에서 여자애를 보고 적극적으로 욕정을 일으키는 일은 없으니까. 알겠어?"

나는 고개를 끄덕였다.

"다만 어떤 부류의 여자애가 나에게 감응하고, 그 감응이 나에게 전해질 따름이야. 그런 경우에 한해서 난 그렇게 되어 버려. 그러니까 나오코를 안는다 해도 딱히 아무런 느낌도 없어. 우린 더울 때는 방 안에서 거의 벌거벗고 지내고, 탕에도 같이 들어가고 가끔 한 이불을 덮고 자고…… 그렇지만 아무 일도 없어. 아무런 느낌도 없어. 나오코의 몸도 아주 예쁘지만, 글쎄, 그뿐이야. 응, 한 번 레즈비언 놀이를 해 본 적은 있어. 나오코랑 나. 이런 이야기 해도 돼?"

"얘기해 주세요."

"내가 이 이야기를 그 애한테 했을 때, 우린 무슨 이야기든 다 하니까, 나오코가 시험적으로 내 몸을 쓰다듬었어, 요리조리. 둘이서 벌거벗고. 그렇지만 못 느꼈어, 하나도. 너무너무 간지러워서 죽을 것 같았거든. 지금도 그 일을 생각하면 몸이 간질거려. 그 애, 그런 거 정말 잘 못 하니까. 조금 마음이 놓여?"

"그러네요. 솔직히 말해." 하고 나는 대답했다.

"그런 이야기야, 대충." 레이코 씨는 새끼손가락 끝으로 눈썹 언저리를 긁적이면서 말했다.

"그 여자애가 나가 버린 다음, 난 잠깐 동안 의자에 앉아 멍하니 있었어. 어떻게 하면 좋을지 몰라서. 몸 저 안쪽에서 쿵쿵, 둔탁하게 뛰는 심장 소리가 들리고, 손발이 불쾌할 정도로 무겁고 입안은 나방이라도 삼킨 것 같아. 그러다 곧 아이가 돌아올 거니까 일단 몸을 씻어야 한다는 생각이 들었어. 그 애가 더듬고 핥은 몸을 깨끗이 씻어야 한다고. 아무리 비누로 몸을 문질러도 무슨 끈적한 것이 달라붙은 듯 떨어지지가 않았어. 아마 심리적인 거였겠지만 깨끗이 사라지지 않는 거야. 그날 밤에 남편한테 안아 달라고 했어. 그 찌꺼기를 떼어 버리려고. 물론 남편한테는 아무 말도 하지 않았어. 도저히 할 수 없는 말이었으니까. 그냥 안아 달라고, 해 달라고 했어. 평소보다 시간을 들여 천천히 오래오래 해 달라고. 그 사람 아주 세심하게 해 주었어. 충분히 시간을 들여. 난 완전히 가 버렸어. 그렇게 끝까지 느낀 건 결혼하고 처음이었어. 왜 그런지 알아? 그 애 손가락 감촉이 내 몸에 남았으니까. 그것뿐이야. 창피하네, 이런 이야기. 땀이 다 나네. 해 달라고 했다는 둥 가 버렸다는 둥." 레이코 씨는 다시 입술을 비틀며 웃었다. "하지만 그래도 안 떨어져 나가는 거야. 이틀이 지나고 사흘이 지나도 남았어. 그 여자애의 감촉

이. 그 애의 마지막 대사가 머릿속에서 메아리처럼 울려 퍼
졌어.

다음 주 토요일, 여자애는 오지 않았어. 만약에 오면 어
떡할지, 난 콩닥콩닥 뛰는 가슴으로 집에 있었지. 아무것도
손에 잡히지가 않았어. 그렇지만 오지 않았어. 올 수가 없었
겠지. 자존심 센 아이인 데다 그런 분위기로 끝났으니까. 다
음 주도 또 다음 주도 오지 않았고 한 달이 흘렀어. 시간이
지나면 잊어버릴 것이라고 생각했지만, 잘 잊히지가 않았어.
혼자 집에 있으면 주변에 그 애의 기운이 떠도는 것 같아 안
절부절못하는 거야. 피아노도 칠 수 없고, 다른 생각도 할
수 없고. 뭘 해도 손에 잡히지 않았어. 그렇게 한 달 정도 지
난 어느 날 문득 깨달았는데, 바깥을 걷다 보니 뭔가 이상
해. 이웃 사람들이 묘하게 나를 의식하는 거야. 나를 보는
눈이 어쩐지 좀 바뀐 것 같고, 서먹서먹했어. 물론 인사 정
도는 했지만, 목소리의 뉘앙스도 대하는 태도도 달랐어. 가
끔 우리 집에 놀러 오던 이웃집 부인이 아무래도 나를 피하
는 것 같았어. 그렇지만 난 가능한 한 마음에 두지 않으려
고 애썼어. 그런 데 신경 쓰기 시작하는 게 발병의 초기 징
후니까.

어느 날, 나와 친하게 지내던 이웃집 부인이 찾아왔어. 같
은 나이에다 엄마랑 친한 분 딸이기도 하고 아이 유치원도

같아서 친하게 지내는 사이였어. 그 부인이 갑자기 찾아와서, 나에 대해 아주 안 좋은 소문이 퍼졌는데 아느냐고 하는 거야. 모른다고 했지, 난.

'무슨 소문인데?'

'이걸 뭐라고 해야 하나, 정말 말하기 힘드네.'

'말하기 힘들다고? 여기까지 말해 놓고선, 그러지 말고 그냥 솔직히 다 말해 줘.'

그녀는 정말 말하기 싫은 듯 망설였지만, 억지로 다 말하게 했지. 본인도 처음부터 말하고 싶어서 참다못해 찾아온 거니까, 빼면서도 있는 대로 다 말했어. 그녀의 말에 따르면, 소문이란 게, 내가 정신 병원에 몇 번 들어간 적이 있는 레즈비언이고, 피아노를 배우러 온 여자애를 홀딱 벗겨서 데리고 놀려다가 애가 저항하자 얼굴이 부을 정도로 때렸다는 거였어. 이야기를 만들어 내는 솜씨도 대단했지만, 내가 입원한 사실은 또 어떻게 알았는지 그게 너무 놀라웠어.

'난 옛날부터 자기를 잘 아니까 절대로 그런 사람이 아니라고 사람들한테 말했어.' 그 여자가 말했어. '그렇지만 그 여자애 부모가 여자애 말을 믿고, 이웃 사람들한테 말을 하고 다니는 거야. 딸이 자기한테 당했다고, 조사해 보니까 정신 병원에 입원한 이력이 있더라고.'

그녀의 말에 따르면 어느 날(다시 말해 그 사건이 있었던

318

날) 피아노 레슨을 받으러 갔던 애가 퉁퉁 부은 얼굴로 울면서 왔기에, 도대체 무슨 일이냐고 캐물은 모양이야. 얼굴은 붓고 입술이 터졌고, 블라우스 단추도 떨어져 나가고 팬티도 조금 찢어졌더라고. 이거, 믿을 수 있어? 물론 이야기를 꾸며 내려고 그 애 스스로 한 짓이야. 블라우스에 일부러 피를 묻히고 단추를 뜯어내고 브래지어 레이스를 찢고, 일부러 엉엉 울어 눈을 빨갛게 만들고, 머리카락을 마구 헝클어 놓고, 집에 들어가서는 양동이 세 개에 가득 담길 만큼 마구 거짓말을 늘어놓은 거야. 그 장면이 눈에 선하게 떠올라.

그렇지만 그 애 이야기를 다 믿어 버린 사람들을 나무랄 수도 없는 노릇이야. 나라도 믿고 싶었겠지, 만일 그런 입장이라면. 인형처럼 예쁜 얼굴에 악마처럼 말 잘 하는 여자애가 훌쩍훌쩍 울면서 '싫어, 나, 아무 말도 안 할래. 창피해.'라고 저항하다가 고백한 이야기라면 누구든 그냥 그대로 믿을 수밖에 없을 거야. 거기에다 하필이면 내게 정신 병원 입원 이력이 있다는 게 사실이잖아. 그 애 얼굴을 때린 것도 사실이고. 그러니 누가 내가 하는 말을 믿어 주겠어? 믿어 준 사람은 남편 정도였어.

며칠을 고민 고민 하다가 마음을 다잡고 남편에게 모두 털어놓았는데 그는 당연히 믿어 줬어. 난 그날 일을 전부 얘기했어. 레즈비언 같은 짓을 하기에 힘껏 때렸다고. 물론 느

319

껐다는 건 말하지 않았지만. 아무리 그래도 그렇지 그것만은 좀 곤란하지. '이거 말도 안 돼. 내가 직접 그 집에 가서 담판을 짓고 올게.' 남편이 화를 내며 말했어. '당신은 나와 결혼해서 애까지 있어. 왜 레즈비언이라는 말을 들어야 해. 그런 말도 안 되는 소리가 어디 있어.'라고.

난 말렸어. 가지 말라고. 그만둬, 그렇게 해 봐야 우리 상처만 깊어질 뿐이야. 사실이 그래. 난 알아. 그 애한테 마음의 병이 있다는 거. 나도 그렇게 병든 사람을 많이 봤기 때문에 너무 잘 알아. 그 애는 마음 안쪽까지 다 썩어 버린 거야. 그 아름다운 피부를 한 겹만 벗겨 내면 그 안은 전부 썩었어. 너무 말이 심할지 모르지만, 사실이 그래. 그렇지만 세상 사람들은 그걸 모르고, 어떤 경우에도 우리가 이길 가능성은 제로야. 그 애는 어른의 감정을 제멋대로 주무르는 선수인데 우리한테는 아무런 무기도 없어. 도대체 열세 살 여자애가 서른한 살 여자를 동성애 행위로 꼬드겼다는 걸 누가 믿겠어? 누가 무슨 말을 해도 세상 사람들은 자신이 믿고 싶은 것밖에 안 믿어. 발버둥 칠수록 우리 처지만 더욱 나빠질 뿐이야.

이사 가자, 내가 말했어. 그것 말고는 수가 없다고. 여기 더 머물다가는 압박이 너무 심해 내 머리가 터지고 말 거라고. 지금도 꽤 위험한 상태라면서. 아무튼 우리를 아는 사

320

람이 없는 먼 곳으로 가자고 했어. 그렇지만 남편은 움직이고 싶어 하지 않았어. 얼마나 중대한 일인지 미처 모른 거겠지. 회사 일이 한창 재미있을 그런 시기였고, 업자가 지은 작은 집이지만 손에 넣은 지 얼마 되지도 않았고, 딸도 유치원에 익숙해졌고. 조금만 기다려 달라고, 그렇게 갑자기 움직일 수야 없지 않느냐고 그는 말했어. 일자리도 금방 찾을 수 없을 테고, 집도 팔아야 하고, 아이가 다닐 유치원도 찾아봐야 하고, 아무리 서둘러도 두 달은 필요하다고.

그건 안 돼, 다시 일어설 수 없을 만큼 나는 상처 입고 말 거야, 그렇게 말했어. 협박이 아니라 사실이 그렇다고 말이야. 난 그걸 잘 안다고. 그즈음부터 환청이니 귀울림이니 불면증이니 하는 것들이 조금씩 나타나기 시작했으니까. 그럼 당신 먼저 어디든 혼자 좀 가 있어, 난 여기 일들을 좀 처리하고 갈 테니까, 하고 그가 말했어. 싫다고 했지. '혼자서는 아무 데도 가기 싫어. 지금 당신이랑 떨어지면 난 부서지고 말 거야. 나, 지금 당신이 필요해. 혼자 두지 마.'

그 사람, 날 꼭 안아 주었어. 조금만 참아 달라는 거야. 한 달만 참아 달라고. 그동안 모든 걸 준비해 두겠다면서. 직장도 정리하고 집도 팔고 아이 유치원도 찾고 새 직장도 찾고. 잘만 되면 오스트레일리아에서 일을 할 수 있을지도 모른다고. 그러니까 한 달만 참아 달라고. 그러면 모든 게 잘 풀릴 수 있다고 말이야. 그렇게까지 말을 하니, 난 입을 다물 수밖에 없었지. 무슨 말을 하려 하면 하는 만큼 난 점점 더 깊은 고독 속에 빠지게 될 테니."

레이코 씨는 한숨을 내쉬고 천장의 전등을 올려다보았다.

"그렇지만 한 달을 견디지 못했어. 어느 날 머리가 펑! 나사가 빠져 버린 거야. 이번에는 좀 심각했지. 가스를 틀고 수면제를 먹어 버렸으니까. 그렇지만 죽지 않았어. 정신을 차려 보니 병원이었어. 그걸로 끝. 몇 개월이 지나 조금 안정을 찾고 머리가 제대로 돌아가게 되었을 즈음, 남편에게 말했지, 이혼해 달라고. 그것이 당신을 위해서도 딸을 위해서도 가장 좋은 일이라고. 이혼할 생각은 없다고 그는 거부했어.

'다시 한 번 시작하자. 새로운 땅으로 가서 우리 셋이 다시 살아 보는 거야.'

'이제 늦었어. 그때 모두 끝나 버렸어. 한 달만 기다려 달라고 당신이 말한 그 순간에. 정말 새롭게 시작하고 싶었다면 그때 당신이 그런 말을 해서는 안 되었어. 어디를 가도, 아무리 멀리 가도, 또 똑같은 일이 일어날 거야. 난 또 같은 요구를 해서 당신을 괴롭게 할 테고, 난 이제 그런 짓 하고 싶지 않아.'

그리고 우리는 이혼했어. 내 쪽에서 억지로 밀어붙인 거야. 그 사람, 이 년 전에 재혼했지만, 나는 지금도 그때 그렇게 하기를 잘했다고 생각해. 정말이야. 그즈음에 내 인생은 계속 그럴 것임을 깨달았고, 그런 내 인생에 다시는 다른 사람을 끌어들이고 싶지 않았어. 언제 꼭지가 돌아 버릴지 가슴을 조이며 지내야 하는 생활을 누구에게도 강요하기 싫었어.

그 사람, 나한테 정말 잘해 줬어. 믿음이 가는 성실한 사람이었고, 듬직하고 참을성 있고, 나한테는 정말 이상적인 남편이었어. 나를 고쳐 보려고 있는 힘을 다했고, 나도 나아지려고 노력했어. 그를 위해서도 아이를 위해서도. 나도 이제 나았다고 생각했는데. 결혼한 육 년 동안 정말로 행복했어. 남편은 99퍼센트 완벽하게 해냈어. 그렇지만 1퍼센트가, 고작 1퍼센트가 온전하지 못했던 거야. 그리고 펑! 그래서 우리가 쌓아 올린 것들은 한순간에 무너져 완전히 제로가 되어 버렸어. 그 여자애 하나 때문에."

레이코 씨는 밟아 끈 발아래 꽁초를 모아 깡통 안에 넣었다.

"비참한 이야기지. 우리 그렇게 고생하면서 온갖 것들을 조금씩 조금씩 쌓아 올렸는데. 무너질 때는 정말 눈 깜짝할 사이였어. 번쩍, 하더니 모든 것이 무너져 아무것도 남지 않았어."

레이코 씨는 자리에서 일어나 바지 호주머니에 두 손을

찔러 넣었다. "돌아가야지. 너무 늦었어."

하늘은 아까보다 더 어둡게 검은 구름에 덮여 달도 완전히 모습을 감추어 버렸다. 이제는 나도 비 냄새를 맡을 수 있었다. 그리고 손에 든 봉지 속의 싱싱한 포도 향이 거기에 뒤섞였다.

"그래서 나는 좀처럼 이곳을 떠날 수 없어. 여길 나가 바깥 세계를 접하는 게 두려워. 사람들을 잔뜩 만나 생각을 잔뜩 해야 한다는 게 두려워."

"그 마음 잘 알 거 같아요. 그렇지만 레이코 씨는 할 수 있을 거예요. 바깥에 나가서도 꿋꿋하게 해 나갈 수 있을 거라고 믿어요."

레이코 씨는 싱긋 웃을 뿐 아무 말도 하지 않았다.

＊

나오코는 소파에 앉아 책을 읽고 있었다. 다리를 꼬고 손가락으로 관자놀이를 누르면서 책을 읽는 그 모습이 마치 머리에 들어오는 단어를 손가락으로 확인하는 것처럼 보였다. 벌써 툭툭 빗방울이 떨어지기 시작했고, 전등 불빛은 가느다란 분말처럼 그녀 몸 주위에 아른아른 떠돌았다. 레이코 씨와 오래 둘이서 이야기를 나눈 다음에 나오코를 보니, 그녀가 정말 젊다는 사실을 새삼 느꼈다.

"늦어서 미안해." 레이코 씨가 나오코 머리를 쓰다듬었다.

"둘이서 즐거웠어?" 나오코가 고개를 들며 물었다.

"물론." 레이코 씨가 대답했다.

"뭘 했어, 둘이서?" 나오코가 나에게 물었다.

"말로는 좀 하기 힘든 거." 내가 대답했다.

나오코는 쿡쿡 웃으며 책을 내려놓았다. 그리고 우리는 빗소리를 들으면서 포도를 먹었다.

"이렇게 비가 내리면 마치 이 세상에 우리 세 사람밖에 없는 것 같은 느낌이 들어. 비만 계속 내리면 우리 세 사람도 언제까지나 이렇게 있을 수 있을 텐데."

"그리고 너희 두 사람이 안고 있을 동안 난 눈치 없는 노예처럼 자루가 긴 부채를 들고 휙휙 부채질을 하거나 기타로 백 뮤직을 연주하거나 그래야 하잖아? 싫어, 그런 거."

"으응, 가끔 빌려 줄게." 나오코가 웃으며 말했다.

"아, 그러면 나쁘진 않겠지. 비야 내려라!"

비는 계속 내렸다. 때로 천둥 번개도 쳤다. 포도를 다 먹은 다음 레이코 씨는 아니나 다를까 담배에 불을 붙이고, 침대 아래서 기타를 꺼내 치기 시작했다. 「데사피나도(Desafinado)」와

「이파네마에서 온 소녀(The Girl from Ipanema)」를 치고, 그런 다음 배커랙의 곡과 레넌, 매카트니의 곡을 쳤다. 레이코 씨와 나는 다시 와인을 마시고 그게 떨어지자 수통에 남은 브랜디를 나누어 마셨다. 그리고 아주 친밀한 기분으로 여러 이야기를 나누었다. 이대로 비가 계속 내리면 좋을 텐데, 하고 생각했다.

"또 와 줄 거지?" 나오코가 내 얼굴을 바라보며 말했다.

"물론 올게."

"편지도 쓸 거지?"

"매주 쓸게."

"나한테도 좀 써 줄래?" 레이코 씨가 말했다.

"좋죠. 쓸게요. 기꺼이."

11시가 되어 레이코 씨가 나를 위해 어젯밤처럼 소파를 눕혀 침대를 만들어 주었다. 우리는 잘 자라는 말을 하고 전깃불을 끄고 잠자리에 들었다. 나는 잠이 잘 오지 않아 배낭에서 손전등을 꺼내『마의 산』을 읽었다. 12시 조금 전에 침실 문이 살짝 열리더니 나오코가 다가와서 내 옆으로 파고들었다. 어젯밤과는 달리 나오코는 평소와 같은 나오코였다. 눈도 흐릿하지 않았고 동작도 활기에 넘쳤다. 그녀는 내 귀에 입을 대고 "잠이 안 와, 어쩐지."라고 속삭였다. 나도 마찬가지라고 말했다. 나는 책을 내려놓고 손전등을 끈 다음 나오코를 끌어안고 입을 맞추었다. 어둠과 빗소리가 부드럽게 우리를 감쌌다.

"레이코 씨는?"

"괜찮아. 푹 잠들었으니까. 저 사람, 한번 잠들면 절대로 안 일어나. 정말로 다시 만나러 와 줄 거야?"

"올게."

"네게 아무것도 못 해 줄 텐데도?"

나는 어둠 속에서 고개를 끄덕였다. 나오코의 젖가슴 형태가 그냥 그대로 내 가슴에 와 닿았다. 어깨에서 등으로 그리고 허리로 나는 천천히 몇 번이나 손을 움직여 그녀의 부드러운 몸 선을 머릿속에 새겼다. 잠시 그렇게 다정하게 서로를 껴안고 있다가 나오코는 내 이마에 입을 맞추고 스르륵 침대를 빠져나갔다. 나오코의 옅은 푸른색 가운이 어둠 속에서 마치 물고기처럼 흐느적거렸다. "잘 가." 하고 나오코가 낮은 목소리로 말했다.

그리고 빗소리를 들으면서 나는 조용히 잠에 빠져들었다.

아침이 되어도 비는 그치지 않았다. 어젯밤과는 달리 눈에 보이지 않을 만큼 가느다란 가을비였다. 물웅덩이의 파문과 처마를 타고 떨어지는 빗방울 소리로 비가 온다는 것을 겨우 알 수 있을 정도였다. 눈을 떴을 때 창밖에는 희뿌연 안개가 깔렸고, 태양이 떠오르자 안개는 바람에 휩쓸려 가 숲과 산 능선이 조금씩 모습을 드러냈다.

어제 아침처럼 우리는 셋이서 아침을 먹고 그런 다음 새 장을 돌보러 갔다. 나오코와 레이코 씨는 후드가 달린 노란색 비닐 비옷을 입었다. 나는 스웨터 위에 방수 윈드브레이 커를 입었다. 공기는 눅눅하고 차가웠다. 새들도 비를 피하려는 듯 새장 구석 쪽에 조용히 모여 있었다.

"춥네요, 비가 내려서." 내가 레이코 씨에게 말했다.

"비가 내리고 나면 조금씩 추워져. 그러다 어느새 겨울이 돼 버리지. 바다에서 다가온 구름이 이 부근에서 눈으로 떨어졌다가 저편으로 옮겨 가는 거야."

"새들은 겨울에 어떡해요?"

"물론 실내로 옮기지. 자기, 새들을 봄까지 냉동시켜 두었다가 눈 속에서 파내 해동한 다음 '자, 여러분, 밥 먹자.' 뭐, 그럴 줄 알았어?"

내가 손가락으로 철조망을 두드리자 앵무새가 날개를 퍼득거리며 "바보 새끼, 고마워, 미친놈." 하고 외쳤다.

"저거 당장 냉동해 버리고 싶어." 나오코가 울적한 목소리로 말했다. "매일 아침 저 소릴 듣다 보면 정말로 미쳐 버릴 것 같아."

새장 청소가 끝나고 우리는 방으로 돌아와 나는 짐을 챙겼다. 두 사람은 농장으로 갈 준비를 했다. 우리는 같이 건물을 나서서 테니스 코트 조금 앞에서 헤어졌다. 두 사람은 길을 오른쪽으로 꺾어 들고, 나는 곧장 앞으로 나아갔다. 두 사람이 "안녕." 하고 손을 흔들었다. 나도 "안녕." 하고 손을 흔들었다. 또 보러 올게, 하고 나는 말했다. 나오코는 미소를 머금고 모퉁이를 돌아 사라졌다.

정문에 이르기까지 몇 사람과 스쳤는데, 모두 나오코와 레이코 씨처럼 노란 비옷을 입고, 머리에 후드를 덮어썼다. 비 때문에 모든 것이 선명해 보였다. 땅은 시커멓고 소나무 가지는 선명한 녹색이고 노란 비옷에 몸을 감싼 사람들은 비 내리는 날에만 땅바닥을 떠도는 특수한 영혼처럼 보였다. 그들은 농기구니 바구니니 포대 같은 것을 들고 소리도 없이 지면 위로 움직여 갔다.

경비는 내 이름을 기억하고, 나갈 때 방문자 리스트의 내 이름에 동그라미를 쳤다.

"도쿄에서 오셨군요." 노인은 내 주소를 보고 말했다. "나도 한 번 간 적이 있는데, 거기 돼지고기가 참 맛있지요."

"아, 그렇습니까?" 나는 영문도 모른 채 적당히 맞장구쳤다.

"도쿄에서 먹은 음식들은 거의 맛이 없었는데, 돼지고기만 맛있었어요. 그거 아마, 특별한 사육법이 있을 겁니다."

거기에 대해서는 아는 게 없다고 나는 말했다. 도쿄의 돼지고기가 맛있다는 이야기는 처음이었다. "언제 적 이야기죠? 도쿄에 가신 게?"

"언제였더라? 황태자 전하 결혼식 때쯤인 것 같은데. 아들이 도쿄에 있는데 한번 오라고 해서 갔지. 그때."

"그럼 그즈음에는 아마 도쿄에서 돼지고기가 맛있었나 보네요."

"요즘은 어때요?"

잘은 모르지만, 그런 말은 별로 들어 보지 못한 것 같다고 나는 대답했다. 내가 그렇게 말하자, 그는 조금 실망한 듯했다. 노인은 얘기를 더 하고 싶어 하는 눈치였지만 버스 시간이 다 됐다고 나는 대화를 끊고 도로를 향해 발걸음을 옮겼다. 강을 따라 난 길섶에 깔렸던 남은 안개가 바람에 실려 산허리를 휘감으며 떠돌았다. 나는 몇 번씩 멈춰 서서 뒤를 돌아보기도 하고 의미 없이 한숨을 내쉬기도 했다. 중력이 다른 행성에 온 듯한 느낌이었다. 그리고, 그래, 이게 바로 바깥 세계인 거야, 하는 생각과 함께 슬픔이 밀려왔다.

기숙사에 도착한 건 오후 4시 반, 나는 방에 짐을 내려놓고 바로 옷을 갈아입은 다음 아르바이트를 하러 신주쿠의 레코드 가게로 달려갔다. 그리고 6시에서 10시 반까지 가게를 지키며 레코드를 팔았다. 가게 밖으로 수많은 사람들이 오가는 모습을 나는 멍하니 바라보았다. 가족이나 커플이나 술 취한 사람들, 조직 폭력배, 짧은 스커트를 입은 활달한 여자애들, 히피처럼 수염을 기른 남자, 클럽 호스티스, 그 외 정체 모를 수많은 사람들이 끝도 없이 나타났다가 사라졌다. 하드 록을 틀자 히피와 백수가 모여들어 가게 앞에서 춤을 추고 시너를 마시고 그대로 바닥에 퍼질러 앉았다. 그러다 토니 베넷의 음반을 걸자 그들도 어딘가로 사라져 버렸다.

가게 옆에는 성인 용품점이 있어서 졸린 눈을 한 중년 남자가 이상한 용품을 팔았다. 누가 뭘 위해 그런 것을 필요로 하는지 나로서는 짐작도 가지 않았지만, 가게는 꽤 성황인 것 같았다. 가게 대각선 방향 골목길에서는 술을 너무 마셔 댄 학생이 토하고 있었다. 그 건너편 게임 센터에서는 이웃 음식점 주방장이 현금을 걸고 빙고 게임을 하며 휴식 시간을 죽였다. 거무스름한 얼굴의 노숙자가 문 닫힌 가게 앞에 꼼짝도 하지 않고 웅크리고 앉았다. 흐린 핑크 립스틱을 바른, 어디를 보나 중학생인 듯한 여자애가 가게 안으로 들어와 롤링 스톤스의 「점핑 잭 플래시(Jumpin' Jack Flash)」를 좀 틀어 주겠느냐고 했다. 내가 레코드를 들고 와 틀자 그녀는 손가락을 퉁기며 리듬을 타고 허리까지 흔들며 춤을 추었다. 그러더니 담배 한 대를 줄 수 없느냐고 했다. 나는 점장이 두고 간 라크 한 개비를 뽑아 줬다. 여자애는 그걸 맛있게 피우더니 음악이 끝나자 고맙다는 인사도 없이 나가 버렸다. 십오 분 간격으로 구급차인지 순찰차인지, 사이렌 소리가 들렸다. 똑같이 엉망으로 취한 회사원 셋이 공중전화를 거는 긴 머리의 예쁜 여자애를 향해 몇 번이나 '보지'라고 외치며 큭큭대고 웃었다.

그런 광경을 보고 있자니 점점 머리가 혼란스러워져 뭐가 뭔지 도무지 알 수 없는 지경에 빠지고 말았다. 도대체 이건 뭘까. 대체 이런 광경들에 무슨 의미가 있을까.

점장이 식사를 하고 돌아와, 어이, 와타나베, 그저께 저기 부티크 여자하고 한 방 했지, 하고 말했다. 그는 근처 부티크에서 일하는 여자애를 전부터 찍어 뒀는지 가끔 레코드를 선물하곤 했다. 그거 잘됐네요, 하자 그는 처음부터 끝까지 그 과정을 자세히 이야기해 주었다. 여자랑 하고 싶으면 말이야, 하고 그는 의기양양해서는 가르쳐 주었다. 무조건 선물을 하는 거야, 그런 뒤에 무작정 술을 권해서 취하게 만들어야 해, 자꾸자꾸, 무조건. 그다음은 그냥 하면 돼, 간단하지?

나는 혼란스러운 머리를 부여잡고 전철을 타고 기숙사로 돌아왔다. 커튼을 치고 불을 끄고 침대에 눕자 지금이라도 나오코가 옆으로 파고들 것 같은 느낌에 사로잡혔다. 눈을 감자 그 부드럽게 부풀어 오른 가슴이 느껴지고, 속삭이는 목소리가 들리고, 몸의 선이 생생히 두 손에 닿아 왔다. 어둠 속에서 나는 다시 나오코의 그 작은 세계로 돌아갔다. 나는 초원의 냄새를 맡고 밤의 빗소리를 들었다. 달빛 아래에서 보았던 벌거벗은 나오코를 떠올리고 부드럽고 아름다운 몸을 노란 비옷에 감싼 채 새장 청소를 하고 채소를 돌보는 광경을 떠올렸다. 나는 발기한 페니스를 부여잡고 나오코를 생각하며 사정했다. 사정해 버리자 내 머릿속의 혼란도 조금 가라앉았지만 잠은 잘 오지 않았다. 지독하게 피곤하고 눈꺼풀이 그냥 내려앉는데도 왜 잠들 수 없는 건지.

나는 일어나 창가에 서서 정원의 국기 게양대를 잠시 멍하니 바라보았다. 깃발이 매달리지 않은 하얀 깃대는 마치 밤의 어둠을 찌르는 거대한 뼈처럼 보였다. 나오코는 지금쯤 뭘 하고 있을까. 물론 잠들었을 것이다. 저 작고 이상한 세계의 어둠에 감싸여 깊은 잠에 빠졌을 것이다. 그녀가 괴로운 꿈을 꾸지 않도록 나는 기도했다.

7장

다음 날 목요일 오전 중에는 체육 수업이 있어서 50미터 수영장을 몇 번 왕복했다. 격렬하게 몸을 움직인 탓에 기분도 조금 상큼해지고 식욕도 일었다. 나는 정식을 파는 가게에 가서 충분히 점심을 먹고 찾아볼 게 있어 문학부 도서관으로 가다가 건너편에서 걸어오는 고바야시 미도리와 딱 마주쳤다. 그녀는 안경을 낀 작은 여자애와 같이 있었지만 나를 보고는 혼자 다가왔다.

"어디 가?" 그녀가 물었다.

"도서관."

"그런 데 가지 말고 나랑 같이 점심 먹으러 안 갈래?"

"방금 먹었는데?"

"괜찮아. 한 번 더 먹어."

결국 나는 미도리와 같이 근처 찻집으로 가서 그녀는 카레라이스를 먹고 나는 커피를 마셨다. 그녀는 하얀색 긴소매 셔츠 위에 물고기 그림이 든 노란색 털실 조끼를 걸치고 가느다란 금 목걸이에 디즈니 손목시계를 찼다. 정말 맛있게 카레라이스를 먹고 물을 세 잔이나 마셨다.

"요 며칠 너 여기 없었지? 몇 번이나 전화했거든."

"무슨 용건이 있어서?"

"딱히 용건은 없었어. 그냥 전화해 봤지."

"흠." 나는 말했다.

"'흠.'이라니 뭐야, 그거?"

"아무것도 아냐, 그냥 내 본 소리. 근데, 요즘 불은 안 났어?"

"응, 그때 꽤 즐거웠는데. 피해도 별로 없고, 연기가 많이 나서 현장감은 있고, 그런 거 참 좋아해." 미도리는 말하고 나서 다시 물을 꿀꺽꿀꺽 마셨다. 그리고 한숨 돌린 다음 내 얼굴을 멀뚱히 바라보았다. "근데, 와타나베, 왜 그래? 왠지 멍한 얼굴이야. 눈도 초점이 안 맞고."

"여행하고 와서 좀 피곤해. 별다른 일은 없어."

"유령이라도 보고 온 거 같은 얼굴이야."

"흐음."

"와타나베, 오후 수업 있어?"

"독일어하고 종교학."

"땡땡이 못 쳐?"

"독일어는 안 되겠는데. 오늘 시험이니까."

"그거 몇 시에 끝나?"

"2시."

"그럼 그다음에 시내 나가서 같이 술 안 마실래?"

"대낮 2시부터?"

"가끔은 괜찮잖아. 너 아주 멍한 얼굴인데, 나하고 술이라
도 마시고 힘내. 나도 너랑 술 마시고 힘내고 싶어. 응, 좋지?"

"좋아, 그럼 마시러 가." 나는 한숨을 내쉬고 말했다.

"2시에 문학부 앞 정원에서 기다릴게."

독일어 수업이 끝나자 우리는 버스를 타고 신주쿠로 나가
서 기노쿠니야 서점 뒤편 지하에 있는 'DUG'에 들어가 보
드카 토닉을 두 잔씩 마셨다.

"난 가끔 여기 와, 낮에 술 마셔도 이상한 기분 안 드니까."

"낮부터 그렇게 자주 마셔?"

"가끔." 미도리는 달가닥 소리를 내며 잔에 남은 얼음을
흔들었다. "가끔 사는 게 괴로우면 여기 와서 보드카 토닉
을 마셔."

"사는 게 괴로워?"

"가끔은. 나도 나름대로 여러 가지 문제가 있잖아."

"예를 들면 어떤 거?"

"집안 일, 남자 친구 문제, 생리 불순. 여러 가지."

"한 잔 더 어때?"

"물론."

나는 손을 들어 웨이터를 불러서 보드카 토닉을 두 잔 더 시켰다.

"저기, 지난 일요일, 나한테 키스했지? 이런저런 생각을 해 봤는데, 그거 좋더라, 무지."

"그거 다행이네."

"그거 다행이네." 미도리는 내 말을 반복했다. "너 정말 말투가 특이해."

"그런가?"

"그건 뭐, 그렇다 치고, 나 이런 생각했어, 그때. 이게 태어 나서 남자랑 처음 하는 키스라면 얼마나 멋질까 하고. 만일 내가 인생의 순서를 바꿀 수 있다면 그걸 첫 키스로 삼을 거야, 반드시. 그리고 나머지 인생을 이런 생각을 하며 지내 는 거야. 빨래 건조대 위에서 태어나 처음으로 키스를 한 와 타나베라는 남자애는 지금 어디서 뭘 할까? 쉰여덟이 된 지 금, 하고. 어때, 멋지지 않아?"

"멋지겠다."

나는 피스타치오 껍질을 벗기면서 말했다.

"근데, 왜 그렇게 멍해 보여? 다시 한 번 묻는 거지만."

"아마도 아직은 이 세상이 낯설어서 그럴 거야." 나는 조금 생각하고 나서 말했다. "여기가 진짜 세계가 아닌 것 같은 느낌이 들어. 사람들도 주변 풍경도 왠지 진짜가 아닌 것 같아 보여."

미도리는 카운터에 팔꿈치를 대고 내 얼굴을 바라보았다. "짐 모리슨 노래에 아마 그런 게 있었던 것 같아."

"People are strange when you're a stranger.(네가 낯선 이일 때 사람들이 낯설어져.)"

"피스."

"피스."

"나랑 같이 우루과이에 가면 돼." 미도리는 카운터에 팔꿈치를 댄 채 말했다. "애인도 가족도 대학도 다 버리고."

"그것도 나쁘진 않겠다." 나는 웃으며 말했다.

"모든 걸 다 버리고 아무도 아는 사람이 없는 곳으로 가버리는 거, 정말 멋지다는 생각 안 들어? 나는 가끔 무지 그렇게 하고 싶어질 때가 있어. 만약 네가 나를 훌쩍 어딘가로 데려가 주면, 널 위해 소처럼 건강한 아기를 잔뜩 낳아 줄게. 같이 즐겁게 사는 거야. 방바닥에서 뒹굴뒹굴 구르며."

나는 웃으며 세 잔째 보드카 토닉을 마셔 버렸다.

"소처럼 튼실한 아기는 아직 별로 생각이 없나 봐?" 미도리가 물었다.

"관심이 가긴 해. 어떻게 생겼을지 보고 싶기도 하고."

"괜찮아. 별로. 생각이 없어도." 미도리는 피스타치오를 먹으면서 말했다. "나도 낮술을 마신 탓에 말도 안 되는 상상을 했을 뿐이니까. 모든 걸 집어던지고 어딘가로 가고 싶다고. 하긴 우루과이 같은 데 가 봐야 어차피 당나귀 똥 같은 것밖에 없어."

"하긴 그럴지도 모르지."

"여기저기 온통 당나귀 똥이야. 여기 있건, 저기로 가건. 세상은 당나귀 똥이야. 딱딱한 거 줄게." 미도리는 나에게 껍질이 딱딱한 피스타치오를 건넸다. 나는 어렵게 그 껍질을 벗겼다.

"하지만 요전 일요일, 난 정말 마음이 푸근했어. 너랑 둘이서 빨래 건조대 위에서 불구경하고 술 마시고 노래 부르고. 그렇게 푸근한 날도 정말 오랜만이었어. 다들 나한테 온갖 것을 억지로 밀어붙이거든. 얼굴만 마주치면 이래라저래라. 적어도 너는 나한테 아무 요구도 안 해."

"뭘 요구할 만큼 아직 널 잘 몰라."

"나에 대해 더 많이 알면 너도 나한테 이런 거 저런 거 강요할 거야? 다른 사람들처럼?"

"그럴 가능성은 있을 거야. 현실 세계에서 사람들은 다 이것저것 서로 강요하면서 살아가니까."

"하지만 넌 그러지 않을 거 같아. 왠지 알 수 있어. 나는 강요하거나 강요받거나 하는 일에는 꽤 권위가 있거든. 넌 그런 타입이 아냐. 그래서 너랑 같이 있으면 마음이 푸근해. 그거 알아? 세상에는 이런 거 저런 거 강요하고 강요당하길 좋아하는 사람도 꽤 있다는 거. 그러면서 강요한다는 둥 강요당한다는 둥 하며 요란을 떨잖아. 그런 걸 좋아하는 거야. 그렇지만 난 안 좋아 해. 안 하면 안 되니까 어쩔 수 없이 하는 거야."

"어떤 걸 강요하고 어떤 걸 강요당하는 거야, 넌?"

미도리는 얼음을 입에 넣고 잠시 빨았다.

"나에 대해 더 많이 알고 싶어?"

"관심이 가, 어느 정도는."

"저기, 나 말이야, '나에 대해 더 많이 알고 싶어?'라고 물었잖아. 그런 대답은 좀 심하다는 생각 안 들어?"

"더 많이 알고 싶어, 너에 대해."

"정말?"

"정말."

"눈을 돌리고 싶어져도?"

"그렇게 심해?"

"어떤 의미에서는." 미도리는 얼굴을 찌푸렸다. "한잔 더 하고 싶어."

나는 웨이터를 불러 네 잔째를 주문했다. 술이 나올 때까지 미도리는 카운터에 턱을 괴고 있었다. 나는 말없이 텔로니어스 멍크가 연주하는 「허니서클 로즈(Honeysukle Rose)」를 들었다. 가게 안에는 우리 말고도 대여섯 명이 있었지만, 술을 마시는 손님은 우리뿐이었다. 매혹적인 커피 향이 어두컴컴한 실내에 오후의 따스한 공기를 불어넣었다.

"이번 일요일, 시간 있어?" 미도리가 물었다.

"지난번에도 말했듯이 일요일은 늘 시간 있어. 6시부터 아르바이트를 제외하면."

"그럼 이번 일요일, 나랑 있어 줄래?"

"좋아."

"일요일 아침에 너희 기숙사로 데리러 갈게. 시간은 아직 잘 모르겠지만. 괜찮아?"

"좋아. 아무 문제없어."

"저기, 와타나베. 내가 지금 뭘 하고 싶은지 알아?"

"글쎄, 상상이 안 가는데."

"넓고 푹신한 침대에 눕고 싶어, 일단. 완전히 기분 좋게 취했고, 주위에는 당나귀 똥도 없는 데다 옆에는 네가 누웠어. 그리고 네가 내 옷을 하나하나 벗기는 거야. 아주 상냥한 손길로. 어머니가 아기 옷을 벗기듯이, 살살."

"흠."

"나는 한참 동안 기분이 좋아 멍하니 있어. 그러다가 있잖아, 퍼뜩 제정신을 차리고 '안 돼, 와타나베!' 하고 외치는 거야. '와타나베를 좋아하지만 내게는 다른 사람이 있어, 이러면 안 돼. 난 이런 데 좀 보수적이야. 그러니까 안 돼, 부탁이야.'라고 해. 그래도 넌 그만두지 않아."

"그만둘 거야, 난."

"알아. 그래도 이건 환상 속 장면이야. 그러니까 이건 이대로 괜찮아. 그러고는 나한테 확 보여 주는 거야, 그걸. 우뚝 선 놈을. 난 얼른 눈을 가리지만 힐끗 보고 말아. 그리고 말하는 거야. '안 돼, 정말 안 돼, 그렇게 크고 딱딱한 게 어떻게 들어가.'라고."

"그렇게 안 크다고. 보통이야."

"괜찮다니까, 환상이니까. 그러면 넌 무척 슬픈 표정을 지어. 그러면 나는 불쌍해져서 달래 주기로 해. 어유, 가엾어라, 하고."

"그게 지금 네가 하고 싶은 거야?"

"그래."

"어이쿠." 나는 말했다.

보드카 토닉을 각자 다섯 잔씩 마시고 우리는 가게를 나왔다. 내가 돈을 지불하려 하자 미도리가 내 손을 탁 치고는 지갑에서 구겨진 곳 하나 없는 1만 엔짜리 지폐를 꺼내 계산을 마쳤다.

"괜찮아, 아르바이트 한 돈이 들어왔어. 그래서 내가 한잔하자고 한 거야." 미도리는 말을 이었다. "물론 네가 구제불능의 파시스트라서 여자한테는 절대로 얻어먹을 수 없다고 한다면 다르겠지만."

"아냐, 그렇게는 생각 안 해."

"그리고 넣어 주지도 않았고."

"크고 딱딱하니까."

"맞아. 딱딱하고 크니까."

미도리가 술에 취해 계단을 하나 헛디디는 바람에 우리는 아래로 굴러떨어질 뻔했다. 가게 바깥으로 나와 보니 하늘을 엷게 덮었던 구름도 다 걷히고 기울어 가는 태양이 부드러운 햇살을 거리에 가득 쏟아내고 있었다. 미도리와 나는 그런 거리를 잠시 할 일 없이 걸었다. 미도리는 나무에 오르고 싶다고 했지만, 신주쿠에는 적당한 나무가 없었고, 나무가 많은 신주쿠교엔은 벌써 문을 닫을 시간이었다.

"속상하네. 나무 타는 거 좋아하는데."

미도리와 둘이서 윈도쇼핑을 하면서 걷자니 아까에 비해

거리 풍경이 그리 부자연스럽지 않다는 느낌이 들었다.

"너를 만난 덕분에 조금은 이 세상에 익숙해진 듯한 느낌이 들어." 내가 말했다.

미도리는 멈춰 서서 가만히 내 눈을 들여다보았다. "정말이네. 눈에 초점이 많이 돌아온 것 같아. 거봐, 나랑 같이 있으니까 좋은 일 꽤 많이 생기지?"

"확실히 그런 것 같아."

5시 반이 되자 미도리는 저녁 준비 때문에 슬슬 집에 가야 한다고 말했다. 나는 버스를 타고 기숙사로 돌아가겠다고 했다. 나는 그녀를 신주쿠 역까지 바래다주고, 거기서 헤어졌다.

"있잖아, 내가 지금 뭘 하고 싶은지 알아?" 헤어질 때 미도리가 물었다.

"짐작도 안 가, 네가 생각하는 거."

"너랑 둘이서 해적한테 사로잡혀 홀딱 벗겨진 다음 마주보고 딱 달라붙은 상태로 누워서 밧줄로 꽁꽁 묶이는 거야."

"대체 왜 그러는데?"

"변태 해적이거든, 걔들."

"네가 더 변태 같은데."

"그리고 한 시간 후에 바다에 던져 버릴 테니까 그때까지 그 자세로 마음껏 즐기라 하고는 선창에 내버려 둬."

"그다음에는?"

"우리는 한 시간 동안 마음껏 즐겨. 데굴데굴 구르기도 하고 몸을 배배 꼬기도 하면서."

"그게 네가 지금 가장 하고 싶은 거야?"

"응."

"어이쿠." 나는 고개를 저었다.

일요일 아침 9시 반에 미도리는 나를 데리러 왔다. 나는 막 잠에서 깬 터라 아직 세수도 못 하고 있었다. 누군가가 내 방을 콩콩 두드리며, 어이, 와타나베, 여자가 왔어! 하고 외치는 통에 현관으로 나가 보니 미도리가 눈이 휘둥그레질 정도로 짧은 진 스커트를 입고 로비 의자에 다리를 꼬고 앉아 하품을 하고 있었다. 아침을 먹으러 가던 학생들이 그녀의 쭉 뻗은 다리를 힐끗힐끗 바라보았다. 그녀의 다리는 확실히 미끈하게 잘 빠졌다.

"너무 빨리 왔나, 내가? 와타나베, 방금 일어난 것 같네."

"지금부터 세수하고 면도해야 하니까 십오 분 정도 기다릴 수 있어?"

"기다리는 건 좋은데, 아까부터 이 사람들 내 다리만 힐끗힐끗 살펴."

"당연하지. 남자 기숙사에 짧은 스커트를 입고 오니까.

눈을 부릅뜨지, 누구든."

"괜찮아. 오늘 아주 예쁜 팬티 입었으니까. 핑크색에 근사한 레이스가 달린 거. 하늘하늘."

"그런 게 더 안 되는 거야." 나는 한숨을 내쉬었다. 방으로 돌아와 서둘러 세수를 하고 면도를 했다. 그리고 청색 버튼 다운 셔츠 위에 회색 트위드 재킷을 걸치고 아래로 내려가 미도리를 기숙사 문 바깥으로 데리고 갔다. 식은땀이 났다.

"여기 있는 사람들 모두 마스터베이션하는 거야?" 미도리는 기숙사 건물을 올려다보며 물었다.

"아마도."

"남잔 여자를 생각하며 그걸 해?"

"대충 그럴 거야. 주가나 동사 활용이나 수에즈 운하를 생각하며 마스터베이션하는 남자는 아마 없을걸. 아마 대부분 여자 생각을 하며 하지 않을까."

"수에즈 운하?"

"이를테면 그렇다는 거지."

"다시 말해 특정한 여자애를 생각한다는 거네?"

"그런데, 그런 건 남자 친구한테 물어보면 되잖아? 왜 내가 일요일 아침부터 너한테 일일이 이런 설명을 해야 하는 거야?"

"그냥 알고 싶어서. 게다가 그 사람한테 이런 거 물으면

막 화를 내. 여자는 그런 걸 꼬치꼬치 캐묻는 게 아니라고 하면서."

"정상적인 사고방식이네."

"그래도 난 알고 싶어. 순수한 호기심이야. 저기, 마스터베이션할 때 특정한 여자애를 생각해?"

"생각하지. 적어도 나는. 다른 사람은 잘 모르겠지만." 나는 체념하고 이야기했다.

"와타나베는 내 생각을 하면서 한 적 있어? 솔직히 대답해, 화 안 낼 테니까."

"한 적 없어, 솔직히 말해." 나는 솔직히 대답했다.

"왜? 내가 매력이 없어서?"

"아냐. 넌 매력적이고, 귀엽고, 도발적인 차림이 아주 잘 어울려."

"그럼 왜 내 생각 안 하는데?"

"첫째로, 난 너를 친구로 생각하니까 그 일에 끌어들이고 싶지 않아. 그런 성적인 환상에. 둘째로."

"달리 떠올릴 사람이 있으니까."

"뭐, 그런 셈이지."

"너, 참 그런 데도 예의가 바르구나. 난 너의 그런 점이 좋아. 그렇지만 한 번 정도는 날 출연시켜 줄 수 없어? 성적인 환상인지 망상인지에. 나 그런 데 나가고 싶어. 이거 친구로

서 부탁하는 거야. 생각해 봐, 이런 걸 어떻게 다른 사람한
테 부탁하겠어. 오늘 밤 마스터베이션할 때 잠깐만 날 생각
해 줘, 이런 말 아무한테나 할 수 없잖아. 널 친구라 생각하
니까 부탁하는 거야. 그리고 어떤 느낌이었는지 가르쳐 줘.
어떻게 했다든지 하는 거."

나는 한숨을 내쉬었다.

"그런데 넣으면 안 돼. 우린 친구니까. 응? 넣지만 않으면
뭘 해도 괜찮아, 무슨 생각을 해도."

"그건 좀 그러네. 그런 제약을 두고는 해 본 적이 없는데."

"생각해 줄 거지?"

"생각해 볼게."

"와타나베. 나에 대해 음란하다든지 욕구 불만이라든지
도발적이라든지, 하는 생각은 하지 마. 난 그냥 그런 데 관심
이 있고, 정말 알고 싶을 뿐이야. 계속 여학교에서 여자애들
속에서만 자랐잖아? 남자애가 무슨 생각을 하고, 몸이 어떻
게 생겼고, 그런 걸 정말 알고 싶어. 여성 잡지의 부록 같은
데 나오는 거 말고, 이른바 케이스스터디로서."

"케이스스터디." 나는 절망적으로 중얼거렸다.

"내가 이런저런 거 알고 싶어 하고, 하고 싶어 하면 그 사
람 기분 나빠 하거나 화를 내. 음란하다면서. 내 머리가 좀
이상하다고 하면서. 펠라티오도 잘 시켜 주지 않아. 얼마나

연구해 보고 싶은데.”

“흠.”

“너, 펠라티오해 주는 거 싫어?”

“싫어하지 않아, 그렇게.”

“굳이 말하자면 좋아하는 편?”

“어느 쪽이냐 하면, 좋아하는 편. 그래도 이 이야긴 다음에 안 할래? 오늘은 아주 기분 좋은 일요일이고 마스터베이션이니 펠라티오니 하는 이야기로 망치긴 싫어. 좀 다른 이야기 하자. 네 남자 친구는 우리 학교 사람?”

“아니, 다른 대학 사람이야, 물론. 우리는 고등학교 때 클럽 활동을 하다 만났어. 난 여고, 그는 남고, 그런 일 흔하잖아? 합동 콘서트나 그런 거. 연인 관계는 고등학교 졸업한 다음이지만. 그건 그렇고 와타나베?”

“응?”

“정말 한 번이라도 좋으니 내 생각 좀 해 줘.”

“시도해 볼게, 다음에.” 나는 체념하고 대답했다.

우리는 역에서 전철을 타고 오차노미즈까지 갔다. 나는 아침을 먹지 않아서 신주쿠 역에서 갈아탈 때 역 스탠드에서 얇은 샌드위치를 사 먹고, 신문 잉크를 끓인 듯한 커피를 마셨다. 일요일 아침 전철은 지금부터 야외로 나가려는 가족이나 커플로 가득했다. 같은 유니폼을 입은 남자애들이 야구 방망이를 들고 차 안을 뛰어다녔다. 전차 안에는 짧은 스커트를 입은 여자애가 몇 있었지만 미도리만큼 짧은 스커트를 입은 사람은 없었다. 미도리는 때로 스커트 자락을 잡아당겨 끌어내렸다. 남자 몇이 힐끗힐끗 그녀의 허벅지를 바라보는 통에 도무지 마음이 안정되지 않았지만 그녀는 아무렇지도 않은 것 같았다.

"저기, 내가 지금 가장 하고 싶은 게 뭔지 알아?"

이치가야 부근에서 미도리가 낮은 목소리로 말했다.

"짐작도 안 가. 제발 부탁인데 전차 안에서는 그런 이야기 좀 하지 마. 다른 사람이 들으면 곤란하잖아."

"아쉬워. 정말 대단한 놈인데, 이번 건." 미도리는 자못 애석하다는 듯이 말했다.

"그런데 오차노미즈에 뭐가 있어?"

"그냥 따라와 봐, 그럼 알게 돼."

일요일 오차노미즈는 모의고사를 보러 가는지 학원 강의를 들으러 가는지 중고등학생으로 많이 붐볐다. 미도리는 왼손으로는 숄더백 손잡이를 잡고 오른손으로는 내 손을 잡고 학생들의 파도 속으로 파고들었다.

"와타나베, 영어 가정법 현재와 가정법 과거의 차이를 잘 설명할 수 있어?" 갑자기 나에게 그렇게 물었다.

"할 수 있을 것 같은데." 내가 대답했다.

"잠깐 묻고 싶은데 그런 게 일상생활에서 무슨 소용이 있어?"

"일상생활에서 무슨 쓸모가 있는 건 아닐 거야. 그렇지만 구체적으로 뭔가에 쓸모가 있기보다는 사물에 대해 좀 더 체계적으로 파악하기 위한 훈련이 되지 않을까 싶어."

미도리는 잠시 내 말에 대해 진지한 표정으로 생각했다. "너 참 대단하다. 나는 여태 너처럼 생각해 본 적이 없어. 가정법이니 미분이나 화학 기호니, 그런 게 무슨 필요가 있느냐는 생각만 했어. 그래서 무시해 버렸어. 너무 귀찮아서. 내 사는 방식이 잘못된 걸까?"

"무시해 왔다고?"

"응, 그랬어. 그런 거 없는 셈 쳤어. 사인, 코사인 같은 것도 전혀 몰라."

"그런데도 용하게 고등학교를 졸업하고 대학에 들어왔구나." 나는 좀 어이가 없었다.

"바보구나. 몰랐어? 감만 좋으면 아무것도 몰라도 입학시험 같은 거 가볍게 붙을 수 있다는 거. 나는 감이 무지 좋거든. 다음 세 가지 중에 올바른 것을 가려내라고 하면, 한눈에 알아 버려."

"난 너만큼 감이 좋지 않으니까 어느 정도는 계통을 세워 체계적으로 생각하는 방법을 익혀야 해. 까마귀가 나무 구멍에 유리 조각을 모으듯이."

"그런 건 무슨 소용 있을까?"

"글쎄, 그런 훈련을 해 두면 어떤 일들은 하기 쉬워질 거야."

"예를 들면 어떤 거?"

"형이상적인 사고, 몇 개국어 습득, 그런 거."

"그런 건 무슨 소용이 있을까?"

"사람에 따라 다르겠지. 유용하게 써먹는 사람도 있고, 아닌 사람도 있고. 그렇지만 그런 건 어디까지나 훈련일 뿐, 유용한가 아닌가는 다음 문제일 거야. 처음에 말했듯이."

"흐음." 미도리는 감탄한 듯이 말하고, 내 손을 끌고 언덕 길을 내려갔다. "와타나베는 남한테 뭘 설명하는 걸 잘하는 것 같아."

"그래?"

"그럼. 봐, 지금까지 여러 사람한테 영어 가정법은 어디 써먹는 거냐고 질문했지만 아무도 너처럼 설명해 주지 않았거든. 영어 선생도. 내가 그런 질문을 하면 다들 혼란스러워하거나 화를 내거나 날 바보 취급하거나 그랬어. 아무도 제대로 가르쳐 주지 않았어. 그때 너 같은 사람이 제대로 설명이라도 해 주었더라면 나도 가정법에 관심을 두었을지 몰라."

"흐음."

"너, 『자본론』 읽어 본 적 있어?"

"있지. 물론 전부는 아니지만. 대부분 다른 사람들이 그런 것처럼."

"이해가 됐어?"

"이해되는 부분도 있었고, 안 되는 부분도 있었어. 『자본론』을 정확히 읽으려면 그를 위한 사고 시스템을 습득할 필요가 있어. 물론 마르크스주의에 대해서는 전체적으로 대충 이해했다고 생각해."

"그런 책을 별로 읽어 보지 못한 대학 신입생이 『자본론』을 읽고 자연스럽게 이해할 수 있다고 생각해?"

"어렵지 않을까, 그건."

"있잖아, 난 입학하고 포크송 동아리에 들어갔어. 노래하고 싶어서. 그런데 거긴 정말 쓰레기 같은 놈들이 우글대는 곳인 거야. 지금 생각해도 가슴이 서늘해져. 들어갔더니 먼저 마르크스를 읽게 하더라. 몇 쪽에서 몇 쪽까지 읽어 오라고. 포크송도 이 사회와 정면으로 마주 봐야 한다는…… 그런 연설을 하는 거야. 그래서 어쩔 수 없이 나는 열심히 마르크스를 읽었어, 집에 돌아와서. 그런데 뭐가 뭔지 알아먹을 수가 없는 거야, 가정법보다 더. 세 장쯤 읽고 집어던져 버렸어. 그다음 주 모임 때 읽긴 했지만 뭐가 뭔지 모르겠더

353

라고 했지. 그때부터 완전히 멍청이 취급이었어. 문제의식이 없다는 둥, 사회성이 결여되었다는 둥. 웃기고 있네. 그냥 문장을 이해하기 힘들었다고 말했을 뿐인데. 정말 너무 심하지 않아?"

"흐음."

"토론이란 게 또 얼마나 웃기는지. 다들 모두 안다는 듯 심각한 표정으로 어려운 용어를 마구 남발하지. 나는 잘 몰라서 질문을 했어. '제국주의적 착취라는 게 뭐죠? 동인도 회사와 무슨 관계가 있어요?' '산학 협동체 분쇄라고 하는데, 대학 졸업하고 회사에 취직하면 안 된다는 말인가요?' 그런 질문이었어. 그렇지만 아무도 설명해 주지 않는 거야. 오히려 막 화를 내. 그런 거 말이 된다고 생각해?"

"그거 진짜 말도 안 돼."

"그런 것도 모르면서 뭘 어떡하겠다는 거야, 너 무슨 생각을 하면서 사냐? 그걸로 끝. 세상에 그게 뭐야. 물론 나는 머리 별로 안 좋아. 서민이고. 그렇지만 이 세상을 지탱하는 건 서민인 데다 착취당하는 것도 서민이잖아. 서민도 모르는 말로 무슨 혁명을 하겠다는 거야, 뭐가 사회 혁명이란 거야! 나도 이 세상이 좋아지게 하고 싶어. 만일 누군가가 진짜로 착취당하고 있다면 그건 절대로 허용해서는 안 된다고 생각해. 그러니까 물어본 거야. 그렇잖아?"

"맞는 말이야."

"그때 생각했어. 이 자식들 모두 엉터리라고. 적당히 그럴 듯한 말이나 늘어놓고 의기양양해하면서 신입생 여자애 눈길을 끌어서는 스커트 안에 손이나 집어넣을 생각밖에 안해, 그 사람들. 그러다 4학년이 되면 머리를 짧게 깎고 미쓰비시 상사니 TBS니 IBM이니 후지 은행이니 하는 좋은 기업에 들어가서는 마르크스 같은 거 읽어 보지도 않은 귀여운 마누라를 얻어서 아이한테 폼 나는 이름을 지어 주는 거야. 산학 협동 분쇄는 무슨. 너무 웃겨서 눈물이 날 지경이야. 다른 신입생들은 또 어떻고. 아무것도 모르는 주제에 다안다는 표정으로 실실 웃어. 그리고 나중에 내게 이렇게 말하지. 너 바보냐, 모르더라도 그냥 알았다고 예예, 하면 그만이라고. 있지, 더 열 받는 얘기도 있는데, 들어 볼래?"

"응, 들을게."

"어느 날 야간 정치 집회에 참가하기로 했는데, 여자애들에게 각자 야식용 주먹밥을 스무 개씩 만들어 오라는 거야. 정말 웃기고 있어, 완전히 성차별이잖아. 그렇지만 늘 문제만 일으키기도 뭐하고 해서 나도 아무 말 않고 주먹밥 스무개 만들어 갔어. 절인 매실을 넣고 김으로 말아서. 나중에 뭐라고 하는 줄 알아? 고바야시의 주먹밥에는 매실 절임밖에 안 들었고, 반찬도 안 가지고 왔다고. 다른 여자애들 주먹밥에는 연어니 명란 같은 게 들었고, 계란말이를 곁들이기도 했다는 거야. 너무 어이가 없어 말이 안 나왔어. 혁명이 어쩌고저쩌고하는 인간들이 그깟 야식 주먹밥 같은 데 왜 신경을 써. 김으로 말고 안에 매실 절임을 넣었으면 일등급이잖아. 인도의 어린아이를 생각해 보란 말이야."

나는 웃었다. "그래서 그 동아리는 어떻게 됐어?"

"6월에 그만뒀어, 너무 화가 나서. 이 대학 자식들 대부분이 엉터리야. 자신이 아무것도 모른다는 걸 남한테 들키는 게 두려워서 벌벌 떨어. 그러니까 다른 사람하고 똑같은 책을 읽고 모두 똑같은 말을 늘어놓고 존 콜트레인을 듣고 파솔리니 영화를 보고 감동하는 거야. 그런 게 혁명이야?"

"글쎄. 난 실제로 혁명을 본 적도 없으니까 뭐라고 할 수 없네."

"이런 게 혁명이라면 나는 혁명 같은 거 필요 없어. 아마 주먹밥에 매실 절임밖에 안 넣었다는 이유로 총살당하고 말 거야. 너도 틀림없이 총살당할걸. 가정법을 제대로 이해한다는 이유로."

"그럴 수도 있겠지."

"난 알아. 난 서민이니까. 혁명이 일어나건 안 일어나건 서민은 한구석에서 부대끼며 살아갈 수밖에 없다는 거. 혁명이 뭐야? 그딴 거 관청 이름이 바뀌는 것뿐이잖아. 그렇지만 그 애들은 아무것도 몰라. 그 조잡한 말만 늘어놓는 애들은. 너 세무서 직원 본 적 있어?"

"없어."

"나는 몇 번 봤어. 집으로 찾아와서 거들먹거리지. 뭐야, 이 장부? 당신 참 장사 멋대로 하고 있네. 이거 진짜로 경비야? 영수증 제출해, 영수증, 하고. 우리는 구석에서 숨을 죽이고 있고, 밥때가 되면 특상 초밥을 배달시켜. 우리 아빤 세금을 속인 적이 단 한 번도 없어. 정말이야. 그 사람은 원래 좀 그래, 옛날식이라서. 그런데도 세무서 직원은 끈질기게 물고 늘어지지. 수입이 너무 적은 거 아냐, 이거. 웃기지 마. 수입이 적은 건 돈이 적게 들어오니까 그렇지. 그런 말을 들으면 나는 울화가 치밀어. 돈 많은 사람한테 찾아가서 그러라고 고함이라도 치고 싶어져. 그런데 만약 혁명이 일어나면 세무서 직원들 태도가 바뀔 것 같아?"

"아주 의심스러워."

"그럼 나는 혁명 같은 거 안 믿을래. 난 사랑만 믿을래."

"피스."

"피스."

"그런데 우리 어디 가는 거야, 지금."

"병원. 아빠가 입원해서 오늘 하루 내가 돌봐야 하거든. 내 차례야."

"아버지?" 나는 깜짝 놀라서 물었다. "아버지는 우루과이에 가셨잖아?"

"거짓말이었어, 그거." 미도리는 혀를 쏙 내밀고 말했다.

"그 사람은 옛날부터 우루과이에 가겠노라고 외쳐 댔지만, 어떻게 갈 수 있겠어. 도쿄 바깥에도 제대로 나가 본 적이 없는데."

"좀 어떠신데?"

"말하자면 시간문제야."

우리는 잠시 말없이 걸었다.

"엄마가 앓던 병하고 똑같아서 잘 알아. 뇌종양. 믿어져? 이 년 전에 엄마도 그걸로 죽었는데. 이번에는 아빠가 뇌종양이야."

대학 병원 안은 일요일이라서 그런지 문병하러 온 사람과 가벼운 질병으로 찾아온 사람들로 붐볐다. 그리고 병원 냄새가 떠돌았다. 소독약과 문병객들이 들고 온 꽃다발과 오줌과 이불 냄새가 마구 뒤섞여 병원을 가득 메웠고, 간호사가 딱딱 메마른 발소리를 내며 그 안을 걸어 다녔다.

미도리의 아버지는 2인실 문쪽 침대에 누워 있었다. 누운 모습이 마치 상처를 입은 작은 동물처럼 보였다. 옆으로 축 늘어져서 점적 주사 바늘이 꽂힌 왼쪽 팔을 늘어뜨린 채 꼼짝도 하지 않았다. 깡마르고 자그만 몸집의 남자였는데, 앞으로 더 여위고 더 작아질 것 같은 느낌이 들었다. 머리에는 하얀 붕대를 감고 푸르스름한 팔에는 주삿바늘 자국이 점점이 박혔다. 그는 반쯤 뜬 눈으로 허공의 한 점을 멍하니 응시하다가 내가 들어서자 빨갛게 충혈된 눈을 조금 움직여 우리를 바라보았다. 그리고 십 초 정도 바라본 다음 다시 허공의 한 점으로 흐릿한 시선을 돌렸다.

눈을 보니 이 남자가 곧 죽으리란 것을 알 수 있었다. 그의 몸에서 생명력이란 걸 거의 찾아볼 수 없었다. 한 생명이 살았던 미약하고 뿌연 흔적만이 엿보였다. 꼭 가구나 장식물을 전부 들어내고 곧 해체할 오래된 집 같았다. 메마른 입술 주변에 수염이 잡초처럼 듬성듬성 났다. 이렇게 생명력을 잃어버린 남자도 수염이 나는구나, 하고 생각했다.

미도리는 창가 침대에 누운 살집 좋은 중년 남자에게 "안녕하세요." 하고 인사를 했다. 남자는 말을 잘 할 수 없는 듯 씨익 웃으며 고개만 끄덕였다. 그는 두세 번 기침을 하더니 머리맡의 물병에서 물을 따라 마시고, 몸을 곰지락거리며 옆으로 돌려 창밖으로 눈길을 던졌다. 창밖에는 전신주와 전선이 보였다. 그것 말고는 아무것도 없었다. 하늘에는 구름 한 점 없었다.

"어때, 아빠, 좀 괜찮아?" 미도리는 아버지의 귓가에다 대고 말을 했다. 마치 마이크 상태를 시험하는 듯한 말투였다.

"어때, 오늘은?"

아버지는 입술을 우물거리며 대답했다. "별로야." 말을 하는 것이 아니라 목 안쪽에서 메마른 공기를 일단 뱉어 내 보자는 투로 들렸다. "머리." 그가 말했다.

"머리 아파?" 미도리가 물었다.

"그래." 네 음절 이상 말하는 법이 없었다.

"어쩔 수 없지 뭐. 이제 막 수술을 했으니까 아플 거야. 많이 아파도 조금만 참아. 이 사람은 와타나베야. 내 친구."

나는 처음 뵙겠습니다, 하고 인사를 했다. 아버지는 반쯤 입을 벌렸다가 도로 다물었다.

"거기 좀 앉아." 미도리는 침대 발치에 있는 둥근 비닐 의 자를 가리켰다. 나는 시키는 대로 거기에 앉았다. 미도리는 아버지에게 물병에 든 물을 조금 마시게 하고 과일이나 과 일 젤리를 좀 먹겠느냐고 물었다. 아버지는 안 먹겠다고 했 다. 조금이라도 먹어야 한다고 미도리가 말하자, 아버지는 먹었다고 대답했다.

침대 머리맡에는 서랍이 달린 조그만 테이블 같은 것이 있어서 거기에 물병이니 컵이니 접시니 작은 시계가 놓였다. 미도리는 그 아래 있는 커다란 종이 봉지 안에서 잠옷이니 속옷이니 그 외 잡다한 것들을 꺼내 정리하고 입구 옆의 사물함 안에 넣었다. 종이 봉지 바닥에는 환자에게 먹일 것이 들었다. 그레이프프루트가 둘, 과일 젤리와 오이가 세 개.

"오이?" 미도리는 깜짝 놀란 듯한 소리를 냈다. "어째서 오이 같은 게 여기 들었지? 언니는 대체 무슨 생각을 하는 거야. 상상이 안 가네. 전화로 과일을 사 두라고 분명히 말했는데. 오이는 사라는 말도 안 했어."

"키위랑 착각한 건 아닐까?"[7] 내가 말했다.

미도리는 손가락을 탁, 퉁겼다. "그러고 보니까 내가 키위를 사 오라고 했어. 그거구나. 그래도 생각해 보면 알잖아? 어떻게 환자가 오이를 씹을 수 있겠어? 아빠, 오이 먹고 싶어?"

안 먹겠다고 아버지는 말했다.

미도리는 머리맡에 앉아 아버지에게 이런저런 일을 이야기해 주었다. 텔레비전이 잘 안 나와 수리를 부탁했다는 둥, 다카이도에 사는 숙모가 이삼일 안에 한번 찾아오겠다고 했다는 둥, 약국의 미야와키 씨가 오토바이를 타다가 넘어졌다는 둥, 그런 이야기였다. 아버지는 그 말에 대해 응, 응, 하고만 대답했다.

"정말 아무것도 안 먹고 싶어, 아빠?"

"안 먹어."

---

7) 일본어로 '오이'는 '큐리(きゅうり)'라고 발음한다.

"와타나베, 그레이프프루트 먹을래?"

"안 먹어." 나도 대답했다.

잠시 후 미도리는 나를 데리고 텔레비전실로 가서 소파에서 담배를 한 대 피웠다. 그 방에서는 파자마 차림의 환자 셋이 담배를 피우면서 정치 토론 비슷한 프로그램을 보고 있었다.

"저기, 저기 목발 짚은 아저씨, 아까부터 내 다리를 슬쩍슬쩍 살펴. 저 파란색 파자마 차림에 안경 낀 아저씨." 미도리는 즐겁게 재잘거렸다.

"보고말고. 그런 스커트를 입었는데 누가 안 보겠어."

"상관없잖아. 어차피 다들 심심할 테고, 가끔은 젊은 여자애 다리를 보는 것도 좋겠지 뭐. 흥분하면 빨리 나을지도 모르잖아."

"그 반대가 아니면 좋으련만."

미도리는 잠시 곧게 피어오르는 담배 연기를 바라보았다.

"아빠 말이야. 나쁜 사람은 아냐. 가끔 심한 말을 해서 사람 열 받게 만들기는 하지만, 뿌리는 정말 착하고 정직한 사람이야. 엄마를 너무 사랑했나 봐. 그리고 나름대로 정말 열심히 살았어. 성격이 좀 무르고 장사 재주도 없고 인망도 없었지만, 거짓말만 늘어놓고 요령 좋게 처신하는 교활한 사람들에 비하면 정말 올바른 사람이야. 나도 한번 결정한 건

물러서지 않는 성격이라 자주 부딪쳤지. 그렇지만 나쁜 사람은 아냐."

미도리는 길에 떨어진 무슨 물건이라도 주워 올리듯 내 손을 잡고 자기 무릎 위에 올려놓았다. 내 손의 반은 스커트 위에 나머지 반은 허벅지에 있었다. 그녀는 잠시 내 얼굴을 바라보았다.

"와타나베, 이런 데라서 정말 미안하지만, 조금 더 나랑 같이 있어 줄 수 있어?"

"5시까지는 괜찮으니까 여기 있을게. 너하고 같이 있으면 재미있으니까. 뭐, 달리 할 일도 없고."

"평소 일요일에는 뭘 해?"

"빨래. 그리고 다림질."

"와타나베, 나한테 그 여자에 대해 별로 말하고 싶지 않은 거지? 사귀는 사람."

"그래. 별로 말하고 싶지 않아. 좀 복잡하고, 무슨 말로 설명해야 할지 잘 모르겠어."

"괜찮아, 설명 안 해도. 내가 상상하는 거 조금 말해 봐도 돼?"

"그럼. 네가 상상하는 거, 재미있을 거 같으니까 꼭 들어 보고 싶어."

"와타나베가 사귀는 사람, 유부녀인 것 같아."

"흠."

"서른두셋 정도 된 예쁘고 돈 많은 부인인데, 모피 코트라든지 샤를 주르당 구두라든지 실크 속옷이라든지, 그런 거 입는 타입에다 무지 섹스에 굶주린 사람. 그리고 무지 야한 짓을 해. 평일 한낮에 와타나베하고 둘이서 몸을 탐해. 일요일은 남편이 집에 있으니까 너랑 만나지 못하는 거야. 아냐?"

"꽤 재미있는 데까지 간 것 같기도 하고."

"아마도 자기 몸을 묶게 하고, 눈을 가리게 하고, 몸 구석구석을 혀로 날름날름 핥게 할 거야. 그리고 그런 거 있잖아, 이상한 거 집어넣기도 하고 체조 선수 같은 자세도 취하고, 그런 모습을 폴라로이드 카메라로 찍기도 하는 거야."

"그거 재미있겠네."

"무지 굶주린 탓에 할 수 있는 짓은 뭐든 하는 거야. 그 여자는 매일매일 상상의 날개를 펴. 시간이 남아도니까. 이번에 와타나베를 만나면 이런 걸 해 봐야지, 저런 것도 해 봐야지라며. 침대에 올라가서는 탐욕스럽게도 이런저런 체위로 세 번이나 가는 거야. 그리고 와타나베에게 이렇게 말해. '어때, 내 몸 대단하지? 자기, 이제는 젊은 애 몸 같은 걸로 절대 만족하지 못해. 어떤 여자애가 이런 걸 해 줄 수 있겠어? 어때? 느껴? 그렇지만 안 돼, 또 해 버리면.'"

"너, 포르노 영화를 너무 많이 본 것 같아." 나는 웃었다.

"정말 그런 건가. 그런데 난 포르노 영화 진짜 좋아해. 이번에 같이 보러 갈래?"

"좋아. 네가 시간 날 때 같이 가."

"정말? 와, 좋아. 변태 사디즘 마조히즘을 보자. 채찍으로 찰싹찰싹 때리고, 다른 사람 보는 앞에서 여자애한테 오줌 누게 하는 거. 난 그런 거 정말 좋아해."

"좋아."

"근데 와타나베, 포르노 영화관에서 내가 가장 좋아하는 게 뭔지 알아?"

"글쎄, 짐작이 안 가는데."

"저기 말이야, 섹스 장면이 나오면 주위 사람들이 한꺼번에 꼴깍 침 넘기는 소리를 내. 그 꼴깍 소리가 정말 좋아. 아주 귀여워."

병실로 돌아오자 미도리는 다시 아버지에게 여러 가지 이야기를 했고, 아버지는 아, 응, 하며 고개를 끄덕이거나 아니면 아무 말이 없었다. 11시쯤에 옆 침대에 누운 아저씨 부인이 와서 남편 잠옷을 갈아입히고 과일을 깎아 먹이기도 했다. 둥그스름한 얼굴에 사람 좋아 보이는 그 부인은 미도리와 이런저런 이야기를 했다. 간호사가 다가와 주사액 병을 갈고 미도리와 옆 환자의 부인과 잠시 이야기를 나누다 돌아갔다. 그러는 사이 나는 그저 병실 안을 망연히 둘러보기도 하고 창밖의 전선을 보기도 했다. 때로 참새가 날아와 전선에 앉았다. 미도리는 아버지에게 말을 걸고 땀을 닦아 주고 가래를 받아 내고 옆 침대의 부인과 간호사에게 말을 걸고 나에게 이런저런 말을 하거나 주사액 상태를 체크했다.

11시 반에 의사 회진이 있어서 나와 미도리는 복도에서 기다렸다. 의사가 나오자 미도리가 물었다. "선생님, 좀 어때요?"

"진통제 처방을 했지만 막 수술을 해서 체력 소모가 많을 거야. 나도 수술 결과는 이삼일 지나 봐야 알 수 있어. 잘되면 다행이고, 문제가 있으면 또 그때 가서 생각해 보도록 하지."

"다시 머리를 여는 건 아니겠죠?"

"그건 가 봐야 알 수 있어. 그나저나, 오늘 정말 짧은 스커트를 입었네."

"보기 좋죠?"

"계단 오를 땐 어떡해, 그거?" 의사가 물었다.

"그냥 올라가요. 시원하게 보여 주는 거죠." 미도리의 말에 뒤에 선 간호사가 키득키득 웃었다.

"자네도 곧 입원해서 머리를 열어 보는 게 좋을지 몰라." 의사는 어이없다는 듯이 말했다. "우리 병원에서는 가능한 한 엘리베이터 타도록 해. 환자가 더 늘어나면 곤란하니까.

요즘 그렇지 않아도 바빠."

회진이 끝나고 조금 지나자 식사 시간이었다. 간호사가 카트에 음식을 싣고 병실에서 병실로 옮겨 갔다. 미도리 아버지의 식사는 포타주 수프와 과일과 푹 조려 뼈를 바른 생선과 채소를 짓이겨 젤리처럼 만든 것이었다. 미도리는 아버지를 똑바로 눕히고 발치의 핸들을 빙빙 돌려 침대를 세우고 숟가락으로 수프를 떠서 입에 넣어 주었다. 아버지는 대여섯 번 넘기고는 고개를 돌리면서 "안 먹어."라고 말했다.

"이 정도는 다 먹어야 해."

아버지는 "이따가."라고 말했다.

"할 수 없네. 밥을 제대로 먹어야 힘을 내지. 오줌은 아직 괜찮아?"

"응."

"와타나베, 우리도 아래층 식당에 밥 먹으러 안 갈래?"

좋아, 하고 대답하긴 했지만 솔직히 말해 뭘 먹고 싶은 기분은 아니었다. 식당은 의사와 간호사와 문병객으로 가득했다. 창도 하나 없는 지하의 횡한 홀에 의자와 탁자가 주욱 늘어섰고, 거기서 모두 식사를 하며 무슨 말들을(아마도 병에 대해서) 나누는데, 마치 지하도에서처럼 웅웅 소리가 울렸다. 때로 그 울림을 물리치고 의사나 간호사를 찾는 방송이 흘러나오기도 했다. 내가 테이블을 확보하는 사이에 미

367

도리가 정식 2인분을 알루미늄 식판에 담아 왔다. 크림 크로켓과 감자 샐러드와 잘게 썬 양배추와 조림과 밥과 된장국이 환자용과 같은 하얀 플라스틱 그릇에 담겼다. 나는 반정도 먹고 남겼다. 미도리는 맛있게 전부 먹어 치웠다.

"와타나베, 배 안 고파?" 미도리가 뜨거운 차를 홀짝이며 물었다.

"응, 별로."

"병원이라서 그래." 미도리는 주위를 빙 둘러보며 말했다.

"익숙하지 않으면 다들 그래. 냄새, 소리, 무겁게 가라앉은 공기, 환자의 얼굴, 긴장감, 짜증, 실망, 고통, 피로 같은 것들 때문이야. 그런 게 위를 꽉 죄어 식욕을 빼앗아 버려. 그렇지만 익숙해지면 그런 건 아무렇지도 않아. 게다가 밥을 제대로 먹어 두지 않으면 도저히 간병을 못 해. 정말이야. 할아버지, 할머니, 엄마, 아빠, 네 사람이나 간병해 봐서 잘 알아. 무슨 일이 있어서 다음 식사를 놓칠 수도 있으니까. 그러니까 먹을 수 있을 때 반드시 먹어 둬야 해."

"무슨 말인지 잘 알겠어."

"친척이 문병 와서 여기서 같이 밥을 먹잖아, 그러면 모두 반은 남겨. 너처럼. 그래서 내가 덥석 다 먹어 치우면 '미도리는 건강해서 좋겠네. 난 가슴이 먹먹해서 도저히 다 먹을 수가 없어.'라고 해. 그렇지만 간병하는 사람은 바로 나야. 농담이 아니야. 남은 그냥 찾아와서 동정할 뿐이야. 화장실 수발도 들고 가래도 받고 몸을 닦아 주는 건 바로 나야. 동정만 해도 대소변이 처리된다면, 그 사람들보다 오십 배는 더 동정할 거야. 그런데도 내가 밥을 다 먹어 치우면 나를 비난 섞인 눈길로 바라보며 '미도리는 건강해서 좋겠네.'라고 해. 나를 무슨 짐수레나 끄는 당나귀 같은 걸로 생각하는 건가? 나이도 먹을 만큼 먹어 가지고서는 왜 세상 돌아가는 이치를 모를까, 그 사람들? 입으로는 무슨 말인들 못 하겠어. 중요한 건 대소변을 치우느냐 치우지 않느냐 하는 거거든. 나도 상처받을 때가 있어. 나도 지쳐서 축 늘어질 때가 있어. 나도 울고 싶을 때가 있어. 나을 가능성도 없는 사람을 잡아다 의사들이 우르르 달려들어 머리를 열고 마음대로 주무르고, 그걸 몇 차례 반복하는 사이에 몸은 점점 더 나빠지고, 정신 상태도 이상해지고, 그런 걸 두 눈으로 오래 지켜보고 있어 봐, 견딜 수 없다고. 게다가 저축한 돈은 점점 줄어들고, 앞으로 삼 년 반 더 대학에 다닐 수 있을지 없을지 모르고, 언니도 이런 상태로는 결혼식도 못 할 거고."

"넌 일주일에 몇 번 와?"

"네 번 정도. 여기는 명목상으로는 완전 간호지만 실제로는 간호사만으로 도저히 안 돼. 그 사람들 정말 있는 힘을 다해서 간호해 주지만 손이 달려, 할 일이 너무 많은 거야. 그래서 가족이 붙어 있어야 해, 어느 정도는. 언니는 가게를 봐야 하니까 대학 수업을 받으며 짬짬이 내가 여기로 와야 해. 그래도 언니가 일주일에 세 번 오고 내가 네 번 와. 그 틈을 타서 우리는 데이트를 하는 거야. 스케줄이 너무 빡빡해."

"그렇게 바쁜데 왜 나를 만나지?"

"너랑 같이 있는 게 좋으니까."

미도리는 빈 플라스틱 찻잔을 만지작거리며 말했다.

"두 시간 정도 혼자서 산책이라도 하고 와. 잠시 내가 아버지를 돌볼 테니까."

"왜?"

"잠깐이라도 병원을 벗어나 혼자서 느긋하게 지내는 것도 좋을 거야. 아무하고도 말을 나누지 말고 머릿속을 비워 보는 거지."

미도리는 잠시 생각하다가 이윽고 고개를 끄덕였다. "그래. 그럴지도 모르겠네. 근데, 너, 할 줄 알아? 간병하는 거."

"봤으니까 대강 알 거야. 주사액 체크하고 물을 마시게 하고 땀을 닦아 주고 가래를 받고 소변 병은 침대 밑에 있고, 배가 고프다고 하면 점심때 남은 것을 먹이고. 그거 말고 모르는 건 간호사에게 물어."

"그 정도면 괜찮은데." 미도리는 미소를 지으며 말했다. "다만, 저 사람 지금 머리가 좀 이상하니까 가끔 이상한 말

도 할 거야. 무슨 소린지 통 모를 말을. 혹시 그런 말을 하더
라도 마음에 두지 마."

"걱정 마."

병실로 돌아와서 미도리는 아버지에게 자기는 볼일이 있
어 잠시 외출하지만 그동안 이 사람이 돌봐 줄 거라고 말했
다. 아버지는 별다른 반응을 보이지 않았다. 미도리의 말을
전혀 못 알아들었는지도 모른다. 그는 똑바로 누워 가만히
천장을 바라보았다. 때로 눈이라도 깜빡거리지 않으면 죽은
것으로 보일 정도였다. 눈은 술 취한 사람처럼 빨갛게 충혈
되었고, 숨을 깊이 들이쉬면 콧날이 살짝 부풀어 올랐다. 손
가락 하나 까딱하지 않고 미도리가 말을 걸어도 대답하려
하지 않았다. 그가 혼탁한 의식의 바닥에서 무엇을 생각하
고 무엇을 떠올리는지, 도무지 상상이 되지 않았다.

미도리가 나가 버린 다음 나는 그에게 무슨 이야기를 할
까 생각해 보았지만 무엇을 어떻게 이야기하면 좋을지 알
수 없어 결국 입을 다물어 버렸다. 그러자 잠시 후 그는 눈
을 감고 잠들어 버렸다. 나는 머리맡에 놓인 의자에 앉아
그가 이대로 눈을 감고 죽지 않기를 빌면서 가끔 코가 벌름
대며 움직이는 모양을 관찰했다. 그리고 만약에 내가 보살
피는 중에 이 남자가 숨을 거두어 버린다면 참으로 묘한 일

371

일 거라고 생각했다. 난 이 남자를 조금 전에 만났을 뿐이고 이 남자와 나를 이어 주는 것은 미도리뿐이며, 미도리와 나는 '연극사 2'를 같이 듣는 관계일 뿐이다.

그러나 그는 곧 죽을 사람이 아니었다. 그냥 깊은 잠에 빠졌을 뿐이었다. 귀를 얼굴 가까이 대 보니 미약한 숨소리가 들렸다. 그래서 나는 마음을 놓고 옆 환자의 부인과 이야기를 나누었다. 그녀는 내가 미도리의 애인이라 여긴 듯, 나에게 미도리 이야기만 했다.

"저 애, 정말 착한 아가씨야. 아버지를 얼마나 위하는지, 게다가 친절하고 상냥하면서도 배려심 깊고 야무지고 예뻐. 학생, 소중히 여겨야 해. 놓치면 안 돼. 저런 애 찾아보기 힘들어."

"소중히 여길게요." 나는 적당히 대답했다.

"우리 집에는 스물한 살 난 딸하고 열일곱 살 난 아들이 있지만 병원에는 아예 오지도 않아. 휴일이면 서핑이니 데이트니 하면서 어딘가로 놀러 나가 버려. 어처구니가 없지 뭐야. 용돈이라면 짜낼 대로 짜내면서도 나 몰라라야."

1시 반이 되자 부인은 잠시 쇼핑을 해야 한다면서 병실을 나갔다. 환자 둘은 깊이 잠들었다. 오후의 따스한 햇살이 병실 안에 가득 비쳐 들어 의자에 앉은 채 나도 그만 잠에 빠져 버릴 것 같았다. 창가 테이블 위 꽃병에 꽂힌 하얗고 노란 국화가 지금이 가을임을 알려 주었다. 손도 대지 않고 남은, 점심때 나온 조린 생선의 달콤한 냄새가 병실에 떠돌았다. 간호사들은 여전히 딱딱 메마른 소리를 내며 복도를 오가고 또렷한 목소리로 대화를 나누었다. 이따금씩 병실에 와서 환자 둘 다 깊이 잠든 것을 확인하고 나를 향해 생긋 미소 짓고는 모습을 감추었다. 읽을 거라도 좀 있으면 좋으련만 하고 살펴보았지만 병실에는 책도 잡지도 신문도 없었다. 벽에 달력이 하나 걸렸을 따름이었다.

나는 나오코를 생각했다. 머리핀만 하나 꽂은 나오코의 벌거벗은 몸을 생각해 보았다. 날씬한 허리와 음모의 그늘을 떠올렸다. 왜 그녀는 내 앞에서 옷을 벗었을까? 그때 나오코는 몽유 상태였을까? 아니면 그건 나의 환상에 지나지 않았던 걸까? 시간이 흘러 그 작은 세계에서 멀어질수록 그날 밤의 일이 진짜로 있었던 건지 아닌지 점점 알 수 없었다. 정말로 있었던 일이라고 생각하면 분명히 그랬던 것 같고, 환상이라 생각하면 환상인 듯했다. 환상이라고 하기에는 너무도 세부까지 생생했고, 실제로 있었던 일이라고 하기에는 모든 것이 너무도 아름다웠다. 나오코의 몸도 달빛도.

미도리 아버지가 갑자기 눈을 뜨고 기침을 하는 바람에 나의 생각은 거기서 멈추었다. 나는 휴지로 가래를 받아 내고 수건으로 얼굴의 땀을 닦아 주었다.

"물 드실래요?" 내가 묻자 그는 4밀리미터 정도 고개를 끄덕였다. 작은 유리잔으로 조금씩 천천히 물을 먹이는데 메마른 입술이 떨리고 목이 움찔움찔 움직였다. 그는 잔 속의 미지근한 물을 전부 마셨다.

"더 드실래요?" 그가 무슨 말을 하려는 것 같아서 귀를 가까이 댔다. "됐어." 하고 그는 메마르고 낮은 목소리로 말했다. 목소리는 아까보다 더 작고 메말랐다.

"뭐 좀 드시지 않을래요? 배고프지 않으세요?" 아버지는 살짝 고개를 끄덕였다. 나는 미도리가 한 것처럼 핸들을 돌려 침대를 일으켜 세우고 채소 젤리와 조린 생선을 숟가락으로 떠서 입에 넣어 주었다. 오랜 시간을 들여 반쯤을 먹은 다음, 이제 됐다고 고개를 살짝 옆으로 저었다. 머리를 크게 움직이면 아픈 듯, 조금밖에 움직이지 않았다. 과일은 어떠냐고 했더니 그는 "안 먹어." 하고 말했다. 나는 수건으로 입가를 닦아 주고 침대를 수평으로 돌리고 식기를 복도에 내놓았다.

"맛있었어요?"

"맛없어."

"네, 보기에도 별로 맛있을 것 같지 않네요." 나는 웃으면서 말했다. 아버지는 아무 말 없이 감을까 말까 망설이는 듯한 눈으로 가만히 나를 바라보았다. 불현듯 이 남자는 내가 누구인지 알까 하는 생각이 들었다. 어쩐지 미도리와 있을 때보다 나와 둘이 있는 쪽이 더 편한 것처럼 보였기 때문이다. 나를 다른 누구로 착각하는지도 몰랐다. 만약 그렇다면 나에게는 그편이 고마운 일이었다.

"바깥은 정말 날씨가 좋아요." 나는 둥근 의자에 앉아 다리를 꼬며 말했다. "가을인 데다 일요일이고 날씨도 좋고, 어디를 가도 사람으로 가득해요. 이런 날은 이렇게 방 안에서 느긋하게 지내는 게 제일 좋아요, 피곤하지도 않고. 복잡한 데 가 봐야 피곤하기만 하고 공기도 안 좋고. 전 일요일에는 대체로 빨래를 해요. 아침에 빨아서 기숙사 옥상에서 말리고 저녁 전에 거둬서 착착 다림질을 해요. 다림질하는 거별로 싫어하지 않거든요. 마구 구겨진 게 매끈하게 변하는거, 정말 기분 좋잖아요. 저, 다림질 꽤 잘해요. 물론 처음에는 잘 못 했지만. 여기저기 줄이 가고 그랬죠. 그런데 한 달정도 하니까 손에 익더라고요. 그래서 일요일은 세탁과 다림질을 하면서 보내요. 오늘은 못 했지만. 애석하네요, 이렇게 빨래하기 좋은 날인데.

하지만 괜찮아요. 내일 아침 일찍 일어나서 하면 되니까. 신경 안 써도 돼요. 일요일이지만 달리 할 일도 없으니까요.

내일 아침에 세탁을 하고 10시에 강의를 들으러 갈 겁니다. 이 강의는 미도리하고 같이 들어요. '연극사 2'인데 지금은 에우리피데스를 합니다. 에우리피데스, 아세요? 옛날 그리스에서 아이스킬로스, 소포클레스와 함께 그리스 비극의 빅 3로 알려진 사람인데요. 마지막에는 마케도니아에서 개한테 물려 죽었다고 하는데, 다른 설도 있습니다. 그 사람이 에우리피데스입니다. 전 소포클레스가 더 좋지만, 취향 문제니까요. 그래서 뭐라고 말하기 힘들어요.

그 사람 연극의 특징은 이것저것 마구 뒤엉켜 꼼짝도 못하게 돼 버린다는 겁니다. 아시겠어요? 이런저런 사람이 나오는데 그 모두에게 각각 사정과 이유가 있고, 모두가 나름대로 정의와 행복을 추구합니다. 그 탓에 모두가 이러지도 저러지도 못하는 상태에 빠져요. 그건 그럴 수밖에요. 모든 사람의 정의가 실현되고 모든 사람의 행복이 달성되는 건 원리적으로 불가능하니까요. 도저히 해결할 수 없는 카오스 상태에 빠지고 말죠. 그러면 어떻게 될 것 같아요? 이게 정말 간단합니다. 신이 등장합니다. 그리고 교통정리를 하는 거죠. 넌 저쪽으로, 넌 이쪽으로, 넌 저놈이랑 같이, 넌 거기서 잠깐 가만히 있어, 그런 식으로요. 배후 조정자 같은 거라고 할까요. 그리고 모든 것이 완벽하게 해결돼요. 이것을 '데우스 엑스 마키나'라고 합니다. 에우리피데스의 연극에서는 자주 이런 데우스 엑스 마키나가 나오는데, 바로 이 언저리에서 에우리피데스에 대한 평가가 갈립니다.

만일 현실 세계에 데우스 엑스 마키나가 있다면, 얼마나 편하겠어요. 곤란한 상태에 빠져 옴짝달싹도 못 할 지경에 있으면 신이 하늘에서 하늘하늘 내려와 전부 처리해 주니까요. 이렇게 편한 일도 없죠. 아무튼 이게 '연극사 2'입니다. 우리는 대학에서 대충 이런 걸 배워요."

내가 말하는 동안 미도리 아버지는 멍한 눈길로 나를 바라보았다. 내가 하는 말을 어느 정도 이해했는지는 그 눈을 통해서는 알 수 없었다.

나는 "피스." 하고 말했다.

거기까지 말하고 나니 배가 많이 고파 왔다. 아침을 거의 먹지 않았던 데다 점심도 반은 남겼기 때문이다. 나는 점심을 제대로 먹지 않은 것을 많이 후회했지만, 후회한다고 해결될 일이 아니었다. 뭐 좀 먹을 거 없을까 하고 서랍 안을 뒤져 보았더니 캔에 든 김과 목 캔디와 간장이 있을 뿐이었다. 종이 봉지 안에 오이와 그레이프프루트가 있었다.

"배가 고파서 오이를 먹을 생각인데 괜찮을까요?" 나는 물어보았다.

미도리 아버지는 아무 말도 하지 않았다. 나는 세면장으로 가서 오이 세 개를 씻었다. 그리고 접시에 간장을 조금 붓고 오이에 김을 말아 간장에 찍어 아작아작 썹어 먹었다.

"정말 맛있네요. 단순하고 신선하면서 생명의 향기가 나요. 좋은 오이예요. 키위보다 훨씬 좋은 것 같아요."

나는 한 개를 다 먹고 하나를 더 집어 들었다. 아작아작, 아주 기분 좋은 소리가 병실에 울려 퍼졌다. 오이를 두 개 먹어 치우고서야 겨우 한숨을 돌렸다. 그리고 복도에 있는 가스 스토브에서 물을 끓여 차를 타서 마셨다.

"물이나 주스 드실래요?" 나는 물어보았다.

"오이." 그가 말했다.

나는 방긋 웃었다. "좋죠. 김으로 말까요?"

그는 작게 고개를 끄덕였다. 나는 다시 침대를 일으켜 세우고 과일칼로 먹기 좋을 만한 크기로 오이를 자르고 거기에 김을 말아 간장에 찍어서 이쑤시개를 꽂아 그의 입에 가져갔다. 그는 거의 표정을 바꾸지 않고 그것을 몇 번이나 씹어 목 안으로 넘겼다.

"어때요? 맛있죠?" 물어보았다.

"맛있어." 그는 대답했다.

"먹는 게 맛있다는 건 정말 좋은 일이에요. 살아 있다는 증거니까요."

결국 그는 오이 한 개를 다 먹어 치웠다. 오이를 모두 먹은 다음 물을 마시고 싶어 해서 나는 다시 물을 떠 먹였다. 물을 마시고 잠시 후 소변을 보고 싶다고 해서 나는 침대 아래에 놓인 병을 꺼내 주둥이를 페니스 끝에 대 주었다. 나는 화장실에 가서 소변을 버리고 병을 물로 씻었다. 그리고 병실로 돌아와 남은 차를 마셨다.

"기분 좀 어떠세요?" 나는 물어보았다.

"조금." 그가 말했다. "머리."

"머리가 조금 아프세요?"

그렇다는 듯, 그는 살짝 얼굴을 찌푸렸다.

"하긴 수술한 지 얼마 안 됐으니까 어쩔 수 없죠. 전 수술을 받아 본 적이 없어서 잘 모르지만요."

"표." 그가 말했다.

"표? 무슨 표 말인가요?"

"미도리." 그가 말했다. "표."

무슨 소린지 알 수 없어 나는 입을 다물어 버렸다. 그도 잠시 침묵을 지켰다. 그러고는 "부타캐."라고 말했다. 부탁한다는 말인 듯했다. 그는 눈을 크게 뜨고 가만히 내 얼굴을 바라보았다. 그는 나에게 뭔가를 전하려 하는 것 같았는데, 그 내용을 도무지 짐작할 수 없었다.

"우에노." 그는 또 말했다. "미도리."

"우에노 역 말인가요?"

그는 작게 고개를 끄덕였다.

"표, 미도리, 부탁해, 우에노 역." 나는 정리해 보았다. 그렇지만 무엇을 뜻하는지 도무지 알 수 없었다. 아마도 의식이 마구 뒤섞이고 혼탁해서일 것이라고 생각했지만, 눈에는 아까보다 초점이 잡히고 힘이 있었다. 그는 주삿바늘이 안 꽂힌 팔을 들어 내 쪽으로 뻗었다. 그 동작에 꽤 많은 힘이 필요한 듯, 손이 허공에서 바르르 떨렸다. 나는 일어서서 그 주름 잡힌 손을 잡았다. 그는 힘없이 내 손을 잡고 "부탁해." 라는 말을 몇 번이나 반복했다.

표도 미도리도 잘 보살필 테니 마음 푹 놓으세요, 아무 걱정 마세요, 그렇게 말하자 그는 손을 아래로 내리고 눈을 꼭 감았다. 그리고 고른 숨소리를 내며 잠들었다. 나는 그가 죽지 않은 것을 확인한 다음 바깥으로 나와 물을 끓여 다시 차를 타서 마셨다. 그리고 내가 죽음을 눈앞에 둔 이 작은 몸집의 남자에게 호감을 품기 시작했다는 사실을 깨달았다.

잠시 후 옆 환자의 부인이 돌아와서, 괜찮았는지 물었다. 아무 일 없었다고 대답했다. 그녀의 남편도 색색 숨소리를 내며 편안하게 잠들었다.

미도리는 3시가 지나 돌아왔다.

"공원에서 멍하니 있었어. 네가 시키는 대로 혼자서 아무 것도 안 하고, 머릿속을 완전히 비워 버리고."

"어땠어?"

"고마워. 정말 편안해진 것 같아. 조금 나른하긴 해도 아 까에 비해 몸이 많이 가벼워졌어. 생각보다 많이 피곤했던 모양이야."

아버지는 깊이 잠들었고 딱히 할 일도 없어 우리는 자판기에서 커피를 빼내 텔레비전실로 갔다. 나는 미도리에게 그녀가 없는 동안 일어난 일을 하나하나 보고했다. 푹 자고 일어나 점심때 먹다 남은 걸 반쯤 먹고 내가 오이를 씹고 있자니 먹고 싶다고 해서 하나를 먹여 주었고 그다음 소변을 보고 잠이 들었다고.

"와타나베, 너 정말 대단해." 미도리는 감탄한 듯 말했다. "저 사람 아무것도 먹지 않아서 다들 얼마나 고생하는지 몰라. 그런데 오이까지 먹게 하다니. 믿기지 않아, 정말."

"잘은 모르겠지만 내가 맛있게 먹으니까 그랬던 것 같아."

"혹시 네게 사람을 편하게 해 주는 능력 같은 게 있는 걸까?"

"설마." 나는 웃었다. "정반대로 말하는 사람도 얼마나 많은데."

"아버지에 대해 어떻게 생각해?"

"좋아. 딱히 무슨 이야기를 나눈 건 아니지만, 어쩐지 좋은 사람인 것 같은 느낌이 들어."

"얌전하게 있든?"

"아주."

"일주일 전만 해도 정말 심했어." 미도리는 고개를 저으며 말했다. "머리가 좀 이상해져서 난폭한 행동을 했어. 나한테 컵을 집어 던지면서 병신, 너 같은 거 죽어 버려, 그러는 거야. 이 병은 가끔 그래. 이유는 잘 모르겠지만 어떤 때는 아주 난폭하게 굴어. 엄마도 그랬어. 엄마가 나한테 뭐라고 한 줄 알아? 넌 내 딸 아냐, 너 같은 건 꼴도 보기 싫어, 하고 말했어. 그 순간 눈앞이 캄캄해졌지. 그런 게 이 병의 특징이야. 뭔가가 뇌의 어딘가를 압박해서 짜증 나게 만들고 이런 말 저런 말을 막 내뱉게 하는 거야. 잘 알아, 난. 그렇지만 알면서도 상처받아, 그런 말을 들으면. 이렇게 열심히 간호하는데 왜 그런 말을 들어야 하느냐고. 정말 서글퍼져."

"알 거 같아, 그 마음." 그리고 미도리 아버지가 영문 모를 말을 했다는 사실이 떠올랐다.

"표? 우에노 역? 뭐지? 잘 모르겠는데."

"'부탁해.' '미도리.'라고."

"그건 나를 부탁한다는 말이 아닐까?"

"혹은 네가 우에노 역에 가서 기차표를 사 주기를 바라는 건지도 몰라." 내가 말했다. "아무튼 그 네 가지 말의 순서가 마구 뒤엉켜 무슨 뜻인지 잘 모르겠어. 우에노 역, 뭐 생각나는 거 없어?"

"우에노 역이라……." 미도리는 생각에 잠겼다. "우에노 역으로 떠오르는 거라면, 내가 두 번 가출했다는 거. 초등학교 3학년 때하고 5학년 때, 두 번 다 우에노 역에서 전차를 타고 후쿠시마까지 갔어. 계산대에서 돈을 빼내서. 뭔가에 엄청 열 받아서 홧김에 그런 거야. 후쿠시마에 숙모네 집이 있었는데, 난 그 숙모를 많이 좋아해서 거기 갔어. 그러면 아버지가 데리러 오는 거야. 후쿠시마까지. 둘이서 전철을 타고 도시락을 먹으며 우에노까지 오는 거지. 그런 때 아버지는 띄엄띄엄 나한테 여러 가지 이야기를 해 줬어. 관동 대지진 때 이야기라든지, 전쟁 때 이야기라든지, 내가 태어났을 때 이야기라든지, 평소 때 별로 안 하는 그런 이야기. 생각해 보니 나랑 아버지 둘이서 천천히 이야기를 나눈 건 그때가 처음이었어. 믿어져? 우리 아버지, 관동 대지진 때 도쿄 한복판에서 지진이 일어났는지도 몰랐대."

"설마." 나는 아연해져 말했다.

"정말이야, 그거. 아버지는 그때 자전거에 리어카를 매달고 달리는 중이었다는데, 아무런 느낌도 없었다는 거야. 집으로 돌아와 보니 부근의 기와가 모두 떨어져 나가고 가족은 기둥을 부여잡고 벌벌 떨고 있었대. 그래서 아버지는 무슨 영문인지를 몰라 '왜 그래, 도대체?' 하고 물었다는 거야. 그것이 아버지의 관동 대지진 추억담이야." 미도리는 웃었다. "아버지의 추억은 다 그런 식이야. 조금도 드라마틱하지가 않아. 어디 한군데가 비틀렸어, 삐거덕. 이야기를 듣노라면 오륙십 년 동안 일본에서는 별다른 사건도 일어나지 않은 것 같은 느낌에 사로잡혀. 2·26 사건이나 태평양 전쟁도, 듣고 보니 일이 있었던 것 같기도 하고, 그런 식이야. 좀 이상하지?

그런 이야기를 문득문득 꺼내. 후쿠시마에서 우에노로 돌아오는 동안. 마지막에는 늘 이렇게 말해. '어딜 가나 다 마찬가지야, 미도리.' 그런 말을 들으면 어린 마음에, 아, 그런가, 하게 돼."

"그게 우에노 역의 추억?"

"응. 와타나베는 가출한 적 없어?"

"없는데."

"왜?"

"생각이 안 떠올랐어. 가출 같은 거."

"너 참 특이하다." 미도리는 고개를 갸웃하며 감탄한 듯이 말했다.

"그런가?"

"아무튼 아버지는 너한테 나를 부탁한다고 말하고 싶었던 것 같아."

"정말로?"

"정말로. 난 그런 거 잘 알아, 직감적으로. 그래서 넌 뭐라고 대답했어?"

"영문도 모르고 그냥 걱정하지 마시라고, 괜찮다고, 미도리도 차표도 잘 할 테니까 걱정하지 마시라고 했지."

"그럼 아빠한테 약속한 거네? 날 돌봐 주겠다고?" 미도리는 그렇게 말하고 진지한 표정으로 내 눈을 들여다보았다.

"그, 그게 아니라." 나는 황망히 변명을 했다. "뭐가 뭔지 몰라서……."

"괜찮아, 농담이야. 잠깐 놀려 본 거야." 미도리는 웃었다. "넌 정말 그런 점이 귀엽다니까."

커피를 다 마시고 나와 미도리는 병실로 돌아왔다. 미도리 아버지는 깊은 잠에 빠졌다. 귀를 가까이 대자 낮은 숨소리가 들렸다. 오후가 깊어지면서 창밖의 햇살은 점점 부드럽게 가을다운 고요한 색깔로 바뀌어 갔다. 새 떼가 날아와 전선에 잠시 앉았다가 날아갔다. 미도리와 나는 구석에 나란히 앉아 낮은 목소리로 여러 가지 이야기를 나누었다. 그녀는 내 손금을 보고, 넌 백다섯 살까지 살아서 세 번 결혼하고 교통사고로 죽을 거라고 예언했다. 나쁘지 않은 인생이라고 나는 대답했다.

4시가 지나 아버지가 눈을 뜨자 미도리는 머리맡에 앉아 땀을 닦아 주고 물을 먹이고 두통이 있는지 없는지 물었다. 간호사가 다가와 열을 재고 소변 횟수를 체크하고 점적 주사를 확인했다. 나는 텔레비전실 소파에 앉아서 잠시 축구 중계를 보았다.

"이제 슬슬 가 봐야 할까 봐." 5시가 되어 내가 말했다. 그
런 다음 미도리 아버지를 향해 "지금 아르바이트를 가야 하
거든요. 6시부터 10시 반까지 신주쿠에서 레코드를 팔아
요." 하고 설명했다.

그는 내 쪽을 바라보며 살짝 고개를 끄덕였다.

"저, 와타나베. 나 지금 어떻게 말해야 할지 잘 모르겠지
만, 오늘 일 무지 고맙게 생각해. 고마워." 현관 로비에서 미
도리가 말했다.

"별로 한 것도 없는데 뭘. 혹시 내가 도울 일이 있으면 다
음 주에도 올게. 너희 아버지, 또 만나고 싶고."

"정말?"

"어차피 기숙사에 있어 봐야 할 일도 없는 데다 여기 오
면 오이도 먹을 수 있으니까."

미도리는 팔짱을 끼고 구두 뒤축으로 리놀륨 바닥을 똑
똑 쳤다.

"다음에 둘이서 또 한잔하러 가자." 그녀는 살짝 고개를
기울이며 말했다.

"포르노 영화는?"

"포르노 보고 술 마시면 되지. 그리고 둘이서 진짜 야한
이야기를 하는 거야."

"난 그런 말 안 했어. 네가 다 한 거지." 나는 항의했다.

"어느 쪽이든 상관없어. 아무튼 그런 이야기 하면서 마음 껏 마시고 엉망으로 취해서 끌어안고 자는 거야."

"그다음은 대충 상상이 가." 나는 한숨을 내쉬며 말했다. "내가 하려고 하면 네가 거부할 거지?"

"흐응."

"어쨌든 오늘처럼 아침에 데리러 와 줘, 다음 주 일요일. 같이 여기로 오자."

"조금 긴 스커트 입고?"

"그거야." 나는 말했다.

그러나 결국 다음 주 일요일, 나는 병원에 가지 않았다. 미도리 아버지가 금요일 아침에 세상을 떠났기 때문이다.

그날 아침 6시 반에 미도리가 전화로 그 사실을 알렸다. 전화가 왔다는 것을 알리는 버저 소리를 듣고, 나는 파자마 위에 카디건을 걸치고 로비로 내려가 전화를 받았다. 차가운 비가 소리도 없이 내렸다. 아빠가 방금 세상을 떠났어, 하고 낮고 조용한 목소리로 말했다. 내가 도울 일은 없겠느냐고 물어보았다.

"고마워. 괜찮아. 우리, 장례식에는 익숙하니까. 그냥 너 한테는 알리고 싶었어."

그녀는 한숨 같은 것을 내쉬었다.

"장례식에는 오지 마. 그런 거 싫어. 그런 데서 널 만나고 싶지 않아."

"알았어."

"정말 포르노 영화 같이 보러 갈 거야?"

"물론."

"엄청 야한 거 보고 싶어."

"찾아 놓을게, 그런 거."

"응, 내가 연락할게." 그리고 미도리는 전화를 끊었다.

그러나 그로부터 일주일, 그녀에게서 아무런 연락도 없었다. 강의실에서도 만날 수 없었고, 전화도 오지 않았다. 기숙사에 돌아올 때마다 메모가 없는지 살펴보았지만, 나에게 온 전화는 한 통도 없었다. 나는 어느 날 밤, 약속을 지키기 위해 미도리를 생각하면서 마스터베이션을 해 보았지만 아무래도 잘 되지 않았다. 할 수 없이 도중에 나오코로 바꾸어 보았지만, 나오코의 이미지도 이번에는 별 도움이 되지 못했다. 그러다 결국 지금 내가 뭘 하는 거냐는 생각이 들어 그만두었다. 그리고 위스키를 마시고 이를 닦고 잤다.

*

    일요일 아침, 나오코에게 편지를 썼다. 편지에는 미도리의
아버지에 대해 썼다. 같은 수업을 듣는 여자애 아버지를 문
병 가서 오이를 먹었어. 그랬더니 그 사람도 먹고 싶다면서
아작아작 씹어 먹었어. 그런데 닷새 후 아침에 세상을 떠나
고 말았어. 그가 오이를 씹을 때 내던 아작, 아작, 하는 작은
소리가 아직도 내 기억에 생생히 남아 있어. 사람의 죽음이
란 아주 사소하고 묘한 추억을 남기는 것 같아, 하고.

    아침에 눈을 뜨면 침대에서 너와 레이코 씨와 새장을 생
각한다고 썼다. 공작, 비둘기, 앵무새, 칠면조, 그리고 토끼
를. 비 내리는 아침에 두 사람이 입었던 후드 달린 노란 비
옷이 생각난다고. 따스한 침대에서 너를 생각하면 정말 기
분이 좋다고. 마치 내 곁에서 네가 몸을 동그랗게 말고 깊이
잠든 듯한 느낌이 든다고. 그게 현실이라면 얼마나 멋질까,
그런 상상을 한다고.

    가끔 견디기 힘든 외로움에 젖을 때도 있지만, 난 대체로
건강하게 잘 지내. 네가 매일 아침 새를 돌보고 밭일을 하는
것처럼 나도 매일 아침 나의 태엽을 감아. 침대에서 나와 이
를 닦고 수염을 깎고 아침을 먹고 옷을 갈아입고 기숙사 현
관을 나와 학교에 도착할 때까지 난 대체로 서른여섯 번 정

도 끼륵, 끼륵 태엽을 감아. 자, 오늘도 하루를 잘 살아 보자고 하면서. 스스로는 못 느끼는데 요즘 들어 내가 혼잣말을 자주 한다고들 해. 아마도 태엽을 감으면서 뭐라고 혼자 중얼대는 말일 테지.

너를 만날 수 없다는 것이 정말 괴롭지만, 만일 네가 없었더라면 나의 도쿄 생활은 정말 엉망이 되어 버렸을 거야. 아침에 일어나 침대에 누운 채 너를 생각하기에, 자, 이제 태엽을 감고 제대로 살아야 한다고 다짐하는 거지. 네가 거기서 열심히 살듯이 나도 여기서 열심히 살아야 한다고.

오늘은 일요일이라 태엽을 감지 않는 아침이야. 세탁을 마치고 지금은 방에서 편지를 써. 이 편지를 다 써서 우표를 붙여 우체통에 넣어 버리면 저녁때까지 아무 할 일이 없어. 일요일에는 공부도 하지 않아. 평일에 강의를 듣는 짬짬이 도서실에서 꽤 집중해서 공부하니까 일요일에는 아무 할 일이 없는 거야. 일요일 오후는 조용하고 평화롭고, 그리고 고독해. 혼자서 책을 읽거나 음악을 듣지. 네가 도쿄에 있었을 즈음 일요일에 둘이서 걷던 길을 하나하나 떠올릴 때도 있어. 네가 입었던 옷도 아주 또렷이 떠올라. 일요일 오후에 난 정말 온갖 것들을 떠올리곤 해.

레이코 씨에게 안부 전해 줘. 밤이 되면 그녀의 기타가 굉장히 그리워져.

나는 편지를 다 쓴 다음 그것을 200미터 정도 떨어진 우체통에 넣고, 가까운 빵집에서 달걀 샌드위치와 콜라를 사서 공원 벤치에 앉아 점심 대신 먹었다. 그런 다음 시간이나 죽일 겸 해서 야구를 하는 소년들을 바라보았다. 고개를 들어 보니, 깊어 가는 가을과 함께 한층 파랗게 드높아진 하늘에 두 줄기 비행운이 전차 노선처럼 곧장 서쪽으로 내달렸다. 내 앞으로 굴러온 파울 볼을 집어 던져 주자 아이들은 모자를 벗어 들고 고맙습니다, 인사를 했다. 소년 야구단이 대부분 그러하듯 볼 넷과 도루가 많은 게임이었다.

오후가 되어 방으로 돌아와 책을 읽었고, 집중력이 흐트러지면 천장을 바라보며 미도리를 생각했다. 그리고 미도리 아버지가 정말로 나에게 미도리를 잘 부탁한다고 말하려 했을까, 생각해 보았다. 그가 정말로 무슨 말을 하려 했는지 나는 알 길이 없었다. 아마도 나를 다른 누군가로 착각했을 것이다. 아무튼 차가운 비가 내리는 금요일 아침에 그는 숨을 거두었고, 진실이 무엇인지 확인할 길은 없어지고 말았다. 아마도 숨을 거둘 때 그의 몸은 더 작게 졸아들었을 것이다. 그런 다음 뜨거운 화로에서 한 줌 재로 불타 버렸다. 그가 남긴 것은 저물어 가는 상점 거리에서도 별로 눈에 띄지 않는 서점과 두 딸뿐이다.(적어도 그 가운데 하나는 꽤 성격이 특이한.) 도대체 그의 인생은 어떤 것이었을까. 그는 병원

침대에서 의사가 열어젖혀 휘저어 놓은 혼탁한 머리를 끌어 안은 채 어떤 생각을 하며 나를 바라보았을까?

미도리 아버지를 생각하노라니 점점 애절한 기분이 들어, 나는 서둘러 옥상 위 빨래를 거둬들이고 신주쿠로 나가 거리를 걸으며 시간을 죽이기로 했다. 혼잡한 일요일 거리는 나를 오히려 푸근하게 해 주었다. 나는 통근 열차처럼 붐비는 기노쿠니야 서점에서 포크너의 『8월의 빛』을 사서 음악을 크게 틀어 줄 것 같은 재즈 카페에 들어가 오넷 콜먼이니 버드 파월의 레코드를 들으면서 뜨겁고 짙고 맛없는 커피를 마시며 방금 산 책을 읽었다. 5시 반이 되어 나는 책을 덮고 바깥으로 나와 간단히 저녁을 먹었다. 불현듯 앞으로 이런 일요일을 도대체 몇십 번 몇백 번 반복해야 하느냐는 생각이 들었다. "조용하고 평화롭고 고독한 일요일."이라고 나는 입으로 소리 내어 말했다. 일요일에 나는 태엽을 감지 않는다.

8장

그 주 중간쯤에 나는 유리에 손바닥을 깊이 베고 말았다. 레코드 선반의 유리가 깨진 것을 몰랐다. 깜짝 놀랄 만큼 피가 철철 흘러넘쳐 바닥에 떨어져 발아래 바닥을 빨갛게 물들였다. 점장이 수건을 몇 장 들고 와서 붕대 대용으로 내 손을 세게 감았다. 그리고 전화로 밤에도 문을 여는 응급 병원을 알아봐 주었다. 시원찮은 남자였지만 그런 조치를 할 때는 날렸다. 다행히 병원이 가까웠지만 거기 도착할 때까지 수건을 새빨갛게 물들이고도 남은 피가 아스팔트 위로 떨어졌다. 사람들이 황망히 길을 비켜 주었다. 싸우다 생긴 상처라 여기는 듯했다. 심하게 아프지는 않았다. 다만 피가 끊임없이 흘러내렸다.

의사는 무덤덤하게 피에 젖은 수건을 벗겨 낸 후 손목을 꽉 잡아 묶어 피를 멈추게 하고 상처를 소독한 다음 바늘로 깁고는 내일 다시 오라고 했다. 레코드 가게로 돌아갔더니, 점장이 근무한 걸로 할 테니 그냥 돌아가라고 했다. 나는 버스를 타고 기숙사로 돌아왔다. 그리고 나가사와의 방으로 가 보았다. 상처 때문에 좀 흥분하기도 해서 누군가와 이야기를 나누고 싶기도 했고, 그와 꽤 오래 못 만났다는 생각이 들어서였다.

그는 방에서 텔레비전 방송으로 스페인어 강좌를 들으며 캔 맥주를 마셨다. 그는 내가 손에 붕대를 감은 것을 보고, 어쩌다 그랬느냐고 물었다. 별일 아니고 그냥 조금 다친 것뿐이라고 했다. 그는 맥주를 마시겠느냐고 물었다. 나는 사양했다.

"이거 금방 끝나니까 조금만 기다려." 나가사와는 스페인어 발음 연습을 했다. 나는 직접 물을 끓여 티백 홍차를 우려 마셨다. 스페인 여성이 예문을 읽었다. "이렇게 심한 비는 처음이에요. 바르셀로나에서 다리가 몇 개나 떠내려가고 말았어요." 나가사와는 그 예문을 따라 읽더니 "정말 유치한 예문이잖아. 외국어 강좌 예문은 하나같이 이 모양이야." 하고 말했다.

스페인어 강좌가 끝나자 나가사와는 텔레비전을 끄고 소형 냉장고에서 캔 맥주 하나를 더 꺼내 마셨다.

"방해한 건 아닌가요?" 나는 물었다.

"나? 아무 상관없어. 심심하던 차야. 정말 맥주 안 마실래?"

나는 괜찮다고 했다.

"아, 그렇지. 얼마 전에 결과 발표가 났어. 붙었어."

"외무성 시험?"

"그럼. 정식 명칭은 외무 공무원 채용 1종 시험이라고 하는데, 이름이 좀 멍청하지?"

"축하합니다." 나는 왼손을 내밀어 악수를 청했다.

"고마워."

"뭐, 당연한 일이잖아요."

"하긴 그래." 나가사와가 웃었다. "그렇지만 뭔가 결정이 난다는 건 좋은 일이야, 아무튼."

"외국으로 가나요, 외무성에 들어가면?"

"아니, 처음 일 년은 국내 연수. 그다음 당분간 외국으로 나가."

나는 홍차를 마시고 그는 맛있게 맥주를 마셨다.

"이 냉장고 말이야, 괜찮으면 여기 나갈 때 줄게." 나가사와는 말했다. "필요하지? 시원한 맥주도 마실 수 있고."

"주면 좋지만. 선배도 필요하지 않아요? 어차피 방을 빌려 나갈 텐데."

"그런 바보 같은 소리는 하지도 마. 여기서 나가면 큰 냉장고도 사고 아주 화려하게 살 거야. 이런 꾀죄죄한 곳에서 사 년이나 버텼어. 여기서 쓰던 건 꼴도 보기 싫어. 필요한 거 있으면 말해, 다 줄 테니. 텔레비전이건 보온병이건 라디오건."

"뭐든 좋지만요." 나는 책상 위에 있던 스페인어 교본을 들고 바라보았다. "스페인어 시작했어요?"

"응. 언어는 하나라도 더 하는 편이 좋고, 난 선천적으로 이런 데 소질이 있으니까. 프랑스어도 독학으로 거의 완벽하게 구사하지. 게임이나 마찬가지야. 룰을 하나 알게 되면 다음에는 몇 가지를 해도 똑같아. 그거, 여자랑 똑같다니까."

"아주 성찰적인 삶이네요." 나는 비꼬듯이 말했다.

"근데, 이번에 저녁이나 같이 안 할래?"

"또 여자를 낚는 건 아니겠죠?"

"아니, 그게 아니라 순수한 식사. 하쓰미와 셋이서 그럴듯한 레스토랑에 가는 거지. 나의 취직 축하 파티. 최고로 비싼 데로 가자고. 어차피 아버지가 낼 테니까."

"그런 거라면 하쓰미 씨와 둘이서 가는 게 좋지 않을까요."

"네가 있는 편이 더 편해. 나도 하쓰미도."

이런, 나는 생각했다. 기즈키와 나오코를 만날 때와 똑같지 않은가.

"식사하고 나서 나는 하쓰미 집으로 갈 거야. 셋이서 밥이나 같이 먹자."

"뭐, 두 사람이 그래도 괜찮다면 가죠. 그런데 나가사와 선배는 어떻게 할 거예요, 하쓰미 씨를? 연수 마치고 해외에 나가면 몇 년은 안 돌아올 거잖아요? 하쓰미 씨는 어떻게 해요?"

"그건 하쓰미 문제지 내 문제는 아냐."

"무슨 뜻인지 잘 모르겠는데요."

그는 다리를 책상 위에 올린 채 맥주를 마시고 하품을 했다.

"다시 말해 나는 누구와도 결혼할 생각이 없어. 하쓰미한테도 정확히 말해 두었어. 그러니까 하쓰미는 누구하고 결혼하고 싶으면 하면 돼. 난 말리지 않아. 결혼하지 않고 기다리겠다면 기다리면 되고. 그런 뜻이야."

"이야." 나는 감탄하고 말았다.

"날 말도 안 되는 놈이라고 생각하지?"

"당연히 그렇게 생각하죠."

"세상은 근본적으로 불공평한 곳이야. 그건 내 탓이 아냐. 처음부터 그렇게 되어 있어. 난 한 번도 하쓰미를 속인 적이 없어. 그런 의미에서 말도 안 되는 인간이니까, 헤어지고 싶으면 헤어져도 된다고 정확히 전했다고."

나가사와는 맥주를 다 마셔 버리고 담배에 불을 붙였다.

"선배는 인생에 대해 두려움을 느껴 본 적 없어요?"

"거참, 나도 그 정도로 멍청하진 않아. 물론 인생에 대해 두려움을 느낄 때가 있어. 그거야 당연하잖아. 단지 난 그런 것을 전제 조건으로 인정하지 않아. 자신의 힘을 100퍼센트 발휘해서 할 수 있는 데까지 해. 원하는 게 있으면 손에 넣고, 원하지 않으면 붙잡지 않아. 그렇게 살아가는 거야. 그러다 망치면 망친 상태에서 다시 생각하는 거지. 불공평한 사회, 그거 반대로 생각하면 능력을 발휘할 수 있는 사회이기도 해."

"자기 멋대로 같은데요."

"그래도 난 하늘을 올려다보며 감이 떨어지기를 기다리지 않아. 나름대로 열심히 노력해. 너보다 열 배는 더 노력할 거야."

"그렇겠죠." 나는 인정했다.

"그러니까 말이야, 가끔 세상을 둘러보다가 넌덜머리가 나. 왜 이 인간들은 노력이란 걸 하지 않는 거야, 노력도 않고 불평만 늘어놓을까 하고."

나는 어이가 없어 그저 나가사와를 쳐다보았다. "내 눈에는 세상 사람들이 정말 몸이 부서져라 노력하는 것 같아 보

398

이는데, 내가 뭘 잘 못 본 겁니까?"

"그건 노력이 아니라 그냥 노동이야." 나가사와는 간단히 정리해 버렸다. "내가 말하는 노력은 그런 게 아냐. 노력이란 건 보다 주체적으로 목적 의식을 가지고 행하는 거야."

"이를테면 취직이 결정되어 다들 마음을 푹 놓을 때 스페인어를 시작하는 그런 거 말이죠?"

"바로 그런 거지. 나는 봄까지 스페인어를 완전히 마스터할 거야. 영어와 독일어와 프랑스어는 벌써 했고, 이탈리아어도 대충은 돼. 이런 게 노력 없이 가능하다고 생각해?"

그는 담배를 피우고 나는 미도리 아버지를 생각했다. 미도리 아버지는 텔레비전으로 스페인어를 배우자는 생각은 아예 해 보지도 않았을 것이다. 노력과 노동의 차이가 어디에 있는지도 생각해 보지 않았을 것이다. 그는 그런 걸 생각하기에는 너무 바빴다. 일도 바빴고 집 나간 딸을 데리러 후쿠시마까지 가야 할 때도 있었다.

"식사 말이야, 이번 토요일 어때?"

좋아요, 하고 나는 대답했다.

나가사와가 예약한 레스토랑은 아자부 뒷길에 위치한 조용하고 우아한 프렌치 레스토랑이었다. 나가사와가 이름을 대자 웨이트리스가 우리를 안쪽 개인실로 안내했다. 작은 방 벽에는 판화가 열다섯 점쯤 걸렸다. 하쓰미 씨가 올 때까지 나가사와와 나는 조지프 콘래드의 소설 이야기를 하면서 맛있는 와인을 마셨다. 나가사와는 딱 봐도 비쌀 것 같은 회색 양복을 입고 나는 아주 평범한 남색 블레이저코트를 입었다.

십오 분 정도 지나서 하쓰미 씨가 나타났다. 그녀는 세심하게 화장을 하고 금 귀걸이에 우아한 짙은 푸른색 원피스 차림에다 품위 있어 보이는 빨간 펌프스를 신었다. 내가 원피스 색깔을 칭찬하자 이런 걸 미드나이트 블루라 한다고 하쓰미 씨가 가르쳐 주었다.

"정말 멋진 곳이네." 하고 하쓰미 씨가 말했다.

"아버지가 도쿄에 오면 여기서 식사를 해. 이전에 한 번 따라온 적이 있어. 이렇게 폼 잡는 음식은 별로 안 좋아하지만."

"그래도 가끔은 좋잖아, 이런 분위기. 와타나베도 그렇게 생각하지?"

"글쎄요. 내가 돈만 안 낸다면요."

"우리 아버지, 대체로 여자랑 같이 와. 도쿄에 여자가 있으니까."

"그래?" 하쓰미 씨가 말했다.

나는 못 들은 척하고 와인을 마셨다.

이윽고 웨이터가 오고, 우리는 음식을 주문했다. 오르되브르와 수프를 정하고 메인으로 나가사와는 오리를, 하쓰미 씨와 나는 농어를 시켰다. 음식이 아주 천천히 나와서 우리는 와인을 마시며 여러 가지 이야기를 나누었다. 나가사와가 외무성 시험 이야기로 말문을 열었다. 수험생이란 인간들은 시궁창으로 쓸어 넣어 버리고 싶은 쓰레기들이 대부분이지만, 개중에 제대로 된 놈도 몇 있다고 나가사와는 말했다. 그 비율이 일반 사회에 비해 높은지 낮은지 내가 물었다.

"똑같지, 물론." 나가사와는 아주 당연하다는 표정으로 말했다. "그런 건 말이야, 어디든 마찬가지야. 일정불변이지."

와인이 떨어지자 나가사와는 한 병을 더 시키고 자기 몫으로 스카치위스키 더블을 주문했다.

하쓰미 씨가 다시 나에게 소개하고 싶은 여자애 이야기를 하기 시작했다. 하쓰미 씨와 나 사이에 끊임없이 등장하는 화제였다. 그녀는 나에게 '같은 동아리 후배 가운데 정말 예쁜 아이'가 있다면서 소개하겠노라 하고 나는 늘 도망치는 그런 식이었다.

"정말 괜찮은 애라니까. 얼굴도 예뻐. 다음에 데리고 올 테니까 얘기나 한번 해 봐. 틀림없이 마음에 들 거야."

"아니에요. 나는 하쓰미 씨가 다니는 학교 여자애를 사귀기에는 너무 가난해요. 돈도 없고 이야기도 안 맞을 테고."

"아냐, 그렇지 않아. 그 애 정말 쿨하고 착하다니까. 그런 쪽으로 절대 표를 내지 않아."

"일단 한번 만나 보는 게 어떨까, 와타나베. 꼭 그걸 하지는 않아도 되니까."

"당연하지. 그런 짓 했다가는 큰일 나. 완전히 처녀니까."

"옛날의 너처럼."

"그럼, 옛날의 나처럼." 하쓰미 씨는 방긋 웃으며 말했다. "그런데 와타나베, 돈이 없다거나 하는 거 아무 상관없는 거야. 물론 과에 몇몇은 자기가 뭐라도 되는 줄 알고 잘난 척하는 애도 있지만 나머지는 다들 나와 다를 바 없거든. 점심때 학생 식당에서 250엔짜리 밥을 먹어."

"그런데 하쓰미 씨." 나는 말을 가로막았다.

"내가 다니는 학생 식당 점심 메뉴에는 A, B, C가 있는데 A가 120엔, B가 100엔, C가 80엔입니다. 그런데 내가 가끔 A를 먹으면 다들 묘한 눈으로 쳐다봐요. C도 못 먹는 애는 60엔짜리 라면을 먹습니다. 그런 학교예요. 말이 통할 것 같아요?"

하쓰미 씨는 깔깔 웃었다. "정말 싸네. 나, 그거 먹으러 한번 갈까 봐. 그렇지만 와타나베, 넌 좋은 사람이니까 반드시 걔랑 말이 통할 거야. 걔도 120엔짜리 점심, 좋아할지 몰라."

"설마." 나는 웃으며 말했다. "누가 그걸 좋아해서 먹어요. 어쩔 수 없으니까 먹죠."

"그렇지만 먹는 걸로 우릴 판단하지는 마, 와타나베. 물론 꽤 세련된 여자애들이 다니는 학교이긴 하지만 진지하게 인생을 생각하는 제대로 된 여자애도 아주 많아. 하나같이 스포츠카 타는 남자애랑 사귀려 하지는 않아."

"그거야 물론 그렇겠죠."

"와타나베는 좋아하는 여자애가 있어. 그렇지만 거기에 대해 이 친구 입도 벙긋하지 않아. 입이 무거워서 말이야. 모든 게 수수께끼야."

"정말?" 하쓰미 씨가 나한테 물었다.

"정말이에요. 그렇지만 수수께끼까지는 아니에요. 그저 복잡한 사정이 있어 말하기 곤란할 뿐이에요."

"이루어질 수 없는 사랑이라는 거? 저기, 나한테 의논해 봐."

나는 와인을 마시며 어물쩍 넘기려 했다.

"봐, 입이 무겁잖아." 위스키를 세 잔째 마시며 나가사와가 말했다. "이 친구는 한번 안 하겠다고 정하면 절대로 말 안 해."

"안타깝네." 하쓰미 씨는 테린을 조그맣게 잘라 입안에 넣으면서 말했다. "그 여자애랑 잘되면 더블데이트를 할 수 있을 텐데."

"취한 김에 스와핑도 가능할 테고." 나가사와가 말했다.

"이상한 말은 하지 마."

"이상하다니. 와타나베가 널 얼마나 좋아하는데."

"그건 이거완 다른 문제잖아." 하쓰미 씨는 조용히 말했다. "와타나베는 그런 사람이 아니야. 자신의 것을 아주 소중히 여기는 사람이야. 나는 알아. 그러니까 후배를 소개해 주려고 하지."

"나하고 와타나베, 한 번 여자를 바꿔 본 적이 있어, 지난번에. 어이, 맞지?" 나가사와는 무덤덤한 표정으로 위스키 잔을 들더니 한 잔을 더 주문했다.

하쓰미 씨는 포크와 나이프를 아래로 내려놓고 냅킨으로 살짝 입을 닦았다. 그리고 내 얼굴을 바라보았다. "와타나베, 정말로 그랬어?"

어떻게 대답하면 좋을지 몰라 나는 입을 다물었다.

"제대로 말해 봐. 괜찮으니까." 나가사와가 말했다. 참으로 곤란한 지경에 빠져 버리고 말았다. 때로 나가사와는 술기운을 빌려 못된 심술을 부린다. 오늘 밤의 심술은 내가 아닌 하쓰미 씨를 표적으로 한 것이었다. 그걸 알기에 더더욱 마음이 불편했다.

"그 이야기 듣고 싶어. 정말 재미있을 것 같아." 하쓰미 씨가 나에게 말했다.

"취했거든요." 나는 말했다.

"괜찮아, 말해 봐. 나무라려는 게 아니야. 그냥 이야기를 듣고 싶을 뿐이야."

"시부야의 바에서 나가사와 선배랑 둘이서 마시다가 옆 테이블 여자 둘과 말이 통했죠. 어느 전문대인가 다니는 여학생들이었는데 그쪽도 꽤 오른 상태라 그래서 결국 그 부근 모텔로 들어가서 잤어요. 나가사와 선배와 내가 나란히 방을 잡아서. 그랬더니 밤중에 선배가 내 방문을 두드리면서, 어이, 와타나베, 여자애 한번 바꿔 보자, 하기에 내가 선배 방으로 가고 선배가 내 방으로 왔죠."

"그 여자애들 화내지 않았어?"

"너무 취해서 아무래도 좋은 거였어요. 결국 그 애들도."

"그렇게 한 데는 나름대로 이유가 있었다니까."

"어떤 이유?"

"두 여자애 말이야, 너무 차이가 많이 나. 한 애는 예쁜데 다른 한 애는 너무 아닌 거야. 이래서는 불공평하다고 생각했지. 다시 말해 내가 미인을 잡았으니까 말이야, 와타나베 한테 좀 미안했어. 그래서 바꾼 거지. 그렇지, 와타나베?"

"뭐, 그런 셈이죠." 그러나 사실을 말하자면, 나는 미인 아닌 쪽이 훨씬 마음에 들었다. 이야기를 해도 재미있고 성격도 좋았다. 나와 그녀가 섹스를 한 다음 침대에서 즐겁게 이야기를 나누고 있는데 나가사와 선배가 들어오더니 파트너를 바꾸자고 했다. 내가 그 여자애한테 괜찮겠느냐고 했더니 좋다고, 당신들이 그러고 싶다면, 하는 것이었다. 그녀는 아마도 내가 그 미인과 하고 싶어 하는 줄로 여긴 것 같았다.

"좋았어?" 하쓰미 씨가 내게 물었다.

"바꾼 거 말인가요?"

"그런저런 거 다."

"별로 즐겁지는 않아요. 그냥 하는 거죠. 그런 식으로 여자애랑 자는 게 뭐가 그리 즐겁겠어요."

"그럼 왜 그런 걸 해?" 하쓰미 씨가 물었다.

"내가 하자고 했으니까." 나가사와가 말했다.

"난 와타나베한테 물었어." 하쓰미 씨가 단호한 어투로 말했다. "왜 그런 짓을 하는 거야?"

"때로 몹시 여자애랑 자고 싶거든요."

"좋아하는 사람이 있다면서 그 사람과는 못 해?"

"좀 복잡한 사정이 있어요."

하쓰미 씨는 한숨을 내쉬었다.

그때 문이 열리면서 음식이 들어왔다. 나가사와 앞에는 오리 로스트가, 나와 하쓰미 씨 앞에는 농어 접시가 놓였다. 접시 위 덮힌 채소에는 소스가 뿌려졌다. 웨이터가 물러나

자 다시 우리 셋만 남았다. 나가사와는 나이프로 오리고기를 잘라 맛있게 먹고, 위스키를 마셨다. 나는 시금치를 먹어 보았다. 하쓰미 씨는 음식에 손을 대지 않았다.

"저기, 와타나베, 어떤 사정인지는 모르겠지만 그런 행동은 너한테 맞지 않고 어울리지도 않는 것 같아. 어떻게 생각해?" 그녀는 테이블 위에 손을 올려놓고 가만히 내 얼굴을 바라보았다.

"그런 것 같아요. 나도 때때로 그런 생각을 해요."

"그렇다면 왜 그만두지 못해?"

"가끔 온기가 필요할 때가 있거든요." 나는 솔직하게 말했다. "피부로 전해 오는 온기를 느끼지 못하면 때로 견딜 수 없이 외로워요."

"간단히 말하면 이런 거라고 생각해." 나가사와가 끼어들었다. "와타나베에게는 좋아하는 여자가 있지만 어떤 사정 때문에 할 수가 없어. 그래서 섹스는 어디까지나 섹스일 뿐이라고 정리하고 다른 곳에서 처리하는 거야. 그게 뭐 나쁜 건 아니잖아. 정상적인 이야기야. 방에 틀어박혀 마스터베이션만 해 댈 수야 없는 노릇이잖아?"

"그렇지만 좋아하는 여자가 있다면 참을 수 있지 않을까, 와타나베?"

"그럴지도 모르죠." 나는 크림소스가 뿌려진 농어 살을 입으로 가져갔다.

"넌 남자의 성욕이란 걸 잘 이해 못 해. 이를테면 난 너와 삼 년을 만났지만, 그동안에도 다른 여자와 많이 잤어. 그래도 그 여자들에 대해 난 아무 생각도 없어. 이름도 몰라. 얼굴도 기억나지 않고. 누구와도 한 번밖에 안 자. 만나서, 하고, 헤어져. 그뿐이야. 그게 왜 안 된다는 거지?"

"난 자기의 그런 오만을 도저히 참을 수 없어." 하쓰미 씨는 조용히 말했다. "다른 여자와 자고 안 자고의 문제가 아냐. 난 지금까지 자기가 여자와 놀아나는 것에 대해 단 한 번도 화를 안 냈지?"

"그런 건 노는 것도 아냐. 그냥 게임이지. 아무도 상처 입지 않아."

"난 상처받았어. 왜 나 하나만으로는 안 되는 거야?"

나가사와는 잠시 입을 다물고 위스키 잔을 흔들었다. "뭐가 부족해서 그런 건 아냐. 그건 완전히 다른 차원의 문제야. 내 속에는 뭔지 모르게 그런 걸 원하는 목마름 같은 게 있어. 그걸로 만일 너한테 상처를 줬다면 정말 미안하게 생각해. 너 하나만으로는 부족하다는 식의 문제가 결코 아냐. 난 그런 갈증과 함께 살아갈 수밖에 없고, 그게 바로 나야. 어쩔 수 없어."

하쓰미 씨는 이윽고 포크와 나이프를 집어 들고 농어를

먹기 시작했다. "하지만 적어도 자기는 와타나베를 끌어들이지 말아야 했어."

"나하고 와타나베는 닮은 구석이 있어. 와타나베와 나는 본질적으로 자기 자신에 대해서만 관심 있는 인간이야. 오만하고 그렇지 않고의 차이야 있겠지만. 자신이 무슨 생각을 하고 무엇을 느끼고 어떻게 행동하는지, 거기에 대한 것 말고는 어디에도 관심이 없어. 그래서 자신과 타인을 나누어서 생각할 수 있어. 내가 와타나베를 좋아하는 건 그런 점 때문이야. 다만 이 친구는 아직 그것을 명확히 인식하지 못하니까 방황하거나 상처를 입기도 하지."

"방황하지 않고 상처 입지 않는 인간이 어디 있어? 혹시 자기는 방황하거나 상처 입은 적이 없다고 말하고 싶어?"

"물론 나도 방황하고 상처받아. 다만 훈련으로 그것을 가볍게 할 수 있어. 쥐도 전기 충격을 주면 덜 상처받는 길을 선택하게 돼."

"하지만 쥐는 사랑을 하지 않아."

"쥐는 사랑을 하지 않는다." 나가사와는 그 말을 되뇌고 나서 나를 바라보았다.

"멋진데. 배경 음악이 있어야 할 것 같아. 하프가 둘 들어간 오케스트라면 좋겠는데."

"농담하지 마. 나 지금 심각해."

"지금 식사 중이야. 게다가 와타나베도 있고. 심각한 이야기는 다른 기회에 하는 게 예의가 아닐까 싶어."

"자리를 피해 줄까요?" 내가 말했다.

"그냥 여기 있어 줘. 그러는 게 낫겠어." 하고 하쓰미 씨가 말했다.

"어렵게 왔는데 디저트도 먹고 가야지." 나가사와가 말했다.

"난 아무래도 좋아요."

그다음 잠시 우리는 입을 다물고 식사에 열중했다. 나는 농어를 깨끗이 먹어 치우고 하쓰미 씨는 반을 남겼다. 나가사와는 벌써 오리를 다 먹고, 다시 위스키를 마셨다.

"농어, 정말 맛있어요." 내 말에 아무도 대답하지 않았다. 마치 깊은 수직 굴 속에 돌을 집어 던진 것 같았다.

접시를 물리자 레몬 셔벗과 에스프레소 커피가 나왔다. 나가사와는 살짝 손만 대고 담배를 피워 물었다. 하쓰미 씨는 레몬 셔벗에 아예 손도 대지 않았다. 어색한 분위기 속에서도 나는 셔벗을 먹어 치우고 커피를 마셨다. 하쓰미 씨는 테이블 위에 올려놓은 자신의 두 손을 바라보았다. 하쓰미 씨의 몸에 걸친 모든 장식품처럼 두 손도 몹시 우아하고 세련되고 비싸 보였다. 나는 나오코와 레이코 씨를 생각했다. 두 여자는 지금쯤 뭘 하고 있을까? 나오코는 소파에 드러누워 책을 읽고, 레이코 씨는 기타로 「노르웨이의 숲」을 칠지도 모른다. 나는 두 사람이 사는 작은 방으로 돌아가고 싶은 격렬한 충동에 휩싸였다. 나는 대체 여기서 뭘 하는 걸까?

"나와 와타나베가 닮은 점은 말이야, 자신에 대해 남이 이해해 주기를 바라지 않는다는 거야. 그런 점이 다른 인간들하고 달라. 다른 놈들은 주변 사람들이 자신을 이해해 주기를 바라며 애를 태워. 그렇지만 나와 와타나베는 그렇지 않아. 이해받지 못해도 상관없다고 생각하는 거야. 나는 나, 남은 남이라고."

"그러니?" 하쓰미 씨가 내게 물었다.

"설마요. 난 그렇게 강한 사람이 아니에요. 아무도 이해 안 해 줘도 된다고는 생각하지 않아요. 서로 이해하고 이해받고 싶은 상대도 있는걸요. 다만 그 외 다른 사람한테는 별로 이해받지 못한다 해도 뭐, 어쩔 수 없는 일이라고 생각할 뿐입니다. 체념하는 거죠. 그러니까 나가사와 선배가 말하듯이 아무한테도 이해받지 못해도 괜찮다고 생각하는 건 아니죠."

"내 말하고 거의 같은 의미야." 나가사와는 커피 스푼을 들고 말했다. "정말로 똑같은 소리야. 늦은 아침하고 이른 점심 정도의 차이야. 먹는 것도 같고 먹는 시간도 같고, 그냥 부르는 방식이 다를 뿐이야."

"나가사와, 자기는 나에게도 딱히 이해를 못 받아도 괜찮 다고 생각해?" 하쓰미 씨가 물었다.

"넌 뭔가를 착각하는 것 같은데, 사람이 누군가를 이해 하는 것은 그럴 만한 때에 이르렀기 때문이지 누군가가 상 대에게 이해받기를 바라서 그렇게 되는 게 아니야."

"그럼 내가 누군가에게 나를 이해해 주기를 바라는 게 잘 못이라는 거야? 예를 들어 자기한테?"

"아니, 별로 잘못된 건 아냐. 제대로 된 인간이라면 그것 을 사랑이라고 해. 만일 네가 나를 이해하고 싶다고 생각한 다면. 내 시스템은 다른 인간이 살아가는 것하고는 다르다 는 거야."

"그러나 나를 사랑하지 않지?"

"그러니까 넌 내 시스템을."

"시스템 같은 건 아무래도 좋아!" 하쓰미 씨가 으르렁거 리듯 외쳤다. 내가 그녀의 그런 모습을 본 것은 이전에도 이 후에도 그때 한 번뿐이었다.

나가사와가 테이블 옆에 붙은 벨을 누르자 웨이터가 계산 서를 들고 왔다. 나가사와가 카드를 꺼내 그에게 건네주었다.

"미안하다, 와타나베, 오늘은. 난 하쓰미를 바래다주고 갈 테니까 너 먼저 가."

"괜찮아요, 나는. 식사도 정말 좋았고요." 내가 말했지만,

두 사람은 입을 꾹 다문 채였다.

웨이터가 카드를 가져오자 나가사와는 내역을 확인한 다음 볼펜으로 사인을 했다. 그리고 우리는 일어서서 가게를 나왔다. 나가사와가 도로로 나가 택시를 잡으려 했지만 하쓰미 씨가 제지했다.

"고마워. 하지만 오늘은 자기랑 더 같이 있고 싶지 않아. 바래다주지 않아도 돼. 잘 먹었어."

"마음대로."

"와타나베한테 부탁할 거야." 하쓰미 씨가 말했다.

"마음대로 해. 그렇지만 와타나베도 나와 거의 똑같아. 친절하고 부드러운 남자여도 마음속 깊은 곳까지 누군가를 사랑하지는 못해. 늘 어느 한구석은 냉철하고, 오로지 목마름을 느낄 따름이야. 난 그걸 잘 알아."

나는 택시를 잡고 하쓰미 씨를 먼저 태운 다음 아무튼 바래다주고 오겠노라고 나가사와에게 말했다.

"미안해." 그는 나에게 사과했지만, 속으로는 완전히 다른 생각을 하는 듯이 보였다.

"어디로 가요? 에비스로 돌아가요?" 하쓰미 씨에게 물었다. 그녀는 에비스에 살았다. 하쓰미 씨는 고개를 저었다.

"그럼 어디서 한잔할까요?"

"응."

"시부야." 나는 운전사에게 말했다.

하쓰미 씨는 팔짱을 끼고 눈을 감은 채 택시 구석에 몸을 기댔다. 차가 흔들림에 따라 자그만 금 귀걸이가 때때로 반짝 빛났다. 그녀의 미드나이트 블루 원피스는 마치 택시의 구석에 깔린 어둠에 맞춰 세팅된 듯이 보였다. 엷게 칠한 예쁜 입술이 혼잣말을 하려다 그만두는 것처럼 때로 움찔거렸다. 그런 모습을 보자니 나가사와가 왜 그녀를 특별한 존재로 선택했는지를 알 것도 같았다. 하쓰미 씨보다 예쁜 여자라면 얼마든지 있을 테고, 나가사와라면 얼마든지 손에 넣을 수 있었을 것이다. 그러나 하쓰미라는 여자에게는 뭔지 모르게 사람 마음을 강하게 뒤흔드는 데가 있었다. 결코 그녀 스스로 강렬한 힘을 발휘하여 상대를 흔드는 게 아니었다. 그녀가 내뿜는 힘은 아주 사소했으나 그것이 상대 마음에 진동을 일으키는 것이었다. 택시가 시부야에 도착할 때까지 나는 끊임없이 그녀를 바라보고, 그녀가 내 마음속에 불러일으키는 감정의 떨림이 대체 무엇인지를 생각했다. 그러나 결국 그것이 무엇인지 알 수 없었다.

그게 무엇인지 깨달은 것은 그로부터 십이삼 년이 지난 뒤였다. 나는 어떤 화가를 인터뷰하기 위해 뉴멕시코 주 산타페에 갔고 저녁에 근처 피자 하우스에 들어가 맥주를 마시고 피자를 씹으며 기적처럼 아름다운 저녁노을을 바라보고 있었다. 온 세상이 붉게 물들었다. 내 손이며 접시며 테이블이며 눈이 닿는 모든 것이 빨갛게 물들었다. 마치 특수한 과즙을 머리에서부터 뒤집어쓴 것처럼 새빨갰다. 그 압도적인 저녁노을 속에서 나는 문득 하쓰미 씨를 떠올렸다. 바로 그 순간 그녀에게서 비롯한 떨림이 무엇이었는지를 이해했다. 그것은 충족되지 못한, 앞으로도 영원히 충족될 수 없는 소년 시절의 동경 같은 것이었다. 나는 가슴을 델 것 같은 무구한 동경을 이미 오래전에 어딘가에 내려놓았기에, 그런 게 내 속에 존재했다는 것조차 오랫동안 잊고 살았다. 하쓰미 씨는 내 속에 오랫동안 잠들었던 '나의 일부'를 뒤흔들어 깨워 놓았던 것이다. 그리고 그것을 깨달은 순간 나는 거의 울음을 터뜨릴 것만 같은 슬픔에 사로잡혔다. 그녀는 너무도 너무도 특별한 여자였다. 누군가 어떻게든 그녀를 구원했어야만 했다.

그러나 나가사와도 나도 그녀를 구원할 수 없었다. 하쓰미 씨는 내가 아는 많은 사람이 그러했듯이 인생의 어느 단계에 이르러 갑자기 생각이라도 난 것처럼 스스로 생명을 끊었다. 그녀는 나가사와가 독일로 가 버린 이 년 뒤에 다른 남자와 결혼했고, 그 이 년 뒤 면도칼로 손목을 그었다.

그녀의 죽음을 내게 알린 사람은 물론 나가사와였다. 그는 본에서 나에게 편지를 보냈다. "하쓰미의 죽음으로 뭔가가 사라져 버렸고, 그건 참을 수 없이 슬프고 고통스러운 일이었어. 이런 나에게조차." 나는 그 편지를 찢어 쓰레기통에 던져 넣고, 다시는 그에게 편지를 쓰지 않았다.

*

우리는 작은 바에 들어가 술을 몇 잔인가 마셨다. 나도 하쓰미 씨도 거의 입을 떼지 않았다. 나와 그녀는 마치 권태기 부부처럼 마주 앉아 말없이 술을 마시고, 땅콩을 씹었다. 그러는 사이에 바가 붐비기 시작해서 우리는 잠시 걷기로 했다. 하쓰미 씨가 계산을 하겠노라 했지만, 나는 내가 청했으니까, 하고 계산을 했다.

밖으로 나오자 밤공기가 많이 차가워졌다. 하쓰미 씨는 옅은 회색 카디건을 걸쳤다. 그리고 여전히 말없이 내 곁을 걸었다. 나는 바지 호주머니에 두 손을 찔러 넣은 채 어디랄 것도 없이 천천히 밤거리를 걸었다. 문득 나오코와 걸을 때 같다고 생각했다.

"와타나베, 이 부근에 당구 칠 만한 데 없을까?" 갑자기 하쓰미 씨가 물었다.

"당구?" 나는 깜짝 놀라 되물었다. "하쓰미 씨, 당구 쳐요?"

"응, 꽤 치지. 넌?"

"사구라면 좀 쳐요. 별로지만요."

"그럼 가."

우리는 가까운 곳에서 당구장을 발견하고 안으로 들어
갔다. 막다른 골목길에 있는 작은 당구장이었다. 세련된 원
피스 차림의 하쓰미 씨와 남색 블레이저코트에 레지멘털 타
이를 한 나의 조합은 당구장에서 사람들 눈을 확 끌었다. 그
러나 하쓰미 씨는 무덤덤하게 큐를 골라 초크로 끝을 뽀드
득뽀드득 문질렀다. 그리고 핸드백에서 머리핀을 꺼내 앞머
리에 꽂고 당구 칠 때 방해받지 않도록 했다.

우리는 사구 게임을 두 번 했다. 하쓰미 씨는 스스로 말
했듯 꽤 솜씨가 좋았고, 나는 손에 붕대를 감은 탓에 제대
로 칠 수가 없었다. 그래서 두 게임 다 그녀의 압승이었다.

"잘 치네요." 나는 감탄했다.

"보기와는 다르게?" 하쓰미 씨는 신중하게 공의 거리를
재면서 방긋 웃고 물었다.

"대체 어디서 배웠어요?"

"할아버지가 옛날에 좀 노는 분이어서 당구대가 집에 있
었거든. 할아버지 댁에 놀러 갈 때마다 거기서 오빠랑 둘이
서 당구를 쳤지. 조금 자라자 할아버지가 정식으로 큐 잡는

법과 치는 법을 가르쳐 주었고. 좋은 분이었어. 잘생기고 산 뜻하고. 벌써 돌아가셨지만. 옛날에 뉴욕에서 디애나 더빈을 만난 적이 있다는 게 자랑거리였어."

그녀는 세 번 연속 득점을 하고 네 번째에 실패했다. 나는 겨우 한 번 득점을 하고 난 다음 쉬운 공을 놓치고 말았다.

"붕대 때문이야."

하쓰미 씨가 위로해 주었다.

"오랫동안 안 쳐서 그래요. 벌써 이 년하고 다섯 달이나 되었네요."

"어떻게 그렇게 정확히 기억해?"

"친구하고 당구를 치고 그날 밤에 친구가 죽었으니까 확실히 기억하죠."

"그 이후로 당구를 안 치게 됐어?"

"아니, 그런 건 아니에요." 나는 잠시 생각한 다음 그렇게 말했다.

"다만 그 이후로는 왠지 당구 칠 기회가 없었어요. 그뿐이에요."

"친구는 어떻게 죽었어?"

"교통사고로요." 나는 대답했다.

그녀는 몇 번 더 공을 쳤다. 거리를 재고 길을 보는 그녀의 눈길은 진지했고, 공을 칠 때 힘 조절도 아주 능숙했다.

그녀가 깨끗이 정돈된 머리카락을 뒤로 빙글 돌리고 금 귀걸이를 반짝이며 펌프스를 놓을 위치를 정확히 잡고 쭉 뻗은 아름다운 손가락으로 당구대의 펠트를 누르고 공을 치는 모습을 보자니, 우중충한 당구장에서도 그곳만이 어느 사교장 한편으로 바뀐 것 같았다. 그녀와 둘만 있는 시간은 처음이었지만 내겐 멋진 경험이었다. 그녀와 같이 있으면 내 인생이 한 단계 위로 올라선 듯한 느낌이 들었다. 세 게임을 끝냈을 때, 물론 세 번 다 그녀의 압승이었는데, 내 손의 상처가 조금씩 욱신거리기 시작해서 우리는 그만 끝내기로 했다.

"미안해. 당구 치자고 하는 게 아닌데."

"괜찮아요. 큰 상처도 아니고, 참 즐거웠어요, 정말."

나가려는데 당구장 주인으로 보이는 중년 여자가 하쓰미 씨에게 "언니, 폼이 정말 제대로 잡혔더라."라고 말했다. "고마워요." 하고 하쓰미는 방긋 웃으며 답했다. 그리고 그녀가 계산을 했다.

"아파?" 밖으로 나와 하쓰미 씨가 물었다.

"그렇게 아프진 않아요."

"혹시 상처가 벌어진 건 아니고?"

"괜찮을 거예요, 아마."

"그렇지, 우리 집에 가자. 소독을 하고 붕대를 갈아 줄게.

내 방에 붕대하고 소독약 다 있거든. 바로 저기니까 같이 가."

걱정할 정도는 아니라고, 괜찮다고 했지만 그녀는 상처가 벌어졌는지 안 벌어졌는지 확인하는 게 좋겠다며 물러서지 않았다.

"혹시 나랑 같이 있는 게 싫어? 한시라도 빨리 자기 방으로 돌아가고 싶어?" 하쓰미 씨는 농담하듯이 물었다.

"설마요."

"그럼 걱정 말고 같이 가. 걸어서 바로 저기야."

하쓰미 씨의 집은 시부야에서 에비스 쪽으로 십오 분 정도 걸어서 갈 수 있는 곳이었다. 호화롭다고는 할 수 없지만 꽤 괜찮은 아파트로 조그만 로비도 있고 엘리베이터도 있었다. 하쓰미 씨는 아파트의 부엌 식탁에 나를 앉히고 옆방으로 가서 옷을 갈아입었다. 프린스턴 유니버시티라는 영문이 적힌 요트 파카와 면바지 차림으로 금 귀걸이는 보이지 않았다. 그녀는 어디선가 구급약 상자를 들고 와 테이블 위에서 붕대를 풀고 상처가 벌어지지 않았다는 것을 확인한 다음 소독을 하고 새 붕대로 감아 주었다. 아주 섬세하고 능숙한 손길이었다.

"어떻게 이것저것 다 잘해요?"

"옛날에 자원봉사를 한 적이 있어서. 간호사 흉내 같은 거지. 그때 배운 거야."

붕대를 다 감은 다음 그녀는 냉장고에서 캔 맥주를 두 개 꺼냈다. 그녀가 캔의 반을 마시고 나는 그 반과 캔 하나를 마셨다. 하쓰미 씨는 동아리 후배 여자애들 사진을 보여 주었다. 확실히 몇몇은 예뻤다.

"혹시 여자 친구가 필요하면 언제든 내게 말해. 바로 소개해 줄게."

"그렇게 할게요."

"혹시 와타나베, 나를 무슨 중매쟁이처럼 생각하지, 솔직히 말해서?"

"조금은." 나는 솔직히 대답하고 웃었다. 하쓰미 씨도 웃었다. 그녀는 웃는 얼굴이 정말로 잘 어울리는 사람이었다.

"저기, 와타나베, 어떻게 생각해? 나와 나가사와에 대해?"

"어떻게 생각하느냐니, 뭘요?"

"난 어쩌면 좋을까, 앞으로?"

"내가 무슨 말을 한들 아무 소용없지 않을까요." 나는 차가운 맥주를 마시며 말했다.

"괜찮아, 뭐든, 생각하는 대로 말해 봐."

"내가 하쓰미 씨라면 그 남자랑 헤어져요. 그리고 좀 제대로 된 정신을 가진 상대를 찾아 행복하게 살 거예요. 그렇잖아요, 아무리 좋게 봐준다 해도 그 사람과 만나 행복해질 리 없잖아요. 그 사람, 자기가 행복해지고 싶다거나 남을 행복하게 해 주고 싶다거나, 그런 생각을 하며 사는 사람이 아니니까. 같이 있으면 돌아 버릴 거예요. 내가 보기에 하쓰미 씨가 그 사람과 삼 년이나 사귀었다는 것 자체가 벌써 기적이에요. 물론 나도 나름대로는 그를 좋아하고, 재미있는 사람이고, 훌륭한 점이 많다고 생각해요. 나 같은 인간은 도저히 따라갈 수 없는 능력과 강인함도 있고요. 그렇지만 그 사람 사고방식이나 살아가는 것 자체는 정상이 아니에요. 그 사람과 이야기하다 보면 때로 내가 다람쥐 쳇바퀴를 돌리는 게 아닌가 하는 생각이 들기도 해요. 그는 같은 과정을 밟으며 점점 위로 나아가는데 나는 그냥 맴맴 제자리만 도는 것 같아요. 그래서 아주 허망해지기도 하고요. 요컨대 시스템 자체가 달라요. 무슨 말인지 알겠어요?"

"잘 알아." 하쓰미 씨는 냉장고에서 또 맥주를 꺼냈다.

"게다가 그 사람, 외무성에 들어가 일 년 국내 연수가 끝나면 당분간 외국에 나가잖아요? 하쓰미 씨는 어쩌려고요? 계속 기다릴 건가요? 그 사람은 아무하고도 결혼할 생각 같은 게 없어요."

"그것도 알아."

"그럼 내가 해야 할 말은 아무것도 없죠, 더는."

"응." 하쓰미 씨는 고개를 끄덕였다.

나는 잔에 천천히 맥주를 부어 마셨다.

"아까 하쓰미 씨와 당구 치다가 갑자기 생각해 봤어요. 난 말이죠, 형제 없이 태어나서 오로지 홀로 자랐지만 외롭다거나 형제가 있었으면 하는 생각은 하지 않았어요. 혼자도 괜찮다고 생각했어요. 그런데 하쓰미 씨와 아까 당구를 치다가 나한테도 하쓰미 씨 같은 누나가 있었으면 좋았을 텐데 하는 생각이 갑자기 드는 거예요. 스마트하고 시크하고 미드나이트 블루 원피스와 금 귀걸이가 잘 어울리고 당구도 잘 치는 누나."

하쓰미 씨는 환하게 웃으며 내 얼굴을 바라보았다. "적어도 지난 일 년 사이 내가 들은 말 가운데서 지금 네가 한 말이 최고로 기뻐, 정말로."

"그러니까 나도 하쓰미 씨가 행복해지면 좋겠어요." 나는 얼굴을 붉히며 말했다. "그렇지만 참 이상하죠. 하쓰미 씨 같은 사람이라면 누구하고도 행복해질 것 같은데 어쩌다 나가사와 선배 같은 사람을 만나 버린 걸까요?"

"그런 건 사람 힘으로는 어쩔 수 없는 일 아닐까 싶어. 나도 어쩔 수 없어. 나가사와라면 이렇게 말할 거야. 내 책임이라고. 자신은 모르는 일이라고."

"그러겠죠." 나는 동의했다.

"하지만 와타나베, 난 그렇게 머리 좋은 여자가 아냐. 오히려 머리도 나쁘고 구식인 편이야. 시스템이나 책임이나 그런 건 아무래도 괜찮아. 결혼해서 매일 사랑하는 사람 품에 안길 수 있고, 아이를 낳으면 그걸로 만족해. 그뿐이야. 내가 바라는 건 그뿐이야."

"그가 추구하는 건 그것하고 완전히 다른 거예요."

"그렇지만 사람은 바뀌어."

"사회에 나가 세상의 거친 바람을 맞고 좌절하고 어른이 되고…… 그런 거요?"

"응, 오래 떨어져 있으면 나에 대한 감정도 바뀔지 모르잖아?"

"그건 평범한 사람 이야기죠. 보통 사람이면 그럴 수도 있을 거예요. 그런데 그 사람은 달라요. 그 사람은 우리가 상상하기 힘들 정도로 의지가 강한 사람이고, 게다가 매일매일 그것을 강화해 나가요. 게다가 어떤 시련이 닥치면 더 강해지려고 하는 사람이죠. 남에게 등을 보이느니 민달팽이를 삼키는 사람이라고요. 그런 사람한테 도대체 뭘 기대해요?"

"그렇지만 와타나베, 지금 나는 기다릴 수밖에 없어."

하쓰미 씨는 테이블에 턱을 괴고 말했다.

"그렇게 나가사와 선배가 좋아요?"

"응, 좋아." 그녀의 대답에는 한 점 망설임도 없었다.

"거, 참." 나는 한숨을 내쉬고 남은 맥주를 다 마셔 버렸다. "그 정도로 확신을 품고 누군가를 사랑한다는 것은 정말 멋진 일이겠죠."

"나는 그냥 바보에다 구식이야. 맥주 더 할래?"

"아뇨, 이제 됐어요. 이제 슬슬 가야죠. 붕대하고 맥주, 고맙습니다."

내가 일어서서 입구에서 신발을 신는데 전화벨이 울리기 시작했다. 하쓰미 씨는 나를 보고 전화를 보고 그다음 다시 나를 바라보았다.

"안녕히 주무세요." 하고 나는 문을 열고 바깥으로 나왔다. 문을 가만히 닫을 때 하쓰미 씨가 수화기를 든 모습이 언뜻 눈에 들어왔다. 그것이 내가 본 그녀의 마지막 모습이었다.

기숙사에 돌아와 보니 11시 반이었다. 나는 그길로 나가사와의 방으로 가서 문을 두드렸다. 열 번 노크를 하고서야 오늘이 토요일이라는 사실을 깨달았다. 토요일 밤이면 나가사와는 친척 집에 머문다는 명목으로 매주 외박 허가증을 받아 간다.

나는 방으로 돌아와 넥타이를 풀고 윗도리와 바지를 옷걸이에 걸고 파자마로 갈아입고 이를 닦았다. 그리고 쳇, 내일이 또 일요일이냐고 중얼거렸다. 마치 나흘에 한 번꼴로 일요일이 찾아오는 듯한 느낌이 들었다. 앞으로 두 번 더 일요일이 찾아오면 나는 스무 살이 된다. 나는 침대에 누워 벽에 걸린 달력을 바라보고 울적한 기분에 젖어 들었다.

*

일요일 아침, 나는 평소처럼 책상에 앉아 나오코에게 편지를 썼다. 커다란 컵으로 커피를 마시고 마일스 데이비스의 오래된 레코드를 들으면서 기나긴 편지를 썼다. 창밖에는 가느다란 비가 내리고 방 안은 수족관처럼 차가웠다. 상자에서 막 꺼낸 두꺼운 스웨터에서 방충제 냄새가 났다. 유리창 위쪽에는 통통하게 살이 오른 파리 한 마리가 앉아 꼼짝도 하지 않았다. 국기는 바람이 없는 탓에 로마 제국 원로원 의원의 토가 깃처럼 축 늘어진 채 깃대에 달라붙어 꼼짝도 하지 않았다. 어디에선가 정원으로 흘러 들어온 비쩍 마르고 겁 많아 보이는 갈색 개 한 마리가 화단 끝에서부터 킁킁 꽃 냄새를 맡으며 돌아다녔다. 도대체 무슨 목적으로 이렇게 비 오는 날에 개가 꽃 냄새를 맡으며 돌아다녀야 하는지, 도무지 이해가 가지 않았다.

나는 책상에 앉아 펜을 들고 편지를 쓰다가 오른손의 상처가 욱신거리면 비 내리는 정원 풍경을 망연히 바라보았다.

나는 먼저 아르바이트하는 레코드 가게에서 손을 벤 얘

기를 쓰고 토요일 밤에 나가사와 하쓰미 씨 셋이서 나가사와의 외교관 시험 합격 축하를 했다고 썼다. 그리고 나는 그곳이 어떤 가게이고 어떤 음식이 나왔는지를 설명했다. 음식은 꽤 괜찮은 편이었지만 도중에 분위기가 조금 어색해진 일들도 썼다.

나는 하쓰미 씨와 당구장에 간 것과 관련하여 기즈키에 대해 쓸까 말까 망설이다가 결국 쓰기로 했다. 써야 한다는 생각이 들었다.

난 그날, 기즈키가 죽은 날, 그 친구가 마지막으로 친 공을 또렷이 기억해. 꽤 어려운 쿠션이었는데, 나는 설마 그게 들어가리라고는 생각지도 않았어. 아마도 어떤 우연이 작용했을 테지만, 그 코스는 100퍼센트 정확히 들어가서 녹색 펠트 위에서 흰 공과 빨간 공이 소리도 없이 마주쳤고, 그것이 결국 최종 득점이 되었어. 지금도 선명히 기억할 만큼 아름답고 인상적인 쇼트였지. 그 이후 이 년 반 가까이 나는 당구를 치지 않았어.

하지만 하쓰미 씨와 당구를 치던 그날 밤, 나는 첫 게임이 끝날 때까지 기즈키를 떠올리지 않았고, 그것이 나에게는 적지 않은 충격이었어. 왜냐하면 기즈키가 세상을 떠난 뒤 줄곧, 앞으로 당구를 칠 때마다 친구를 떠올릴 것이라고 생각했거든. 그렇지만 나는 한 게임을 끝내고 당구장 안의 자판기에서 펩시콜라를 사 마실 때까지 기즈키에 대해 아무 생각도 하지 않았어. 그런데 왜 그때 기즈키를 떠올렸느냐 하면, 그와 내가 다니던 당구장에도 펩시콜라를 파는 자판기가 있어서 우리는 자주 콜라를 걸고 게임을 했기 때문이야.

기즈키를 떠올리지 않았다는 게, 그에게 어쩐지 나쁜 짓을 한 것 같은 느낌이 들었어. 마치 내가 그 친구를 내버리고만 듯한 느낌 말이야. 그렇지만 그날 밤 방으로 돌아와 이렇게 생각해 보았어. 그로부터 벌써 이 년 반이나 지났어, 그리고 그 친구는 아직 열일곱 그대로야, 하고. 그렇다고 해서 그게 내 속에서 그에 대한 기억이 옅어졌음을 뜻하지는 않아. 그의 죽음이 가져다준 것은 아직 내 속에 남았고, 그 가운데 어떤 것은 그때보다 오히려 더 뚜렷할 정도니까. 내가 하고 싶은 말은 이런 거야. 나는 곧 스무 살이고 나와 기즈키가 열여섯, 일곱 살에 공유한 것의 어떤 부분은 벌써 사라져 버렸으며, 그것은 아무리 한탄한들 다시는 돌아오지 못한다는 거야. 더 이상 잘 설명할 수 없지만, 너라면 내가 느낀 것, 말하려는 것을 잘 이해해 줄 수 있지 않을까. 그리고 이런 것을 이해해 주는 사람은 아마도 너뿐이라는 생각이 들어.

나는 지금까지보다 더 많이 너에 대해서 생각해. 오늘은 비가 내리네. 비 내리는 일요일은 나를 조금 혼란스럽게 해.

비가 내리면 빨래도 못 하고 다림질도 할 수 없으니까. 산책도 할 수 없고 옥상에서 뒹굴 수도 없어. 책상 앞에 앉아 「카인드 오브 블루(Kind of Blue)」를 오토리버스로 몇 번이나 들으면서 비 내리는 정원 풍경을 멍하니 바라보는 것 말고는 달리 할 일이 없어. 지난번에도 썼듯이 난 일요일에는 태엽을 감지 않거든. 그래서 편지가 많이 길어졌네. 오늘은 그만 쓸게. 식당에 가서 점심을 먹을 거야. 안녕.

9장

다음 날인 월요일 강의에도 미도리는 모습을 나타내지 않았다. 대체 어떻게 된 일일까. 통화한 지도 벌써 열흘이 지났다. 집에 전화라도 해 볼까 했지만, 자신이 연락하겠다고 한 말이 생각나 그만두었다.

그 주 목요일에 나는 나가사와와 식당에서 얼굴을 마주쳤다. 그는 식판을 들고 내 곁으로 다가와 지난번에는 미안했다면서 사과했다.

"괜찮아요. 나야말로 맛있는 거 잘 먹었어요. 하긴 좀 이상하다면 이상한 합격 축하 파티였지만요."

"좀 그랬지."

그리고 우리는 잠시 말없이 식사를 했다.

"하쓰미하고는 화해했어." 그가 말했다.

"그랬겠지요."

"너한테도 좀 심한 말을 한 것 같은 생각이 들어."

"어쩐 일이에요. 반성도 하고? 어디 아픈 데라도 있어요?"

"그럴지도 몰라." 그리고 그는 두세 번 작게 고개를 끄덕였다. "그런데 너, 하쓰미에게 나와 헤어지라고 했다면서?"

"당연하죠."

"하긴 그래."

"그 사람 정말 좋은 여자예요." 나는 된장국을 마시면서 말했다.

"알아." 나가사와는 한숨을 내쉬었다. "나한테는 넘칠 만큼 좋은 여자야."

*

전화를 알리는 버저가 울렸을 때 나는 죽은 듯 깊은 잠에 빠져 있었다. 나는 그때 정말로 잠의 깊은 중심에 이른 상태였다. 그래서 뭐가 어떻게 된 노릇인지 도통 알 수 없었다. 잠든 사이 머릿속에 물이 가득 차 뇌가 흐물흐물해져 버린 듯한 느낌이었다. 시계를 보니 6시 15분이었는데 아침인지 저녁인지 알 수 없었다. 날짜도 요일도 떠오르지 않았다. 창밖을 보니 정원의 깃대에 국기가 걸리지 않았다. 그래서 아마도 저녁일 거라 짐작했다. 국기 게양도 때로 쓸모가 있다.

"와타나베, 지금 시간 있어?" 미도리가 물었다.

"오늘 무슨 요일이야?"

"금요일."

"지금 저녁인가?"

"당연하지. 참 이상한 사람이야. 오후, 응, 그러니까 6시 18분."

역시 저녁이었어, 나는 중얼거렸다. 그랬다. 침대에 누워 책을 읽는 사이에 그만 잠에 빠져들고 말았다. 금요일. 머리를 굴려 보았다. 금요일 밤에는 아르바이트가 없다. "괜찮아. 지금 어디야?"

"우에노 역. 지금 신주쿠로 갈 건데 만나자."

우리는 장소와 시간을 대충 정하고 전화를 끊었다.

'DUG'에 도착했을 때 미도리는 벌써 카운터 맨 구석 자리에 앉아 술을 마시고 있었다. 그녀는 구겨진 남성용 흰색 스텐 칼라 코트 아래 노란색 얇은 스웨터를 입고, 청바지를 입었다. 그리고 손목에는 팔찌를 두 개 걸쳤다.

"뭘 마셔?" 내가 물었다.

"톰 콜린스."

나는 위스키 소다를 주문하고 발아래 커다란 가죽 가방이 놓인 것을 보았다.

"여행했어. 방금 돌아왔지."

"어디로 갔는데?"

"나라하고 아오모리."

"한 번에?" 나는 깜짝 놀라 물었다.

"설마. 아무리 내가 특이한 인종이라지만 나라와 아오모리를 한꺼번에 가지는 않아. 따로따로 갔어. 두 번에 걸쳐. 나라에는 남자 친구하고, 아오모리는 혼자서."

나는 위스키 소다를 한 모금 마시고 미도리가 입에 문 말보로에 성냥으로 불을 붙여 주었다. "많이 힘들었지? 장례식이나 여러 가지 일들로."

"장례식 같은 건 간단해. 나한테는 익숙하니까. 검은 옷을 입고 얌전하게 앉아만 있으면 주변 사람들이 다 처리해 줘. 친척 아저씨나 이웃 사람들이. 제멋대로 술도 사 오고 초밥 배달도 시키고 위로도 해 주고 울기도 하고 떠들어 대기도 하고 자기들 마음대로 유품을 나누어 주기도 하고, 하나도 힘 안 들어. 그런 건 소풍이나 마찬가지야. 하루하루 간병으로 고생하는 데 비하면 소풍 같지 뭐, 그 정도는. 너무

지쳐서 눈물도 나오지 않았어, 언니도 나도. 얼이 빠져 진짜 눈물도 안 나오는 거야. 주위 사람들은 이 집 딸들은 차갑다느니 눈물도 안 흘린다느니 뒤에서 숙덕거렸어. 그래서 우리는 오기로 울지 않았어. 거짓으로라도 울려고 하면 못 할 것도 없지만 절대로 그런 짓은 안 해. 부아가 치밀어서. 사람들이 울기를 바라니까 더더욱 안 울었어. 언니하고 난 그런 데는 정말 마음이 잘 맞거든. 성격은 많이 다르지만."

미도리는 팔찌를 찰랑찰랑 울리며 손짓으로 웨이터를 불러 톰 콜린스 한 잔과 피스타치오를 시켰다.

"장례식이 끝나서 모두 돌아가고 난 다음 우리 둘이서 새벽까지 청주를 마셨어, 한 홉 반 정도. 그러면서 마음껏 그 사람들 욕을 했지 뭐. 그 자식은 멍청이, 개똥 같은 놈, 비쩍 마른 똥개, 돼지, 위선자, 도둑놈, 그런 욕을 했지. 속이 후련하더라."

"그랬겠다."

"그다음 취해서 푹 잤어. 얼마나 잘 잤는지 몰라. 전화가 와도 신경도 안 썼어. 그냥 푹 자 버렸지. 잠에서 깬 다음에는 둘이서 초밥을 배달시켜서 먹고 의논해서 정해 버렸어. 잠시 서점 문을 닫고 서로 하고 싶은 걸 하자고. 지금까지 둘이서 있는 힘을 다 했으니까 그 정도는 해도 되잖아. 언니는 애인이랑 둘이서 느긋하게 즐기고, 나도 사귀는 애하고

2박 정도 여행하면서 마음껏 해 보자고 했지 뭐." 미도리는 거기까지 말하고 잠시 입을 다물더니 귀 언저리를 손가락으로 박박 긁었다. "미안해. 말 거칠게 해서."

"괜찮아. 그래서 나라에 갔구나,"

"응. 옛날부터 나라를 좋아했거든."

"그래서 잔뜩 했어?"

"한 번도 못 했어." 그러면서 그녀는 한숨을 내쉬었다. "호텔에 들어가서 가방을 내려놓은 순간, 생리가 터져 버린 거야, 콸콸."

나도 모르게 웃고 말았다.

"웃을 일이 아니라고. 예정보다 일주일이나 빨랐어. 진짜 울고 싶었어. 아마 많이 긴장하다 보니 주기가 잘못된 걸 거야. 남자 친구는 버럭버럭 화를 냈고. 비교적 화를 잘 내는 사람이거든, 금방. 어쩔 수 없지 뭐. 난들 그리고 싶어서 그런 것도 아니니까. 그리고 말이야, 나 그게 좀 심한 편이야. 처음 이틀 정도는 아무것도 못 해. 그러니까 그럴 때는 나를 안 만나는 게 좋아."

"그러고 싶긴 한데, 그런 걸 어떻게 알아?"

"생리가 시작되면 이삼일 정도 빨간 모자를 쓸게. 그럼 알 수 있겠지?" 미도리는 웃으며 말했다. "내가 빨간 모자 썼으면 길에서 만나더라도 모른 척하고 슬쩍 지나쳐 버리면 돼."

"정말 세상 여자가 다 그러면 좋을 텐데. 그래서, 나라에서 뭘 했는데?"

"할 수 없이 사슴이랑 놀기도 하고 이리저리 산책도 하다가 돌아왔지. 망쳤어, 완전히. 그 사람이랑 싸우고 아직 안 만나. 그래서 도쿄로 돌아온 다음 이삼일 빈둥거리다가 이번에는 혼자서 편안하게 여행하려고 아오모리에 간 거야. 히로사키에 친구가 있어서 거기 이삼일 머물다가 시모기타, 닷피를 둘러봤어. 진짜 좋더라. 전에 한 번 그 부근 지도에 해설 쓴 적이 있거든. 넌 가 본 적 있어?"

나는 없다고 대답했다.

"그래서 말인데." 미도리는 톰 콜린스를 마시고 피스타치오 껍질을 벗겼다. "혼자 여행할 때 와타나베 생각을 많이 했어. 지금 네가 곁에 있으면 얼마나 좋을까 하고."

"왜?"

"왜?" 미도리는 허무를 들여다보는 듯한 눈길로 나를 바라보았다. "왜라니, 무슨 소리야, 그거?"

"다시 말해 왜 나를 생각했느냐는 거지."

"당연하지. 널 좋아하니까. 그것 말고 다른 이유가 뭐 있겠어? 도대체 어디 사는 누가 좋아하지도 않는 사람이랑 같이 있었으면 좋겠다고 생각해?"

"너한테는 애인이 있고, 그러니까 나를 생각할 필요가 없지 않느냐는 거야."

나는 천천히 위스키 소다를 마시면서 말했다.

"애인이 있으면 널 생각하면 안 돼?"

"아니, 꼭 그런 의미가 아니라."

"너 말이야, 와타나베." 미도리는 검지로 나를 가리켰다. "경고해 두겠는데, 지금 내 안에는 한 달분 정도의 뭔가가 얽히고 뭉치고 쌓여서 꿈틀대고 있어. 무지무지. 그러니까 더는 복장 터지는 말 하지 마. 안 그러면 여기서 엉엉 울어 버릴 테고, 난 한번 울음보가 터지면 밤새 울어. 그래도 돼? 나는 누가 보건 말건 짐승처럼 울어. 정말이야."

나는 고개를 끄덕이고 더는 말을 하지 않았다. 위스키소다를 두 잔째 주문하고 피스타치오를 먹었다. 셰이커가 흔들리고 잔이 부딪치고 제빙기에서 얼음을 퍼내는 달그락달그락하는 소리의 배경에서 사라 본이 오래된 사랑 노래를 불렀다.

"탐폰 사건 이후로 그랑 좀 험악해."

"탐폰 사건?"

"응, 한 달 정도 전에 그와 그의 친구들 대여섯이 모여 술을 마셨는데, 내가 거기서 이웃집 아주머니가 재채기를 하는 순간 그게 쏙 빠져 버렸다는 이야기를 했거든. 웃기지?"

"우습네." 나는 웃으면서 동의했다.

"다들 좋아했어, 깔깔 웃으며. 그런데 그가 화를 내는 거야. 천박한 이야기 좀 하지 말라고. 그래서 민망해져 버렸어."

"흐음."

"좋은 사람이긴 하지만 그런 점에서 좀 편협해. 이를테면 내가 흰색이 아닌 팬티 입으면 화를 내. 편협하다는 생각 안 들어, 그런 거?"

"응, 그렇지만 그건 취향 문제니까." 나에게는 그런 사람이 미도리를 좋아한다는 것 자체가 놀라운 일이었지만, 그 말은 입 밖에 내지 않기로 했다.

"넌 뭐 했어?"

"아무것도. 맨날 똑같지 뭐." 그러고 나서 나는 약속한 대로 미도리를 상상하며 마스터베이션을 한 것을 떠올렸다. 나는 낮은 목소리로 미도리에게 그 이야기를 했다.

미도리는 눈을 반짝거리며 손가락을 탁, 퉁겼다. "어땠어? 잘됐어?"

"도중에 좀 창피한 생각이 들어 그만두었어."

"안 섰다는 거야?"

"좀 그래."

"안 되지." 미도리는 곁눈질로 나를 바라보며 말했다.

"창피하다는 생각을 하면 안 되는 거야. 아주 야한 상상을 해도 좋으니까. 응, 내가 좋다면 좋은 거잖아. 그래, 이번에 전화로 해 줄게. 아아앙…… 거기 좋아…… 아, 좋아, 느껴…… 안 돼, 나, 갈 것 같아…… 아아, 거기 그러면……. 이런 거. 그거 들으면서 하는 거야."

"기숙사 전화는 현관 옆 로비에 있거든. 다들 거기를 지나 들어가고 나가고 그래. 그런 데서 마스터베이션을 하다가는 사감한테 맞아 죽어, 100퍼센트."

"그래, 그럼 곤란한데."

"곤란할 것 없어, 기회를 봐서 다시 혼자서 해 볼 테니까."

"힘내."

"응."

"내가 별로 섹시하지 않은 건가. 존재 자체가?"

"아냐, 그런 문제가 아니라니까. 뭐라고 할까, 입장 문제라고 봐야 할 거야."

"난 등에서 무지 느껴. 손가락으로 살살 더듬으면."

"신경 쓸게."

"우리, 지금부터 야한 영화 보러 안 갈래? 방금 나온 따끈따끈한 변태 영화."

미도리와 나는 장어 집으로 가서 장어를 먹었다. 그다음 신주쿠에서도 둘째 가라면 서러울 만큼 후줄근한 영화관에 들어가 성인 영화 세 편 연속 상영을 보았다. 신문을 사서 알아보니 거기서만 변태물을 상영했다. 뭔지 모를 퀴퀴

한 냄새가 가득한 영화관이었다. 마침 우리가 들어가자마자 변태물이 시작되었다. 여사원 언니와 여고생 동생이 남자 몇에게 붙들려 어딘지 모를 곳에 감금되어 사디즘적으로 학대받는 이야기였다. 남자들은 여동생을 강간하겠다고 협박해서 언니에게 엄청 야한 짓거리를 하는데, 그사이에 언니는 완전히 마조히스트가 되어 버리고, 여동생은 그 장면을 눈앞에서 지켜보는 사이에 그만 머리가 이상해져 버린다는 줄거리였다. 괜히 우중충하게 뒤틀어 놓은 분위기에다 똑같은 장면이 반복되는 통에 우리는 금방 싫증을 느꼈다.

"내가 여동생이라면 저 정도로 미치지는 않을 거야. 더 자세히 볼 거야."

"당연히."

"그런데 저 여동생, 처녀 여고생치고는 젖꼭지가 너무 새카맣지 않아?"

"좀 그러네."

그녀는 뚫어져라 스크린을 바라보았다. 이 정도로 열심히 본다면 입장료 정도는 충분히 빼고도 남겠다고, 나는 내심 감탄했다. 미도리는 뭐든 느끼는 게 있으면 나에게 보고했다.

"와아, 와아, 엄청나네, 저런 것도 해."라거나 "너무해, 세 명이 한꺼번에 해 버리면 다치고 말 거야."라거나 "저기, 와타나베, 나, 저런 거, 누구한테 좀 해 보고 싶어." 나는 영화보다 그녀를 보는 게 훨씬 더 재미있었다.

휴식 시간에 불이 켜져 주위를 둘러보니 미도리 말고 여자 관객은 없는 듯했다. 가까이 앉은 학생복 차림의 젊은 남자가 미도리 얼굴을 보고는 먼 자리로 옮겨 가 버렸다.

"저기, 와타나베? 이런 거 보면 서?"

"흠, 경우에 따라서. 이런 영화는 그런 목적으로 만든 거니까."

"그래서 그런 장면이 나오면, 여기 있는 사람들 그게 모두 발딱 서는 거잖아? 서른 개 마흔 개가 일제히 발딱? 그거 상상하면 좀 이상한 느낌 안 들어?"

듣고 보니 그렇기도 하다고 나는 말했다.

두 번째는 비교적 제대로 된 영화였지만 그만큼 더 지겨웠다. 쓸데없이 오럴 섹스가 많은 영화로 펠라티오니 쿤닐링구스니 식스티나인을 할 때마다 쪽쪽, 철벅철벅, 그런 의성음들이 크게 울렸다. 그 소리를 듣자니 내가 이 기묘한 행성에서 살아간다는 데에 뭔지 모를 신비로운 감동을 느꼈다.

"어떤 사람이 저런 소리를 생각해 낼까."

내가 미도리에게 말했다.

"저 소리 너무 좋아, 난." 미도리가 말했다.

페니스가 질에 들어가서 왕복하는 소리도 있었다. 그런

소리가 나는 줄은 여태 생각지도 못했다. 남자가 하아하아 숨을 내쉬고, 여자가 몸을 꼬며 좋았어, 더, 더, 분위기에 비해서는 말이 너무 평범했다. 침대가 삐걱대는 소리도 들렸다. 그런 장면이 꽤 길게 이어졌다. 미도리는 처음에는 재미있어하다가 어느새 지겨워졌는지, 그만 나가자고 했다. 우리는 자리에서 일어나 바깥으로 나와 심호흡을 했다. 신주쿠 거리의 공기가 상쾌하게 느껴진 것은 그때가 처음이었다.

"재미있었어. 다음에 또 보러 가자." 미도리가 말했다.

"몇 번을 봐도 똑같은 것밖에 안 해."

"어쩔 수 없잖아, 우리도 늘 똑같은 것밖에 안 하는데."

듣고 보니 과연 그랬다.

우리는 다시 어느 바에 들어가 술을 마셨다. 나는 위스키를 마시고 미도리는 뭐가 뭔지 모를 칵테일을 서너 잔 마셨다. 가게를 나선 다음 미도리는 나무에 오르고 싶다고 했다.

"이 부근에는 나무가 없어. 게다가 그렇게 다리를 후들거려서는 나무에 못 올라가."

"넌 늘 분별력 있는 말로 사람을 기죽이고 그래. 취하고 싶으니까 취한 거야. 그럼 됐잖아. 아무리 취해도 나무 정도는 탈 수 있어. 흥. 높은 나무 꼭대기에 올라 매미처럼 오줌을 싸서 사람들 머리에 뿌려 줄 거야."

"혹시 너 화장실 가고 싶어?"

"응."

나는 신주쿠 역의 유료 화장실까지 미도리를 데리고 가서 동전을 지불하고 안으로 밀어 넣은 다음 매점에서 석간신문을 사서 읽으며 기다렸다. 미도리는 꽤 오랫동안 나오지 않았다. 십오 분이 지나 좀 걱정스러워 보러 갈까 하는데 드디어 그녀가 나타났다. 얼굴이 약간 하얗게 변한 것 같았다.

"미안해. 앉은 채 그만 잠들어 버렸어."

"속은 좀 어때?" 나는 코트를 입히면서 물었다.

"별로 안 좋아."

"집까지 바래다줄게. 집에 가서 천천히 목욕하고 자면 돼. 피곤해서 그런 것 같아."

"집 같은 덴 안 가. 지금 집에 가 봐야 아무도 없고, 그런 데서 혼자 자고 싶지도 않아."

"거참, 그럼 어쩌고 싶어?"

"이 근처 러브호텔에 가서 너랑 껴안고 잘 거야. 아침까지 푹. 그리고 아침이 오면 이 부근 어디서 밥을 먹고 둘이서 같이 학교 가는 거야."

"처음부터 그럴 생각으로 날 불러냈어?"

"당연하지."

"그런 거라면 나 말고 남자 친구를 불러내면 되잖아. 어느 모로 보나 그게 맞을 것 같은데. 애인이란 거, 그런 데 써

먹기 위해 존재하는 거니까."

"그렇지만 난 너랑 같이 자고 싶어."

"그럴 수는 없어." 나는 단호하게 말했다. "우선, 난 12시까지 기숙사로 돌아가야만 해. 그러지 않으면 무단 외박이니까. 지난번에 한 번 그랬다가 얼마나 귀찮았는지 몰라. 그리고 나도 여자랑 자면 당연히 하고 싶어지고, 그걸 참느라 고생하기 싫어. 진짜 억지로 해 버릴지도 몰라."

"날 묶어 두고 뒤에서 할 거야?"

"농담 아냐."

"그렇지만 나 외로워. 무지무지 외로워. 나도 너한테 몹쓸 짓 한다는 거 알아. 주는 것도 없이 요구만 잔뜩 하고. 내 멋대로 말하고 불러내고 끌고 다니고. 그렇지만 내가 그럴 수 있는 상대는 너뿐이야. 지금까지 이십 년 인생에서 나는 어리광 한 번 부리지 못했어. 아빠나 엄마는 그런 거 상대도 안 해 줬고, 그 사람도 그런 타입 아니고. 내가 어리광 부리면 화만 내. 그리고 싸워. 이런 거 너한테밖에 못 한단 말이야. 그리고 난 지금 정말로 피곤하고 괴로워. 누군가한테 귀엽고 예쁘다는 말을 들으면서 자고 싶어. 그냥 그뿐이야. 자고 일어나서 힘만 되찾으면 다시는 이런 거 너한테 요구하지 않을게. 절대로. 정말 얌전하게 잘게."

"그렇지만 정말 곤란해."

"부탁이야. 안 들어주면 나 여기 퍼질러 앉아 밤새도록 엉엉 울어 버릴 거야. 그러다 처음 말을 걸어 주는 사람하고 자 버릴 거야."

하는 수 없이 나는 기숙사에 전화를 걸어 나가사와를 바꿔 달라고 했다. 그리고 내가 기숙사에 있는 듯 꾸며 줄 수 없느냐고 부탁했다. 지금 여자애랑 같이 있거든요, 하고 말했다. 좋아, 그런 일이라면 기쁜 마음으로 힘이 되어 주겠다고 그는 말했다.

"명찰을 '재실' 쪽으로 돌려놓을 테니까 걱정하지 말고 천천히 하고 와. 아침에는 방 창문으로 들어오면 돼."

"죄송합니다. 신세 질게요." 나는 전화를 끊었다.

"잘됐어?"

"응, 그럭저럭." 나는 깊이 한숨을 몰아쉬었다.

"그럼 아직 시간도 많고 하니까 디스코텍에 가자."

"너, 지금 피곤하다면서?"

"이런 거라면 아무 문제없어."

"어이쿠."

디스코텍에 들어가 춤을 추는 사이에 미도리는 조금씩 힘을 되찾아 가는 듯이 보였다. 그리고 위스키 코크를 두 잔 마시고 이마에 땀을 흘리면서 춤을 추었다.

"정말 기분 좋아."

미도리는 테이블에서 숨을 돌리며 말했다.

"이렇게 춤추는 것도 정말 오랜만이야. 몸을 움직이니까 어쩐지 정신까지 해방되는 것 같아."

"넌 평소에도 해방된 것처럼 보여."

"아냐, 그렇지 않아."

그녀는 방긋 웃으며 고개를 갸웃하고 말했다.

"그건 그렇고 힘이 나니까 배고파. 우리 피자 먹으러 가자."

내가 잘 가는 피자 가게에 그녀를 데리고 가서 생맥주와 앤초비 피자를 주문했다. 나는 그리 배가 고프지 않아 열두 조각 가운데 네 개만 먹고, 나머지는 미도리가 전부 먹어 치웠다.

"회복이 정말 빠르네. 아까만 해도 파랗게 질려서 흐느적거리더니만." 어이없어하며 내가 말했다.

"어리광 부리는 게 성공했거든. 그래서 속이 뻥 뚫려 버렸어. 그런데 이 피자, 정말 맛있다."

"근데, 정말로 집에 아무도 없니?"

"응, 없어. 언니는 친구 집에 가고 없어. 언니도 무지 무서움을 잘 타서 내가 없으면 혼자 집에서는 못 자."

"러브호텔 같은 덴 가지 말자. 그런 데 가 봐야 마음만 허해져. 그러지 말고 너희 집에 가. 내가 잘 이불 정도는 있겠지?"

미도리는 잠시 생각하더니 이윽고 고개를 끄덕였다. "좋아, 우리 집에서 자자."

우리는 야마노테 선을 타고 오쓰카까지 가서 고바야시 서점의 셔터를 밀어 올렸다. 셔터에는 "휴업"이라는 종이가 붙었다. 오래 문을 닫은 탓인지 어두운 가게 안에는 오래된 종이냄새가 떠돌았다. 선반의 반은 비었고 잡지는 모두 반품할 양 끈으로 묶어 놓았다. 가게 안은 처음 보았을 때보다 더 썰렁했다. 마치 해안에 버려진 폐선 같았다.

"이제 문을 열지 않을 거야?"

"팔기로 했어. 가게 팔아서 언니랑 나눌 거야. 그리고 앞으로는 아무한테도 보호받지 못하고 내 몸 하나만으로 살아가는 거지. 언니는 내년에 결혼하고 나는 앞으로 삼 년 좀 넘게 대학을 다닐 거고. 그 정도 돈은 될 거야. 아르바이트도 할 테고. 가게가 팔리면 어디 방을 하나 빌려 언니랑 둘이서 잠시 살 거야."

"가게는 팔릴 것 같아?"

"아마도. 아는 사람 가운데 털실 가게를 하고 싶어 하는 사람이 있어. 불쌍한 아빠. 그렇게 열심히 일해서 가게를 열고 조금씩 빚을 갚았는데 결국은 아무것도 남은 게 없어. 마치 거품처럼 사라져 버렸어."

"네가 남았잖아."

"나?" 미도리는 이상하다는 듯 웃었다. 그리고 깊이 숨을 들이쉬었다가 내뱉었다. "위로 올라가. 여긴 추워."

2층으로 올라가자 그녀는 나를 식탁에 앉히고 목욕물을 데웠다. 그러는 사이 나는 주전자에 물을 끓여 차를 탔다. 목욕물이 데워질 때까지 미도리와 나는 식탁에 마주 앉아 차를 마셨다. 그녀는 턱을 괴고 잠시 내 얼굴을 바라보았다. 째깍째깍 시곗바늘 돌아가는 소리와 냉장고의 조절기가 들어갔다 나갔다 하는 소리 말고는 아무것도 들리지 않았다. 시간은 벌써 12시에 가까웠다.

"와타나베, 너 자세히 보니 꽤 재미있는 얼굴이다."

"그런가." 난 그 말에 조금 상처받았다.

"난 얼굴 따지는 편인데, 네 얼굴, 자꾸 보니까 점점 이 정도면 괜찮다는 생각이 드는 거 있지."

"나도 때로 자신에 대해 그런 생각 해. 이 정도면 괜찮다고."

"나쁜 뜻으로 한 말 아냐. 난 감정을 말로 표현하는 게 서툴러. 그래서 자주 오해받아. 내가 하고 싶은 말은 네가 좋다는 거야. 이 말 아까 했던가?"

"했어."

"다시 말해, 나도 조금씩 남자를 배워 가는 중이란 거야."

미도리는 말보로 갑을 들고 와서 한 개비를 빼내 피워 물었다.

"처음부터 아예 아무것도 없으면 배우는 게 많아져."

"그럴 거야."

"아, 그렇지. 아빠한테 향 하나 올려 줄래?"

나는 그녀 뒤를 따라가 불단 있는 방으로 가서 향을 올리고 합장했다.

"나 요전에 아빠 영정 앞에서 발가벗었어. 전부 벗고 한참이나 보여 줬어. 요가 동작으로. 아빠, 이거 유방이야, 이건 보지고."

"왜 또 그런?" 나는 어이가 없어 물어보았다.

"그냥 보여 주고 싶어서. 그렇잖아, 나라는 존재의 반은 아빠의 정자잖아? 보여 준다고 해서 뭐가 나빠. 이게 당신 딸이라고. 하긴 좀 취하기도 했지만."

"흐음."

"그때 언니가 나타나 기절초풍했지. 내가 아빠 영정 앞에서 벌거벗고 사타구니를 쩍 벌리고 있으니까. 하긴 놀랄 만도 해."

"그랬겠다."

"그래서 취지를 설명해 줬어. 이런저런 이유로 이랬고, 그러니까 모모 언니도 내 옆에 와서 옷을 벗고 아빠한테 같이 보여 주자고. 언니는 안 했어. 기겁을 하며 제 방으로 가 버렸어. 그런 점에서는 너무 보수적이야."

"비교적 정상적이지."

"근데, 와타나베는 우리 아빠 어떻게 생각해?"

"난 처음 보는 사람과는 좀 서투른 편인데, 그분하고는 둘이 있어도 불편하지 않았어. 꽤 마음이 편하더라. 여러 가지 이야기도 나누었고."

"어떤 이야기?"

"에우리피데스."

미도리는 굉장히 즐겁게 웃었다. "너 참 특이하다. 처음 만난 사람 앞에서, 그것도 죽음을 앞에 두고 고통스러워하는 사람에게 에우리피데스 이야기를 하는 사람은 없거든."

"아버지 영정 앞에서 벌거벗고 다리 벌리는 딸도 세상에 없을걸."

미도리는 킥킥 웃더니 불단의 종을 칭 하고 울렸다.

"아빠, 잘 자. 우리 지금부터 즐겁게 할 테니까 마음 푹 놓고 잘 자. 이제 아프지 않지? 벌써 죽어 버렸으니까, 아프지 않을 거야. 만일 지금도 아프면 신에게 불평 좀 해. 이건 너무한 거 아니냐고. 천국에서 엄마 만나 마음껏 해. 오줌 받을 때 아빠 거 봤는데, 꽤 괜찮더라. 그러니까 힘내, 잘 자."

우리는 교대로 샤워를 하고 파자마로 갈아입었다. 나는 그녀의 아버지가 잠깐 사용한 새것이나 다름없는 파자마를 빌렸다. 조금 작긴 했지만 없는 것보다는 나았다. 미도리는 불단이 있는 방에 손님용 이불을 깔았다.

"불단 앞인데 무섭지 않아?"

"무섭지 않아. 나쁜 짓 한 것도 없는데 뭐." 나는 웃으며 대답했다.

"그렇지만 내가 잠들기 전까지 곁에서 안아 줄 거지?"

"응, 그럴게."

나는 미도리의 작은 침대 끝에서 몇 번이나 아래로 떨어질 뻔했지만 그녀의 몸을 끌어안았다. 미도리는 내 가슴에 코를 묻고 내 허리에 팔을 둘렀다. 나는 오른손을 그녀의 등으로 돌리고 왼손으로 침대 틀을 잡고 떨어지지 않게 몸을 지탱했다. 성적으로 흥분될 환경은 아니었다. 내 코끝에 미도리의 머리가 닿고, 그 짧은 머리카락이 때로 내 코를 간지럽혔다.

"응, 응, 응, 무슨 말이든 좀 해 봐." 미도리가 내 가슴에 얼굴을 묻은 채 옹알거렸다.

"무슨 말?"

"뭐든 좋아. 내가 기분 좋아질 수 있는."

"너, 정말 귀여워."

"미도리." 그녀가 말했다. "이름 붙여서."

"정말 귀여워, 미도리."

"정말이라면 얼마나?"

"산이 무너지고 바다가 말라 버릴 만큼 귀여워."

미도리가 고개를 들고 나를 바라보았다.

"너, 표현이 정말 참신해."

"너한테 그런 말 들으니까 마음이 푸근해지네." 나는 웃으며 말했다.

"더 멋진 말 해 봐."

"네가 정말로 좋아, 미도리."

"얼마나 좋아?"

"봄날의 곰만큼 좋아."

"봄날의 곰?" 미도리가 고개를 들었다. "그게 뭔데, 봄날의 곰이?"

"네가 봄날 들판을 혼자서 걸어가는데, 저편에서 벨벳 같은 털을 가진 눈이 부리부리한 귀여운 새끼 곰이 다가와. 그리고 네게 이렇게 말해. '오늘은, 아가씨, 나랑 같이 뒹굴지 않을래요.' 그리고 너랑 새끼 곰은 서로를 끌어안고 토끼풀이 무성한 언덕 비탈에서 데굴데굴 구르며 하루 종일 놀아. 그런 거, 멋지잖아?"

"정말로 멋져."

"그 정도로 네가 좋아."

미도리는 내 가슴에 꼭 안겼다. "최고." 그녀는 말했다. 나는 그녀의 짧고 부드럽고 어린 남자애 같은 머리카락을 쓰다듬었다. "괜찮아, 아무 걱정 하지 마. 모든 게 잘될 거야."

"그렇지만 무서워, 나."

한참 그녀의 어깨를 살짝 안고 있는데 어느새 어깨가 규칙적으로 오르내리기 시작하고 숨소리도 고르게 들려와 나는 조용히 미도리의 침대를 빠져나와서 부엌으로 가 맥주 한 병을 마셨다. 그래도 잠이 오지 않아 책이라도 읽을까 하고 둘러보았지만 책 같은 건 눈에 띄지 않았다. 미도리의 방에 가서 책장에서 책을 몇 권 빼 올까도 했지만 시끄러운 소리라도 내서 그녀가 깨면 안 될 것 같아 그만두었다.

잠시 멍하니 맥주를 마시다가 그래, 여긴 서점이잖아, 하고 나는 무릎을 살짝 쳤다. 나는 아래로 내려가 전등을 켜고 문고본 선반을 살펴보았다. 읽을 만한 책은 별로 없는 데다 그것도 거의 다 읽은 것들이었다. 그러나 아무튼 뭔가를 읽을 필요가 있어서 오래 팔리지 않은 채 꽂혀 있었던 듯 책등이 변색된 헤르만 헤세의 『수레바퀴 아래서』를 골라 책값을 계산대 옆에 두었다. 이렇게 하면 적어도 고바야시 서점의 재고가 조금 줄어든 셈이다.

나는 맥주를 마시면서 부엌 테이블에 앉아 『수레바퀴 아래서』를 읽었다. 처음 읽은 것은 중학교에 들어간 해였다. 그로부터 팔 년 후에 나는 여자애 집 부엌에서 한밤중에 그녀의 죽은 아버지가 입었던 사이즈가 좀 작은 파자마를 입고 같은 책을 읽는다. 뭔지 모르게 신기하다는 생각이 들었다. 만일 이런 상황이 아니었더라면 『수레바퀴 아래서』 같은 건 다시 읽지 않았을 것이다.

『수레바퀴 아래서』는 조금 고리타분하기는 하지만 나쁘지 않은 소설이었다. 짙게 고요가 내려앉은 깊은 밤 나는 부엌에서 꽤 즐거운 마음으로 한 행 한 행을 천천히 읽어 내려갔다. 먼지를 뒤집어쓴 채 선반에 놓인 브랜디를 꺼내 커피 잔에 조금 따라 마셨다. 브랜디가 몸을 따스하게 만들어 주었지만 그래도 잠이 올 것 같지 않았다.

3시 전에 살짝 미도리를 살피러 갔더니 그녀는 많이 피곤했던 듯 깊은 잠에 빠져 있었다. 창으로 상점가 가로등 불빛이 방 안을 달빛처럼 뿌옇게 비추는데, 그 빛에 등을 돌린 채 그녀는 잠들어 있었다. 미도리의 몸은 마치 얼어붙은 것처럼 꼼짝도 하지 않았다. 귀를 대 보니 규칙적인 숨소리가 들려왔다. 잠든 모습이 자기 아버지와 똑같다는 생각이 들었다.

침대 곁에는 여행 가방이 그대로 놓였고, 하얀 코트가 의자 등에 걸렸다. 책상 위는 잘 정돈되었고 그 앞 벽에는 스누피 달력이 걸렸다. 나는 창 커튼을 조금 열고 인기척 없는 상점 거리를 내려다보았다. 가게는 하나같이 셔터를 내렸고 술집 앞에 늘어 선 자판기만이 몸을 움츠린 채 가만히 새벽을 기다리는 듯했다. 장거리 트럭 타이어 소음이 때로 무겁게 공기를 울렸다. 나는 부엌으로 돌아와 브랜디를 한 잔 더 마시고 다시 『수레바퀴 아래서』를 읽어 내려갔다.

책을 다 읽었을 때 하늘이 조금 밝아 오기 시작했다. 나는 물을 끓여 인스턴트커피를 마시고 테이블 위에 놓인 메모지에 볼펜으로 편지를 썼다. "브랜디를 조금 마셨어. 『수레바퀴 아래서』를 샀고, 날이 밝아 이제 돌아가. 안녕." 그리고 잠시 망설이다 "잠든 네 모습이 정말 예뻐."라고 덧붙였다. 그다음 나는 커피 잔을 씻고 부엌 전등을 끄고 계단을 내려가 조용히 셔터를 올린 다음 바깥으로 나왔다. 이웃 사람이 보면 수상쩍게 여길지도 모른다는 생각이 들었지만, 아침 6시 전이라서 아직 길을 가는 사람은 없었다. 까마귀가 지붕에 앉아 주위를 노려볼 따름이었다. 나는 미도리 방에 걸린 옅은 핑크빛 커튼을 슬쩍 올려보다가 전철역으로 가서 전철을 타고 종점에서 내려 기숙사까지 걸었다. 아침을 파는 정식집에 들어가 따뜻한 밥과 된장국과 채소 절임과 달걀 프라이를 먹었다. 그리고 기숙사 뒤편으로 돌아들어 1층 나가사와의 방 창문을 가볍게 두드렸다. 나가사와는 창을 열어 주었고, 나는 그곳을 통해 그의 방으로 들어갔다.

"커피라도 한잔할래?" 그가 물었지만, 거절했다. 인사를 하고 내 방으로 물러나 이를 닦고 바지를 벗고는 이불 속으로 들어가 눈을 꼭 감았다. 이윽고 꿈도 없는, 무거운 납으로 된 문 같은 잠이 내려왔다.

*

나는 매주 나오코에게 편지를 썼고 나오코에게서도 몇 통 답장이 왔다. 그렇게 긴 편지는 아니었다. 11월이 되어 아침저녁으로 점점 추워진다고 했다.

네가 도쿄로 돌아가고 가을이 깊어졌어. 그래서 몸 안에 구멍이 뻥 뚫린 것 같은 이 기분이 네가 없는 탓인지 아니면 계절이 가져다준 것인지 얼마간은 알 수가 없었어. 레이코 씨와 자주 네 이야기를 해. 그녀도 너에게 꼭 안부를 전해 달라고 해. 레이코 씨는 여전히 나에게 친절하게 해 줘. 만일 그녀가 없었더라면 난 아마도 이곳 생활을 견뎌 내지 못했을 거야. 외로워지면 난 울곤 해. 운다는 건 좋은 일이라고 레이코 씨는 말하지. 그렇지만 외롭다는 건 정말 고통스러워. 내가 외로움을 타노라면 밤의 어둠 속에서 많은 사람이 말을 걸어와. 밤의 나무들이 바람에 술렁대듯이 여러 사람이 나를 향해 말을 하는 거야. 그런 식으로 기즈키나 언니와 대화하곤

해. 그 사람들 역시 외로워서 이야기할 상대를 찾는 걸 테지.

때로 그런 외롭고 괴로운 밤이면 네 편지를 다시 읽어 봐. 바깥에서 들어오는 많은 것들이 내 머리를 혼란스럽게 하지만, 와타나베가 써서 보내 주는 주변 세계 일들은 내 마음을 아주 푸근하게 해 줘. 참 이상하지. 왜 그럴까. 그래서 나는 몇 번씩 다시 읽고 레이코 씨도 나처럼 몇 번이나 읽곤 해. 그리고 그 내용에 대해 둘이서 이야기를 나눠. 미도리라는 사람의 아버님에 대해 쓴 부분이 나는 정말 좋았어. 우리는 주에 한 번 오는 네 편지를 참으로 소중한 오락거리(편지는 오락이야, 여기에서는.)로 손꼽아 기다려.

나도 가능하면 짬을 내서 편지를 쓰려고 하지만 편지지를 앞에 두면 내 마음은 늘 아래로 가라앉기만 해. 이 편지도 억지로 힘을 짜내 쓰고 있어. 답장을 왜 안 쓰느냐고 레이코 씨한테 야단맞았거든. 그렇지만 오해하지는 마. 난 너에게 말하고 싶은 것, 전하고 싶은 게 너무 많아. 다만 그것을 문장으로 잘 표현할 수가 없어. 그래서 편지 쓰기는 내게 정말 괴로운 일이야.

미도리 씨, 정말 재미있는 분 같네. 편지를 읽고 그녀가 널 좋아하는 게 아닌가 하는 생각이 들어 레이코 씨한테 그런 말을 했더니 '당연하지. 나도 와타나베가 좋은데.'라고 하는 거야. 우리는 매일 버섯도 따고 밤도 주워서 먹어. 밤밥, 송이 밥을 계속 먹지만, 정말로 맛이 있어 질리지가 않아. 그러나 레이코 씨는 여전히 소식에다 열심히 담배를 피워. 새도 토끼도 아주 건강해. 안녕.

*

스무 번째 생일 사흘 후에 나는 나오코가 보낸 작은 소포 하나를 받았다. 안에는 포도색 라운드넥 스웨터와 편지가 있었다.

"생일 축하해." 나오코는 적었다. "네 스무 살 생일이 행복하기를 빌게. 내 스무 살은 너무 허망하게 끝나 버렸지만 네가 내 몫까지 행복하게 살아 준다면 정말 기쁠 거야. 이건 진심이야. 이 스웨터는 레이코 씨와 내가 반씩 뜬 거야. 만일 나 혼자서 했더라면 내년 발렌타인데이까지 걸렸을걸. 잘 짠 반쪽은 그녀가 한 거고 서투른 반쪽은 내가 한 거야. 레이코 씨는 뭘 해도 정말 잘하는 사람이라서 그녀를 보노라면 때로 나 자신이 싫어져. 나에게는 내세울 만한 게 아무것도 없으니까. 안녕, 건강하길."

레이코 씨가 덧붙인 짧은 메시지도 있었다.

"잘 지내나요? 당신에게 나오코는 지고의 행복과도 같은

458

존재인지 모르겠지만 나에게는 그냥 눈앞에 있는 사는 게 서투른 여자애에 지나지 않아요. 그렇지만 그럭저럭 때에 맞게 스웨터 하나를 완성했네요. 어때요, 멋지죠? 색깔하고 모양은 둘이서 정했어요. 생일 축하해요."

10장

1969년은 내게 도저히 빠져나올 수 없는 진흙탕과도 같았다. 한 걸음 움직일 때마다 신발이 쑥 빠져 버릴 것 같은 깊고 무겁고 끈적거리는 수렁. 그 진흙탕 속을 나는 식은땀을 흘리며 걸어갔다. 앞에도 뒤에도 아무것도 보이지 않았다. 다만 끝도 없이 시커먼 진흙탕 길이 이어질 뿐이었다.

시간조차 나의 발걸음에 맞춰 느릿느릿 흘렀다. 주위 사람들은 재빨리 앞으로 나아가는데 나와 내 시간만이 수렁에 빠져 질퍽질퍽 제자리를 맴돌듯이 걸어갔다. 내 주변 세계는 결정적인 변화를 맞이할 참이었다. 그 시대에는 존 콜트레인을 비롯해서 여러 사람이 죽었다. 사람들은 혁신을 부르짖었고 변혁이 바로 저기 길모퉁이까지 온 듯이 보였다. 그렇지만 모두 실체 없는, 무의미한 무대 배경에 지나지 않았다. 나는 거의 얼굴도 들지 않고 하루하루를 흘려보낼 따름이었다. 내 눈에 비친 것은 무한히 이어지는 수렁뿐이었다. 오른발을 내딛고 왼발을 들어 올리고 다시 오른발을 들어 올렸다. 자신이 어디 있는지도 명확하지 않았다. 올바른 방향으로 나아간다는 확신도 없었다. 다만 어디로든 가지 않을 수 없으니 한 걸음 한 걸음 내디딜 따름이었다.

스무 살이 되고 가을은 겨울로 변했지만, 내 생활에 변화다운 변화는 없었다. 나는 아무런 감흥도 없이 대학을 오가며 일주일에 사흘 아르바이트를 하고 때로 『위대한 개츠비』를 읽고, 일요일이 오면 세탁을 하고 나오코에게 긴 편지를 썼다. 가끔은 미도리를 만나 식사하기도 하고 동물원에 가거나 영화를 보기도 했다. 고바야시 서점을 매각하는 이야기는 매끄럽게 진행되어 그녀와 언니는 묘가다니 역 부근에 방 두 개짜리 아파트에 세를 들었다. 언니가 결혼하면 거기서 나와 어딘가에 아파트를 빌리겠노라고 미도리는 말했다. 나는 한 번 초대받아 점심을 먹었는데, 해가 잘 드는 깨끗한 아파트였고, 미도리도 고바야시 서점에 있을 때보다 그곳 생활이 더 즐거운 듯했다.

나가사와가 몇 번 놀러 나가자고 했지만 나는 그때마다

볼일이 있다며 거절했다. 그냥 귀찮았을 뿐이었다. 물론 여자애와 자기 싫었던 것은 아니었다. 다만 밤거리에서 술을 마시고 적당한 여자애를 찾아서 이야기를 나누고 호텔로 가는 과정을 생각하면 넌더리가 났다. 그리고 그런 짓을 하면서 넌더리도 내지 않고 질리지도 않는 나가사와라는 남자에게 새삼 경외심을 느꼈다. 하쓰미 씨가 한 말 때문인지는 모르겠지만 이름도 모르는 별 볼 일 없는 여자애와 자는 것보다 나오코를 생각하는 편이 난 행복했다. 초원의 한가운데서 나를 사정으로 이끌어 주었던 나오코의 손가락 감촉이 내 안에 무엇보다도 뚜렷이 남았다.

나는 12월 초에 나오코에게 편지를 쓰고 겨울 방학 때 거기에 가도 되느냐고 물었다. 레이코 씨가 답장을 보내왔다. 네가 오는 날을 정말 기쁜 마음으로 손꼽아 기다린다는 내용이었다. 나오코는 지금 편지를 잘 쓸 수 없는 상황이라 대신 쓴다고 했다. 그렇지만 그녀의 상태가 그렇게 나쁜 것은 아니니 걱정하지 말라고, 정신적인 컨디션에도 주기가 있는 것뿐이라고 했다.

방학이 시작되자 나는 배낭에 짐을 가득 넣고 등산화를 신고 교토로 나섰다. 그 이상한 의사가 말했듯이 눈으로 덮인 산 풍경은 참으로 아름다웠다. 나는 이전과 마찬가지로 나오코와 레이코 씨의 방에서 이틀을 자고 지난번과 거의 똑같이 사흘을 보냈다. 날이 저물면 레이코 씨가 기타를 치고 우리는 셋이서 이야기를 나누었다. 낮에는 소풍을 대신해서 함께 크로스컨트리 스키를 즐겼다. 스키를 신고 한 시간이나 산속을 걸으면 숨이 턱까지 차오르고 온몸은 땀으로 젖어 버린다. 한가할 때는 모두 힘을 모아 눈을 치우기도 했다. 미야타라는 이상한 의사는 이번에도 우리의 저녁 식탁으로 다가와 '왜 중지가 검지보다 길고 발가락은 그 반대인가'에 대해 강의해 주었다. 경비 오무라 씨는 이번에도 도쿄의 돼지고기에 대해 말했다. 레이코 씨는 내가 선물로 가져간 레코드를 보고 몹시 기뻐해 주었고, 그 가운데 몇 곡을 악보로 바꾸어 기타로 연주했다.

가을에 왔을 때보다 나오코는 더 말이 없었다. 셋이 있으면 그녀는 거의 입을 열지 않고 소파에 앉아 방긋방긋 웃을 뿐이었다. 그만큼 레이코 씨가 말을 많이 했다. "마음에 두지 마. 지금이 좀 그런 시기거든. 내가 말하는 것보다 두 사람 이야기 듣는 게 더 좋아." 하고 나오코는 말했다.

레이코 씨가 볼일이 있다면서 어딘가로 가 버리자 나오코와 나는 침대 위에서 끌어안았다. 나는 그녀의 목과 어깨와 가슴에 입을 맞추고, 나오코는 지난번처럼 손으로 사정을 시켜 주었다. 사정을 한 다음, 나는 나오코를 안으면서 요 두 달 동안 네 손가락의 감촉을 늘 떠올리며 살았다고 말했다. 그리고 너를 생각하며 마스터베이션을 했다고.

"다른 사람하고는 안 잤어?"

"안 잤어."

"그럼 이것도 기억해 줘." 그녀는 몸을 아래로 빼내더니 내 페니스에 입을 맞추고는 입안에 따스하게 머금고 혀를 굴렸다. 나오코의 쭉 뻗은 머리카락이 내 아랫배로 떨어지고 그녀의 입술이 움직이는 데 맞춰 찰랑찰랑 흔들렸다. 그리고 나는 두 번째 사정을 했다.

"이것도 기억해 줄 거지?"

"당연히. 오래오래 기억할게."

나는 나오코를 끌어안고 팬티 안으로 손가락을 넣어 성기에 대 보았지만 메마른 채였다. 나오코는 고개를 젓고 내 손을 밀쳐 냈다. 우리는 잠시 아무 말 없이 끌어안았다.

"학년이 끝나면 기숙사를 나와 방이라도 하나 찾아볼 생각이야. 기숙사 생활도 이제 지겨워지기 시작했고, 아르바이트를 하면 생활비는 어찌어찌 될 거야. 그러니까 우리 둘이서 살지 않을래? 저번에도 말했듯이."

"고마워. 그런 말을 해 줘서 정말 기뻐."

"여기가 나쁘지 않은 곳이란 건 알아. 조용하고 환경도 더할 나위 없고 레이코 씨도 좋은 사람이고. 그렇지만 오래 있을 곳은 아니라고 생각해. 오래 있기에는 너무 특수해. 오래 있을수록 나가기 힘들어질 거야."

나오코는 아무 말 없이 창밖으로 눈길을 던졌다. 창밖에는 눈밖에 보이지 않았다. 눈구름이 점점 더 낮게 깔리고 눈으로 덮인 대지와 하늘 사이에는 거의 틈이랄 것이 없었다.

"천천히 생각하면 돼. 어쨌든 나는 3월까지는 이사할 테니까. 만일 네가 나한테 오고 싶으면 언제든 오면 돼."

나오코는 고개를 끄덕였다. 나는 자칫하면 부서질 것만 같은 유리 제품을 들어 올리듯 두 팔로 나오코의 몸을 가만히 끌어안았다. 그녀는 내 목에 팔을 둘렀다. 나는 벌거벗었고 그녀는 하얗고 자그만 팬티 하나 차림이었다. 그녀의 몸은 아무리 봐도 질리지 않을 만큼 아름다웠다.

"왜 나는 젖지 않을까?" 나오코는 작은 소리로 말했다. "내가 그런 건 그때 딱 한 번뿐이었어. 4월, 스무 살 생일. 네게 안기던 그날 밤뿐이었어. 왜 안 되는 걸까?"

"정신적인 것이니까 시간이 지나면 잘 될 거야. 초조해할 것 없어."

"내 문제는 전부 정신적인 거야. 만일 내가 평생 젖지 않고 평생 섹스를 못 하더라도, 그래도 넌 나를 좋아할 수 있겠어? 오래오래 손하고 입만으로 참을 수 있겠어? 아니면 섹스는 다른 여자하고 해결할 거야?"

"나는 본질적으로 낙천적인 인간이야." 나는 말했다.

나오코는 침대 위에서 몸을 일으켜 티셔츠를 입고 플란넬 셔츠와 청바지를 걸쳤다. 나도 옷을 입었다.

"천천히 생각하게 해 줘. 그리고 너도 천천히 생각해 줘."

"생각해 볼게. 그리고 펠라티오, 정말 대단했어."

나오코는 살짝 얼굴을 붉히고 방긋 웃었다. "기즈키도 그렇게 말했어."

"나와 그 친구는 생각하는 거나 취향이 아주 잘 맞았어." 그 말을 하고 나는 웃었다.

우리는 부엌 테이블에 마주 앉아 커피를 마시면서 옛날 이야기를 했다. 그녀는 조금씩 기즈키 이야기를 할 수 있게 되었다. 더듬더듬 말을 고르면서 그녀는 이야기를 이어 갔다. 눈이 내리다가 멈추기를 반복하는 사흘 동안 하늘은 한 번도 맑은 얼굴을 내보이지 않았다. 3월에 올 수 있을 것 같다고, 헤어질 때 나는 말했다. 두꺼운 코트 위로 그녀를 안고 입을 맞추었다. 안녕, 하고 나오코는 말했다.

*

1970년이라는 낯설게 들리는 해가 찾아오고 나의 십 대는 완전히 끝났다. 그리고 나는 새로운 수렁으로 발을 들이

466

밀었다. 학년 말 시험이 있었고, 나는 비교적 편하게 학점을 땄다. 달리 할 일도 없고 해서 매일 학교를 오가다 보니 특별히 공부를 하지 않아도 간단히 통과할 수 있었다.

기숙사에서 몇 번 다툼이 있었다. 학생 운동 조직에 소속되어 활동하는 녀석들이 기숙사 안에 헬멧과 쇠파이프를 숨겨 둔 것 때문에 사감 졸개 노릇을 하는 체육계 녀석들과 다툼이 일어났고, 그래서 두 사람이 다치고 여섯 명이 기숙사에서 쫓겨났다. 이 사건은 꽤 오래 후유증을 남겨 매일처럼 어딘가에서 작은 다툼이 일어났다. 기숙사는 무거운 공기에 휩싸였고 다들 신경이 날카로울 대로 날카로워졌다. 나도 그 분위기 속에서 체육계 녀석들에게 두들겨 맞을 위기에 처했지만 나가사와가 사이에 끼어들어 무마해 주었다. 아무튼 기숙사를 떠나야 할 때였다.

시험이 일단락되자 나는 진지하게 방을 찾아다니기 시작했다. 일주일 걸려 겨우 기치조지 교외에 알맞은 방을 찾았다. 교통은 조금 불편했지만 고맙게도 독채였다. 길에서 지갑을 주웠다고 해도 좋을 정도였다. 넓은 부지 한구석에 정원사가 사는 집처럼 툭 떨어져 선 독채인데, 본채와 사이에 꽤 황량한 정원이 펼쳐졌다. 주인은 정문을 사용하고 나는 뒷문을 사용하니까 프라이버시를 침해받을 일도 없었다. 방 하나와 좁은 부엌과 화장실, 그리고 상식적으로 생각하기 힘들만큼 넓은 벽장이 딸렸다. 정원에 면한 마루까지 있었다. 내년에 혹시 손자가 도쿄로 나올지도 모르는데, 그럴 경우는 방을 비운다는 조건이었다. 그래서 시세보다 방세도 쌌다. 주인은 마음씨 좋아 보이는 노부부였고, 별다른 간섭은 하지 않을 테니 편하게 살라고 했다.

이사는 나가사와가 도와 주었다. 어딘가에서 경트럭을 불러 내 짐을 실어 주었고 약속한 대로 냉장고와 텔레비전과 대형 보온병을 주었다. 나에게는 고마운 선물이었다. 이틀 후에 그도 기숙사를 나와 미타에 마련한 아파트로 옮겼다.

"당분간 만날 수 없을 것 같은데 잘 지내도록 해. 그렇지만 지난번에 말했듯이 나중에 생각지도 않은 곳에서 우연히 마주칠 것 같은 느낌이 들어." 헤어질 때 그가 말했다.

"그날을 즐겁게 기다릴게요."

"그나저나 그때 바꾼 여자 말인데, 못생긴 쪽이 더 좋더라."

"동감입니다." 나는 웃으며 말했다. "그렇지만 나가사와 선배, 하쓰미 씨를 소중히 여기는 게 좋지 않을까요. 그렇게 좋은 사람은 만나기 힘들 거고, 그 사람, 보기보다는 상처받기 쉬우니까."

"응, 그건 잘 알아." 그는 고개를 끄덕였다. "그래서 말인데, 사실은 와타나베가 인수하면 가장 좋을 것 같은데. 너랑 하쓰미라면 아주 잘될 수 있을 거야."

"농담하지 마요." 어이가 없었다.

"농담이야." 그가 말했다. "그럼, 행복해라. 여러 가지 일들이 있겠지만 너도 나름대로 고집이 있으니까 잘해 나가리라 믿어. 한 가지 충고해도 될까, 내가."

"해 주세요."

"자신을 동정하지 마. 자신을 동정하는 건 저속한 인간이나 하는 짓이야."

"잘 기억해 둘게요." 우리는 악수를 하고 헤어졌다. 그는 새로운 세계로, 나는 나의 수렁으로 돌아갔다.

*

이사하고 사흘 후 나오코한테 편지를 썼다. 새로운 집 분위기를 쓰고 기숙사에서 일어난 다툼과 치졸한 인간들의 치졸한 짓거리에 말려들지 않게 되어 매우 기분 좋고 마음이 편하다고 썼다. 여기서 새로운 마음으로 새로운 생활을 시작할 생각이라고.

창밖으로 넓은 정원이 펼쳐졌는데, 거긴 근처 고양이들의 집합소야. 나는 시간이 나면 마루에 드러누워 고양이들을 쳐다봐. 도대체 몇 마리나 되는지 모르겠지만 아무튼 고양이가 아주 많아. 다 함께 드러누워 햇볕을 쬐지. 그들은 내가 이 집 독채에 살게 된 걸 그리 반기지 않는 듯했지만, 오래된 치즈를 던져 놓았더니 몇 놈이 다가와서 눈치를 살피며 먹었어. 이러다 보면 놈들하고도 사이가 좋아질지 모르겠어. 그중에 귀가 반쯤 찢어진 얼룩 수컷이 한 마리 있는데, 이놈이 지난 번 내가 있던 기숙사 사감하고 굉장히 닮은 거야. 지금이라도 마당에서 국기를 걸 것만 같은 느낌이 들 정도로.

학교와는 좀 멀어졌지만 전공 과정에 들어서면 아침 강의도 적어질 테니 별문제는 없을 거야. 전철 안에서 천천히 책을 읽을 수 있으니까 더 좋을지도 몰라. 이제부터 기치조지 부근에서 일주일에 사나흘 근무할 만한 아르바이트 자리를 찾을 생각이야. 그러면 다시 매일 태엽을 감는 생활을 할 수 있을 테지.

결정을 서두르게 할 생각은 없지만, 봄은 뭔가를 새롭게 시작하기에 좋은 계절이고, 만일 우리가 4월부터 같이 살 수 있다면 그게 가장 좋지 않을까 하는 생각이 들어. 잘만 되면 너역시 대학에 복학할 수 있고. 같이 사는 데 문제가 있다면 이 부근에 널 위한 방을 찾을 수도 있을 거야. 가장 중요한 일은 우리가 늘 가까이 있을 수 있다는 거야. 물론 꼭 봄이라는 계절에 집착하는 건 아니야. 여름이 좋다고 생각하면 여름이 좋

아. 어느 쪽이든 문제없어. 거기에 대해서 네 생각은 어떤지, 답을 줄 수 있을까?

나는 이제부터 좀 본격적으로 아르바이트를 할 생각이야. 이사 비용을 채우기 위해서 말이야. 혼자 살아 보니 이리저리 돈이 많이 들어. 냄비니 식기니 모두 사야 하니까. 그렇지만 3월이 되면 시간이 날 테고 그때 꼭 널 만나러 갈게. 편한 날짜를 알려 줬으면 해. 그날에 맞춰 교토로 갈 생각이니까. 그럼 널 만날 날을 꿈꾸며, 답장을 기다릴게.

그로부터 이삼일 후, 나는 기치조지에서 자질구레한 것들을 조금씩 사 들여 간단한 식사를 만들어 먹기 시작했다. 근처 목재상에서 나무를 사서 책상을 만들었다. 식사도 일단 책상에서 하기로 했다. 선반도 만들고 조미료도 샀다. 태어난 지 반년 정도 된 암컷 흰 고양이 한 마리가 나를 잘 따라 이제는 집에서 밥을 먹게 되었다. 나는 그 고양이에게 갈매기라는 이름을 지어 주었다.

일단 그 정도로 체제를 갖추어 둔 다음, 나는 중심지로 나가 페인트 가게에 아르바이트 자리를 구해 두 주 동안 조수로 일했다. 급료는 좋았지만 일은 꽤 힘들었고 시너 냄새 때문에 머리가 핑글핑글 돌았다. 일이 끝나면 정식 집에서 밥을 먹고 맥주를 마시고 집으로 돌아와 고양이와 놀고, 그다음 죽은 듯이 잤다. 두 주가 지나도 나오코에게서 답장이 오지 않았다.

나는 페인트칠을 하다가 불현듯 미도리를 떠올렸다. 생각해 보니 벌써 삼 주나 미도리와 연락을 하지 않았고, 이사한 것도 알리지 않았다. 이제 슬슬 이사할 생각이라고 말하자 그녀가 아, 그래, 하고는 그걸로 끝이었다.

나는 공중전화로 미도리가 사는 아파트의 번호를 눌렀다. 언니로 보이는 사람이 받았고, 내가 이름을 대자 "잠깐만요." 하고 말했다. 그러나 아무리 기다려도 미도리가 받지 않았다.

"저기, 미도리가 엄청 화가 나서 이제 당신하고는 말도 하기 싫다고 해요." 하고 언니인 듯한 사람이 말했다. "이사할 때 그 애한테 아무 연락도 안 했죠? 어디로 가는지도 가르쳐 주지 않고 가 버린 다음 지금껏 감감무소식이었죠? 그래서 화가 난 거예요. 그 애는 한번 화가 나면 좀처럼 돌아오지 않아요. 동물 같다니까."

"설명할 테니 좀 바꿔 주실래요."

"설명 같은 거 듣고 싶지도 않대요."

"그럼 잠깐 설명할 테니 죄송하지만 좀 전해 주실래요, 미도리한테."

"싫어요, 난 그런 거." 언니인 듯한 사람은 내뱉듯이 말했다. "그런 건 직접 해요. 당신 남자잖아요? 자기가 책임지고 제대로 해요."

할 수 없이 나는 인사하고 전화를 끊었다. 하긴 미도리가 화를 내는 것도 무리가 아니라는 생각이 들었다. 이사와 새로운 집 정비와 돈을 벌기 위한 노동에 쫓겨 미도리를 생각할 여유가 전혀 없었다. 미도리는 고사하고 나오코조차 거의 생각하지 않고 지냈다. 나에게는 옛날부터 그런 면이 있었다. 뭔가에 열중하면 다른 데는 도통 눈길이 가지 않는 것이다.

만약에 반대로 미도리가 행선지를 알리지 않고 어딘가로 이사를 가 버린 채 삼 주나 연락하지 않았더라면 난 어떤 느낌을 받았을까 생각해 보았다. 아마도 나는 상처받았을 것이다. 그것도 꽤 깊은 상처를. 왜냐하면 우리는 연인은 아니었지만 어느 부분에서는 그 이상으로 친밀하게 서로를 받아들였기 때문이다. 그런 생각을 하니 안타까운 마음이 들었다. 다른 사람의 마음에, 그것도 소중한 상대의 마음에 모르는 새 상처를 주었다니, 정말 생각하기도 싫은 일이다.

나는 일을 마치고 집으로 돌아와 새로 만든 책상에 앉아 미도리에게 편지를 썼다. 변명도 설명도 그만두고 나 자신이 부주의하고 배려심이 없었다고 인정하고 사과했다. 정말 널 보고 싶어. 이사한 집에 놀러 와 줬으면 좋겠어. 답장을 부탁해, 하고 썼다. 그리고 바로 우표를 붙여 우체통에 넣었다.

아무리 기다려도 답장은 오지 않았다.

기묘한 봄의 시작이었다. 나는 봄 방학 동안 언제나 올까 하고 답장을 기다렸다. 여행도 가지 않고 고향에도 가지 않고 아르바이트도 못 했다. 며칠쯤 만나러 왔으면 좋겠다는 연락이 나오코에게서 언제 올지 몰랐기 때문이다. 나는 낮에 기치조지로 나가 연속 상영 영화를 보기도 하고 재즈 카페에서 반나절 책을 읽기도 했다. 아무도 만나지 않고 거의 아무하고도 이야기를 나누지 않았다. 그리고 일주일에 한번 나오코에게 편지를 썼다. 편지에서 나는 대답을 요구하지 않았다. 그녀를 초조하게 만들기 싫어서였다. 나는 페인트 가게 일에 대해, 갈매기에 대해, 정원의 복사꽃에 대해 친절한 두부 가게 아주머니와 심술궂은 채소 가게 아주머니에 대해 쓰고, 내가 매일 어떤 음식을 만들어 먹는지에 대해서 썼다. 그래도 답장은 없었다.

책을 읽고 레코드 듣는 게 지겨워지면 나는 조금씩 정원 손질을 했다. 집주인에게 가서 빗자루와 장갑과 쓰레받기와 전지가위를 빌려 잡초를 뽑고 제멋대로 뻗은 가지를 잘라 정원의 나무를 깔끔하게 정돈했다. 조금 손을 댔을 뿐인데 정원은 많이 깨끗해졌다. 작업을 하는데 주인이 나를 불러 차 한잔하지 않겠느냐고 했다. 나는 본채 마루에 앉아 그와 둘이서 차를 마시고 떡을 먹고 잡담을 나누었다. 그는 퇴직한 후 잠시 보험 회사 임원으로 근무하다가 이 년 전에 그마저 그만두고 느긋하게 지낸다고 했다. 집도 토지도 옛날부터 있던 것이고 자식도 모두 독립했고, 아무것도 하지 않고 여유롭게 노년을 즐긴다고 했다. 그래서 부부끼리 자주 여행을 떠난다고.

"좋은데요."

"좋기는. 여행 같은 건 하나도 재미없어. 일하는 게 더 좋아."

정원을 손보지 않고 그냥 내버려 둔 것은 이 부근에 제대로 된 정원사가 없기 때문이고, 사실은 자기 손으로 조금씩 가꾸면 되긴 하지만 최근 알레르기성 비염이 심해서 풀에 손을 델 수 없다고 했다. 그런가요, 하고 나는 고개를 끄덕였다. 차를 다 마시고 나자 그는 나에게 창고를 보여 주면서 답례라고 할 것까지도 없지만 이 안에 있는 물건들은 모두 필요 없는 거니까 필요한 게 있으면 마음대로 사용하라고 했다. 창고 안에는 참으로 많은 물건들이 쌓여 있었다. 욕조를 비롯해서 어린이용 풀, 야구 방망이도 있었다. 나는 오래된 자전거와 그렇게 크지 않은 식탁과 의자 두 개, 거울과 기타를 찾아내어 괜찮다면 사용하고 싶다고 했다. 필요한 만큼 얼마든지 가져다 쓰라고 그는 말했다.

나는 하루를 꼬박 투자해서 자전거에서 녹을 벗겨 내고

기름칠을 하고 타이어에 공기를 넣고 기어를 조정하고 자전거 가게에 가서 클러치 와이어를 사다 갈아 끼웠다. 그러자 자전거는 믿을 수 없을 만큼 깨끗해졌다. 식탁은 먼지를 깨끗이 털어 내고 니스 칠을 했다. 기타 줄도 모두 새로 갈고 벌어진 판을 접착제로 붙였다. 녹이 슨 곳을 솔로 깨끗하게 털고 나사도 조절했다. 대단한 기타는 아니었지만 그런대로 소리는 제대로 났다. 생각해 보니 기타를 손에 잡은 것도 고등학교를 졸업하고 처음이었다. 나는 마루에 걸터앉아 옛날에 연습한 드리프터스의 「업 온 더 루프(Up on the Roof)」를 떠올리며 천천히 쳐 보았다. 신기하게도 아직 코드를 제대로 기억했다.

그다음 나는 남은 목재로 우편함을 만들고 빨간 페인트를 칠한 다음 이름을 적어 문 앞에 세워 두었다. 그러나 4월 3일까지 거기 들어온 우편물이라고 해 봐야 고등학교 반창회 통지문뿐이었고, 나는 무슨 일이 있어도 그런 모임에만은 나가기 싫었다. 왜냐하면 기즈키와 나는 같은 반이었다. 나는 통지문을 바로 쓰레기통에 던져 넣었다.

4월 4일 오후에 편지 한 통이 우편함에 들어왔는데, 레이코 씨가 보낸 것이었다. 봉투 겉면에 이시다 레이코라는 이름이 적혀 있었다. 나는 가위로 깨끗하게 봉투를 자르고 마루에 앉아 편지를 읽었다. 처음부터 좋은 내용은 아닐 거라

짐작은 했지만, 읽어 보니 과연 예상했던 대로였다. 처음에 레이코 씨는 답장이 많이 늦어 미안하다고 했다. 나오코는 답장을 쓰려고 애를 많이 썼지만, 아무래도 쓸 수가 없었다. 답장이 너무 늦어지면 안 되니까 대신 써 주겠다고 몇 번 말했지만, 나오코는 아주 개인적인 일이니 반드시 자신이 써야 한다고 했다. 그래서 이렇게 늦어지고 말았다. 이래저래 마음고생을 시켜 미안하다고 그녀는 말했다.

당신도 요 한 달 동안 답장을 기다리느라 애가 많이 탔을 테지만, 나오코에게도 한 달은 정말 고통스러운 시간이었어요. 이해해 줬으면 해요. 솔직히 말해 지금 그녀의 상황은 그리 바람직하지 않아요. 그녀는 어떻게든 스스로 일어서려 하지만, 아직까지 좋은 결과는 나오지 않아요.

생각해 보니, 최초의 징후는 편지를 잘 쓰지 못한다는 것이었어요. 11월 말인지 12월 초인지일 거예요. 그 이후로 환청이 조금씩 들려오기 시작했죠. 그녀가 편지를 쓰려고 하면 수많은 사람이 말을 걸어 편지 쓰는 걸 방해했어요. 말을 고르려고 하면 방해하는 거예요. 당신이 두 번째로 왔을 때까지는 이런 증상도 비교적 약했고, 나도 솔직히 말해 그렇게 심각하게 생각하지 않았어요. 우리에게는 어느 정도 그런 증상의 주기 같은 것이 있으니까요. 그렇지만 당신이 돌아간 다음, 그 증상이 아주 심각해졌어요. 그녀는 지금 일상적인 대화조차 아주 곤란한 지경이에요. 적절한 말을 떠올리지 못해요. 그래서 나오코는 지금 심하게 혼란스러워해요. 혼란스러워하면서 두려워해요. 환청도 점점 심해져 가요.

우리는 매일 전문의와 함께 면담을 해요. 나오코와 나와 의사 셋이서 이런저런 이야기를 나누면서 그녀 속에서 뒤틀린 부분을 정확히 찾아내려는 거예요. 나는 가능하다면 당신도 불러서 면담을 진행하고 싶다고 제안했고, 의사도 거기에 찬성했지만 나오코가 반대했어요. 그녀의 표현을 그대로 전하면 "만날 때는 깨끗한 몸으로 만나고 싶어."라는 것이었어요. 문제는 그런 게 아니라 하루라도 빨리 회복하는 것이라고 있는 힘껏 설득했지만 그녀의 생각은 바뀌지 않았어요.

지난번에도 당신에게 설명한 적이 있지만 이곳은 전문 병원이 아니에요. 물론 전문의가 있어서 효과적인 치료도 가능하지만, 집중 치료를 하기에는 어려운 점이 있어요. 이 시설의 목적은 환자가 스스로 치료할 수 있을 만큼 효과적인 환경을 만들어 주는 것이어서 의학적으로 더 악화되었다는 결론이 나오면 다른 병원으로 옮기게 될 거예요. 나로서는 참으로 괴로운 일이지만 그러지 않을 수 없죠. 물론 그런다 해도 치료를 위한 일시적인 '출장'으로 처리되어 다시 여기 돌아올 수 있어요. 또는 잘만 풀리면 그대로 완치해 퇴원할지도 몰라요. 아무튼 우리도 전력을 다하고 있고, 나오코도 있는 힘을 다하고 있어요. 당신도 그녀의 회복을 기도해 줘요. 그리고 지금까지 그랬듯이 편지를 보내 줘요.

3월 31일

이시다 레이코

편지를 다 읽고 나는 그냥 마루에 앉아 봄기운이 완연한 정원을 바라보았다. 정원에 선 오래된 벚나무가 거의 만개에 가깝게 꽃을 피웠다. 바람은 부드럽고 햇빛은 신비로운 색으로 부셨다. 잠시 후 어디선가 갈매기가 나타나 마루 판자를 잠시 갉작갉작 긁다가 내 옆에서 기분 좋게 몸을 뻗고 잠들어 버렸다.

뭐라도 생각해 봐야겠다고 했지만 무엇을 어떻게 생각하면 될지 알 수 없었다. 솔직히 말해 아무것도 생각하고 싶지 않았다. 그러는 사이에 뭔가를 생각해야만 할 때가 올 것이고, 그때 천천히 생각해 보면 되리라 스스로를 달랬다. 적어도 지금은 아무 생각도 하고 싶지 않았다.

나는 마루에서 갈매기를 쓰다듬으며 기둥에 기대 하루 종일 정원만 바라보았다. 몸속에서 힘이란 힘은 모두 빠져나가 버린 듯한 느낌이었다. 오후가 깊어져 어스름이 내리고 이윽고 옅고 푸르스름한 밤의 어둠이 정원을 감쌌다. 갈매기는 어딘가로 가 버렸지만 나는 계속 벚꽃을 바라보았다. 봄의 어둠 속 벚꽃은 마치 피부를 찢고 튀어나온 짓무른 살들처럼 보였다. 정원은 그렇게 많은 살들의 달콤하고 무거운 부패로 가득했다. 그리고 나는 나오코의 육체를 생각했다. 나오코의 아름다운 육체는 어둠 속에 누웠고 피부에서는 무수한 식물의 싹이 트고 초록색 작은 싹은 어디선가 불어오는 바람에 바르르 가늘게 몸을 떨었다. 왜 이렇게 아름다운 육체가 병들어야만 하나, 나는 되뇌었다. 왜 그들은 나오코를 가만 내버려 두지 않는가?

나는 방으로 들어와 창의 커튼을 닫았지만 방 안에도 봄의 향기가 가득했다. 봄의 향기는 모든 지표면에 가득 차 있었다. 그러나 지금 그것은 나에게 부패를 연상시킬 따름이었다. 나는 커튼을 닫은 방 안에서 봄을 격렬하게 증오했다. 봄이 나에게 가져다준 것을 증오하고 그것이 내 몸 깊은 곳에서 일으키는 둔한 통증 같은 것을 증오했다. 태어나서 지금까지 이렇게나 강렬하게 뭔가를 증오한 적은 없었다.

그로부터 사흘 동안, 나는 마치 바다의 바닥을 걸어가는 듯한 기묘한 시간을 보냈다. 누군가가 나에게 말을 걸어도 잘 들리지 않았고, 내가 누군가에게 무슨 말을 걸어도 그들은 내 말을 듣지 못했다. 마치 나 자신의 몸 주변에 어떤 막이 달라붙은 것 같은 느낌이었다. 그 막 탓에 나는 바깥 세계와 제대로 접촉할 수 없다. 그러나 그와 동시에 그들 또한 나의 피부에 손을 댈 수 없다. 나도 무력하지만 이런 상태에 놓인 한 그들 또한 나에 대해 무력한 것이다.

나는 벽에 기댄 채 멍하니 천장을 바라보고 배가 고프면 적당한 것을 찾아 씹고 물을 마시고 슬퍼지면 위스키를 마시고 잠들었다. 샤워도 하지 않고 수염도 깎지 않았다. 사흘이 지났다.

4월 6일에 미도리에게서 편지가 왔다. 4월 10일에 수강 신청을 하니 그날 대학 정원에서 만나 같이 점심을 먹지 않겠느냐는 내용이었다. 답장이 많이 늦어졌는데, 이걸로 서로 비겼으니 화해하자고 했다. 아무래도 너랑 못 만난다는 게 너무 쓸쓸한걸, 하고 미도리는 썼다. 나는 그 편지를 네 번 읽었지만, 그녀가 하고자 하는 말을 이해할 수 없었다. 이 편지, 대체 무슨 뜻이지? 머리가 너무 멍해서 한 문장과 다음 문장의 접점을 제대로 잡아낼 수 없었다. '수강 신청' 날에 그녀와 만나는 게 왜 '서로 비기는' 게 되지? 왜 그녀는 나와 '점심'을 같이 먹으려는 거야? 뭔지는 모르겠지만 내 머리까지 이상해지려는 것 같았다. 의식이 완전히 풀어져 음지 식물의 뿌리처럼 축 늘어졌다. 이래서는 안 되는데, 하고 나는 막연히 생각했다. 언제까지 이렇게 있어서는 안 돼. 어떻게든 해야 해. 그리고 나는 "자신을 동정하지 마."라는 나가사와의 말을 갑자기 떠올렸다. "자신을 동정하는 건 저속한 인간이나 하는 짓이야."

이런, 나가사와 선배, 당신 정말 대단하시네요, 하고 나는 생각했다. 그리고 한숨을 내쉰 뒤 자리에서 일어섰다.

나는 오랜만에 세탁을 하고 목욕탕에 가서 면도를 하고 방 청소를 하고 시장을 봐서 제대로 된 밥을 해 먹고, 배고픈 갈매기에게 먹이를 주고 술은 맥주만 마시고 삼십 분 동안 체조를 했다. 면도를 할 때 거울을 보고 얼굴이 홀쭉하니 여윈 것을 알았다. 눈이 이상해 보일 만큼 휑해서 무슨 남의 얼굴을 보는 듯했다.

다음 날 아침 나는 자전거를 타고 조금 멀리까지 나갔다가 돌아와 집에서 점심을 먹은 다음 레이코 씨의 편지를 다시 한 번 읽어 보았다. 그리고 앞으로 어쩌면 좋을지를 침착하게 생각해 보았다. 레이코 씨의 편지를 읽고 내가 충격을 받은 가장 큰 이유는 나오코가 쾌유되어 간다는 나의 낙관적인 관측이 한순간에 뒤집혀 버렸다는 데 있었다. 나오코 스스로 자신의 병은 뿌리가 깊다 했고, 레이코 씨도 무슨 일이 일어날지 모른다고 했다. 그렇지만 나는 두 번 나오코를 만나면서 그녀가 좋아진다는 인상을 받았고, 오로지 그녀가 현실 사회에 복귀할 용기를 되찾을 수 있느냐는 것만이 남은 문제라고 생각했다. 그녀가 그런 용기를 내기만 한다면 우리는 둘이서 정말 제대로 해 나갈 수 있을 것이라고.

그러나 내가 그 달콤한 가설 위에 쌓아 올린 환상의 성은 레이코 씨의 편지에 의해 한순간에 무너지고 말았다. 그다음에는 아무 느낌도 없고 밋밋한 평면이 남았을 뿐이었다. 나는 어떻게든 다시 몸을 일으켜 세워야 했다. 나오코가 다시 회복하려면 오랜 시간이 필요할 것이라고 생각했다. 설령 회복했다 해도 그녀는 이전보다 더 쇠약하고 자신감을 잃은 상태일 것이다. 나는 그런 새로운 상황에 적응해야 했다. 물론 내가 강해진다고 해서 문제가 모두 해결되는 것도 아니라는 것을 잘 알았지만, 어쨌든 내가 할 수 있는 일이라고는 스스로 기운을 북돋는 정도일 뿐이다. 그러면서 그녀의 회복을 가만히 기다릴 수밖에 없었다.

어이, 기즈키, 나는 생각했다. 너하고는 달리 난 살아가기로 마음먹었고, 그것도 제대로 살기로 했거든. 너도 많이 괴로웠을 테지만 나도 괴롭기는 마찬가지야. 정말이야. 이게 다 네가 나오코를 남겨 두고 죽어 버렸기 때문이야. 그렇지만 나는 그녀를 절대로 버리지 않아. 왜냐하면 난 그녀가 좋고 그녀보다는 내가 더 강하니까. 나는 지금보다 더 강해질 거야. 그리고 성숙할 거야. 어른이 되는 거지. 그래야만 하니까. 지금까지 나는 가능하다면 열일곱, 열여덟에 머물고 싶었어. 그러나 지금은 그렇게 생각하지 않아. 난 이제 십 대

소년이 아니야. 난 책임이란 것을 느껴. 봐, 기즈키, 난 이제 너랑 같이 지냈던 그때의 내가 아냐. 난 이제 스무 살이야. 그리고 나는 살아가기 위해서 대가를 제대로 치러야만 해.

"어, 어떻게 된 거야, 와타나베? 왜 그렇게 여위었어, 너?"

"그런가?"

"너무 많이 한 거 아니니, 유부녀하고?"

나는 웃으며 고개를 저었다. "작년 11월부터 여자랑 한 번도 자지 않았거든."

미도리는 갈라진 휘파람 소리를 냈다. "벌써 반년이나 그걸 안 했다는 거네? 정말?"

"그렇다니까."

"그럼 왜 그렇게 말라 버렸어?"

"어른이 됐으니까."

미도리는 내 두 어깨에 손을 올리고 가만히 눈을 들여다보았다. 그리고 잠시 얼굴을 찌푸렸다가 방긋 웃었다. "정말이네. 분명히 뭔가가 조금 변한 것 같아. 지난번에 비해."

"어른이 되었기 때문이야."

"너 정말 최고야. 그렇게 생각할 수 있다니." 그녀는 감탄한 듯 말했다.

"밥 먹으러 가자. 배고파."

우리는 문학부 뒤편에 있는 조그만 레스토랑에 가서 식사하기로 했다. 나는 오늘의 정식을 시키고 그녀도 그걸로 했다.

"저, 와타나베, 화났어?" 미도리가 물었다.

"뭐에 대해?"

"내가 보복으로 오래 답장을 안 써서. 그러면 안 되는 거였을까? 너는 정식으로 사과했는데?"

"내가 나빴으니까 어쩔 수 없지 뭐."

"언니는 그러면 안 된대. 너무 관대하지 못하고 너무 어린애 같은 짓이라고."

"그렇지만 속이 시원해졌지? 보복해서?"

"응."

"그럼 그걸로 된 거야."

"너는 진짜 관대하구나. 그나저나 와타나베, 정말로 반년이나 섹스 안 했어?"

"안 했지."

"그럼 요전에 나를 재워 줄 때 진짜로 하고 싶었던 거아냐?"

"그랬을 거야."

"그렇지만 안 했지?"

"넌 지금 나한테 가장 소중한 친구이고, 널 잃어버리고 싶지 않았기 때문에."

"그때 네가 하자고 졸랐으면 난 아마 거부 못 했을 거야. 그때 너무 허했으니까."

"그렇지만 내 거, 딱딱하고 커."

그녀는 방긋 웃고 내 손목에 가볍게 손을 댔다. "그 얼마 전부터 너를 완전히 믿기로 결심했어. 100퍼센트. 그래서 그때, 마음 놓고 푹 잠들 수 있었던 거야. 너와 함께라면 괜찮다고, 마음 놓아도 된다고. 푹 잠들었지, 나?"

"응, 그랬어."

"그리고 말이야, 만일 반대로 네가 나에게 '야, 미도리, 나랑 한 번 하자. 그러면 모든 게 잘 풀릴 거야. 그러니까 나랑 하자.'라고 하면, 난 아마도 해 버릴 거야. 내가 이런 말 한다고 해서 너를 유혹한다든지 애태우고 자극한다고 생각하면 안 돼. 난 그냥 내가 느끼는 걸 그대로 솔직히 네게 전하는 것뿐이니까."

"알아."

우리는 점심을 먹으면서 서로 수강 신청 카드를 보여 주고, 두 강의를 공통으로 등록했다는 사실을 알았다. 일주일에 두 번 그녀와 만날 수 있다. 그리고 그녀는 자신의 생활에 대해 이야기했다. 그녀의 언니에게도 그녀에게도 얼마간은 아파트 생활이 낯설었다. 왜냐하면 지금까지 살아온 환경에 비해 지나치게 편했기 때문이다. 누군가를 간병하고 가게 일을 도우면서 매일 바쁘게 살아가는 데 익숙해져 있어서라고 미도리는 말했다.

"요즘 들어서 이렇게 살면 되지, 생각하게 됐어. 이게 우리 자신을 위한 미래의 생활이라고. 누구 눈치도 볼 것 없이 마음껏 해 나가면 된다고. 하지만 아무래도 안정감이 없는 거야. 몸이 2~3센티미터 허공으로 붕 떠오른 것 같아서, 거짓말이라고, 이렇게 편한 인생이 세상에 존재할 리 없다는 느낌이 드는 거야. 머지않아 대가를 치를 거라고 둘이서 얼마나 긴장했는지 몰라."

"걱정을 타고난 자매네." 나는 웃었다.

"지금까지가 너무 가혹했던 거야. 하지만 괜찮아. 우리, 앞으로 충분히 보상받고 말 테니까."

"하긴 너와 언니라면 충분히 그럴 수 있을 거야. 그런데 언니는 매일 뭘 해?"

"언니 친구가 최근 오모테산도 가까이에서 액세서리 가게를 시작해서 일주일에 세 번 정도 도와주러 가. 나머지는 요리 학원도 가고 약혼자랑 데이트도 하고 영화를 보기도 하고 멍하니 있기도 하고, 아무튼 인생을 즐겨."

그녀가 나의 새로운 생활에 대해 물어서, 나는 집이 얼마나 크고 정원은 또 얼마나 넓은가에 대해, 갈매기와 집주인에 대해 이야기해 주었다.

"즐거워?"

"나쁘진 않아."

"하지만 그에 비해서는 힘이 없어 보여."

"봄인데도."

"그녀가 짜 준 멋진 스웨터까지 입었는데도."

나는 깜짝 놀라며 내가 입은 포도색 스웨터를 내려다보았다. "어떻게 알았어?"

"너 참 순진하다. 당연히 그냥 던져 본 말이지." 미도리는 어이가 없다는 듯이 말했다.

"그런데 너 지금 힘이 없지?"

"힘을 좀 내 보려 하긴 해."

"인생이란 비스킷 깡통이라 생각하면 돼."

나는 몇 번 고개를 젓고 미도리 얼굴을 보았다. "내 머리가 나쁘기 때문일 테지만, 때로 네가 무슨 말을 하는지 이해가 안 갈 때가 있어."

"비스킷 깡통에는 여러 종류 비스킷이 있는데 좋아하는 것과 별로 좋아하지 않는 것이 있잖아? 그래서 먼저 좋아하는 것을 먹어 치우면 나중에는 별로 좋아하지 않는 것만 남는 거야. 나는 괴로운 일이 있으면 늘 그런 생각을 해. 지금 이걸 해 두면 나중에는 편해진다고. 인생은 비스킷 깡통이라고."

"그거 철학적이라고 할 수도 있겠다."

"그렇지만 정말이야. 나는 경험적으로 배웠어." 미도리는
말했다.

커피를 마시는데 미도리의 친구인 듯한 여자애 둘이 가게
로 들어와 미도리와 셋이서 수강 신청 카드를 보며 작년 독
일어 성적이 어쨌다는 둥, 누구는 내부 노선 투쟁에서 부상
을 입었다는 둥, 그 구두 예쁜데 어디서 샀느냐는 둥, 그런
잡담을 잠시 나누었다. 무심히 듣자니 그런 이야기가 어쩐지
지구 뒤편에서 들려오는 듯한 느낌이 들었다. 나는 커피를
마시면서 창밖 풍경을 바라보았다. 언제나 같은 봄날 대학의
풍경이었다. 흐린 하늘에 벚꽃이 피었고 척 보기에도 신입생
인 듯한 학생들이 새로 산 책을 끌어안고 걸어간다. 그런 풍
경을 바라보는 사이에 나는 다시 멍한 상태에 빠져들었다.
나는 올해도 대학으로 돌아오지 않은 나오코를 생각했다.
창가에는 아네모네 꽃을 꽂은 작은 유리컵이 놓였다.

여자애 둘이 작별 인사를 하고 자기들 테이블로 돌아가
자 미도리와 나는 찻집을 나서서 거리를 걸었다. 헌책방을
둘러보고 책을 몇 권 사고 다시 찻집에 들어가 커피를 마시
고 게임 센터에서 핀볼을 하고 공원 벤치에 앉아 이야기를

나누었다. 대체로 미도리가 말을 하고 나는 응응, 하고 맞장구를 쳤다. 목이 마르다고 해서 나는 근처 구멍가게에서 콜라를 두 병 사 왔다. 그동안 그녀는 리포트 용지에 볼펜으로 뭔가를 쓰고 있었다. 뭐야 그거, 하고 묻자 아무것도 아니라고 대답했다.

3시 반이 되어 그녀는 이제 가야 할 것 같다고, 언니와 긴자에서 만나기로 했다고 했다. 우리는 지하철역까지 걸어가서 거기서 헤어졌다. 헤어질 때 미도리는 내 코트 호주머니에 두 번 접은 리포트 용지를 찔러 넣었다. 그러고는 집에 돌아가서 읽어 보라고 했다. 나는 그것을 전철 안에서 읽었다.

전략.

지금 네가 콜라를 사러 간 동안 이 편지를 써. 벤치 바로 옆에 앉은 사람에게 편지를 쓰다니, 태어나서 처음 있는 일이야. 하지만 이러지 않으면 너에게 마음을 전할 수가 없을 것 같아. 그렇잖아, 내가 무슨 말을 해도 제대로 들어 주지 않으니까. 내 말 맞지?

그거 알아? 네가 오늘 나한테 엄청 심한 짓을 했다는 거. 내 헤어스타일이 바뀐 것도 몰랐지? 나는 애써 조금씩 머리를 길러 겨우 지난 주말에야 여자다운 스타일로 바뀌었다고. 너 눈치 못 챘지? 제법 귀엽게 되어서 오랜만에 만나 놀래 주

려 했는데, 거들떠보지도 않다니, 너무한 거 아냐? 혹시 너
내가 어떤 옷을 입었는지조차 기억 못 하는 거 아냐? 나도
여자라고. 아무리 생각이 많다고는 하지만 조금은 나를 바라
봐 줘도 좋잖아. 그냥 "그 머리, 예뻐."라고 한마디만 해 줬으
면, 그다음에야 무슨 짓을 하든 무슨 생각을 하든 널 용서했
을 텐데.

그래서 지금 너한테 거짓말을 하려고 해. 언니랑 긴자에서
만난다는 거 거짓말이야. 오늘 너희 집에 머물 생각으로 난
파자마까지 가지고 왔어. 그래, 내 가방 안에는 파자마와 칫
솔이 들어 있거든. 하하하, 바보 같아. 그런데 넌 자기 집으로
가자고 나에게 손짓도 해 주지 않았어. 하지만 이젠 됐어, 너
는 나 같은 건 아무래도 좋고 오로지 혼자이고 싶은 것 같으
니까 혼자 있게 해 줄게. 실컷 하고 싶은 대로 많이많이 생각
하라고.

그렇지만 나는 너에게 무조건 화만 난 건 아니야. 난 그냥
외롭고 쓸쓸한 것뿐이야. 너는 나에게 친절하게 많은 것을 주
는데 나는 너에게 아무것도 줄 게 없는 것 같으니까. 너는 늘
자기만의 세계에 틀어박혀 내가 똑똑, 와타나베, 똑똑, 문을 두
드려 보아도 눈만 한 번 들어 쳐다보곤 금방 자기 세계로 돌아
가 버리지.

지금 콜라를 들고 네가 오고 있어. 뭘 또 생각하면서 걷는

것 같아서 넘어져 버려라, 하고 속으로 외쳤지만 넘어지지 않네. 너는 지금 내 곁에 앉아 꼴깍꼴깍 콜라를 마셔. 콜라를 사서 돌아오며 "어, 헤어스타일 바뀌었네." 하고 말해 주지 않을까 기대했는데 그것도 꽝이네. 만일 그 한마디만 해 주었다면 이런 편지 찢어 버리고 "오늘 너희 집으로 가자. 맛있는 저녁 만들어 줄게. 그리고 사이좋게 같이 자."라고 말했을 텐데. 그렇지만 너는 철판처럼 무신경하구나. 안녕.

P. S. 다음에 강의실에서 봐도 말 걸지 마.

기치조지 역에서 미도리의 아파트로 전화를 걸었지만 아무도 받지 않았다. 할 일도 없고 해서 기치조지 거리를 걸으면서 학교에 다니며 할 만한 아르바이트 자리가 없을까 찾아보았다. 나는 토, 일 가운데 하루, 그리고 월, 수, 목은 저녁 5시부터 일을 할 수 있었지만 나의 스케줄에 꼭 들어맞는 일이란 게 그리 간단히 내 눈앞에 나타날 리 없었다. 나는 포기하고 집으로 돌아와 저녁거리를 사러 나갔다가 다시 미도리 집에 전화를 걸었다. 언니가 전화를 받아 미도리는 아직 안 돌아왔고 언제 돌아올지도 잘 모른다고 했다. 나는 인사를 하고 전화를 끊었다.

저녁을 먹은 다음 미도리에게 편지를 쓰려 했지만 몇 번을 고쳐도 글이 제대로 되지 않아 결국 나오코에게 편지를 쓰기로 했다.

봄이 찾아오고 다시 새로운 학기가 시작되었다고 썼다. 너를 만나지 못해 정말 외롭다고, 어떤 형태로든 너를 만나고 싶고, 이야기를 나누고 싶다고, 아무튼 나는 강해지리라 마음먹었다고, 그것 말고 내가 선택할 길은 없을 것 같다고 썼다.

"그리고 이건 나 자신의 문제이고 너한테는 아무래도 좋은 일인지 모르겠지만 난 이제 아무하고도 자지 않아. 네가 나를 어루만지던 때 그 느낌을 잊기 싫어서야. 그건 네가 생각하는 것 이상으로 내게 중요한 일이야. 나는 늘 그 순간을 생각해."

나는 편지를 봉투에 넣고 우표를 붙이고 책상 앞에 앉아 잠시 그 편지를 들여다보았다. 평소보다 훨씬 짧은 편지였지만 어쩐지 내 마음을 더 잘 전해 줄 것 같은 느낌이 들었다. 나는 잔에 3센티미터 정도 위스키를 부어 두 번에 나누어 마신 다음 잠자리에 들었다.

*

다음 날 나는 기치조지 역 가까이에서 토요일과 일요일

에만 할 수 있는 일자리를 찾았다. 그다지 크지 않은 이탤리언 레스토랑의 웨이터 일인데 조건은 그저 그랬지만 점심도 나오는 데다 교통비도 주었다. 월, 수, 목 오후반이 쉴 때 (그들은 자주 쉬었다.) 대신 출근해도 좋다고도 했다. 나에게는 딱 좋은 조건이었다. 석 달 후에는 시급을 올려 줄 것이니 이번 주 토요일부터 나오라고 매니저가 말했다. 신주쿠 레코드 가게의 별 볼 일 없는 점장에 비한다면 아주 제대로 된 남자였다.

미도리 아파트에 전화를 걸었더니 또 언니가 받아서 동생이 어제부터 돌아오지 않아서 오히려 행선지를 알고 싶은 심정인데, 혹시 어디 짐작 가는 데라도 없느냐고 피곤에 지친 목소리로 물었다. 내가 아는 거라고는 그녀의 가방에 파자마와 칫솔이 있었다는 것뿐이었다.

수요일 강의에서 나는 미도리를 보았다. 그녀는 쑥색 스웨터를 입고 여름에 애용하던 짙은 선글라스를 끼고 있었다. 그리고 맨 뒷자리에 앉아 지난번에 본 적이 있는 안경 낀 자그만 몸집의 여자애와 이야기를 했다. 나는 그쪽으로 가서 미도리에게 나중에 이야기 좀 하고 싶다고 말했다. 안경 낀 여자애가 먼저 나를 보고, 그다음 미도리가 나를 보왔다. 미도리의 머리는 확실히 이전에 비해 꽤 많이 여성스러웠다. 조금 어른스러워 보이기도 했다.

"나 약속 있거든." 미도리는 살짝 고개를 갸웃하며 말했다.

"시간 많이 안 뺏을게. 오 분이면 돼."

미도리는 선글라스를 벗고 눈을 가늘게 떴다. 무슨 100미터 정도 떨어진 저편의 다 쓰러져 가는 폐가라도 바라보는 듯한 눈길이었다.

"이야기하고 싶지 않아. 미안하지만."

안경 낀 여자애가 '얘가 말하고 싶지 않다고 하잖아. 미안하지만.'이라고 말하는 듯한 눈길로 나를 바라보았다.

나는 맨 앞줄 오른쪽 끝에 앉아 강의를 듣고(테네시 윌리엄스의 희곡에 대한 총론, 미국 문학에서 그 위치) 강의가 끝나자 천천히 셋을 세고 뒤를 돌아보았다. 미도리의 모습은 거기 없었다.

4월은 혼자 지내기에는 너무도 쓸쓸한 계절이다. 4월에는 주변 사람들이 모두 행복한 듯이 보였다. 다들 코트를 벗어 던지고 밝은 햇살 속에서 즐겁게 이야기를 하고 캐치볼을 하고 사랑을 나누었다. 그렇지만 나는 완전한 외톨이였다. 나오코도 미도리도 나가사와도 모두 내가 선 장소에서 멀어져 갔다. 그리고 지금 나에게는 '안녕.' '잘 지내니.'라고 말해 줄 상대조차 없었다. 특공대마저도 그리웠다. 나는 애절한 고독 속에서 4월을 보냈다. 몇 번이나 미도리에게 말을 걸어 보았지만 돌아오는 답은 늘 같았다. 지금 이야기하고 싶지 않다고 그녀는 말했고, 그 말투에서 그녀가 진심으로 그렇게 생각한다는 것을 알았다. 그녀는 대체로 안경 낀 여자애와 같이 있었고, 그러지 않을 때는 키 크고 머리가 짧은 남자와 같이 있었다. 엉뚱해 보일 만큼 다리가 긴 남자로, 늘 흰 농구화를 신었다.

4월이 끝나고 5월이 왔지만, 5월은 4월보다 더 혹독했다. 5월에 이르러 봄이 한층 깊어지면서 내 마음이 떨리고 흔들린다는 것을 느꼈다. 떨림은 대체로 저녁 어스름에 찾아왔다. 목련꽃 향기가 살폿 풍기는 옅은 어둠 속에서 내 마음은 영문도 모르게 부풀어 올라 떨리고 흔들리고, 아픔이 꿰뚫고 지나갔다. 그때마다 나는 가만히 눈을 감고 이를 꽉 깨물었다. 그리고 그것이 지나가 버리기를 기다렸다. 천천히 오랜 시간을 들여 그것을 흘려보내면 둔중한 통증이 남았다.

그럴 때 나는 나오코에게 편지를 썼다. 나오코에게 보내는 편지 속에 나는 멋지고 기분 좋고 아름다운 것만 가려서 썼다. 풀 냄새, 신선한 봄바람, 달빛, 영화, 좋아하는 노래, 감명 받은 책 같은 것에 대해 썼다. 그 편지를 다시 읽어 보고 스스로 위로받았다. 그리고 내가 얼마나 아름다운 세상에 사는가를 생각했다. 나는 편지를 몇 통씩 썼다. 나오코에게서도 레이코 씨에게서도 답장은 오지 않았다.

아르바이트하는 레스토랑에서 나는 이토라는 동갑내기 아르바이트생을 알게 되어 가끔 이야기를 나누었다. 미대 유화과에 다니는 얌전하고 과묵한 사내라서 대화를 나누기까지 꽤 많은 시간이 걸렸지만, 이윽고 우리는 일이 끝나면 가까운 가게에서 맥주 한잔을 걸치며 온갖 이야기를 나누기에 이르렀다. 그도 책을 읽거나 음악 듣기를 좋아해서 우리는 대체로 그런 이야기를 했다. 이토는 훤칠하게 잘생긴 남자로 그 당시 미대 학생치고는 머리도 짧고 깔끔한 차림이었다. 말이 많지는 않았지만 건전한 사고방식과 취향을 지녔다. 프랑스 소설을 좋아해서 조르주 바타유와 보리스 비앙을 즐겨 읽고 음악은 모차르트와 모리스 라벨을 자주 들었다. 나와 마찬가지로 이야기를 나눌 친구를 찾고 있었다.

그는 나를 한 번 자기 집에 초대했다. 이노카시라 공원 뒤편에 있는 조금 특이하게 지은 1층 연립 주택이었는데, 방 안은 그림 재료와 캔버스로 가득했다. 그림을 보고 싶다고 했더니 부끄럽다면서 보여 주지 않았다. 우리는 그가 아버지한테서 슬쩍한 시바스 리갈을 마시고 풍로에 시샤모를 구워 먹고, 로베르 카자드쥐가 연주하는 모차르트 피아노 콘체르트를 들었다.

그는 나가사키 출신으로 고향에 여자 친구를 두고 왔다.

그리고 나가사키로 돌아갈 때마다 그녀와 잤다. 최근에는 어쩐지 관계가 예전 같지 않다고 했다.

"너도 알지, 여자애란 말이지. 스물이나 스물하나가 되면 갑자기 여러 가지를 구체적으로 생각하거든. 아주 현실적으로 변해. 그러면 말이야, 지금까지 아주 예쁘게 보이던 것이 너무 평범하고 귀찮게 보이는 거야. 나를 만나면, 대체로 그걸 한 다음이지만, 대학을 나온 다음에 뭘 할 생각이냐고 물어."

"어떻게 할 생각인데?"

그는 시샤모를 씹으며 고개를 저었다. "어떻게 하느냐니, 아무것도 없지 뭐, 유화과 학생인데. 유화를 하면서 미래 같은 걸 생각하는 애는 없을 거야. 생각해 봐, 그런 데 나와서 어떻게 밥 먹고 살겠어? 내가 이런 말을 하면 나가사키로 돌아와서 미술 선생이나 하라고 해. 그녀는 영어 선생이 될 생각이야."

"지금은 별로 그 여자를 안 좋아하는 모양이지?"

"좀 그런 편이야." 이토는 솔직히 인정했다. "그리고 난 미술 선생 같은 건 되기 싫다고. 원숭이처럼 와자지껄 떠들어대는 버르장머리 없는 중학교 애들한테 그림이나 가르치며 일생을 끝내고 싶진 않아."

"그건 그렇다 치고 그 여자와는 헤어지는 게 낫지 않아?

498

서로를 위해서."

"나도 그렇게 생각해. 그런데 입이 안 떨어져, 미안해서. 그 애는 나랑 결혼할 마음이야. 헤어지자고, 이제는 널 사랑하지 않는다고는 도저히 말할 수가 없어."

우리는 얼음을 넣지 않고 스트레이트로 시바스 리갈을 마시고, 시샤모가 떨어지자 오이와 셀러리를 가늘게 잘라 된장에 찍어 씹었다. 오이를 아작아작 씹노라니 세상을 떠난 미도리 아버지가 떠올랐다. 미도리를 잃고 내 생활이 이렇게나 아무 맛이 없어져 버렸다고 생각하니 슬픈 기분이 들었다. 나도 모르는 사이에 내 속에서 그녀의 존재가 점점 부풀어 오른 것이었다.

"넌 사귀는 애 없어?" 이토가 물었다.

있긴 해, 나는 한 호흡을 두고 대답했다. 그러나 사정이 있어서 지금은 멀리 떨어져 있다고 했다.

"그래도 마음은 통하는 거지?"

"그렇게 생각하고 싶어. 그러지 않으면 지옥이니까." 나는 농담처럼 말했다.

그는 모차르트가 얼마나 대단한지에 대해 조용히 말했다. 그는 시골 사람들이 산길에 대해 잘 알듯이 모차르트 음악의 훌륭함에 대해 잘 알았다. 아버지가 좋아해서 세 살부터 많이 들었다고 말했다. 나는 클래식 음악에 대해 그리 밝지는 못했지만 "바로 여기야." "어때 이 부분." 하는 성의 있고 적절한 그의 해설을 들으면서 모차르트의 콘체르트를 듣노라니 정말로 오랜만에 평온함을 느낄 수 있었다. 우리는 이노카시라 공원의 숲 위로 떠오른 초승달을 바라보며 시바스 리갈을 마지막 한 방울까지 마셨다. 맛있는 술이었다.

이토는 자고 가라 했지만 나는 잠깐 볼일이 있다고 하며 위스키 고맙다는 인사를 남기고 그의 방을 나섰다. 그리고 돌아가는 길에 공중전화 부스에 들어가 미도리에게 전화를 걸어 보았다. 희한하게도 미도리가 전화를 받았다.

"미안해. 지금은 너랑 이야기 안 할래." 미도리가 말했다.

"그건 알아. 몇 번이나 들었으니까. 이렇게 너와 헤어지고 싶지 않아. 넌 정말로 얼마 안 되는 내 친구 가운데 한 사람이고 너를 못 만난다는 게 너무 힘들어. 언제쯤에야 너와 이야기할 수 있어? 그것만 가르쳐 줘."

"내가 말을 걸게. 그때가 되면."

"잘 지내?"

"그럭저럭." 그녀가 말했다. 그리고 전화를 끊었다.

5월 중순에 레이코 씨한테서 편지가 왔다.

편지 늘 고마워요. 나오코는 아주 즐겁게 읽어요. 나도 읽고요. 괜찮죠, 읽어도?

오래 편지 못 보내 미안해요. 솔직히 말해 나도 좀 피곤하고 좋은 소식도 별로 없고 해서요. 나오코는 별로 좋지 않아요. 어제 고베에서 나오코 어머니가 찾아와 전문의와 나까지 넷이서 여러 가지 이야기를 나누었는데, 잠시 전문적인 병원으로 옮겨 집중 치료를 하고 결과를 봐서 다시 여기로 오는 게 좋겠다는 데 합의를 보았어요. 나오코는 가능하다면 계속 여기서 치료받고 싶다 하고 나도 그녀와 헤어지기 싫고 또 걱정도 되고 하지만, 솔직히 말해 요즘 들어 그녀를 컨트롤하는 게 점점 더 어려워요. 평소에는 아무렇지도 않지만, 때로 감정이 심하게 흔들릴 때는 잠시도 눈을 뗄 수 없어요. 무슨 일이 벌어질지 모르니까요. 격한 환청이 일어나면, 나오코는 모든 것을 닫아 버리고 자기 안으로 잠겨 들어요.

그래서 나도 나오코를 적절한 시설로 당분간 옮겨 거기서 치료하는 게 가장 좋다고 생각하게 되었어요. 가슴 아프지만 어쩔 수 없는 일이잖아요. 지난번에도 당신에게 말했지만 여유를 가지고 느긋하게 대처하는 게 가장 좋을 것 같아요. 희망을 버리지 않고 엉킨 실타래를 하나하나 풀어 가는 거지요. 사태가 아무리 절망적이라 해도 어딘가 반드시 실마리가 있을 거예요. 주위가 어두우면 잠시 멈춰 서서 어둠에 눈이 익기를 기다리는 수밖에 없는 거예요.

이 편지가 도착할 즈음 나오코는 다른 병원으로 옮겼을 거예요. 연락이 늘 늦기만 해서 정말 미안하게 생각하지만, 이런저런 일들이 황급히 결정되어 버렸어요. 새로운 병원은 제대로 시설을 갖춘 좋은 곳이에요. 좋은 의사도 있지요. 주소를 아래에 적어 놓을 테니 편지는 그쪽으로 보내도록 해요. 그녀에 대한 정보는 나한테도 들어오니까 무슨 일이 있으면 알려 줄게요. 좋은 뉴스가 있으면 좋겠네요. 어렵겠지만 힘내요. 나오코가 없어도 때로 내게 편지 보내요. 안녕.

*

그 봄, 나는 꽤 많은 편지를 썼다. 나오코에게 일주일에 한 통을 쓰고 레이코 씨한테도 편지를 쓰고, 미도리에게도 몇 통을 썼다. 대학 강의실에서 편지를 쓰고, 집에서는 책상 앞에서 무릎에 갈매기를 앉힌 채 쓰고, 휴식 시간에 이탤리언 레스토랑의 테이블에서도 썼다. 마치 편지 쓰기를 통해 산산이 부서져 버릴 것 같은 생활을 겨우 붙들어 두는 사람처럼.

너와 이야기를 나누지 못한 탓에 난 정말로 힘든 4월과 5월을 보냈어, 하고 나는 미도리에게 편지를 썼다. 이렇게 힘들고 외로운 봄은 태어나서 처음이었고, 이런 식이라면 2월이 세 번 계속되는 편이 훨씬 나을 거야, 이제 와서 이런 말을 한다 한들 소용없는 일이지만 새로운 헤어스타일, 너하고 정말 잘 어울려, 정말 귀여워, 지금 이탤리언 레스토랑에서 아르바이트를 하면서 주방장한테 맛있는 스파게티 만드는 법을 배웠어, 언제 네게 만들어 줄게.

나는 매일 학교에 가고 일주일에 두세 번 레스토랑에서 아르바이트를 하고, 이토와 책이나 음악 이야기를 하고, 그에게서 보리스 비앙을 몇 권 빌려 읽고, 편지를 쓰고 갈매기와 놀고, 스파게티를 만들고, 정원을 손질하고, 나오코를 생각하며 마스터베이션을 하고 많은 영화를 보았다.

미도리가 내게 말을 건 것은 6월 중순이 다 되어서였다. 그녀와는 벌써 두 달이나 말을 하지 않았다. 그녀는 강의가 끝나자 내 옆에 앉아 잠시 턱을 괸 채 말이 없었다. 창밖에는 비가 내렸다. 장마철 특유의, 바람도 없이 곧바로 줄줄 흘러내려 모든 것을 적셔 버리는 비였다. 다른 학생이 모두 교실을 나가고 없는데도 미도리는 가만히 비 내리는 풍경을 바라보고만 있었다. 그리고 청 재킷 주머니에서 말보로를 꺼내 물고 성냥을 나에게 건네주었다. 나는 성냥을 그어 담배에 불을 붙여 주었다. 미도리는 입술을 둥글게 오므리고 연기를 내 얼굴에 천천히 뿜어냈다.

"내 헤어스타일, 좋아?"

"정말 좋아."

"얼마나 좋아?"

"온 세상 숲의 나무가 다 쓰러질 만큼 멋져."

"정말 그렇게 생각해?"

"정말 그렇게 생각해."

그녀는 한동안 내 얼굴을 보다가 이윽고 오른손을 내밀었다. 나는 그 손을 잡았다. 나보다 더 그녀가 안도하는 것처럼 보였다. 미도리는 담뱃재를 바닥에 털고는 벌떡 일어섰다.

"밥 먹으러 가자. 배고파 죽겠어."

"어디로 가?"

"니혼바시 다카시마야 백화점 식당가."

"왜 일부러 그런 데로 가지?"

"가끔은 거기 가고 싶어져, 난."

그리하여 우리는 지하철을 타고 니혼바시로 갔다. 아침부터 계속 비가 내려서인지 백화점 안은 사람도 거의 없이 썰렁했다. 비 냄새가 떠돌고 점원들도 좀 무료해 보였다. 우리는 지하 푸드 코트로 가서 진열장의 견본을 면밀히 검토한 다음 똑같은 도시락을 주문했다. 점심시간이었지만 식당은 그리 붐비지 않았다.

"백화점 식당에서 밥 먹는 것도 정말 오랜만이네." 나는 백화점 식당이 아니면 볼 수 없는 하얀 찻잔으로 녹차를 마시며 말했다.

"나 좋아해. 이런 분위기. 어쩐지 특별한 일을 하는 느낌이 들어. 아마도 어릴 적 기억 탓일 거야. 백화점에는 어쩌다 한 번 데리고 가 주었으니까."

"나는 자주 갔던 것 같아. 엄마가 백화점에 가는 걸 좋아했거든."

"좋았겠다."

"좋을 건 없었어. 나는 백화점 같은 데 가는 건 안 좋아했으니까."

"그게 아니라 귀염받으며 자라서 좋았겠다는 말이야."

"그야 외동이니까."

"나는 크면 혼자 백화점 가서 먹고 싶은 거 마음껏 먹겠다고 다짐했어, 어릴 적에는. 그렇지만 허망한 일이야. 혼자 이런 데 와서 우물우물 먹어 봐야 무슨 재미가 있겠어. 특별히 맛있는 것도 아니고 그냥 넓기만 하고 사람만 북적대고 공기도 나쁘고. 그래도 가끔은 오고 싶어져."

"두 달 동안 외로웠어." 내가 말했다.

"그건 편지로 읽었어." 미도리는 무덤덤하게 대꾸했다. "어쨌든 밥부터 먹자. 지금 그것 말고는 아무것도 생각도 못 하겠어."

우리는 반원형 도시락 상자에 든 밥을 깨끗이 비우고, 국물을 들이켜고 차를 마셨다. 미도리는 담배를 피웠다. 담배를 다 피운 다음 그녀는 아무 말 없이 자리에서 일어나 우산을 들었다. 나도 일어나 우산을 들었다.

"이제 어디로 가?"

"백화점에 와서 식당에서 점심을 먹었으니, 그다음은 당연히 옥상이지." 미도리는 말했다.

비 내리는 옥상에는 아무도 없었다. 애완동물 용품 판매대에는 점원도 없고 매점도 놀이기구 매표소도 셔터를 내렸다. 우리는 우산을 쓰고 흠뻑 젖은 목마와 정원용 의자와 간이 매대 사이를 걸었다. 도쿄 한복판에 이렇게 황량한 장소가 있다니 나는 놀라지 않을 수 없었다. 미도리가 망원경을 보고 싶다고 해서 나는 동전을 넣고 그녀가 보는 동안 우산을 받쳐 주었다.

구석 쪽에 지붕이 달린 게임 코너가 있고 어린이용 게임기 몇 대가 놓여 있었다. 미도리와 나는 받침대 같은 데로 올라가 나란히 앉아 비 내리는 풍경을 바라보았다.

"뭔가 얘기 좀 해 봐. 할 말 있잖아, 너?" 미도리가 말했다.

"변명은 그다지 하고 싶지 않지만 그때는 나도 힘들어서 머리가 멍한 상태였어. 그래서 아무것도 머리에 들어오지 않았던 거야. 그렇지만 널 못 만나게 되고부터 알았어. 네가 있어서 지금까지 어떻게든 버틸 수 있었다는 걸. 네가 떠나 버리면 너무 힘들고 외로워."

"하지만 넌 모르지, 와타나베? 널 못 봐서 내가 요 두 달 동안 얼마나 힘들고 외로웠는지?"

"몰랐어, 전혀." 나는 깜짝 놀라며 말했다. "네가 화가 나서 만나기 싫어하는 거라고 생각했어."

"넌 어떻게 그렇게 바보야? 당연히 만나고 싶잖아? 그렇잖아, 내가 널 좋아한다고 말 안 했어? 난 그렇게 쉽게 사람을 좋아했다가 포기했다가 하는 사람이 아냐. 그런 것도 몰라?"

"그건 그렇지만."

"그야 열 받았지. 백 번은 걷어차 버리고 싶었을 만큼. 생각해 봐, 오랜만에 만났는데 너는 얼을 빼고 다른 여자만 생각하면서 나 같은 거 본 척도 안 하잖아. 그건 당연히 화가 나지. 하지만 그것과 관계없이 너랑 잠시 떨어져 있는 편이 좋지 않을까 하는 생각이 들었어. 여러 가지를 분명히 하기 위해서."

"여러 가지?"

"나와 네 관계. 다시 말해 나, 너랑 같이 있는 게 점점 즐거워졌어, 남자 친구와 같이 있을 때보다. 그건 진짜 부자연스럽고 어색하다는 생각 안 들어? 물론 그를 좋아해, 다소

편협하고 파시스트 기질이 있긴 하지만 좋은 점도 아주 많고, 처음으로 진지하게 좋아한 사람이야. 그렇지만 넌 정말 특별해, 나에게. 같이 있으면 딱 맞는 것 같은 느낌이야. 너를 믿고 좋아하고, 그래서 놓아 버리기 싫어. 요컨대 나도 점점 혼란스러워진 거야. 그래서 그 사람을 만나 솔직히 의논했어. 어쩌면 좋으냐고. 다시는 너를 만나지 말라고 했어. 만일 너를 만난다면 자기하고는 헤어지자고."

"그래서 어떻게 했어?"

"헤어졌어, 시원하게." 미도리는 말보로를 빼 물고 손을 모아 성냥으로 불을 붙여 연기를 빨아들였다.

"왜?"

"왜라니?" 미도리는 화를 냈다. "너 정말 머리가 이상한 거 아니야? 영어 가정법을 알고 수열을 이해하고 마르크스를 읽을 수 있으면서 어째서 이런 건 몰라? 왜 그런 걸 물어? 왜 여자한테 이런 말을 하게 만들어? 그보다 네가 더 좋기 때문이란 거 당연하잖아. 나 말이야, 좀 더 잘생긴 남자를 좋아하고 싶었어. 그렇지만 어쩔 수 없어. 네가 좋아져 버렸으니까."

나는 무슨 말이든 하려 했지만 목에 뭔가 걸린 것처럼 말이 나오지 않았다.

미도리는 물이 고인 곳에 꽁초를 던졌다. "있지, 그런 죽상 좀 짓지 마. 슬퍼지려 하니까. 괜찮아, 네게는 달리 좋아하는 사람이 있다는 거 아니까 별로 기대하는 건 없어. 그렇지만 안아 주는 것 정도는 할 수 있겠지? 난 두 달 동안 정말 힘들었단 말이야."

우리는 게임 코너 뒤편에서 우산을 받쳐 든 채 끌어안았다. 몸을 꼭 붙이고 입술을 겹쳤다. 그녀의 머리카락에서도 청 재킷의 옷깃에서도 비 냄새가 났다. 여자의 몸은 어째서 이렇게 부드럽고 따스할까. 재킷 너머로 그녀의 가슴 감촉이 분명히 내 가슴에 느껴졌다. 나는 정말 오랜만에 살아 있는 사람과 닿은 듯한 느낌을 받았다.

"너와 지난번에 만난 날 밤에 그를 만나 이야기한 거야. 그리고 헤어졌어."

"너를 정말 좋아해. 진심으로 좋아해. 다시는 놓치기 싫어. 그렇지만 어쩔 수가 없어. 지금은 꼼짝도 할 수 없는 상황이야."

"그 사람 일로?"

나는 고개를 끄덕였다.

"말해 줘. 그 사람과 잔 적 있어?"

"일 년 전에 한 번."

"그러고는 만나지 못했어?"

"두 번 만났어. 그렇지만 하지는 않았어."

"그건 왜? 그 여자, 널 좋아하지 않아?"

"내가 어떻게 말할 수 없는 일이야. 사정이 아주 복잡하 거든. 여러 가지 문제가 얽히고설킨 상태로 아주 오래 지속 되다 보니까 진실이 뭔지 알 수 없게 되었어. 나도 그녀도. 그러나 그것이 인간으로서 감당해야 할 어떤 종류의 책임이 라는 것만은 알아. 나는 그 책임을 내팽개칠 수 없어. 적어 도 지금은 그렇게 생각해. 설령 그녀가 나를 사랑하지 않는 다 해도."

"나는 살아 움직이는, 피가 흐르는 여자야." 미도리는 내 목에 볼을 대고 누르며 말했다. "그리고 난 네 품에 안겨 널 좋아한다고 고백하고 있어. 네가 하라고 하면, 나는 뭐든지 할 거야. 나, 좀 골 때리기는 해도 정직하고 좋은 애고, 일도 잘하고 얼굴도 꽤 예쁘고 가슴도 탱탱하니 봐 줄 만하고 음 식도 잘하고 아빠 유산을 신탁 예금에 맡겨 두었고. 이거 바겐세일이란 생각 안 들어? 안 잡으면 다른 곳에 가 버릴 거야."

"시간이 필요해. 생각하고 정리하고 판단할 시간이 필요 해. 미안하지만 지금은 이렇게밖에 말할 수 없어."

"그렇지만 나를 진심으로 좋아하고 다시는 놓치기 싫은 거지?"

"물론 놓치기 싫어."

미도리는 몸을 떼어 내고 방긋 웃고는 내 얼굴을 바라보았다. "좋아, 기다려 줄게. 너를 믿으니까. 그렇지만 나를 잡을 때는 나만 잡아. 나를 안을 때는 나만 생각해. 내가 하는 말 알아들어?"

"응, 알아."

"그리고 나한테 뭘 해도 괜찮지만 상처 주는 것만은 하지 마. 난 지금까지 충분히 상처받았고, 더는 상처받고 싶지 않아. 행복해지고 싶어."

나는 그녀의 몸을 끌어당겨 입을 맞추었다.

"그런 쓸데없는 우산 같은 건 버리고 두 손으로 제대로 안아 줘."

"우산 안 쓰면 다 젖어 버릴 텐데."

"괜찮아, 그딴 거 아무렴 어때. 지금은 아무 생각 말고 그냥 안아 줘. 두 달이나 참았단 말이야."

나는 우산을 발아래 내려놓고 빗속에서 미도리를 꼭 끌어안았다. 고속도로를 달리는 자동차의 둔중한 타이어 소리만이 마치 안개처럼 우리를 둘러쌌다. 비는 소리도 없이 집요하게 내려 우리 머리를 흠뻑 적시고 눈물처럼 볼을 타고 흘러내려 그녀의 청 재킷과 나의 노란 나일론 윈드브레이커를 짙게 물들였다.

"이제 지붕 있는 데로 가지 않을래?" 내가 말했다.

"우리 집에 가자. 지금 아무도 없으니까. 이러다간 감기 걸리겠어."

"하긴."

"우리 꼭 강을 헤엄쳐 건넌 것 같아." 미도리는 웃으면서 말했다. "아아, 기분 좋아."

우리는 매장에서 수건을 사고 번갈아 화장실로 가서 머리를 말렸다. 그다음 지하철을 타고 묘가다니에 있는 그녀의 아파트로 갔다. 미도리는 바로 나에게 샤워를 하게 하고 그다음 자신도 씻었다. 내 옷이 마를 때까지 목욕 가운을 입게 하고 자신은 폴로셔츠와 스커트로 갈아입었다. 우리는 부엌 테이블에서 커피를 마셨다.

"너에 대해 말해 줘." 미도리가 말했다.

"어떤 이야기?"

"그러니까…… 어떤 걸 싫어해?"

"닭고기하고 성병하고 말 많은 이발사가 싫어."

"다른 건?"

"고독한 4월 밤과 레이스 달린 전화기 커버가 싫어."

"또 다른 건?"

나는 고개를 저었다.

"다른 건 떠오르는 게 없는데."

"내 남자 친구, 그러니까 전 남자 친구는 싫어하는 게 많앗어. 내가 너무 짧은 스커트를 입는 거라든지, 담배 피우는 것, 금방 취해 버리는 것, 야한 말 하는 것, 자기 친구 욕하는 것…… 그러니까 만일 그런 점에서 싫은 게 있다면 거침없이 다 말해 줘. 고칠 점이 있으면 바로 고칠 테니까."

"그다지 없는데." 나는 잠시 생각한 다음 말하면서 고개를 저었다. "아무것도 없어."

"정말?"

"네가 입는 거라면 뭐든 좋고, 네가 말하는 거, 걸음걸이, 취한 모습, 뭐든 다 좋아."

"정말 이대로 좋아?"

"어떻게 바꾸는 게 좋은지 모르니까 그대로 좋아."

"나를 얼마나 좋아해?"

"온 세상 정글의 호랑이가 모두 녹아서 버터가 되어 버릴 만큼 좋아."

"흐응." 미도리는 만족한 듯이 말했다. "다시 한 번 안아 줄래?"

미도리와 나는 그녀의 방 침대에서 끌어안았다. 비가 내리는 소리를 들으며 이불 속에서 우리는 키스를 하고, 그리고 세상이 어떻게 돌아가는지, 어느 정도 삶은 달걀이 입에 맞는지에 이르기까지 모든 것을 이야기했다.

"비 내리는 날에 개미는 뭘 할까?" 미도리가 물었다.

"몰라. 집 청소나 저장고 정리 같은 걸 하지 않을까. 개미
는 일을 열심히 하니까."

"열심히 일하는데 개미는 왜 진화하지 않고 옛날부터 개
미 그대로일까?"

"몰라. 하지만 몸의 구조가 진화에 적합하지 않을지도 모
르지. 다시 말해 원숭이 같은 동물에 비해서."

"정말 의외로 모르는 게 많네. 와타나베, 세상 모든 일을
다 아는 줄 알았는데."

"세상은 넓어."

"산은 높고 바다는 깊어." 미도리가 말했다. 그리고 목욕
가운 앞섶을 젖히고 손을 넣고 발기한 페니스를 잡았다. 그
리고 숨을 죽였다. "저기, 와타나베, 미안하지만 정말로 농
담이 아니라 안 돼. 이렇게 크고 딱딱해서는 절대로 안 들어
가. 싫어."

"농담이겠지." 나는 한숨을 내쉬며 말했다.

"농담이야." 미도리는 킥킥 웃었다. "괜찮아. 마음 푹 놔. 이
정도라면 어떻게든 들어갈 테니까. 저기, 자세히 봐도 돼?"

"마음대로 하세요."

미도리는 이불 속으로 파고들어 잠시 내 페니스를 만지
고 주물렀다. 껍질을 당기기도 하고 손바닥으로 고환의 무
게를 재 보기도 했다. 그리고 이불에서 고개를 내밀고 크게

숨을 내쉬었다. "나, 이거 진짜로 좋아. 절대로 빈말 아냐."

"고마워." 나는 솔직히 말했다.

"하지만 와타나베, 나랑 하고 싶지 않지? 여러 가지가 분명해질 때까지."

"하고 싶지 않을 리가 있겠어. 머리가 돌아 버릴 만큼 하고 싶어. 그렇지만 할 수가 없어."

"정말 고집 하나는. 만일 내가 너라면 그냥 해 버렸을 거야. 일단 하고 나서 생각했을 거야."

"정말로 그럴 거야?"

"거짓말." 미도리는 작은 목소리로 말했다. "나도 안 할 거라고 생각해. 만일 내가 너라도 안 했을 거야. 그리고 난 너의 그런 점이 좋아. 정말정말 좋아."

"얼마만큼 좋아?" 내가 물었지만 그녀는 대답하지 않았다. 대답 대신에 내 몸에 바싹 달라붙어 내 젖꼭지에 입을 맞추고 페니스를 잡은 손을 천천히 움직이기 시작했다. 그 순간 내 머리에 떠오른 것은 나오코의 손과 움직임이 아주 다르다는 것이었다. 둘 다 부드럽고 섬세하긴 하지만 뭔가가 달라서 완전히 다른 체험을 하는 것 같았다.

"저기, 와타나베, 다른 여자애 생각하는 거지?"

"생각 안 해." 나는 거짓말을 했다.

"정말?"

"정말이지."

"이런 때 다른 여자 생각하는 거 싫어."

"생각할 수도 없어."

"내 가슴이나 거기, 만지고 싶어?" 미도리가 물었다.

"그러고 싶긴 한데, 아직 안 그러는 게 좋을 것 같아. 한꺼 번에 너무 많은 걸 하면 자극이 너무 강해 참기가 힘들어져."

미도리는 고개를 끄덕이고 이불 안에서 곰지락거리며 팬 티를 벗더니 그것을 내 페니스 끝에 댔다.

"여기에 발사해도 돼."

"더러워질 텐데."

"눈물이 날 것 같으니까 쓸데없는 소리는 그만해." 미도 리는 울먹이는 목소리로 말했다.

"이딴 건 빨면 되잖아. 걱정하지 말고 마음껏 해. 정 마음 에 걸리면 새 걸 사서 선물해 줘. 혹시 내 거라 마음에 안 들 어서 안 된다는 거야?"

"설마."

"그럼 해 버려. 괜찮아, 발사."

내가 사정을 하자 그녀는 나의 정액을 점검했다. "와, 많 이도 나왔네." 그녀는 감탄한 듯이 말했다.

"너무 많았어?"

"괜찮아. 바보. 마음대로 쏟아도 돼." 미도리는 웃으면서 나에게 키스했다.

　저녁때가 되자 그녀는 가까운 곳에서 시장을 봐서 밥을 지어 주었다. 우리는 부엌 테이블에서 맥주를 마시면서 튀김을 먹고 완두콩밥을 먹었다.

　"많이 먹고 정액을 많이 만들어야지. 그러면 내가 부드럽게 빼 줄게."

　"고마워." 나는 정중하게 인사를 했다.

　"난 하는 방법에 대해서는 별걸 다 알거든. 책방 할 때 여성 잡지에서 그런 거 배웠어. 있잖아, 임신 중인 여자는 그걸 못 하니까 그동안 남편이 바람 안 피우게 처리해 주는 방법이 특집으로 나왔어. 정말 온갖 방법이 다 있더라. 기대되지?"

　"기대돼."

　미도리와 헤어진 다음 집으로 돌아오는 전철 안에서 나는 역에서 산 석간을 펼쳐 보았지만, 생각을 하다 보니 도무지 읽히지 않았고 읽어도 뭐가 뭔지 이해가 가지 않았다. 나는 통 알아먹을 수 없는 신문 지면을 가만히 노려보면서 도대체 나는 앞으로 어떻게 될지, 나를 둘러싼 환경은 어떻게 바뀌어 갈지를 생각해 보았다. 때로는 나를 둘러싼 세계가 맥박 치는 듯한 느낌이 들기도 했다. 나는 깊이 한숨을 몰아쉬고 눈을 감았다. 오늘 하루 내가 한 행동에 대해 아무런 후회도 하지 않았고, 만일 다시 한 번 오늘을 산다 해도 완전히 똑같은 행동을 했으리라고 확신했다. 역시 비 내리는 옥상에서 미도리를 꼭 끌어안고 비에 흠뻑 젖고 그녀의 침대 안에서 손가락이 이끄는 대로 사정했을 것이다. 거기에 대해서는 아무런 의문도 없었다. 나는 미도리를 좋아했고, 그녀가 내게 돌아온 것이 정말 기뻤다. 그녀와 함께라면 둘이서 잘해 나갈 수 있으리라 생각했다. 미도리는 그녀 스스로 말했듯이 생동감 넘치는 여자애이고, 그 따스한 몸을 내 팔에 묻었다. 미도리를 벌거벗기고 몸을 열게 한 다음 그 온기 속에 몸을 묻고 싶은 격렬한 충동을 억누르는 것이 내가 할 수 있는 전부였다. 내 페니스를 잡고 천천히 움직이는 그 손가락을 멈추게 한다는 것은 불가능했다. 나는 그것을 갈구했고 그녀도 원했고, 또한 우리는 서로를 사랑했다. 누가 그것을 멈출 수 있을까? 그래, 나는 미도리를 사랑한다. 그건 오래전부터 분명히 알았다. 나는 다만 그 결론을 끌면서 회피했을 따름이다.

문제는 내가 나오코에게 그런 상황 전개를 잘 설명할 수 없다는 데 있었다. 다른 시기라면 또 어떨지 몰라도 지금 나오코에게 다른 여자애를 좋아하게 되었다고 말할 수는 없었다. 그리고 나는 나오코 또한 사랑했다. 어떤 과정을 거치면서 묘하게 비틀어져 버린 사랑이기는 하지만, 난 분명 나오코를 사랑했고, 내 속에는 나오코를 위한 꽤 넓은 자리가 손도 대지 않은 채 보존되어 있었다.

내가 할 수 있는 일이란 레이코 씨에게 모든 것을 털어놓는 솔직한 편지를 쓰는 것이었다. 나는 집으로 돌아와 마루에 앉아 비 내리는 밤의 정원을 바라보며 머릿속에 몇 개의 문장을 나열해 보았다. 그다음 책상에 앉아 편지를 썼다. "이런 편지를 레이코 씨한테 써야 한다는 것은 내게 참으로 견디기 힘든 고통입니다." 나는 첫 줄을 적었다. 그리고 미도리와 나의 관계를 설명하고 오늘 둘 사이에 일어난 일을 이야기했다.

나는 나오코를 과거에도 사랑했고 지금도 사랑합니다. 그러나 나와 미도리 사이에 존재하는 것은 결정적인 것입니다. 나는 그 힘에서 저항할 수 없는 무언가를 느꼈고, 이대로 그냥 앞으로 휩쓸려 가 버릴 것 같다는 느낌이 듭니다. 내가 나오코에 대해 느끼는 것은 무서우리만치 조용하고 상냥하며 맑은 애정이지만, 미도리에게 느끼는 내 감정은 전혀 다른 것입니다. 땅을 밟고 서서 걷고 숨 쉬고 고동치는 무엇입니다. 그리고 그것이 나를 뒤흔듭니다. 어떻게 하면 좋을지 몰라 무척 혼란스럽습니다. 변명하려는 건 절대 아니지만 나는 나름대로 성실하게 살아왔다고 생각하며, 누구에게도 거짓말을 하지 않았습니다. 누군가에게 상처를 주지 않도록 조심스럽게 살았습니다. 그런데 왜 이런 미궁 속에 빠져 헤매야 하는지, 난 도저히 알 수 없습니다. 도대체 난 어떻게 하면 좋겠습니까? 나에게는 레이코 씨밖에 의논할 사람이 없습니다.

나는 속달 우표를 붙이고 그날 밤에 바로 우체통에 편지를 넣었다.

레이코 씨한테 답장이 온 것은 그로부터 닷새 뒤였다.

전략.

먼저 좋은 소식.

나오코는 생각보다 빨리 쾌유되고 있다고 해요. 나도 한 번 전화로 이야기를 나누었는데, 말투가 아주 또렷하더군요. 혹시 가까운 시일에 여기로 돌아올지도 모르겠다고 해요.

다음은 당신에 대해서.

그런 식으로 모든 것을 너무 심각하게 생각해서는 안 돼요. 사람을 사랑한다는 것은 참으로 멋진 일이고, 그 애정이 성실하다면 누구도 미궁 속에 버려지지 않아요. 자신감을 가져요.

내 충고는 아주 간단해요. 먼저, 당신이 미도리라는 사람에게 강하게 이끌린다면, 그녀와 사랑에 빠지는 것은 지극히 당연한 일일 거예요. 그 사랑이 순조롭게 잘 이루어질지 아니면 잘 이루어지지 않을지는 알 수 없는 일이에요. 사랑이란 원래가 그런 거니까. 사랑에 빠지면 거기에 몸을 내맡기는 것이 자연스러운 일이죠. 난 그렇게 생각해요. 그것도 성실의 또 다른 형태가 아닐까 해요.

둘째로, 당신이 미도리라는 여자와 섹스를 하느냐 않느냐는 오로지 자신의 문제이며, 내가 뭐라고 할 성질의 일이 아니라는 거예요. 미도리 씨와 잘 의논해서 결론 내리면 돼요.

셋째로, 나오코에게는 거기에 대해 아무 말도 마요. 만일 그녀에게 뭔가 말해야 할 상황이 되었을 때는 나와 둘이서 좋은 방책을 생각해 보도록 해요. 그러니 지금은 그 애한테 아무 말 않기로 해요. 그건 나한테 맡겨 둬요.

넷째로, 와타나베는 지금까지 나오코에게 버팀목이 되어 주었는데, 만약 그녀에게 더 이상 연인의 감정을 품지 않게 되었다 해도, 나오코에게 해 줄 수 있는 것이 아주 많다는 거예요. 그러니까 온갖 것들을 너무 심각하게 생각하지 마요. 우리(우리라는 것은 정상적인 사람과 비정상적인 사람을 하나로 묶은 총칭이에요.)는 불완전한 세계에서 살아가는 불완전한 인간이에요. 줄자로 길이를 재고 각도기로 각도를 재거나 해서 은행 예금처럼 조금씩 빼내 먹으며 살아갈 수는 없는 거예요. 그렇죠?

개인적인 감정을 말하면, 미도리라는 사람은 꽤 매력적인 여성인 것 같아요. 그녀에게 마음이 끌리는 것은 편지만 읽어도 잘 알 수 있네요. 동시에 나오코에게도 마음이 끌린다는 것도 충분히 이해할 수 있어요. 그런 건 죄도 아니고 아무것도 아니에요. 이 넓은 세상에서 흔히 찾아볼 수 있는 일이거든요. 날씨 좋은 날 노를 저어 호수로 나아가 하늘도 푸르고 호수도 아름답다고 말하는 거나 다름없어요. 고뇌하지 마요. 가만 내버려 두어도 흘러가야 할 곳으로 자연스럽게 흘러갈 것이고, 아무리 최선을 다해도 사람에게 상처를 주어야 할 때는 상처를 주게 되는 법이니. 좀 잘난 체를 할게요. 와타나베도 인생의 그런 모습을 이제 슬슬 배울 때가 되었어요. 당신은 때로 인생을 너무 자기 방식에만 맞추려 하는 경향이 있는 것 같아요. 정신 병원에 들어가는 게 싫다면 마음을 조금 열고 그냥 흐름에 몸을 맡겨요. 나처럼 무력하고 불완전한 여자도 때로는 살아간다는 건 얼마나 멋진가라는 생각을 하기도 하거든요. 정말이에요, 이거! 그러니 더 많이많이 행복해져요. 행복해지려고 노력해요.

물론 나는 당신과 나오코가 해피 엔딩을 맞지 못했다는 게 애석해요. 그러나 뭐가 옳은지 그 누가 단언할 수 있을까요? 그러니 그 누구의 눈길도 의식하지 말고, 이러면 행복해질 것 같다 싶으면 그 기회를 잡고 행복해져요. 경험적으로 볼 때 그런 기회란 인생에 두 번 아니면 세 번밖에 없고, 그것을 놓치면 평생 후회하게 돼요.

　나는 매일 들어 줄 사람도 없이 기타를 쳐요. 무척 재미없는 일이에요. 비 내리는 캄캄한 밤도 싫네요. 언젠가 다시 와타나베와 나오코가 있는 방에서 포도를 먹으며 기타를 치고 싶어요.

　그럼 안녕히.

6월 17일

이시다 레이코

11장

나오코가 죽은 다음에도 레이코 씨는 나에게 편지를 몇 차례 하면서, 그 일은 내 탓도 아니고 다른 누구의 탓도 아니며, 하늘에서 내리는 비처럼 아무도 막을 수 없는 일이라고 했다. 그러나 나는 그 편지에 답장을 쓰지 않았다. 무슨 말을 하면 되지? 게다가 그건 더 이상 아무래도 좋은 일이다. 나오코는 이미 이 세상에 존재하지 않았고 한 줌의 재가 되어 버렸다.

8월 말 적막이 흐르는 나오코의 장례식을 끝내고 나는 도쿄로 돌아와서 집주인에게 한동안 방을 비울 거라고 인사를 하고 아르바이트하는 가게에 가서도 미안하지만 한동안 일을 할 수 없겠다고 했다. 그리고 미도리에게도 지금은 어떤 말도 할 수 없으니 미안하지만 조금만 기다려 달라는 짧은 편지를 썼다. 그다음 사흘간 매일 영화관을 섭렵하며 아침부터 밤까지 영화를 보았다. 도쿄에서 개봉한 영화란 영화는 전부 봐 버린 다음에 배낭에 짐을 싸고 은행 예금을 모두 빼내 신주쿠 역으로 가서 처음 눈에 들어오는 급행열차를 탔다.

도대체 어디를 어떻게 돌았는지 아무 기억도 나지 않는다. 풍경이나 냄새나 소리는 기억 속에 선명한데 지명은 하나도 생각나지 않는다. 순서도 알 수 없다. 나는 한 지역에서 다른 지역으로 열차나 버스로 또는 지나가는 트럭 조수석에 앉아 이동했고 공터나 역이나 공원이나 강변이나 해변, 그 밖에 잘 만한 곳이면 어디서든 침낭을 펼치고 잤다. 파출소에서 잔 적도 있고 묘지 옆에서 잔 적도 있다. 다른 사람에게 방해가 되지 않고 조용히 잘 수 있는 곳이라면 어디든 상관없었다. 나는 걷느라 지친 몸을 침낭으로 감싸고 싸구려 위스키를 꿀꺽꿀꺽 마시고는 그냥 자 버렸다. 친절한 땅의 사람들은 밥을 가져다주기도 하고 모기향을 주기도 했지만, 불친절한 땅의 사람들은 경찰을 불러 나를 공원에서 내보냈다. 어느 쪽이든 나한테는 아무래도 상관없는 일이었다. 내가 바란 것은 오로지 낯선 땅에서 푹 자는 일이었다.

돈이 떨어질라치면 나는 사나흘 육체노동을 해서 돈을 벌었다. 어디나 그럭저럭 일거리는 있었다. 나는 어디랄 것도 없이 거리에서 거리로 착실히 이동했다. 세상은 넓고, 거기에는 온통 신기한 일들과 기묘한 사람들로 가득했다. 한번 미도리에게 전화를 걸었다. 그녀의 목소리를 듣고 싶어 견딜 수가 없었다.

"너, 학교는 벌써 개강한 지 오래됐어. 리포트 제출하는 애들도 많아. 어쩌려고 그래, 도대체? 벌써 삼 주나 소식불통이야. 어디서 뭘 하는 거야?"

"미안하지만 지금은 도쿄로 돌아갈 수 없어, 아직."

"할 말은 그게 다야?"

"지금은 무슨 말도 할 수 없어, 제대로. 10월이 되면."

미도리는 아무 말도 하지 않고 탁, 전화를 끊었다.

나는 그대로 여행을 계속했다. 때로 싸구려 여관에 들어가 목욕을 하고 면도를 했다. 거울을 보니 정말 꼴이 말이 아니었다. 햇빛에 그은 피부는 거칠거칠하고, 눈은 휑하고, 검게 탄 볼에는 영문 모를 얼룩과 상처가 달라붙었다. 방금 어두운 구멍에서 기어 올라온 사람처럼 보였는데, 자세히 보니 그게 바로 내 얼굴이었다.

그즈음 내가 걷던 길은 산인 지방 해안가였다. 돗토리 아니면 효고 북쪽 해안 언저리였다. 해안을 따라 걷는 건 무척 편했다. 백사장 어딘가에는 반드시 기분 좋게 잘 만한 장소가 있었다. 떠밀려 온 나무를 모아 모닥불을 지피고 생선 가게에서 산 말린 생선을 구워 먹을 수도 있었다. 그리고 위스키를 마시고 파도 소리에 귀를 기울이며 나오코를 생각했다. 그녀가 죽어서 이제 이 세상에 존재하지 않는다는 것은 참으로 기묘한 일이었다. 나는 그 사실을 도저히 받아들일 수 없었다. 도무지 그 사실을 믿을 수 없었다. 그녀의 관 뚜껑에 못 박는 소리까지 들었는데도, 그녀가 무(無)로 변해 버렸다는 사실을 나는 받아들일 수 없었다.

나는 너무도 선명히 그녀를 기억했다. 그녀가 내 페니스를 살짝 입에 머금은 채 머리카락을 내 아랫배에 드리우던 광경을 나는 아직도 기억했다. 따스한 온기와 숨결, 애절한 사정의 감촉을 나는 기억했다. 나는 그 일을 마치 오 분 전에 일어난 일처럼 선명하게 떠올릴 수 있었다. 그리고 내 곁에 나오코가 있어서, 손을 뻗으면 그 몸을 잡을 수 있을 것 같은 느낌이 들었다. 그러나 그녀는 거기에 없었다. 그녀의 육체는 이미 이 세상 어디에도 존재하지 않는다.

나는 아무리 애를 써도 잠들지 못하는 밤이면 나오코의 이런저런 모습을 떠올렸다. 떠올리지 않을 수 없었다. 내 속에는 나오코의 추억이 너무도 많이 쌓여 조그만 틈이라도 보이면 그것을 비집고 하나하나 바깥으로 튀어나오려 했다.

나는 분출하는 기억들을 도저히 억누를 수 없었다.

나는 그녀가 비 오는 날 아침에 노란 비옷을 입고 새장을 청소하고 모이 봉지를 나르는 정경을 떠올렸다. 반쯤 무너진 생일 케이크와 그날 밤 나의 셔츠를 적셨던 나오코의 눈물 감촉을 떠올렸다. 그렇다. 그날 밤도 비가 내렸다. 겨울에 그녀는 캐멀색 오버코트를 입고 내 곁을 걸었다. 그녀는 늘 머리핀을 꽂고 손으로 매만졌다. 그리고 맑고 투명한 눈으로 늘 내 눈을 들여다보았다. 파란 가운을 입고 소파 위에 무릎을 세워 그 위에 턱을 올렸다.

그런 식으로 그녀의 이미지가 파도처럼 끝도 없이 밀려와 내 몸을 기묘한 장소로 밀어 갔다. 그 기묘한 장소에서 나는 죽은 자와 함께 살았다. 거기에서는 나오코가 살아서 나와 말을 나누기도 하고 끌어안기도 했다. 그 장소에서는 죽음이 삶을 정리하는 결정적인 요인이 아니었다. 거기에서는 죽음이란 삶을 구성하는 많은 요인 가운데 하나에 지나지 않았다. 나오코는 죽음을 머금은 채 거기에서 살아갔다. 그리고 그녀는 나에게 말했다. "괜찮아, 와타나베, 그건 그냥 죽음이야. 마음에 두지 마." 하고.

그곳에서 나는 슬픔이란 걸 느끼지 못했다. 죽음은 죽음이고 나오코는 나오코였기 때문이다. 괜찮다니까, 나 여기 있잖아? 나오코는 수줍은 듯이 웃으며 말했다. 언제나처럼 자그만 몸짓이 내 마음을 포근하게 어루만져 주었다. 그리고 나는 이렇게 생각했다. 이것이 죽음이라면 죽음도 그리 나쁘지 않다고. 맞아, 죽는다는 건 그리 대단한 것도 아니야, 하고 나오코는 말했다. 죽음이란 건 그냥 죽음일 뿐이야. 게다가 나 여기 있으니까 아주 편안해. 어두운 파도 소리 사이로 나오코는 말했다.

그러나 이윽고 물이 빠져나가고 나는 혼자 백사장에 남았다. 나는 무력하고 어디 갈 곳도 없었다. 슬픔이 깊은 어둠이 되어 나를 감쌌다. 그런 때, 나는 혼자 울었다. 우는 것이 아니라 눈물이 마치 땀처럼 저절로 뚝뚝 떨어졌다.

기즈키가 죽었을 때, 나는 그 죽음에서 한 가지를 배웠다. 그리고 체념하듯 몸에 익혔다. 또는 체념했다고 믿었다. 그건 바로 이런 것이다.

'죽음은 삶의 대극에 있는 것이 아니라, 우리 삶 속에 잠겨 있다.'

그것은 분명 진실이었다. 우리는 살면서 죽음을 키워 가는 것이다. 그러나 그것은 우리가 배워야 할 진리의 일부에 지나지 않았다. 나오코의 죽음이 나에게 그 사실을 가르쳐 주었다. 어떤 진리로도 사랑하는 것을 잃은 슬픔을 치유할 수는 없다. 어떤 진리도, 어떤 성실함도, 어떤 강인함도, 어떤 상냥함도, 그 슬픔을 치유할 수 없다. 우리는 그 슬픔을 다 슬퍼한 다음 거기에서 뭔가를 배우는 것뿐이고, 그렇게 배운 무엇도 또다시 다가올 예기치 못한 슬픔에는 아무런 소용이 없다. 나는 오로지 홀로 그 밤의 파도 소리를 듣고, 바람 소리에 귀를 기울이며 하루하루 그것만 붙들고 생각하고 또 생각했다. 위스키 몇 병을 비우고 빵을 씹고 수통의 물을 마시고 머리카락에 모래를 묻히며 배낭을 맨 채 초가을 해안을 서쪽으로 서쪽으로 걸었다.

어느 세차게 바람 부는 저녁나절, 폐선 그늘에서 침낭에 들어가 눈물을 흘리는 나에게 젊은 어부가 다가와서 담배를 권했다. 나는 그것을 받아들고 열 몇 달 만에 피웠다. 왜 우느냐고 그가 물었다. 어머니가 죽었다고 나는 거의 반사적으로 거짓말을 했다. 그래서 너무 슬프고 견딜 수 없어 여행을 하는 거라고. 그는 진심으로 동정해 주었다. 그리고 집에서 한 홉짜리 술병과 술잔을 두 개 들고 왔다.

바람이 불어 가는 백사장에서 우리는 술을 마셨다. 나도 열여섯에 어머니를 잃었다고 어부는 말했다. 그리 튼튼하지 않은 몸으로 아침부터 밤까지 일을 해야 했고, 그러다 몸이 다 닳아 죽었다고 그는 말했다. 나는 컵에 담긴 술을 마시며 멍하니 그가 하는 이야기를 듣고 적당히 맞장구를 쳤다. 아주 먼 나라 이야기처럼 들렸다. 그래서 도대체 어쨌단 말이냐고 나는 생각했다. 갑자기 눈앞의 남자 목을 졸라 버리고 싶은 격한 분노에 휩싸였다. 네놈의 어머니가 뭐 어쨌다는 거야? 난 나오코를 잃었단 말이야! 그렇게 아름다운 몸이 이 세상에서 사라져 버렸단 말이야! 그런데 네놈은 무엇 때문에 어머니 이야기 같은 걸 하는 거야?

그러나 분노는 금방 가라앉아 버렸다. 나는 눈을 감고 끝도 없이 계속되는 어부의 이야기를 멍하니 들었다. 잠시 후 그는 내게 밥은 먹었느냐고 물었다. 안 먹었지만 배낭 안에 빵하고 치즈하고 토마토하고 초콜릿이 있다고 대답했다. 점심때는 뭘 먹었느냐고 그가 물어서, 빵하고 치즈하고 토마토하고 초콜릿을 먹었다고 대답했다. 그러자 그는 여기에서 기다리라고 하더니 어딘가로 갔다. 나는 말리려 했지만, 그는 뒤도 돌아보지 않고 재빨리 어둠 속으로 사라져 버렸다.

나는 할 수 없이 혼자서 컵에 남은 술을 마셨다. 백사장에는 폭죽을 터뜨린 뒤 남은 종잇조각들이 흩어졌고 파도는 미친 듯 굉음을 울리며 모래 끝자락에서 부서졌다. 비쩍 마른 개가 꼬리를 흔들며 다가와 뭐 먹을 거 없나 하고 내가 피운 조그만 모닥불 주위를 어슬렁거리다가 아무것도 없다는 걸 알고는 체념한 듯 발길을 돌렸다.

삼십 분 정도 지나 아까 그 젊은 어부가 초밥 도시락 두 개와 새 술병 하나를 들고 나타났다. 이거 먹어, 하고 그가 말했다. 밑에 있는 건 김밥하고 유부초밥이니까 내일 먹도록 해, 하고. 그는 술을 자기 잔에 따르고 내 잔에도 따라 주었다. 나는 고맙다고 인사하고 2인분은 족히 됨 직한 초밥을 먹었다. 그다음 다시 둘이서 술을 마셨다. 도저히 더는 마실 수 없을 지경에 이를 때까지 마시고 나서 그는 자기 집으로 같이 가서 자자고 했지만, 여기서 혼자 자는 게 편하다고 하자 더는 권하지 않았다. 그리고 헤어질 때 호주머니에서 두 번 접은 5000엔짜리 지폐를 꺼내 내 셔츠 주머니에 찔러 넣고, 이걸로 영양이 있는 걸 좀 사 먹어, 자네 얼굴 너무 찌들었어, 하고 말했다. 너무 과분한 대접을 받았는데 돈까지 받을 수는 없다고 거절했지만 그는 물러서지 않았다. 이건 돈이 아니라 내 마음이야, 그러니 다른 생각 하지 말고 그냥 받아 둬, 하고 그는 말했다. 할 수 없이 나는 인사를 하고 그것을 받아 들었다.

어부가 가 버린 다음, 문득 고등학교 3학년 때 처음 잤던 여자 친구가 생각났다. 그리고 내가 그녀에게 얼마나 심한 짓을 했는지 생각하며 가슴이 서늘해지는 기분에 사로잡혔다. 나는 그녀가 무엇을 어떻게 생각하고 어떻게 느끼고 어떻게 상처 입을지에 대해 거의 아무 생각도 하지 않았던 것이다. 그리고 지금까지 그녀에 대해 제대로 떠올리지도 않았다. 정말 상냥한 여자애였다. 그렇지만 그즈음 나는 그런 상냥함을 아주 당연한 것이라고 생각하고 거의 되새겨 보지도 않았다. 그녀는 지금 뭘 하며 지낼까, 그리고 나를 용서했을까.

속이 뒤집혀 폐선 옆으로 가서 토했다. 너무 많이 마신 탓에 머리가 아프고, 어부에게 거짓말을 해서 돈까지 받은 자신에 대해 혐오감이 들었다. 이제 도쿄로 돌아가야 할 때라고 생각했다. 언제까지고 영원히 이런 식으로 걸을 수는 없는 것이다. 나는 침낭을 말아서 배낭에 넣고 철도역까지 걸어서, 도쿄로 가고 싶은데 어떻게 하면 되느냐고 역무원에게 물었다. 그는 시간표를 보더니 야간열차를 잘 연결해서 타면 내일 아침에 오사카에 도착할 수 있으니 거기서 신칸센을 타고 도쿄로 가면 된다고 가르쳐 주었다. 나는 인사를 하고 남자에게서 받은 5000엔으로 도쿄까지 가는 기차표를 샀다. 기차를 기다리는 동안 나는 신문을 사서 날짜를 보았다. 1970년 10월 20일이었다. 꼭 한 달을 여행했다. 어떻게든 현실 세계로 돌아가야 한다, 하고 나는 생각했다.

한 달의 여행은 내 마음을 잡아 주지 못했고, 나오코의 죽음에서 비롯한 충격을 덜어 주지도 않았다. 나는 한 달 전과 별다를 바 없는 상태로 도쿄에 돌아왔다. 미도리에게 전화를 걸 수조차 없었다. 도대체 그녀에게 어떻게 말을 꺼내면 좋단 말인가. 뭐라고 하면 되지? 모든 것이 끝났어, 너랑 둘이서 행복하고 싶어, 그렇게 말하면 되는 것일까? 물론 나는 그런 말을 할 수 없었다. 그러나 어떤 말을 어떤 식으로 하든, 결국 사실은 하나뿐이다. 나오코는 죽었고 미도리는 남았다. 나오코는 하얀 재가 되었고, 미도리는 살아 숨 쉬는 인간으로 남았다.

나는 스스로를 더럽혀진 인간이라 생각했다. 도쿄로 돌아와서도 혼자 방 안에 틀어박혀 며칠을 지냈다. 내 기억의 대부분은 산 자가 아니라 죽은 자에 이어져 있었다. 내가 나오코를 위해 마련해 둔 방들은 창문이 닫히고 가구는 하얀 천으로 덮이고 창틀에는 뽀얗게 먼지가 앉았다. 나는 하루의 많은 시간을 그 방 안에서 지냈다. 그리고 나는 기즈키를 생각했다. 어이, 기즈키, 너 마침내 나오코를 손에 넣은 거야. 좋지 뭐, 원래 네 여자였으니까. 결국 그곳이 그녀가 가야 할 장소였던 거야, 어쩌면. 그래도 이 세상에서, 이 불완전한 산 자의 세상에서 나는 나오코에 대해 나름대로 최선을 다했어. 그리고 나는 나오코와 둘이서 어떻게든 새로운 삶을 만들어 보려고 노력했어. 하지만 괜찮아, 기즈키. 나오코를 너한테 줄게. 나오코는 너를 선택한 거야. 그녀의 마음처럼 어두운 숲 안쪽에서 나오코는 목을 맸어. 어이, 기즈키, 넌 옛날에 내 일부를 죽은 자의 세계로 끌어들였어. 지금, 나오코가 나의 일부를 죽은 자의 세계로 끌고 갔어. 가끔은 내가 마치 박물관 관리인이 된 듯한 기분이야. 누구 하나 찾아오지 않는 휑한 박물관 말이야. 나는 나 자신을 위해 그곳을 관리하는 거야.

*

도쿄로 돌아오고 나흘 뒤 레이코 씨한테서 편지가 왔다. 봉투에는 속달 우표가 붙었다. 편지 내용은 아주 간단했다. 연락이 닿지 않아 많이 걱정된다, 전화를 달라, 전화기 앞에서 기다릴 테니 아침 9시나 밤 9시에 이 번호로 걸어 달라는 것이었다.

나는 밤 9시에 그 번호로 전화를 걸었다. 곧바로 레이코 씨 목소리가 들렸다.

"잘 지내?" 그녀가 물었다.

"그럭저럭요."

"모레쯤 만나러 가도 돼?"

"만나러 온다니, 도쿄에요?"

"응, 그래. 둘이서 한 번은 천천히 이야기하고 싶어."

"그럼 거길 나오나요, 레이코 씨는?"

"안 나가면 만나러 갈 수 없잖아. 이제 나갈 때도 된 것 같아서. 팔 년이나 지났어. 더 있다가는 썩어 버릴 것 같아."

나는 적절한 말이 떠오르지 않아 잠시 입을 다물었다.

"모레 신칸센으로 3시 20분에 도쿄 역에 도착하는데 마중 나와 줄 거야? 내 얼굴 아직 기억하지? 혹시 나오코가 죽었으니까 나에게는 관심도 없어지고 만 거야?"

"그럴 리가요. 모레 3시 20분 도쿄 역에 나가겠습니다."

"바로 알아볼 거야. 기타 케이스를 든 중년 여자는 많지 않으니까."

그랬다. 나는 도쿄 역에서 금방 레이코 씨를 찾아냈다. 그녀는 남성용 트위드 재킷에 하얀 바지를 입고 빨간 운동화를 신고 머리는 변함없이 짧고 여기저기 삐쳐 있고, 오른손에는 갈색 가죽 여행 가방을, 왼손에는 검정 기타 케이스를 들었다. 그녀는 나를 보더니 얼굴에 잔뜩 주름을 잡으면서 웃었다. 레이코 씨를 보자마자 내 얼굴에도 자연스럽게 미소가 떠올랐다. 나는 그녀의 여행 가방을 들고 주오 선 플랫폼까지 나란히 걸었다.

"와타나베, 언제부터 얼굴이 그렇게 찌들어 버렸어? 아니면 요즘 도쿄에서는 찌든 얼굴이 유행하는 거야?"

"여행을 좀 했거든요. 제대로 안 먹고 다니다 보니. 그런데 신칸센 여행은 어땠어요?"

"엉망이더라고. 창문도 안 열려. 중간에 도시락 사 먹으려다가 큰일 날 뻔했다니까."

"안에서 뭐 팔지 않아요?"

"무지 맛없고 비싼 샌드위치 말이야? 그런 건 굶어 죽어 가는 말도 먹다 남길걸. 난 고텐바에서 도미밥 도시락 사 먹는 거 좋아했는데."

"그런 말 하면 할머니 취급받아요."

"괜찮아, 거의 노인인데 뭐."

기치조지까지 가는 전철 안에서 그녀는 창밖을 지나는 무사시노 풍경을 호기심 가득한 눈길로 바라보았다.

"팔 년이나 지났으니 풍경도 달라 보이겠죠?"

"와타나베, 내가 지금 어떤 기분인지 모르지?"

"모르겠어요."

"무서워서, 무서워서 돌아 버릴 것 같아. 어쩌면 좋을지 하나도 모르겠어, 혼자 이런 데 버려져서. 근데, '돌아 버릴 것 같아.'라는 말, 멋진 표현이라는 생각 안 들어?"

나는 웃으며 그녀 손을 잡았다. "걱정 마세요. 레이코 씨는 아무 문제도 없고, 게다가 자기 힘으로 나오기도 했잖아요."

"내가 거기서 나올 수 있었던 것은 내 힘 때문이 아냐. 내가 거기서 나올 수 있었던 건 나오코와 자기 덕분이야. 나는 나오코가 없는 그곳에 남아서 버틸 수가 없었고, 도쿄로 와서 자기랑 한 번은 천천히 대화를 나눌 필요가 있었거든. 그래서 나온 거야. 만일 아무것도 없었더라면 평생 거기서 살았을지도 몰라."

나는 고개를 끄덕였다.

"앞으로는 어떻게 할 건가요, 레이코 씨?"

"아사히카와에 갈 거야. 아사히카와!" 그녀는 말했다.

"음대 다닐 때 친했던 친구가 아사히카와에서 음악 교실을 하는데, 두세 해 전부터 와서 좀 도와줄 수 없느냐고 했지만 추운 데 가기 싫어서 거절했어. 그렇잖아, 겨우 자유의 몸이 되었는데 아사히카와라니 폼이 좀 안 나잖아. 거기, 어쩐지 파다가 관둔 함정 같은 느낌 안 들어?"

"그렇게 나쁜 데 아니에요." 나는 웃으며 말했다. "한 번가 본 적이 있는데, 나쁘지 않아요. 분위기도 괜찮고."

"정말?"

"그럼요. 도쿄에 있는 것보다 나을 거예요, 분명."

"하긴 달리 갈 곳도 없고, 짐도 벌써 다 부쳐 버렸으니까. 근데 와타나베, 언제 아사히카와에 놀러 올래?"

"당연히 가죠. 그런데 지금 당장 떠날 건가요? 그 전에 잠시 도쿄에 머물 거죠?"

"응. 두세 밤 정도 가능하다면 느긋하게 있고 싶어. 혹시 자기네 집에 잠깐 신세 져도 돼? 방해하지 않을게."

"아무 걱정 마세요. 난 벽장에서 침낭 안에 들어가 잘게요."

"미안해서."

"괜찮아요. 벽장이 무지 넓거든요."

레이코 씨는 두 다리 사이에 끼운 기타 케이스를 손가락으로 가볍게 두드리며 리듬을 탔다.

"나는 바깥 세상에 몸을 좀 적응시킬 필요가 있을 것 같아, 아사히카와에 가기 전에. 아직 바깥 세상에 익숙하지 않으니까. 모르는 것도 너무 많고 긴장도 되고. 좀 도와줄 수 있을까? 나, 너밖에 기댈 사람이 없거든."

"나라도 괜찮다면 뭐든 도울게요."

"혹시 네게 방해되는 건 아닐까?"

"나한테 방해될 만한 게 뭐 있다고 그러세요?"

레이코 씨는 내 얼굴을 바라보고 입술 끝을 끌어 올리며 웃었다. 그리고 더는 아무 말도 하지 않았다.

기치조지에서 전철을 내려 버스를 타고 내 방으로 가는 동안 우리는 별로 많은 말을 하지 않았다. 도쿄 거리 분위기가 바뀌어 버렸다는 것, 그녀의 음대 시절 이야기, 내가 아사히카와에 갔을 때의 일들을 띄엄띄엄 얘기했을 뿐이었다. 나오코 이야기는 하지 않았다. 레이코 씨를 만난 건 열 달 만이었지만, 그녀와 둘이서 걷노라니 마음이 신기하게 아늑하고 따스해졌다. 그리고 이전에도 똑같은 느낌을 받았다는 것을 깨달았다. 생각해 보면 나오코와 둘이서 도쿄 거리를 걸었을 때 나는 똑같은 느낌을 받았다. 예전에 나와 나오코가 기즈키라는 죽은 자를 공유했듯이 지금 나와 레이코 씨는 나오코라는 죽은 자를 공유한 것이다. 그런 생각을 하니 나는 갑자기 아무 말도 할 수 없었다. 잠시 레이코 씨 혼자 이야기하다가 내가 입을 꾹 다물고 있자 그녀도 침묵했고, 우리는 그렇게 버스를 타고 내 방으로 갔다.

초가을, 꼭 일 년 전 교토로 나오코를 찾아갔을 때처럼 햇빛이 밝은 오후였다. 구름은 뼈처럼 하얗게 가늘고, 하늘은 드높았다. 또 가을이 왔다. 바람 냄새나 햇빛 색깔이나 길섶에 핀 작은 들꽃이나 조그만 소리의 울림이 나에게 가을 소식을 전했다. 계절이 바뀔 때마다 나와 죽은 자와의 거리는 점점 더 멀어진다. 기즈키는 열일곱인 채로, 나오코는 스물하나인 채로. 영원히.

"이런 데 오면 마음이 푸근해져." 버스에서 내려 주변을 둘러보며 레이코 씨가 말했다.

"아무것도 없으니까요." 내가 말했다.

내가 뒷문을 통해 정원에 들어가 별채 같은 내 방으로 안내하자 레이코 씨는 많은 것에 감탄을 연발했다.

"정말 좋은 데잖아. 이거 전부 네가 만든 거니? 선반하고 책상도?"

"그럼요." 나는 물을 끓여 차를 타면서 말했다.

"손재주가 보통이 아니네, 와타나베. 방도 정말 깨끗하고."

"특공대 덕분이에요. 그 친구가 깨끗이 하고 지내는 습관을 들여 놓았죠. 집주인이 좋아하더라고요. 깨끗하게 쓴다면서."

"아, 그렇지. 주인댁에 가서 인사라도 하고 와야지. 주인은 정원 건너편에 살아?"

"인사요? 인사 같은 것도 해야 해요?"

"당연하지. 자기 방에 수상쩍은 중년 여자가 굴러들어 기타 줄을 퉁기면 주인이 뭐라고 생각할까? 이런 건 미리 확실히 해 두는 게 좋거든. 그래서 과자 한 통 사 왔다니까."

"생각이 정말 깊으시네요." 나는 감탄했다.

"이것도 다 나이 덕이야. 나는 외숙모인데 교토에서 잠시 들렀다고 할 테니까, 말을 맞추도록 해. 이런 경우에는 나이 차이가 많다는 게 이점이야. 아무도 이상하게 생각하지 않으니까."

그녀가 여행 가방에서 과자 상자를 꺼내 들고 나간 다음 나는 마루에 앉아 차를 한 잔 더 마시고 고양이와 놀았다. 레이코 씨는 이십 분이 넘도록 돌아오지 않았다. 잠시 후 그녀는 돌아와 여행 가방에서 전병 깡통을 꺼내 나한테 주는 선물이라고 했다.

"이십 분이나 도대체 무슨 이야기를 한 거예요?" 나는 전병을 먹으면서 물어보았다.

"그야 물론 네 이야기지." 그녀는 고양이를 안아 올려 볼을 부비면서 말했다. "아주 반듯하고 성실한 학생이라면서 감탄하더라."

"나를요?"

"그럼, 당연히 네 이야기지." 레이코 씨는 웃었다. 그리고 내 기타를 들고 가볍게 줄을 고른 다음 카를로스 조빔의 「데사피나도」를 쳤다. 오랜만에 듣는 그녀의 기타였다. 지난번과 똑같이 내 마음을 포근하게 감싸 주었다.

"너도 기타 연습해?"

"창고에 있는 걸 얻어서 조금 쳐 봤을 뿐이에요."

"그럼 나중에 무료 레슨 해 줄게."

레이코 씨는 기타를 내려 두고 트위드 재킷을 벗은 다음 마루 기둥에 몸을 기대고는 담배를 피웠다. 그녀는 재킷 아래 마드라스 체크무늬 반소매 셔츠를 입고 있었다.

"봐, 이 셔츠 멋지지 않아?" 레이코 씨가 물었다.

"그러네요." 나는 동의했다. 보기에도 세련된 무늬의 셔츠였다.

"이거, 나오코 거야. 알아? 나오코하고 나, 옷 사이즈가 거의 똑같아. 특히 요양원 막 들어왔을 즈음에는. 나중에는 그 애도 조금 살이 붙어서 사이즈가 달라지긴 했지만, 그 전까지는 거의 똑같다고 해도 될 정도였어. 셔츠도 바지도 신발도 모자도. 브래지어 정도가 아닐까, 사이즈가 다른 건. 난 가슴이 거의 없으니까. 그래서 우린 자주 옷을 바꿔 입었어. 뭐, 옷을 거의 공유했다고 해도 되겠네."

나는 새삼 레이코 씨의 몸을 바라보았다. 그러고 보니 정말로 레이코 씨의 키와 몸매는 나오코와 거의 비슷했다. 얼굴 형태나 가녀린 손목 같은 것 때문에 레이코 씨가 나오코보다 마르고 몸집이 작은 듯한 인상을 주기는 하지만, 자세히 보니 생각보다 탄탄하다는 것을 알 수 있었다.

"이 바지도 재킷도 그래. 전부 나오코 거야. 혹시 내가 나오코 옷을 걸친 거 보기 싫어?"

"아니요, 나오코도 누가 자기 옷을 입어 주는 게 기쁠 거예요. 특히 레이코 씨라면 더욱."

"참 이상해." 레이코 씨는 살짝 손가락을 튕겼다. "나오코는 누구에게도 유서를 남기지 않았지만 옷에 대해서만은 글을 남겼어. 메모지에 한 줄 갈겨쓴 건데, 책상 위에 놓여 있었어. "내 옷은 모두 레이코 씨한테 주세요."라고. 이상한 애라는 생각 안 들어? 자기가 지금 목숨을 끊으려 하는데 왜 옷 같은 걸 생각했을까? 그런 건 아무래도 상관없는 거 아냐. 달리 남길 말이 산처럼 많을 텐데."

"아무것도 없었을지도 모르죠."

레이코 씨는 담배를 피우면서 잠시 생각에 잠겼다. "근데, 자기, 처음부터 하나하나 전부 얘기 듣고 싶지?"

"이야기해 주세요."

"병원 검사 결과, 나오코의 증상은 현재 일단 회복되긴 했지만 근본적으로 집중 치료를 하는 편이 나중을 위해서도 좋을 거라고 결론이 나서 장기간 오사카의 병원으로 옮기게 되었어. 거기까지는 편지에서도 썼을 거야. 아마 8월 10일 전후로 보낸 편지일 텐데."

"그 편지는 읽었습니다."

"8월 24일에 나오코 어머니에게서 전화가 왔는데, 나오코가 거기 한번 가고 싶어 하는데 괜찮겠느냐는 거였어. 자기 손으로 짐도 정리하고 싶고, 나하고도 당분간 만나지 못할 테니 느긋하게 만나서 이야기도 나누고 싶고, 가능하면 하루 정도 자고 올 생각인데 괜찮겠느냐는 거야. 나는 아무 문제없다고 했지. 나도 나오코가 정말 보고 싶었고 할 이야기가 많았으니까. 그래서 다음 날인 25일에 그 애가 어머니와 택시를 타고 찾아온 거야. 우린 셋이서 짐을 정리했지. 이런저런 세상 이야기를 하면서. 저녁때가 되어 나오코는 어머니

544

에게 이제 돌아가도 좋다고, 이제 걱정할 거 없다고, 그래서 어머니는 택시를 불러 돌아갔어. 나오코는 아주 활기에 넘쳐 보였고 나도 어머니도 그때는 전혀 눈치를 차리지 못했어. 난 사실 그때까지 정말 걱정을 많이 했거든. 그 애가 너무 낙담해서 그렇게 많이 여윈 걸까 하고. 그렇잖아, 병원의 검사니 치료니 하는 게 사람 힘을 얼마나 쏙 빼놓는지 잘 아니까, 괜찮을까 많이 걱정했어. 그런데 그 애를 보자마자 아, 이 정도면 괜찮겠다는 생각이 드는 거야. 얼굴 표정도 생각보다 밝았고, 방긋방긋 웃으며 농담도 잘 했고, 말투도 이전에 비해 아주 정상적이고, 미용실에서 했다면서 헤어스타일을 자랑하기도 했고, 이 정도면 어머니 없이 나하고 둘이 있어도 아무 걱정 없다고 생각했지. 레이코 씨, 나 이번 기회에 병원에서 완전히 고쳐 버릴 거야, 그런 말을 하기에, 그래, 그게 좋을 것 같다고 나도 맞장구를 쳤어. 우리는 둘이서 산책을 하며 여러 가지 이야기를 했어. 앞으로 어떻게 할까, 그런 이야기들. 그 애 이런 말도 했어. 여기를 나가 우리 둘이서 살 수 있으면 좋을 텐데, 하고."

"레이코 씨와 둘이서요?"

"응."

레이코 씨는 어깨를 살짝 움츠렸다. "내가 말했지. 나는 괜찮지만 와타나베는 어쩔 거냐고. 그러자 그 애가 이러는 거야. 그 사람은 자기가 알아서 하겠다고. 그뿐이야. 그리고 우리 둘이서 어디서 살고 무엇을 할지, 그런 것에 대해 이야기를 나누었어. 그다음 새장으로 가서 새와 놀았지."

나는 냉장고에서 맥주를 꺼내 마셨다. 레이코 씨는 또 담배에 불을 붙였고, 고양이는 그녀의 무릎 위에서 푹 잠이 들었다.

"그 애는 처음부터 모든 것을 결정해 둔 거야. 그래서 활기에 넘치고 방긋방긋 웃고 건강해 보였던 거야. 아마도 모든 것을 결정하고 마음이 편안해진 거지. 그러고는 방 안의 물건들을 정리하고 필요 없는 건 정원의 드럼통에 넣고 태웠어. 일기장을 대신하던 노트라든지 편지라든지, 그런 것을 모두. 와타나베가 보낸 편지도. 난 좀 이상해서 왜 그걸 다 태우느냐고 물었지. 그 애, 지금까지 자기가 보낸 편지를 정말 소중하게 간직하면서 자주 읽곤 했거든. '모든 것을 처리하고 지금부터 새롭게 태어나는 것'이라고 해서 난 그렇구나, 하고 아주 간단히 납득해 버렸어. 앞뒤가 잘 맞아떨어지잖아, 나름대로. 이 애도 활기를 되찾고 행복해지면 좋겠다고 생각했지. 그날 나오코는 정말로 귀엽고 생기 넘쳤어. 자기에게 보여 주고 싶을 만큼.

그다음 우리는 매번 그랬듯이 식당에서 저녁을 먹고 목욕을 하고 숨겨 두었던 좋은 와인을 따서 둘이서 마시고 나는 기타를 쳤어. 비틀스의 「노르웨이의 숲」이라든지 「미셸」 같은 그 애가 좋아하는 곡을. 우리는 기분이 좋아져서 불을 끄고 적당히 옷을 벗고 침대에 누웠어. 정말 무더운 밤이라 창을 열어도 거의 바람이 불어오지 않았어. 바깥은 시커먼 먹을 칠한 듯 온통 캄캄하고, 벌레 소리만 크게 들려왔어. 물씬 풍기는 여름의 풀 냄새가 방을 가득 채웠고. 그때 나오코가 갑자기 네 이야기를 하기 시작했어. 와타나베와 했던 섹스 이야기. 그걸 아주 자세하게 이야기하는 거야. 어떤 식으로 옷을 벗겼고 어떻게 몸을 더듬었고 자기가 얼마나 젖었고 네가 어떻게 들어왔고 그게 얼마나 멋지고 좋았는지를 아주 상세하게 말하는 거야. 그래서 물어보았어. 갑자기 지금 그 이야기를 왜 하느냐고. 여태까지 그 애가 섹스에 대해 그만큼 노골적으로 이야기한 적이 없었으니까. 물론 우리에 겐 어떤 요법 같은 게 있어서 섹스에 대해 비교적 솔직히 이 야기하기도 해. 그렇지만 그 애는 여태까지 한 번도 구체적으로 이야기하지 않았어, 부끄러워서. 그런 애가 갑자기 거침없이 이야기를 하니까 나도 놀랄밖에.

'어쩐지 그냥 이야기하고 싶어서. 레이코 씨가 듣고 싶지 않으면 하지 않을게.'라는 거야. 그래서 괜찮다고, 이야기하고 싶으면 처음부터 끝까지 하나 빠짐없이 하라고, 다 들어 주겠다고 했지.

'그가 들어왔을 때, 너무너무 아파서 어쩌면 좋을지 몰라 얼이 빠질 지경이었어. 나는 처음이기도 하고, 젖었으니까 들어오기는 매끄럽게 들어왔지만 아무튼 정말 아팠어. 머리가 멍해질 정도로. 그가 깊숙이 들어오기에 이 정도인가 했더니, 내 다리를 조금 들어 올리고는 더 깊이 들어오는 거야. 그랬는데, 몸 안쪽이 서늘해졌어. 마치 얼음에 푹 빠진 것처럼. 손발이 지잉 저리고 한기가 들었어. 대체 어떻게 되는 걸까, 이대로 죽어 버리는 건 아닐까, 겁이 났지만 그래도 좋다고 생각했어. 그렇지만 그 사람 내가 아파한다는 것을 알고 깊숙이 넣은 채 더는 움직이지 않고 내 몸을 부드럽게 안아서 머리카락이니 목이니 가슴에 입을 맞춰 주었어, 오래오래. 점점 몸에서 따스한 기운이 되살아났어. 그리고 그가 천천히 움직이기 시작해서…… 근데 레이코 씨, 그게 정말 좋은 거야. 머릿속이 녹아 버릴 것 같을 정도로. 이대로 이 사람에게 안긴 채 죽을 때까지 이대로 있고 싶다고 생각했을 정도로. 정말로 그런 생각을 했어.'

'그렇게 좋았다면 와타나베랑 같이 살면서 매일 하면 좋았잖아?' 내가 말했지.

'하지만 안 돼, 레이코 씨. 난 알아. 그건 한 번 찾아왔다가 이미 가 버리고 없는 거야. 다시는 안 찾아와. 어떤 우연으로 일생에 한 번 일어난 일일 뿐이야. 그 이후에도 이전에

도 난 아무것도 느끼지 못해. 하고 싶은 생각도 없고, 젖은 적도 없어.'

물론 난 자세히 설명해 줬지. 그런 건 젊은 여성에게 흔히 일어나는 일이고, 보통 나이가 들면 자연스럽게 해결되는 것이라고. 게다가 한 번 제대로 되었으니까 걱정할 필요 없다고. 나도 결혼 초기에는 여러 가지로 잘 안 되어서 정말로 마음고생이 심했다고. '그런 게 아니라니까. 나도 걱정 안 해, 레이코 씨. 난 그냥 다시는 아무도 내 안에 들어오게 하기 싫을 뿐이야. 이젠 누구에게도 흐트러진 모습 보이기 싫을 뿐이야.'라고 하는 거야."

나는 맥주를 다 마셨고 레이코 씨는 두 개비째 담배를 다 피웠다. 고양이가 레이코 씨 무릎 위에서 몸을 쭉 뻗으며 기지개를 켜더니 자세를 바꾸어 다시 잠들어 버렸다. 레이코 씨는 잠시 망설이더니 세 개비째 담배를 물고 불을 붙였다.

"그러더니 나오코는 훌쩍훌쩍 울기 시작했지. 나는 그 애침대에 걸터앉아 머리를 쓰다듬으면서, 괜찮아, 모든 게 잘될 거라고 달래 주었어. 너처럼 젊고 예쁜 여자애는 남자 품에 안겨 행복해져야 하는 게 당연하다고. 무더위 속에서 땀과 눈물에 흠뻑 젖어 버린 나오코의 얼굴이며 몸을 닦아 주었어. 팬티까지 젖어서 그걸 벗기고…… 그런데, 이거 이상하게 생각하지 마. 그렇잖아, 우리는 쭉 목욕도 같이 했고, 그 애는 나한테 여동생 같은 존재니까."

"잘 알아요. 그건."

"안아 달라고 했어, 나오코가. 이렇게 더운데 안아서 어떡하자는 거냐고 했더니, 이게 마지막이라고 해서 안아 줬어. 몸을 목욕 수건으로 감아 땀에 젖지 않게 하고서, 잠시. 그리고 안정을 찾은 듯이 보여서 땀을 닦아 주고 잠옷을 입히고는 재웠어. 금방 깊은 잠에 빠져들었어. 혹은 잠든 척한지도 몰라. 어느 쪽이든 얼마나 예쁜지. 이 세상에 태어나서 단 한 번도 상처를 받지 않은 열서너 살짜리 소녀 같은 얼굴이었어. 그렇게 표정을 확인하고 나도 잠을 청한 거야, 마음 놓고.

6시에 눈을 떠 보니 곁에 그 애가 없었어. 잠옷이 아무렇게나 벗은 채 놓여 있고 옷도 운동화도, 그리고 늘 머리맡에 둔 손전등도 안 보이는 거야. 그 순간 가슴이 덜컹했지. 그렇잖아, 손전등을 들고 나갔다는 건 아직 어두울 때 나갔다는 걸 말하니까. 혹시나 해서 책상 위를 살펴보았더니 그 메모지가 있었어. "내 옷은 모두 레이코 씨한테 주세요."라고. 그래서 나는 사람들을 깨워 사방으로 흩어져 나오코를 찾기 시작했지. 건물 안에서부터 숲 속까지 샅샅이 뒤졌어. 나오코를 찾는 데 다섯 시간이 걸렸어. 그 애, 자기 손으로 로프까지 준비해서 온 거야."

레이코 씨는 한숨을 내쉬고 고양이 머리를 쓰다듬었다.

"차 마실래요?"

"고마워."

나는 물을 끓여 차를 타서 마루로 돌아왔다. 이제 저녁
이 가까워져 햇살도 많이 약해지고 나무 그림자도 우리 발
아래까지 길게 뻗었다. 나는 차를 마시면서 황매화니 철쭉
이니 남천목 같은 나무들을 아무렇게나 흩뿌려 놓은 듯한
기묘한 정원을 바라보았다.

"잠시 후 구급차가 와서 나오코를 실어 가고 나는 경찰에
게 이런저런 질문을 받았어. 뭐, 별다른 질문도 없었어. 일단
유서 같은 것이 발견되었고, 정황상 자살이 분명하고, 게다
가 정신병 환자니까 자살도 할 수 있다고 생각하는 거야. 그
냥 형식적으로 물어보더라고. 경찰이 돌아간 뒤 전보를 쳤
지, 네게."

"정말 쓸쓸한 장례식이었어요. 사람이 너무 없어 적막할
정도였으니까요. 그 집에서는 내가 어떻게 나오코의 죽음을
알았는지, 거기에만 신경 쓰는 것 같았어요. 아마 다른 사
람에게 딸이 자살했다는 사실을 알리고 싶지 않았겠지요.
장례식에는 안 가는 게 좋았다는 생각이 들어요. 난 그 때
문에 기분을 망쳐서 바로 여행을 떠나 버렸어요."

"와타나베, 우리 산책하지 않을래? 저녁 반찬거리 사러 가. 나 배고파."

"좋지요, 뭐 먹고 싶어요?"

"쇠고기 전골. 나 전골 같은 거 몇 년이나 못 먹어 봤는지 몰라. 전골 먹는 꿈을 꿀 정도야. 고기와 파와 곤약과 구운 두부와 쑥갓을 넣고 보글보글."

"그건 좋은데 냄비가 없어요, 나한테는."

"괜찮아, 나한테 맡겨. 주인댁에 가서 빌려 올 테니까."

그녀는 바람처럼 본채로 달려가더니 멋진 전골 냄비와 가스 스토브와 긴 고무호스를 빌려 왔다.

"어때? 솜씨 좋지?"

"끝내주네요." 나는 진심으로 감탄했다.

우리는 가까운 상점가로 가서 쇠고기와 달걀과 채소와 두부를 사고 주류상에서 비교적 맛있어 보이는 화이트 와인을 샀다. 내가 계산하겠다고 했지만 그녀가 허락하지 않았다. 결국 그녀가 전부 냈다.

"조카한테 얻어먹은 게 알려지면, 친척들한테 웃음거리가 될 거야. 게다가 나, 돈 꽤 많거든. 그러니까 걱정하지 마. 아무리 그래도 그렇지 빈털터리로 바깥 세상에 나오지는 않아."

집으로 돌아와서 레이코 씨는 쌀을 씻어 밥을 안치고 나는 고무호스를 끌어당겨 마루에서 전골을 끓일 준비를 했다. 준비가 끝나자 레이코 씨는 기타 케이스에서 자기 기타를 꺼내 벌써 어스름이 내리기 시작한 마루에 앉아 악기 상태라도 살펴보려는 듯 천천히 바흐의 푸가를 연주했다. 세세한 부분을 일부러 천천히 그러다 빨리 치기도 하고 폭풍처럼 세차게 치다가 감상적인 느낌으로 잔잔하게 치기도 하면서, 그 모든 소리가 아주 사랑스럽다는 듯 세심하게 귀를 기울이는 것이었다. 기타를 칠 때의 레이코 씨는 마치 마음에 드는 옷을 바라보는 열일곱이나 열여덟 살 소녀 같아 보였다. 눈을 반짝반짝 빛내고 입을 꼭 다물기도 하고 문득 그림자처럼 엷은 미소를 떠올리기도 했다. 곡을 다 치고 난 다음 그녀는 기둥에 몸을 기대고 하늘을 바라보며 무슨 생각에 잠겼다.

"말 좀 해도 돼요?" 내가 물었다.

"응, 괜찮아. 그냥 배가 좀 고프다는 생각을 했을 뿐이야."

"레이코 씨는 전남편이나 딸을 만나러 안 가요? 도쿄에 살죠?"

"요코하마. 그렇지만 안 가, 지난번에 말했지? 그 사람들, 이제 나와는 엮이지 않는 게 좋아. 그 사람들에게는 그들 나름대로 새로운 생활이 있어. 나를 만나면 만나는 대로 괴로울 뿐이야. 안 만나는 게 최선이야."

그녀는 텅 빈 세븐 스타 담뱃갑을 마구 구겨 버리고 가방 안에서 새 담배를 꺼내 한 개비를 물었다. 그러나 불은 붙이지 않았다.

"난 벌써 끝나 버린 인간이야. 네 눈앞에 있는 건 옛날의 나를 비춘 잔존 기억에 지나지 않아. 내 속의 가장 소중한 것은 벌써 옛날에 죽어 버렸고, 난 그저 그 기억에 따라 행동할 뿐이야."

"그렇지만 난 지금의 레이코 씨가 정말 좋은데요. 잔존하는 기억이건 뭐건. 그리고 이런 건 상관없는 일인지도 모르겠지만, 레이코 씨가 나오코의 옷을 입었다는 게 나한테 얼마나 기쁜 일인지 몰라요."

레이코 씨는 방긋 웃고는 라이터로 담배에 불을 붙였다. "자기는 참 나이치고는 여자를 기쁘게 하는 법을 잘 아는 것 같아."

나는 살짝 얼굴을 붉혔다. "난 그냥 생각한 대로 솔직히 말했을 뿐이에요."

"알아." 레이코 씨는 웃으며 말했다.

그러는 사이에 밥이 다 되어 나는 냄비에 기름을 붓고 전골 만들 준비를 했다.

"이거, 꿈은 아니겠지?" 레이코 씨는 쿵쿵 냄새를 맡으며 말했다.

"100퍼센트 현실의 전골이죠. 경험적으로 봐서요."

우리는 거의 말다운 말을 하지 않고 묵묵히 전골을 먹고 맥주를 마셨다. 그리고 밥을 먹었다. 갈매기가 냄새를 맡고 다가오기에 고기를 조금 던져 주었다. 배가 잔뜩 불러 오자 우리는 마루 기둥에 기대 앉아 달을 바라보았다.

"만족했어요, 이걸로?"

"대만족. 바랄 게 없을 만큼." 레이코 씨는 배가 불러 숨이 막히는 듯한 표정으로 말했다. "나, 이렇게 많이 먹기는 처음이야."

"이제 뭘 할 거예요?"

"한 대 피우고 목욕탕에 가고 싶어. 머리가 꼬질꼬질해서 감고 싶어."

"좋아요. 바로 근처에 있으니까."

"그런데 와타나베, 괜찮다면 말해 줄래, 그 미도리라는 여자애랑 잤어?"

"섹스했느냐는 거예요? 안 했죠. 이런저런 게 분명해지기 전에는 하지 않기로 정했거든요."

"이제 모든 게 정리된 거 아니야?"

나는 모르겠다는 표정으로 고개를 저었다. "나오코가 죽었으니까 이것저것 모두 제자리를 찾았다는 말인가요?"

"그런 말이 아니야. 자긴 나오코가 죽기 전부터 정해 두었잖아, 그 미도리라는 사람과 헤어질 수 없다고. 나오코가 살았든 죽었든 그것과는 관계없지 않을까. 자긴 미도리를 선택하고 나오코는 죽음을 선택했어. 와타나베는 이제 어른 이니까 스스로 선택한 것에 대해 제대로 책임을 져야 해. 그 러지 않으면 모든 것이 엉켜 버릴 거야."

"그렇지만 잊을 수가 없어요. 난 나오코에게 언제까지고 기다릴 거라고 했어요. 그렇지만 기다리지 못했어요. 결국 마 지막 순간에 그녀를 내팽개치고 말았어요. 이건 누구 탓이라 거나 누구 탓도 아니라는 그런 문제가 아니에요. 나 자신의 문제예요. 아마도 내가 도중에 내팽개치지 않았어도 결과는 마찬가지였을 테지요. 그렇지만 그것하고는 관계없이 나는 스스로에게 용서할 수 없는 뭔가를 느껴요. 레이코 씨는 그 것이 자연스러운 마음의 움직임이라면 어쩔 수 없다고 하지 만, 나와 나오코의 관계는 그 정도로 단순한 것이 아니었어 요. 생각해 보면 우리는 처음부터 삶과 죽음의 갈림길에서 결합되었거든요."

"자기가 나오코의 죽음에 대해 어떤 아픔을 느낀다면, 그 아픔을 남은 인생 동안 계속 느끼도록 해. 그리고 만약 배울 게 있다면 거기서 뭔가를 배우도록 하고. 하지만 그와 별개로 미도리와 둘이서 행복을 찾도록 해. 와타나베의 아 픔은 미도리하고는 아무 관계도 없잖아. 그 사람한테 더 상처를 주면 돌이킬 수 없는 일이 벌어지고 말 거야. 그러니 괴롭겠지만 더 강해져. 더 성장해서 어른이 되는 거야. 나는 네게 이 말을 해 주려고 그곳을 나와 일부러 여기까지 왔어. 먼 여정을 관 같은 기차를 타고 말이야."

"레이코 씨가 무슨 말을 하고 싶은지 잘 알아요. 하지만 나는 아직 그럴 준비가 되지 않았어요. 있죠, 그 장례식, 너무 쓸쓸했어요. 사람은 그렇게 죽어서는 안 되는 거예요."

레이코 씨는 손을 뻗어 내 머리를 쓰다듬었다. "우리 모두 언젠가는 그렇게 죽어 가는 거야. 나도 자기도."

*

우리는 강변길을 오 분 정도 걸어 목욕탕에 갔다가 상쾌한 기분으로 돌아왔다. 그리고 마루에 앉아 와인을 마셨다.

"와타나베, 잔 하나 더 가져다줄래?"

"그럴게요. 뭐 하려고요?"

"이제부터 둘이서 나오코 장례식을 하는 거야. 쓸쓸하지 않은 버전으로."

내가 잔을 가져오자 레이코 씨는 거기에 가득 와인을 따르고 정원의 등롱 위에 올려놓았다. 그리고 마루에 앉아 기

등에 기댄 채 기타를 끌어안고 담배를 피웠다.

"그리고 성냥 좀 가져다줄래? 가능한 한 큰 놈으로."

나는 부엌에서 큰 성냥갑을 가지고 와 그녀 옆에 앉았다.

"이제, 내가 한 곡을 치면 성냥개비를 거기 늘어놓는 거야. 지금부터 칠 수 있는 만큼 칠 테니까."

그녀는 먼저 헨리 맨시니의 「디어 하트」를 조용하고 예쁘게 쳤다. "이 레코드, 네가 나오코한테 선물했지?"

"그랬죠. 작년 크리스마스 때요. 그 애, 이 곡을 정말 좋아했거든요."

"나도 좋아해, 이거. 정말 다정하고 아름다워." 그녀는 다시 한 번 「디어 하트」의 멜로디를 몇 소절 가볍게 치고 와인을 마셨다. "자, 취하기 전에 몇 곡이나 칠 수 있을까. 이런 장례식, 쓸쓸하지 않아 좋잖아?"

레이코 씨는 비틀스로 옮겨 가서 「노르웨이의 숲」을 치고, 「예스터데이(Yesterday)」를 치고, 「미셸」을 치고, 「섬싱(Something)」을 치고, 「히어 컴스 더 선」을 노래하면서 치고, 「풀 온 더 힐(The Fool on the Hill)」을 쳤다. 나는 성냥개비를 일곱 개 늘어놓았다.

"일곱 곡." 레이코 씨는 와인을 마신 다음 담배 연기를 뿜어냈다. "이 사람들, 인생의 아픔이라든지 상냥함 같은 걸 잘 아는 거야." 이 사람들이란 물론 존 레넌과 폴 매카트니,

그리고 조지 해리슨을 두고 하는 말이다.

그녀는 한숨을 돌리고 담배를 끈 다음 기타를 들고,「페니 레인(Penny Lane)」을 치고,「블랙 버드(Black Bird)」를 치고,「줄리아」를 치고,「웬 아임 식스티 포(When I'm Sixty-Four)」를 치고,「노웨어 맨」을 치고,「앤드 아이 러브 허(And I Love Her)」를 치고,「헤이 주드(Hey Jude)」를 쳤다.

"이것까지 몇 곡?"

"열네 곡."

"휴우." 그녀는 한숨을 내쉬었다. "자기, 한 곡 정도 칠 수 있는 거 없어?"

"엉터리예요."

"엉터리라도 좋아."

나는 내 기타를 들고 와 「업 온 더 루프」를 더듬거리며 쳤다. 그동안 레이코 씨는 천천히 담배를 피우고 와인을 마셨다. 내가 기타를 다 치고 나자 그녀는 짝짝짝, 박수를 쳤다.

그다음 레이코 씨는 기타용으로 편곡된 라벨의「죽은 왕녀를 위한 파반(Pavane pour une infante défunte)」과 드뷔시의 「달빛(Clair de Lune)」을 아름답고 정중하게 연주했다.

"이 두 곡은 나오코가 죽은 다음에 마스터한 거야. 그 애 음악 취향은 마지막까지 센티멘털리즘의 지평에서 벗어나지 않았어."

그리고 그녀는 배커랙을 몇 곡 연주했다. 「클로스 투 유
(Close to You)」, 「비에 젖어도(Raindrops Keep Fallin' on
My Head)」, 「워크 온 바이(Walk on by)」, 「웨딩 벨 블루스
(Wedding Bell Blues)」.

"스무 곡."

"꼭 인간 주크 박스가 된 것 같은 기분이야." 레이코 씨는
즐거운 듯이 말했다. "음대 다닐 때 선생님이 이런 모습을
본다면 기절초풍하겠지."

그녀는 와인을 마시고 담배를 피우면서 하나하나 아는
곡을 연주해 갔다. 보사노바를 열 곡 가까이 치고, 로저스
앤드 하트와 거슈윈의 곡을 치고, 밥 딜런과 레이 찰스와 캐
롤 킹, 비치 보이스, 스티비 원더, 「위를 보고 걷자(上を向いて
歩こう)」, 「블루 벨벳(Blue Velvet)」, 「그린 필드(Green Fields)」까
지 온갖 곡을 다 쳤다. 때로 눈을 감기도 하고 가볍게 고개
를 젓기도 하고, 멜로디에 맞춰 허밍을 하기도 했다.

와인이 다 떨어지자 우리는 위스키를 마셨다. 나는 정원
에 놓아둔 잔 속 와인을 등롱에 뿌리고서 잔을 위스키로 채
웠다.

"지금 이걸로 몇 곡?"

"마흔여덟."

레이코 씨는 마흔아홉 곡째 「엘레너 릭비(Elenor Rigby)」

를 치고, 쉰 곡째 다시 한 번 「노르웨이의 숲」을 쳤다. 쉰 곡을 치고 나자 레이코 씨는 손을 내려놓고 위스키를 마셨다.

"이 정도면 충분하지 않겠어?"

"충분해요. 정말 대단하네요."

"잘 들어, 와타나베. 쓸쓸한 장례식에 관한 건 깨끗이 잊는 거야." 레이코 씨는 내 눈을 가만히 들여다보며 말했다. "이 장례식만 기억해. 멋지지?"

나는 고개를 끄덕였다.

"덤으로." 레이코 씨는 쉰한 곡째로 언제나 치던 바흐의 푸가를 쳤다.

"저기, 와타나베, 나랑 그거 해." 기타를 다 치고 난 다음 레이코 씨는 작은 목소리로 그렇게 말했다.

"신기하네요. 나도 같은 생각을 했거든요."

커튼을 닫은 어두운 방 안에서 나와 레이코 씨는 너무도 당연하다는 듯이 끌어안고 서로의 몸을 갈구했다. 나는 그녀의 셔츠를 벗기고 바지를 벗기고 팬티를 벗겼다.

"나 말이야, 정말 이상한 인생을 살았지만, 열아홉이나 어린 남자애한테 팬티를 벗기게 할 줄은 꿈에도 생각하지 못했거든."

"그럼 스스로 벗을래요?"

"아냐, 벗겨 줘. 그런데 나, 주름투성이니까 실망하지 마."

"난 레이코 씨 주름을 좋아해요."

"울게 만드네." 레이코 씨는 낮은 목소리로 말했다.

나는 그녀의 몸 여기저기에 입을 맞추고 주름이 있으면 거기를 혀로 핥았다. 그리고 소녀처럼 밋밋한 가슴에 손을 대고 젖꼭지를 가볍게 깨물고, 따스하게 젖은 질에 손가락을 대고 천천히 움직였다.

"저기, 와타나베." 레이코 씨가 내 귀에 대고 말했다. "그거 아니야. 거긴 그냥 주름이야."

"이런 때도 농담을 하고 그래요?" 나는 어이가 없다는 투로 말했다.

"미안해. 무서워, 나. 너무 오래 안 했거든. 무슨 열일곱 살 소녀가 남자애 하숙집에 놀러 갔다가 발가벗겨진 것 같은 기분이야."

"나도 정말 열일곱 소녀를 범하는 듯한 기분이에요."

나는 그 주름 안으로 손가락을 넣고 목덜미에서 귀에 걸쳐 입을 맞추고 젖꼭지를 집었다. 그녀의 숨결이 격해지고 목이 작게 떨리기 시작할 때, 나는 그 가느다란 다리를 벌리고 천천히 안으로 들어갔다.

"저기, 괜찮겠지, 임신하지 않게 해 줄 거지?" 레이코 씨는 아주 작은 목소리로 물었다. "이 나이에 임신하면 창피하잖아."

"괜찮아요. 마음 푹 놓으세요."

페니스를 깊은 곳까지 넣자 그녀는 몸을 떨며 한숨을 내쉬었다. 나는 그녀의 등을 스치듯 부드럽게 손으로 쓰다듬으며 페니스를 몇 번 움직이고, 아무 예고도 없이 갑자기 쏟아 내 버렸다. 도저히 멈출 수 없는 격렬한 사정이었다. 나는 그녀의 몸에 매달린 채 그 따스함 속에 몇 번이나 정액을 쏟아 냈다.

"미안해요. 참을 수가 없었어요."

"바보, 그런 생각은 안 해도 돼." 레이코 씨는 내 엉덩이를 치면서 말했다. "늘 그런 생각 하면서 여자애랑 하는 거야?"

"좀 그런 셈이에요."

"나하고 할 때는 그런 생각 안 해도 돼. 잊어버려. 하고 싶을 때 마음껏 쏟아 버려. 어때, 기분 좋았어?"

"무척요. 그러니까 참을 수가 없었어요."

"절대로 참고 그러지 마. 이걸로 좋아. 나도 정말 좋았어."

"저기, 레이코 씨."

"응, 왜?"

"레이코 씨는 누구와 다시 사랑을 해야 해요. 이렇게 멋진데 너무 아깝잖아요."

"그러면 생각해 볼게, 그건. 그렇지만 아사히카와 같은 데서 사랑을 하는 사람도 있을까?"

나는 잠시 후 다시 딱딱해진 페니스를 그녀 안에 넣었다. 레이코 씨는 내 아래에서 침을 삼키며 몸을 뒤틀었다. 나는 그녀를 안고 천천히 페니스를 움직였고, 우리는 여러 가지 이야기를 나누었다. 그녀 안에 넣은 채 이야기를 하니 정말 기분 좋았다. 내 농담에 그녀가 쿡쿡 웃으면 그 진동이 페니스에 전해졌다. 우리는 오래오래 그렇게 안고 있었다.

"이렇게 있으니 정말 기분 좋아."

"움직이는 것도 나쁘지 않아요."

"좀 해 봐, 그거."

나는 그녀의 허리를 들어 올리고 가장 깊은 곳까지 밀어 넣고는 몸을 돌리듯 하며 감촉을 즐기다가 그 끝자락에서 사정했다.

결국 그날 밤 우리는 네 번을 했다. 네 번 한 다음 레이코 씨는 내 팔에 안겨 눈을 감고 깊은 한숨을 내쉬며 몇 번이나 몸을 바르르 떨었다.

"나 이제 평생 이거 안 해도 되겠지? 있잖아, 그렇다고 말해 줘, 부탁이야. 남은 인생의 몫까지 전부 해 버렸으니까 마음 놓으라고."

"누가 그런 걸 알 수 있겠어요?"

　나는 비행기로 가는 것이 빠르고 편하다고 했지만 레이코 씨는 기차로 가겠노라고 했다.

　"나, 세이칸 연락선을 좋아하거든. 하늘 같은 데 날기 싫다고." 나는 그녀를 우에노 역까지 바래다주었다. 그녀는 기타 케이스를 들고 나는 여행 가방을 들고 둘이서 플랫폼 벤치에 나란히 앉아 기차가 오기를 기다렸다. 그녀는 도쿄에 왔을 때와 같은 트위드 재킷을 걸치고 하얀 바지를 입었다.

　"아사히카와, 정말로 괜찮은 동네일까?"

　"좋은 동네예요. 곧 한번 갈게요."

　"정말?"

　나는 고개를 끄덕였다. "편지할게요."

　"자기 편지는 정말 좋아. 나오코는 전부 불태워 버렸지만. 그렇게 좋은 편지를."

　"편지 같은 건 그냥 종잇조각이잖아요. 불태워도 마음에 남을 건 남고, 새겨 둬도 사라질 건 사라져 가는 거죠."

　"솔직히 말해, 나 정말 무서워. 혼자서 아사히카와에 가는 거. 그러니까 꼭 편지해 줘. 자기 편지를 읽으면 늘 자기가 곁에 있는 듯한 느낌이 드니까."

　"내 편지가 위안이 된다면 얼마든지 쓸게요. 그렇지만 걱

565

정할 것 없어요. 레이코 씨라면 어디서든 잘 해낼 테니까요."

"그리고 내 몸속에 뭔가가 걸린 듯한 느낌이 드는데, 이거 착각일까?"

"잔존 기억입니다, 그거." 말하면서 나는 웃었다. 레이코 씨도 웃었다.

"날 잊지 마."

"안 잊을 거예요, 언제까지나."

"다시는 못 볼지도 모르겠지만, 난 어디를 가든 자기와 나오코를 기억할 거야."

나는 레이코 씨의 눈을 바라보았다. 그녀는 울었다. 나도 모르게 그녀 입술에 입을 맞추었다. 곁을 지나치는 사람들이 우리를 힐끗힐끗 바라보았지만 나에게 그런 건 아무 상관이 없었다. 우리는 살아 있고, 살아가는 것만을 생각해야 했다.

"행복해야 해." 헤어질 때 레이코 씨가 말했다. "나, 자기한테 충고할 수 있는 건 모두 했으니까 더는 할 말이 없어. 행복해지라는 말밖에. 내 몫과 나오코 몫까지 행복해져야 한다고밖에."

우리는 악수를 하고서 헤어졌다.

*

　나는 미도리에게 전화를 걸어, 너와 꼭 이야기를 하고 싶어. 할 이야기가 너무 많아. 꼭 해야 할 말이 얼마나 많은지 몰라. 이 세상에서 너 말고 내가 바라는 건 아무것도 없어. 너를 만나 이야기하고 싶어. 모든 것을 너와 둘이서 처음부터 시작하고 싶어, 하고 말했다.

　미도리는 오래도록 수화기 저편에서 침묵을 지켰다. 마치 온 세상의 가느다란 빗줄기가 온 세상의 잔디밭 위에 내리는 듯한 그런 침묵이 이어졌다. 나는 그동안 창에 이마를 대고 눈을 감았다. 이윽고 미도리가 입을 열었다. "너, 지금 어디야?" 그녀는 조용한 목소리로 말했다.

　나는 지금 어디에 있지?

　나는 수화기를 든 채 고개를 들고 공중전화 부스 주변을 휙 둘러보았다. 나는 지금 어디에 있지? 그러나 거기가 어디인지 알 수 없었다. 짐작조차 가지 않았다. 도대체 여기는 어디지? 내 눈에 비치는 것은 어디인지 모를 곳을 향해 그저 걸어가는 무수한 사람들의 모습뿐이었다. 나는 어느 곳도 아닌 장소의 한가운데에서 애타게 미도리를 불렀다.

옮긴이 양억관

경희대학교 국어국문학과와 동 대학원을 졸업했다. 일본 아시아 대학교 경제학부 박사 과정을
중퇴했으며, 현재 전문 번역가로 활동하고 있다. 무라카미 하루키,
무라카미 류, 마쓰모토 세이초, 미야베 미유키, 시바 료타로, 히가시노 게이고,
야마다 에이미 등 일본을 대표하는 현대 작가들의 작품을 다수 번역하였다.
옮긴 책으로 『언더그라운드』, 『모방범』, 『탐정 클럽』, 『중력 삐에로』, 『69』,
『120% COOOL』, 『조제와 호랑이와 물고기들』, 『메멘토 모리』, 『남자의 후반생』, 『패왕의
가문』, 『제로의 초점』, 『나는 모조인간』 등이 있다.

노르웨이의 숲

1판 1쇄 펴냄 2013년 9월 2일
1판 27쇄 펴냄 2024년 7월 12일
2판 2쇄 펴냄 2016년 12월 29일
3판 50쇄 펴냄 2024년 11월 8일

지은이 무라카미 하루키
옮긴이 양억관
발행인 박근섭, 박상준
펴낸곳 (주)민음사

출판등록 1966. 5. 19. (제 16-490호)
서울특별시 강남구 도산대로1길 62(신사동)
강남출판문화센터 5층(우편번호 06027)
대표전화 02-515-2000 팩시밀리 02-515-2007
www.minumsa.com

한국어 판 ⓒ (주)민음사, 2013, 2016, 2017. Printed in Seoul, Korea

ISBN 978-89-374-3448-8 03830

영원한 젊음의 감성으로 세대를 이어 독자를 사로잡은
전 세계적 베스트셀러!

독일 함부르크 공항에 막 착륙한 비행기 안에서 울린 비틀스의
「노르웨이의 숲」을 듣고, 와타나베는 오랜 세월을 거슬러 올라,
간절한 부탁과 그 부탁을 남긴 여자를 추억한다.

와타나베는 고등학교 시절 친한 친구 기즈키, 그의 여자 친구
나오코와 언제나 함께였다. 그러나 잘 어울리는 친구들끼리의
행복한 시간은 기즈키의 갑작스러운 자살로 끝나 버리고 만다.
열아홉 살이 된 와타나베는 도쿄의 한 사립대학에 진학하여 슬픈
기억이 남은 고향을 떠나고, 얼마 지나지 않아 나오코 역시 도쿄로
올라와 둘은 슬픔을 공유한 사이만 알 수 있는 특별한 연민과 애정을
나눈다. 하지만 한동안 연락을 끊고 지내던 어느 날, 나오코는
자신이 요양원에 들어가 있다는 편지를 보내고, 와타나베는
요양원으로 그녀를 찾아가면서 비로소 자신의 감정이 사랑임을
확신하게 된다. 한편 같은 대학에서 만난 미도리는 나오코와는 전혀
다른 매력의 소유자로, 와타나베의 일상에 거침없이 뛰어 들어온다.
발랄하고 생기 넘치고 어디로 튈지 모르는 성격의 미도리와 소소한
매일을 함께하고 이따금 기즈키의 죽음을 미처 극복하지 못한
나오코를 찾아가며 와타나베는 아름답고 위태로운 스무 살의
시간을 살아간다. 그 시간의 마지막에 무엇이 기다리고 있는지 알지
못한 채.

1960년대 말 고도성장기 일본을 배경으로, 개인과 사회 사이의
금방이라도 무너질 듯한 관계 가운데 손을 뻗으면 잡을 수 있을
것처럼 생생한 청춘의 순간을 그려 낸 이 작품은 1987년 발표된 이래
전 세계적인 '무라카미 하루키 붐'을 일으키며 오늘에 이르기까지
청춘의 영원한 필독서로 사랑받고 있다.